KB235952

이 소설 총서는
초판 간행 이후 시간의 벽을 넘어 끊임없이
독자와 평자들의 애호와 평가를 끌어 열고 있는
말의 바른 의미에서의 '스테디 셀러'들을
충실한 원본 검증을 거쳐 다시 찍어낸,
새로운 감각의 판형과 새로운 깊이의 해설로
그 의미를 더욱 풍요롭게 만든,
우리 시대 명작 소설들이 펼치는
문학적 축제의 자리입니다.

죽음의 한 연구

하

박상륭

문학과지성사

1997

문학과지성 소설 명작선 11

죽음의 한 연구 ㉻

초판　1쇄 발행__1986년 8월 16일
초판 21쇄 발행__1997년 3월 25일
재판　1쇄 발행__1997년 7월 15일
재판 25쇄 발행__2019년 11월 22일

지 은 이__박상륭
펴 낸 이__이광호
펴 낸 곳__㈜문학과지성사

등록번호__제1993-000098호
주　　　소__04034 서울 마포구 잔다리로7길 18(서교동 377-20)
전　　　화__02)338-7224
팩　　　스__02)323-4180(편집)　02)338-7221(영업)
전자우편__moonji@moonji.com
홈페이지__www.moonji.com

ⓒ 박상륭, 1997. Printed in Seoul, Korea

ISBN 89-320-0935-3 03810
ISBN 89-320-0933-3 (세트)

죽음의 한 연구
하

죽음의 한 연구

차 례

1

　아침 식사 또한, 장로와 그의 손녀딸과 같이서 했기 때문에, 지금 헐어내고 있는 교회당의 내력 같은 것을 들을 수가 있었다. 그것은, 일차적인 신자의 확보도 없이, 장로의 선친께서 사재로 먼저 지어놓고, 그런 뒤 목사를 모셔 전도를 시작했었으나, 뜻대로 되질 못했던 모양이었다.

　"들어 알고 계시겠지만, 이건 그런 고장이 아니오? 어느 도문, 또는 어느 종단으로부터 축출 파문을 당했거나, 스스로 파계 환속한, 그런 남자 그런 여자들이, 그럼으로 해서 더해진 번뇌로 하여 고행을 왔거나, 모든 세인의 눈을 피해 와서 살며, 결혼해 애 낳다 보니 이뤄진, 그런 고장이 아니냔 말이외다. 지금은 교통 수단이 좋아져 그저 한뼘 거리 정도로나 좁혀져버렸지만, 그당시만 해도 이곳은, 대처로부터 대단히 먼 고장이어서, 일종의 유적지라고 해도 과언이 아니었던 모양이었쇠다. 헌데 이곳의 유사(遺事) 서문에 의하면, 당시에 어떤 종단에서 정치적 실권을 장악하게 되자, 타종단 승려의 생명쯤은 풀강아지로 쳐, 누가 그들을 비록 타살(打殺)하였다고 하더라도, 관에선 그저 훈계 방면이나 하고 말 정도였던 모양인데, 그러자니, 그런 타종단의 승려들은, 은둔처를 찾아 깊은 산속 같은 데로 찾아들었던 모양이었지요. 헌데 그런 중에도 파계를 했거나, 환속한 승려들이 더러 있었던 모양인데, 그러면 그들은 대체 어디를 갈 수 있었겠소? 더러는 물론 평복으로, 어디 다른 지방에 숨어들어가 머슴살이도 하고, 장사치도 되었겠소만, 업이 그래서 승려가 된 사람들은, 마음을 갉는 번뇌를 영 떨치지를 못했던 모양이었지요. 그리하여 이제, 소문을 좇아 모여든 곳이 여기라는 내용이었소. 허나 그들의 파계나 환속이, 정작으로 파계나 환속인지, 또는 개종인지도 모를 일이었으되, 어쨌든 저 변절적인 피는, 면면이 후대에까지 이어져오고 있는 것을, 우리는 수시로 발견해냅니다. 이런 후손은, 이 늙은네 선친이 애쓰신 결과를 종합해보건대, 무신앙과도 살지를 못하지만, 어떤 종교와도 또 살지를 못하는 듯합니다. 그래서 아편이나 독주가 오늘날은 그 양쪽을 조화시키고 있는 듯한데, 허긴 그것이 계속될 수 있는 한은, 그것 속에 전혀 구원이 없지는 않을지도 모르는 겁니다. 그러나 아편과 독주가 끊겼을 땐, 거기 무엇이 있어 그들을 안온히 감싸줄 것인지는 모릅니다. 나의 선친께서는 아마도 그 점에 착안하셨던 모양으로 기독교를 포부하시고 돌아오신 것입니다." 장로는 생각해내느라 애쓰며, 천천히 계속하고 있었다. "헛헛허, 그랬지, 나의 선친과 조부님간엔 늘 뭔지 서로 맞지 않는 점이 있었지. 그도 그랬을 것이, 오늘날 이만한 살림을 꾸려낸 조부는, 그분의 아드님 눈에, 부당한 착취를 하는 이로밖엔 여겨지시지 않았을 테니깐. 헛헛허. 그래서 선친께서는 대처로 획 나가셨다간, 몇 달 또는 몇 년 만에 돌아오시곤 하시기를 한 삼사 십 년이나 하셨는데, 그러자니 읍장이란 직함은 조부에게서 손자에게로 건너뛴 셈이었지. 허긴 부자간의 연세 차이가 십육 년밖에 안 되고 보니, 그런 데서 오는 갈등 또한 무시할 수도 없었겠지, 어쨌든 조부가 초대 읍장이었고, 아무도 오려고 하지 않는 여기로 자청해서까지 오셨을 때, 그분 보시기에, 이 읍은 치부에 적당하다고 하셨던 모양이었습니다. 그분은 가히 탁월한 재능을 가지셨던 분입니다. 그런데 가만 있습시다, 내가 무슨 이야기를 했던가? 늙으면 이렇게 정신이 흐려진단 말이거든." 그는 생각하느라고 애쓰고 있었다. "아 그렇지. 그래서 선친께서 신교를 포부해 오셨다는 말이었었지. 내 나이가 그때 마흔 다섯에 접어들었었으니, 선친의 연세는 진갑해이셨겠군. 선친은 그때, 스물다섯인가 된 아주 앳된 목사 하나와, 이십 전후밖에 안 보이는, 아주 가냘프게 생긴 여전도사 한 분을 대동하시고 오신 것인데, 나중에 임종에 듣자니까, 그 목사분이 나의 이복동생뻘이었더군." 이 대목에서 장로는 소탈히 웃었으나 눈물기가 어린 회색 눈엔 초점이 없었다. "헌데 무슨 일이 일어났겠소? 결혼도 하지 않고, 저 여전도사가 그만 임신을 했구료. 지금이야 그런 일이란 더러 있지만, 그땐 지금관 조금 다른 데다, 하나님 사업을 하는 여자는 정결해야 된다는 생각이 굳어 있어서, 선친께서 얼만큼의 재물을 쥐어주어, 그 여전도사를 다른 고을로 소문 없이 보내는 지경에 이르렀댔지요. 가만 있습시다, 벌써 열아홉 해나 흘렀을거나? 그러니까 지금 그 애의 나이가 열 여덟이나 되었단 말 아니게?" 장로는 손녀에게 묻고 있었다. "그러나 어쨌든, 선친이 계셨을 때 말이외다, 선친께서 부리던 머슴이라든지 소작인, 심지어 머슴들의 사돈네들까지, 신앙이 있거나 없거나 모아들여, 집회를 가지곤 했었습니다만, 그분 돌아가신 뒤부턴, 나나 저 애하고, 한 칠팔 명이 남았었을 뿐이지요. 만약에 선친께서 하시던 방법으로, 재물에 호소하여 신자를 모았다면, 더 많은 사람을 모아들일 수도 있었을 것이오만, 난 선친으로부터 보아서, 그것이 전도이기는커녕, 오히려 사람들의 정신만 저하시킨다는 것을 알았기 때문에, 그런 방법은 쓸 수도 없었고, 쓰기도 싫었댔지요. 그럼에도 우리는 주일만은 지켜왔댔소. 턱없이 휑뎅그렁하게 큰 저 사랑방은 그런 목적으로 만든 것이었지요. 어쨌든 나의 관점은, 선친과는 좀 달랐거든. 피의 유전이나, 역사적 배경을 고려치 않을 수가 없었던 것이오. 이것은 만신전(萬神殿) 같은 고장이라는 것이 나의 믿음이었단 말이외다. 그러므로, 그것이 어떻게 개방적인 종교라고 할지라도, 그것이 일단 어느 신의 이름 아래에서 이 고장에 세워지면, 그것은 이상스럽게도 그것대로의 폐쇄를 은연중에 드러내버리거나, 아니면 그것이, 그것대로의 특색을 잃어버려 이미 종교가 아닌 것으로 무산돼버리거나 하더란 말이지. 그런 예는, 허다하지만, 그 중에서도, 스스로 존자라고 자칭하는 스님이, 본사가 대찰임을 믿고, 이 고장에 절간을 세워 중생 제도에 나서려 했었으나, 제물에 문을 닫아버리고, 유리로 나가 고행이나 하고 있는 예는, 나의 선친의 예와 함께 좋은 예이지요. 선친의 것은 원래 개방을 표방하고 나섰다가 폐쇄되어버린 예이고, 존자의 것은, 개방될 근거가 희박했던 것 같은데도 너무 열려져버려, 수도청 모주의 것과 같은 것으로 변해져버린 예라오. 그럼에도 그럴수록, 이 고장이 키우고 있는 음원(陰願)은 어기찬 것인데, 그것이 어떻게 이끌려져 햇빛 아래 모습을 드러낼지는 알 수가 없고만 있지요. 우리는 종교 없이는 못 살면서도, 또한 종교와는 살 수가 없고 있는 것입니다." 장로는 목이 마른지, 숭늉을 좀 마시고, 퀭해진 눈으로 나를 건너다보더니 이었다. "아 그렇지, 대사께서는 저 교회당의 시체에 대해 의문이시겠지. 대사는 그 시체를 보았음에 틀림없으니까. 그는 그냥 거기서 굶어죽은 것뿐이라우. 어떠한 좋은 말로도 그의 결심을 돌이킬 수는 없었지요. 순교했다고 말해도 옳을는지 모르지. 이 고장을 밝힐 하나의 심지로서 그는 자기를 태워, 자기의 주 품으로 간다는 것만을 완강히 고집했댔지요. 그는 그리고, 주님의 집을 헐어내야 될 일이 있을 그때까지는, 자기를 그 주의 제단에 남겨두어, 손도 대지 말아달라고 했었지요. 그러다 그가 주의 품으로 갔기에, 그 문들에 못을 박아 그 회당을 그의 관곽으로 삼아주었지요. 그리고 십오 년이나 흐른 것이지. 내가 알기로 이 십오 년 동안, 아무도 그 회당을 부수고 들어가본 사람은 없었는데, 그 안에 귀중품이 있었을 리도 없었고, 무엇보다도, 판관의 뻥엄한 시선이 거기 머물러 있어온 탓이었다고 해야 될지도 모르지요. 그러나저러나, 그 회당을 둘러싸고 여러 잡음이 있는데다, 괴담이 만들어지고 더욱더 두터워지고 있어, 헐어내려던 참이었으나, 그렇게 바쁠 일은 없었는데, 대사가 오신 그날은 좋은 계기가 되었던 것이었지요."

장로의 이야기는 이만큼에서 끝났는데, 어쩐지 내게도 숙연한 기분이 들었다.

그러나 어쨌든, 나는, 이 장로가 어찌하여, 그의 것을 포함한 어떤 종단에도, 어떤 도문에도 속해져 있지 않은, 한 고아 같은 각설이 중으로부터서도, 한번의 소설(小說) 듣기를 원했던지, 그 이유를 알 듯도 싶었다. 허나 어쩌면, 먼저 구원해내야 될 것은, '종교 없이도 살지 못하지만, 종교와도 살지 못하는' 인간이 아니라, 신들인 듯도 싶은데, 발 붙일 곳이 없어 저것들은, 배고픈 외로운 노래나 부르며, 사람들이 사는 언저리로나 비실거리고 다니는 듯싶기 때문이다.

2

　집회는, 사시초쯤에 시작되었다. 장로만큼이나 늙은 장로의 친구들이거나, 아니면 그 읍의 사회에서 굳건한 자리를 차지하고 있는 자들로 스물다섯 명 모였는데, 여신도로서는 장로의 손녀딸 하나밖엔 없었다. 판관은 신병 관계라며 참석치는 않았으나, 하나의 섭섭함을 빼놓고라면, 그런 정도의 청중이 내게 꼭 적당하겠다고 나는 생각했다. 하나의 섭섭함이란, 그들의 몸에서 땀 냄새가 나지 않았으며, 그들의 얼굴엔 눈물 자국이 없다는 그것이었다.
　나는 일어설 수는 없었으므로, 연좌인 채 장로가 소개하는 대로 일일이 합장해 맞았고, 그들은 각각 자기네들 편한 대로 자리 잡아 앉았다. 내 청에 의해서, 내 등뒤에는 흑판이 나직이 내려져 있으며, 내 앞엔 예의 그 다탁자가 놓였는데, 냉수와 그들의 경전, 그리고 내가 준비한 이야기의 원고가 놓여졌다. 그러나 그것은 원고라기보다는, 그들의 경전에서 인용한 몇 구절의 색인 같은 것이라고 해야 옳았다.
　때가 마침 맞다고 생각해서인지, 드디어 장로가 밭은기침 한 뒤 번 하고 앉은 채 집회를 인도해 나갔다. 찬송하고, 기도했으며, 그런 뒤 내가 나설 차례는 왔다.
　"오늘, 이 변변찮은 한 학승으로 하여금, 여러분의 존귀하고 존엄스러운 집회에 참석시켜주시고, 또 졸견을 말씀드릴 기회와 영광을 베풀어주신 장로님께, 특별히 깊은 존경과 감사를 먼저 올립니다." 나는 그렇게 시작하고, 장로를 향해 합장해 보였다. 장로와 그의 손녀딸은, 사람들의 맨 앞자리에, 나와 그중 가까운 데 나란히 앉아 있었다. "하옵고 소승의 관견을 어여삐 들어주시려는, 숙녀, 귀빈 여러분께 또한, 감사와, 여러분 주 안에서의 평강을 빕니다."

　다시 나는 합장하고, 어디라 방향도 없이, 두 번 머리 숙여 보였다. "그리고, 비견으로 하여, 소승이 외람되게도 이 엄숙한 집회를 행여 누되게 한다 하는 경우가 있다고 할지라도, 장로님, 그리고 숙녀와 여러 귀빈께서는, 모쪼록 불쾌감을 참으시고, 제가 아직 깨우침이 없어 그러려니, 그렇게 너그러이 이해하여주시기 바라는 바이옵니다." 나는 그리고 잠깐 쉬었다 이었다. "그럼에도 소승이, 소승과는 무관한 집회에 참석하여, 졸견을 피력해보겠다고 작정한 데에는, 소승은 소승 나름으로, 여러분의 교의에 한 티끌만한 천식을 갖고 있어온 그 이유이온데, 업이 그러하므로 서당집에 태어난 개가, 삼 년을 지내니 풍월을 읊더라는 이야기와 비교되어도 좋을지 모르겠습니다. 소승의 스승께서 글쎄, 여러분의 교의에 조예가 있으셨던 덕으로, 그분에 의해, 한 학과목으로서, 소승 또한 여러분의 경전을 육칠 차례에 걸쳐 읽어본 적이 있으며, 장작짐을 해서 읍내라도 가는 날엔, 밖에 서서, 빼꼼히 교회 안을 들여다보기를 여러 차례 하는 중에 훌륭한 교역자들의 설교를 엿듣기도 해보았던 것입니다. 그리고 훌륭한 복장의 내 또래의 아이들을 부러워도 하고, 그러다 눈물을 흘리고 돌아선 적도 많았댔습니다. 깁고 남루한 옷에 짚신을 신고, 지게 목발을 두들기며 산막으로 오르는 길은 그래서 더 슬프고,

외로웠었습니다. 그러나 그때 스승께서는, 이미 여러분의 교의
로부터 개종해버린 이후였다는 것을, 나중에 좀더 자라서 알게
는 되었었지요. 여러분께서 이해해 주실는지는 모르겠습니다만,
그분은 여러분 교단의 검은 성복을 입고는, 선가적(禪家的) 명상
법을 도입하시곤, 밀교적(密敎的)인 주제로써 사고하셨던 것입
니다. 어쩌면 그분은 영매접신을 달하려고 했던지도 모르겠습니
다만, 한 기슭에 통나무집을 쌓아올리고 사셨을 때부터, 엉뚱하
게도 그분은 금(金)의 제조에 몰두하셨습니다. 그러나 그분의 금
은, 도식(圖式)과 머릿속에만 있어서, 현금 가치는 전혀 없었던
것이었습죠. 그러면서도 그분은, 일년이면 반을 다 바쳐서 세상
밖으로 나가시는 일은 거르질 않으셨는데, 자기도 노쇠해가신다
는 것을 아셨던지, 종내 한 사미를 맞아들이고, 그리고는 그 사
미에게 자기의 생애를 쏟아 얻은 지혜를 불어넣어주시려고 했습
니다만, 그 사미는 우둔하고, 매사에 불찰스러우며, 게을러 잠
깨기를 싫어하는가 하면, 살욕이 과하여 인하지 못했으나, 그 스
승은 그런 사미를 별로 개의치도 않으신 듯했습니다. 그 사미가
현재, 여러분과 마주 앉아, 그 스승으로부터 얻은 약간의 지식으
로 하여, 그 스승으로부터 개종해가고, 뭔지 이단적이기를 획책
하고 있는 중인 것입니다." 나는 잠깐 쉬고 이었다. "이제 여러
분께서는, 간략히라도, 이 한 돌중의 젖줄이 어떻게 이어져왔던
것인가를 들으셨으니, 또한 소승이 어느 종단에도 속해져 있지
않으나, 그러나 그 모든 종단에서 베풀어준 식은밥으로 뼈를 굵
혀 왔다는 것도 아셨을 것입니다. 그럼으로 해서, 소승이 외람되
게도, 여러분 교의의 어떤, 한 끝을 붙들어, 소승 나름으로 이야
기를 꾸며본다 하더라도, 꾸중하시기 전에 어여삐 여겨주실 수

있다고도 믿는 것입니다. 헌데 소승은, 여러분의 경전 속에서 언제나 읽어보아도 재미있는 한 이야기를 알고 있는데, 그 이야기를 두고, 소승의 천견을 말씀드려본다면 어떻겠습니까. 소승이 조사해놓았기로는, 「창세기」 3장 1절에서 7절까지의 기사인데, 혹시 저 숙녀께옵서, 참으로 친절하시게, 그 구절을 봉독해주실 수 없을는지요? 저 간교한 뱀이, 최초의 여인을 유혹하는 장면입니다.”

“「창세기」 3장 1절로부터입니다. ‘여호와 하나님의 지으신 들짐승 중에 뱀이 가장 간교하더라. 뱀이 여자에게 물어 가로되 하나님이 참으로 너희더러 동산 모든 나무의 실과를 먹지 말라 하시더냐, 여자가 뱀에게 말하되 동산 나무의 실과를 우리가 먹을 수 있으나, 동산 중앙에 있는 나무의 실과는 하나님의 말씀에 너희는 먹지도 말고 만지지도 말라 너희가 죽을까 하노라 하셨느니라. 뱀이 여자에게 이르되 너희가 결코 죽지 아니하리라. 너희가 그것을 먹는 날에는 너희 눈이 밝아 하나님과 같이 되어 선악을 알 줄을 하나님이 아심이니라. 여자가 그 나무를 본즉 먹음직도 하고 보암직도 하고 지혜롭게 할 만큼 탐스럽기도 한 나무인지라 여자가 그 실과를 따먹고 자기와 함께한 남편에게도 주매 그도 먹은지라. 이에 그들의 눈이 밝아 자기들의 몸이 벗은 줄을 알고 무화과나무 잎을 엮어 치마를 하였더라.’ 7절까지입니다.”

“감사합니다. 참으로 수고하셨습니다. 헌데 소승이 희망하기로는, 이 이야기가, 소승에게와 마찬가지로, 여러분에게도 재미있게 여겨지기를 바랍니다. 이것은 말을 좀더 짓궂은 방향으로 바꾼다면, 어버이가 곶감 담은 상자를 아이에게 열어 보여주며, 이것은 나중에 손님 접대에 쓸 것이니 만지지도 말고 먹지도 말라

고 단단히 당부한 뒤, 시렁에 얹어두었는데, 정작 잔치할 당일에
와서 그 상자를 열어보니, 그 속에 곶감은 하나도 남겨져 있지
않았다는 얘기와도 비슷하게 소승에게는 여겨지곤 했던 것입니
다. 그래서 소승은, 그것을 재미있게 생각했었으나, 그러나 실제
에 있어, 저 3장 기사는 전율할 장면이며, 가공할 내용을 담고
있는 것일지도 모릅니다. 그것은 그런 것이었습니다. 그런 이유
로, 소승이 이야기해가는 중에, 저 장면을 휩싼 몇 문제가, 설혹
되풀이되는 경우가 있더라도, 그 점에 관한 양해를 미리 바라지
않으면 안 될지도 모르겠습니다. 어떤 문제들은 되풀이를 통했
을 때, 보다 명료해지는 수가 있기 때문입니다." 나는 잠깐 쉬
고, 다시 이었다. "아시다시피 저 3장 기사는, 원죄(原罪)가 이뤄
지고 있는 장면인 것입니다. 그것은 그래서, 성경 전체를 통해
가장 비극적인 소식인데, 이 원죄 문제는, 그것이 내포하고 있
는, 신의 어떤 예정, 또는 어떤 의지에 의해서, 장차 '신의 인현
(人現)' 또는 '삼위일체(三位一體)'의 문제 같은 것에까지도, 직
접으로 연결지어진다는 것을 미리 밝혔으면 싶습니다. 그리고
그것들은 연줄이 아주 이상해져, 연금술사들의 상징적 도식에서
그 비유를 빌려온다면, 세 마리의 여우가 한 원 안에서, 서로의
꼬리를 물려고 뺑뺑이질을 하거나, 두 마리의 용이 서로의 꼬리
를 물고 또한 둥글게 맴돌이를 하거나, 한 마리의 뱀이 제가 제
꼬리를 삼키느라고 끝없이 뒤집혀지는, 바로 그런 관계와 비슷
하다고, 소승은 감히 믿는 바입니다. 그러면 이제 여러분은, 저
3장 기사에 의한, 소승의 관심의 방향이 어떤 것인가를 대개 아
셨으리라고, 소승은 믿는 바입니다."
　나는 잠깐 쉬고, 서투른 얘기의 서론은 일단 끝냈을지도 모른

다는 생각을 했다.

"이 원죄설에 관해서, 많은 고명한 학자들이, 훌륭한 학설을 내놓고 있는 것은, 우리 모두 아는 바입니다. 가령, 어떤 이는, 아담은 최초의 인간이므로 인류의 대표인바, 그가 저지른 잘못은 그러므로, 연대적으로 전체의 인류가 그 값을 받아야 된다고 주장하는 것 같은 것도 그런 하나입니다. 이런 견해는 나중에, 후아담으로서, 왕으로 대표되어 십자가에서 수난당한, 예수의 죽음이 또한 연대적으로, 인류의 죄를 대속한 것이라는 생각을 불러일으킵니다. 그런가 하면, 또 어떤 이는, 저 아담이 지은 죄의 결과가 자손들께 전해진 것이 아니라 죄에 빠지기 쉬운 성격이 유전되었다고 하는데, 업(業)을 '심리적 유전'으로 해석하려는 경향이 아닌가 하고도 여겨집니다. 그럼에도 다른 편에선 많은 석학자들이 이 원죄설에 의심을 품고, 그것을 부인하려고 애써오고 있는 듯도 싶은바, 이 회의는 거기서 끝나는 것이 아니고, 예수의 십자가상의 수난의 의미까지를 의문케 하거나, 예수보다는 여호와 쪽에 전적인 비중을 두어 생각해보게 하는 결과를 도출할 가능성이 짙은 것이었습니다. 그러나 소승의 관심은, 역사적으로 어쩔 수 없이 부달려만 오는 동안에 피할 수 없이 폐쇄적으로 된, 어떤 한 민족의 민족신에게 있는 것이 아니고, 그 폐쇄를 개방하고, 한 민족신을 세계의 신으로 하여, 우리 같은 이방인까지도 한형제로 생각했던, 한 인간의 아들 쪽에 있는 것입니다. 그리하여 소승은 그 인간의 아들이 인류의 원죄를 대속했던 양으로서, 그리고 암흑을, 분쇄했던 빛으로서, 죽음을 극복한 생명으로서 고통을 이겨낸 사랑으로서 우리들 사이에 왔다가 죽은, 구주였었다는 편에 서는 것입니다. 만약에 원죄나 예수의 수난의 의미를 회의하고 본다면, 그는 그저 하나의 훌륭한 사표로서, 그의 인격적 도덕적 완성을 본받자는 데에 머물게 되거나, 아니면, 어떤 민족신이 타민족 앞에 갑자기 압도해온 결과가 될지도 모르게 될 것인바, 어떤 민족이고 그들 고유의 신화를 갖지 않은 민족은 거의 없으며, 어떤 종류로든, 그 민족신들은 최선의 형태로 그 민족의 피와 역사 속에 자리잡아온 것이 사실이기 때문입니다. 그렇기 때문에 소승은 여호와가 아니라, 한 인간의 아들 쪽에 계속 관심을 두지 않을 수 없는 것인데, 그 인간의 아들은 유독, 수난받는 한 민족의 호전적인 신과, 세계의 질서 가운데 서 있어서, 한 민족의 전쟁신을, 세계의 사랑과 빛과 생명의 신으로, 그 신격을 바꿔놓은 자였으며, 동시에 인류의 원대한 꿈이 무엇인가를, 그것이 어떻게 성취되는 것인가를, 그 자신을 비쳐 보여주었던 자라고 믿고 있기 때문입니다, 이 점은 참으로 중요하고, 그래서 점차 좀더 밝혀지리라고 믿습니다.” 나는 잠깐 쉬고 다시 이었다. “이리하여 우리는, 앞서 살펴본 사소한 이유만으로서도, 저 원죄의 문제가, 대단히 위험스럽고도 심중한 내용을 갖고 있어왔다는 것을, 조금은 눈치챈 셈입니다. 그리고 그것은, 보다 깊이 천착되어져도 좋을, 그 여지를 갖고 있어왔다는 것을 알게 됩니다.” 나는 잠깐 쉬고 다시 이었다. “이 자리에선, 이것 조금 성급한 감이 없는 건 아니지만, 그러나 만약 그 어휘만 바꾼다면, 원죄란 죽음의 의미의 종교적 발상이라고 보아야 옳을 것인데, 그리고 이 점이, 지금부터 당분간 말씀드릴, 소승의 주제이기도 한데, 그러므로 이 원죄는, 그가 여러분 교문의 신도인가 아닌가와도 별개의 문제로, 그리고 인간인가 짐승인가와도 별도의 문제로, 모든 생명이 있는 것 위에, 무엇보다도 무서운 하나의 시련, 하나의 고초, 하나의 통로로 놓여져왔다는 것을 싫더라도 우리는 인정하지 않으면 안 될지도 모른다는 것을 먼저 말씀드리는 바입니다."

　나는 잠깐 쉬고 다시 이었다.

"그러면 도대체, 저 3장 1절에서 7절까지의 비유와 의미들은 무엇인가, 이것이 이제 우리의 홍밋거리며, 수수께끼가 아닐 수 없겠습니다. 그 중에서도 특히, 뱀으로 표현된, 저 간교한 암호의 풀이는 어떻게 되는 것인가, 그것이 무엇보다도 궁금하고, 그것이 그리고 3장 구절의 의미를 푸는 열쇠 같기도 해서입니다. 그런데 이 뱀은, 여러분의 생명의 교의에서는, 그렇게도 악시하며 적시하여, 다만 하나 사랑할 수 없는 표적으로 삼고 있어온 듯도 싶습니다만, 그럼에도 불구하고 다른 방언(方言)에서는, 종종 숭배의 적이 되어오고 있는 것이 또 사실이었던 것입니다. 그것은, 자연(自然)이라든가, 사계(四季)의 변화, 또는 자연이 내부에 숨겨놓고 있는 어떤 힘, 영겁회귀, 심지어는 사대(地水火風)의 상징으로까지 나타납니다. 특히 저 힘은, 나중에, 남성적 작용력인 것으로 깨달아져, 남성 성기로까지 발전하고, 남성 성기 숭배까지를 일으켜온 듯도 싶습니다만, 여러분의 교의에서도, 저 뱀의 숭배의 영향을 전혀 받지 아니한 것은 아니라고도 합니다. 모세가, 그의 백성을 이끌고 에돔 땅을 둘러 행하려 하였다가, 길로 인하여 백성의 마음이 상하고, 하나님께 원망을 퍼붓게 되자, 하나님께서 불뱀을 백성 중에 보낸 기사(「민수기」 21: 4~9)에 의하면, 모세가 놋뱀을 만들어 장대 위에 달자, 그것을 본 자마다 살아나게 되었다는 것도, 그런 예인 것입니다. 저 놋뱀은 나중에, 십자가에 걸린 예수의 모습과도 상사를 갖게도 될 터인바,

그들은 똑같이, 나무에 매달린 구원자들이었다는 이유로서입니다. 그러나 이 점이, 여러분 교의의 전체를 통해, 얼마나 중요한 관건인지는 소승으로서는 모를 뿐이고, 아마도 중요한 것은, 뱀이 사탄과 동일시되어 있다는 그것이 아닌가 합니다. 어쨌든, 근저에 있어, 여러분의 교의에서도, 저 뱀을 자연 그 자체, 또는 자연의 섭력 같은 것으로 전제해놓고 있다고 보아야 하는데, 왜냐하면, 자연이란 생명을 보양하고, 그것을 죽음으로 던져넣었다가, 그 죽음에서 다시 생명을 이끌어내는, 저 이상스런 무위(無爲)의 위(爲)이기 때문인바, 이 무위의 위, 영구히 돌아가고 영구히 돌아오는, 영구히 소멸되어가지만 영구히 소멸되지 않는, 영구히 죽어가고 영구히 살아나오는 이것은, 영생을 위주로 하는 종교의 입장에선, 타도해야 할 어떤 무서운 적으로밖에는 보이지 않을 것이며, 극복해버려야 할 어떤 난경으로밖에 여겨지지 않았을 것은 확실합니다. 그러니까 영생의 종교에서는, 다른 방언들과는 다른 방향에서, 생성소멸의 유전(流轉)은, 마땅히 정지되어야 할 것으로 본 것이 아닌가 하고, 저절로 이해되어지는 것입니다. 그리고 보면, 생명의 책으로서 여러분이 읽고 계시는 성경은, 차라리 죽음의 책처럼도 여겨질 정도인바, 생명이 멈출 때라야 영생이 가능하다는 것을 고려한다면, 한 번의 완전한 죽음을 어떻게 성취할 수 있는가를 그 생명의 책은 말하고 있는 듯합니다. 글쎄 여러분의 교의에 의하면, 재생이라는 것을 자연의 법칙에 의하지 않고, 형이상학적으로 취급을 해서, 그것도 한 번만 가능한 것으로 보고 있는 것 같습니다. 태어나는 과정에 관한한은 거의 함구하고 있으면서, 어쨌든 기왕에 태어난 목숨은, 죽으면 이제 한번 영으로 부활하려는 것으로, 인간만을 자연의 외권내로 뚝 떼어내버리는 것입니다. 저 자연 외권의 아름다운 고장을 천국이라고 부르며, 선한 영들은 거기로 이민가버리고, 생성소멸의 현장인, 이 어기찬 고향, 대지로는 돌아오려고 하지 않습니다. 아마도 저 아름다운 곳으로 못 간 영들이 모여 사는, 황폐한 고장은 그래서 지옥이라고 하는 모양입니다. 그러고 보면, 여러분의 교의 또한 삼층 구조인 것이 확실한바, 대별하여 하계(下界)·현세·상천(上天)이 그것입니다. 그러나 영(靈)이란 '영상의 몸〔念態〕'이어서, 고통이 실감되지 않는 몸이라는 것을 특히 마음깊이 새기고 보면, 지옥의 불길은 어디서 타는지, 그것은 상정키에 꽤 어려운 듯합니다. 여러분 교의의 삼층 구조와 이 염태(念態)의 문제는, 필경 다시 한번 더 이야기되어질 것이지만, 그럼에도 소승이 이 당장에 참아둘 수 없는 하나의 다툼은, 만약에 죄업에 의해서 생명이 고통당해야 되며, 그 고통을 통해서라야만 영혼이 순화를 성취할 것이라면, 그런 고통을 실감할 살과 혼의 총체로서의, 실체가 살도록 던져진, 이 세상 말고는 영혼을 순화시킬 장소란 따로 없다는 이것입니다. 삶은 그러므로 영혼의 순화의 과정으로도 이해되는 것입니다. 이렇게 볼 때, 그러면 어떤 과정에 의해서, 순화되지 못한 영들이 다시 육신으로 되돌아오는가 하는 의문이 남기는 합니다. 그것에 대한 한 해답으로서 우리는, 요나의 표적을 갖고 있기는 합니다. 그러나 죽음 가운데 던져진 그 삼 일 동안에, 요나가 무엇을 했던지는 아직도 의문입니다. 그 삼 일은 비밀의 방인데, 그러나 모세의 출애굽 이후의 광야의 사십 년 수난사와, 여리고에서의 예수의 수난과 시험의 이야기를 통해서 보면, 저 비밀의 방이 완전히 폐색된 것은 아니라는 것을 우리는 알게 됩니다. 저러한 수난과 시험은,

집단에게 내려질 때 사십 년으로 화하고, 개인에 이르를 때 사십 일로 요약되는 것입니다. 어떻게 저 요나의 죽음의 삼 일 동안에, 저 사십 일이 끼어들 수 있겠느냐는 의문은 아마도 대단히 불필요할 것입니다. 보다 분명히 말씀드려서, 출애굽 이후의 사십 년이나, 여리고 광야의 사십 일을, 하나의 망혼이, 죽음과 재생 사이에 끼어서, 새로운 자궁의 문으로 다가가는 한 중간적 상태라고 소승은 보고 있는 것인바, 저 요나의 삼 일의 방은 저 중간적 상태라는 것입니다. 이 상태를 다른 방언으로는 바르도라고 부르며, 사십구 일로 치고 있습니다만, 모세의 출애굽은, 그러니까, [22] 애급을 몸으로 치고, 애급으로부터 벗어난 상태를, 영이 몸에서 분리된 것으로 보는 것입니다. 그런 뒤 그들이 건넌 홍해는, 죽음 속으로의 침몰의 과정으로 나타난 것이며, 광야에서 당한 사십 년의 고통과 공포와 유혹 같은 것들은, 올바른 자궁으로 다가가는 과정에 나타난 장애 같은 것들입니다. 이것은 집단적 형태이지만, 개인으로 환치될 때에도, 그것은 전혀 틀리지 않은 형태로 나타날 것입니다. 요나는 그러니까, 그의 비밀의 방 속에서, 삼 일 동안의 신고스런 외로운 배회를 했던 것입니다. 그러나 그가 태어나올 곳은, 그가 그렇게도 저어했던, 저 생성소멸의 현장이었습니다. 불순한 영들은 그렇게 환고향하는 것입니다. 업은, 큰 섭리 같은 것이어서, 회피되지 않는다는 것을, 요나는 드디어 알아냅니다. 소승의 다툼은 그러니까, 소승은 아까, 뱀을 자연 그 자체로 보면서, 여러분의 교의에서는, 자연 그 자체를 적시한다는 것에 대한 것으로, 반복되지만, 여러분의 교의에서는, 생존과 사망의 되풀이, 즉 그러한 유전의 전장소인 어머니 자연, 또는 뱀을, 죽음 그 자체로 보아버린 것이라는 점입니다. 사실에 있어, 저 뱀은 죽음의 한 원형(元型)으로서, 「창세기」 3장에 나타난 암호였다고 소승은 믿는 바입니다. 다시 말하면, 뱀으로 나타난 종교적 암호를 원상에 놓고 다시 본다면, 자연 그 자체가, 필멸(죽음) 그 자체의 의미로 환치되는 것입니다. 만약에 영원히 죽지 않을 수만 있다면, 자연의 섭리나 순환이, 죽음으로, 또는 소멸로 보일 리는 없는 것입니다. 그러나 우리는 잠시밖엔 살 수 없기 때문에, 비록 어머니 자연이 새로운 생명을 계속 출산한다 하더라도, 그것은 필멸의 윤회로밖에는 달리 볼 수가 없게 되는 것입니다. 이때, 우리들 수유밖에 살 수 없는, 특히 의식하는 존재들에게는, 저 자연이 양태를 바꾸어, 무섭고 징그러우며, 빛도 사랑도 없는, 하나의 차가운 괴물로 나타나 보이게 되는 것인데, 영생에의 희원이 계속되면 될수록, 생명을 자기의 섭리 속에 끌어넣어 멸살하려는, 저 자연은 더욱더 처참한 악마로 둔갑되어지는 것입니다. 그럴수록 영생에의 욕구 또한 가증할 것은 확실합니다. 이리하여 우리는 저러한 적과 싸워서 이겨줄, 빛과 사랑과 생명의, 온화한, 그러나 참으로 강한 힘을 찾게 되고, 이것이 이뤄지지 않고 있을 때, 기다리게 됩니다. 메시아입니다. 그러나 여러분의 책에 의하면, 그러한 싸움은 아직도 계속되고 있는 듯하며, 계시록에 조금 내비치어 보이는 약간의 희망을 제외한다면, 얼핏 보기에, 이 싸움은 패해가고 있는 느낌도 없지 않아 있습니다.

3장 기사대로 얼핏 이해하기에는, 저 뱀은 간교한 유혹자며, 차라리 동산 가운데 있는 나무가 죽음을 잉태하고 있는 듯도 싶지만, 그러나 이 나무는 결과에서 부활 또는 중생(重生)으로 이어주었던 사닥다리였던 것을 고려하면, 그것은 결코 죽음의 나무는 아니었던 것입니다. 여러분의 구속자의 죽음이, 다시 한번 나무에 매달렸던 것을 제발 염두에 두어두시기를 바라는 바인데, 이것은 그의 죽음이 어떻게 원죄를 대속할 수 있었던가를, 가장 직접적으로 설명해주는 단서가 되기 때문입니다. 저 '나무'는 이른바, '우주 가운데 있는 나무,' 그것이 세상의 형태를 취한 것으로서의 '세상나무'라고 하며, 달리 부르기로는 '생명의 나무' 또는 '순화의 나무'라고 하여, 고대로부터, 나무를 높이 올라가려는 것으로써, 영혼의 순화를 성취함과 동시에 하늘에 닿으려고 하였던 것입니다. 이 '나무'는, 무교(巫敎)에 있어서의 '밧줄'과도 통하고, '무지개'와도 같은 것으로, 태초로부터 인류의 의지 속에는, 저 하늘에의 소망이 깔려오고 있었던 것입니다. 어쨌든, 저 아름다운 생명의 동산, 이른바 에덴이라고 하는 고장의 한가운데 있던 '나무'나, 저 추악한 해골의 골짜기, 이른바 골고다에 세워졌던 '나무(십자가)'나, 그것들은 똑같이, '세상의 나무'였으며, '생명의 나무'였으며, '순화의 나무'였던 것은, 거듭 강조할 필요도 없이 분명한 사실인 것입니다. 이때 우리가 꼭이 관심을 갖고 지켜보아야 할 것이 있는데, 어째서 최초의 것은 '생명의 동산'에 세워져 있었으며, 다음의 것은 '해골의 골짜기'에 세워져 있었던가 하는, 저 장소들의 이상스런 두 개의 은유인 것입니다. 아담이 서 있었을 때 '생명의 동산'이었던 것이, 예수가 서 있게 되었을 때, 그것은 어찌하여 '죽음(해골)의 골짜기'로 변해졌는지, 그것은 큰 흥밋거리이며, 동시에 수수께끼가 아닐 수 없습니다. 그런데 만약, 연금술사들의 상징적 도식을 차용하는 것이 허락되어진다면, 그 관계가 보다 명료해질 것인바, 동산은 아직 체(體)를 못 얻은 용(用)으로서 던져진, 원초적 질료의 남성적 국면의 상징으로서 나타난 듯하며, '골짜기'는, 체로서, 원초적 질료의 여성적 국면의 비유로서 나타난 듯합니다. 그들의 도식에 의하면, [23]아담의 하복부에서는, 저 '나무'가 자라고, 하와에 이르르면, 그 '나무'가 머리에서 자란 반면에 '해골'과의 관련하에 놓여져 있습니다. 말을 보다 복합화하면, 하와의 여근이 해골과 동일시되어 있는 것입니다. 이 용과 체는, 그것이 결합되었을 때 완전을 확보하는 것인바, 보다 문학적으로는, 동산 '나무'가 '해골'의 골짜기에서 심기어졌을 때, 거기 완성이 나타났다고 말할 수 있는 것입니다. 다른 방언을 빌려 말한다면, 그것이 이른바 [24]'옴마니팟메훔'입니다. 헌데 호흡법에 있어 '옴'은 냴숨이며, '마니'는 '보석'의 뜻이고, '팟메'는 '연(蓮)'이며, '훔'은 들숨인바, 전체로써 그 뜻은, '옴 연 속에 담긴 보석이여 훔'으로 될 것인데, 그런데 이 [25]연(蓮)은 요니라고 하여 여근(女根)의 상징이며, '보석'은 특히, '금강석' 또는 '번개'로서 남근(男根)의 의미라고 하니, 그것은 우주적 음양의 화합의 상태를 가장 고차적인 어휘로서 정의하고 있는 것이라고 할 것입니다. 그래서 우리는 '연(蓮)'과 '해골'과, '보석'과 '나무'가 같은 것이라는 것을 알게 되고, '연 속에 담긴 보석'을, '해골의 골짜기에 세워진 십자가'로 환치하더라도, 거기에 무리가 없다는 것을 알게 됩니다. 그리하여 우리는, '동산 가운데 나무'가 죽음을 잉태한 것은 아니라는 결론을 이끌어낼 수 있게 된 셈입니다. 모든 잉태나 출산에는, 어머니가 매개되지 않으면 안 되기 때문인바, '나무'는 결코 음(陰)이 아니기 때문입니다.

　그러나 어떤 종류든, 재생과 부활에는, 거기에 매장이나 죽음이 전제되는 것으로 소승은 이해해온 것인데, 가령 한 알의 씨앗이 떨어져 흙 속에 묻혀들면, 그로부터 그 씨앗의 육의 죽음이 시작되면서, 하나의 힘찬 싹이 돋아나오는바, 육의 이런 죽음은 그래서, 죽음으로서 이야기될 것은 아닐지도 모르는 것입니다. 그러나 그것은 식물적 윤회의 과정이며, 동물적 윤회로 환치했을 때도 같은 상태로 나타나는 것은 아닐 것입니다. 그런 동물적 윤회가 가장 완벽히 성취되어, 하나의 전형으로서 보여지고 있는 것이, 그리고 해골의 골짜기의 십자가 위에서의 예수의 죽음과 부활의 광경입니다, 그 죽음은, 육신으로 자궁에 들어, 살을 썩히고 영으로 싹을 키운, 바로 그 동물적 윤회의 과정입니다. 그러니까 하나는 살에서 살을 키워내고, 하나는 살에서 영을 분리해냅니다. 해골의 골짜기에 세워졌던 저 나무는, 그래서 두 가지의 것을 동시에 성취시켜준 하나의 의지처럼도 보여지는바, 반복되지만, 하나는 육의 죽음이며, 다른 하나는 영의 출산이었던 것입니다. 그런데 여기에서 특히 주목해야 될 것은, 예수에 의해 성취된 저 두 가지 것은 아담이, 동산 중앙의 나무에서 실과를 따냈던, 바로 그 순간부터 예비되어왔었던 것이라는 이 점입니다. 물론 여러분의 경전 기사대로 한다면, 하와가 먼저 따서 맛보고, 남편에게 권한 것이 사실입니다만, 우리는 이 최초의 여성을, 하나의 죽음의 장소, 중생(重生)의 태로서의 '해골의 골짜기'로서 계속 이해해 나가지 않으면 안 되는 것입니다. 다른 말로는 어머니 대지인 것입니다. 그리하여 우리는, 저 3장의 기사가, 자연의 단계를 깊이 살피고 난 뒤에 씌어진 것을 알게 되는바, 하와가 먼저 뱀과 동침하고, 그런 뒤 아담과 동침했다라는, 그런 처용가(處容歌)가 그래서 들려지기도 합니다. 그것들을 고지식하게 춘담으로만 듣지 않는다면, 자연력 또는 남성적 작용

력으로서의 뱀의 현장은, 대지로서의 하와를 떠나서는 있을 수
없다는 것을 알게 되고, 그래서 여자가 먼저 뱀을 수용하고, 다
음으로 남자를 유혹했다는 순서는 완벽한 것입니다. 그러나 '사
람의 아들'이 나타나기 전까진, 저 유혹과, 따내려진 실과는, 하
나의 서론, 하나의 예비, 하나의 수수께끼에 불과했을 뿐, 그것
이 어떻게 성취될 수 있을는지는 알 수가 없었을 뿐입니다. 이제
차차 드리게 될 소승의 졸견을 통해서 약간 눈치채시게 되실지
도 모르겠습니다만, 여기에서 소승은, 예수를 아담의 후신으로
보는 견해에 동의할 수가 없는바, 아담이 동산 가운데 나무의 열
매를 땄을 때, 그것은 아담 자신의 죽음을 따낸 것이 아니라, 신
의 죽음을 따낸 결과라는 것을, 우리는 곧 알게 될 것이기 때문
입니다. 신의 죽음의 예비였다고 말씀드리는 것이 더욱 분명하
겠습니다. 아담이 가정해서, 그 열매를 따내지 않았다고 하더라
도, 그는 결국 죽게 되어 있었다는 것을, 나중에 소승은 고려해
보려고 하고 있습니다만, 저 지상적, 육신적 영생의 문제는 수수
께끼입니다. 만약에 예수를 후아담이라고 하는 견해가 옳다면,
예수에 의해서 아담이 지은 죄(원죄)가 구속되어졌음이 분명한
데도, 그러면 어찌하여 우리는 계속해서 죽어가고만 있으며, 어
찌하여 지상에 에덴은 회복되어 있지 않은지 모를 일입니다. 육
신적 영생이란 어쨌든 수수께끼입니다. 이런 예가 적당할지 어
떨지는 모르겠습니다만, 지나다 듣노라면, 영생의 문제와 관련
하여, 나무나 거북의 수명의 예를 들기 때문에 말씀인데, 그래서
나무나 거북을 예로 들어보아도, 육신적 영생이란 여전히 수수
께끼입니다. 누가 만약에, 그 나무의 뿌리를 파헤치고, 그 거북
의 목을 잘랐다면, 어떤 일이 뒤따랐을 것입니까? 그래도 계속

오백 년이나 육백 년을 살아나갔을 것이겠습니까? 그러고 보면 결국, 파괴당할 소지를 지닌 영생은 영생이 아닌 것처럼 여겨집니다. 그런데 만약에 자기가 파괴될 소지를 갖고 있다는 것을 알며, 그것을 절감한 생물이 있다면, 그 생물은 그중 비참한 존재입니다.

그것이 아담이었습니다. 아담이란 그리고 사람이란 뜻이라고 하니, 사람이야말로 그 가장 비극적인 존재였던 것입니다. 이 비극은 그리고 저 실과 맛으로 하여, 사람의 눈이 밝아져, 신처럼 되어졌던 그때부터 시작된 것입니다. 자기의 필멸성과, 생명의 한계를 깨달아버린 것입니다. 정신적으로 고양된 것이겠습죠. 공포가 싹트고, 그것은 자기 은혜의 본능을 일으켜냅니다. 어딘지 아늑한 곳에, 자기를 숨기고 싶은 것이겠습죠. 쾌와 불쾌에의 분별력에 의해 선악 관념이 형성되고, 선악 개념에 의해 양심이라는 쓸개 주머니가 생기고, 그리하여 그 쓴 즙에 의해 수치가 싹텄을지도 모릅니다. 에덴은 끝난 것이었습니다. 그것은 짐승의 발굽과 똥에 짓밟힌 마구간으로 변한 것입니다. 영생을 잃은, 짐승의 똥과 오줌 속에서, 어떻게 저 하나의 보석 ── 영생이 발효되는지는 아직은 모릅니다. 어쨌든 3장의 기사를, 약간만 주의 깊게 살펴본다면, 그것은 여호와 자신, 또는 말씀이 뱀을 통해, 아니면 뱀으로 둔갑하여, 저 인간들을 종용하고 유혹해서, 에덴을 잃게 한 것으로 여겨지는바, '동산 중앙에 있는 나무의 실과는 [……] 먹지도 말고 만지지도 말라, 너희가 죽을까 하노라'라고, 일견 친절하고 인자스런 아버지처럼 충고하고 있는 것이 그것으로 여겨집니다. 그러나 이것은 친절하고 인자한 충고가 아니라, 하나의 간계, 하나의 유혹, 나중에 다시 한번 되풀이되는 것과 같은 유아 학살로서 던져진 것을 우리는 알게 됩니다. 여호와가 진실로, 사람으로 하여금, 그 나무 실과를 먹게 하지 않고, 죽게 하고 싶지 않았더면, 그는 그렇게 말하기에 앞서, 그 나무를 이 세상 가운데 아예 심지 않을 수도 있었으며 뽑아 내버 릴 수도 있었고, 또 가시떨기나무를 종종 태우듯, 그 나무를 불로 휩싸아놓을 수도 있었는데다, 최소한도 먹지 말라는 충고는 하지 않아도 좋았었습니다. 그러나 그는 그렇게 하지 않았습니 다. 허긴 비록, 아담이 순종하여 그 실과를 따내지 않았다고 했 더라도, 그것이 울타리도 없이 이 세상 가운데에 '먹음직도 하고 보암직도 한' 열매를 풍부히 매달고 서 있는 한엔, 하나의 금기, 하나의 유혹으로서, 놋 땅으로 이민가, 여호와 하나님이 창조해 본 적도 없는 그곳 처녀께 장가든 카인에 의해서든, 또 아니면 오늘이 자리에 앉아 있는 어느 분의 손에 의해서든, 언제든 따내 려질 하나의 가능적 대상으로서 계속 남아오는 것이긴 합니다. 곶감 담은 상자에의 유혹의 이야기는, 그래서 소승이 했던 것입 니다. 만약에 그 어버이가 지혜롭고, 진실로 그 곶감을 잔치 때 까지 아껴두고 싶었더면, 그 어버이는 그 상자를 열어보여 '먹지 도 말고 만지지도 말라'고 타이르기 전에 그것을 땅광 속 깊은 데에 넣어놓고 자물쇠를 채웠거나, 최소한도, 그저 아무 말도 없 이 시렁에 올려둘 수도 있었습니다. 그랬으면 그 아이는, 그것에 유혹을 느꼈기 전에, 하다못해 마늘이라도 구워먹으며 쭐쭐거리 는 창자를 달랬을 것입니다. 비록 그 아이가 그 곶감을 다 먹어 치웠다 하더라도, 불복종의 누명만은 적어도 쓰지 않았을 것인 데, '먹지도 말고 만지지도 말라'는 아무 당부도 받은 적이 없으 니 말입니다. 그런 당부는 순수를 오염한 것입니다. 주의를 환기

시키고, 관심의 방향에 초점을 제시한 것입니다. 여호와 같은 전지한 자가, 저와 같은 순수의 오염이나, 인간 심리의 묘한 역반응을 몰랐다고 한다면, 그는 신이기 이전에, 한 우치한 송아지 따위의 수호신에 불과합니다. 그러나 그 송아지까지도 고삐로 어거치 않으면, 뜻대로 움직여지는 것이 아닌 것은 우리도 아는 사실입니다. 그럼에도 그 곶감을 먹어치운 그 아이의 행위가, 죄이고, 불복종이며, 타락이라고 한다면, 그것은 결국 그 어버이의 이상스런 유혹과, 그 아이 심리 속의 어떤 간교한 것의 속삭임에 의해서 이뤄진 결과인 것입니다. 이렇게 하여 여호와가 하나의 유혹자로 자기를 둔갑시킬 때, 뱀으로까지도 보여집니다. 그 죄과는 그리고 죽음이므로, 그는 자기의 저 어린 자녀들을 학살해 버린 것입니다. 그러나 어쨌든, 여러분의 교의를 점철하고 있는, 저러한 유혹, 저러한 유아 학살은, 예수에 이르기 전까진 그 완성을 보고 있지는 못합니다. 저 최초의 유아 학살이 되풀이 된 예는, 예수의 탄생과 함께, 헤롯 대왕에 의해 무참히 행해져 버렸지만, 저 최초의 유혹은 보다 복합화하여, 예수와 유다 사이에서 완성을 보게 되는바, 결과에 주목하여 발단으로 소급하여본다면, 저 최초의 유혹도, 여호와와 함께했던, 저 '말씀'에 의해 행해진 것이나 아닌가 하고까지 여겨집니다. 나중에 이뤄진 그 말씀의 육화(肉化)를 여러분 경전의 기술자들은 예수라고 하고 있는 것이 아닙니까. 그 예수는 어느 날, 느닷없이, '이 중의 하나가 나를 팔리라'(「마태」 26: 1~21)라고, 인신 매매에 관해 전제를 해서는, 전에 한 번도, 그런 일이란 상상해볼 수도 없었던 제자들께, 그러한 스승 매매도 또한 있을 수 있다는 것을 깨닫게 해준 뒤, '이 그릇에 손을 넣는' 그가 팔리라고(「마태」 26: 25,

「마가」 14: 20~21) 하여, 유다에게 그 음험한 보자기를 덮어씌웁니다. 순수에의 오염입니다. 하나의 불순한 소명입니다. 그가 유다를 지목하기 전에, 그 유혹은 이미, 병독으로 침식해 있었던바, '저희가 심히 근심하여 각각 여짜오되 주여 내니이까?'(「마태」 26: 22)라고 묻던, '주여 내니이까?'라는 질문에, 그 병독 든 심령이 극명히 엿보입니다. 그렇다고 하여, 그들 모두가 예수를 팔리라는 그 확실한 가능성은 없던 것입니다. 이럴 때, 간교스런 자는, 그럴 가능성이 그중 확실한 자를 제자로 하나 거느려두는 것이고, 필요한 때에 이르러 그를 지목해내는 것입니다. '유다가 대답하여 가로되 랍비여 내니이까. 대답하시되 네가 말하였도다'(「마태」 26: 25)라고, 정확하게 곬에다 못을 박으며, 자기를 충심으로 따르던 친구에게 변절을 뒤집어씌우고, 쓰게 배반해버리는 것입니다. '랍비'의 이 배반은, 유다에게는 가슴 저미고 드는, 도저히 참아낼 수 없는 아픔입니다. 이것은, 사람 사는 이웃 간에서 흔히 있을 수 있는 그런 변절과도 다른 것입니다. 이것은, 유다의 생명의 전 소망을, 희망을 좌절시키는 데서만 끝난 것도 아니었습니다. 그는 죽어서까지도 갈 데가 없는, 하나의 저주의 덩이로, 태어나지 말았던 것이 좋았을 한 핏덩이로, 이 우주간에 고독하게 버림받아져버린 것입니다. 그러기 전부터도, 그 유다는 외로운 사내였었습니다. 그의 열한 명 친구들이 모두 한 지방 사람들로서, 형제들이었거나 이웃 사촌들이었던 데 반해, 그 유다만이 홀로 남 유다 이스카롯 지방에서 와서, 사실상 외톨박이였는데다, 예수까지 열셋이서 각설이패모양 우 몰려다니나, 먹을 것도 없어, 안식일 같은 때에도 생밀알이나 까먹어 요기를 하곤 하던, 그런 풍족치 못한 일당의 회계까지를 맡아,

그렇지 않아도 늘 혼자 근심스럽고 또 괴롭던 중이었습니다. 그런데 며칠 전에는 어떤 부잣집 약간 홀린 옌네가, 삼백 데나리온이나 값이 나가는, 그렇게도 귀중한 한 옥함의 나드 기름을 먹지도 못해 야윈 랍비의 곁에다 쏟고 있었을 때, 유다 자기로서는, 참으로 온정있고, 충직하며 성실한 마음으로, 그것을 팔아 가난한 자를 도와주는 것이 더 옳지 않겠느냐고(「마태」 26: 6, 「마가」 14: 3) 한마디 거들었다가, 여지없이 질책을 당하고 있던 중이기도 했습니다. 물론 그러한 충직한 충고를 한 인물의 이름이 성경상엔 나타나 있진 않습니다만, 재정적인 문제로 근심스럽던 회계꾼이 그런 이야긴 우선적으로 했을 수 있다는 것은 쉽게 짐작되며, 그렇지 않더라도, 물고기나 낚아 그저 소탈히 살던 다른 어부들이, 그 한 옥함의 나드 기름값을 그렇게 자상히 알고 있었으리라는 믿음은 없습니다. 헌데 그 당시의 한 데나리온이란, 농원 농부들의 하루 품삯에 해당된 값이었다고 하니, 먹지도 입지도 말고 저축하였어도 일년이나 걸려서야 만들 값이었으니, 가히 거액이었으며, 혀만 내둘러 가난한 사람들을 돕고, 천국의 금덩이를 엿보여오고 있던 차에, 재물로써도 또한, 가난한 자들을 도와줄 수도 있던, 바로 그 기회에 왔던 것입니다. 제자들의 견지에서는 그렇다는 말씀입니다. 그러나 그 예수는, 삼백 데나리온의 기름에 비맞은 병아리 꼴을 하고선, 그런 성실한 충고에 오히려 분노하고, 특히 유다 듣기에, 별로 씨먹지 않은 말로 횡설수설하기만 했던 것입니다. 이미 말씀드린 바와 같이, 열두 명째 제자로, 유다를 꾀어냈던 그때부터도, 저 변절, 저 유혹은 준비되어 있었습니다만, 성경상에 나타나기로는 저 한 옥함의 나드 기름으로부터 이제 저 유혹은 곬으로 다가가고 있는 느낌이 없잖아 있습니다. 예수의 죽음의 준비의 시작이었던 것입니다. 아무튼, 그 삼백 데나리온짜리 기름이 발라졌음에도, 예수의 죽음은 비웃음과 조롱에 덮였었는데, 그 유다가 빈축만 사야 되었던 이유는 어디에 있었겠습니까? 거기에 저 '말씀'의 인현(人現), 예수의 숨은 뜻이 깔려 있었다고 볼 수밖엔 없겠습니다. 그 숨은 뜻이란 참으로 뱀답게 간교하며, 음험한 것이었습니다. 그럼에도, 그런 방법에 의해서 그는, 자기의 전능을 성취해낸다는 것을 우리는 압니다. 이 말씀은 그러니까, 여호와 자기가, 하나의 대의를 위해, 예비해놓은 길을 가기 위해서, 그런 수단을 택한 것은 아닌가 하는 이야기입니다. 그렇지 않다면, 그 여호와를 믿고 의지하며 예배하기에 앞서, 그에게 주먹을 쥐고 달려들어, 저주하며 욕설을 퍼붓지 않고는 못 견디게 할 것임에 틀림없습니다. 그러나 소승의 이야기는 너무 멀리 나온 듯합니다. 어찌 되었든, 소승의 한 결론은, 저 실과는, 신 자신의 유혹에 의해 따내려진 것이라는 것이며, '원죄'란 '죽음'의 의미라는 것이고, 그리하여 죽음에 대한 공포와 기대가, 생명에 대한 고통과 희망이, 저 최초의 사람에게서 비롯된 기사라고, 「창세기」 3장 1절에서 7절까지의 이야기를 해석하는 바입니다."

나는 잠깐 쉬고 다시 이었다.

"이렇게 해서, 그러면 어째서, 우주의 주재신이, 하필이면 인육(人肉)을 취해서, '사람의 아들'로서 이 세상으로 내려오지 않으면 안 되었던가 하는 문제를 조금 언급해도 좋을 차례에 왔다고, 소승 사료하는 바입니다. '신의 인현(人現)'이, 소승 믿기엔, 바로 저 원죄와 직접적인 관련을 갖고 있는 것 같기 때문입니다." 나는 잠깐 쉬고 다시 이었다. "이 문제에 관해서도 물론, 많은 학자들이 많은 학설을 주장하고 있는 듯하며, 또 성삼위(聖三位)를 부정하는 파에서는, 이 문제 또한 부인하고 있는 듯하지만, 소승으로서는, 그런 여러 고귀한 주장들을 요약적으로라도 말씀드리고, 그것의 옳고 그름을 분석할 만큼 박식하지도 못하려니와, 그것이 또 소승의 의도에도 꼭히 필요한 것은 아니므로 회피하려 하오니, 혜량 있으시기 바라는 바입니다.

미리 말씀드린 바와 같이, 그런데 이 '원죄' '신의 인현' '삼위일체'의 문제는 연줄이 그러해서 그러니, 소승으로 하여금, 다시 저 「창세기」 3장 1절에서 7절까지의 기사로 되돌아가, 살펴볼 수 있도록 용허하여주시기 바라는 바입니다. 소위 '선악과'라고 일컫는, 저 열매를 최초의 인간이 따고 있었던 그 장면은, 극도로 무서운 순간이며, 그 탓에 우리는 낙원을 잃어버린 것이 아닙니까. 인간은 그래서 죽음과 맞닥뜨려버린, 저 한 순간이 만약에 없었더면 하고, 우리는 얼마나 바라온 것입니까. 그래도 우리는, 우리의 선조가 무엇을 잃고, 무엇을 성취했는지, 그것을 알아내지 않으면 안 되는데, 그것을 위해서도 여러분의 책은 씌어진 것이라고, 소승은 믿는 바입니다. 어찌 되었든, 그런 문제를 밝히기 위해서, 그러면 여호와는 왜 인간을 타락으로 유혹하지 않으면 안 되었던가 하는 문제가, 이제 정작으로 제기됩니다. 이 문제의 제기는, 아까도 잠깐 언급되어졌었습니다만, 그러면 선악과를 따먹기 전엔, 인간에게 과연, 신과 같은 영생이 육신적으로 그리고 지상적으로 부여되어 있었던가 하는 의문을, 동시에 불러일으킵니다. 비록 '너희가 죽을까 하노라'라고 하여, 문맥상으로는, 영생이 주어져 있었던 듯이도 여겨지지만, 그럼에도 의문은 여전히 남아 있는 것이 또 사실입니다. '여호와 하나님이 흙으로 사람을 지으시고, 생기를 그 코에 불어넣으시니 사람이 생령이 된지라'(「창세」 2 : 7)와, '필경은 흙으로 돌아가리니 그 속에서 네가 취함을 입었음이니라'(「창세」 3 : 19)를 서로 연결하여 생각하여보면, 신이 흙을 취해 인간을 지었을 때, 이미 그 물질적인 육의 한계는 저변되어 있었다는 결론이 저절로 따르는바, 초기 기독교의 석학들은, 하나님이 인간의 코에다 불어넣은 생기를 설명하면서, 동시에 육의 한계를 극명히하고 있습니다. [26]'신이 땅으로부터 진흙을 취해, 자기 형상 닮게 사람을 짓고, 그것에다 생명의 숨을 불어넣었더니 사람이 생령이 된지라. 그런데 이 영이란 무엇인가 하면, 원래 원소에 의해서 그것이 이루어졌을 때부터, 파괴될 성질의, 불완전한, 물질의 몸 즉 육체내에서 살 때는 속사람이라고 부를 어떤 것이다.'

그러면 어째서 신은, 저 '파괴될 성질의' '완전치 못한,' 그런 조악한 '물질'을 취해서 사람을 짓지 않으면 안 되었던가, 거기엔 어떤 쓸모가 있었던가, 이것이 가장 큰 문제인데, 그것에 대한 대답은 어쩌면 이렇게 되어질 것인지도 모릅니다. 즉, 신은, '사람의 눈으로 볼 수 없는'(「요한」 1 : 18) '영(靈)'(「요한」 4 : 24)이었기 때문에, 그런 영체(靈體)에서는, 저 물질적인 몸을 분리해낼 수가 없었을 것이라는 것입니다. 신 자신으로서도, 어떤 모태를 빌리지 않으면, 자신을 육화(肉化)해낼 수 없었다는 이유가 이제 여기에서 밝혀집니다. 그래서 우주적 '신비한 암컷〔玄牝〕'으로서의, '지혜'의 여성명사화로서의, '소피아'(「잠언」 8 : 22~31)나, 세상적 어머니로서의 '마리아'가 등장하게 됩니다만 아무튼 아담의 몸은, 저 조악한 '흙'의 집적이었으며, 그것은 그런 이유로, 장차 파괴될 그 '불완전성'을 병독으로 지니고 있었던 것입니다. 신까지도, 저러한, 파괴되어 흩어진 물질에는 영생을 부여할 수가 없었던 것입니다. 신은 전능하므로, 신으로서 할 수 없는 일이란 없다라고 생각하는 것은 사리를 따져보기도 전에, 무조건 신앙하고 맹종하는, 하나의 단순성, 또는 유치성이라고 해도 될 것인즉슨, 한 예로, 그런 전능한 신도, 자기가 죽기 위해서는, 장차 이야기되겠습니다만, 자연의 어떤 과정에 따르지 않으면 안 되는 것입니다. 분명히 말하면 신은 죽지를 못한다는 이야깁니다. 그것은 육신적인 삶에도 그대로 적용될 수 있는 이야긴 것입니다. 원죄로부터 예수 하나만이 무죄하였다고 하는 것이 사실이라면, 그리고 육신적 영생이 가능한 것이라고 한다면, 한 번뿐이 아니라, 천의 병사들이 각각 천 번씩 그 예수께 창끝을 찔러넣었다 하더라도, 그는 죽지 않았어야 되는 것입니다. 고통도 느끼지 말아야 되는바, 고통과 함께하는 영생이란 저주며, 지옥이기 때문입니다. 그러므로 어쨌든, 저 '죽음'은, 동산 가운데 있던 선악과보다도 선재해 온 무서운 악이라는 것을 우리는 알게 됩니다. 보다 분명히 말씀드리면, 선악과를 따먹기 훨씬 전부터, 생명이 물질로 형상을 입었던 그때 그 순간, 이미 죽음도 함께했었다는 말이 되는 것입니다. 그럼에도 저 최초의 사람은 그것을 모르고, 자꾸만 죽음으로 다가가고만 있었습니다. 도대체 조심성이 없어, 행동은 위험스럽고, 지혜가 없어, 보기에 민망할 정도로 어리석었습니다. 그때 여호와는 대자대비를 느꼈을 것이 분명하고, 그래서 무엇보다도 여호와에게 문제가 되었을 것은, 어떻게 저 철없는 사람에게 죽음을 인식시킬 것인가였을 것임에 분명합니다. 지혜는 그리고, 죽음의 인식으로부터 시작된다고 해도 그렇게 과언은 아닐지도 모릅니다. 죽음을 깨달게 한다는 것, 그것은 한편으로는 잔인스러우나, 그렇다고 또한 피할 수도 없는 것이었을 것입니다. 죽음을 모르고, 동성(童性)으로 산다는 일은 행복일는지는 모르나, 한계지어진 삶을, 불행하게라도, 보다 절실히 산다는 일과는 다른 것이기도 합니다. 어쨌든 죽어가는 자가, 죽음을 몰라 웃고 있는다는 일도 보기에 비참한 것입니다. 죽음과 늘 대면하여 산다는 일 또한 보기에 참혹한 일이지만 그래도 삶은 이제 거기서부터 그 세부에까지 체험되어지는 것이나 아닌가 하고도 믿어지는 것입니다. 같이 꿈꾸는 눈을 하고 있다고 하더라도 할아버지 품에 안겨 있는 손자의 하루와, 그 할아버지의 하루는 전혀 다른 것이 사실일 것입니다. 여호와로서는 물론 여러 가지 방법으로 아직 죽음을 몰라 방정스럽지 못한, 저 선남선녀에게 죽음을 가르쳐줄 수도 있었을 것인데, 무릎 밑에 앉혀놓고, 한 꽃을 뜯어내 보여, 그 꽃이 햇볕 아래서 어이없이 시드는 것을 보여줄 수도 있었을 것이고, 또 한 덫을 만들어, 거기 목졸린 토끼가 비명하다 늘어지는 광경을 보여줄 수도 있었을 것입니다. 그런 건 물론 잔인한 살해의 장면입니다만, 그랬다손 치더라도, 저 자녀들은 미구에, 그런 방법에 의해 삶을 꾸려가야 했으며, 또 죽어가야 했던 운명이 아니었던가 말입니다. 그런데도 실은 그런 방법으로는 가르쳐주지 않고, 어찌하여 하필이면 간계로써, 저들을 죽음에의 인식으로 유혹했는가, 이것이 수수께끼이며, 그 탓에 소승은 그것을 일러 최초의 영아 학살이었다고 말하는 것입니다. 어찌하여 그는, 동산 가운데 나무를 정하여, 거기에다 보암직도 하고 탐스러운 덫을 매달아놓고, 그 덫에다 자기의 사랑하는 자녀들을 치이게 한 뒤, 죽음의 초래를 인간의 불복종과 과오 쪽에다 돌려, 외로운 인간들로 하여금, 저 모진 고통을 전적으로 당하게 한 것인가, 글쎄 이 것이 문제입니다.

그리하여 이제, 종단 없는 장돌뱅이 소승 또한, 여러분의 신의 대자대비에 깊은 앙모를 품지 않으면 안 될 단계에 온 듯합니다. 그것은 아까 누누이 말씀드렸으나, 여태까지도 오리무중 속에 남겨온 한 문제의 심각성 때문으로써입니다. 그러니까, 이미 함께했던 인간의 죽음이, 두 번 예비된 것으로서 저 선악과가 따내려진 것이 아니라, 그것이 따내려졌던 그 순간, 신 자신의 죽음이 예비되었던 것이라는, 바로 이 심각한 점인데, 한 마디로 투박하게 말씀드리면, 신은, 자기의 대자비로 하여, 저 죽을 자녀들을 어떻게든 중생(重生)시키기 위하여, 자기의 목숨으로써 대신하려 예비했었다는 주장인 것입니다. 이것은 하나의 충격입니다. 비록 신 쪽에서 인간을 유혹했다고 하더라도, 이 사실은, 인간이 최초로 신 죽이기에 나선 것으로 보여지기 때문입니다. 반복하면, 그리고 이 점은 아무리 반복되어져도, 아무리 강조되어져도 좋은데, 선악과에 의해 인간은 인간의 죽음을 따낸 것이 아니라, 신의 가슴에 창을 꽂아, 그 신으로 하여금 죽게 한 신의 죽음을 따낸 것이라는 것입니다. 그리하여 저 선악과는, 두 개의 무서운 의미를 획득해내는바, 하나는, 인간이 몰랐던 죽음에의 인식이며, 하나는, 신의 죽음에의 예비입니다. 그러나 여러분의 구주, 예수의 죽음이 십자가에 매달려지기 전까진, 신의 것이나 인간의 것이나 꼭같이 저 죽음들은, 청산되어져야 할 하나의 부채로서 보류되어왔었던 것입니다. 신은, 자기의 자녀들을, 죽음 가운데서 일으켜세워야 할 대자대비의 부채를 인간에게 지고 있었고, 그것은 창조자의 의무에 속하는 일이기도 하겠습니다만,

인간은, 자기네들이 따낸 실과, 신의 죽음을 저 나뭇가지에 되돌려, 불복종에의 용서를 받아야 될 부채를 신에게 지고 있었습니다. 그리하여, 나무에 매달린 예수의 죽음은, 그런 모든 부채 정리로 나타납니다. 서로간에 채무 관계가 생겼을 때 거기 유혹의 방법이 개재되어 있었듯이 채무가 정리되는 데에도, 거기 유혹의 수단이 되풀이되어 있었던 것입니다. 허지만 예수의 유다에의 유혹에 관해서는 재언을 삼가하려 합니다. 어쨌든 우리가 예수를 나뭇가지에 매달아, 따내렸던 열매를 되돌렸을 때, 예비되어왔던 일들이 모두 성취되며, 동시에 종결지어졌던바, 신과 인간에게 동시에 주어진 '죽음'이며, 동시에 획득된 '영생'입니다. 이 영생은 물론 육적 영생은 아닙니다만, 이 영생의 문제와 함께, 그러면 신의 죽음의 값으로 어떻게 영생이 가능되어졌던가 하는 문제는, 아직도 수수께끼입니다만, 그것은 '삼위일체'의 문제를 언급해가는 동안에 차차로 밝혀지기를 바라고 있습니다. 그러면 어째서 하필이면, 저와 같은 영아 학살의 수단을 택해 역사 속에서 되풀이시켰느냐는 의문과 함께, 신격에의 회의까지를 금할 수 없게 하는데, 그 점에 관한 한, 소승은 불완전한 인간이어서 그 깊은 뜻을 들여다볼 수가 없을 뿐입니다만, 그럼에도 추측이 허락된다고 한다면, 소승으로서는 그러한 유혹의 방법이란 극소한도까지 신 자기의 섭력을 줄이려 하며 그러한 일이 인간의 자유 의지에 의해 형성되어진 것처럼 보이게 하려 한 것이나 아니었을까 하는 것이고, 영아 학살의 두쨋번 되풀이의 저의는, 보다 더 복합적 의미를 띤 듯합니다. 소승으로서는, 예수가 순전히 무죄하다고 생각하는 편에는 서지 않습니다. 그가 태어났을 때, 그로 인해서 무고하게 학살당한, 수없는 영아들의 피가 그의 생명 위에는 뿌려져 있었던 것입니다. 예수에 의해서 나중에, 그런 어떤 유아는 '천국'이라고까지 비유되었던 것밖에, 예수 자신도 자기의 출생의 나쁜 전설에 대해서는 참회하고 있는 흔적이 보이지 않는 것은 이상합니다. 그러나 저 영아의 죽음들은, 예수의 생명의 집단화에로의 확산의 과정처럼도 보이며, 또한 위대한 정신을 보듬어내기 위한 하나의 우주적 산고처럼도 보이기는 합니다. 한 생명의 집단화란, 다시 풀어서 말씀드린다면, 그 생명과 다른 생명들과의 인과 관계 때문인데, 그 생명이 태어나지 않았으면, 다른 생명이 학살당하지 않았을 것을, 그 생명이 태어났으므로 다른 생명들이 학살당한 것은, 그리고 그러한 학살이 위정자에 의해 거국적으로 행해졌던 것은, 그 생명의 비범성을 단적으로 드러내 보여주는 것이라는 말씀입니다. 그러나 거기에서 끝나고 말았으면, 저 어린 예수는, 피처럼 붉은 한 저주의 덩이, 죄악으로서 던져진 나쁜 씨앗에 불과했습니다만, 우리가 특히 관심해야 할 것은, 그러한 우주적 산고를 치르고 낳은 아이가 장차, 우주적 죄를 또한 한몸에 지고 죽었다는 이 점일 것입니다. 출생에서부터 그의 생명은 그 자신만의 것이 아니었습니다. 비록 조롱하기 위해서였다고 하더라도, 당시인의 무의식 속에선 그를 왕으로 받아들이고 있었던바, 그에게 가시면류관을 씌우고 홍포를 입히며, '유대인의 왕'이란 명패를 걸어주는 데까지 이르는 것입니다. 그의 죽음의 집단화였던 것입니다. 그의 출생이 피와 비극에 의해 영아들의 울음에 덮였던 것에 반해, 그의 죽음이 조롱과 멸시에 의해 어른들의 웃음거리가 되었던 것은, 뭔가 거기에, 천착해 볼 여지가 있습니다만, 그 점만은 소승은 보류해두려 합니다.

어쨌든, 앞서 살펴본 대로 하여 하나의 주장을 끌어낼 수 있다면, 여러분의 종교는, 신이 신앙되어지는 것이기 전에, 신에 의해 인간이 신앙당해왔었다는 것입니다. '신의 최초부터 최후의 주제는 인간'이라는 것입니다. 그래서 그는, 인육까지도 서슴지 않고 입어, 이 세상으로 고통을 자초하고 온 것입니다마는, 그렇다면 신은 어떤 과정을 통해 인육을 획득할 수가 있었는가 하는 점이 궁금해지기도 합니다.

그 문제에 관한 한은, 소승으로서는 전적으로, 선현들이 미리 다 해놓은 이야기를 빌려올 수밖엔 없겠습니다만, 그러나 소승의 관심점은, '신이 어째서 인현을 준비하지 않으면 안 되었던가'이지, '신이 어떻게 인현을 성취했는가'는 아니라는 점을, 특히 기억해주시면 싶습니다. 신이 어떻게 인육을 입었는가라는 의문에 대한 대답은, 그렇게 어려운 것이 못될 것인바, 출산에 있어서의 세상적 형태를 우주적 형태로 환치해놓고 보면, 금방 그 비밀이 누설되기 때문입니다. 여호와는 일견, 고독한 양력(陽力)일 뿐인 듯하지만, (27)'어떤 신도, 거세되어 고자의 형태를 띤 신은 없다'는 것을 특히 고려하고 보면, 그에게도 배필이 있었던 것입니다. 그녀의 성격은 그렇군입쇼, 소승이 조사하기로는, 「잠언」 8장 22절에서 31절까지의 기사인데, 수고스럽지만 숙녀께서 좀 봉독해주시겠습니까?"

"(그가) 그 조화(造化)의 시작, 곧 태초에 일하시기 전에 나를 가지셨으며, 만세 전부터, 상고(上古)로부터, 땅이 생기기 전부터, 내가 세움을 입었나니, 아직 바다가 생기지 아니하였고, 큰 샘들이 있기 전에 내가 이미 났으며 〔……〕 또 땅의 기초를 정하실 때에 내가 그 곁에 있어서 창조자가 되어, 날마다 그 기뻐

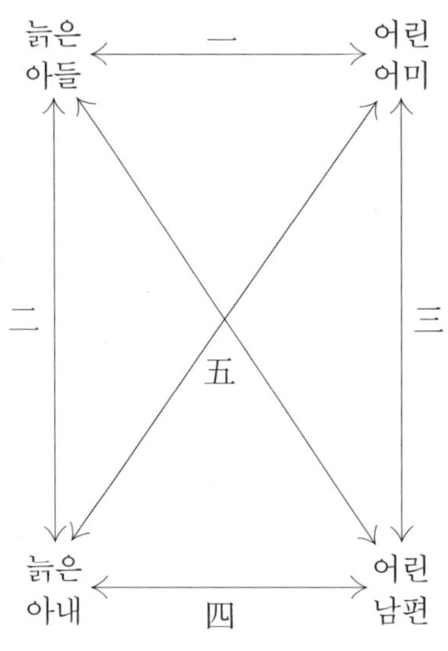

하신 바가 되었으며, 항상 그 앞에서 즐거워하였으며, 사람들이 거처할 땅에서 즐거워하며, 인자(人子)들을 기뻐하였느니라."

"소피아입니다. 희랍 말로서, '지혜'라는 뜻이라고 합니다. 말씀드렸다시피, 우주적 현빈(玄牝)으로서, 세상적 형태를 입어, 요셉과 정혼한 처가 됩니다. 아시다시피, 여호와는 양기(陽氣)며, 양령(陽靈)이었으므로, 저 동정녀에게 아무 상처 입히지 않고라도, 그녀의 태 속으로 섭리해드는 일쯤은 어렵지 않게 해낼 수 있었을 것입니다. '성령'이 때로 '소피아'와 혼동되는 일이 있지만, 삼위일체설에 의하면 성령 또한 양신(陽神)인바, 그 성령이 저 양력(陽力)을 여인의 태 속에다 쐬어넣는 일을 맡습니다. 그래서 태어난 어린 아들은 태초부터 있었던 늙은 여호와 자신이면서, 동시에 자기 자신의 아들이며, 이 아들은 또한 늙은 아비 자신이면서, 자기 자신의 아버지가 되어 있습니다. 그런데 어미 편에서 보자면, 그녀 또한 태초부터 여호와와 함께했던 늙은 아내였던바 그 늙은 아내가 태어내놓은 아들은 어린 남편임과 동시에, 사실에 있어 늙은 아들이었던 것입니다. 늙은 아들 쪽에서 보면, 전에 자기의 늙다리 부인이었던 것이 느닷없이 어린 어미로 변해져 있던 중인 것입니다. 현빈의 세상화에서 나타난 결과입니다. 이 관계를 그림으로 나타내 보면 보다 명확해질 것인바, 이 그림은, 소승이 의중에 넣고 있으며 미구에 보여드리려고 하고 있는, 다른 몇 그림의 근간이 되어 있다는 것만을 미리 말씀드렸으면 합니다. 그러나 저 그림은 대단히 평면적인 것이며, 그것이 입체화되기 위해서는 약간의 변모를 당하지 않을 수가 없을 것입니다. 장차 주석될 하나의 전제로서 소승은 이 자리에서 먼저, 저 그림의 숫자 '五'는, '白'의 위치이며, 오행에 있어서는 '土'를 담당하고, 방위에 있어서는 '中央' 또는 '黃房'이며, 성별에 있어서는 '陰陽一體,' 작용의 문제에 있어선 '體用一體,' 그런 모두를 가능케 하는, 힘으로서의 시간의 문제와의 관련에서 '시간의 현재'의 일점이라는 것을, 먼저 말씀드려 두는 바입니다.

이렇게 해서 어쨌든, '원죄설'과 관련하여, 어째서 신 스스로 인육을 입어 이 세상엘 왔던가 하는 점들을, 소승 나름으로는 정리해본 셈입니다. 그러고 나니, 여호와와 예수는 동일신이다라는 믿음이 짙어지고, 이 연쇄의 고리는 곧장 '삼위일체'의 문제를 고려케 합니다."

나는 잠깐 쉬고, 다시 이었다.

"헌데 물론 아시다시피, '삼위일체설'은, 성경상 그 근거가 희박할 뿐이고, 후대 현자들의 철학적 사색의 결과로 보는 것이 옳은 견해라고 하고 있습니다만, 그러나 그렇게만 시선을 고착시켜버리는 것은, 여러분의 경전은 「요한계시록」까지만 씌어지고 그 이후에는 전혀 씌어지지 않는다는 주장과도 맞먹는 것이며, 여호와의 역사하심 또한 멈춰진 지 오래라는 이야기와도 맞먹는 견해인 듯합니다. 그러나 소승의 믿음에는 역사를 통해 경전은 언제나 새롭게 윤색되어 왔으며, 그리하여 그것이 그 시대에서 보편화를 획득하면, 그것은 그 시대의 진리로 되는 것이고 이미 옛날의 경전과는 다르다는 것입니다. 일례로, 다윗이나 솔로몬의 일부다처제 같은 것을 들고 보아도 그것은 이미 침몰된 시대의 풍습이지, 오늘날도 반드시 통용되는 것은 아닙니다. 그리고 더욱이 신은 경전 속에 억류된 유수가 아닌 것입니다. 경전이 비록 「요한계시록」까지 씌어지고 멈췄다고 해서 신의 역사함까지 멈춘 것이 아니고 그 시대시대의 고뇌와 요청에 귀 막고 온 것이 아닙니다. 그러니까 소승의 말씀은 여러분의 예순여섯 권의 경전에만 성령이 임한 것은 아니고, 그 후의 현자들 위에도, 그 성령은 꼭같이, 아마도 보다 다양화하고 복합화해진 시대에 알맞게 임해온 것이라는 주장입니다. 이렇게 볼 때라야만, 여러분의 신은 우리의 세계의 흐름에도 여전히 참여하며, 우리의 염원을 귀담아듣는, 생생히 살아 있는 신으로서, 우리의 심령에, 그리고 우리들의 매일매일의 삶에 자리해오는 것입니다. 사실에 있어 묵은 신의 영상을 고수한다는 일은 족보나처럼, 우리들 선대인들이 어떻게 자리잡아 살며, 어떻게 자손을 퍼뜨렸는가 하는 내용으로, 역사적인 의미를 지니고 있을는지는 모르지만 지금 현재, 우리가 살며, 우리가 고통당하는 것과는 별로 무관한 것일 것입니다. 신은 그러나 모든 시대에 알맞도록 그 시대 속으로 쉬임없이 그 시대에 맞는 인육(人肉)을 입어 나타나지 않으면 안되고, 그래서 그 시대인들과 사귀며, 희망을 주지 않으면 안 되는 것입니다.

통설을 따라서, '삼위일체론'은 후대 현자들의 사색의 결과로 보는 것이 옳다는 견해에 동의한다고 보더라도, 성경상 그 근거가 희박하다는 이야기는 반드시 옳다고만 믿어지진 않습니다. 선현들이 때로 잘 인용하는 몇 예문만을 들어보아도 그러한바, '태초에 말씀이 계시니라. 이 말씀이 하나님과 함께 계셨으니 이 말씀은 곧 하나님이시니라'(「요한」 1：1)라는 구절에 의하면, '말씀'과 '하나님'이 일체라는 예이고, '말씀이 육신이 되어 우리 가운데 거하시매 우리가 그 영광을 보니, 아버지의 독생자의 영광이요'(「요한」 1：14)라든가, '본래 하나님을 본 사람이 없으되 아버지 품속에 있는 독생하신 하나님이 나타내셨느니라' (「요한」 1：18) 같은 구절에 의하면 저 '말씀'은 곧 예수였던 것입니다. 그리고 그 예수는, '나와 아버지는 하나이니라'(「요한」 10：30)라고 분명히 자기를 밝히고 있는 것입니다. 그런데 '성령'은 '보혜사(保惠師)'라고도 하여, '내가 아버지께 구하겠으니 그가 또 다른 보혜사를 너희에게 주사 영원토록 너희와 함께 있게 하시리니'(「요한」 14：16)와, '보혜사 곧 아버지께서 내 이름으로 보내실 성령 그가 너희에게 모든 것을 가르치시고 내가 너희에게 말한 모든 것을 생각나게 하시리라'(「요한」 14：26)라고, 그 성격을 명확히하고 있는바, 무엇보다도, '그가 또 다른 보혜사를 너희에게 주사'의 '또 다른 보혜사'와, '만일 누가 죄를 범하면 아버지 앞에서 우리에게 대언자(代言者 혹 保惠師)가 있으니 곧 의로우신 예수 그리스도시라'(「요한 1書」 2：1)의 '대언자' 혹 '보혜사'와의 구별이 안 되고 있는 것은 주목할 만한 것으로 사료됩니다. '또 다른 보혜사'라고 그 자신이 말하면서, '대언자' 또는 '보혜사'와 자기를 혼동시킵니다. 이 의미는 곧바로 보혜사와 예수 자신이 또한 일체라는 것일 것입니다. 성부와 성자가 일체이며, 성자와 성령이 일체라면, 성부와 성령도 또한 일체인 것은 분명합니다.

그럼에도 불구하고, 그러면 어째서, 여러분의 경전 속에는, '삼위일체'라는 어휘가 한 번도 기술되어 있지 않았는가라는 의문이 제기되는바, 소승의 천견으로는, 저 유일신이 다신교적으로 예배되어지는 것을, 성경 기술자들이 꺼린 것이나 아닌가 하고 여기고 있을 뿐입니다. 당시에 바빌로니아에도 저 삼위일체 신위가 있어 다신적으로 숭배되고 있었을 뿐만 아니라, 다른 여러 방언(方言)에도 저 삼위일체 신위가 있어온 것은 여러분도 잘 아시는 바입니다. 그런 경우, 유일신의 신위를 계속 견고히하는 방법은, 삼위일체라는 그 성격을 흐리게 하고, 여호와만을 계속 우리 앞에 압도시키는 수밖엔 없었을 것이라는 것이 쉽게 이해됩니다. 그러면서 할 수 있는 한까지 폐쇄시키는 것입니다. 그럼에도 불구하고, 다른 방언이 끼친 영향이 여러 군데에서 발견되어지는바, 모세의 '놋뱀'도 그런 하나이지만, '에스겔'에 예시된(「에스겔」 1 : 1~14) 신약의 네 공관복음서 기자들의 모습도, 사실은 애급의 태양신의 네 아들의 모습이며, 구주 탄생에 따른 저 별의 전설도, 바빌로니아의 점술의 영향하에서 이뤄진 것이라고 보는 것입니다. 이렇게 볼 때, 여러분의 경전 기술자들이, 삼위일체를 어째서 극력 은폐시키려 했는가가 어쨌든 조금은 밝혀집니다. 사실은 그런 덕에, 외부의 홍수 같은 영향을 이겨내고, 여러분의 신은 계속 유일신으로서의 자리를 고수해온 것이 사실입니다. 여호와는 그러므로, 자기가 선택한 민족의 배타심과 폐쇄성에 감사해야 할 일입니다. 어쨌든 그렇게 해서라도 이제, 여러분의 신위가 확고해졌으면, 신격(神格)의 문제가 다시 심각히 논의되어도 좋을 때에 왔다는 것을 여러분은 알아냅니다. 왜냐하면 이제는, 일신 삼격(三格)을 아무리 논의한다고 하더라도, 그가 다신적으로 예배되어질 그런 소지란 전혀 남아 있지 않기 때문이고 이러한 논의를 통해서, 그의 신격이 더욱더 완전을 확보했으면 했지, 손상당할 일이란 없을 것이기 때문입니다.

어쨌든, 선현들에 의하여 삼위일체론은 대별하여 두 가지로 나뉘어왔던바, 그 하나는 이름하길 '현현(顯現) 삼위일체'라고 하고, 다른 건 '본질적 삼위일체'라고 하는 것이 그것입니다. 헌데 '현현 삼위일체'란 그 어휘가 시사하고 있는 바와 같이, 하나님이 역사상에 나타난 사실에 기초하여 발전된 역사적 교의라고 하는데, 즉 여호와가 셋의 모습으로 역사에 군림한 것이라고 하는 것입니다. 그러니까 기독 이전에 히브리 민족에게만 나타났던 하나님이 그 하나이며, 그 둘째는 기독을 통해서, 기독 이후의 성령이 그 셋째라고 보는 견해이고, '본질적 삼위일체'란 앞서 본 여호와의 통시적(通時的) 현현은, 신 자신의 성격에 기초하지 않으면 안 된다는 확신에 의해서 형성된 것으로 신은 하나이면서 세 분이라고 보기 시작한 견해인바, 더욱이 이 본질적 삼위일체는 사상적 성찰로 이뤄진 예라고 합니다. 이상에 드린 말씀은 미리 모두 해놓은 이야기를 약간 차용한 것입니다만, 그러나 삼위일체 사상의 성립 근거라든가, 그것의 발전사 같은 문제는, 소승이 지금부터 말씀드리려는 것에 대해, 거의 도움이 되고 있는 건 아니라는 것을, 이 자리에서 밝혀두는 바입니다. 소승으로서는, 선현들 해놓은 저러한 구분을 빌리는 것이, 소승의 관견을 말씀드리기에 썩 편리하기 때문에, 그분들의 용허도 없이 빌려쓰려고 하고 있을 뿐입니다.

얼핏 보면, 그 두 고견은, 병합해 질서로워질 근거가 희박한 듯이도 여겨지지만, 소승으로서는 그것을 종과 횡의 관계로 이해하려고 하고 있는 중입니다. 그러한 소승의 의도가 보다 명료히 설명되어지기를 바라서, 그래서 소승은, 미구에 몇 개의 그림을 실험해보이려 하오니, 모쪼록 허락되어지기를 바랍니다. 그리고 이러한 그림은, 소승이 체험하고 난 뒤에 믿기론, 그 자체가 어떤 의문의 해답이며 별도로 그렇게 많은 주석이 따라야 될 것으로는 여겨지지 않습니다. 물론 '河圖'나 '洛書'는 해답이지만, 주석이 따르지 않는다고 할 때, 도대체 그 의미를 알 수 없는 경우 같은 것도 있을 수는 있습니다."

나는 잠깐 쉬고, 다시 이었다.

"주지하시다시피, 우주는 종교적으로 여럿의 상징을 입어 우리의 육안에 호소되어 왔습니다만, 그 중에서도 특히 삼각(三角)과, 사각(四角)과, 원(圓)이, 그 주된 형태로 알려져 왔습니다. 그렇다고 우리가 세 개의 우주를 가져온 것이라고 생각하는 것은 잘못입니다. 이 말은 그러니까, 삼위일체와도 같이 하나의 우주가 나타내고 있는 삼중적 성격이라고 보는 것이 타당하다는 것입니다. 지금부터 밝혀지려는 것이 그것이지만, 이 삼중적 성격은 거기에 머물지 않고, 종내 오두(五頭)를 드러낸다는 것을 전제해 둡니다. 그런데 원은 우주 자체의 여성적 국면을, 사각은 남성적 국면을, 삼각은 그 양성적(兩性的) 국면을 담당해온 것으로 알려집니다. 양성(兩性)이라고 했을 때, 우선적으로 떠오르는 모습은, 여자의 유방에 남근을 갖고 있는 형상입니다만, 그러한 양성은, 임신이나 출산이 자체내에서 가능되지 않는바, 소승이 말씀드리려는 양성은 음과 양이, 체와 용이 어기차게 어울리는 현장의 의미라는 것을 특히 기억해주셨으면 싶습니다. 그 상태를 일러, '해골의 골짜기에 선 십자가'라든가, '연 속에 담긴 보석'의 의미라고 말할 것입니다. 그러나 먼저, 그러한 상징들을 그림으로 그려본 뒤, 그것에 해당될 가능적인 이름들을 붙여보고, 생각을 진전시켜간다면, 보다 편리하리라고 믿습니다.

<그림 1>

……黑(NIGREDO). '體. 陰. 과거 죽음. 下界' 聖父.

……白(ALBEDO). '體用. 陰陽. 현재. 삶. 陽界' 聖靈.

……赤(RUBEDO). '用. 陽. 미래. 重生. 來世' 聖子.

— 우리 민속에 의한다면, 이 관계는, 귀신-아내-처용(處容)의 관계로 나타날 수도 있다는 것은 첨언할 수도 있을 것입니다.

그런데 사실에 있어, 黑(Nigredo)·白(Albedo)·赤(Rubedo)의 세 이름들은, 연금술사들의 화학 실험에서 나타난 반응을, 그들이 상징적인 어휘로 표현한 것에서 빌려온 것이라는 것을 먼저 밝힙니다. 그들에 의하면 그러니까 어떤 선택되어진 질료(Prima Materia)가, 금(金)으로 가기까지 그것은 세 단계의 전변(轉變)을 치르는데, '검은 날개의 까마귀'로 비유되는 '黑'이 그 첫 단계며, '흰 비둘기'로서의 '白'이 그 둘째 단계며, '핏빛의 홍옥'으로서의 '赤'이 그 마지막 단계입니다. 이 '赤'은 언제라도 금으로 바꿔 쓸 수 있는, 그러니까 금 자체라고 보아질 어떤 것이라고 합니다. '계시록'에 나오는 '네 기사' 중에, 붉은 말 탄 자가 나타나자, 땅에서 평화가 제거되며, 사람들끼리 서로 죽이더라는 이야기는 저 금과의 관련 아래서 따져질 것이나 아닌지도 모릅니다. 금이란 그 용(用)이 너무 강한 탓에, 그것은 생각만 하여도 사람을 광기에 당하게 하는 것이 아닙니까. 아무튼, 금 제조자들의 관찰의 방법의 다름에 따라, 저 질료의 변화의 관계가, 네 단계, 일곱 단계, 심지어 열두 단계까지도 설명되어지고 있지만 압축하고 종합해보면 저 세 단계로 귀착하는 것은 확실합니다. 그것이 저 어지러운 변화의 저변에 깔린 하나의 구조인 것입니다. 어쨌든, 우리의 이야기의 질료가 되어 있는, 저 黑(圓)·白(三角)·赤(四角)을 〈그림 1〉이라고 해두겠습니다. 헌데 저 〈그림 1〉에 나타난, '陰·陰陽·陽'은 성별과 원소를 나타내기 위한 것인바, 이 경우 원소란 음으로서의 '물'과, 양으로서의 '불'의 의미인 것으로, 특히 두 원소를 중요시하는 이유는 오행설(五行設)을 염두에 두고서입니다. 선인들은 '水·火'를 특히 생명과의 관련의 원소로 본 듯했으며, '水·金'은 생활 자재로서, 그리고 '土'는, 그러한 생명의 변천과 성쇠가 일고 갈아드는 장소로서 본 듯했습니다. 그런데 불의 원소와 물의 원소의 화합의 도식을, 연금술사들은 두 개의 삼각이 서로 엇비슷이 대접(對接)한 꼴로 나타난다고 하는바, 그것의 원초적 형태는 역시 삼각이므로 삼각이 우주의 상징을 입는 하나의 소이도 여기에 있습니다. 모든 '얀트라'에 나타나는 저 삼각은, 그러나 무엇보다도 '여근(女根)'의 원초적 형태로 되어온 것이나, 그것이 '양신(陽神)'을 잉태하고 있다면, '음양일체'의 이상스런 존재인 것은 분명합니다. 그리고 아시겠다시피, '體·體用·用'은 작용력의 관계를 나타내기 위하여 쓰여진 이름들입니다.

그래서 이제, '현현 삼위일체'를 도표로 나타내보면 신이 어떻게 역사상에 나타냄을 보였는지가 육안에 호소되어올 것입니다. 그러나 이런 경우 우리는, 어쩔 수 없이 시간(時間)의 문제와의 관련하에서 따지지 않을 수 없는데, 사실에 있어, 시간의 문제를 파악해본다는 일은 유전(流轉)의 법칙을 이해해본다는 일과도 맞먹으며, 유전의 법칙을 이해한다는 일은, 이 세계의 질서를 파악한다는 일과도 같으며 세계의 질서를 파악한다는 일은, 신의 역사하심을 이해한다는 일과 틀리지 않기 때문입니다. 왜냐하면, 우리들의 선조와 그 선조의 선조들이 살았고 우리가 현재 살고 있고, 또한 우리들의 후손과, 그 후손의 후손들이 살아나갈, 언제나 같은 저 한정된 장소에 언제나 다르게 갈아들며, 언제나 다른 형태의 전이를 가능시키는 하나의 이상스러운 힘, 그것이 저 시간이기 때문입니다. 장소만 있고 시간이 없다고 할 때, 그리고 시간만 있고 장소가 없다고 할 때도, 이 세계에서의 생멸은 끝나 버리는 것입니다. 그러나 하나는 거시적으로 보면 불변의 것이며, 하나는 아무리 미시적으로 보아도 항변(恒變)의 것입니다. 그러므로 우리의 관심은 저절로 저 불변의 장소 위에서 항변하는 그것에 쏠리고, 그것의 현묘함을 밝히려는 것 때문에, 보다 초력적인 힘을 전제하고 나서는 것입니다. 그러므로 소승이 지금부터 많은 부분, 시간과의 관련 아래에서 이야기를 진전한다고 하더라도, 그 진의는 시간에만 국한되어 있지 않다는 것을 이해해 주셨으면 합니다. 〈그림 1〉의 저 많은 이름들은 그런 이유로 쓰여진 것들이었습니다.

〈그림 2〉는, 보시다시피, 현현 삼위일체로 설명되어져온 그대로를

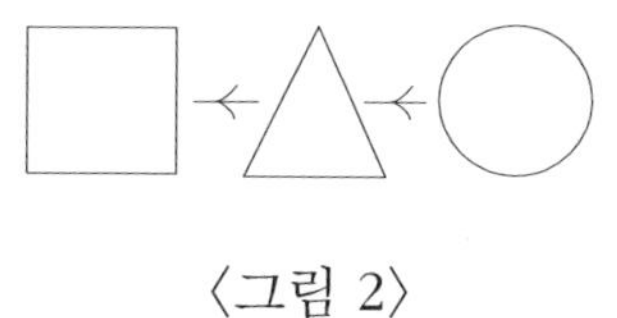

〈그림 2〉

그림으로 환치한 것일 뿐입니다. 그러나 이것은 죽은 그림이어서, 하나의 정지된 상태의 조감도이거나 영원히 진행해가다 언덕에서 실족하고 소멸해버릴 것 같은, 그 미래가 엿보이지 않는 것입니다. 중생이라든가 재생의 순환의 가능성이 완전히 차단되어 있는 상태입니다. 이것은 여러분의 신전(神典)이 열왕기(列王記)식으로 나타난 예입니다. 제일신(第一神) 즉위 몇 년에, 몇 년을 처리하고, 몇 년에 열조에 들매, 그해 제이신이 즉위하였더라 라는 식입니다. 그러나 우리가 잊어서 안 될 것은, 한 유일신의 삼중의 현현이라는 점입니다. 이때 저 '현현 삼위일체'의 견해가 약간의 변질을 감수치 않을 수 없게 될 터입니다. 그래서 〈그림 3〉을 보여드릴 차례에 온 것이지만, 그러기 전에, 여러분이 갖고 계실 두 가지의 의혹이 옳다는 것에 긍정을 표해야겠습니다. 즉슨, 〈그림 1〉을 〈그림 2〉에 응용해보면, 여호와 시대를 과거, 성령의 시대를 현재, 예수의 세상을 미래라고 보는 그 점에 대해서 인즉, 이것은 분명히, '성자'와 '성령'의 위치가 바뀌어진 상태가 아닌 것인가 하는 것이고, 그러나 소승이 말씀드려가는 중에, 그러한 의혹은 은연중에 해소될 것으로 믿는 바인데, 그러나 무엇보다도 선결되어야 할 문제는, 둘쨋번 의혹인바, 그러면 어째서 시간의 과거는 음이고, 체이며, 사실로는 성령이 모성적 자리를 차지해온 것으로 보이는데도, 태초부터의 저 위대한 남성적 작용력, 저 남신(男神) 성부가, 음과 체의 성 전환을 당했는가 하는 것에의 문제인 듯합니다. 거기에 대답은 아마, 이런 가정에 의해서 되는 것이 옳다고 믿습니다. 즉슨, 시간에 있어서의 과거는 시간의 현재의 시점에서 보면, 그것은 일단 끝나버려서, 거기에는 이미 일어난 사실(史實)의 유령밖에는 남아 있지 않은데,

이 의미는, 과거의 시간은 용(用)을 잃고 있다는 그것입니다. 가령 소승이 함께하고 있는 이런 두개골을 두고 보아도 그것이 전에 남자의 것이었다고 할지라도, 그것은 이미 용을 잃었음으로 해서 체라고 보아야 하는바, 음은 체의 성별적 이름이므로, 시간의 과거를 또 음이라고 하고, 죽음이라고도 하며, 그래서 여호와 또한, 그가 남신이든 성부이든, 그런 것과도 상관없이 음·체·죽음의 과거의 시간 속에다 두어두는 것입니다. 이렇게 말씀드리는 것은 그러나, 소승의 이야기를 편리하게 하기 위한 하나의 가정이며, 소승으로서는 시간의 과거라고 해서, 그것은 이미 끝난 사실의 유령들이, 한번 쳐든 손을 더 내려뜨리지도 못하고 있다거나, 한번의 절규를 여태도 끝내지 못한 채 그냥 응고시켜버리고 있다는 투로, 고화(古畵) 한 폭으로서 과거를 이해하고 있는 것만은 절대로 아닙니다. 강조하는 바이지만, 그것은 가정입니다. 그러면 어째서 저 '白'은, 곧바로 용이나 양이 못 되고, 양성적(兩性的) 상태인가에 대한 의문이 성령과 성자의 위치의 전치(轉置)의 문제와 관련하여 싹트는데, 그것도 만약, 가정하에서, 시간의 미래로서의 '赤'이 어떻게 용과 양의 이름을 입을 수 있었는가를 확실히할 수만 있다면, 체와 음으로서의 시간의 과거와, 용과 양으로서의 시간의 미래가 연접되어 이루는, 저 양성적 시간의 현재가 곧바로 주석되어지는 것이라고 여기는 바입니다. 그리하여 우리는, 모든 것이 생성하고, 모든 것이 소멸되는, 시간의 이 현재의 신비함에 놀라게 될지도 모르며, 양이 드센가 음이 드센가를 가름하여, 그 현실의 집단적 기운이 어떻게 형성되었으며, 그것은 어떻게 전이해갈 것인지를 점쳐낼 수 있게 될지도 모릅니다. 우선 소승은, [28]용은 용 자체로, 체를 얻지 못하면 아무것도 가능시키지 못하며, 양은 양대로 음을 데불지 못하면, 아무것도 이뤄내지 못한다는 점을 특히 강조했으면 싶습니다. 그것이 시간에 있어서의 미래 자체이기 때문입니다. 현재화하지 못한 미래의 시간이란, 과거의 시간과도 꼭같이, 아무런 조화를 일으킬 수 없는 것으로, 이것은 아직 자궁을 얻지 못한 시간의 유계(幽界)의 시간의 혼령에 불과합니다. 그 시간의 혼령이, 현재의 시간의 모태를 얻어 과거화하는 그 과정에서만, 저 유계의 시간은 의미를 획득하는바, 그래서 용과 양은 체와 음을 얻고, 체와 음 또한 용과 양에 순종하는 것입니다. 그 자체로서 아무런 조화도 성취해낼 수 없는 미래의 시간을 그래서 소승은, 용과 양 의 편에 둔 것이며, 또한 성자의 편에 둔 것은, 그가 여러분 교의 의 삼층 구조에서의 내세 편에 서 있기 때문입니다. 이 내세의 의미는 부활이나 중생의 의미인데, 일신 삼격 중에서 부활이나 중생을 성취한 신격은 예수 하나뿐이었다는 것은 특히 고려될 만한 점입니다. 그의 부활은 물론 이천 년도 전에 끝났습니다만, 그것은 현재 살아 있는 우리의 중생이 어떻게 이뤄질 것인가, 그 것의 한 집단적 전형적 형태로서의 예시이며, 현재 우리는 우리 자신의 죽음 앞에 놓여 있고, 우리 자신의 중생을 성취해내지 않
으면 안 되는 상태에 있는 것입니다.
그것은 그리고 이 현재의 시간에 당면
한 미래의 일입니다. 이리하여 여러분
은, 소승이 신의 이야기를 통해, 우리
들 자신의 문제를 이야기하고 싶어한
다는 것을 아셨을 것입니다.
　〈그림 3〉은, 죽은 〈그림 2〉가 살아난

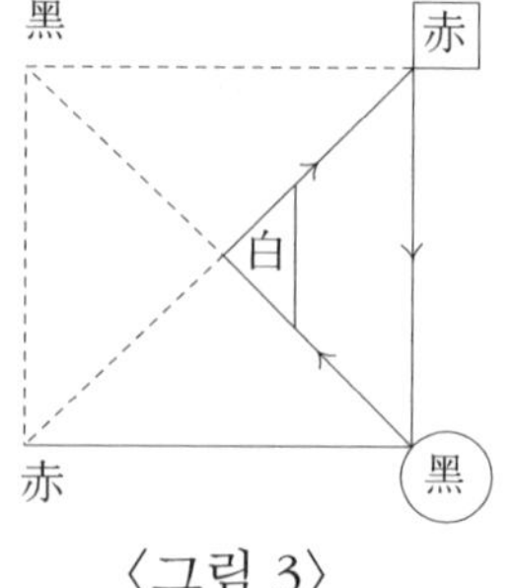

〈그림 3〉

56

장면입니다. 〈그림 3〉에 의하면 어떠한 시간, 어떠한 상태도 죽어 있지 않은데, 그것이 섭리에 대한 소승의 정의(定義)입니다. 이 그림은 현재의 시간이 진행하여(白→赤) 미래의 시간을 과거로 만들고(赤→黑), 그 과거의 시간은 집적하여, 다시 미래의 시간으로 뒤집혀 현재화(黑→白)하는 관계를 밝히는바, 이런 경우 필요한 안목은, 저러한 그림은 유동적이라는 것을 염두에 두고, 시각이 주는 고정관념을 없애는 것입니다. [29]저것은 한 원 안에서 세 마리의 여우가, 두 마리의 용(龍)이, 한 마리의 뱀이, 꼬리를 물고 한없이 맴돌이치는 것을 보여주는 그림인 것입니다. 모래시계가 만약에 인력(人力)에 의해서 뒤집혀지지 않고, 그 자체 내의 어떤 힘에 의해서 뒤집혀지기만 한다면, 그것처럼, 저 전이(轉移)와 회귀(回歸)의 관계를 시각적으로, 그리고 극명히 나타내 보여주는 것도 없을 것입니다. 예를 들어, 서 홉의 금싸라기를 만 하루 동안에 흘려내리도록 고안된 모래 시계가 있다고 한다면, 위쪽에 쌓여 있어 현재화하는 금싸라기는 육안에 보이는 시간이며 미래며, 그 시간의 미래가 현재화하며 밑 쪽에 쌓이는 금싸라기는, 육안에 보이는 시간이며 과거여서, 불변의 천지 사이로 항변스러히 유동해 가는, 저 시간이 매찰나 포착되어지는 것입니다. 그러는 중에, 위쪽에 있던 금싸라기가 다 흘러내려져, 더 이상 시간의 현재를 젖먹일 수 없을 때, 우리는 저 모래시계를 뒤집어 거꾸로 세워놓게 됩니다. 그런 그 순간, 거기 변괴가 나타난 것을 우리는 목격하게 될 것인바, 저 집적되었던 시간의 과거가, 이상스럽게도 갑자기 시간의 미래로 변해져, 그것이 전에 시간의 미래가 채우고 있었던 빈 곳으로 흘러들어, 다시 시간의 과거가 되어 쌓이는, 그 개벽의 이변입니다. 이런 이변을 관찰해 낸 선인들은 그래서, 이 세상엔 두 개의 '황금의 태자(胎子)'가 있어서 그것들이 각각 부상과 함지에 자리잡고 있는데, 한 마리의 긴 뱀이, 부상에서 함지로, 함지에서 부상으로, 쉬지 않고 움직여가선, 그 태자에 들었다가 새끼뱀이 되어 움직여오는 것이, 세월이 아닐 것인가 하고 추리해내기까지 합니다. 이런 추리는 횡적 윤회의 과정을 완벽하게 설명하는 것으로서, 다시 한번 여러분의 교의의 상징과 언어를 입었을 때, 신의 인육화와, 인육의 신육화(神肉化)의 끊임없는 되풀이의, 역사적 현현으로 보여지는 것입니다. 〈그림 3〉은, 그러한 횡적 유전을 보여주는 것으로, 반복되지만, 모든 시간은 무섭게 살아서, 꿈틀거리고 있다는 것을 보여주기 위하여 나타내진 것입니다. 그것은 육안에 단순하게 보이는 도식입니다만, 우리가 그것을 확산시킨다고 할 때, 이 우주 자체보다 더 커질지도 모르는바, 작용과 시간과의 관계에서 이 우주를 다시 살핀다고 한다면, 우주는 현존하는 그 것보다 수십만 배 더 클지도 모르며, 우리의 '엄지손가락' 크기 만해질지도 모릅니다. 이것은, 앞으로 종적(縱的) 관찰에서 보다 분명히 밝혀지겠지만, 우주는 그런 양면성을 또한 갖고 있는 것 일 터입니다. 〈그림 3〉을 확산시킨다고 하는 것은, 저 〈그림 3〉 전체를 하나의 '黑'이라고 하고, 〈그림 3〉과 같은 '白'을 또 나타 내고, 다른 '赤'을 놓고, 그것이 이룬 그림을 또, '黑' '白' '赤' 으로 한없이 이어나가는 것을 말합니다. 나중에 풀어서도 보여 드리려 합니다만, 그렇게 확대해놓고 본다면 가령 '黑' 하나만을 예로 들어보더라도, 그 '黑'은 그저 완전한 '黑'뿐일 것인가 — 그런 완전한 '黑'을 소승은 '陽黑'이라고 부를 것인데 — 만약 그 것이 거기에서 머물러버릴 것이라면, 어떻게 유동과 변전이 가능해질 것인가, 하는 궁금증이 다소간 해소되리라고 믿습니다. 그러나 도식의 그런 확산은 불필요하기만 할 뿐인데, 왜냐하면 종내 돌아오는 원점은, 저 〈그림 3〉일 것이기 때문입니다.

　우리는 그러나, 저러한 항변, 저러한 되풀이를 가능시키는, 하나의 위대한 모태(母胎)를 잊어서는 안 되는 것입니다. 그것에 관해서 말씀드리려고 하는바, 여기에서 비로소 '본질적 삼위일체'가 설 자리를 획득하는 것이라고 보는 것입니다. 이 의미를 파악하기 위해서도 소승은 물론 이제까지의 별견의 태도를 계속 고수할 것입니다. 그러나 이것은 종적 별견이며 그 탓에 이제까지 신과 시간이 삼두일신(三頭一身)으로만 계속 보여오던 것이 둔갑을 하여, 오두일체(五頭一體)로 나타나버리게 될 것인바, 소승이 주된 다툼의 관점은 바로 여기에 있는 것입니다. 그것이 소승이, 소승 나름으로 이해해온, 존재와 작용력의 모든 의미인 것입니다. 그러면, 도대체 저러한 항변의 힘의 아래에는, 위에는, 밖에는, 안에는, 무엇이 있어서, 도대체, 그 모태는 무엇이어서, 저러한 유동, 저러한 회귀를 가능시키는가, 지금은 그것을 의문해볼 때인 것 같습니다. 그 저변에 아무것이 없어도, 운동은 운동 그 자체를 가능시키는가? — 이런 질문은 그리하여 상대 개념을 불러일으킵니다. 음이 있으면 양이 있고, 용이 있으면 체가 있고, 성함에는 쇠함이 있고, 거악이 있으면 심곡이 있다는 그런 개념인바, 이것은 사실에 있어 무서운 법칙이며, 그래서 이 우주 내의 모든 것은 상대적으로 존재한다는 것을 이해하게 합니다. 그래서 소승은, 운동의 문제에 있어선, 정지의 대개념을 이끌어낼 수 있다고 믿는 바입니다. 정지를 염두에 두지 않는다면 대체 운동이 무엇인지를 모르게 되는 것입니다. 무엇에다 기준을 두어, 무엇이 운동이고, 무엇이 비운동인지를 모르게 되는 것입니다. 그러니까, 모든 운동에는 정지가 있어, 운동을 운동이게 하는 것이며, 운동에 의해서 정지는 또 정지로서 정의되는 것입니다. 그리고 시간이란 운동에 의해 정의되는 것이므로, 그래서 운동으로서의 시간은, 운동을 통해 정지 속에 침몰해들어, 그 정지 속에 오소록이 쌓였다가, 그것이 재운동화할 때, 현재의 시간으로 화하는 미래의 시간이 된다는 이야기가 가능해집니다. '시간의 유계'라고 말씀드린 건 그러니까 저 정지의 의미였던 것입니다. 이것은 의식이 무의식 속에 침몰했다가 재의식화하는 과정과도 통하고, 생명이 죽음 가운데로 던져졌다가 중생, 또는 재생하는 유전과도 곧장 통하는 이야기입니다. 무시간(無時間)까지를 포함한 시간 속에서 그런 일은 이뤄지기 때문입니다. 그러나 언제든, 정지라든가 무(無)는, 극대한 쪽에 자리를 잡아온 것을 우리는 특히 염두에 두지 않으면 안 되는데 한 예로, 한 참새의 죽음을 두고 보아도, 그 참새의 죽음은, 그 참새만한 정지, 그 참새만한 무로서, 극대한 운동 속에 외롭게 던져진 것이 아니라, 그 참새만한 운동의 밖에, 태초로부터 말세까지, 넓고 깊고 무섭게 저변해온, 우주적 정지와 무 속으로의 슬픈 침전이며, 귀의라고 보아야 되는 것입니다. 참새의 운동을, 수미산만하다고 하거나 우주 자체만하다고 쳐놓고 보아도, 이야기는 같은 것으로 될 것입니다. 이 의미는, 바꿔 말하면, 운동이란 극소한 것이며, 극대한 정지 위에 돋아난, 찰나적 한 빛에 불과한 것이라는 것입니다. 거기에는 어쨌든 한계가 함께해 있다고 보는 것이 옳습니다. 그런데 저 극대한 정지와 무는 아마도 분명히 우주의 개념에 통하는 것일 것인바, 그래서 한 섬광적 운동으로서의 생명이란, 어

떤 개체의 자아란 극소하여, 외로운 존재입니다. 이렇게 하여 소
승은 극대의 상대는 극소라는 대적 개념에 의하여 우주와 자아
를 대치시켜도 좋을 때에 왔다고 믿게 되는 것입니다. 그러한 대
치는 종적으로 이루어지는바, 그림으로 나타내보면, 그것이 종
교적으로 삼층 구조를 갖는다는 것이 명확해집니다.

〈그림 4〉의 두 그림은, 완전히 같은 것입니다. '黑′'이나, '赤′'
의 어느 것을 상위에 정하든, 그 의미상의 변화는 없으며 글자의
옆에 획(′)을 하나씩 더 붙인 것은, 종적 별견을 용이하게 하려
는 이유뿐이지, 그것 또한 원의를 바꾸는 것은 아닙니다. 그런데
저 '黑′'이 담당하는 국면은, 저 극대한 정지와 무이며, 저 극소
의 운동과 생성으로서의 자아는 '赤′'이 담당하고 있습니다. 그
리고 '白'은, 〈그림 2〉〈그림 3〉으로부터 약간의 변질도 변모도
당하지 않은 채 머물러 있다는 것은 눈치채셨을 줄로 압니다. 그
것은 여전히, 종적 시간 관계 위에서도 현재를 담당하고 있는 것
입니다. 저 '黑′'은 그러니까, 여호와신의 영지이지만, 시간과의
관련하에서 이름을 붙인다면, '우주적, 무의, 극대한, 정지의,
비시간의 시간' 같은 것이나 될 터이지만, 소승은 그것을 그냥,
'극대의 시간'이라거나, '무의 시간' 또는
'정지의 시간' 따위로, 간략히 부르려 합
니다. 이것이 종적 관계에 있어 과거의 시
간의 영역입니다. 그러면 '赤′'은 어떤 이
름이 될지는 소승도 의문이지만, 우선 떠
오르는 것은 '극소의 시간'인데, 그렇다
고 그 이름이 그것 자신의 성격을 완벽히
규정하지는 못하고 있는 것입니다. 이것

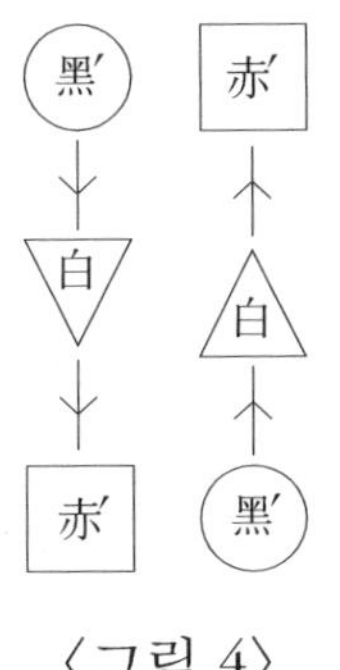

〈그림 4〉

은, ‘없음’에 대해서 ‘있음’의 의미며, ‘멈춤’에 대해서 ‘움직임’의, ‘큼’에 대해서 ‘작음’의, ‘아니함’에 대해서 ‘함’의 뜻 등으로, 그것을 ‘평균 시간’과의 대립에서, ‘심소(心所) 속의 시간’이라고나 해야 옳을지도 모릅니다. 심소 속의 것이라고 하여 그것이 반드시 작은 것이라고는 할 수가 없기도 할 것인바, 마음의 용적은 있는 것이 아니어서, 우주까지도 취해 넣어버릴 수가 있다고 하기 때문입니다. 이것이 어쨌든, 종적으로 ‘미래의 시간’의 국면이라는 점은 아셨을 것입니다. 헌데 저 ‘극대의 시간’이란, 구차히 설명을 길게 하지 않아도, 이해하기가 그렇게 어려울 것 같진 않으나 이 ‘극소의 시간’이란, 구체적인 주석을 동반한다더라도, 이해키에 꽤 까다로운 것 같기도 합니다. 그것에 관해서는 그러므로, 그저 소박한 질문을 몇 가지 함으로써 설명을 대신했으면 합니다. 이런 경우에 척도가 되는 시간은, 선인들이 고심하여 얻은, 이른바 평균 시간이란 것이 되는 것입니다. 하루를 열두 시간이라고 한다거나, 보다 분화하여 스물네 시간이라고 한다거나 하는, 저 시간의 구분이 그것입니다. 그런 평균 시간을 염두에 두면, 이런 물음은 우리를 당황하게 합니다. 가령, 만약에, 그늘에 숨어서, 무심한 포졸이 얼른 지나가기를 바라는, 쫓기는 도둑이 있다면, 그 도둑이 숨 쉰 번 쉬는 시간에 있어, 포졸의 것과 그 도둑의 시간의 길이는 같은 것인가? 또는, 무섭게 앓는 환자의 하룻밤 새우기와, 견우 직녀의 하룻밤 보내기는, 그것이 같은 길이일 것인가? 아니면 낙오한 병정이 적진 속에서 공포와 굶주림으로 보내는 한나절과, 전승 축하로 풍악 잡히고 술고기에 휩싸인 적장의 한나절은 어떨 것인가? — 이런 물음은, 천만 개도 더 만들 수 있을 것인바, 저 평균적 시간 외에 그 평균적 시간의 속에, 다른 시간이 또 있는 것이 아닌가 하는 의심을 일으킵니다. 그러나 앞서 든 예의 시간 같은 것은, 좌우간 횡적으로 흐르는 시간임엔 분명합니다. 그런데 거기에 그 외의 다른 시간이 또한 엄존합니다. 이 시간의 경우는, 그것이, 뒤죽박죽이 되어, 흐른다는 관념이 거의 없어지는데, 이런 시간은, 정신적으로나 육체적으로 이상 상태에 처해 있다거나, 또는 건전한 사람의 경우에라면, 꿈이나 수시로 일어나는 공상이나 상상을 통해서, 어떤 사물에서 자극받은 연상을 통해 체험되어지는 시간이라고 해야 할지도 모릅니다. 언제나 우리가 평균 시간 속에서만 산다고 말하는 것은, 존재의 영토를 좁히려드는 결과에 머물 것입니다. 여러분도 그런 경험을 했거나, 흔히 듣기도 했으리라고 믿어집니다만, 어느 사람은, 하룻저녁 짧은 꿈에, 한 번도 본 적이 없었던 오대조와 만나, 서로 살아서 이야기를 나누기도 하고, 또 어떤 사람은, 백일몽을 통해, 십 년이나 이십 년 후에라야 우연히 들르게 될 곳을, 누차에 걸쳐 미리 가보기도 합니다. 공상을 통해서라면, 내가 새였다면, 내가 요순 시절에 태어났다면, 내가 백년 후에 태어난다면, 하고 생각을 시작하여 과거로도 미래로도 날아가, 가능적인 풍경들을 체험하는 것입니다. 이런 예들은, 현재에 존재치 않는 시간들, 시간의 과거며 시간의 미래 같은 것들이 현재 속으로 유입해든 예이며, 그것은 흐름으로 파악할 것들은 못되는 것들입니다. 그런데 중요한 것은 그 모두 현실 속에서 인식되는 것이며, 또한 현실의 어떤 개아의 심소 속에 엄존하는 것입니다. 어떤 개아의 심소 속에 엄존하는 것 — 이것은 그러나 평균적이 아니며 집단적인 것으로 확산될 공통성을 지니고 있지 못하기 때문에 비록 마음을 넓히면 우주까지 수용

한다고 할지라도, 이 시간을 '극소의 시간'이라고 부르는 소이는
여기에 있습니다. 이것은 현란하고 어지러우며, 그 갈래를 구분
해낼 수 없는, 그래서 찬란한 시간이기도 합니다. 어떤 방언에
의하면, 자아란 엄지손가락 크기로 염통 속에 있다고 하는데, 그
러면 이 '엄지손가락 크기의 자아의 시간'과, 저 '극대의 무의
시간'은 어떻게 상쇄하며 상보하는가, 이 문제를 살펴보는 일이
필수적인 듯합니다. 이 관계가 밝혀지면, 우주 자체였던 여호와
가, 어떻게 한 작은 인간의 육을 획득하였는가의 문제가, 종적
또는 공시적(共時的) 입장에서도 밝혀질 것이라고 믿습니다. 여
기에 이르르면, 저 〈그림 4〉 역시, 〈그림 3〉과 같은 변형을 치르
지 않으면 안 되는데, 〈그림 5〉는, 〈그림 3〉의 종적 형태입니다.
있는 그대로의 〈그림 4〉는, 재언할 필요도 없이, 상승과 하강의,
돌출과 침몰의 관계를 전혀 설명하고 있지를 못하고 있습니다.

　〈그림 5〉의 점선 부분은, 짐작하시겠지만, 〈그림 3〉이 횡접(橫
接)된 것을 나타내고 있는 중입니
다. 이 〈그림 5〉는, '극대의 시간'
이 한없이 극소화해가는 과정, '극
소의 시간'이 한없이 극대에로 귀
의 침몰해가는 과정을 나타내 보이
는바, 이것이 여러분 교의의 상징
과 언어를 입었을 때, 신의 인육화
와 인육의 신육화라고 하는 것이
며, 한 정신의 우주적 정신으로의
확산과, 우주 정신의 개아에의 제
휴, 한정된 삶의 영생에의 획득과,

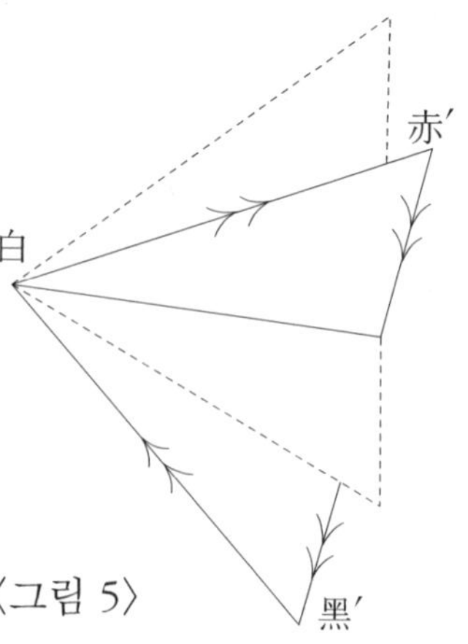

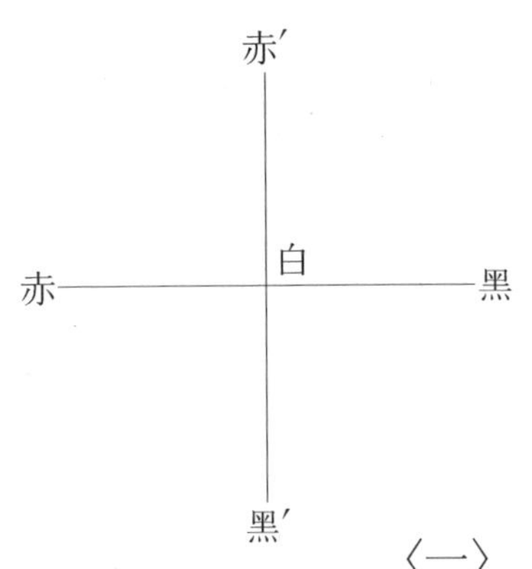

〈一〉

영겁의 죽음의 한정된 삶에의 현현으로 해석되어질 것입니다. 그러니까 우주의 주재신 여호와와, 인신(人神) 예수가 만나서 역사하는 자리는 이 현세, 이 현장, 바로 이 순간인데, 그 자리의 이름은 '白'이며, 성령이 임한 자리라고 하는 것입니다. '성령'은 그래서 신의 역사하심 자체의 의인적 하나님이라고 보아도 좋은 것입니다. 이 점은 비슷한 말로 한번 더 반복되어져도 좋고, 그래서 강조되어져야 하는바, 이 현세, 이 현장, 이 시점 말고는 신이 주재할 장소란 없으며, 인간말고는, 그가 예배당할 대상이란 없으므로, 그래서 신은, 매찰나 매순간 어쩔 수 없이 인간으로 환신해 온다는 것이 소승의 믿음입니다. 그 찰나가 끝날 때마다, 그래서 그는 죽고, 다시 우주적 적멸 속에 침몰했다가, 다시 '말씀'으로 화하여서는, 다시 죽는데 '다시 죽는' 이 의미는 중생(重生) 자체가 아닐 것이겠습니까. 그래서 죽음은 '黑''이, '말씀의 인현'은 '白'에서, 중생은 '赤''이 담당하는 것은, 재언을 요하지 않을 것입니다. 그러나 〈그림 5〉만으로는, 저 횡적 시

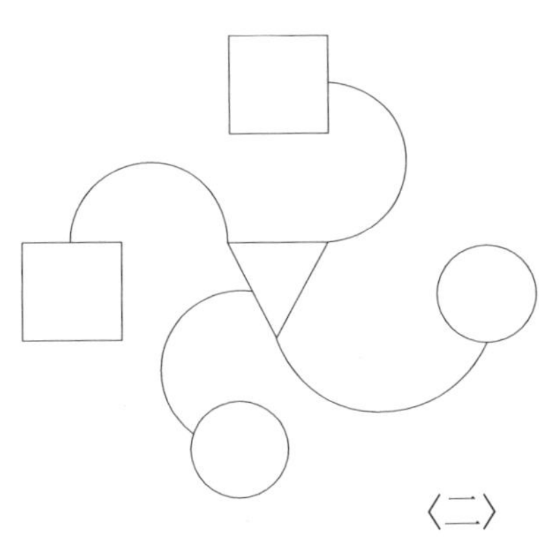

〈二〉

간의 조응을 거의 얻지 못해, 역사적 사실에의 설명이 불가능해집니다. 이때 〈그림 3〉과 〈그림 5〉의 대접의 필요가 나타나며, 그런 뒤에라야 삼위일체가 일하는 것의 전모가 드러나는 것입니다. 그러나 이 역사는 오중(五重)의 일원화이며, 그러한 극명한, 그리고 집단적 현현적인 예가, 만약에 그 사건에다 상징을 입힌다고 하는 것이 가능하다면, 그것은 물론 가능한데 왜냐하면 이천 년 동안에 그것은 시체(時體)를 잃고 신화만 남겼기 때문인바, 예수가 못박힌, 저 해골의 골짜기의 십자가에 그대로 고스란히 나타나 있는 것을 발견합니다.

이상의 두 그림은 다 같은 것입니다. 〈二〉는 다만, 진행의 의미의 태극선을 붙임으로 해서, 저 십자가 상징의 작용을 엿보려는 것에 불과합니다. 그래서 예수가 고난당한 것은, 저 십자가형 때문이 아니라, 종횡이 어지러이 만나는, 저 한 점 '白'의 혼돈, 저 한 점의 무질서, 저 한 점의 비화해, 그것의 순화, 그것의 질서, 그것의 화해 탓으로서입니다.

과거의 전체, 극대의 무, 극소의 유가 온통 쏟겨드는, 저 한 점이, 매순간 매찰나, 우리가 사는, 이 죽음의 갈림길이라서, 산다는 것은 고통이며, 죽는다는 것도 고통입니다.

〈그림 6〉은 그리하여서 이제까지 소승이, 종과 횡을 구분하여서 말씀드렸던 것을 하나로 합친 결론으로서 나타난 것입니다. 마는,

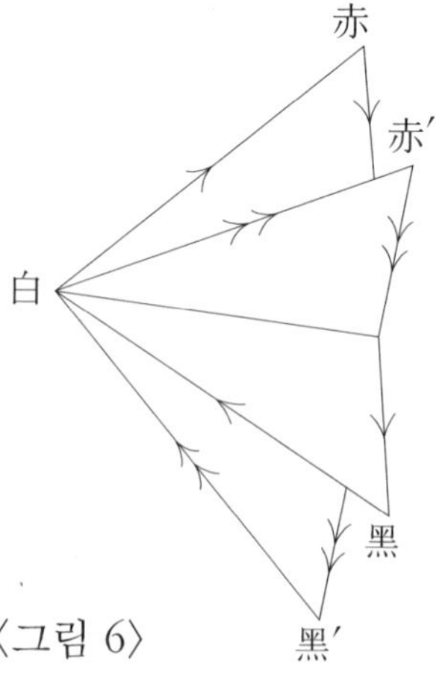

〈그림 6〉

아직 이것은 과도적 결론
이라는 것을 밝힙니다. 과
도적이라는 의미는, 그것
이 아직 완벽하지 않기 때
문인데, 그것은 저 오중의
작업이나 현현이, 그러나
하나며 생명과 함께 이뤄
진다라는 하나의 상징이
모자라 있는 상태인 것입
니다. 그러한 상징은 그리
고, 소승이 낚시질로 소일
하다 얻은 것이지만, 소승
으로서는 그것에 대한 구
구한 설명은 회피할까 합
니다. 그것에다 저 〈그림
6〉을 내접시키면, 이제 소
승이 의도하는 결론과 만
납니다. 그것이 〈그림 7〉
이 될 것입니다. 그것은

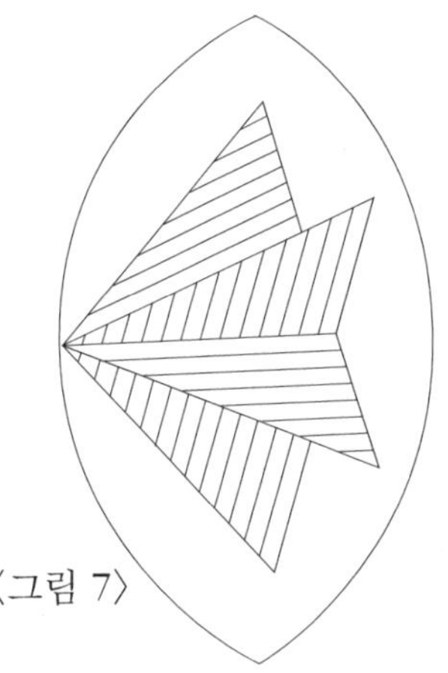

〈그림 7〉

"In His Vision of the Blessed Gabriele,
Crivelli Encloses the Virgin Mary and Child in
an Almond-Shaped Vesica Piscis (Mandorla)
Formed by the two Intersecting Circles
Symbolic of Each of this Holy Persons, All-
Perfection."

*An Illustrated Encychopaedia of Traditional
Symbols*, "Almond" 참조(J. C. Cooper,
Thamesd Hudson Press, 1978).

흡사 물고기의 형상과 같을지도 모릅니다. 덧붙여 드릴 말씀이
있다면, 저 〈그림 7〉에서 이제는 내장을 온통 다 뽑아내버리고,
저 이상스런 원만 남긴다 해도, 의미상의 아무 변화도 일어나지
않을 것인바, 이런 이유로, 저 '양극을 갖는 타원형'에 대한 주석
을 회피한 것입니다. 그런 과정까지, 앞서 그린 몇 그림은 필요
했을 뿐입니다. 그리하여 마지막으로 남은 그림을 살펴보면, 그

것은 양(陽)을 싸아안은 여근(女根)이어서, '연 속에 담긴 보석'
이나, '해골의 골짜기에 세워진 십자가'의 의미를 은유적으로 설
명하고 있습니다. 그것은 단순한 듯하나 단순하지 않으며, 죽은
듯하여도 죽은 것이 아니고, 머문 것이 아닌 것을 알게 됩니다.
그것은 그래서, 마음자리를 옳게 알고 닦아서, 그 마음을 우주처
럼 채웠으나 채워진 탓으로 비어진 것의 모든 표상으로 여겨지
기까지 할 정도입니다. 그것을 두고 이렇게 게송되어도 좋을지
모릅니다.

　　보리에 본래 나무가 없고
　　밝은 거울 또한 틀이 아닌데,
　　본래 한 물건도 없는 터에
　　어디에 먼지며 티끌 앉을까.

　이제까지 소승이 드린 관견은, 여러분 교의의 어휘를 입었을
때, 그것이 여호와의 오중의 역사와 성격을 파악해보려는 노력
으로 보입니다만, 그러나 몇 개의 단어를 다른 방언으로 바꾼다
고 한다면, 그것은 곧장 유전 법칙이라든가, 오행설과도 관련을
가질지 모른다는 것을 부차적으로 강조해두었으면 싶습니다. 그
러나 소승으로서는, 극력 그런 문제와 관련짓는 것을 회피해 온
터이지만, 사실에 있어, 그런 문제들을 같이 다루었다 하더라도
이야기는 결국 같은 것이었을지도 모르긴 합니다. 그러면 이제,
여러분과 함께 얻은 저 〈그림 7〉이, 현실적으로, 다시 말하면 역
사 속에서 어떻게 나타나는가, 환언하면 흐름을 이해하기 위해
그것은 어떻게 응용될 수 있는가의 문제를 몇 마디로 요약해서

따져보는 일은 과히 흥미없지 않을지도 모르겠습니다. 몇 마디로 요약한다는 의미는, 소승은 전혀 역사학의 보조를 받고 있지 못함으로 해서, 아무리 소승이 자세하고 깊게 따져보려 해도, 그것이 소승께는 불가능하다는 뜻이기도 합니다. 이 점은 미리 양해를 빌지 않으면 안 되겠습니다.

각설하옵고, 다시 한번 더 친절하게, 저 요조숙녀께옵서, '네기사' 이야기를 읽어주실 수 있으실는지 모르겠군입쇼. 소승이 조사해놓기로는 「계시록」 6장 1절에서부터 8절까지이군입쇼."

"내가 보매 어린 양이 일곱 인 중에 하나를 떼시는 그때에 내가 들으니 네 생물 중에 하나가 우레 소리같이 말하되 오라 하기로, 내가 이에 보니 흰 말이 있는데 그 탄 자가 활을 가졌고 면류관을 받고 나가서 이기고 또 이기려 하더라. 둘째 인을 떼실 때에 내가 들으니 둘째 생물이 말하되 오라 하더니, 이에 붉은 다른 말이 나오더라. 그 탄 자가 허락을 받아 땅에서 화평을 제하여 버리며 서로 죽이게 하고 또 큰 칼을 받았더라. 셋째 인을 떼실 때에 내가 들으니 셋째 생물이 말하되 오라 하기로 내가 보니 검은 말이 나오는데 그 탄 자가 손에 저울을 가졌더라. 내가 네 생물 사이로서 나는 듯하는 음성을 들으니 가로되 한 데나리온에 밀 한 되요 한 데나리온에 보리 석 되로다. 또 감람유와 포도주는 해치 말라 하더라. 넷째 인을 떼실 때에 내가 넷째 생물의 음성을 들으니 가로되 오라 하기로, 내가 보매 청황색 말이 나오는데 그 탄 자의 이름은 사망이니 음부가 그 뒤를 따르더라. 저희가 땅 사분의 일에 권세를 얻어 검과 흉년과 사망과 땅의 짐승으로써 죽이더라."

"참으로 수고하셨습니다. 소승 깊이 감사를 올립니다.

저 장면은 확실히 말시의 풍경인 듯합니다. 그러나 소승이 짐작키로는, 어떤 시대에나 그 시대의 병폐, 그 시대의 타락, 그 시대의 고뇌, 그 시대의 불안, 그 시대의 위기가 있어서, 그 시대를 사는 사람들은, 그 시대 사람들 나름으로, 말세가 가까이 왔다고 생각을 하는 것이 아닌가 하고 있습니다. 이 말은 바꾸면, 말세는 그래서 한 번만 오는 것이 아니라 되풀이해서 나타나는 것이라는 의미며, 그래서 저 '네 기사'의 지옥화를 소승이 이해한 바로는, 모든 말세가 갖는 하나의 구조, 또는 하나의 전형이 아닌가 하는 것입니다. 헌데 저 장면은, '붉은 말'로 나타난 '赤·赤''의 상태가, '검은 말'로 나타난 '黑·黑''의 단계로 전이해가는 과정을 보여주고 있는바, 그럼에도 그것은 순조전이(順調轉移)를 치르고 있어서, 이전이 뒤에, 필시 크고 영광스러울 날이 올 것으로 여겨집니다. 소승이 나타내 보인 〈그림 7〉을 제외한, 여섯 개의 그림은, 저 순조전이에 입각한 것인바, 아직 이 자리에 오기 전에까지는, 순조전이에 반해서 일어나는, 퇴조(退調) 또는 역조(逆調) 전이에 관해서 언급할 기회를 얻지 못했던 것입니다. 역조전이의 관계의 도표는 그러니까, 그림들에 나타난, 진행과 연결의 의미로서의 화살표를, 거꾸로 돌려놓고 보면 되는 것입니다. 그리고 난 뒤에 일어날 상태에 관해서는, 장차 언급될 기회가 있어 설명되어지면 좋겠지만, 그렇지 못하더라도, 그저 한 마디로, 그것은 와해(瓦解)라고 말해버려도 좋을 것입니다. 와해, '黑·黑''에로의 느닷없는 하강 침몰, 그런 뒤 거기서 순조전이가 시작되면, 다시 세계의 시작입니다. 이런 의미에서, 순조전이도 마지막 단계에 이르르면 일종의 역조전이로 보아야 할 것이기도 합니다. '赤·赤''의 상태는 '黑·黑''에로 와해 침몰에 들기 때문입니다. 어쨌든 지금부터는, 도표상에서 보다 명료히 하려기 위해, 원래 같은 이름이었던 것들을 분류해 놓은, '黑·黑'' 따위들은, 그냥 '黑'이라는 식으로 환원시켜 사용하려 하오니, 용허하시기 바랍니다.

그러고 보니, 이 자리에선, 저 '黑·白·赤'의 성격은 그러면 어떤 것들인가를 따져보는 것이 필수적인 듯한데, 그래서라야만, 그것의 내부에서 어떤 '발효' 또는는 어떤 '독(毒)'이 있어, 저러한 변전을 가능시키는지를 알 수 있을 것이기 때문입니다. 미리 말씀드릴 것은, 이제 나올 '+' '−' '=' 같은 기호는, '더하기' '빼기' '답'이라는, 산술적 기호라는 것입니다.

$$黑＋黑＋黑＝陽黑$$
$$黑－黑＋白＝陰白$$
$$黑＋白＋白＝陰陽白$$
$$白＋白＋白＝陽白$$
$$白－白＋赤＝陰赤$$
$$白＋赤＋赤＝陰陽赤$$
$$赤＋赤＋赤＝陽赤$$
$$赤－赤＋黑＝陰黑$$
$$赤＋黑＋黑＝陰陽黑$$
$$黑＋黑＋黑＝陽黑$$

이것은, 저 〈그림 7〉을 순조전이에 입각해서 풀어놓은 것이라는 것을 아셨을 것입니다. 이것을 그림으로 조립하면 그러니까 다시 〈그림 7〉이 나타난다는 말씀입니다.

그래서 「계시록」의 저 지옥화를 보는 데에 이 공식을 이용한다면, 저 말세는, '陽白'으로부터 시작하여, '陽赤'을 거쳐, '陽黑'으로 전이한 관계를 보이고 있습니다. 그런데 이러한 전이를 가능시킬 '발효'를 도운 것은, 음부를 거느린, 고름에 덮여 사망이라고 불리어지는, 저 '청황색 말'인즉, 이른바 '독'이라고 하는 그것입니다. 이 '독'이야말로, 아무리 그 의미가 강조되어져도 오히려 모자랄 정도로 위대한 '힘'인바, 소승 자신으로서는, 비록 여러분 교의의 주재신을 주제로 말씀드리고 있음에도 불구하고, 어떤 유전(流轉)의 과정 속에, 절대의지라고 불러야 될지도 모르는, 무슨 큰 힘이 있었다는 데에는 회의적이면서, 어떤 종류의 발전이나 쇠퇴이든, 그것은, 집단적 또는 개별적 음기(陰氣)의 유전(遺傳)의 형이하적 발현이라는 의견엔 동의하는 것입니다. 이 '음기'란, 다른 말로는 '업(業)'이라고도 해야 할 것인지도 모르는바, 이 '업'을 소승은 '독'과 같은 것으로 보고 있는 것입니다. 소승으로서는, 신까지도 자기를 섭리하기 위해, 이 '독'에 의존한다고까지 말하고 싶은 정도입니다. 그러면 여러분께서는, 이 '독'과 '업'과 '음기'의 관계에서, 소승의 관심의 방향을 눈치챘으리라고 믿는바, 우주라고 하더라도 한없이 채워넣어도 계속 빈 곳을 남길 만큼, 그렇게 턱없이 넓은 그릇만은 아마도 아니라는 것입니다. 그래서 음이 가득해지면 양이 쇠하고, 양이 세하면 음이 약소해지는 것입니다. 여기에서 조화가 나타나는 것일 터인바, 그래서 소승은, 불의 원소의 팽창인가, 물의 원소의 팽대인가는, 저 '음기의 유전(遺傳)'에 의해서라고 믿는 것이며, 반복되지만 어떤 절대적 힘의 섭리라고 믿는 것이 아닙니다. 저 '음기'는 역사화할 때 다시 말하면 형이하화할 때 양성화하지만, 우리가 잊어서 안 될 것은, 저 양성화의 뒷전에서는, 다시 또 새로운 '음기'가 끊임없이 일어나고 있다는 그 사실입니다. 저러한 음기 자체가 '독'이며, 이 '독'에 의해서 저러한 '음기'가 형성되어지기도 하는, 이 '독'은, 그러면 무엇인가를 알아보는 일은 필요한 듯합니다.

그것 또한 연금술에서 차용한 언어로서, 금 제조자들은, 그들의 '돌(현자의 돌)'을 한 생명에 비유하여, 그것이 몸과 정신과 영혼의 삼위일체라는 견지에서, 몸이 독이라고 믿으며, 몸의 죽음에 의해서라야만 영혼과 정신의 해방, 또는 부활이 가능해진다고 보는 것입니다. 이 독은 또 불치병, 회생할 가망이 없는 더러운 병으로도 말하고 있습니다만 어쨌든 저 '부활'의 의미는, 그들에게 있어 '금(金)'의 뜻입니다. 어떤 질료든, 가령 수은이라거나 유황이라거나, 그것이 금으로 가기 위해서는, 일차적으로 죽어야 수은이나 유황인 것의 성질을 잃는바, 그러한 죽음을 가능시키는 것이 독인 것입니다. 그 독이 없이는, 수은은 여전히 수은이며, 유황 또한 그러하여, 금으로의 변질을 도모할 수가 없는 것입니다. 질료의 저 죽음이 '黑'이며, 그 죽음으로부터 나타난 아말감이 '白'이며, 이 '白'이 전이하여 나타난 '핏빛의 홍옥,' 그것이 '赤'인 것입니다. 어쨌든 이래서, 이 '독'이 하나의 원동력이 되어 있다는 것을 우리는 이해하게 됩니다. 소승의 믿음엔, 그리하여 이 '독'의 의미는, 그 시대를 살고, 그 시대를 고뇌하고 간, 그 시대민의 고통, 그 시대민의 사고, 그 시대민의 풍속, 그 시대민의 경향 등등의 전부와 동일한 것으로 여겨집니다.

각설하옵고, 어쨌든, 「계시록」의 저 악환(惡幻)을, 요한처럼, 그것을 행하는 잔인스런 신 편에서 보지 말고, 그것에 당하는 인간 편에 서서 보기로 한다면, 우리는 하나의 대환란, 또는 큰 전쟁의 와중에 휩쓸리고 있는 중인 것입니다. 〈그림 7〉에 의해서, 순서적으로 살핀다면, 이 와중은 '陽黑'의 상태인 것입니다. 그런 환란 뒤에 오는 황폐는 그래서 '陰白'이 되는바, 이 '陰白'에 처한 그 시대민들은, 그리하여, 그러한 외적 황폐뿐만이 아니라, 자기네들의 정신적 지주의, 또는 이제까지 지켜져왔던 가치 기준의, 뿌리까지도, 그것이 난도질당해, 잿속에 흩어져 있는 것을 보게 될지도 모릅니다. 그러나 이것은 그 시대민의 눈에 보이는 외적·내적 풍경이며, 정작에 있어 신 자신은, 어떤 상처도 입지 않고 있을지도 모릅니다. 신에게 대항한 욥의 변론은 이제 여기서 비롯되어집니다. 저런 가공할 대량 학살, 저렇게도 무서운 파괴, 잃을 것을 다 잃어버린 가난함, 그런 것으로 하여, 욥들은 외롭고도 슬프게 잿속에 가슴을 묻고, 선조 대대로부터, 가슴속의 그중 따뜻한 곳을 차지해온 가치, 그러나 이미 변절해버리고 돌아선 친구, 그것을 불러세워, 가슴으로서가 아니라 이제는 얼굴로서, 정면하는 것입니다. 자기네들께 무슨 몹쓸 죄가 그렇게나 있어서, 저렇게나 모진 형벌에 처해진 것인지를, 그들은 아무리 해도 알 수가 없게 된 것입니다. 우리들은 숙연히 한번, 이 자리에서 욥의 변론을 음미해볼 필요가 있습니다. 결국, 악에 오염당한 것은 신 쪽이었으며, 욥은 아니었던 것입니다. 그것을 종교적 완곡 어법으로는, '여호와께서 사탄에게 이르시되 내가 그의 소유물을 다 네 손에 붙이노라'(「욥」 1 : 12)라고 하는 것입니다. 사탄에 들린 자는 욥이 아니라 여호와였던 것입니다. 욥의 변론을 통해, 그리하여 학대당하기 시작하는 것은 신이며, 이 학대는 종내 신까지도 죽음에 이르게 하는 병독이 됩니다. 그렇지 않아도 그 신은, 자기의 죽음을 예정해 놓고 있었다는 것은, '원죄'의 문제와 관련하여, 누누이 이야기되어온 바입니다. 그러나 신 스스로도 그 날이 언제일지는 모르고 있었던바, 욥의 변론을 통해, 이것이 자기가 아직도 입고 있는, 구태의 신의(神衣)를 벗을 때라는 것을 깨닫게 됩니다. 변론을 통해서 보면, 사실에 있어 욥이 신보다, '도덕적으로 우위'에 있던 것입니다. 그리하여 그 신의 인현이 갑자기 서둘러져, 예수에 의해 '욥의 우월성'이 극복되어집니다만 신의 이런 인현은, 억겁을 두고 되풀이되어야 옳다고 소승은 믿는바, 신이란 결국 고통 그 자체인 것입니다. 어쨌든 인간 편에서는, 어떻게 해서라도, 신으로 하여금 한시름 놓을 겨를을 주어서는 안 되며, 계속 채찍질하여, 그로 하여금 쉬임없이 인육(人肉)을 입어 내려와, 우리들의 십자가를 대신 지게 하지 않으면 안 되는 것입니다. 그것이 신에 정면한 인간이 갖는 권리인 것입니다. 어쨌든 저러한 '陰白'에 처해, 독한 침을 하늘에 튕겨올리며, 신을 향해 자기들의 결백을 주장한 욥들의 변론은, 하나의 전형으로서 보여지는 「욥기」에서처럼, 그러한 어떤 반응이 그 당대에 나타나는 것은 아닐 것입니다. 그 열매가 쓰든 달든, 그것은 그 욥들의 후대민의 것일 것입니다. 저 선대민 욥들의 변론은 '음기'를 조성했던 것으로, 그것은 후대민들께 유산되어지는 것입니다. 그것은 어떤 절대적이라고 해야 할 의지와 관계가 전혀 없는 것입니다. 그래서 앞서 든 예의, 유전된 음기가 양성화하는 상태를 '陰陽白'의 단계라고 부르는 것입니다. 헌데 모든 '陰陽'의 단계는, '赤'의 상태와 같이, 위험스러운 단계라는 것을 밝혔으면 싶은데, 그러니까 '陰陽白' '陽陰赤' '陰陽黑'의 단계는 '小赤'의 상태라고 보는 것이 옳게 됩니다. 왜냐하면,

이 단계들에서는 그 다음 단계로 순조전이를 치를 것인가, 아니면 양상을 달리하여, 이미 전이해온 상태로의 퇴조전이를 치를 것인가, '음기의 유전'에 의해서 그것이 나뉘어지는 분계점이기 때문입니다. '陰陽白'은 그러니까, 순조로이 나아갈 때 '陽白'으로 바뀌며, 역조할 때 '陰白'으로 퇴행하여, '陽黑'의 상태로 침몰해 버리는 것입니다. 와해입니다. 몰락하여 원상으로 돌아간다 하여도, 그것이 물론 전과 같은 양태를 취할 수는 도저히 없는 것인바, 그 와해의 과정중에서도 새로운 '음기'가 무섭게 일어나기 때문입니다. 말씀드리다시피, 「계시록」의 환난의 풍경은, '小赤'을 극복하여 '陽白'으로 나아간 것입니다.

그러나 만약에, 소승이 역사학의 보조를 받을 수 있었더라면, 보다 더 현실적으로, 그리고 재미있게 풀어 보여드릴 수도 있었을 터인데, 그렇질 못해 소승도 유감입니다. 그리고 아마도 소승은, '네 기사'의 풍경과 관련하여, '黑·白·赤'의 관계를, 순전히 횡적으로만 별견해온 느낌이 없잖아 있습니다. 거기에 만약, 종적 조감이 병행되어진다고 하면, 겁(劫)의 산법으로서라야 그 해답을 얻어낼, 여러 문제의 해답을 수유간에 얻어낼 수 있을지도 모르지 않나 하고 생각합니다만, 그러려면 장시간을 요할지도 모르고, 이미 했던 이야기를 재차 재삼 반복하게 될지도 모르므로, 일단 여러분께 보류해두는 바입니다. 어쨌든 우리가 만약, 유전(流轉)을 먼저 종적으로 조감하여 횡적으로 이해하려고 든다면, 인과율(因果律)의 당대적 완성을 보게 될지도 모르며, 더 나아가서, 한 찰나 사이에서도 그것이 맺고 끊기는 것을 포착해낼 수 있게 될지도 모른다는 것은, 첨언해둡니다.

'찰나'라고까지 말씀드린 것은 왜인가 하면, 현재의 시간이란 그렇게도 작고 짧은 것이어서, '찰나'를 겁이라고 놓고 비교한다면, 현재의 시간이란 그 겁 속의 한 찰나 같은 것이기 때문입니다. 그것은 엄존하지만, 그래서 그것이 존재한다는 것까지도 의문스러울 지경입니다. 그러나 그것이 존재치 않는다면, 신까지도 존재할 터전을 찾지 못할 것입니다. 비록 그것이 극소하더라도, 그것에 의해서라야만 존재가 파악되며, 동시에, 저 죽은 듯이 어스무레 잠든 공룡, 과거며 미래의 시간이 또한 깨어나 꿈틀거리는 것입니다. 장소를 떠나 시간만을 따진다면, 존재 비존재를 휩싼, 저렇게도 삼엄하고, 저렇게도 방대하며, 저렇게도 심오한 우주가 도대체 어떻게, 저렇게도 작은 시간의 방 속에서, 억만 겁을 한하고 억만 번을 굴러도 남을 터전이 있는지, 그것이 영구히 의문스러울 지경입니다. 그러나 우리가 잊어서는 안 될 것은, 그보다도 더 작은 시간을 우리는 갖고 있다는 것이며, 그것은 심소 속의 시간인데, 만약에 저 현재의 시간의 크기를 수미산만하다고 쳐놓고 비교한다면, 이 시간은 겨자씨 한 알의 크기도 못 되지 않나 하는, 그런 시간입니다. 그것은 그렇게도 작지만, 그것에 의해서라야만, 극대한 정적이, 죽음이, 정지가, 무가 존재로서 인식되어지는 것이라는 것은 재언을 요치 않을 것입니다. 저 극소의 것, 그러나 극대를 획하는 저것이, 우리의 불멸성이라는 것을, 이제는 말씀드려도 좋을 듯합니다. 예수가, 우리를 필멸할 육 속의 한 집단적 '불멸성의 상징'을 입을 수 있던 소이도 여기에 있던 것입니다."

　나는 잠깐 쉬고, 다시 이었다.

"이만큼 이야기해왔는데도 불구하고, 그러면 신의 죽음이 어떻게 사람의 영생을 성취시켰느냐의 문제에 대한 천견을 말씀드릴 기회를, 여태도 얻어내지 못했습니다. 그러면, 이 변변찮은 논의의 결론으로서, 그 점을 생각해보기로 하겠습니다.

누차 언급된 바이지만, 다른 여러 교의에서와도 꼭같이, 여러분의 교의도, 음계(陰界)·양계(陽界)·상천(上天)의 삼층 구조로 이루어져 있는 것은 사실입니다. 그런데 우리가 이해하기로는, 성부와 성자와 성신의 국토는 이층과 삼층뿐이며, 지하층은 악마의 영지로서 여태도 수복되지 못하고 있는 중인 것입니다. 여러분의 경전에 의하면, 이러한 구조에 대해서, 뭔가가 잘못되어 있지 않을까 하고 회의할 여지를 거의 남기고 있지 않은즉, 그것은 하나님의 말씀이니, 일점 일획도 인간으로서는 고칠 수 없다는 것이 아닙니까. 그러나 소승의 생각엔, 저 삼층 구조에 뭔가가 잘못된 곳이 있는 것으로 여겨집니다. 그러고 났을 때, 어째서 요한이, 저 경전의 맨 마지막에다,「계시록」을 써서 첨부하지 않으면 안 되었던가 하는 의문이 생깁니다. 밤은 새벽빛에 의해서 깨뜨려집니다. 그래서 여러분의 하나님은 빛의 하나님이라고 말하는 것입니다. 그래서 예수를 일러 '새벽별'이라는 뜻으로, '루시페르'라고까지도 말합니다. 그 '새벽별' 빛이 저 '어두운 곳'으로 쐬어들어간 지 이천 년이 흐른 것이 아닙니까? 밤은 새벽빛에 의해서 깨뜨려져버리는 것입니다. 이것이 단적으로, 신에 의해 극복된 죽음이라고 소승이 보는 것입니다만, 그런데도 무엇을 위해서, 요한「계시록」을 써서 첨부한 것입니까.

소승은 누차에 걸쳐서, 여호와는 한 유목민족의 민족신에 불과했다는 것을 강조한 바 있습니다. 그 민족의 생업은, 아시다시피 목축이었으며, 그 탓에 그들은 생업을 좇아, 운명적으로 광야를 배회하지 않을 수 없었던 것입니다. 이쪽 들의 풀이 다 상해졌을 때 그들은, 저 배고픈 양들을 다른 언덕으로 이끌어가야 했던 것입니다. 그러자니, 거기 선착해 자리잡은 다른 이웃들과의 불화를 회피할 길은 없었던 것입니다. 다윗 같은 무사 왕이 가장 위대한 지도자로 길이 추모되는 이유도 여기에 있던 것입니다. 여호와가, 농부였던 카인의 제물은 용납치 않고, 목부였던 아벨의 제물만을 용납했던 기사는, 그 여호와가 원래 목축업의 수호신이었다가, 점차 변모하여 전쟁의 신이 되어간 과정을 엿보이는 것입니다. 짐작하시다시피, 그런 생업에 의해서 어쩔 수 없이 들로만 유랑해야 되었던 사람들께도, 때로 정착해 살고 싶은 욕망이 일 때가 있어, 어디에 안주하려고 하면, 그때마다 예언자들이 나타나, 그들의 정신의 부패와 타락을 규탄하며, 무서운 광경을 예언해 보이되, 그것도 잔학한 싸움의 지옥화인 경우가 대부분입니다. 그러면서도 가나안을 엿보여주어, 그들의 안주에의 꿈을 조금 위로해 줍니다. 헌데 바알이나 바알세불 같은 신들은, 토지신이거나 풍요의 신의 성격을 가졌던바, 한 목축업의 수호신에게는 그중 무서운 대적이었던 것이지만, 해맴과 싸움에 지친 저들에게는 가장 유혹적인 신들이었던 것입니다. 여호와의 질투와 진노는 이제 거기에 싹틉니다.

그런데 이제 예수가 출현합니다. 이 예수의 출현은 하나의 무서운 도전이었던바, 그러나 이번엔 전쟁신 당자에게가 아니라, 옛 약속에 머리가 굳어진, 보수적인 사고 방식의 인간들 자신에게 대하여서였습니다. 인간의 율법으로는 도대체 정죄할 죄가 되지 않는 저 예수를 그래서, 이미 정죄된 바라바와 바꾸어서 처형한 예는, 그것을 단적으로 증명해 주는 것입니다. 싸움 대신에 화해를, 미워함 대신에 사랑을, 제척 대신에 사해동포주의를, 무엇보다도, 땅 대신에 하늘의 소망을 부르짖는 그는, 그들에게 있어 하나의 적이었던 것입니다. 그러나 그들은, 자기네들이 약속된 땅에 이미 닿아, 정착하고 있다는 사실을 잊고 있었습니다. 그러나 그들이, 그들의 신이 약속한 것을, 그 땅에서 다 받았었다고는 믿어지지 않습니다. 반면에, 저 이방인들의 로마가, 세계의 장엄한 그늘을 덮고 있으면서, 땅의 기업에서 기대될 수 있는 온갖 것을 누리고 있었습니다만, 그것은 동시에, 지상적 소망의, 지상적 낙원의 한계를 보여주는 것이기도 했습니다. 여기에 이르러서는, 여호와 편에서도 이제는 아벨의 것이 아니라 카인의 제물을 용납하지 않으면 안 될 처지에 이르는 것이었습니다. 그래서 그는, 한번 더, 자기의 백성을, 이번에는 비실재의 힘로로 이끌어내, 하늘나라라고 일컫는, 제이의 약속된 땅에의 소망을 심어주지 않으면 안 되게 되었던 것입니다. 이 소망은 그러나, 그들의 것만은 아니었고, 땅에서 사는 우리 모두의 것이었는데, 여기에서 비로소 여호와 신격의 확산과 보편화가 성취되는 것이었습니다. 그러자니 신 자신의 세상화가 서둘러지고, 자기 성격의 재증축까지도 필수적으로 따릅니다. 허지만, 심지어「계시록」을 쓴 당자 요한까지도, 그와 같은 신의 의중을 몰랐다고 보는 것이 옳을지도 모릅니다. 그는, 예수에 의해, 여호와의 신격이 완전히 개조되고 변질된 것을 개탄하고, 사탄과의 최후의 전쟁 광경을 펼쳐 보임으로써, 구식의 여호와, 자기네 선조의 목축업의 수호신, 역사적 배경을 고려하면, 별로 싸움을 잘하지도 못했던 한 군신(軍神)의 수명을, 할 수 있는껏 연장해보려고, 마지막의 애국적 슬픈 시도를 하고 있는 것입니다. 우주의 주재신으로까지 승격 보편화된 신을, 요한은 그렇게 해서, 억지로, 자기네

사촌간의 작은 전쟁신으로 유배 폐쇄시키려 한 것입니다. 그것은 그가, 너무 충직하고 순우한 탓에, 사리를 오착한 것인지도 모르는데, 그래서 「계시록」은 신 자신에게나, 우리들, 요한네 영원한 이방인들에는 슬픈 책입니다. 선택받은, 자기네 열두 지파에서만 구원받을, 십사만 사천 인의 하나님, 질투 많고 복수심 많으나, 팔다리가 별로 굳세지도 못하여, 자기집 아래층에 세든 무뢰한 한 놈쯤 아직도 쫓아내지 못한, 늙은 신의 이야기 ─ 그것이 「계시록」입니다. 소승이 감히 이렇게 말씀드리는 것은, 여러분의 하나님에의 찬양이며, 영광 돌리기이며, 그가 태초부터 예비했던 모든 것이 예수에 의해 다 이루어졌다는 것을 믿는 소이에서입니다. 이제 와서는 불필요한 말씀이지만, 예수가 참으로 여호와 당자인가, 또는 그의 아들인가 아닌가와도 별개의 문제라는 것을 강조했으면 싶은바, 좀 이상스러운 말로, 영매접신을 통하여서라도, 한 인간의 정신이, 신 자신으로까지 고양될 수 있다는 것은 괄목할 가치가 있습니다. 그리고 부정하여서, 신은 아예 없었다고 치더라도, 한 인간에 의해 신이 자리를 확고히하고, 복음이 전파되며, 그 복음 아래서 세계에 덮였던 어떤 그늘에 양지가 좀 비낄 수 있었다면, 그것은 확실히 '이뤄진' 상태인 것입니다. 예수 자신도, '다 이루어졌다'고 선언하고 있던 것입니다. 이 선언은, 한 민족의 수호신이, 어떻게 우주의 주재신으로까지 자기의 지위를 확보해 갔는가 하는, 그 간난신고의 종언의 의미였던 것입니다. 그 의미는 또한, 지하층에 난입하여 질탕질을 치고 있던 악마까지도 항복받았다는 것이기도 합니다. 사실에 있어, 요한이 백일몽을 통해 밧모 섬에서 본, 저 악마의 참패의 광경은, 예수가 숨을 멈추었을 때, 세상이 닫기며 캄캄해졌

던 저 '제9시' 속의 풍경의, 저 '白'으로의 재유입(再流入)이었을
지도 모르는데, 저 '극소의 시간' 속에서는 언제나, 흐름이라는
것이 순서있게 나타나는 법은 잘 없기 때문입니다. 요한은 그러
한 외경스러운 광경을 접하곤, 그것을 미래의 풍경의 예시라고
착각했을지도 모릅니다. 시간성에서 따져보면, 반복되지만, 미
래란 과거의 집적에 불과하므로, 그것이 현재화할 때, 하나의 신
기루 같은 것을 '심소의 시간' 가운데에다 재연할 수 있습니다.
헌데 저 '제9시'는 너무 어두웠고, 사람들은 공포에 질려, 그 한
순간의 암흑을 통해, 암흑이 분쇄당하는 것을 볼 수 없었다가,
그것이 요한에게 재현된 것인지도 모르는 것입니다. 이런 의미
에서라면, 우리는 요한에게 감사하는바, 요한에 의해서, 저 '제9
시'의 인봉이 뜯겨, 백일하에 드러나게 된 것이기 때문입니다.
그러면, 예수는, 다만 하나의 강렬한 빛으로서만 저 암흑을 깨뜨
린 것에 불과한가, 아니면 그것과 함께, 우리들께 다른 것을 더
성취시켜 준 것인가, 그것이 또한 궁금해집니다."
　나는 잠깐 쉬고 다시 이었다.
"그 점을 밝히기 위해 소승은, 소승이 격렬히 다툼해온 저 '원
죄'의 의미가 무엇이었는가를 상기시키는 바입니다. 그것을 소
승은 '죽음' 자체라고 했던 것입니다. 그런데 이 '죽음'들 속에
서도 순화되지 못한 것이 가는 곳을, '지옥'이라고 하며, 그곳은
사탄에 의해 치리되고 있다고 알려집니다. 허나 소승은, 한걸음
더 나아가, 지옥이란, 생시에 지었던 죄업으로 인하여 고통받는
장소가 아니라, '죽음' 자체의 또 다른 이름일 뿐이라는 것을 거
듭 강조하는 바입니다. 왜냐하면, 한번 죽은 몸은 두번 다시 죽
지 못하며, 영(靈)은 영생으로(「로마」 8 : 6, 「고린도전」 15 :

42~50) 반복되지만, 육신을 잃어 염태(念態)만을 갖고 있는 존재에게는, 고문이란 체험되는 것이 아니기 때문에, 만약에 고통으로 하여 죄과를 삭이고, 영혼을 맑혀야 한다면, 이 세상 말고 그런 고장이란 없을 것이기 때문입니다. 그러므로 이 세상적 죄가 완전히 구속되지 않은 혼령이 있다면, 그 혼령을 위해선, 한 번 더, 심지어는 억천만 번을 더 이승에 던져, 그 죄가에 해당하는 살〔肉〕을 입히는 것일 터입니다. 살이란 고통의 전 장소인데, 그래서 이제 지렁이로도, 쥐로도, 박쥐로도, 굼벵이나 소로도 태어날 것인바, 생명은 그 크기나 무게에 있어 비록 같다고 할지라도, 형태가 다르다는 그 비극적 한계에 의해, 비로소 고난이 시작되는 것입니다. 굼벵이는 참새에게 쪼이고, 참새는 솔개에게 채이며, 솔개는 뱀에게 휘감기고, 뱀은 독수리 발톱에 찢김을 당합니다. 그렇다고 소승은, 이 세상은 고해라고만 생각하는 것은 아닙니다. 소승으로서는 몇만 번이고 돌아와, 이 세상은 살 만한 고장이라고 믿고 있는 중이기도 합니다. 어쨌든, 비록 신이라더라도, 영으로서는 고통받을 수 없다는 것, 영으로서는 죽음을 포착할 수 없다는 것, 육신에 한번 억류당했던 혼이 아니면, 고전적 의미의 유계(幽界)에의 여행을 성취할 수 없다는 것, 이것이 신이 '인간의 아들'의 살을 입어 세상에 나타난 관건인 것입니다. 그러므로, 대자대비로 하여, 죽음을 포착하여, 그것을 항복받으려면, 신으로서도 자연적인 과정을 밟아, 필멸될 살을 취하지 않으면 안 되었던 것이고, 그 살이야말로 죽음 자체라는 것을, 자기의 죽음으로써 보여주기에 이르는 것입니다. 그러나 그는, 나자렛에서 한 사자(死者)를 살려 일으킴으로써, 자기의 죽음에서 자기가 어떻게 살아날 것인가를, 가장 육적(肉的)인 형태

로 예시했긴 했습니다. 이 예시는 우리에게 한 중생(重生)의 소
망을 심어줍니다. 아시다시피, '옛약속'에는, 땅에 대한 약속이
전부라고 해도 과언이 아니었으며, 심지어 모세까지도 '열조에
로 돌아갔을' 뿐 고혼들이 모여 화목하게 살 땅에 대한 희망은
거의 없었습니다. 그러던 것이, 인현한 신에 의해서, 우리의 집
단적 염원이 성취된 것이 보여집니다. 우리의 죽음은 그래서, 하
나의 희망으로서 우리 앞에 놓여지는 것입니다. 삶은 그럴 때,
조금이라도 비참하다거나, 고통스럽다거나, 고독한 것으로 여겨
질 것은 아닙니다. 똥과 오줌 속에서 발효된 보석입니다. 죽음의
극복입니다. 아담이 따내렸던 실과의 반환입니다. 그래서 전에
쓸쓸하고 외롭던 음계(陰界)에, 지금은 대자대비한 신의 대자대
비한 손이 있어, 아직 순화되지 못한 영들에게, 그들의 업에 알
맞게 재단한 살을 입혀, 슬픈 눈으로 이 세상으로 떠나보내며,
하직의 손을 흔드는 것입니다. 떠나오면서도 그러나 우리는 죽
음에의 소망을 갖고 있습니다. 원죄의 극복입니다. 신이 죽음으
로써 보여주고, 극복하고, 성취한 전부의 내용이 그것입니다. 첨
부할 것이 있다면, 바르도의 몸이 전부, 삼일이나, 사십일이나,
사십구일 안에 어디론가 헤어져가며, 하직의 손을 흔드는 것은
아니고, 어떤 혼은 오백 년에서 천 년까지도 배회하고 있다는 것
인바, 그 역 업에 의해서이겠습죠. 업이겠습죠.
　그러므로 이제 우리는, 다시 살아난 나자렛의 사자는, 우리의
죽음을 대신하지 못하였는데, 어째서 예수의 죽음에는 우리 모
두가 가담되어졌는지 그것을 두고두고 생각해 보며, 그래서는,
저러한 공통적 또는 집단적 형태를 입어버린 화해와 고통의 모
습에다, 자기의 개인적 아픔과 설움으로 엮어진 가시관을 씌워

주어버린다면, 삶은, 그리고 죽음도 하나의 은총으로서 주어진 것으로 알게 될지도 모르며, 마음엔 감사와 열예가 넘치게 될지도 모릅니다. 자기가 외롭다고 생각할 때마다, 고통스럽다고 느껴질 때마다, 언제든 그래서, 저 십자가 위의 사내의 무섭게 아파하는, 친구도 없는 얼굴을 떠올리면 되고, 그 아파하고 있음이, 그 고독이, 자기 것의 대신이라고 믿으면 되는 것일 것입니다.

그러나 사실에 있어, 모든 것이 우주적으로 이뤄져버린 그때부터, 모든 것은 새롭게 시작되어버렸다는 것을 우리는 간과할 수는 없을 것입니다. 이 시작은 보다 다양화해지고, 보다 복잡화해지고, 보다 내밀스러워져버려, 그때부터 인간은 더욱더 의혹하고, 더욱더 방황해야 하며 더욱더 고독하지 않으면 안 되게 된 것이 사실이기도 합니다. 저 마지막 신의 죽음은, 모든, 우리들의 밖에 있어, 우리로 하여금 외적으로 대적케 하고, 또 외적으로 따르게 했던 그런 외적 대상의 죽음을 함께해버렸던 결과였습니다. 이 의미는 그러니까, 외적 대상이었던 모든 것이, 우리 심소 속으로 내치되었다는 이야기와도 통하는 것입니다. 밖에 있던 사탄의 죽음이 우리들 심령 속에서 살아나고 있는 것이 그것이며, 우리가 깨어 있지 않으면, 산 채로 죽음 냄새를 풍기는 것도 그것이며, 땅 위에 있어서 우리로 하여금 몸으로 획득케 했던 천국이 땅에서 사라져버린 것도 그것이며, 심지어는 시내 산 자락에 불 피우고 살던 신령까지도, 우리들의 밖에선 사라져버린 것입니다. 이것은 인간이 보다 성숙되었다는 의미일지도 모르지만, 이 의미는 또한, 우리가 보다 복합화해진 비극에 당하지 않으면 안 되게 되었다는 의미일지도 모릅니다. 까닭없이 불어

나는, 인간 관계에서의 긴장, 어디서 비롯되는지도 모를 초조, 불안, 견딜 수 없는 외로움, 불행감, 절망, 그런저런 독 묻은 화살들이, 방향도 시간도 없이 날아와서, 우리들의 심령에 꽂혀듭니다. 그러나 그럴 때일수록 우리는, 우리 마음의 향방(向方), 우리 마음의 정처(定處)를 잘 살피고 깨달아, 자기 속으로 이주해 온 하나님, 자기 속의 중생(重生), 자기 속의 천국을 불씨 가꾸듯 가꾸는 데 게을리해서는 안 되며, 자기 속으로 침입해든 악령, 사리고 든 죽음 같은 것들을 잡초로 알아, 솎아내는 데 전력을 다하지 않으면 안 되리라고 믿습니다. 그러기 위해서, 촛불이나 무슨 물질적 대상에 의하여, 흔들리는 마음을 한 점에 붙들어매려는 것보다는, 저 마지막 신에 의해 획득되어진, 자기의 불멸성 위에 명상하는 것이 좋으며, 자기를 그것 속에 끊임없이 귀의시켜가려는 노력은 훌륭하다고 믿습니다. 그러는 동안에 우리는 다른 하나의 새로운 사실을 발견하게 될지도 모르는데, 전에 외적 대상이었던 것들이 내치된 데에 반해서, 전에 내부에 있었던 어떤 것 하나가 외적 대상으로 환치된 것, 즉 자기의 불멸성이 살을 입어, 해골의 골짜기에 심긴 나무에 매달린 것을 보게 될지도 모른다는 이것입니다. 어쨌든 명상을 통해, 그 모습을 떠올리는 것은 필요하며, 이러한 명상을 여러분은 '은밀히 하는 기도'라고 표현하는지는 모르겠습니다. 그런 기도를 통하여 그리하여, 저 외적으로 환치된 '불멸성'이, 어느 날 다시, 밖에서는 찾을 수 없게 되었을 때, 그리하여 개인적 불멸성에 제휴되어 버렸을 때, 그 심정을 차지하여 그늘을 드리우고 있었던, 죽음이며, 악귀며, 필멸성이 극복되어져버린 것을 알게 될지도 모릅니다. 그러나 이 상태는 기독을 섬기는 여러분 교의의 종언입니다.

　　그럼에도 소승은, 어째서 여러분 교의의 신도는 아닌가 ─ 이러한 물음에 대한 소승의 소박한 한 대답은, 저 해골 속에 뿌리 내린 나무를 사라쌍수에 비유할 수 있다면, 그 한 가지는 불멸성이며, 다른 가지는 필멸성인데, 하필이면 무엇 때문에, 기독의 이름 아래에서 나 자신을 믿어야 하는지 그것을 모르겠다는 것뿐입니다. 그것은 더욱더 힘든 일임엔 틀림없지만, 그래서 소승은, 소승의 짐을 소승 자신이 끝까지 지게 되기를 바랄 뿐인 것입니다. 이것이, 저 마지막 인신(人神) ─ 소승의 짐을 위해 하늘의 어디에 있는 구레네에서 와줄지도 모르는 시몬, 예수와 소승과의 사이에 끼인 하직입니다.

　　그러면 여러분의 주 안에서 평강들 하십시오. 옴마니팟메훔."

3

　　나는 그리고, 까닭을 알 수 없는 허탈로 하여 견딜 수 없어, 장로께 귓속말하여, 잠깐만 혼자 있을 수 있도록 주선해줄 수 없겠느냐고 하였더니, 그가 머슴들에게 시켜, 나를 안채의 그의 서재에 옮겨다 주었다. 그는 다른 말은 없이, 다시 집회방으로 나갔다. 그로부터 그들은 먹고 마시며, 그들의 주일을 보내다 헤어졌을 것이었다.

　　혼자가 되고 보니, 나는 왠지, 알맹이가 빠져버린 채 해변에 구르는 소라 껍질이나 무슨 그런 기분이 들었다. 어쩌면 장로의 손주딸이 손수 내 점심상을 가져왔었던지도 모른다. 그러나 내게는 먹을 생각이 도대체 들지가 않았다. 그리고 어쩌면 그녀가 또, 붕산수 희석한 물을 한대야 손수 가져와, 계집종처럼 내 발을 씻기고, 그 상처에다 기름을 바른 뒤, 새 무명 양말을 신겼었을 것이었다. 그러는 동안 나는 어쩌면, 그녀의 냄새를, 그녀의 품위를, 그녀의 전부를 사랑하고 있었다. 허나 그것뿐이었다. 저녁상 앞에 앉혀졌을 때까지, 나는 그냥 내 살이 썩은 묽음 위에 촉루로 얹혀져 있다가, 저녁밥을 먹고 났더니 몸에서 조금 땀 냄새가 번져올랐다.

저녁상을 물리고 났을 때 나는, 장로께, 교회를 헐어내는 일에 나도 부려줄 수 없겠느냐고 물었더니, 장로나 그의 손녀딸은, 처음엔 웃었고 다음으로 좋은 말로 반대했으나, 그렇다면 이 저녁으로 하직 인사를 올리는 것이 폐를 줄이겠다고 솔직히 말했더니, 그에 이르러서야 내게 허락을 했다.

"정 그러시다면, 허긴 짐 수를 헤아려주는 일쯤이라면 즐길 만도 하리다. 허고, 취침하기 전에 발 치료를 좀 받으셔야 안 되실까? 아, 그리고 애야, 난 너의 아비와 긴히 상의할 것이 있어 나가봐야겠구나. 대사께서는 모쪼록 실례를 용서하십시오. 나가는 길에 일꾼 불러 대사께서 완쾌해지신 대로 같이 일하시겠다고 십장께 일러두라고 하리다."

장로는 좀 수다스레 떠들며 일어섰다. 나도 일어섰더니, 장로는 나무라는 투로 말렸으나, 일어서서 발바닥에 무게를 주고 보니, 차라리 시원했다. 아마도 내 병은 조금쯤 호화기를 띠고 있었던 모양이었다. 이런 정도라면, 내일부터라도, 짐 수 헤아리는 일쯤은 시작하고도 남을 듯했다. 나는 물론 그러기로 스스로 작정했지만, 그러나 내가 무엇 때문에 갑자기 노동을 자청했는지는 나 자신도 모른다. 어쩌면, 스승이 보내서 들러본 장로네와도, 이제는 하직할 때라는 것을 막연히 느꼈던지도 모른다. 그런 문제는 아무튼 나중에, 한 삼 년 후에라도, 생각해보아도 늦지는 않을 것인데, 충동이 언제나 나의 길잡이였던 것이다.

하루도 제기럴 다 가고 있던 중이었다.

제 18 일

하루나 이틀쯤만 더 쉬면 발이 완쾌해질 터이니, 그저 눌러 하루만이라도 더 집에서 묵어 공사판으로 나가라는 장로의 온정 있는 부탁에도 불구하고 나는, 이른 조반 먹는 그 댁의 일꾼들과 같이 어울려 배불리 먹고, 그 길로 공사판으로 나갔다. 물론, 침모 아주머니가 내밀어준 한벌의 노동복과 노동화를 입고 신고서 그런 것이다. 그것들은 어떤 내 크기만한 머슴의 것이었을 것인데, 풍더분하고 편했다. 해골은 물론 지참하지 않았고 나 쓰던 사랑방에 놓아둔 채였다.

아직도 대단히 가렵고 무쭈룩한 증세만을 빼놓는다면, 발은 대개 나은 것도 같은바, 그 화상은 글쎄 워낙이 심한 것이 아니었었고, 그들 또한 불로 엄포만 하여 내가 내놓을 꼬리나 보려 했던 것이었다. 허지만 내 꼬리는 궁둥이에가 아니라 어쩌면 내 머릿속에라도 있었을 것이었으니, 불로 그을리기를 화장하듯 했다고 하더라도 그것이 튀어나올 리가 있었을 것인가. 그것을 백일하에 드러내놓은 짐승에게 있어서 그것은 일종의 아름다움이기도 하지만, 그것을 은폐해놓은 짐승에게 있어서의 그것은 추악함의 모든 내용이 그것일지도 모른다.

관청과 상점과 술집으로 이뤄진 것이 만약에 읍이란다고 말할
수 있다면, 이것은 어쨌든 읍을 위해선 이른 시각이었다. 장로네
로 통하는 장로네만의 생나무 울타리 가운데 길을 길게 빠져나
오니, 한 가는 줄기의 아주 맑은 냇물이 가로 흐르고 있어서, 거
기 엎드려 나는, 이똥이며 얼굴의 개기름을 씻어내고 소매 끝으
로 문질러 닦아내고 나니, 갑자기 하늘이 맑은 것이 기억났다.
그 도랑 위로는 두 대의 달구지가 서로 비켜서 지날 만한 돌다리
가 얹혀져 있어, 들것에 실려 내가 장로네로 가고 있던 석양엔,
나는 거기에 도랑이 건너가고 있다는 것은 몰랐다. 그때 허긴 난
좀 앓느라고, 아무것도 본 것 같지가 않다. 그 돌다리를 건너서
야 나는, 오랜만에 내 옛날의 가난했던 호흡을 찾은 듯했다. 장
로와 그의 손녀딸, 그리고 그 큰 집에서 일하는 모든 사람들의
후덕과 호의의 울타리 속에서 나는, 왠지 짐스럽기만 하던 것이
다. 천대와 멸시 속으론 스스럼없이 걸을 수 있었던 나는, 후덕
과 호의 속에선 그저 몸이 껄끄럽던 것이다. 후덕과 호의에 내가
길들여본 적이 없었던 짐승이어서 그런지 어쩐지는 몰랐지만,
그 댁에서 내게 던져준 부스러기는 내게 너무 기름졌다.
　어쨌든 이 시각은, 읍을 위해서는 적이 이른 시각이었다. 상점
이라고 생각되어지는 함석 지붕을 한 집들도, 판잣문을 한 쪽씩
만 비시켜놓았거나, 꽁꽁 처닫고 있으며, 여인숙 앞이 조금 후끈
했을 정도였는데, 그것은, 팔아서 생계를 이을 나뭇짐을 받쳐놓
은 촌사람이 피우는 엽초 냄새 때문이었다. 스승과 나도 그렇게
연명해 왔었다. 그리곤 오줌 마려운 똥개들이 맴돌이를 치거나,
똥구멍 냄새를 맡고 있고, 이런 시각의 읍은 대체로 그런 것이
다. 얌전이편물점. 금방. 유리방. 학청. 법청. 연초청. 소금청. 혈

세청. 농업은업. 상업은업. 최선은업. 최덕은업. 갈보은업. 남창
은업. 읍산파네. 장의사. 포도청. 수의소. 침술집. 철물전. 어물
전. 푸줏간. 지물전. 닭전. 쇠전. 옷감전. 옹기전. 싸전. 왕대포
집. 순대국집. 국수전문집. 국밥옥. 서향집. 동편관. 남한루. 북
새통집. 덕산조빨소〔調髮所〕. 씨발〔市波〕목욕탕. 과택바느질. 개
장국집. 우족탕. 돼지꼬리곰탕. 황토고개점포. 생사탕. 읍내식
당. 똥집구이. 수도청. 흘레돝집 ── 수도청, 저 높은 쌍대문은
성처럼 닫혀 있고, 법(法)이 살이 되어, 술 속에서 썩는 냄새가
암내처럼 풍겨나고 있으나, 그 문 밖에 나뭇짐을 받쳐놓고 있어
야 할 홍도의 애인의 촌스런 얼굴이 안 보인다. 그 중에서, 꼬리
곰탕이며 순대국 같은 한두엇의 전문집을 빼놓고는, 그러나 아
직 아무것도 개시 안하고 있고, 지푸라기며, 밤이슬에 젖은 휴지
나부랑이나 널려 있을 뿐인데, 유리로도 통하고 교회로도 통하
는 목교를 나는 건너고 있었다. 신선하고 청명한 아침이었다.
　내가 회당에 도착하고도 한참이나 더 있어서야 해가 장로네
울 뒤쪽 어디서 솟아올라왔고, 십장과 두통쟁이 등이 헌출한 얼
굴로 올라왔다. 그들은 내게 반갑다는 뜻을 표하느라고, 얼굴을
너무 일그러뜨려 우는 상을 지었다. 그래, 우리는 친구들이었었
다. 어느 날 이 우정이 갑자기 식어진다고 하더라도, 그것은 겁
낼 것이 아닌 듯하며, 세상은 이만쯤 따뜻해도 좋았다. 식었을
땐 또, 그만큼 세상은 차가워도 좋은 것이다. 발이 나승 것 겉은
개 기쁘다는 둥, 시님이 요런 일 히어묵을라면 심이 씨일 것이라
는 둥, 히어도 재미를 붙이면 히어묵겄응개 자기들도 허고 있는
게 아니냐는 둥, 하고 말하고, 십장은 내게, 그 동안 일이 어떻게
진척되어왔는지를 보여주었다. 물론 나는, 벌써 둘러본 바였고,

그래서 목자가 살았던 집이 주춧돌도 남기지 않고 사라진 것을 알았고, 회당의 지붕도 반쯤이 뜯겨난 것을 보았었다. 지붕의 구멍들로부터 탁하게 쏟겨들던, 그 빛의 유수(幽囚)들도 떠났던 것이었다. 시무종, 점심종, 종무종을 위해서, 종각은 맨 마지막까지 두어둘 것이라고 했다.

"자 보시제라우, 조쪽이 옴팡하잖냐고라우? 인제 부인네서껀 인부들이 올라오면 말이제요, 지게다 져각고 조 옴팡헌 디다 부리는디, 거그를 잘 메꾸고, 터를 워처키 잘 딱고 보면 말이요, 여그가 아매 무신 공청 하나 실 자리는 될 것도 겉여요. 그라고 써까래서껀, 무신 태울 만헌 것들은이라우, 조쪽 벨랑 안 걸개칠 만헌 디다 쌓아놓는디요, 화목으로 쌈직허게 돌라는 디가 많응개요. 헌디 시님이 허실 일은 그렇제라우, 저그 앉아서나 말씸이요, 한짐 지고 감선 지 번호를 불르면, 바를 正자를 맹글어 나가기만 허면 되는 것이구만이요이. 헌디 워떤 사람덜은, 물론이사 장난이로시나 그라겠지라우만, 짐을 부리놓고 감선도 지 번호를 불르는 수가 있잉개, 고것이나 좀 눈예겨 보아줘겨라우, 허고시나, 니얼은 수건이던 머시던 머리에다 좀 쓰고 오세야지, 낭중에는 햇볕이 뜨겁울 것잉개요."

그는 그리고, 반을 접어 주머니에 찔러두었던, 겉장에 흙때 묻은 공책을 하나 건네주고, 연필을 하나 들려주었다. 그러는 새 인부들이 대강은 모여 회당 뜰에서 웅성대고 있는데, 십장이 그들 가운데로 나아가며 목청을 높인다. 내가 눈으로 얼른 세어 보니, 내가 여기로 왔던 첫날 발을 그을리고 앉아 있었을 때, 그 중의 한 관객이었으나 쫓겨간, 그 파리한 소녀까지 합쳐, 아낙은 넷이었고, 허리 굽은 늙은네까지 합쳐 사내는 열한 명이었으니,

전원 열다섯이었고, 십장 일당까지 가산하면 스물하나였다. 나중에 안 것이지만, 미장이는 미장이라서 미장이 일을 하는 것이 아니고, 그저 막일을 해대는 것이었는데, 그들은 뜯고 허는 일을 하면, 다른 품팔이들이 져다 나르는 것이었다.

"모도 그랑개 들어들배겨라우. 여그 지시는 시님 보제라우? 요 시님이 오늘부텀은 댁네들 짐 수를 매길 팅개 모도 고렇게 알라고라우. 그라고 번호는 어제 그대로고라우. 오늘 일도 요령은 어짓 일이나 같응개. 쪼꿈석만 더 짊어져 돌라고라우. 나는 댁네가 다섯 짐을 지던 오백 짐을 지던 고건 상관헐 것 없겄소."

그런 뒤에야 일은 시작되었다. 도대체 한 짐 지는데 아낙이 얼마며, 노인은 얼마인지는 모르겠으되, 번호 아래에다 바를 正자를 그려나간다는 일은 쉽고, 무던하고, 즐겁고 正자가 아직 한 획이 모자라다거나 할 때엔 내가 괜스레 초조하기까지도 했다.

"듣장개, 요 시님이 이원(의원)이람선이요이?"

해가 대개 반 나절쯤은 올라왔다 싶자, 몸에 땀들이 돌았나뺐다.

"왜 또, 중리댁이 머슬 잘못 묵었단다?"

"여보쏘 사둔, 잘못 묵을 거시기라도 있으면 요런 품팔이 안 오겄소이."

"그라면 백찌 이원은 왜 찾는디야?"

"중리댁 배앓이는 이원 각고는 안 될 것잉구만이. 그저 입짐(김) 돈독이 쐬넣고, 고 아픈 배에다가시나 뽕잎이나 발라두는 수배낀 없을겨."

"넘은 묵을 것도 없어 탈이라는디, 사둔 영감은 무신 배앓이 이약이다요 이약이?"

“글씨, 못 묵어도 배가 씨린 벱이그덩. 워디 입으로만 못 묵어
서 배가 씨린 벱이라야 말이제.”
“고거 뽕잎만 붙이놔바도 회력이 있는 것은 아니답디다. 한바
리 실한 누에로서나, 고놈의 뽕잎 맞창을 내야 된다는디.”
“시님, 거 바를 정자가 암만 바르대도, 거 무신 글짜에 눈 달리
고 입 달렸답뎌?”
“우리는 말이라우, 고놈의 바를 정자, 바르게 맘 묵고, 바르게
맹글라고, 삐를 토막내다 본개라우, 뭠이 바르덜 못허고, 뭠이
삐틀어지는디.”

그러는 새, 대개의 사내 일꾼들이 스물다섯에서 서른 짐까지
지고 있을 때 아낙네들도 대개 스무 짐씩은 지고 있었는데, 한
가냘픈 목소리는 그때 겨우 열 짐을 부르고 있었다. 그 야윈 계
집아이였고, 아마도 체력이 영 부달리는 모양으로, 눈이 흰창까
지도 누르스름한데다, 가는 손가락들은 떨고 있었다.
“일이 무척 벅찬게요, 그렇지?” 하고 내가 물었더니, “뭐 그렇
지도 않아요. 게으름이 나서 그러는걸요” 하고, 거의 매정스러울
정도로 대답해서 나는, 그 애에게 너무 사치스럽게 굴었다는 것
을 깨닫지 않으면 안 되었다. 그러며, 나 같은 한 건강한 녀석이,
노닥이며, 병자라도 해낼, 글자 메꾸기나 하고 있다는 것에 대한
수치감이 일었다.
시간이 갈수록, 그 애의 성적은 점점 떨어지고 있었다. 보기에
아주 기진맥진해 있었다. 그러나 나는 할 수 있는껏 그 애를 외
면해 버렸고 그런 대신, 무심히 무릎 위를 드러내고 북북 긁기가
일쑤인, 중리댁의 허벅지나 건너다보았다. 얼굴은 비록 그을려
검고 탁했으나 그 허벅지에 괴인 붉은 빛은, 밤중에 도착한 뱃고

동 소리 같아서, 좋아서, 옻칠한 숟갈이라도 하나 있었으면, 그저 내가 속이 가려워 환장하고 나자빠질 만큼이나 한하고, 그 붉은 소리를 좀 퍼먹어보았으면도 했었다. 그러고 보니 시장하기도 했는데 시큼떫떨한 애능금 다섯 개를 점심삼아 씹어삼키며 언덕을 내려가, 나는 냇물에 발을 잠그다 올라왔다. 중놈이 고기맛을 보면, 절간 빈대를 안 남긴다더니, 중리댁 허벅지를 내가 개의해쌓던 것으로 미뤄보건대, 내 살 속에 양기가 좀 채워가나보다.

종무종이 울리고, 회계꾼이 발부한 어젯 일의 전표를 오늘 받아쥔 인부들이 내려가고 난 뒤에도 난 거기 좀 남아서, 하루의 마지막도 즐길 겸 숨을 좀 돌리고 있으려니, 일의 마무리를 보느라 아직도 남아 있던 십장이 내 곁으로 오며, "요런 일은 안직 몸에 배덜 안히어, 참 애쓰싰구만이요" 하고 앉는다.

"웬걸입쇼. 너무 수월해 여러분께 죄송스런 생각까지 들었습니다. 그래 내일부턴 나도 등짐이나 졌으면 하고 있는데요, 나도 좀 끼워넣어주셨으면 합니다만."

"아매 고 일은, 시님께 너무 심들 것잉만이요. 기양 짐 수 매기거나 허시제라우. 아까 장로님이 오싰다 안 가싰다고요? 장로님께서 솔찮이 염려허시더라고라우."

그래, 그가 한번 왔었다. 그리고 자기 집 일꾼이 점심을 가지고 왔었더냐는 둥, 이런 일은 할 만하냐는 둥, 발을 조심하라는 둥, 아주 자상스럽고 인자스러이 묻고 내려갔었다. 언덕을 내려가는 그의 휘인 등을 바라보며 나는, 그가 나의 스승과는 다른 데에서, 어쩐지 아버지 같다는 느낌을 받았었는데, 그러고 보면 나도, 때로 얼굴도 알 수 없는 아버지를 그리워하고 있었던지도 모른다. 그것은 그리고, 하나의 슬픔 같은 것이 되어 어디론지 가라앉아버렸다. 아 그리고 물론 저 늙은 정원사가 점심을 가지고 올라왔었다. 그러나 그때는 오후의 일이 시작된 지 한참 된 때여서 저 파리한 계집아이에게, 내가 그 점심을 주어도 좋은지 어떤지를 물어보았더니, 그 애는 눈만 한번 치켜떠서 나를 보곤, 그걸 받아 샘 곁으로 갔었다. 그런 얼굴이 내게 싫지 않았었다.

"아, 그라고 시장허시겄소. 요건, 시님 오늘 수고허신 전표구만이라우."

"아니, 뭘 했다고 내게도 임금을 주시는 것입죠? 그리고 내가 알기론 모두 어제 일한 전표를 오늘 받은 걸로 아는데요."

"시님은이라우, 일당을 딱 정해놨응개요, 요것 몇 푼 안 되지만 말이라우, 받아서 접어넣어둬겨요. 그라고 요렇게 여러 장으로 해드린 것은 말이제요, 쓰실 때 펜리허라고 그런 것인디, 밥집이나 점포에서 밥이나 물건은 줘도, 돈은 거실려주덜 안헝개 그런 것이제라우. 아 그라고 저어 시님 말씸이요, 니얼 저녁은 무신 일이 좀 있어서 그렇고, 니얼 말고 모레쯤, 저녁이나 우리 집에 와서 드실 수 안 있으시겄는그라우? 오늘 아척(아침)에 일을 나올랑개, 마누라가 되시락을 들리줌선, 모레 저녁쯤, 시님이 틱벨히 볼일이 없으면 좀 뫼싰으면 좋겄다고 히어서요, 그래 내 참 착하다 싶은 생각에, 궁뎅이 몇 쌈 두둘기주고 안 나왔겄는개비요이."

우리는 그래서 같이 소리내어 웃었다. 그리고 고맙다고 내가 몇 번이나 말했더니, 그가 일어서며, "그라먼 더 앉아 기시다 니려가실랑그라우?" 하고 먼저 내려갔다. 내려가는 그의 뒤통수에다 대고 나는, 내일부턴 등짐을 지게 시켜달라고 한번 더 부탁했고, 그는, 내가 고렇게 원한다믄이사, 자기가 시키고 자시고 헐 것이 있겠느냐고, 대답했었다. 그러나 사실에 있어 저 전표는, 그것이 얼마나 값이 되는 것인지 나는 알 수가 없었으며, 그것을 상점에 가져가서 어떻게 한다는 것인지도 몰랐지만, 어쨌든 내가 일해서 번 것이라고 생각하니 기뻐서, 접어서 주머니 속에다 넣어두었다. 그리고 만약 유리로 돌아간다면, 나를 기다릴 계집을 위해 알맹이가 큰 눈깔사탕이라도 살 수 있을 것이라고도 생각했다. 그러나 무엇보다도, 낚싯대를 하나 준비해다 놓아야 하는 빚도 있었다. 장로네에 무턱대고 폐만 끼칠 수도 없으니, 이 저녁부터라도, 아마 그것으로 일숙박소도 구할 수 있을 것이었다. 나는 아마 지금 내가 중이기를 거부하고 있는 것이었다. 그리하여 나는 노동자이기를 바라고 있다.

읍은 저물고 있었다. 가는 눈으로 나는 그 저뭄을 내려다보며, 나 때문에 낭자머리를 하고 비녀를 꽂은 계집이, 된장찌개를 구수히 끓여놓고 남정 오기를 기다려 사립짝을 내어다보며, 어린 녀석에게 젖꼭지 물리고 있는 것을 보았다. 그런 계집의 얼굴은, 중리댁의 것 같은 것이었어도 좋았을 터인데도, 그리고 유리의 계집의 것이었으면 더 좋았을 터인데도, 어쩐지 저 장로의 손녀딸의 얼굴이, 자꾸 안막에 껴들고 있었다. 내 참 착하다 싶은 생각에, 궁뎅이 몇 쌈 두둘기주고 안 나왔겠는개비요이 — 나는 체머리를 흔들고, 이제 일어나려고 했다. 창자도 길들이기에 따라 엄살이 많아지거나, 아니면 고자 몇 개 그어준 것도 일이었던지, 배가 고프던 것이다. 헌데 그때 좀 의외의 일이 내게 일어났다. 사람들이 모두 내려간 줄 알고 있었는데, 저 파리한 계집아이가 내 등뒤 어디로부터 나타나 내 곁에 앉는 것이었다.

"아니, 아가씬 여태도 돌아가지 아니하였소? 시장할 터인데 말
이지."

"전 남아 있게 되었던걸요." 그 애는 그렇게 또록이 대답했는
데, 그 의미가 그러나 내겐 모호했다.

"그래, 그렇게 되었던가? 그래서 아가씬 여기 머물러 있겠단 말
은 아니겠지러이?"

"아버진 목사라구 우리 엄마가 그러셨죠. 저 교회를 세웠답니
다." 그 애는 내 물음에 대답은 없이, 뭔지 모진 얘기를 꺼내고
있었다.

"자 그럼 아가씨, 우리 같이 내려가세나." 나는 화제를 바꾸려
했다. "어쨌든 나도 배가 고프이."

"스님은 점심을 굶으셨으니 그렇겠죠. 그 점심을 헌데 왜 내게
주셨죠?"

"자 가자구. 내가 아가씨 사는 문전까지 바래다 드리지. 어머님
이 기다리실 게 아닌가?"

"난, 저기 보이는 저 가운데 돌다리 밑에서 살죠. 거지들만 사
는 데예요. 사내애들까지 일곱인데, 내가 그중 나이 많으니까 내
가 대장이지요." 그렇게 말하며 그 애는 조금 킬킬거리고 웃었
다.

"아 그러시군. 그럼 부하님들이 잔뜩 기다리겠군, 겠어, 대장
나으리."

"그렇겠죠."

"그럼 왜 남아 있지?"

"스님은 왜 남아 있으셔요?"

"나, 나 말인가? 글쎄, 난 한숨 좀 돌리고, 읍도 좀 내려다볼

겸, 그러다 내려가려구 그런 거지. 그래서는 안 되나?"
"거짓부렁 마셔요!"
이 애는 참으로 모진 애였다.
"짐 수를 스님이 열다섯 짐이나 더 불려주셨던걸요. 난 내가 일한 거 다 헤아려 꼼꼼히 알고 있었거든요."
"아 그렇게 되었던가? 난 좀 잘 기억할 순 없어도, 그랬다면 거 잘됐군."
나는 말을 그렇게 했으나, 그 애가 따지고 나서니, 어쩐지 쾌한 기분이 못되는 것이 그 애에 대한, 어쩌면 그것은 사치였을지도 모르는 연민으로 하여, 부정스럽게 내가, 남의 돈을 횡령해 그 애에게 얽어주었다는 생각이 새삼 들어 그런 것이다. 열다섯 짐이면, 그 애 일하는 품으로선, 거의 한나절 벌이는 되는 것이다.
"십장이나, 회계 맡은 사람들이 흔히 하는 짓이에요."
"그런 사람들이 흔히 하는 짓이라구? 그 속뜻은 뭔지 모르겠지만, 그러니 그런 일이란 있을 수 있고, 있어 왔댔군." 십장이나, 회계꾼들과의 공범 의식이 나를, 어처구니없이 위로해주었다.
"바른 대로 말하면 말이지, 이렇게 말해도 화 안 내기를 바라지만, 아가씨가 좀 딱했던 거지. 내 보기에 아가씨는 말이지, 아가씨가 할 수 있는껏 열심히 했다구. 노력으로 따지건대 열다섯 짐쯤은 더 얹어줘도 남을 듯했더라니깐. 내가 이거 좀 우습게 말하고 있는 건 아닌가 모르겠지만 말야." 나도 참 딱했다. "어쨌든 알겠지, 내가 뭐라는지?" 나도 참 딱했다.
"모르겠어요."
"그럼, 십장이나 회계꾼들이 짐 수를 불려주는 데는 무슨 뜻이 있다는고?"

"아시면서 그러셔요. 스님 참 엉큼한데요!"

이 애는 참 모진 애였다. 난 입을 다물고, 잠폭이 어두워지며 가로등이 켜지고 있는 읍으로 시선을 옮겼다.

"스님이 탁 깨내시기를 꺼린다면, 제가 깨드리죠. 저와 자고 싶으셨죠?"

"자, 자, 자고 말인가 싶은가 말인가? 자, 자, 자고 말이지?"

"헌데 저 중리댁이라면 모두 탐내는데, 몸이 좋다고 허거든요, 헌데 스님은 어째서 절 고르셨죠? 점심까지 먹여가면서 말예요? 나도 좀 이쁜 데가 있어요?"

"가, 가만 있어 보, 보세나, 아가씨가 지금 하고 있는 얘긴 무엇에 관해서지?"

"정 으뭉을 떠시겠다면 다시 일러드리죠. 그리고 얼른 끝내셔야 저도 내려갈 것 아녜요? 스님이 날 타누르고 싶어셨죠? 스님 눈으로 온종일 날 그렇게 보셨잖아요? 난 준비가 됐답니다. 지금 여기서라도 좋아요? 아무도 보는 사람은 없잖아요? 보아도 그뿐이죠."

이 모진 애는, 가래침 뱉듯 그렇게 말하고 눕더니, 치마를 걷어올리려 한다.

"자, 이봐, 아 아직 그럴 것까진 없네." 나는 우선 말하고, 그 애의 눈을 찾았으나, 감고 있어서 눈이 없었다. "아마 뭔지, 우리 사이에 오해가 끼인 듯하군. 그러니 우리 천천히 얘기해보면 어떨까? 뭐 바쁜 일이란 없으니 말이지."

"참, 시시한 스님도 다 있으셔요! 그렇담, 자 되돌려 받으셔요. 내가 빌어서 얻는 공짜하고, 동정해주는 공짜하군 달라요. 이런

공짜에 대해선 난 조금도 고마워하지 않는답니다." 그리고 그 애
는, 그 전표면 열다섯 짐에 해당하는지, 자기의 전표 중에서 석
장을 건네주고 일어서서 뛰어내려가려고 한다. 이것은, 어처구
니없었던 나의 산법이 별 빌어먹을 놈의 결과를 불러온 것이다.
성욕과는 무관했다는 것을 일러주기 위해, 내가 그 전표를 되돌
려 받는다면, 그것은 또 얼마나 모자라고 이빨 빠진 노릇이 될
터인가. 또 가령, 색념이 발동한 탓이었다고 한다면, 자기가 정
당히 번 전표로 계집을 사면 되었지, 어째서 하필이면 횡령한 재
산으로 계집을 사야 되는 것인가. 어쨌든 일단 수습은 해놓고 볼
일이어서 나는 얼른 그 애의 치마꼬리를 잡아, "그럼 자네 말하
는 식으로 말하지. 자 앉게나" 하고 우선 앉혔다. "아가씨 불두
덩에도 거웃이 돋았는가 몰라? 내 그것이나 한번 쓸어보았으면
싶으구만." ── 만약에 색념을 일으키지 않는다거나, 일어나지 않
는다면, 귓바퀴를 만져보거나 불두덩을 쓸어보거나, 그것이 어
떻게 다를 것이겠는가. 그러나 듣는 당자 쪽에선 내가 귓바퀴를
만져보기를 원한다고 한다면, 아마도, 나를 비웃고 전표를 다시
건네주고 갈 것이었다.

"허지만 다섯 짐만 불려줘도 전 몸으로 갚았답니다." 그 애는
아마 자조하고 있었다. 내 목구멍은 슬픔으로 비렸다.

"아, 그래? 그럼 나하구 자세나. 그런데 이봐 아가씨, 난 배가
무척 고프다네. 뭐 좀 먹을 것을, 이것으로 좀 사올 수가 없을까
몰라?" 나는 그리고, 내게 주어진 전표에서 두 장을 내어놓았다.
"이 정도면 될까 몰라."

"이만큼이면 너무 많아요. 이거 한 장이면." 계집아이는 한 장
만을 뽑으며 계속했다. "싸구려집에서라면 설렁탕 두 그릇 값이

에요. 헌데 스님은 내가 닷새 일해서 번 것보다 더 번 것 같아요." 계집아이는 그리고 통통 뛰어내려갔다.

이 황혼에, 내게는 모든 것이 어스무레하기만 하고, 무엇이 잘 분별되지 않았다. 무엇보다도 내가 내게 불쾌하고 슬픈 것은, 마음속으로부터 내가 저 계집아이에게 정을 느끼지 못하고 있는, 나의 저 차가운 심정이었다.

그러고 있는데, 계집아이가 올라왔다. 고기를 다져넣은 밀가루떡 세 개에, 수리취 넣고 찐 시루떡 두 넓데기를 종이에 싸가지고 왔는데, 그것들은 아직도 조금은 뜨뜻했다. 나는 시루떡만 하나 차지했고, 남은 것은 그 애 몫으로 주었다.

"고기는 못 잡숫게 되었다죠?" 그 애가 그렇게 물었다. 그러나 나는 한 번도, 그런 걸 생각해본 적은 없었다. 고기를 먹어볼 만한 형편이 아니어서 못 먹었던 것뿐이고, 고기맛이 그래서 어떤 것인지도 모르게 된 것뿐이다.

"여긴 이내 이슬에 덮일 거예요. 지붕이 있는, 저 회당 안으로 들어가지 않을 거예요?"

식후에, 내가 멍하니 있으며, 읍 거리의 가스등이나 내려다보고 있자니, 저도 웬만큼 배가 불러졌는지, 시루떡을 반쯤 남기며, 계집아이가 그렇게 제안했다. 그 애는 나이보다 다섯 살쯤은 더 슬기롭거나, 보기보다 다섯 살은 더 늙었을지도 모를 애였다. 그래서 기억해보니, 장로가 했던 이야기 가운데, 이 애의 어머니일 것이 분명한, 저 여전도사가 애를 배고, 이 고을을 떠난 것이 십구 년 전인가 된다고 했었다.

"이거 실례될 말 같지만, 대체 아가씨 나이 몇이나 되는고? 보기대로만 말한다면 말이지, 아무리 많게 잡아도, 열 여섯 정도로밖엔 안 보이는데 말이지."

"호호호, 두 살이나 더 어리게 보여요? 열여덟인걸요."

"아, 그렇게 되었군."

"그래요. 허지만 못 먹고 자랐기 때문에 이렇게 작고 마른 걸 거예요. 어쨌든 지붕 밑에로 가셔요 네?"

"그러기로 하지." 우리는 일어서서, 아직 덜 헐려내린 지붕 밑으로 가 자릴 잡고 앉았는데, 공교롭게도 거기는, 그 애의 아비가 무너져 내리던 바로 그 언저리였다. 거기서 그리고 지금 나는, 그의 딸과 성교를 하려고 하고 있는 중인 것이다. "아버지가 목사라고 했었지 아마?"

"그래요, 허지만 얼굴은 못 보았에요." 계집애는 대답하며, 내 곁으로 아주 바싹 다가 앉았는데, 그 애의 머리칼에선 땀이 푹 쉰 내가 풍겨나고 있었다. "어머닌 날 배가지구 다른 읍에 가서 날 낳았거든요. 어머니가 죽었기 땜에 난 여기로 왔었죠. 날 여기로 보냈답니다. 온 지 세해째 나고 있어요. 헌데 듣기로는요, 아버지는 내가 나기도 전에 죽었을 것이라고 해요."

"아버지 묘소가 어디 있는지는 알고 있겠군." 난 이 애가 죽어서 기도대 위에 엎드려 있었던 자기 아버지에 대해, 알고 있었는지 어쩐지 그것이 궁금해, 둘러서 물어보았다.

"아버진, 저 기도대 위에 엎드려 있었답니다. 이 읍내 사람 치고, 그걸 모르는 사람은 없어요. 그러니 아무도 이 속엘 들어오질 안했겠죠. 허지만 난, 그이가 내 아버지라곤 조금도 믿을 수가 없었어요. 그러다 잊어버린걸요."

"이거 또 한번 실례될 말이지만, 그럼 어째서 장로님네 댁에서 살지 않나? 이것이 아까부터 궁금했는데 말이지."

"아직 그럴 맘은 없어요. 난 그 댁에 대해 이를 갈고 있답니다. 죽을 때까지 엄마는 얼마나 울었다구요. 죽으면서 엄마는 날 그 댁으로 가라고 했답니다. 그 댁에서도 몇 번이나 내게 사람을 보내고, 그 늙은네도 만나는 대로 내게 말했지만, 난 그 집이 폭삭 망해지기만 바란답니다. 한번은 불을 지르려고도 했었는데, 그런 이후론, 내가 어떻게 지내든, 그 집에서도 아무 간섭이 없어졌답니다. 난 뭣보다도, 그 집 손주딸의 얼굴을 가위로라도 찢어놓기를 바라지만 안 되는걸요. 그 여잔 몸이 없는 여자라고 아주 소문난 여잔데, 그 여자께 중매장이를 보냈다가 이 고을 유지네 아드님들 중에 코 안 꺾인 서방님이 없답니다. 어쩜 그 여잔, 이 읍내서 시집가긴 다 틀린 거죠. 아주 고소해 죽겠어요. 스물 다섯 살이나 처먹은 늙다리 처녀가, 제가 뭐 잘났다고 그런 서방님들 코를 꺾어놓을 일이겠어요? 그래서 지금은 아무도 중매장이를 보내지도 않구요. 또 우선 그 여자에 맞을 만한 늙은 총각이 없답니다. 헌데도 이상한 것은요, 그 여자가 한번 지나가기도 할라치면, 심지어 생사탕집 꼽추 영감까지도 허리를 착 끊고 절을 하는 까닭은 모르겠어요."

"이봐, 아가씨도 말야, 그 댁에 가 살면서, 고운 옷 입고 나들이 해보란 말야. 그럼 모두 정중히 허릴 굽힐지도 모른단 말야. 아가씬 고생을 사서 하고 있는 듯하거든."

"반드시 그렇지만도 않은가봐요. 장로네만은 못해두요, 쩌렁쩌렁한 유지네 따님들이 많아두요, 모두 앳되고 이쁘답니다. 스물 다섯 살씩이나 먹은 늙다리는 없어요. 그래도 서방님들 눈 하나 깜박 안할 때가 있어요. 도리어 아씨들 쪽에서 아양을 피곤 한답니다. 그 서방님들은 모여서 격검놀이를 하거나 활도 쏘고 아편

104

피우며, 마작도 하곤 해요. 스물한두 살씩 된 서방님들이 지금 한창 신바람이 났답니다. 노인들은 괜스레 한숨을 쉬면서 큰일 났다고 하지만요."

"아가씨 부하님들이 지금 기다리고 있는 게 내 눈에 환히 보이는데."

"뭐 그렇지도 않을 거예요. 난 대개 밖에서 자거든요. 열한 살 때부터 남자와 잤답니다." 말하며 계집아이는, 스스럼도 없이, 내 허리춤에다 손을 찔러넣고 있었다. 나는 언제든 보아서, 저 버르장머리 없는 손바닥을 한뒤 차례 때려주어야겠다고 생각했다.

"진짜로 중이 있다면, 그 중도 여자와 잔다고 생각하는가?"

"난 스님들과도 여러 번 자본걸요. 길 스님이라고 부르는 어떤 늙은 스님은, 저의 단골일 정도예요. 어쨌든 스님이 진짜로 스님 이시긴 하세요?"

"허허, 헛, 글쎄 그건, 나도 모를 뿐이야. 아가씨 눈엔 내가 중 처럼 안 보이나?"

"스님 같으시면야 뭣하러 노동판엔 나오셔요? 얘기 몇 마디만 장로 귀에 솔깃하게 해드리면, 몇 달이고 공짜밥을 먹이고, 떠날 땐 노자까지 준다는데요." 계집아이는 손가락을 쑤물거리면서도 말은 그렇게 하고 있었다. "글쎄, 어떤 늙은 스님은, 그 댁을 자 기네 절간처럼 생각해버리는 것 같았어요. 그 스님은 아주 괴팍 스러워, 웃음이 나와 웃다 보면, 느닷없이, 짚고 있던 대나무 지 팡이로 머리를 후려친답니다. 그래도 정신만 퍼뜩하지, 아프진 않아요. 그 스님은 꼭 일곱 집 둘러 밥을 빌으시곤, 우리 사는 데 와, 우리들과 같이 삑 둘러앉아 먹곤 했어요. 워낙이 이름난 스님이어서요, 그분이 일곱 집 둘러 빈 밥이면, 우리 모두 배가 불렀답니다. 해도 혼자 계실 때, 밥 비는 건 우리 중의 아무도 못 보았는걸요. 한 달 전이나 되는지 모르겠어요, 그 스님이 오셨었는데 보이지 않아요.”

“그래? 아 그랬던가? 그런 늙은 스님도 계셨댔군?” 나는, 말을 그렇게 했으나, 뭔지 모를, 그것은 슬픔 같은 것이 왈칵 치밀어, 목젖을 꼴록꼴록해야 되었다.

“스님도 장로댁에 머물러 계셔요, 진짜 스님이시면 말예요. 뭣하러 이런 힘든 일을 할 필요가 있어요?”

거기에 대해서 나는, 아무것도 대답할 말이 없었다.

“유리에서 오셨다고 그러셨죠?”

“그렇다네. 유리에서 왔댔지.”

“그러심, 거기 사는 여자들과도 골고루 지내셨겠죠?”

“그랬을는지도 모르지.”

“그 여자들은, 저기 저 중앙통 그중 큰 술집 색씨들인데요, 도닦으러 간다고 그러죠. 거기 간 색씨 중에, 그중 뛰어나게 이쁜 색시가 있는데요, 판관 첩이죠, 판관은요, 그 색씨가 사내애만 하나 낳아주면, 본처로 삼겠다고 한다고 그랬다는데두요, 그 색씬 영 멍청이야요. 읍내 서방님들 치고, 그 색씨에게 반하지 않은 서방님은 없을 거예요. 그 색씰 머리 없는 여자라고 한답니다. 장로네 손주딸하고 그 색씨는, 그렇게 서로 반대로 아주 유명하답니다. 헌데 이번엔, 글쎄 유리가 무에 그리 좋다고, 오지도 않고, 아프다고 쏙 빠져버렸다네요. 모주라는 할머니가 노발대발 야단이랍니다.”

“………”

"요즘엔, 새로 온 중 애기가 한창 떠돌고 있지요."

"새로 온 중 말인가?"

"그래요. 그 중은 아주 훤출하고, 아주 잘생기신 분이라고 하지요. 그 중은 눈에 무슨 영기 같은 것이 흐른다고 그러는데, 영기가 어떤 것인지는 모르겠어요. 헌데 처음엔, 실 한 오라기도 안 걸치고 마을을 돌아다니더니, 나중엔 글쎄, 마른 늪에서 고기 낚기를 시작했다고 그러니, 미친 거겠죠? 그래도 한번 봤으면 싶어요. 영기라는 게 뭔지, 그걸 좀 알고 싶거든요."

"후후훗. 그런 중도 있긴 있더군. 나두 보았지. 허지만 뭐 그렇게 훌륭하게 생긴 듯하진 않았네. 어디서 그런 소문을 듣는 거지?"

"거기서 돌아온 색씨들이 떠드는 소릴 엿들은 거죠. 들은 대로 우리는 퍼뜨리고 다니는 것을 재미로 안답니다."

"그럴상해, 하지. 그럼 자네 말야, 큰형장이란 것에 대해 내게 퍼뜨릴 얘기 좀 없겠나?"

"아, 큰형장 말씀이셔요? 그것은요, 유리에서 낮에 오셨다면 스님도 보셨을 거예요. 유리로 가는 길에서 보면, 오른편으로 큰 숲이 있답니다. 그 숲속에 그 큰형장이 있다고 그러죠. 저 황토 고개점포네 외아들이 거기 대장이라는데요, 그이가 읍엘 오면, 서방님들도 쩔쩔맨답니다. 하는 말로는, 천하에 장사라고 하죠. 그이는 아직도 총각인데, 촛불 스님과 빨가벗고 함께 잔다는 얘긴 한때 파다했는데요, 지금 장로네 손주딸께 중매장이를 넣고 있다는 소식이 쉬쉬 하면서도 돌고 있죠. 헌데 스님은 왜 알고 싶으셨죠?"

"뭐, 뭐, 그저 말야, 그저, 모두 말하길래, 큰형장 나으리에 관

해서 말이지, 그저 말야, 그러고 보니 아가씬 많은 걸 알고 있군
그래."
"우린 그런저런 걸 아는 것으로 해서도 푼돈을 벌기도 한답니
다."
"헌데 내 눈엔, 아가씬 전에, 저런 힘든 일은 별로 안해본 것 같
더군."
"목돈이 필요할 때만 해요. 옷이 너무 낡아서 이번에 벌면, 예
쁜 옷이나 하나 사려고 그런답니다. 닷새는 꼬박 벌어야 될 것
같아요. 보아둔 옷이 있거든요. 허지만 저런 일은 싫어 죽겠어
요. 할 수만 있음 나도, 수도청 수도부나 됐음 싶어두요, 모주가
나만 보면 소금을 뿌린답니다. 남자랑 자는 일은 좋거든요. 거기
다 돈까지 생기잖아요?"
　계집애는 말하며 내 상반신을 밀어, 나를 마룻장에 눕게 한다.
"내가 자네 아버지의 친구쯤 된다고 생각하지 않나?"
"그럼 못쓰나요?"
"전표 때문이라면 잊어버리게."
"벌써 잊어버린걸요."
"그렇담 잘됐군, 우리 내일 또 만나세나."
"누워 계셔요. 사실을 말하면, 난 스님이 좋던걸요. 중리댁도
아주 반한 눈치였답니다. 스님처럼 색골로 보이는 남자도 흔치
않거든요."
　난 이 야윈 계집아이를 떨쳐내거나, 뭐 그렇게는 굴지 않았는
데 이 애는 내게서 성기를 구걸하고 있는 것이다. 보살행이 따로
무엇이겠는가. 그럼에도 나는 내 마음이 확 틔어, 이 애를 정으
로써 안아줄 수 없는 것이 슬펐다.

　그러는 사이 어느덧, 음으로만 자라서, 음으로 하여 야윈 듯한 이 계집아이는 온갖 정성으로 내게 덤벼들고 있었다. 정작 결혼하고 나서는 불감증에라도 걸릴지 모를, 초로와 같은 정열을 낭비하고 싶어서, 그래서 이 음기덩이는 태워들고 있었다. 나는 내버려두었다. 나는, 그 애가 흔들릴 때마다 덜그덕덜그덕 뼈소리를 낸다고 들었다. 그 뼈들은 다섯 도막을 한 무더기로, 우루루 무너져내려선, 바를 正자를 이룬다고, 나는 보았다. 그러나 그것은 사실에 있어, 그녀의 애비였던 사내가 흘러내리는 소리였을 것이었다. 어쨌든 모든 십장들이, 그 값이 얼마인지는 모르되, 바를 正자 세 개 그어주고, 이런 밤을 살 수 있다면, 그것은 세 가지 의미에서 좋은 것이리라. 싸서 正하고, 나쁘지 않아서 正하며, 호꾼해서 正한 것이다. 내가 그렇게 뼈 무너져 내리는 것을 셈하고 있는 중에 저 어린 갈보년은 제 아비를 불러대며, 세 번씩이나 버둥거리다 진해서 쓰러져 누워버렸는데 그때에야 내 근으로부터는, 뭔지가 소리 없이 몇 번 무섭게 솟구쳐올랐다. 그러나 저 갈보년은, 그것은 모르고 내 귓바퀴에 대고, 제년의 근이 찢어진 듯하다고, 상소리나 지저귀고 있었다.

제 19 일

1

　동이 아직 트기 전에 깨어보고 나는, 목사의 바람난 딸이, 어제 저녁 먹다 남은 반 넓데기의 시루떡만 남기고, 밤에 언제 깨어, 자기의 친구들한테 돌아간 걸 알았다. 오늘의 시작으로서 나는, 명상 자세를 꾸며 반 식경쯤 앉아 있다가, 일어나 샘으로 갔다. 아침 냉수를 좀 마시고, 풀대궁 뽑아서 손가락에 감아 이도 좀 닦은 뒤, 세수도 하고, 그리고 물 퍼올려 발도 좀 씻어, 진물이 굳은 것도 씻어냈다. 발바닥은 약간 악화된 듯했으나, 그것이 무슨 큰 병을 일으킬 것으로는 보이지 않았고, 조금 심한 무좀이 파고든 정도로나 보였다. 이제는 장터로 내려가, 어디 골목쯤에 해장술꾼들을 위해 열어놓았을 국밥집이라도 다녀와야 될 모양이었다. 날씨는 이 아침 또한 청명했고, 내게는 또 무슨 수심이 일어날 까닭도 없었으니, 가슴은 기꺼움으로 채워져 있었다. 읍내의 굴뚝들에서는 뿌연 연기들이 올라와, 일찍 돋는 여름 햇살에 닿아, 일순 변절자의 입술 빛깔을 띠다가는 흩어졌다. 그 굴뚝 밑 골목들에서는 지금 하루가 싹트고 있을 것인데, 잠자다 깬 그대로, 저고리 아래로 젖퉁이를 늘인 할매가, 밤새 채워진 요강을 들고 나와, 수챗구멍 있는 데로 돌아가고 있을 것이며, 골패판에서 밤을 새고 새벽에야 돌아온 남정네의 아낙은 불만을 울너머에다 토해넘기고도 있을 것이었다.

나는 계단을 천천히 내려, 장터 밥집을 찾아가려다, 체머리를
몹시 흔들고 되돌아올라와, 목사의 저 바람난 딸이 먹다 남긴 굳
은 떡이나 씹어 삼키려다, 왠지 걷잡을 수 없이 웃음이 터져나와
나는, 바닥을 거의 데굴데굴 굴러대야 되었다. 내 주머니 속에
있었어야 마땅할 내 몫의 전표가 한 장도 남아 있지 않은 것이었
다.

2

　번호 아래에다 짐 수를 적어넣는 일은, 십장이 데리고 온 한
절뚝거리는 늙은이가 했다. 그는 진갑해엔 들어서 보였는데, 십
장이 시켜서인 듯 지게를 하나 지고 와서 내게 넘기며, 자꾸 고
맙다고 말해서 날 어리둥절하게 했다. 나중에 알고 보니, 내가
어제 그 일을 떠맡았으므로 해서, 그가 일자리를 잃었던 모양이
었고, 그래서 내 쪽에서 미안해해야 할 터인데, 내가 등짐을 지
는 것 때문에 그가 미안하다고 하고 있었다. 그는 십장과 어떻게
친척이 되는 듯했고, 그 일에 있어선 늙은 여우가 다 되어 있는
듯했다. 그러나 목사의 저 바람난 딸의 얼굴은 보이지 않았다.
　"요배겨 사둔, 사둔은 실허기도 허세. 고만침이면 꼽새 짐으로
도 한짐은 실폭허게 졌는디도 사둔은 땀 한 방울 안 흘린당개로
이." 영감이 일꾼을 그렇게도 어르고 있었다.
　"아니, 늙은 사둔이라우, 사둔은 돋뵈기를 꺼꿀로 갖다가시나
썼으끄라우 워쨌으끄라우? 앙 그라고사 사둔 눈구녁만 크게 비
고, 넘우 짐은 쬐깐하게 빌 턱이 없잖애라우?" 응수하는 소리고

"조, 조런, 조 배겨, 젊은네가 늙은네헌티 허는 소리 좀 들어배겨. 아니, 눈구녁이라니? 헤엑 고얀지고여."
"구녁은 구녁인디, 코가 달렸으먼 콧구녁이고, 눈 달렸으먼 눈구녁 아니요이?"
"그래도 고렇게 말허먼 내장머리없다고 허는겨. 허허이참, 그라고 본개 네이, 아 조거 중리댁 아니란댜?"
"아니 원지부텀 날 바 왔임선, 무신 심뽀로 새빠지게 날 반긴다요이?"
"요런 일은 그래도 히어묵을만 허다고이. 뭐니뭐니 해싸도 구들짱지기가 기중 땀나는 일 아니겄냐고이? 아, 그려 안 그려, 암사둔?"
"그래 말여라우이, 히어도 워디 구들짱지기만 땀날 일이겄으끄라우이. 늙은 작것이 상낭 떠받치기는 고 또 워떻겄냐고라우? 숫사둔, 안 그려라우?"
"맞았제. 맞는 소리여. 히어도 나 안직도 시랑토 안허는 중은 암사둔이 더 잘 알잖는다고이?"
"월레여, 조 늙은 작것이? 사둔네 할멈 머라는지 들어보도 못했는개벼? 고자가 맘뿐이라더니, 당신네 영감태기가 그렇담시롱 한숨이 열두 발이여, 한숨이."
"거 사둔도, 글씨 거 넘우 사정 뺀허게 암시롱도 백찌 저래쌓제이. 암만내 실허단대도, 아 워처키 여그저그 다 심폭허게 갈라믹인디야. 우리 할멈으로 치면, 내 소싯적부텀 참말로 실폭했응개. 워뗘? 나중에 내 쇠주 한잔 받으까?"
"말도 마쑈, 펄쎄부텀 취헐라고 허요이. 석삼 년 전 제사 때 썼다던, 고 조굿(조기) 대가리 안죽도 상낭에 매달려 있답뎌?"

"조런, 암사둔은 고 똑 물 씰(키일) 소리만 해쌓제? 두 번 말허면 너무 짜와서 못씨제. 점섬때 될라면 안직도 시끈 있어야겠는디, 고 소리 듣장개 입이 짜웁시롱, 춤이 괴어, 춤이. 그라고 야야, 엑끼 젊은아 같으니, 솔부작 밑 뽀챌 때부텅 내 알아봤더니라."

"솔부작 밑에서는 했답뎌? 나는 무신 소린지 몰루겄는디라우."

"고런 짓일랑은 장개가각고 시악씨랑 항께 허는겨. 하늘 보고서나 용써바야 벨 내력은 없니라. 몸만 상우제."

"고거 또 듣고 봉개, 없던 심이 제절로 날라고 허요이. 그랑개고 말씀이, 섬뜰 개똥밭이나 짬매서 나를 사우 삼겄단 고런 말씀도 겉은디요이."

"안죽 이망빼기 쇠똥도 안 버꺼진 것이, 펄쎄부텀 조롷게 숨을 헐헐험선, 상판은 누루텡텡헌디, 누가시나 고런 걸 사우 삼을란지, 그것도 한심허제. 그랑개 솔부작 뽀채쌀 것 천상 아니다."

"물동우를 이고시나, 정제(부엌)로는 안 가고, 삼밭으로 가는 딸네 속에는 머시 들었으끄라우?"

"조런 처쥑일 놈, 아 그라고, 듣장개 말여 조 사둔, 지난 여름에 갖다가시나 키우던 개 한 바리를 턱 잡아재치고 소복을 잘히었다고 헌디 말여, 고 소복허고설랑 고 회럭이 지끔 돋아난댜, 워짠댜? 짐이사 헐개겁던 말던 내 알 바 아니라도, 고렇게 너무 보지란히 댕기싼개 말여 헤헤헤……"

그 늙은이는 아무튼, 왼종일 씨불댔고, 그렇게 해를 씹어 삼켰다. 그에게는 무엇보다도 우정과 융통성이 있었다. 종무종이 울리고 나서, 내 전표를 받고야 안 것이지만, 그는 내게도 다섯 짐을 더 얹어주고 있었다. 이 다섯 짐이 사흘쯤 쌓이고, 좀더 늘잡아 서른 날쯤 쌓인다면, 아무리 정절이 대나무처럼 곧다는 아낙네라도, 저 늙은네 어글한 손이, 엉덩이 한두 번 더듬는 것 한두 번쯤 짐짓 모른 체해 줄지도 모를 것이었다. 그렇다고 그놈의 엉덩이 어느 한 귀퉁이가 무너나버리는 것도 아닐 터이다.

이 일은, 내겐, 허기지고 괴로웠다. 그럴수록 나로서는, 할 수 있는껏 많이 지고, 할 수 있는껏 부지런히 다니려고 전력을 다했다. 내게는, 내가 선불 내서 저 어린 갈보년을 산, 열다섯 짐의 빚도 있었던 것이다. 아무도 모르게 빚낸 것을, 아무도 모르게 갚으려니, 내가 질 수 있는 짐 위에, 조금씩 더 짐이 올려지지 않으면 안 되었다. 그래보았어도 내가 대략 계산해서, 다섯 짐 정도의 빚은 갚았겠다고 하고 있는데 점심종이 울렸고, 그리고 알아보니, 중리댁네들보다도 두세 짐을 덜 지고 있었다. 그래도 숨을 돌릴 수 있어, 한옆 아주 멀찍이 동떨어져 앉았자니, 심정이 울적하고, 왠지 기쁘지가 않았다. 결국 나는 아낙네만도 못한 사내로 퇴화되어 있었다는 생각밖엔 들지 않았다. 아낙네만도 못한 기력과 정신으로, 도를 닦았으면 몇 평이나 닦았을 것인가? 이런 어깨 위에, 내 짐을 져왔으면 또한 얼마나 져왔었을 것인가? 다 짊어오지를 못하고 남긴 내 운명은, 그러면 누가, 자기의 짐 위에 덤으로 얹어 짊어와 온 것인가.

허기지고 쓸쓸해, 내 발등 너머나 바라보고 앉아 있자니, 두통장이 사내가 내 곁으로 오며, "시님, 십시일반이라고, 우리가 요거 쬐꿈씩 덜어냈는디, 찌이게 생각치 말고라우, 들어배겨요" 하고, 받쳐들고 있던 도시락 뚜껑을 내려놓는데, 보니, 거기 그득히 그들의 정이 담겨 있다. "젓가치는 없는디, 아 그랴요, 내가 맹글아디리제." 그는 말하며, 가는 나뭇가지를 꺾어 둘로 만들어

내밀어준다. "우리랑 같이 잡쉈으면 좋겄는디도, 시님이 머슬 짚이 생각도 허고 있는 것도 같고 히어서라우."

"고맙습니다."

"머슬이라구. 있인개 요렇게 나놔 묵제라우, 없으먼 못 히어라우."

그는 그리고 자기 자리로 다시 돌아갔다. 여럿의 아낙네들의 거칠게 부르튼 손들을, 나는 도시락 뚜껑에서 보았다. 자기가 한 숟갈씩 덜 먹고 그 남정네의 도시락에 보태준 그 숨은 정을, 저 남정네들은 무정스레 덜어내버린 것이다. 허기를 며칠씩이고 뽀얗게 참아낼 수 있다는 것은 연꽃 형상의 푹신한 방석 위에 눈 감고, 겨울뱀처럼 지낼 때뿐인지도 모른다. 그것도 일종의 잠인 게다. 더 깨어 있기 위한 잠. 잠자는 누에는 안 먹지만, 깨어 있는 누에는 분비하기 위해서 먹은 듯이 먹고 분비한다. 그래, 잠자는 누에는 다시 깨어 있기 위해 잠을 자긴 한다, 자긴.

그 점심을 끝내고, 도시락 뚜껑도 되돌리고 물이라도 먹을까 하고 일어서는데, 장로네 원정이, 한 보자기 무섭게 차린 점심을 가지고 그때에야 올라왔다.

"아, 그랑개, 요거 또 늦었단 말 아니끄라우? 임식이 식지 말라고, 싸게싸게 걸었어도, 늙은 걸음이라 이러니 용서허씨요." 그는 그렇게 말하고 표정으로 미안해했다. 그 점심을 나는 의당히, 내게 십시일반으로 먹여준 사람들께 돌려야 했다. "니얼은 조반을 끝냄시롱 출발을 히어야겄고만이요이. 요것 다 아씨가 손본 것인디, 가서는 머시라고 헌다지라우?"

오후는, 오전보다도 더 길고 더 팍팍했다. 짐을 부리고, 짐을 다시 짊어지러 가는 그 홀가분한 한때, 땀은 잠시 걷히려 했다가, 짐을 다시 지고 발을 옮기고 있을 땐 어쩐 일로 햇볕까지도 더더욱 쨍쨍히 내려쬐었다. 그러는 중에 아마도, 몰래 선불 낸 열다섯 짐의 빚은 갚았다는 생각이기도 했다. 그런 뒤의 이 노동은, 내가 당해내지 않으면 안 될 것 같은, 하나의 고역의 도전으로 바뀌어져버렸다. 나도 물론, 지게로 뼈를 굵혀오지 않았다고는 하지 못한다. 허지만 빈 지게로 조금 산기슭을 올랐다가, 그 지게는 받쳐놓고, 그늘 아래 누워, 솔개가 자유로이 선회하는 것이나 올려다보거나, 설핏 잠이나 자다가 일어나, 휘파람을 불어 젖히며 조금 움직여, 해올린 까치집 같은 삭정이 다발이 그렇게 무거울 리도 없었고, 설사 무거웠다 해도, 그리고 져다 부릴 거리가 좀 있었다 해도, 언제나 나는 마음에 여유를 갖고 있었으며, 아무것에도 구애되지를 않았던 것이다. 차라리 한 짐의 나무가, 뜻을 깨우칠 수 없는 한 구절의 사어(死語)보다도 수월했으며 즐거웠었다. 이내 속을 헤치며 산(山) 냄새에 취하다 보면, 가슴에 산(山)이 고이고, 사지는 솔가지가 되어, 송진 냄새를 풍기던 것이다. 그런 일이란, 환속으로서, 또는 해방으로서 던져진 것이었다. 그러나 이 일은 어쩐지 달랐고, 지게 멜빵이 구속하는 것보다도 더 큰 구속이 어디 다른 데에서 나를 욱죄이고 드는 듯했다. 그것이 고해(苦海)라고, 누군가가 자꾸 들려주고 있었다. 태어난다는 것, 산다는 것, 늙고 병든다는 것, 죽는다는 것은 고통이라고, 누군가가 말하고 있었다. 그랬을수록 나는, 그것은 일종의 발악이었을지도 모르는데, 더 많은 벽돌장을 지게에 올렸으며, 더 부지런히 걸음을 떼어놓으려 이를 갈았다. 그러느라면, 십장이며 중리댁 같은 사람들이 주의를 주고, 핀잔도 했지만, 그러나 나는 이미 노동을 하고 있는 것은 아니었는지도 모른다. 나는 어쩌면 고역과 싸움을 하고 있었으며, 그들과 같이 일하고 있으면서도 나는, 나를, 한 외로운 혹성으로 떼어내가고 있었던 것이다. 그러면 내 앞쪽의 어디서, 누군가가 다른 목소리로 웃으며 속삭이는 소리가 들렸었다. 에혜, 어리석은 돌중이로고, 그 일을 사서 하지 않아도 당분간의 휴식과 좋은 잠자리와 좋은 식물이 글쎄 자네를 기다리고 있잖느냐 말이지. 에혜혜, 자네 보는가, 저기 장로의 손녀딸이 자네게 손을 흔드는 것이 보이는가? 아 그렇지 까짓것, 저 계집을 강간하란 말이지. 그리고 저 계집의 발등에 입맞추고, 그녀로 하여금 몇 방울의 눈물을 흘리도록 측은히 굴어보란 말야. 그러면 사람들이 세상에 대해 꿈꿀 수 있는 얼마 정도를, 자네는 아주 쉽게 얻어낼 수도 있을 것이란 말이지, 비록 천하를 다 얻었다 해도, 어디 그 천하에 다 사는가? 한 도시, 한 채의 집, 한 간의 방, 그리고 한 계집과 사는 것이지. 글쎄, 서 말의 땀을 흘리고도, 오히려 서 홉의 밀가루 사기도 어려울 고역은 고통일 터인데, 그것을 자네가 전에 아름답다고 했던가? 그리고도 윤회는 아름답다고 다시 말할 터인가?

어쩐 일로, 사람들이 장승들처럼, 아주 멀리 둘러서서 나를 보고만 있다. 십장이 뭐라고 내게 주의를 시키는 소리가 아스무레하게 들리고도 있는데, 내 가슴은 터져나가고, 척추는 무너져내리려고 하며, 다리는 후둘후둘 떨리고 있었다. 멜빵이 어깨를 옥죄이고 있어서, 팔뚝으론 푸른 혈관이 튀어오르며, 피부가 온통 충혈되어 추했다. 무엇보다도, 피가 거꾸로 치솟아오르는지, 얼굴이 부풀어오른 듯한 느낌이면서 눈앞이 뿌옇기만 해, 그것이 괴로웠다. "조 시님이 지끔, 고을에다 장사났다는 소리 한번 퍼띠릴라고 저러는개벼." 누군가가, 아마도 짐 수를 헤아리는 늙은

이가 그렇게 말하는 소리가 들리고, 사람들은 웃고 있는 듯했다. 그러나 그들의 얼굴 모서리들이 내겐 보이질 않아, 내게는 그들이 문둥이 죽림(竹林)만 같았다.

그러나 한 순간에 모든 것이 원상으로 되돌아왔다. 발을 헛디뎠던 모양으로, 내가 진 짐이 나와 함께하여 옆으로 쏟아져버린 것이다. 십장 말대로 하자면 나는, 장정이 질 수 있는 그 가장 많은 양의 두 배쯤을 짊어졌었다고 했다. 나는 그래서 백치스러이 웃고, 그저 망연자실 서 있었을 것이었다. 사람들의 비웃음이 뜨거운 줄도 몰랐다.

십장이 나더러, 한옆에 가 잠시 쉬면 어떻겠느냐고 우정있게 충고했다. 나는 그렇게 했는데, 오래잖아 종무종이 울려버렸다. 그럼에도 나는 갑자기 갈 곳이 없어져, 그냥 그 자리에 앉아만 있었더니, 오열이 북받쳐오르려 했다. 고역을 이겨보려는 싸움은 무모하고 무익했으며 또한 이길 수 없는 것인 것만 같았다. 조금쯤 교활을 배워, 조금쯤 가볍게 지고, 보다 더 성적을 올리며, 할 수만 있으면 고역을 회피해가며 산다는 일, 그것이 현명히 고역과 대치하는 일인지도 몰랐다. 어쨌든 나는, 조금만 더 어두워지기를 기다려, 목사가 뼈로 돌아간, 저 기도대 위에나 엎드려, 한번 통곡을 하거나, 아니면 창녀라도 하나 사서 극렬히 하룻밤을 태워보리라고 했다. 그렇게라도 하지 않으면, 이 '먼지 덮인 마음'을 씻어낼 길은 없는 듯했다. 그래, 연좌(蓮座)로 사는 일은 쉬운 일이다. 연좌로 십자가를 떠메는 일은 쉬우며, 연좌로 타인의 고통을 대신하는 일은 쉬우며, 연좌로 세상을 이해하는 일은 쉬운 것이다. 그것은 쉬운 것이다.

그러나 나의 저녁은 방해되어진 모양이었다. 누가 글쎄 나를,

무슨 어미 잃은 송아지로나 뭐 그런 것으로 알아서, 아마도 부드럽게 내려다보며, 부드러이 말하고 있었다.

"가셔요. 네? 저와 같이 가셔요. 할아버님이 스님께 꼭이 드릴 말씀이 있으시다구요, 기다리고 계셔요."

그녀는 그래, 장로의 손녀딸이었는데, 내 눈이 떨궈진 자리에, 까만 구두코 끝을 가지런히 놓아두고 있었다. 그런데 그것이 어쩐지 내게는, 어떤 계집의, 어쩌면 내 어머니일지는 모르는, 젖꼭지처럼도 보여져, 나는 그것 위로 손가락을 가져가, 치사하게 어루만져보았다. 술이라도 한잔 마시러 갈까, 나는 그런 것을 생각하기도 했다. 노을이 아직도 한참은 촛불만큼이나 밝아서, 응달 쪽이라도 그렇게 어두운 시각은 아직 아니다.

"스님 일하시는 것 저두 보았댔죠. 허지만 가셔요 네?"

"아 그러시죠." 나는 우선 대답하고, 드디어 천천히 그녀를 올려다보았더니, 그녀는 승마복을 죄어지게 입고 있어, 전에 별로 깨닫지 못했던, 그녀의 둔부며, 허리의 휘인 선이며, 튀어솟은 젖가슴이며, 수려한 목이 갑자기 꿈틀거려 나를 휘감고 들었다. 누가 이 계집을 일러 몸이 없는 여자라고 했었던 것인가. 이런 계집이면, 장가 가지 않은 사내의, 몽정이나, 수음을 통해 오는, 저 스산한 은하수에 떡 감으며, 천 번도 더 흘러갔었을 것이었다. 그녀는 분명히, 저 아래 어디쯤에 말은 묶어놓고 올라온 것이었을 것이다. "자 그러면 가시죠." 나는 말하고 일어서, 그녀의 눈을 들여다보며 이었다. "헌데 무척 외람된 말씀이지만, 숙녀께서 소승으로 하여금, 약간의 볼일을 끝내고 뒤따르게 허락해주셨으면 합니다만."

"긴한 볼일이세요?"

"웬걸요. 저 냇가 어디에나 가 땀이나 좀 닦아내려는 것입죠. 이래 가지고서야 어떻게 장로님을 뵙겠습니까?"
"그런 일이셔요? 그러시담 집에 가셔서 하시고, 옷도 갈아입으셔요."
"고맙습니다만," 나는, 치골이 울음으로 아프고, 그것이 싫어서, 거의 추악하게 들릴 농담을 생각해내고 있었다. "숙녀께서는, 한 돌팔이 중놈과 저기 저 중앙통을 지나시는 광경을 상상해보셨습니까?"
"호호호, 그럼 안 되나요 뭐?"
"그러심 숙녀께서는, 이런 소문을 들어보신 적이 있으십니까? 아주 이름난 요조숙녀가, 읍의 중앙통에서, 한 돌팔의 중놈의 뺨을 갈겼다는 그런 투의 소문 말입니다."
"그런 일이란 있을 수 없겠죠."
"이제 소승은, 숙녀님과 함께 저 중앙통을 가다가, 가능적으로, 숙녀님께 입을 맞출지도 모르기 때문입니다."
나는 조금도 웃고 있지 않았었다. 그러고 있다가, 뒤늦게야 웃음이 터져나와, 회당 뜰을 데굴데굴 구르며 웃었는데, 그땐 그녀가 탄 말이, 목교 위를 신경질적으로 달려가고 있을 때였다. 술 처먹고 와달이나 한번 부린 것만큼이나 내 속은 시원해져서, 선 자리에서 오줌을 한번 갈긴 뒤, 나는 배포있고 느긋하게, 언덕을 내려가기 시작했다. 그러며 종잡을 수 없이 씨불댔다. 아 그래 다리를 건너기 전 우선, 다리 아래로 내려가 끼인 땀이며 냄새를 씻어내리라. 그런 뒤 다리를 건너, 뱃놈도 아닌 것들이 뱃놈 목소리를 꾸며가며 대폿잔 속으로 항해를 떠나느라고 지랄들인 골목으로 나가리라. 눈꼬리 밑의 살이 처지고, 입술이 푸르뎅뎅한

사십 고개 넘은 계집 — 그년의 엉덩이에 손을 두르고, 뱃놈도
아닌 것이 뱃놈모양, 가슴팍에 쏟아가며, 술을 퍼마셔 대리라.
그러며 저 구두코 끝의 윤택한 유혹을 떠올릴 것이지.

　사실로 나는, 그런 골목을 지나고는 있으나, 성욕 같은 약간의
시장기, 시장기 같은 약간의 울분, 울분 같은 약간의 피로, 피로
같은 약간의 성욕을 아랫배에 싸아안은 채, 고개를 숙이고 그냥
지나고만 있고, 어디에서고 발을 멈추지는 못했다. 물론 가스등
이 가로변에서 타고 있고, 상점들은 갈보년들모양, 속곳 안을 환
하게 드러내놓고 있었다. 흘레돝집, 수도청, 똥창구이, 꼬리곰
탕, 생사탕 — 아, 생사탕이나 매큼하게 한그릇 해뒀어야 되었을
까 — 황토고개점포, 느려터진 유행가, 수도청 높은 대문 너머에
선 웃는 소리가 넘어오고, 조용하기, 왁자지껄하기, 조용하기,
왁자지껄하기, 조용하기, 왁자지껄하기, 조용하기, 왁자 왁자 왁
자지껄하기, 조용하기 — 그러나 나는 발등만 보고 걷고 있을 것
이었다. 장로네로 갈 생각은 조금도 들지가 않고 있었다. 그러나
그러다 보니 나는, 어느덧 장로네로 이어지는 그 석교를 건너버
린 것을 알았고 거기서는 더 나아가고 싶지가 않아 돌아섰더니,
나는 다시, 유리로도 통하고 교회로도 이어지는 목교 앞에 서 있
게 되어, 거기서는 난, 하늘을 올려다보며, 마냥 서 있기만 했다.
나는 유리로 돌아갔으면 하고 생각하기 시작한 것이다. 그러나
사실에 있어, 나는 한 발자국도 유리 쪽으로는 떼어놓지 않았다.
그냥 그렇게 서서, 수없이 떠올랐다가는 느리게 사라지는 환영
들을 보았을 뿐이다. 유리가 나를 휩싸왔던 것들, 안개비며, 정
적이며 슬픔이며 한 마디로는 거기 남아 있는 내 계집을, 나는
보았었다. 나는 그리고, 내가 유리로 돌아가고 싶으면 싶은 만

큼, 유리를 거부하는 경련이 더욱더 거세게 마음속에서 일고 있다는 것을 알았다. 그러는 중에, 내 등뒤의 소음은 보다 더 숨죽어들고 있었다.

흘레돌집, 수도청, 똥창구이, 읍내식당, 생사탕 — 아 생사탕이나 매큼하게 한그릇 했으면 양기가 돋을 것이라고 생각을 했던가 — 황토고개점포.

그저 나는, 유리창을 통해 그 안을 넘겨다보았을 뿐이지만, 황토고개점포 안엔, 백화(百貨)가 만개해 좋은 시절이었다. 낚싯대인들 물론 품목에서 제외될 리는 없었는데, 그런 낚싯대들에 내 눈이 머물렀을 때, 내 속에서는 거부의 절규가 울려나왔다. 누구에게도 더 이상, 저 마른 늪에서의 낚시질은 시키지 말아야 된다. 촌장이라는 풍문의 존재로 하여, 더 이상 유리를 치리시키지 말아야 한다. 젠장, 말아야 된다. 그러나 나는 한숨이나 내쉬고 말았다. 결국은 유리나 읍이 아니라, 내 생명 자체가 무엇엔지 치리당하고 있는 것이다. 결국 생명 자체가 죄업(罪業)이어서, 그것이 둘러친 울을 벗어날 길은, 이 세상에선 없는 것일지도 모른다.

나는 한숨을 쉬어제꼈으면서도, 내가 가진 전표의 액수보다도 마흔 배 쉰 배도 더 될지 모를, 그렇게나 많은 물건을, 유리의 내 계집을 위해, 그냥 눈으로만 샀다. 그렇게도 풍성한 물건을 본다는 것 또한 일종의 기꺼움이었는데, 그것들이 삶을 윤택하고, 편리하며, 호화롭게 하는 데 동원될 그런 모두였었다. 그것에 대해서 어째서 육신을 가난 가운데 가둬두려 피나는 노력을 해야 하는가. 무엇을 위해서 그래야 하는가.

누가 쫓아버리지만 않는다면 그 안에 불이 꺼질 때까지라도 서서 나는, 그 안의 풍경을 즐기고 싶었다. 전에, 대단히 어렸을 때 스승이 짊어져준 장작짐을 팔아, 몇 푼의 돈을 손에 쥐고, 하필이면 큰 상점도 말고 구멍가게 앞에 서서, 나는 저 크기도 큰 눈깔사탕들을 부러움으로 바라보고 서 있노라면, 뭘 사려느냐고, 주인 아주머니가 물어오곤 했었다. 그러면 내 목구멍에선, 거진 울음이 된 소리가 "이 돈만큼만 보리쌀을 좀 주세요" 하고 나온다. 물론 늘 보리쌀을 사는 건 아니다. 때로는 초며 성냥도 사고 소금도 산다. 소금을 산 때론, 산막을 오르는 길이 입에 적이 짜기는 했다. 한 알씩 두 알씩, 입 속에 넣고 녹이며, 그 짜가움을 음미하곤 했었다. 그러다 종내 그 눈깔사탕은 못 사고 말았다. 가을녘으로, 어디선지 스승이 모아온 석청(石淸)으로, 조금씩 단입맛을 다셨을 뿐이다. 그런데 오늘, 성년이 된 먼 훗날, 그 부러움, 그 울음 맺힌 소리가, 밑바닥 어디 가슴에서 괴어오르고 있다. 내가 비록, 세 개쯤, 아니 한 서른 개쯤이라도, 그 사탕들을 사서, 불룩한 볼로 사립짝을 들어섰다고 했더라도 스승은 아마 그런 일로는 내게 죽장질을 퍼붓지는 않았을지도 몰랐었는데.

그리고 서 있는 탓이었겠지, 그래 그 탓에 종내 나는, 보지 말았어야 될 광경을 목도하고 말았다. 목사의 저 음부뿐인 딸이, 아마도 과택바느질집 앞길쯤에서, 대단히 헌칠하고 한량들로 보이나, 늙으려면 아직도 한창 더 살아야 쓰겠는 네댓의 서방님들 속에 둘러싸여져서, 몹시 두들겨맞고 있는 광경이었다. 격검을 즐긴다는 그들이, 어디 격검장에서라도 돌아오던 길이었던지, 손에 모두 그런 몽둥이 하나씩을 들고 있었는데 그것으로 그 계집아이를 사정도 안 두고 아무렇게나 찔러대며, 쓰러져 애원하며 꿈틀거리는 것을, 왁자지껄히 웃으면서 즐기고 있던 것이다.

그리고 아마 소금을 뿌리는 것 같았다. 그짓은 바로 시작된 것이었다. 내가 그것을 보았을 때, 나는 아마 그들 사이로 헤쳐들어 갔었을 것이다. 그리고 쓰러져 꿈틀거리는 것에 품에 싸아안아, 그들이 쑤셔대는 막대기로부터 피하게 하려 했었을 것이었다. 나는 슬펐으며, 나는 분노하고 있었던 것이다.

"어이가나, 그라고 본개시나 말여."

"이게 이 가시나네 지둥서방 아니라고이?"

"괭이의 대왕나리 납셨어."

그들은 그렇게 떠들며, 왁자지껄히 웃고, 그 애로부터 몽둥이 뜸질을 거둔 듯했으나, 이번엔 웬일로 내게 향해서 퍼부어대기 시작했다. 자기들께 행악한 일이 없으며, 그 내력이야 어떻든, 헌칠한 사내들이 어린 거지 계집아이에 행하는 사형(私刑)을 저지시키려 했다고 했더라도, 내가 그들에게 싸움을 건 것은 아닌데, 어째서 그들은 나를 표적삼기 시작했는지 알 수가 없었다. 목검 뜸질은 어쨌든 가중화했다. 나는 정신을 차릴 수가 없고, 그저 온몸이 뜨겁고 괴로워, 흔들흔들하다 종내 쓰러져버렸을 것이었다. 그럼에도 아직 의식은 잃지 않고 있는데, 매순간 매찰나 검은 하늘로 무지개가 현란히 건너가며, 은하수가 쏟아지고, 그 은하수 맛은 짜가웠다.

그리고 내가 마지막으로 볼 수 있었던 것은, 누군가가, 그 단단한 몽둥이를 높이 쳐들어, 내 가랑이를 통해, 내 불알을 후려치면서 웃은 저 일그러진 얼굴뿐이었다. 아마도 그 계집아이는, 멀리멀리 도망가 숨어버리고, 그 자리엔 없었을 것이었다.

제 20 일

1

　난 어떻게 되어서, 다시 장로네 사랑방에 와 있었다. 잠은 일찍 깼다. 머리며, 사지며, 불알이 몹시도 욱신거리는 것만 빼놓으면, 부러진 데는 없는 듯해, 그것을 다행으로 여겼다. 기분은 오히려 상쾌할 정도였다. 아직 조금쯤 더 있어야, 이 댁 일꾼들 조반을 들 때여서, 그 큰 집이 그냥 소적하기만 하다. 보니 상 위에 한 그릇의 죽이 놓여 있어서, 그것을 비우고, 못가 소나무 가지에 깃친 안개의 새벽잠을 깨울까 그것이 겁나, 중놈 하나 그림자모양 그 집 대문을 밀고 나섰다. 해골은 역시 지참하지 않았는데 어차피 하직을 위해서는 한번 와야 될 것이었다. 그 집의 큰 개놈들은 나를 또한 친구로 알아주어서 꼬리를 흔들며 내게 뛰어올랐다. 내가 대문을 나서니 의아스러운 듯이 물러서 있었는데, 불성(佛性) 없다는 그놈들의 낯짝이 내게는 부처처럼 보였다. 말을 전도시키면, 히히, 부처가 개처럼 보이더라고 될 터였다. 어쨌든 부처도 불성은 없는 짐승이어서, 불성이니 비불성이니 그런 것으로 따질 성질의 것은 아닐 터였을 터이다. 어떤 것이 그것 자체로 전순해져버리면, 그것은 이제 그것을 뛰어넘어선, 다른 존재로 변해버리는 것이다. 옥은 티에 의해서 가름되는 것이다. 그러니까 독사도 불성을 가졌다면, 그것은 독사 속의 비불성에 의해 그렇게 말되어지는 것이다. 그러나 불성 자체는 불성이 아닌 것. 그러므로 불성이 아닌 불성은 인(仁)하지 아니하여 생명을 초개로 아는 것. 하지만 금을 일러 그것을 무엇이라고 다른 이름으로 부르겠는가. 그러니 금은 그냥 금인데, 금 또한 인하지 아니하여 그것이 법륜을 굴리고 간 자리엔 풀 한 포기 남기지 않는 것이다. 개가 부처 낯짝을 해달고, 그러고 보니, 히히 뉘 집 담 밑에다 오줌을 갈기고도 있고, 짐승처럼, 암놈의 똥궁둥이로 기어오르고도 있다. 새벽 이른데 인하지 아니하여 치사한 양반들이.

　나는 히히 웃으며, 아직도 가스등이 꺼지지 않은 거리를 느릿느릿 나아갔다. 목적은 물론 일터를 가려고 그러는 것이다. 그러나 사실을 말하면, 난 좀 뒤틀리고, 왠지 안정되지 못한 그런 상태에서, 뒤죽박죽으로 구르고 있는 중이었다. 이것은 이민감(移民感) 같은 것이다. 낯설음인 것이다. 풍경이나 풍습, 또는 생활 자체에 대한 낯설음은 어쩌면 좋은 것이며, 어떤 사람들은 그것에 호착하여, 여행이라는 이름으로 심지어 무전길에도 오르는 것이다. 저 도보 고행승은, 어쩌면 그런 하나의 전형이라고나 해야 될지도 모르지만, 내게 갑자기 깨달아지기론, 풍경이나 풍습, 또는 생활 자체, 한 마디로 시체(時體)에서 다르게 나타난 양태들의 반영이며, 근간은 아닌 듯한 것이다. 근간에 있어 그것들은 서로 그렇게 뭐 다른 것 같지도 않으며, 반영이란 어쩌면, 같은 뼈 조직 위에 발린 살의 두텁기나, 색상의 차이인 듯하다. 내가 만약 어느 때, 뒤늦게 손주라도 하나 가질 수 있다면, 그 녀석에게 들려줄 얘기란, 사람 사는 데 어디나 비슷하고, 주막이 있으며, 허벅지 내놓은 계집이 유행가를 부르는 곳이 있으면, 거기가 그 고장의 의식의 총화라고 말해줄 수 있을 뿐일지도 모른다. 헌데 이 아침에 내가 갖게 된 이민감이란, 그런 어떤 반영 위에서가 아니라, 어쩐지 저 근간 자체에서 비롯되고 있는 것만 같은 것이다. 이것은 전혀 즐길 만한 것이 아니며, 손주를 향해 지혜 있는 늙은네 목소리 같은 것을 꾸밀 수 있는 것도 아닌 듯하다. 이것은 뭔가 하면, 전적으로 나 자신과만 결부된 것이어서, 그것의 보편성을 얻기는 어려운 울음인데, 내가 암탉이어서, 나 자신의 알을 까놓고, 그 알이 설익었을 때 또한 내가 쪼아서, 저 팔삭동이 병아리를 햇볕에 드러내놓은 것의, 저 병아리가 앓는 아픔인 것이다.

　나는 이 아침에 기도를 생각하기 시작했다. 그러는 새 내가 죽고, 내가 썩고, 내가 파사근거려지고, 내가 오소록이 무너나고 싶은 것이었다. 전엔 나는, 나를 한 큰 보자기로나 만들어보려고 애도 썼었다. 거기다 해도 싸고, 달도 싸고, 별도 담을 만큼 담아서, 나 저승 가면, 그 어두운 천장에다 걸어놓고, 나 혼자서라도 좀 덜 춥게, 덜 어둡게 살아보려 했었다. 그러나 웬일인지 이 아침에 나는, 갑자기 줄어들어버려, 해도 그만두고, 달도 그만두고, 육안에 보이는 그만큼 한, 어떤 작은 별 하나 삼켜둬둘 터전이 없는 듯했다.

　변두리 길로 따라 걸어가는 동안에, 어제 저녁부터 울려고 쌓아두었던 울음이 쏟아져나왔다. 그러면서도 나는 후후거리고 웃고, 눈물 방울을 발등 위에 떨구었다. 그래, 이 눈물은, 아주 먼 어제부터 방울져온 것이다. 발악적으로 벽돌짐을 져나르며, 그것을 짐으로 생각하지 못한 데서부터 그것이 끓어올랐던 것이고, 사정없이 퍼부어지는 목검 뜸질 아래서, 그것이 앙금이 되어버린 것이다. 왜소함으로의 귀환 —— 자기의 왜소함과 대면해야 된다는 일이란, 아마도 그중 큰 형벌이다. 저 벽돌짐과 몽둥이 뜸질은, 종불알에 매달려 불에 태워지던 것과도 절대로 같지가 않았던 것이다. 불에 구워지고 있었을 때 나는, 최소한도로 내가, 저 몇 빈한한 빈혈증 환자들의 한 악귀의 모습을 대신해줄 수는 있었던 것이다. 내게 비롯된 이민감은 허긴 그런 것이었을 것이다, 전에 이 세상에 맞도록 살을 옷해 입었던 사내가, 느닷없이 줄어져 굼벵이만해졌는데, 그래서 이 세상이, 자기 살기에 너무 품이 큰 것을 발견하고, 한숨 쉬는 그런 것이었을 것이다. 그것이 저 왜소해진 인간을 웃게 그리고 울게 하며, 이제까지 일상적이던 세계를, 그 근간으로로부터 낯설게 느끼게 하는 것이다.

그러나 결국 나는, 기도 같은 건 하지 않았다. 다시 아집이었을지도 모른다. 여하간 나는, 나를 분리해내고 싶지는 않던 것이다. 십시일반으로 나를 분리해내서 다른 사람들이 또한 자기를 분리해낸 것에다 합치고 그래서 한 집단 운명을 만들어낸 뒤, 거기에다 자기의 슬픔과 고통을 전가하여, 그로 하여금 대신 울게 하고 싶지는 않던 것이다. 아집이었을 터이다. 왜소한 혹성의 왜소한 아집이었을 터이다. 그러한 한 떠돌이별이, 자기의 고독을 못 이겨 타인 속으로 뚫고들어 동화하려고 비록 원한다 하더라도, 한 톨의 모래 부스러기라도 그 별은 자기를 남길 수 있을 것인가. 그렇게도 저들을 둘러싼 대기는 두텁고도 무서운 것은 아니었을 것인가. 그러므로, 고독한 아집으로서, 저 외로운 곳을 혼자 떠도는 수밖엔 없고, 그것이 그 별을 존재시키는 것일지도 모른다.

결국 나는, 기도 같은 건 하지 않았다. 그런 대신, 한 구석에 쭈그러져 있는, 저 거지 계집아이의 잠이나 만나게 되었다. 그 애는 거기서 잤던 모양이었다. 알룩달룩해서 그 낫살짜리들에게 곱게 보일 옷 한 가지를 가슴에 껴안고, 그런 채 자고 있었다. 그 잠은 내 보기에 정직했고 순진했고 그리고 애처로웠다. 나는 그래 쭈그리고 앉아, 그 잠을 보다가, 그 애의 눈과 마주쳤는데, 처음엔 뭔지 알 수 없다는 흐린 눈이더니, 이내 뭔지 두려운 듯이 나를 외면했다. 그러면서도 저 야무진 애는, "잘못했에요. 용서해주셨으면 하고 왔었어요" 하고 한 말은 또렷이 했다.

"이보게, 자네가 뭘 용서해달라는 건지 그건 잘 모르겠지만, 난 자네가 착하지 않다고는 생각하지 않는다네." 난 달래며, 외면한 그 애의 뺨을 내게로 돌렸더니, 벌써 그 뺨 위로도 트는 동이 어스름히 어리고 있었다. 그건 아픔에 찌들리고, 가난에 학대당하고, 모멸에 뒤덮인, 이지러진 얼굴이었다.

"그럼 용서해주시는 거예요? 난 죽으려고도 했었답니다. 아버지가 뜻밖에도 보고 싶어져요. 허지만 어느새 잤나봐요."

"자넨 아버지가 보고 싶었댔군."

"그랬에요." 계집아이는, 그제서야 부시시 일어나 앉으며 대답했다. "전에두 더러 그랬지만, 어젯밤처럼은 아니었어요. 제가 맞고 있을 때, 스님이 절 안아 피하게 해주셨죠? 그때 전 아버지를 보았었답니다."

"그래, 자넨 아버지를 보고 싶어했었군."

"스님이 맞으시는 거 난 다 보았답니다. 그러다 안타까운 김에 장로댁에로 뛰어갔더랍니다. 장로님께서 그렇게 노발대발하시는 건 처음 보았더랬죠. 그 댁 손녀딸까지 나왔었다니까요. 법정 나으리들이 불려나오고 해서요, 그 서방님들은 유치장으로 끌려갔답니다. 모두 수군거리기로는 그 서방님들 모두 한 사흘씩 콩

밥을 먹어야 할 거라구 그래요. 그러며 내게 눈을 흘기며, 침을 뱉아요. 난 그러자니 괜스레 눈물이 나곤 해서 여기로 왔댔죠."

"그렇게 됐었댔군, 그랬댔어."

그러나 나는, 더 이을 얘기를 찾을 수가 없어, 잠시 침묵하고 있자니 나는 내가 불쾌해 견딜 수가 없었다. 스승이 나를, 저 높은 산막에서 밀어뜨려, 그 아래 세상으로 떨구어버렸을 그때로부터 시작해, 내가 간 곳에선 왠지 불화가 끊이질 않고 있어온 것이다. 심지어 나는, 그 스승까지도 짓찍어놓아버린 것이다. 뭔지 내게는 독업(毒業)이 있고, 그것에 닿아지면, 뭔가가 상처를 입는 듯하다. 그러고 보니 나는, 하나의 불길함으로서, 저주의 덩이로서, 이 세상에 던져진 것 같기도 하다.

"저어 이거요." 계집애가 내 손을 끌어가며 말하고 있었다. 그러며 내 손에다, 저 알룩이 옷을 쥐어주는데, 난 얼른 이해할 수가 없었다. "이것이 탐이 났었댔지요. 허지만 지금은 조금도 탐나지 않아요. 저, 저어, 이, 이걸 스님께 돌려드리면, 나, 날 도둑으로 생각지 않으시겠죠? 스님의 전표로 이걸 산 거예요."

"허허, 이 사람아," 난 머리가 좀 띵했다. "내가 그걸 뭣에 입겠나? 이왕 이렇게 된 걸 아가씨나 입어두지."

"전 용서를 받고 싶어요."

"이봐, 내 애길 좀 들어보라구, 아주 신명날 애기지. 오늘 밤에 말이지, 십장댁에서 날 저녁이나 먹으러 오랬는데 말이지, 자네 그것 좀 파르라니 입고, 나와 같이 가면 어떨까? 십장도 반가워할걸. 암믄이지."

"정말이세요?"

"그럼, 그러믄이지."

"이걸 입구 어젠, 귀여웁다는 말을 더러 들었더랍니다. 허지만 저녁에요, 스님이 뭔지 걱정스러운 얼굴로요, 같은 길을 왔다갔다하신 걸 보군, 스님이 날 찾으려는 게 아닌가 하니 겁도 나구요, 그래저래 해서 마음을 바꾸었었답니다. 그래설랑은요, 다시 물려서요, 스님 전표를 되돌려드리려고 했더니요, 과택 아주머니 말이, 너 같은 더러운 거지애가 입어본 옷은 넝마장사도 얻으려고 하지 않을 거라는 것이었어요. 전 분했에요. 그래 좀 대들었더니요, 건너 술집에서 그 댁 아드님과 친구들이 달려나온 거예요." 그리고 그 애는, 잠깐 시무룩해져 있더니, 뭣을 생각했는지 아주 생기 있는 목소리로 이었다. "아, 그래요, 스님께서 닷새만 참아주시면요, 그 닷새 동안 일해서요, 갚아드릴 수 있겠어요."

"이만쯤 우리 속을 털어놓았는데도 말야, 그래도 정 그게 마음에 쓰인다면 말이지, 글쎄, 그건 좋은 일인지도 모르지. 그럼 내가 의견을 하나 낼 테니, 그렇게 하면 어떨까?" 어쩌면 나는 서투른 계획을 하고 있었을지도 몰랐다.

"어떤 것인데요?" 그 애는 그렇게 묻고, 그리곤 아주 기죽은 속삭임으로, "스님만 안 싫으면요, 한 달이라도 스님과 살아드릴 수도 있어요" 하곤, 얼굴을 붉히는 것이었다.

"허허허웃, 이보게, 고맙지, 고맙지만 말야, 내 계획은, 별로 말이지 내가 자네 손바닥을 몇 차례 때려주었으면 하는 것이었다네. 괜찮은가? 싫으면 그만둬도 괜찮지. 난 조금도 때리고 싶지는 않으나, 그런다면, 자네게는 여전히 빚진 듯한 느낌이 있는 것이라 생각해 그러는 거야. 허지만 맞겠다면, 난 피가 나게 때릴 터인데, 나로서는 종아리를 때렸으면 싶으나, 남의 눈에 뜨이

면 거 뭐 좋을 것도 없고. 그러나 자네가 결정할 일이야. 난 하여
간 빚쟁이는 안 될 테니.”
“맞겠어요. 삼백 차례라도 맞겠어요.”
“그럼 회초리를 하나 준비해오고, 손바닥을 내밀게. 나로서는
글쎄, 세 차례만 때리겠네.”
계집아이는 종종 뛰어나갔다가, 능금나무 가지 하나를 꺾어와
서 내 앞에 앉고, 손바닥을 나란히 펴 내밀었다.
“그럼 지금부터 헤아리란 말이시. 세상은 그 대부분의 경우, 매
로써 다스려진다는 것을 보여주려는 것이네.” 나는 그리고 내 말
의 꼬리를 들어보니, 참 의연히 말하고 있었다. 글쎄, 세상은 대
부분의 경우, 매로써 다스려진단 말야.
한 차례 갈겼다. 그 깡마른 손바닥이 붉어지는 것을 나는 보았
다. 계집 아이는 이를 악물고, 내 눈을 뚫어져라 하고 보고 있었
는데, 그 눈이 어쩐지 내게는 무섭게도 느껴졌다.
세 차례를 나는 때려주었고, 계집애의 손바닥은 언 것처럼 부
풀어올랐다. 그러나 어쩌면 나는, 대단히 큰 잘못을 저질렀을지
도 모른다. 그럴 것이 아무 말도 없이 입술만 짓물고 있는 그 애
의 눈엔 어떤 원망이 서리고 그것은 잠시 표독스러워졌는데, 그
러다 흐려져버렸다. 어쩌면 매로써 다스려지는 세상이란 그 매
질의 아래쪽에 그 매질보다도 더 독한 음독을 쌓는 일인지도 몰
랐다. 모멸과, 천대와, 가난과, 가래침에 덮이며 자라온 것을, 그
애는 정직하게 나타내 보였었고, 거기에다 나는, 세 번의 모진
매질을 가해버린 것이다. 결국 그 매의 의미는, 한번 더, 가혹한
침뱉기를 해버린 이상의 아무것도 아니었을지도 모른다. 그러나
무엇보다도, 아무리 살펴보았어도, 내 가슴엔 그 애에 대한 조금

의 따뜻함도 괴어 있지가 않은 것이 문제였다. 그 차가운 가슴은 사치의 망령으로 우글거리고 있었다. 내 가슴은 그래서, 나에 대한 실망과 분노로 들끓어올랐으나, 체머리를 흔들며, 그 애의 손바닥이나 들여다보다가, "아가씨라면, 어디 우리 둘이 같이 가서, 요기를 할 만한 식당을 알고 있을 법하겠군?" 하고 화제를 돌리려 했다. 그러나 그 애는 고개만 한번 끄덕여 보였을 뿐이었다. 그래 우리는 일어섰는데, 그러나 그 애는, 그렇게도 탐냈었다던 저 알룩이 옷을, 아무렇게나 쑤세미처럼 움켜쥐는 것이었다.

밥집만 가리켜 보이고, 그 애는 그리고 말없이 돌아서버리는 것이었다. 그 등뒤에다 대고 나는, 십장네 저녁 초대를 잊지 말라고 당부하고 내가 일을 끝낼 때쯤에 저 다리목에서 기다려줄 수 없겠느냐고, 그저 그런 말이나 할 수 있을 뿐이었다.

2

그 계집아인 물론, 일터엔 나오지 않았다. 그 한 가지 알룩이 옷을 위해, 그 앤 어쩌면 너무 많은 값을 치렀을지도 모르긴 하다.

내가 다시 일터로 돌아왔을 땐, 해가 두 발쯤이나 올라왔을 즈음이었다. 나는 장로를 만나보고 온 길이었다. 그 계집아이도 그렇지만, 내가 그 현장에 뛰어들었기 때문에 유치장에 들었다는 '읍내 서방님들'이며가 마음에 걸려, 전혀 입맛이 없었다. 그래 생콩이라도 씹는 기분으로 아침을 마치고 나는, 장로가 읍청을 나오는 길을 노려, 장로네로 이어지는 돌다리목에 서서 기다렸더니, 멀리서부터도 나를 알아보고 장로가, 반기며 다가와 내 손을 잡는 것이었다. 그는 내게, 몸이 어떠냐는 둥, 산책이라도 했느냐는 둥, 얼른 돌아가 아침식사를 하라는 둥 아버지처럼 자상히 대하곤, "대사께서는, 저 철없는 젊은이들한테 훈계를 좀 해줘야 된다고 생각지 않으오?" 하고 물어왔다.
"소승은 한 번도 그렇게는 생각해보지 않았습니다."
"그 젊은이들을, 마음으로부터 용서하고 있으신게구료?"
"훈계라는 것도 생각지 않았으니, 용서라는 것도 생각해보지 않았습죠."
그와 나는, 읍청 쪽을 향해 천천히 걸어가고 있었다.
"소승은 소승으로 인해 장로께 드리게 된 여러 번폐에 대해, 충심으로 죄송스러워하고 있을 뿐입니다."
"허허헛, 대사는 그것을 생각하셨댔구료."
"소승은 그래서, 한 학승을 두둔하시느라, 남의 집 귀한 자제들께 훈계를 주어, 그 어버이들의 원망이 장로님께 미치지 않기를 바라서, 오늘은 법청에라도 들러볼까 하고 있는 중입죠. 그리고 소승으로서도, 한 소녀가 매질당하는 것으로부터 피하게 하려 했으면 그것으로 됐지 별로 상처난 곳도 피해 입은 것도 없이, 꼭이 이는 이로, 피는 피로 갚고 싶은 건 아닙니다." 어쩌면 나는 진심을 말하고 있었는지도 모른다. 왜냐하면 그들이 그 계집아이를 학대하고 있었을 때 나는 분노했었지만, 그 학대를 내게 옮겼을 때, 분노할 여유도 없이 나는 까무러쳐 버렸었고, 그런 뒤 아침에 나는 그때 느꼈을지도 모를 분노를 재생해내지 못하고만 있기 때문이다. 그저 사지나 좀 욱신거릴 뿐이었다.

"정 대사의 뜻이 그러시다면, 이 늙은이가 법청엘 들러볼 터이니, 대사는 돌아가 좀 쉬시구료."

나는 그래 합장하여 깊이 머리를 숙이고, 그와 헤어져 공사판으로 온 것인데, 장로는 저녁엔 일 끝나는 대로 부디 자기집으로 와주기를 바랐고, 나는, 십장이 저녁 초대를 한 난관을 말했더니, 그럼 끝나는 대로 언제라도 와줘도 좋다고 말해서, 나는 그러겠다고 대답했었다. 그 노인은 그리고도, 한참이나 우두커니 서서 내 등을 보는 것 같았다.

한 열 짐 가량은, 나도 다른 일꾼들과 같이, 즐기며 져나를 수가 있었다. 그러는 사이 그러나, 해가 중천에 올라오며, 느끼기에 아주 탁해서 숨막히는 열을 내려 퍼부어대고 있어서, 호흡이 가빠지고, 목이 타기 시작했다. 등짝은 땀에 흠씬 젖어, 비맞은 것처럼 옷이 온통 들러붙고, 멜빵이 욱죄고 드는 어깨엔, 심하게 긁힌 것처럼, 핏발이 서는가 하면 다리는 휘청거리기를 시작하여, 도대체 딛는 곳은 어디나 땅이 견고하지도 평평하지도 못해 비틀거리게 했다. 게다가 흐르는 땀이 눈으로 스며들어 눈을 쓰리게 하며 원근과 요철(凹凸)을 가렸다. 허파가 터져나가려는 것에 비하면 그래도 그것들은 참을 만했다. 어제 경험에 비추어보건대, 이것은 하나의 고비였다. 명상 자세를 처음 수업했던 때와 같이 좀이 쑤시고, 괜스레 여기저기가 가려우며, 망념이 더욱더 휩싸드는가 하면, 번열이 나고, 무료한데다, 헛기침이 자꾸 나오는 것뿐만이 아니라, 물을 켜고 싶어 환장할 지경인 것이다. 이런 고비를 넘기면, 다음 고비가 오기까지 또 그럭저럭 해나가게 하는데, 그런 인내력이 가득 쌓이게 되면 허긴 유능하고 쓸모있는 일꾼이 되어가긴 할 것이다. 그러나 이 고비를 넘긴다는 일이 그렇게 쉽지가 않은 것이었다. 도대체 마렵지도 않은 똥만 육실허게 마려운 듯하고, 누워 보아도, 진저리만 쳐지고 오줌은 뒤방울 뚝뚝 흘리기나 할, 오줌주머니가 부풀어오른 듯해, 씨버무거갈녀러, 참기가 어려운 것이다. 왠지 길이 자꾸 내어다보이며 메고 있는 지게가 저주스럽다. 어째서 도보 고행승이 장소로부터 자꾸 떠났던지를 그래서 생각도 해보고 이 짐을 못 참고 내가 읍내로 내려간다면 종내 나는 읍도 참지를 못하고 어딘가로 떠날 것이라고 했다. 짐과 장소가, 하나의 구속으로서 동일시되어 인식되기 시작한 것이다. 그러나 장소를 떠나면 거기 언제나 새로운 장소가, 기다리고 있는 것이다. 짐을 부리고 나면 다른 짐이 또 기다리고 있는 것이다. 그럴수록 나는 눈을 치뜨고 이를 악물었다. 그리고 갈 길을 내어다보며 빈몸으로 성큼성큼 내딛는다고 하면, 서른 걸음 저쪽, 내가 짐을 부려야 될 곳이 아득하게 멀어 보였지만, 그래도 거기 닿지 않으면 내게 해방은 없다는 것을 자꾸 생각한다. 그것이 짐을 지고 걷는 나를 유혹하고, 집착케 한다. 그러나 종내 그것이 나를 노예로 만들고 있던 것이다. 그것은, 내가 가서 짐을 부려야 될 그 장소는, 하나의 커다란 위안으로, 내가 고역에 처하고 있을 때 나를 부르고 있었다. 나는 그것에 자꾸만 복종해가고 있던 것이다. 내가 얼른 다가가, 지게를 한번 기우뚱하기만 하면 나를 옥죈 모든 것이 풀리며, 준비된 듯한 산들바람이 그때마다 불고 있었다. 허파가 트이고, 후들거리기는 하면서도 드디어 발은 견고한 자리를 얻으며, 휘었던 척추가 한번 뻗쳐오른다. 만약에 무거운 짐을 지고 그것을 부릴 자리를 갈망하듯 서역 정토를 갈망한다면, 세상은 정토만으로 가득 차, 서역 읍 계획을 다시 세우지 않으면 안 될지도 모른다.

그러는 중에, 첫 고비는 지나고 있었다. 그래서 나는, 반은 졸고 반은 깨어서, 다시 여남은 짐을 더 져날랐는데, 점심때가 가까워오고 있었는지, 다시 다른 고비가 내게 덮어씌우고 들었다. 그리고 이번 것은 이상스럽게도 짐을 부릴 자리에의 집착으로부터 거부의 형태를 띠고 나타났다. 조금 전까지 나는 대단히 빨랐었는데, 지금 나는, 자꾸 느려터지고 있다. 나는 이때, 고통은 차라리, 짐을 부려버리고 난 뒤에서부터 정작으로 시작된다는 것을 알아내고 있었다. 짐을 부리고 난 뒤, 잠깐 숨을 돌리며, 다른 짐들이 산적해 있어 져나르기를 기다리고 있는 것을 멀거니 건너다본다 — 이것은, 짐을 지고, 한 발자국 한 발자국 내디디며, 나를 일시에 해방시켜줄 곳을, 땀과 열로 흐린 눈으로 바라보았던 것과는 전혀 달랐다. 이때 내게는 거부가 싹트고, 그래도 자신을 채찍질해 나아가는 길은 더디고 비겁해진다. 이럴 때 아마도, 야윈 자식들을 거느린 아비들은 한숟갈 더 많은 풀기를 자식들과 자기의 목구멍에 흘려넣을 수 있게 될 것을 생각할지도 모르며, 비록 천수답일망정 그것 한 뙈기라도 자기 것으로 갖고 살다 죽었다는 희망을 떠올릴지도 모르며 또 아니면 형편 탓에 혼기를 놓치고, 퍼내지르고 앉기만 하면 수심가나 부르는 딸내미 낭자라도 올려줄 것을 생각할지도 모른다. 어쨌든 일하지 않으면 궁핍과 모멸이 빚더미로 쌓인다. 이런 일은 차라리 하나의 형벌로서 주어진 것처럼 그래서 여겨진다. 누군가는 분명히, 금잔에다 저런 땀방울들을 받아서 취하도록 마시고 있다. 그러나 이런 형벌이, 어디로부터 왜 왔어야 되는지는 아무도 모른다. 그러한 형벌을 감내하는 일이 얼마나 유익한지 어떤지도 모른다. 다만 도망칠 수 없다는 것을, 울 수도 추억에 잠길 수도 없다는 것을, 조금 알 뿐이다. 그렇다고 무엇에다 어떻게 대들 것인지 그런 것도 알 수가 없을 뿐이다. 할 수 있는 하나의 일은, 울분이 치밀 때만, 선조를 한번씩 원망도 해보지만, 누구 몫의 짐이든, 그것이 자기에게 짊어지워졌으면 지는 일뿐이다. 구레네 사람 시몬이 곁에 서 있어도, 그가 누구인지를 모를 뿐일 터인데, 우리 모두가 매달고 있는 얼굴은 구레네에서 온 얼굴들뿐이기 때문이다.

그러다 보니 점심종이 울렸고, 나는 가슴이 창백해져 서버렸다. 그랬더니, 짧아진 내 그림자가 내 발등 위로 흘려내려 덮여 있는 것이, 일종의 낯설음으로 보인다. 어쩌면 자기왜소감과의 재상봉이었을지도 모른다. 오늘도 나는 속으로 흐느끼고 있는 것이다. 명하여 돌들을 떡덩이가 되게 할 수만 있었으면, 그랬으면, 했었을 것을.

점심은 또 장로댁에서, 그 댁의 원정에게 들려 보내왔다. 오늘은 점심종이 울리기 전에 도착해 기다렸던 모양으로, 노인답게 웃으며 다가와, 같이 들자고 했다. 그래서 우리는, 십장이며, 두 통장이며, 전문은 비록 미장이라도 막일을 하는 미장이며, 그런 사람들이 모인 데로 가 자리를 잡은 뒤, 권해 가며 그들과 함께 들었다.

"시님 일허는 걸 보면 말이라우, 반거쳉이인디다가 일 욕섬만 많아각고라우, 딱해서 보덜 못허겠어라우. 그래도 오늘은 어지보당은 히끈 일수단이가 됐던디라우. 해보면 요랑이 생기는 겨요."

짐 수 헤아리는 늙은이가 그렇게 말을 풀어냈으나, 내가 그저 웃고 대답을 하지 않으니, 십장이 다른 말로 바꾸었다.

"어지도 내가 말히었지만 말여, 모도 잊덜 말랑개, 시님도 안 잊어뻐렀을기요이? 오널 저녁은 모도 우리 집에 와서 묵자고. 우리 예핀네가 머 솜씨는 없어도 말여, 셍의는 있인개, 임식 타박을랑은 말고여."

"요배겨 십장 사둔, 고런 이약을 헐라면 말이제, 한 열흘 전부텀이나 히었어야 옳였다고이."

"윗따나, 조놈우 친구네, 그라면 고단새 굶어놓았겄단 고 말 아녀?"

"그란히어도 엊저녁부텀 설먹어놨더니, 뱃쇡이 쪼록 쪼로록 안 해싼갑네?"

"쪼꿈 전에 억첵이로 묵던 입은 그라면 고것이 똥구녁이었던갑제?"

"자네 말여, 고것이 말허는 소리였으까 똥뀌는 소리였으까? 꼬린내가 독한 것 본개, 자내 베랑 뱃쇡이 실허덜 못헌갑제? 그라고 봉개시나 쉬엄 멫 가닥 돋은 게 똥꽂도 곁여이. 어른들 허는 말씸으로 따지자면, 들어보라고, 양반의 쇡이란 짚다고 허는디, 고 쇡이 글씨 월매나 짚었으면, 오만 쌍넘이 비지땀을 흘리 거둔 걸, 죄다 갖다 고 한입에만 믹이줘도, 실폭허다 소리를 안허끄냐요 말이제. 양반의 쇡이란 그래서나 한량이 없느니. 아까 묵은 고까짓 것 갖고 쇡이 차겄냐고?"

"허흐, 고참, 양반 하나 되시고 볼랑개, 나도 쇡이 짚어질람선 잠이 다 오는디. 속만 짚어서는 안 되여. 게을러야 양반도 허는 겨."

"글매, 한 소곰 살콤 자고시나 또 시작헐 일이겄고만, 그라고 조 양반 너무 바라바싸면, 자네도 배가 자꼬 고파질 팅개, 알아서 바두라고이.”

“그랴, 그랴. 내 땀으로만 배를 불릴랑개, 요렇게나 에럽운디, 당최 배고파질 일일랑 말어야제. 그런디 말여, 넘우 땅에 넘우 피맛에 일단 쎗바닥을 적시봤다면 말여, 듣자면 그렇단 소린디, 사램이 더 깔딱증(갈증)을 냄시롱, 영 벤해각고, 나중에 보면, 천련 묵은 무신 독거무(독거미)나 고런 것이 된당만. 그래각고는 줄을 늘인단디, 고 줄은 비도 앙코 말여, 워쩌키나 튼튼헌지, 독수리라도 걸리면, 꼼짝 못허고, 피를 빨리고 껍데기만 냉긴당만.”

“후유, 그래도 시절이란 것이 안 있겄다고이? 가실(가을)도 오고, 저슬(겨울)도 오제. 여름이란대도 원제나 하늘이 맑은 법은 아니니.”

“고건 무슨 소리꼬이?”

“워디, 거무가 뿌렝이(뿌리)로 사는 짐성이던가이? 고건 줄로 사는 짐성 아니더냐고? 워떤 때는 쏘내기가 오제이? 눈이 질로 질로 채이기도 하고이, 바람도 세게 불 때도 있을 것인개이?”

“그래 봤던들, 거무 똥구녁에 줄 끊어졌단 말은 내 못 들어봤인개.”

“그래도 시절이란 것은 있는 게 아니냐고이? 지 땀으로 지 걸금(거름) 허는 것이 있다면, 고건 나무일 것인디, 봄에 잎을 피워각고, 가실에 지 뿌리에 덮어서, 저실을 따뜻허게 사는겨. 워짜면 나무는 저슬에 살라고 세 철 일허는 것이여이? 고건 뿌렝이로 살잔개, 시절도 없겄제이? 고 뿌렝이끄장은 거무도 줄 치던 못헐 것잉만이? 지 땀으로 갖다가시나 배불릴랑 건 나무여이?”

“그랑개, 나무도 땀을 흘린단 말여 지언장 어짠단 말여?”

나는, 눈앞에 활짝 열린, 읍내 풍경이나 내려다보고 있었다. 한낮의 뙤약볕 아래, 저 읍도 또한 오수를 살콤 들이고 있는 모양인데, 음탕하고 또 으슥한 듯해 보기에 좋았다. 어째서 신들이, 자기의 계집을 땅에다 정하고 거기에다 자기의 두루마기를 걸기 바랐던지 그 신욕(神慾)의 뿌리도 짐작할 듯했다. 이 언덕에다 조그만 암자를 갖고, 낮엔 졸고 저녁엔 달빛에 얼굴을 그을리기라도 한다면, 높은 가지 위의 독수리 같겠지, 같겠지 ——

오후의 일의 대부분은 대체 어떻게 했는지, 정작으론 나도 모른다. 나는 다만 지게를 벗어부치고 장로네로 내려가선, 장로께 무릎을 꿇어 절하고, 또 그의 손녀딸을 달콤한 말로 꾀어내어 애를 배준 뒤, 그네의 부 가운데 점잖이 도사리고 앉는, 그런 꿈이나 꾸었었다. 그런 꿈에 휩쓸리다 보면, 내가 지고 있는 짐이 무거운지, 가벼운지, 그것까지도 느껴지지 않았다. 그 짐을 지고 가서 나는, 저 은근스레 품 열고 있는 계집의 사타구니에다 자꾸 부려버렸을 것이었다. 내 속에서는 탐욕의 더러운 건더기를 튀겨내는 기름 냄새가, 오후 내내 끓어올라왔었다. 어쩌면, 읍과의 하직을 단행하지 않으면 안 될 데에, 나는 온 것인지도 몰랐다. 그리고 고역과의 싸움도, 일단은 보류해두지 않으면 안 될 데에 온 것인지도 몰랐다. 나로서, 최후까지 희미하게라도 나를 붙들고 있었던 것은, '네가 만약 성교중에라도 몸을 일으켜, 떨어져 내린 홍시를 주워먹을 만한 중놈이 못 된다면' '계집과는 호젓이 있을 일이 아니다'라는, 선사들의 충고를 꼭 한 번만 좇아, 그래서 이 읍으로부터 떠나지 않으면 안 된다는 것이었고, 또 고역에 대해서는, 어떤 고역에도 내가 결코 만성이 되지 않기를 바란 것뿐이다. 면역이 되지 않기를 바란 것뿐이다. 어떻게 사소한

눌림이나 스침도, 내가 그것을 놓치지 않고, 그것으로 하여서도, 내가 무섭게 앓게 될 수 있기를 바란 것뿐이다. 그런데 나는 어떤 편이었는가 하면 홍시쯤은 까마귀가 물어가도 그뿐이라고 생각하며 홍시의 맛에 집착하여, 계집을 울리는 보살행이란 옳지 않다고 믿는 편인 것이다. 계집에는 집착이 없으나 홍시에는 집착이 있는 것과, 홍시에 집착이 없으나 계집에는 집착이 있는 것은 근원에 있어 그것들이 어떻게 다른지는 모르되, 병든 근으로 하여 계집을 잠시 웃기는 것보다는, 홍시 맛에 집착하여 계집을 잠시 울리는 쪽이 나을지도 모르긴 하다. 지혜의 올바르지 않은 것은 병든 근이나 같아서 절대로 세상의 후끈한 쪽으로 나설 것이 아닌데, 결과는 계집을 썩혀버리게 될 것이기 때문이다.

회계꾼이, 인부들의 어제치 임금을 지불하고 있어서, 자기의 호명을 기다리며 수선거리고 있을 때, 나는 저 목사의 바람난 딸에게 약속한 것을 기억해내고, 십장 곁으로 갔다. 그리고, 그 애와 같이서 참석한다면 대단한 폐가 안 되겠느냐고 물었더니, 십장은, 물론 좋다고 대답하며 만약에 내가 원한다면 몇 더 데리고 와도 좋다고까지 했다.

"그럼 먼저 내려가서," 내가 말했다. "땀도 좀 씻어내고, 늦지 않게 댁에 도착할 터인데, 짐작에 그 애는 십장님 댁을 알고 있지 싶습니다."

"아 그 아사 물론이나 알지라우. 획씨 그 아를 못 만내드래도라우," 십장은 그러며, 손가락으로 가리켜서, "저그 저쪽이그만이라우. 수도청 옆으로 쪼꾸만 골목이 있는디라우, 거그를 돌아서라우, 잊어뻐리고 한참 걷다가 보면이라우, 동네 시암(샘)이 빌 것이요이. 거그서는, 아무헌티라도, 화장장 가는 질이 어디냐고 묻고라우, 고 질로 따라 좀 올라오먼 우리 동넨디, 동네서사 우리 집 모를 사람 없을 거고만이요."

오늘은 내가 그중 먼저 하산했다. 물론 전표는 받아쥔 뒤였다. 그리곤 냇둑을 따라, 인가가 없는 곳까지 걸어내려갔다. 그런 뒤, 전표는 꺼내 돌 밑에 눌러놓고 땀에 흠씬 젖어 쉰내를 독하게 풍기는 옷째 물 속으로 걸어들어가, 배꼽까지 닿는 데서 주저 앉았더니, 내 턱밑에서 물이 시원스레 갈근거렸다. 그러며 내 목을 조르는지, 일순 현기증이 일며 풍경이 아스라하니, 신기루처럼, 그 표피만 한 포 떠져서, 이불폭처럼 펄럭이더니, 다시 살 위에 입혀졌는데, 내가 본 저 풍경의 한 껍질 밑은 연한, 진물을 송송 돋궈내는, 살이었고, 그 살은 기름졌다. 그리고는 다시 풍경이었다. 이삭을 배기 시작하는 볏논이며, 등성이밭, 논두렁으로 느릿느릿 걷는 농부의 흰옷이며, 석양을 받고 금빛으로 번쩍이는 냇물, 하늘과 땅. 다시 풍경이었다.

물 속에 앉은 채 옷을 벗어 나는, 그 옷을 저 거세게도 아니고, 그렇다고 완만하게도 아니어서, 살 속에서 뼈가 녹아드는, 저 흐름에다 휘적휘적 휘적였다. 그리고 참아두었던 배설을 했더니, 똥덩이는 떠올라와 금빛으로 흘러내려갔는데, 송사리들이 한 점씩 떼물어갈 것이었고, 그러는 중에 똥덩이의 수사는 이뤄져버릴 것이었다. 나는 조금만 더 그렇게 앉아서, 저 여울이 간지럽히는 호꾼함 속에 꽂혀 있었고, 일어났는데, 물 한방울 떨어져 내리지 않을 때까지 옷을 쥐어짜 입고 이제 읍으로 들어간다면, 마침맞게 은근스러울 시간인 듯했다.

버드나무며, 해당화 울타리며, 조용히 저물고 있는 골목의 낮은 목소리 들리고, 밖으로 나앉은 노인네들의 잎담배 연기와, 땀내와, 개들이 뺑뺑이를 도는 골목을 걸어, 그 계집애와 나는, 십장 댁에 알맞게 도착했다. 그의 아낙은 부지런한 엔네인 모양으로, 안팎이 모두 깨끗하고, 또 먼지가 일어날 만한 마당 귀퉁이들엔 물을 뿌려, 마당을 그득히 황토 냄새로 괴어놓고 있었다. 그 냄새는 좋았다. 그 마당 가운데 멍석이 두 닢이나 펴져 있었고, 나를 불로 태우려 했었던 그 얼굴들이 한다발 잘 피어 웃고 있었다. 그들은 벌써, 몇 순배씩 소주를 돌렸던 모양으로, 어떤 만족스러움, 어떤 휴식, 어떤 정들로 얼굴들이 붉었다.

"아 시님, 왜 인제사 왜겨라우?"라든가, "지다리장개 눈깔이 빠지요"라든가, 뭐라든가, 모두 한 마디씩 하고, 그들은 그 애와 나를 반기고 자리를 넓혔다.

"아 그라고 여봐." 십장이 자기 마누라를 부르고 있었다. "시님 오싰는디, 나와 인사해겨." 그는 그리고 또, 그 멍석 귀퉁이 앉아 있던 두 아들더러도, "시님이 오싰으면 인사를 히어야제" 하고, 호통치는 음성을 꾸민다.

그렇게 해서, 흩어지던 황토 냄새가 소줏잔에 가라앉고, 그 소주를 마시기 시작해서 모두, 코로 황토 냄새를 풀풀 풍겨냈다.

"시님도 요만침이라먼 드실 수 있겄구만이라우. 자, 잔 받으시제라우." 십장이 내게도 권해, 잔은 받았으나, 마시지는 않고, 상 밑에다 내려두었다. "그라고 너도 쬐꿈 맛 좀 볼래?" 그는 그리고 계집아이에게도 권한다. 거절도 하지 않고, 그 애는 받아서, 한 모금에 잔을 비워버린다. 그리고 입맛을 다셨는데, 그 앤 어쩌면 소주 맛을 알고 있는 듯했다.

"헤엑 조런?" 두통장이었던 사내가 그렇게 말하며, 자기 잔을 그 애 앞에 내밀어준다. "너도 원제 수도청 물 좀 묵어봤단다?"

"상은 내가 뚜둘기줄 팅개, 노랠랑은 니가 한번 불러볼래?" 회계꾼이 그러고, 미장이도 한마디 하려는 눈친데, 십장이 말을 바꾸고 나섰다.

"허고 말여, 금매 우리 예핀니허고, 애덜이 나가서 오널, 미꼬랭이를 글씨 한 뒤 구럭 택이나 잡아왔더랑만. 그래 씨락 넣고 한 가매솥 끓이났응개, 허끈들 풀고 말여, 실폭허게들 자시라고 이. 예핀니 솜씨가 그저 그런개, 맛으롱랑 탓헐 건 없었제."

"히억, 고런! 글매 고 소리 듣잔개, 양반 속만 짚은 것도 아닌 듯혀."

"아짐씨사 손끝 짭짤허기로 이름났잖냐고."

허리끈들 늦추며, 한마디씩 하고 있다. 때에 큰 뚝배기들이 날라져와 탑처럼 쌓이고, 구수한 비린내를 풍기며 김이 뭉슬뭉슬 오르는, 국 담은 동이가 들려내오고, 이어서, 그 댁 막내아들 목욕이라도 시켜도 좋을 양푼에, 아마 한간은 안회 마음씨 같고, 한간은 도척이 마음씨 같거나 싶게, 쌀하고 보리가 섞인 밥이 그득히 담겨 나왔는데, 그 주방지기는 십장이 맡고 나서서, 뚝배기들에 먼저 적당히 밥을 푸고, 그 위에 넘치도록 추어탕을 부어주는 것이었다. 내게는, "시님 식성을 내가 아죽 모른개, 국하고 밥하고 따로따로 디리제라우" 하고 그렇게 배당했다. 나 장돌뱅이 중놈이어서 그렇게 생각하지만, 이런 일이란 장터에서도 그

중 호꾼하고 옴팡한 데서, 서로 떠돌이끼리 만나서도 한 동네 이웃인 듯이 친해지는 곳에서나 있는 것이다. 글쎄, 그 가마솥 걸린 곳이 밍밍한 벌판 가운데라 한다더라도, 거기는 어쨌든 바람 가려진 옴팡한 데처럼 여겨지는 것이다. 그 가마솥전에 앉아 국자를 들고 있는 백정의 어미는, 상스레 불그스럼한 얼굴에다, 굵직한 목소리를 하고서, 솥전으로 모여드는 시장한 것들을, 무슨 새끼원숭이들이나처럼 취급을 한다.

"거 괴기 좀 듬뿍 넣고, 한그럭 잘 말아바잉?" 손님이 그러면,

"지랄육갑허고 있네 시방. 얼렁 돈이나 건네여 내가 베문이 알아서 사둔 모시까?"라고, 밥주걱으로 뺨 한대 갈기는 투로 대답하지만, 고기를 집는 손은 간사하고 또 섬세해서, 언제 녘 서너 근 삶아 놓은 내장이, 오십 명 손님을 배불리 먹이고도, 여전히 서근으로 남아 있어 보인다. 그래도 거기는 옴팡하고, 늦가을 바람이 아무리 쌀쌀하다더라도, 호꾼하다.

"윗따, 아짐씨 손끝이 짭짤히어서잉, 요렇게 맛있는 건 생전 또첨인디."

"듣자면, 시님덜은 괴기를 못 묵는다고 허는디, 고게 사실이랍뎌?"

"소승은 그럴 만하게 속이 뚫린 중이 못 됩니다. 그러니 먹어도 그뿐이겠습죠."

"헌디 시님 국그럭은 쫄아지들 안허는디요. 요렇게 맛있는 괴깃국도 못 묵어보고 산다면, 요 세상 사는 재밋속으로 갖다가시나 팩 줄이뻐릴 기요."

"야 사람아, 시님헌티 말헐 때는, 요것을 괴깃국이라고 허지 말고 말여, 씨락국이라고 해야 허는겨, 조렇거니나 말헐 중을 몰른

단 말이랑개."

"허허웃, 나는 자네가 말허는 소리는 모도 똥뀌는 소리다 허고
설랑, 꾸룽내만 난다고 히어왔는디, 워짜다가는 말로 헌당개."

"소승은 아주 잘 먹고 있습니다. 호박전이며, 파전이며, 이것저
것 하도 음식이 훌륭하다 보니, 젓갈질하기가 바쁘기 이를 데 없
군요. 밥은 벌써 한 그릇 반이 비워져가는 중인걸요."

"많이 많이 드씨요, 많이 묵어야 똥도 많이 싸는 것인디, 많이
들고라우, 도란 것도 좀 많이 페씨요."

"허허웃. 그랑개 조것이 똥뀌는 소리 아니었으까? 똥허고 도라
는 것허고, 대처니 고것이 같단 소리여 머시여?"

"초런! 같을 때도 있제 그라면, 많이 묵는 누에가 실도 많이 뽑
는겨."

"큰형장 나리 밥 묵는 걸 보면, 말밥으로 갖다가시나 족쳐댄단
디, 그 사람 누어 놓은 똥으로 그라면, 자내 멩주옷을 해입는단
고 말 아니겠어?"

"자네 시방 나헌티 와달이란댜?"

　이 잔치는 그래, 풍더분하고, 알속 있으며, 호꾼했고, 옴팡했
다. 그런 옴팡한 세상은 여하간 우겨서라도 당분간은 살아갈 만
한 고장이었으며, 그런 살 만한 밤은, 처마에 매단 등불 아래서
이슥해지고 있었다. 그 등을 올려다보며 나는, 그들과의 하직을
단행하지 않으면 안 된다는 것을 되다지고 있었다. 부나비들이
등갓 틈으로, 안의 뻔한 불빛을 들여다보며, 처용(處容)의 음성
으로 노래하고 있었다.

　밤드리 노니다가

드러사 자리 보곤
가르리 네히어라
둘은 내해엇고
둘은 뉘해언고

  그렇게 내가, 이별을 마음에 다져버리기 시작한 것은, 저 처용
들이, 옴팡하고 후꾼히 살고 있는 곳을 보는 나의 눈이, 간음과
절도기를 띠어버린 것을 깨달아낸 그때부터였다. 한 객귀가, 저
고장의 풍염하고 은근한 눈치에 반해서 그의 두 다리를 그녀의
이불 속에 묻어놓기를 바라기 시작했을 때, 그 간통은 시작되었
던 것이다. 그러나 나는 한번 더 개종해버릴 것이다. 그래 그럴
것인데 어디로 떠날지는 아직은 모르고 있다. 나 옛날 살던 산막
도 이제는 아무 의미도 간직하고 있지 못하니, 다른 아무 곳으로
도 머리 둘 곳이 없어져버렸다는 뜻이고, 아마도 그래서 나는,
유리로나 되돌아가게 될지도 모른다.
  헤어질 때 그래서 나는, 십장만 듣도록, 나로서는 내일 하루쯤
이나 더 읍내서 머물러 쉬고, 이 읍을 떠날까 한다고 얘기해두었
다. 어쨌든 저 노동은, 고역과의 이상스러운 싸움은, 일종의 환
속으로서 보류해 두었다. 내가 왜 노동을 자청했는지는 아직도
모를 뿐이며, 받고 보니, 임금이란 무엇보다도 큰 의미를 띠고
있다는 것만 알아냈을 뿐이다.
  십장은 그 점에 관해, "글씨, 그러시기를 바랬었구만이라우.
몸에 맞도 안헌 짐을 져날를라고 비지땀을 흘리는 걸 보고 있자
먼이라우, 송구시러 죽을 지경이었더랑개요. 장로님도, 나헌티,
시님이 일을 구만두도록 권하라고 허시곤 히었었제라우" 하고,

자기 본심을 털어놨다. 우리가 헤어졌을 땐, 자정이 가까웠지 싶었다. 그때쯤엔 술기도 깨어가고 있었던지, 목소리들도 낮아지고, 졸음겨워 있었다. 그러고 보니, 모든 곳이 다 조용했고, 한길에 가스등만 타고 있었다.

"아 이보게, 아가씨가 나와 같이 십장네에 가준 것에 대해, 내 충심으로 감사한다네."

"정말 잘 먹고, 재밌었어요." 목사의 딸은 그렇게 말하며 내 팔을 꼈다.

"장로님댁에 말이지, 좀 들를 일이 있어 가는데 말이지, 내가 아가씨 사는 데까지 바라다 주지."

"장로댁에 가셔요?"

"글쎄, 그렇게 하려 한다네."

"내가, 저쪽에, 아주 조용하고 깨끗한 여인숙을 알고 있는데, 거기서 기다려요?"

"고, 고맙네만, 난 아마 그 댁 사랑방에서 자게 될 거야. 아 그럼, 이만쯤에서 헤어지는 게 좋겠군. 평안하게."

"그러시담." 계집애는 아주 떠는 목소리로, 그리고 거의 들리지도 않게 말하고 있었다. "아버지처럼, 절 한 번만 안아주시고 가실 수 없으셔요?"

"아, 물론이지, 좋지." 난 그리고 팔을 벌려, 그 애를 껴안으려 했다. 그랬더니 그것이 몸을 빠져 물러나며, "이렇게 훤한 행길에선 싫어요. 허지만 저쪽 그늘쯤이라면 좋겠어요" 하고, 먼저 그늘 쪽으로 다가가 웅크리고 섰다. 거기는 쓰레기들이 쌓여 있었다.

그 그늘 아래서 나는, 그 애가 바라는 대로, 저 깡마른 애를 품에 안아주었다. 그리고 팔을 풀어 이제 돌아서려는데, 나는 이미 내가 거역할 수 없는 처지에 처한 것을 알게 되었다. 그 계집아 인 어느덧 흘러내려 바닥에 무릎을 꿇고 앉아선, 한 돌중의 사유 (私有)를 탈취해, 제 목구멍을 채우고 있었다.

"이봐, 자네 손바닥은 아직도 아픈가?" 나는 거의 잠꼬대처럼 말하고 있었을 것이었다. "난 말이지, 괜스레 말이지, 자네 손바 닥을 때렸다고 말이지, 후회를 했댔지만, 어쨌든, 그것으로 끝난 게 아니었었던가 말이지."

그러나 오래잖아 귀두가 떨었고, 난 우울해 그냥 서 있었더니

"안녕히 가셔요."

하고 그 애가, 외로움에 병든 밤의 한 귀신모양 비실거리고 가는 것이 아주 우울하게 보였다. 그 애는 결국, 한 떠돌이 중을 삼키 지 않고 뱉어버려서, 그 돌중이 간음기를 갖고 보았던, 그 읍의, 한 으슥한 더러운 구석의 쓰러기더미 위에, 그 중을 아주 끈적하 고 탁하게 버려버리고 있었다. 내일 새벽쯤엔, 개들이 와서, 저 물림 받은 객귀의 냄새를 흠흠거리게 되리라.

안녕히 가셔요. 아, 안녕히 가셔요.

1

읍과의 하직은 결국 그렇게 이뤄져버렸던 것으로, 내게는 자꾸만 이해되었다. 나도 그것의 곬에다 정액 쏟기를 무엇 때문인지 거부했었지만, 그것 또한 삼켜주려 하질 않았었다.

장로댁 대문 밖에도 가스등은, 새벽 깊음으로 타고 있었다. 새벽 고달픔으로 깊어지고 있었다. 시간이 적당치는 못했지만, 그리고 장로가 날 기다려 깨어 있든 없든, 일숙박을 위해서도 대문을 두들기기는 해야 했다.

그랬더니 개가 먼저 컹컹 짖고, 그런 뒤 대문이 열렸는데, 그 문간방에서 홀로 지내며, 내게 점심을 날라다주었던 그 원정이 반긴다. 나는 늦게 죄송하다고 말했고, 그는, 장로가 날 기다려 사랑방에서 책을 읽고 있다고 귀띔해 주었다. 개들은 꼬리를 흔들며, 나를 따라와 사랑방 마루 밑에 쭈그리고 앉아 올려다본다.

장로는 성경을 읽고 있었다. 그리고 나의 내방이 늦었다는 사과에 대해서는 일언반구도 없이, "글쎄, 처음서부터 지금 다시 읽기를 시작한 참이죠" 하고 말하며 돋보기를 벗겨냈다.

나도 자리에 편안한 자세로 앉고 그를 건너다보았다. 그때 그는, 마당을 가로질러 있는, 못 위의 연꽃을 바라보고 있었는데, 밤의 여름은 적막했다. 부나비들이 남포등에 부딪치며, 여름의 밤을 적막히 태우고 있었다. 밤은 자꾸 흐르는 듯했다.

"이 읍에 와서 대사는, 못 당하실 곤욕을 두 번씩이나 당하셨구료." 그런데 장로가 느닷없이 그런 말로 밤의 소적함을 깼다. "그때마다 대사는, 그 행악한 자들께 벌주려 하기보다는, 용서해주기를 바라지 아니하셨소?" 그는 그리고, 차를 따라 내게도 권하고, 자기도 든다. "그러나 대사는 모르시겠소만, 그런 종류의 행악이란 타인을 상대로, 밖으로 드러난 아주 작은 종기나 같은 것일지도 모르지요." 노인은 그리고 얼굴을 찡그리더니, 거의 신경질적인 음성으로, "글쎄 모르시겠소만, 이 읍은 이미, 매음과 아편과 독주 없이는 지탱해나가기 어려운 상태에 와버린 것입니다" 했다. 그는 그리고 나를 멀거니 건너다보았는데, 내게는 그가 괴로워하고 있다고 여겨졌다. "그렇지, 이제는 말씀드려도 좋겠지. 글쎄 그러려구 했었으니까." 그리고 노인은 갑작스레 병든 듯이 짧게 웃더니, "오늘날 이 늙은이가 푹신하게 걸터타고 앉은 이 부가, 무엇으로 이뤄진지를 아시오?" 하고, 좀 번들거리는 눈으로 나를 쏘아보았다. "나의 아들은 다르지만, 선친이나 나는, 이 재산에 먼지 한 톨도 얹은 게 없었습니다. 그러면, 일대에 그것도 한 이삼십 년간에 무슨 수로 이만한 재산을 불릴 수 있다고 생각하시오?" 그는 그리고 또 병든 듯이 조금 웃었는데, 그의 속이 아마 무척 쓴 듯했다. "그렇지 뭐, 둘러서 말씀드릴 것도 없겠지요. 창기와 아편과 독주 말고, 무엇으로 이런 재산이 이뤄졌겠소. 조부께서 초대 읍장으로 오시며, 이 읍에 가져오신 선물이, 그 세 가지 것이었습니다. 그리고 물론 점잖은 품위, 인자한 웃음, 다정한 언사." 노인은 그리고 조금 눈물을 내비치며, 연못을 망연히 내어다보다가 이었다. "자 이제는 모든 내력을 아셨겠소. 헌데 문제는, 밖으로 나타나는, 그런 작은 종기가 아니라, 내

독에 있는 것이외다. 한 분은 그 병독을 뿌리고, 다른 분은 그 병근을 뽑으려 했었습니다만, 이 병근은 무슨 혹이나 잡초처럼 솎아낼 수 있는 것은 아니었습니다. 그것은 뭔지, 혼만 삼키는 독사 같아서, 이 독사를 집어내면 혼까지 뽑아내게 될지도 모르는 겁니다. 이 병독은 그런데, 소위 말하는 하류층에가 아니라, 상류층에 뿌리깊은 것이어서, 그래서 더욱더 무서운 것인데, 그 탓에 그것이 도덕적 기준까지를 바꾸고 들며, 이해할 수 없는 취미, 이해할 수 없는 악을 즐기려는 것입니다. 대사께 불을 질렀던 일도 그런 한 예가 될 것이지만, 헌데, 이렇게 말하고 있는 이 늙은이의 조부가 그 씨앗을 뿌린 것이고, 그 씨앗을 받은 자들의 피는, 신앙 없이는 못 살면서도, 어떤 종교도 또한 받아들일 수 없는 그런 것으로 붉어 있었습니다." 장로의 눈엔, 눈물이 더 두터이 어리고 들었으나, 그는 그것을 닦으려고도 하지 않았다. "그런데 그들이 이 종교를 받아들여버렸소. 창기와 아편과 독주에다 그들은, 자기들의 혼신을 제물로 바쳐버린 것이오." 장로는, 눈물 어린 눈으로 웃어 보이려고 애쓰고 있었다. 그 얼굴은 비참해 보였고, 괴로워하고 있어 보였다. 그는 그러나 얼른 말을 이으려고는 하지 않더니, 또 밤이 엔간히 흘렀겠다 싶은 때에사 계속했다.

"헌데, 어떻게 들어주실지는 모르겠소이다만, 이 말이 이치에 닿지 않으면, 늙은이의 망녕이라고 생각해 주시고, 또 조금은 진실한 마음에서 우러난 이야기 같다고 믿어지면, 좀 고려해보아 주셨으면 싶은데, 다른 말이 아니고, 나로서는 그런 모든 병폐는, 거기 그것을 치유할 만한, 새로운, 하나의 확고한 정신적 지주가 없는 탓이라고 믿어서 그래서 또 그렇다고, 어떻게 해서 이뤄진 것이든, 재산이 영 없는 것도 아니고." 노인은 갑자기, 좀 종잡을 수 없이 말하고 있었다. "그렇다고 그것이 뭐 그렇게나 떼진 것이라고, 이 고장 이만의 가난한 사람들을 다 잘살리게 할 만한 것도 못 되지만, 자선이라든가 동정의 이름 아래 베푸는 작은 선심이, 결과에 있어 차라리 해독만을 조성해오기도 한 터라서 글쎄 그랬었군, 심지어는 말이외다, 선천이 교인들께 베풀어 주신 얼마쯤의 은전들로 사람들은 아편을 사고, 창기네로 가며, 소줏잔에 살라먹어버리는 결과였기도 했던 것이외다. 나중엔 노름 밑천까지 얻으러 오는 상태에까지 이르른 정도였는데, 물론 나중에는, 그것을 밑천으로 조금씩 힘을 펴는 사람도 없는 건 아니었을 것입니다만, 백 명 가운데 한둘 정도라고까지 말해도 과언은 아닐 것입니다. 그 한둘을 위해, 아흔일고여덟을 게으르게 한다는 일은, 그것이 아무리 선의의 결과라고 한다더라도 과히 찬성 못할 일, 그럼에도 이 늙은네는, 아들은 물론 자기의 분깃을 지나칠 정도로 충분히 갖고 있으니, 이 늙은네 몫으로 평생 지녀온 것들을 어떤 방법으로든 나누어서, 나의 조부가, 창기와 아편과 독주로 얻은 그들의 것을 되돌려주려 하고 있는데, 그래 내 그 문제로 요 한 십여 년 때로는 밤잠도 설폈었댔소." 장로는 잠깐 쉬고, 다시 이었다. "그래 내 생각에 보시라는 것에도 여러 가지 방법이 있을 터인데, 그들이야 아편을 사든, 식량을 몇 말씩 가난한 사람들께 나누어주는 방법도 있을 것이고, 또 그 가난한 마음에 무슨 다른 마음의 풍부함을 갖게 해줄 수도 있다고도 믿는데 말이외다, 그래서, 이 늙은네는, 그래서, 저 몇 말씩 나누어줄 식량을랑 겉으로는 인색해하고, 그것으로 그렇지, 교회당이라고 해도 좋고, 절간이라고 해도 안 될 것 없지, 또 수도장이라고 해도 좋을 것을, 그렇지, 하나 크게 짓고, 방도 여럿 만들고, 환과고독 불쌍한 사람들, 거기 머물고 싶은 사람들은 머물게 하고, 병들었으나 재산이 없어 치유치 못하는 사람들껜 의원도 대고 말이지, 아 그렇지, 이런 문제는 이제 구체적으로 상의되어질 것이니, 먼저 말되어질 것은 아니지만 그래서 말이외다, 이 늙은네가, 수도장이래도 좋고 절간이래도 좋을 그것을 관장할 한 훌륭한 인물을 찾았던바, 그래 내 이 고장을 지내시는 모든 스님이며, 도사며, 심지어 무당까지도, 모두 마음으로부터 환영하고 영접하여, 그분들의 고견 듣기를 원했던 것인데 우선 어떤 정신적 지주 아래에서, 저들의 병든 마음이 치유당하기를 먼저 바라고, 그런 뒤 결속되어지기를 바란 소치에서였던 것이고.” 어느덧 눈물기가 적셔진 그의 눈은, 그 은은한 가운데로부터 빛을 쐬어내기 시작하고 있었다. “그러던 중 종내 한 분 보살을 뵙기는 했었소이다. 그러나 그분은, 이 늙은네의 청을 거절하시지도 안하시지도 않으며, 농담인 듯이 이렇게만 한말씀 하셨었습니다. ‘그 등에 대인스런 사람만을 태우고 싶어하는 나귀가 있다면 그건 괴팍한 나귀인데, 나로 말하면, 장차 내 등에 태울 사람이 다닐 길을, 내 발굽으로라도 할 수 있는껏 평평히 다지고 넓히려는, 그냥 한 마리 나귀에 불과할 뿐이지요.’ — 이 늙은네는 그래서 그의 뜻을 짐작할 듯했었습니다. 이렇게 말씀드리면 의아해하시고, 대체 어떻게 알았었느냐고 물으시겠습니다만, 그 늙은네는 대사의 스승이셨댔습니다. 그리하여 자기의 제자께, 이 일을 넘기신 것입니다. 그래 내 늙은 머리를 숙여 대사께 간청인바는, 만약 그러실 수 있다면, 이 집이 비록 그렇게 편안스럽지는 못하다 하더라도 묵어주시며, 이 읍의 어떤 혼령들을 바른길

로 좀 이끌어주셨으면 합니다. 그러는 동안에, 지금 헐어내고 있
는 교회당 터에 새로 건물을 짓고, 문호를 개방할 것인데, 그러
나 이번것은 어떤 교리나 신주(神主)를 표방하려는 것은 아니외
다." 그는 여기서 침묵하고, 나를 이윽고 건너다보았다. 나는 머
리가 뜨거웠는데, 그래 나는, 저 늙은네 신발 위의 먼지까지라도
혀로 핥으며, 그에게 아첨하고 싶어했었다. 그러나 수염이며 머
리털이 우북이 자라 껄끄러운 것으로 따지니, 유리의 계집에게
돌아가, 그런 껄끄러움도 좀 밀어내야 될 때쯤인 듯도 했다. 밤
이 자꾸 흐르는 듯했다.
　그러나 어쨌든 내가 대답할 차례에 온 것이었다.
"이 용렬하고 깨우침 없는, 법이나 도로부터의 미로아(迷路兒)
하나를 어떻게 귀여히 보셨던지, 그와 같은 큰 정의로 보살펴주
시고 또 중생을 염려하시는 장로님의 대자대비에, 이 천승 그저
묵연해할 뿐이옵니다. 하오나, 대저 그렇게 큰 일에 맡겨질 인물
이란, 그 인물 스스로 대낮같이 청명하며, 태양같이 원광스러워
밝게 두루 비추나, 또한 어머니다워서 중생의 설움을 속깊이 달
래며, 그의 말씀으로 하여 받는 위로와 복이, 하늘의 별과 같고
해변의 모래와 같아야 될 것이겠사온데 이 사미는 그저 초개 같
은 한 유정이어서, 번뇌키를 여의기는커녕 그것을 사는 젖으로
삼고 지내며, 아집이 두터운 데다 스승께서 늘 지적하신 바와 같
이 충동적이어서, 이 순간 조금 기꺼웠는가 하면 다음 순간 성내
며, 성냈는가 하면 슬퍼하기를, 하루에도 백여덟 번을 더 반복하
고 있는 터이온바, 장로님께서는, 저 보살님이 뜻하셨다는 그 대
인스런 제자를 혹시 이 사미와 착각하고 계신 것이나 아닌지 모
르겠습니다."

156

"이 말씀을 아첨으로 드리기엔 내가 너무 늙어버렸소만, 허나 대사께서 정히 그렇게 말씀하신다면, 내 회포하고 있는 말씀 한 마디 드렸으면 싶으구료." 장로는 그리고 내 손을 온기있게 잡았다. "이 늙은 한 속인의 눈으로도, 대사는 가히 탁월하여서, 대사를 만나본 것만으로도 내 여생에 여한은 없을 것만 같소이다. 그날 집회에 참석했던 모든 사람들이 또한, 매집회를 대사와 함께 갖기를 바라고 있는 것이 사실이외다."

이 계제에 이르러 나는, 양가죽 속에 감춰놓은, 내 피 묻은 손을 더 이상 감춰놓을 도리가 없음을 알았다. 나는 그래서, 그가 잡고 있는 내 손을 빼어내 합장해 보이며, 내 붉은 손을 고백하려 했다.

"이 계제에 이르러서야, 소승이 무엇을 숨길 수 있겠습니까? 모쪼록 소승을 용서하십소서. 장로님께서는 이 읍뿐만이 아니라, 이 읍에 소속된 모든 촌락까지를 치리하고 계시오니, 유리 또한 장로님 장중 밖의 땅이 아닐 것이온데, 그러하므로, 한 객승이, 장로님 치리하시는 땅 안에서 행한, 어떤 것 하나라도 숨길 수 없다는 것을, 소승 또한 아오며, ……하온데, ……장로님께서는, 장로님께서 특히 귀여워해주셨던, 한 객승의 의연한 얼굴 밑에 숨겨놓고 있는, 대, 대단히 불미스런 이야기를 들으시게 된다면, 모르고 베푸신 후덕과 온정으로 하여, 여생의 큰 한을 삼, 삼으시고도 모자라할 것이온데…… 소, 소승으로서도 그 말씀 드리기가 진정 거리끼는 것은, 떡으로 객을 배불려준 주인께, 독사로 갚는 결과가 될 것이기 때, 때문이온바." 나는 어째선지 계속할 수가 없고, 가슴이 타고들어 그냥 이마를 조아리고 엎드려 버렸다.

"대사께서, 지금 무슨 말씀을 하시려는지, 이 늙은네도 알 듯도 싶습니다." 그런데 그가 그렇게 말하며, 이마를 조아린 나를 일으켜 앉힌다. "아니, 대사가 말씀하시려는 것이, 이 늙은네가 이해하고 있는 것이 아니어도 좋습니다만. 어쨌든 우리 사이의 우정에 조금의 그늘도 드리워들지 않게 하기 위해서는, 서로 말할 수 없어서 감추어놓은 것이 있다면, 그것을 어느 쪽에서라도 깨뜨려버리는 일은 필요하다고 생각하는 바이외다. 그렇소이다. 이 늙은네도, 대사께서 저 샘터의 존자와, 염주 스님을 살해한 것도, 그리고 대사의 스승이며, 유리의 오조 촌장이었던 이 늙은네의 친구를 압살한 것까지도 알고 있소이다. 대사가 말씀하려는 것이 그것 아니었댔소?" 그는 거의 잔잔히 웃기까지 하며, 매정스러울 정도로 말해대고 있었다. "그리고 대사는, 그러한 형벌로서 마른 늪에서 고기를 낚아올렸어야 되는 것도 알고 있으며, 대사께서 한 수도녀로 더불어 정분이 두터운 것까지도 알고 있소이다. 이 늙은이는, 대사의 스승을 다만 하나의 친구였다고 감히 말해도 좋을 만큼, 그분과 정분 두터이 수십 년을 사귀어왔는데, 대사께서 든 저 인두골이며, 찢어지고 태워졌으나, 대사께서 입었던 장옷이 모두 그분의 것인 것을, 대사를 본 첫날 알았었지요. 그분이 유리를 떠나실 땐, 언제나 그 두개골과 장옷은, 이 늙은이 집에 보관시켜왔었댔으니 말이외다. 그러나 내 감히 말씀드리지만, 대사의 스승이 어째서 그렇게도 대사를 아꼈던가 하는, 그 이유를 지금이라면 조금은 알 듯도 싶은데, 그분은 농담인 듯이 이따금씩 말씀하시기를, 자기로서는 한 마리의 늙은 당나귀로서, 자기의 제자를 등에 업고 다니기를 기꺼워한다고 하시곤 했었지요. 이 늙은이는 그리고 지금은, 대사께서 한 마리뿐

만이 아니라, 오히려 오천 명이 먹고도 남을 물고기를 광주리 광
주리 낚아내버린 것도 또한 알고 있소이다. 심지어 초부라도, 존
자 스님의 게송을 읊조릴 정도로, 그분의 게송이 이 고장 인구에
회자했던바, 대사의 게송을 듣고 이 노구는, 존자의 살해가 이뤄
져버린 것을 알았었습니다. 물론 존자 스님을 더불어서도 우리
는, 여러 번의 집회를 가져왔던 터이었소이다. 다른 건 몰라도
이 늙은이도 이것은 아는데, 하나의 정도를 보이기 위해서 세상
은, 어쩔 수 없이 다른 곳에서 피를 흘리고, 땀을 흘리고, 괴로움
을 참아내지 않으면 안 된다는 이것이외다. 그런 산고를 치러내
지 않고는, 우리는 훌륭한 정신을 보듬아내지를 못합니다. 대사
께서 이미 말씀하신 바와 같이, 한 영아를 위해 다른 영아들이
살해되어갑니다. 저 한 영아는, 그러고 보면 가장 잔혹하며 가장
살육적이며, 가장 죄 많은 아이였는데도, 우리는 그 하나만이 죄
로부터 눈처럼 흰 것으로 알고 있습니다. 그와 같은 다른 영아들
이 죄 없이 살해당해가며 피를 뿌린 그 자리에서만 그런데, 저
위대한 구주의 정신이 태어났던 것이고, 그의 죽음은 그래서 동
시에, 저 죄 없던 영아들의 살해에의 벌로도 치러진 것을 알고
있소이다. 그의 생명이 다른 영아들 것과 바뀌어진 것 같습니다.
그러나 오직 하나 살아남아 장성하며 영아를 들어 천국의 비유
로 사용하곤 했던 저 사내는, 자기로 인해 죽은 다른 영아들의
죽음을 슬퍼했거나, 자기의 죄라고는 일언반구도 하지 않았던
것이 아니오?"
　나는 죽장으로 얻어맞고 있는 것처럼 머리가 뜨겁고 띵해져,
늙었으나 그 얼굴에 맑은 빛이 도는 이상스런 늙은이를 건너다
보기만 했다. 그랬더니, 그의 얼굴과, 그의 친구였던 내 스승의

얼굴이 서로 겹쳐지며, 하나의 얼굴로 변해지고 있던 것이다. 나는 그래서 합장하고, 깊이 머리 숙여, 바닥에다 두 번 이마를 댔다.

　한참 후에 그는 다시 이었다.

"이렇게 말씀드리는 것은, 대사는 보통스런 척도로 재보려 시작할 때 그 범위에서 미치질 못하거나, 훨씬 넘어서버리기 때문입니다. 이 노구로서는 달리는 표현하질 못하겠는데, 가령 대사의 눈이 담고 있는 탐욕 한 가지만을 두고 얘기를 해도, 대사의 스승께서는 그것을 '색욕'이라는 말로 늘 표현했습니다만, 그것이 탐욕을 뛰어넘어선 탐욕이어서, 그것을 글쎄 무엇이라고 해야 할지를, 모르겠다는 말이외다. 헛헛헛, 글쎄 세상살이에 집착하고 있는 것이 너무도 뚜렷이 보이는데도 집착을 떠나 있고, 글쎄 번뇌하고 고통하고 있으며 혼신으로 통곡하고 있어 보이는데도 맑단 말이외다. 글쎄, 흐르는가 하면 멈춰 있고, 멈췄는가 하면 격류로 변해져 있는 그 비밀은, 나 같은 범인의 눈으로 알아낼 재간은 없겠지요. 그렇다고 해서, 각도한 대사들의 저울눈으로서도 대사는 무게를 헤아릴 수가 없는 듯한데, 이른바 분노니 정염이니 세욕이니 하는, 저 쭉정이 무게에나 비길 것 같은 것들도, 대사에 이르르면 각도의 무게나 맞먹는다고 생각이 드니 이상한 일입니다. 내 별로 길지는 않으나 그래도 이만큼 살아오는 동안, 꽤 많은, 아마도 천도 넘게 헤아릴 스님들을 만나고 또 헤어졌습니다만, 그중에 대사 하나만이 이 늙은네의 수수께끼입니다. 내 평생 경애를 바쳐왔고, 또 이 경애는 관 속에까지 가져가게 될 것이지만, 나의 친구, 대사의 스승과도 대사는 같지가 않소이다. 이렇게 말씀드리는 것이 용서된다면, 대사의 스승은 하

늘을 향해 화살을 쏘지만, 그 화살은 과녁을 향하고, 그분의 제
자는 과녁을 향해 화살을 쏘는 듯하지만, 그 화살은 과녁 너머
어디로 날아가버린다고 말해도 좋을 것입니다. 과녁이 다른 것
일 터인데, 명수와 대가의 차이일지도 모르겠소이다. 하나는 명
수이지만, 대가가 못되며, 하나는 대가이지만 명수가 못되는 것
일 터이외다. 과녁을 모르면, 그래서 때로, 대가의 노력이란, 치
졸하고도 광란적으로 보일지도 모르겠지요. 범인의 눈에 그래서
대가란, 하나의 위험으로도 수수께끼로도 보일지도 모르는 것이
외다. 그러나 대사의 수수께끼는, 다른 훌륭한 대사들처럼, 마음
에 도를, 불을, 인을, 대자대비를 비밀하고 있는 그런 것은 아닌
듯하며, 오히려 인하지 않은 것을, 비불성을, 도를 초개로 아는
것을, 이기적인 슬픔을 담고 있는, 글쎄 그런 것인 듯하외다. 그
래서 대사의 스승께서는 자기의 제자에 관해 이렇게 말씀하셨던
것으로 압니다. '독수리의 알이 암탉의 품에서 깨어나, 다른 병
아리들 속에서 치이며 자라면서, 한옆에서, 늘 우울한 얼굴을 하
고 있습지요.' 헛헛헛. 글쎄 그렇지, 주책없는 소리지, 그래도
열인열세(閱人閱世) 몇십 년 해오다 보니, 이런 서투른 풍월이라
도 읊을 수 있게 된 것이오 그려." 그리고 그 늙은이는, 내 손을
아버지처럼 잡는 것이었다. 나는 이마를 바닥에 붙여 크게 절하
고 이제 감발을 맬 차례라고 알아, 이렇게만 말했다.
"이 사미를 용서합소서." 그리고 내 쪽에서 이번엔, 그의 늙은
손을 잡아 우악스럽게 한번 쥐어본 뒤, 마루로 나섰다.
"어디 다니러 가실 테라고 있으시오?" 장로는, 이해할 수 없다
는 어두운 얼굴로 그렇게 물었다.
"유리로나 돌아갈까 하고 그러합니다. 하옵고 이제 이것이, 장

로님께서 이 하찮은 사미께 베풀어주신 후덕과 온정에 깊이깊이 감사를 올릴 차례라고 생각합니다. 하오나 워낙이 천하게 자라다 보니, 타인의 후덕에 어떻게 감사하고 어떻게 갚을지 그 훈련을 쌓지 못해 서투르니, 그 점 해량하여주셨으면 합니다.”

“그래서 대사는, 종내, 이 노구의 평생의 소망 하나를 저버려도 좋으시겠소?”

“가정해서, 소승이 비록 그만한 재능이 있다고 한달지라도, 이렇게 피묻은 손을 내밀어서는, 한 마리 강아지의 상처도 어루만질 수 없는 것이 아니오니까? 난산으로 인해, 그 어머니의 죽음의 피가 묻은 손과, 그 어머니를 살해하고 피 묻힌 손은, 절대로 같지가 않으오이다.”

“그래서 대사는, 형벌을 치름으로 하여, 그 손의 피를 씻지 아니하셨소?”

“소승은 지금 형벌을 파기하고 있는 중이옵니다.”

“그래서 대사는, 참으로 유리로 돌아가시려고 그러시오?”

“그러려 하옵니다.”

“이게 다 속인의 의견입니다만, 그러시다면, 하필이면 저 메마른 고장으로 다시 돌아가시겠다고 그러시오?”

거기에 대해서는 난 뭐라고 대답할 말이 없었다. 그러자 비감이 들며 나의 출생이 원망스러웠다. “할 수만 있었다면, 소승으로서는 모태에서 태어나오지 않았던 것이 좋았습니다.” 그러나 아마, 박쥐에게 물어보아도, 이 세상은 충분히 살 만하다고 대답하긴 할 것이었다. 이번에는 장로편에서 침묵을 지켰다. 나의 대답이 아마 그만큼이나 모호했던 모양이었다.

“나도, 대사가 저 유리의 촌장으로서 오신 건 알고 있었습니다

만." 늙은이는 한숨을 쉬더니, 느리게 이었다. "그렇더라도, 유
리로 돌아가는 일이 뭐 그렇게 바쁜 일은 아니지 않겠소? 말씀
드렸다시피, 내 선친께서는 삼십 년을 외지로 배회하시다 돌아
오셨는데, 그랬어도 뭐 이 읍에 안주해 사시는 데 늦을 이유는
없었던 것이오. 정히 그러시다면, 대사는 어째서, 스승과 같이
지내셨던 암자라도 좀 다녀오시지 않소이까."
"스승도 계시질 않으니, 이제는 무엇 때문에 돌아가보아야 될
지를 모르겠습니다."
"대사께서는 유리의 율법에 관해 들어보신 적이 있습니까?"
　나는 고개만 저어 보였다. 그러자 장로는 고개를 좀 뒤로 젖혀
처마 끝을 통해 밤하늘을 올려다보았는데, 눈자위와 볼에 남폿
불이 흐리게 어려든다.
"없으시겠지." 그는 혼잣말하듯이 그렇게 말하더니, "그러나 이
런 경우에 이르러서라면, 일러드리는 것이 필요한 일인 듯싶으
구료." 그는 그리고 잠시 침묵하더니, 어쩐지 약간의 수분을 어
둡도록 띄워올리며, 조금 떠는 음성으로 계속했다. "알려드리려
는 사실 자체가 잔인한 것이므로, 잔인스런 말을 쓰는 것을 용서
하시옵지." 그는 그리고 또 침묵하고, 또 한숨 쉬었다. "유리에
는 대사의 죽음이 준비되어 있소이다." 그는 그리고 좀 번들거리
는 눈으로 날 건너다보며, 떠는 목소리로 이어나갔다. "대사가
돌아가 정죄받은 날로부터, 대사께서도 서른 날이 주어질 터인
데, 그것은 죽음의 준비로서 주어지는 기간이외다. 유리의 율법
은 스님들께 되도록이면 타의를 강요치 않으려는 것이 목적이라
고는 한다더라도, 그러나 그 서른 날이 지나면 이제 거기 법의
(法意)가 작용하게 됩니다. 그 서른 날이 다 가기 전에 그러므로,

자기의 날짜와 자기의 죽음의 방법이 자기에 의해 선택되어지지
않으면 안 되는데, 일단 정죄되면, 그러한 선택을 준 반면 예형
(豫刑)이라는 것을 가하게 되어 있다는 것이지요. 물론 저지른
죄과에 따라 그것이 달리 나타날 것은 분명할 터입니다. 그런 일
을 위해서 어쨌든, 세칭 촛불 스님이라고 하는 그 스님 관리가
거기에 보내어져 있습니다. 그 촛불 스님의 이번 읍내 행차는 순
전히 대사의 정죄 문제 때문이었던 것이지요." 그는 그리고 또
침묵하고 또 한숨쉬었다. "그러나 어떤 스님이라도, 정죄받기 전
에 유리를 떠나버리면, 사실상 그것으로 끝인 셈입니다. 이 읍의
질서를 담당한 자가, 그 범죄승을 추적하려는 일을 결코 하지 않
으려 한다면, 누가 그들을 쫓겠소? 유리는 유리의 불문율에 의
해 누대가 폐쇄되어 와버린 것이고, 그래서 유리를 산다는 일은
한편으로 편하기도 할 것이지만, 한편으론 위험스럽다고 하지
않을 수 없을 것입니다. 그러나 스님들은 유리로 가기 전에, 유
리로 가지 않을 수 있는 선택을 갖고 있음에도, 불구하고, 유리
를 수도의 장소로서 택했을 때, 그는 동시에 법과 질서의 보호를
일단은 포기한 것으로, 읍의 율법은 간주하는 것입니다. 그리고
또, 유리와 이 읍 사이의 하나의 약속에 의해서, 유리에서 범죄
한 스님을 정죄할 권리는 읍의 판관에게가 아니라, 거기에 파견
된 스님 관리에게 있어온 것입니다. 유리를 벗어난 곳은 물론 그
스님 관리의 영역을 벗어나버리는 것입니다. 헌데 그 관리는 지
금 유리에 있습니다." 그는 그리고 몹시 언짢은 듯이 양미간을
찌푸리더니, 이었다. "그러나 나로서도, 대사의 스승을 통하고,
또 대사 당자를 뵙게 되어 두터이된 정의로 해서, 한 범죄승을
은닉하자거나 도주시키자는 의도는 추호도 없습니다. 범죄자는

그가 누구이든 그 범행에 해당하는 값을 치르지 않으면, 이 세상
은 혼란의 와중에 던져진다는 것이 또한 나의 믿음인 것이외다.
문제는 그런데, 이 늙은이의 보는 바로서는, 대사께 주어진 형벌
은 끝이 난 것으로 알고 있는 거기에 있는 것이외다. 대사의 스
승께서는, 사람이 반드시 알지 않으면 안 될 열 가지에 관해, 집
회에서 설법하시면서 (30)'눈에 보이는 현상은 환영이며, 실제가
아니라'고 하셨던 것입니다. 그러며, '환영이 아닌 것, 곧 실체에
의 도달을 위해서 저러한 현상은 먼저 파괴되어지지 않으면 안
된다'고 하신 것입니다. 구도자에 있어서의 의미는, 그리고 살해
의 의미는, 어떤 실체에의 도달의 과정으로 여겨지는 것입니다.
어쨌든 대사는, 고기를 낚아내지 않으셨소? 물론 펄펄 뛰는 물
고기를 촛불 스님께 내보일 수 없는 것은 문제이지만, 나로서는
그러나, 누가 마른 땅에서 펄펄 뛰는 물고기를 낚아낸다면 차라
리 그를 처벌하고 싶을 뿐이오. 나 같은 속인들의 눈엔 실제로
보이는 이 세계까지도 환영에 불과한 것이라면, 도대체 낚아올
릴 물고기가 물에선들 어디에 있겠소?"
　나는 마루 끝에 걸터앉아 신발끈을 매고 있었다. 차라리 나는,
두번 다시 읍에는 오지 않으리라. 그것은 돌짐처럼은 무겁지 않
으며, 새털보다도 가벼운 탓에, 비록 입술을 나불거리고 또한 혀
를 양미간까지 뽑아내, 눈에 보이는 이 세상은 허상에 불과하다
고 할지라도, 티는 향나무 장작에 얹혀서 죽은 불(佛)은 그렇게
도 진한 사리를 구워냈었는데, 만약에 그가 산 불(佛)이었다면,
신음이야 형체가 없는 것이니 아예 따질 것이 못 된다 하더라도,
최소한도 몇 방울의 기름땀은 쏟아냈을 것이 아니었을 것인가.
타는 불길에 산 채로 휩싸여도 그는, 아 저 불길은 환영이지 실

제가 아니다, 그러므로 나는 오히려 시원할 뿐이고, 결코 태워지지 않는구나, 그는 그렇게 입술을 나불거렸을 것인가? 현상을 허상으로 본다면, 원 제기럴 열두 번 자빠지겠다고 사리는 분만 해 냈을 일이었겠는가?

허지만 허긴, 현상을 허상이라고 하고, 그것을 또 심영(心影)이라고 했을 때, 그것은 '거울에 끼인 먼지나 티끌' 같은 것으로 보여지기는 한다. 그러나 현상을 허상이라고 했을 때, 그것은 태초부터 실재해온 것이 절대로 아닌, '비유(非有)'가 그림자로서 나타난 것의 다른 표현인데, 그렇다면 저러한 '비유'에 '틀'이나 한계, 또는 구획은 어디에 있으며, 파괴할 것은 무엇이며, 사리를 남길 곳은 또 어디에 있으며, 또 생로병사의 고통은 어디에 있을 것이며, 무엇에의 해탈을 성취할 것이며, 열반은 무엇인가? 현상을 비실재로 보는 것은 오류인 듯하다. 현상은 현상으로서 실재며, 그것은 '틀'이나 한계로서 구획지어질 것이기 전에, 그리고 '먼지나 티끌 끼인' 것으로 정의할 것이기 전에, 하나의 우주를 형성해내는 것으로 이해할 것인 듯하다. 허지만 우주는 가득 채워진 것으로 비임[空]을 지키는 것이며, 이 '공(空)'은 '비유(非有)'와 결코 같지 않은 것일 것이다. 나는, 올 수 있단다더라도, 두번 다시 읍에는 오지 않을 것이다.

"소승을 용서하십소서."

나는 깊이 두 번 절했다.

"아니 그래서, 이 야심한 지경에 떠나시려 그러시오?" 그는 일어서 마루 끝으로 나오며 물었다.

"글쎄입지요, 밝은 대로 떠나려고 하오나, 이 밤은, 와서 머문 동안, 소승께 후덕으로 감싸주었던 읍이나 한번 천천히 살펴보는 기분으로 산책이나 좀 했으면 하고 그럽니다."

"정 그러시다면, 천천히 산책이라도 하시면서, 너무 한꺼번에 들은 얘기의 충격도 좀 식히시고, 생각해보신 뒤, 밝는 날 유리로 돌아가시든지 아니면 고향이라도 한번 다니러 가시든지, 아무튼 이 노구의 손이나 한번 더 잡아주시오."

나는 그저 소리없이 웃고 돌아서서, 대문을 밀고 밖으로 나섰다. 내게 고향은 이미 없었다. 고향으로부터도 나는 개종해 있었던 것을 뒤늦게 알지 않으면 안 되었다. 당산 가운데 백송, 섬돌이네, 바람쇠네, 당굴네 흙집, 언청이 여자, 빈벌, 고추가 말라가는 초가 지붕, 또 아마 등대, 갯벌 갈매기의 끼욱거림, 기우제 때 타다 만 모닥, 태주할미네 오두막에선 낮에도 촛불이 타고, 배고픈 창자로 따먹었던 생굴맛, 어머니, 허긴 어머니.

떠나려고, 돌아가려고, 작정했을 바엔, 이 밤으로 떠났으면도 싶었으나, 그러나 내게는 이틀분의 전표가 있었고, 그것으로 서른 날치는 못 살더라도 어쨌든 사흘이라도 연명할 것을 무엇이든 장만해야 되었다. 그만큼은 나도 목구멍 탓에 현명해진 것이다. 그래 그리고, 쓴 목구멍으로 기다리고 있을 내 계집을 위해서도, 그래 한 개라도 좋다, 내가 어렸을 적 눈여겨보았던 그렇게나 큰 눈깔사탕쯤 사서 주머니에 넣어 가도 좋을 것이었다. 허나 이런 시간엔, 전들도 다 닫기고, 읍은 잠들어 있는 것이다. 그럼에도 나는, 장로의 훈륜으로부터는 벗어나고 싶은 것이었는데 그와 같이 앉아 있다는 것이 내게는 일종의 고문처럼 거북했던 것이다.

나는 되도록이면 아무것도 생각하지 않으려 했다. 그런데도 내가 무엇 때문에 꼭이 유리로 돌아가지 않으면 안 되는가, 그

의문이 자꾸 일고 그것은 센바람이 되어 나를 한뭉터기 쌓아, 축시도 말쯤의 새벽 고달픈 잠에 덮어씌워진 고적한 골목이며, 휑뎅그렁한 큰거리로 굴러다니게 했다. 멀리 어디선가 아마도 말을 탄 밤 여행자가 지나고 있는 듯이 말발굽 소리 같은 것이, 말발굽 소리가 들려왔지만, 그러나 그것이 내 귀에는 그냥 언제부터인지 익혀진 소리였고, 낯선 것으로는 느껴지지 않았다. 어쩌면 나는 그 행여자를 알고 있을는지도 모른다. 눈이라도 한번 퍼부어 내렸으면, 아 눈이라도 한번 실폭하게 퍼부어 내렸으면 그랬으면 비감이며 수심을 동결시켰다가 한바탕 봄에 내가 녹아스러져버릴 것인데, 비라도 습습히 내렸으면, 그랬으면, 뼛속의 곰팡이의 앓음으로 가슴은 앓을 틈도 없을 것을, 안개라도 짙었으면, 아 그랬으면 ── 결국 유리의 무엇이 손짓하는가? 그 대답은 허지만 종내 만들어지지 않았고 나는 수도청 바깥 등불 빛에 내 그림자를 흘려내리고 서 있었다. 어째선지 피해왔고, 멀리 보려 해왔던, 저 수도부들의 수도청 앞에서 그런데 나는 이 새벽에 어째서 어물쩡거리고 있는가. 그러며 병든 듯이 머리를 썰레썰레 흔들고 있는 것이다. 갑자기 모주라는 노파의 얼굴이 궁금해지고, 뭔지 그녀와도 셈해둘 것이 있었던 듯한 느낌이 드는 것이다. 그래서 나는 대문을 두드리려고 손을 쳐들었다가 손을 늘어뜨리고 말았다. 결국 무의미한 것이었다. 내 계집에게 있어서의 모주 또한 그냥 고향 같은 것일 것이었다. 늙다리 계집, 잔소리 많은 계집, 질투 많은 계집, 그러자 어째선지 나는 좀 울고 싶은 기분이었다.

나는 무엇 때문에 유리로 꼭이 돌아가지 않으면 안 되는가 ──
의문은 그렇게 시작될 것이 아니었는지도 모른다. 그렇게 시작된 의문은, 비겁해진 정신이, 자기의 짐을 거부하려 하며, 그러면서도 자기를 합리화하기 위해 제기되었던 것인지도, 허기는 모른다. 그 의문이 들었을 때, 나는 도대체 돌아가야 할 아무 이유도 필요도 끈도 없다는, 대답 아닌 대답이 저절로 따라버리던 것이다. 그러며 꿈이 시작되었는데, 지금 헐어내고 있는 회당터에 새로 설 절간엔, 그렇지 남향이 좋지, 남향의 아늑한 방을 갖고, 아 그래 가부좌로 난을 보아도 좋지, 잠이 오지 않는 이런 시각으론 골목들을 걸어다니며 사람들의 숨소리를 엿듣고, 한번 꿰어진 백팔염주 같은 것을 지혜라고 들려주면, 그 지혜 앞에서 노인도 모자를 벗어야 하는 것이다. 원수는 갖지 말 일이지만 친구도 만들지 말 일. 색태 좋은 계집을 보아도 눈을 내려감고, 돌아가는 그 계집의 엉덩이쯤 눈여겨보며 장삼 자락 속에서 불알을 훑어본다 하더라도, 사람들은 그를 일러 성자라고 할 터이지. 악인이 되기보다, 그리고 선인이 되기보다도, 성자가 되기란 쉬운 것이다. 배고파 우는 아이도 머리만 쓰다듬어주면 되고, 불쌍한 과택의 살기 어려움의 호소에도 그저 미소만 보이면 되고, 사춘기놈들의 심적 번뇌의 고백에도 충고 같은 걸 들려주는 일은 금물, 미소와 침묵, 난이며 보며 게으름이나 즐기고 있으면, 저희들 스스로 위로를 만들어내고도, 그 위로가 하늘에서나 내린 듯이 한 보따리의 존경을 싸아가지고 올라온다. 미소와 침묵, ……그러나 정작으로 의문해야 되었던 것은, 어째서 나는 유리를 떠나와버렸던가, 그것이었을지도 모른다. 전에 내가, 유리를 떠나던 당시, 이 여행을 스스로에게 어떻게 정의해주었던지, 그것까지도 잊어버렸지만, 그러나 그것과도 상관없이, 이제 다시 돌아갈 바에야, 무엇 때문에 떠나왔던가를 다시 살펴보아야 될 때에 나는 온 것이다. 그러나 여기에 대한 대답도 만들어지지 않았다. 이제는 다만 모르겠을 뿐인 것이다. 왜 떠나왔는지, 그러면 왜 또 돌아가야 되는지, 유리가 내게 무슨 의미를 지니고 있는지, 유리로부터 도망치면 또 어떤 결과가 되는지, 아무것도 모르겠을 뿐이다. 하나 확실한 것은, 죽음이 두렵다는 것뿐이다. 아직은 죽고 싶지 않다는 것뿐이고, 살 수 있으면 천년이고 살고 싶다는 것뿐이고, 죽음은 상상도 되지 않는다는 것뿐이다.

나는, 수도청 앞을 언젠지 떠나서, 그냥 걸으며, 왠지 추워서 으시시 떨었다. 밤은 그리고, 쉬임없이 느리게 걷는 말발굽 소리를 내며 흐르고 있었다. "내가, 저쪽 어디, 아주 조용하고 깨끗한 여인숙을 알고 있는데, 거기서 기다려요?" ……흘레돝집 앞에서 나는, 아마 왼쪽으로 꺾어져, 냇둑을 따라 동향하여 걷고 있는 중이었다. 나는 그러고 보니, 그 빼마른 계집아이가 살고 있다는 다리 밑으로 찾아가고 있었고, 어쩌면 한번 더, 저 뜨거운 목구멍을 그리워하고 있었다. 내가 춥던 것이다.

그러나 결국 나는, 다리 밑으로는 내려가지 않았다. 그런 채 둔덕에 서서, 검게 흘러가는 냇물을 내려다보며, 얼마나 멀리서 내가 흘러왔는가를 생각했다. 아마도 나는 무척도 멀리서 왔다. 그러나 아마도 불원간 나는, 더 흘러가게 되지 못할지도 모른다. 흐르는 것도 종내는 멈추지 않으면 흐르는 것이 아니다. 이 숙명은, 아무리 씻어도 벗겨지지 않는 원죄 같은 때이다. 그러고 보니, 어쩐지 피곤하고, 허긴 좀 쉬었으면도 싶다. 서른 셋의 나이로, 늘어볼 푼수 없이, 푹 좀 쉬었으면도 싶다. 그랬으면도 싶다. 나의 행망(行忘)은 계속되었다.

내가 돌아서니 그런데, 한 마리의 잘생긴 말이, 내게 코를 불며 머리를 까불어, 나를 아주 조금, 그저 흉내로 놀라게 했다. 그러고 보니 어쩔 수 없이, 말에 탄 밤 행려자에게 합장해 보이지 않을 수 없는 처지에 이른 듯했는데, 물론 그녀였고, 장로의 손녀딸이었고, 그녀는 멀찍이서 나를 따르며, 밤이 흐르는 소리를 들려주었을 것이었다. 나는 그것을 언제부터인지 알고 있었으나, 그녀가 지쳐서 돌아가리라고도 했었다. 추워서 내가, 뜨거운 목구멍을 생각했을 때 그러나, 바를 正자 세 개에 구부러져 몸을 팔던, 그 계집아이의 얼굴은 결코 떠오르지 않았었다. 나는 이렇게 속으로 말하고 있었는데, "내가, 저쪽 어디, 아주 조용하고 깨끗한 여인숙을 알고 있는데, 거기서 기다려요?" 하고, 그런데 어쩌면 나는 저 말에 탄 계집의 너무도 맑은 얼굴에다, 저 찐득한 더러움을 칠하고 있었던 것은 아니었던가 모른다. 내가 춥던 것이다.

우리는 그러나, 어느 쪽에서도 말을 끄집어내지는 않았다. 그러는 새 말이 걷고 있어서 보니, 나도 그 말 곁에 적당히 붙어서서, 이번에는 내가 아니라, 말이 행망 부리는 대로 내가 따라가고 있었다. 말은 아마도 읍을 벗어나, 더욱더 고적한 신작로로 나서고 있었는데, 그 깊은 유리로부터는 자꾸만 멀어져갔고, 그 길의 어느 매듭 뭉친 곳엔 필시 다른 읍이 있을 것이었다.

읍을 벗어나면서부터는 밤에 우는 풀벌레 지친 소리며, 어쩌다 한번씩 풍진 세상 우는 휘파람새 소리며, 또 숲이 하는 말소리가 들리는데 별은 아주 나직이, 말머리 위로 뿌리고 내리는 것이었다. 나는 아까 추웠었는데, 그러나 지금 나는 훈훈해져서, 이 신록스런 은근한 밤을 사랑하기 시작한 것이다. 말은 조금도 빨리 걷고 있지 않은데다, 복숭아꽃이며 살구꽃이며 아기진달래 그늘로 머리 감은, 산(山)동네 누님만큼이나 순해서, 종내 나는 그 누님의 목덜미에다 머리를 기대고, 그냥 맹종으로써 걷고 있었다. 조금은 피로하기도 하던 것이다.

 얼마를 그렇게 느리처분히 걸었던둥, 나무의 동녘 가지 쪽에 맑은 빛이 어리고 거기서 새끼 아침이 눈뜨려고 시작했을 때, 말은 한 호수를 앞에다 두고 우뚝 멈춰섰고, 그제서야 말에 탔던 여자가 내려서는 것이었다. 그리곤 코를 부는 말의 목에 팔을 두르며, 그것의 목에 얼굴을 기댔는데, 그 말처럼 순하고 수줍은 분위기였다.

 우리는 아마도, 읍을 남녘에 두고 북쪽으로 걸어온 듯했다. 호수의 북쪽으론, 시꺼먼 잡목숲이 아마도 수천 평으로 펼쳐져 있었고, 그 숲의 수면으로도 아침 빛이 퍼들자, 바람도 없는데 그것이 조수지며, 뭔지 낮은 그렇지만 깊은 소리를 울려내기 시작하고 있었다. 호반의 남녘, 그러니까 우리가 선 뒤쪽은 그저 들이었고, 간혹 작은 숲들이 있었지만, 그 들 저쪽에, 읍이 아스무레하니, 무슨 푸른 안개 같은 것으로나 보였다. 호수는 잔잔히, 어쩌다 물방개라도 한마리 지나려면 그것이 수선스러웠으나, 거기 이른 아침 하늘이 어스름히 깔리고, 또 고적이 덮여 휴식스럽고 안온해, 들찔레 덤불이며, 우북이 자란 갈대, 또는 키 큰 포플러나무 같은 것들이, 혼을 한번 빠뜨려버린 뒤 주저앉아, 떠나지를 못하고 있었다. 이 호수의 내정은 몽락수 열매 같은 것이어서, 그 내정에 혀를 적시면 영 떠날 수 없을 것인 듯했다. 나는 아마 지금은 뛰어들지는 않을 것이다. 나는 차라리 처음에 주저앉았고, 다음에 눕기나 했다. 그런 뒤 나는, 졸음에 휩싸여버렸는데, 처음 본 이 호수의 둔덕에서 나는, 깊은 휴식을 찾은 것이다.

172

센 빛이 눈을 간지렵혀 눈을 떴더니, 구름 한점 없는 하늘에, 어쩌면 낮달일지도 모르는 흰 얼굴이 하나 떠, 맑은 눈으로 날 내려다보며, 누이처럼 웃고 있었다. 아 그래 나는 참, 언젠가 뺨을 한차례 얻어맞았으면 했던가. 내가 그래서, 아마도 낮달이지 싶은 것을, 손 뻗쳐 따내렸으나, 허나 내 뺨은 뜨겁지가 않고, 그냥 입술만 육실허게 뜨겁고 가슴은 비맞은 듯했다.

"난 목욕이라도 한번 시원히 했으면 싶으구나." 내가 한 말은 그것이었고, 그녀와 우리 사이의 첫마디였고, 나는 일어났고 무자비하게 옷을 벗어부쳤고, 물 속으로 첨벙 뛰어들어버렸다. 그러자 처음엔, 바늘로 찌르는 듯한 한기가 몸을 쏘고 덤비며 경직을 일으키려 했지만, 물 속에다 머리까지 처넣었다 솟구치고, 미친 한 마리의 물개가 되어, 저쪽 둔덕을 향해 헤엄쳐가고 있었을 때는, 해탈을 조금도 부러워하지 않았다. 그래, 언제나 나는, 물가에 서면 투신하고 싶었었다.

그쪽 둔덕에 닿았기에 나는, 거기로 기어올라가 섰다. 그리고 나를 건너다보는 저쪽 둔덕의 여자에게 팔을 흔들어 보이고, 그 여자가 절시하고 있는 내 몸을, 내가 또한 훔쳐보았다. 나는 그리고 아름다웠다. 내 등뒤의 숲에서는, 몇백 년이나 쌓이며 썩던 이내가 새가 돼서 검푸른 울음을 울고, 내 발밑에는 몽락수 꽃 수줍게 열려, 나를 싸아안기 바라고 있다. 저 그을음만 같던 유리의 햇볕이 그래도 나를 구릿빛으로 달궈놓고 있어서, 나는 한 마리의 근력 좋은 숫구리뱀이었다. 그 속엔 죽음의 괴력이 채워져 있어, 근육들을 꿈틀거리게 하는 것이다.

다시 나는, 물 속으로 뛰어들어, 나를 기다리는 여자를 향해 헤엄쳐나가며, 물을 머금어 양치질도 했다. 이제는 읍엘 들렀다가, 어쨌든 유리길을 재촉해도 좋을 시간인 것이다. 호수 둔덕에 초막 짓고, 저런 계집과 함께 살고 싶으면 싶을수록, 얼른 떠나 버려야 되는 것이다. 그런 꿈은 꾸는 것이 아니다. 일곱 집 둘러 밥 빌어와서 처사여, 배불리고 처사여, 아침엔 흰 연기를 굴뚝에로 뿜어내며 처사여, 저녁엔 붉은 모닥불을 아궁이에 피우고 처사여, 새들이 하는 노래를 처사여, 숲이 도란거리는 소리를 처사여, 구름이 넋 빠뜨리고 가는 호수에 낚싯줄 늘이고 앉아서 처사여 들으며 보며 늙어가는 처사여, 그런 꿈은 꿀 것이 아닌 것이다. 처사여, 아닌 것이다. 비라도 모질게 내리는 날로여 처사여 숲은 운무에 덮이네 처사여, 호수가 처러워 가슴을 움츠리면 처사여 때로 달이 어리울 것을 처사여, 달 잡으러 뛰어들 일은 처사여 꿈꿀 것은 못 된다 처사여, 한 마리 정충의 고뇌가 어떤 것인지 처사여, 그러면 그대 어미의 산통을 보라, 한 생명의 고통이 어떤 것인지 처사여, 그러면 그대 죽음을 보라, 겨울로 내려간 뿌리가 아직 잠도 채 깨기 전에, 여름잎 푸른 솜털 위로 가을비가 차거이 추적이지 않는가 처사여, 그러므로 봄일랑 아예 꿈꿀 것이 못 되는 것이다.

나를 기다렸던 여자는, 그렇지 비단의 검은 폭에 연의 붉은 여섯 이파리를 가슴팍에 수놓은 옷을 입고 있었는데, 조금의 수줍음도 없이 그제는 정면으로, 벗은 나를 보았는데, 약간의 광기를 띠고 그 눈은 좀 붉어도 보였다. 나는 어쨌든 물방울이나 말리고서 볼 일이었기에, 해를 정면해 섰더니, 그녀는 해를 뒤에 받고 앉아 있었다. 물이 마르느라고 그러자 내 몸에서는 김이 누렇게 펴져 올라오고 있었다. 그러며 조금 뜨거운 신선감이 전신으로 퍼지고 들자, 백일하에서 망할녀러, 근이 굳건히 일어서고, 치골에 머리 얹고 잠들었던 두 마리의 뱀이 깨어선, 척추를 따라 세 바퀴반을 휘감아 틀어올라 목젖 있는 데서 대가리를 휘둘러 댔다.

나는 아마 그녀에게 다가갔고, 그리고 그녀를 내 두 팔 안에 휘감아 넣었을 것이었다. 그러나 그녀는 거부의 몸짓은 하지 않았다. 오래잖아 내게서는 척추가 무너나 버렸고, 용 틀어 오르던 두 뱀도 전처럼 다시 치골에 머릴 얹고 잠들어버렸는데, 그녀의 검은 비단폭 치마에는, 다른 흰 연(蓮)이 한 송이 해맑게 피어, 검은 바탕 위에서 햇빛을 받고 청황색으로 뻔쩍였다. 그녀는 그리고 저주하는 눈으로 그 치마폭의 청황색 한 송이 연을 내려다보더니, 여자는 종내, 실의와 거부의 몸짓으로 일어나 말한테가, 자기가 달릴 수 있는껏 말을 몰아, 읍으로 이어지는 길을 달려갔다.

나도 그래서, 그제서야 부시시 일어나, 벗어부쳤던 옷을 꿰어 입고, 읍을 향해, 그 말이 몇 톨의 황진을 일으키고 간 그 길을 따라 터벅였다. 기분은 상쾌했으며 몸은 가벼웠다. 지금부터 내게는, 그 여자의 할아버지를 만나 하직할 일이 있고, 이틀치의 전표로 당분간의 생활을 살 일이 있는 것이다. 결국 내게는 하나의 통로만이 남아 있었던 것인데, 그건 역시 유리에로의 그것뿐이었다.

2

　장로는 읍청엘 가서 없었다. 그런 대신, 침모 할머니께 전갈을 남겨두었는데, 좀 쉬며, 천천히 정원이라도 산책하고 있다가, 자기와 같이 점심을 들도록 하자는 것이었다. 나는 그러기로 하고, 내 장옷 형편이 어떻게 되었는지 좀 살펴보아주었으면 좋겠다고 했더니, 그녀는 웃으며 그것은 쓸모가 없이 되었다고 대답한다. 그런 대신, 안으로 들어갔다 나오며 속옷까지 갖춘 새 장옷 한 벌과, 새 양말, 두터운 고무창에다 가죽끈으로 이리저리 건너엮은, 여름 신발 한 켤레를 내놓는다. "솜씨가 없어 모양은 없어도 튼튼하게는 꿰맸으니, 그냥 입으셔요. 지금 입고 계신 옷이 몸에 맞는 듯해 보여서요, 그 옷 임자 불러 치수는 재었지요." 침모 할머니는 그렇게 인정있게 말하며 어머니처럼 웃었다. 그러나 나는, 그것을 받을 만한지 어떤지를 몰라, 그냥 적당히 얼버무려, 그 안채의 마루에 남겨둔 채, 사랑채로 나와, 못가 죽의자에 앉아, 연이나 들여다보며, 저 계집의 치마폭에 어렸던 연을 떠올렸다. 그리고 한숨을 쉬고 있자니, 그 계집이 한 붉은 연이 되어, 내 가슴속에 깊이 뿌리내려 내 심정을 갉아먹고 있음이 알려졌다. 그 세근은 간질거리고, 그 줄기는 억셌으며, 그 꽃은 뜨거웠다. 그러나 그것이 내게는 결코 번뇌는 아니었으며, 그것으로 인해 내가 더욱더 아파지기를 바라는 것은 이상했다. 그것은 열예였다.

그러고 있는데, 어디선지, 가얏고 열두 줄 우는 가락이 울 넘어오는데, 그 가락은 심청이어서, 내 귀가 뜨이며 보이기 시작했다. 사실에 있어 내 귀는, 참으로 오랫동안, 날것인 채로의 소리, 가령 바람이 불 때 산이 짐승처럼 앓는다든가, 물이 흐르는 소리, 또는 새의 지저귐이라든가 꽃이 망울 트는 소리, 잎 지는 소리라든가, 무주공산 떠도는 귀신의 곡 소리 같은 것들, 그런 소리들밖에, 다른 소리에는 익혀져본 적이 없던 바라, 공명관에 푹 담겨, 삶겨진 소리에 접하고 나니, 뭔지 형언할 수 없는 것들이, 내 속에서 한 이삼십 년 잠을 깨고 떨치고 일어나는 듯했다. 음악을 만약에 협의로 해석하여, 가다듬어진 소리만을 따진다면, 그런 소리란 아마 태초부터 없었던 것은 사실이다. 그런데도 없었던 것이 가슴에서 일어나고 있는 것은 어쩌면 갈마의 센바람 탓이다. 그 소리는 어쨌든 언젠가 한번, 촛불중과 이 댁의 숙녀가 같이 걸어나왔던, 저 못의 가운데를 가로질러 건너간, 다리 건너 쪽의 울 안에서 울려 넘어오고 있는 것으로 짐작컨대, 그녀가 한가락 뜯고 있는 중인 것 같았다. 장로는 읍청에 가고 없다고 하니 허긴 누가, 한 그루의 오동꽃을 흐뜨리겠는가. 그 문이 열렸다고 하더라도, 눈들이 많은데, 한 중놈이 허락 없이 지나서도 안 되겠지만, 그 문은 닫혀 있었고, 그런데도 나는, 저 소리 같은 계집, 계집 같은 소리에 화풍병(花風病)이어서, 궁리하다 못해 다시 안채로 들어갔다. 그랬더니 예의 그 침모가 빨래 손질을 하다 말고 일어서며, 뭘 도와줄 것이 있느냐고 묻기에 "아, 저 이거 실례했습니다. 저 고운 음악이 혹시 여기서 울려오는 것이나 아닌가 하고 따라들어와본 것이었습니다만" 하고, 짐짓 되돌아나오려 했다.

"아 잠깐 계십시오. 아씨께 내 한번 여쭈어봅지요." 그녀가 마루를 내려서며 그렇게 나를 만류했다. 그리고 그녀는 서두르는 걸음으로, 동편채로 가 중문을 열더니, 그 안으로 들어간다. 나오더니 웃는 얼굴로 "아씨께서 스님을 좀 뫼셔 오시라는 말씀이십니다" 하고, 왔던 길을 다시 앞서 가더니, 중문 앞에서 내게 길을 터주고, 자기는 되돌아간다.

그 안뜰은 짐작했기보다 훨씬 더 아담하고 조출했다. 우선 냄
새부터가 달랐는데, 오동이 우는 소리의 냄새라야겠지, 청순한
계집의 태고스런 냄새라야겠지, 우선 코에 신선하지만, 그것이
일단 폐부로 스며들었다고 하면, 소금이 되어 짜지고, 혼을 조갈
에 부대끼게 한다. 아무리 계집을 마시고, 또 마시고, 또 마셔도,
혼은 계속 갈증에 떨고, 그러다 발열 지랄육갑 다하고 나가떨어
져, 무덤에 들어서도 저승으로는 못 가고, 달이 흰데도 제놈의
봉분 위에 요요히 나앉아, 우니다가, 우니다가 녹아지면 한 알맹
이 흰 소금이 되었다가, 녹아져서, 냄새만 바람에 불려가서, 봄
꽃 질 때쯤이나 돼설랑가, 그렇지 한 이파리 복숭아꽃에 타고라
도 좋고, 그렇지, 그년 오줌 누는 칙간 바닥에라도 떨어지면 좋
겠지, 그때 바람이 불면 더욱 좋고, 그러면 살풋 날아설랑, 그년
오줌 방울 묻은 데 설핏 붙었다가는, 그냥 살이 되어버리는 것이
지. 아니면, 그년 죽어 혼 실려나가는 요여 위에라도 떨어지면
좋고, 또 아니면 그년 시집간 첫날밤 화초 타는 창턱에 내려서
귀가 되어도 좋다. 이것은 갈보년의 냄새와는 다르고, 그렇지 물
론, 갈보년의 냄새 또한 좋은 것이지 좋은 것이어서 산 채 썩어
죽기를 한하고 근은 서는 것이다. 어쨌든 냄새부터가 달랐는데,
우선 눈에 보여졌기로는, 그 안에도 또한 연못이 하나 있어, 붉
은 연 한 열두어 얼굴, 이끼 낀 석등, 한 스무남은 그루의 대
〔竹〕, 죽의자, 대를 쪼개서 어디로 이어놓은 홈통에선 맑은 물이
흘러 못 위에로 떨어지고 있다. 바위는 패어지지 않는 듯이 하면
서도 홈이 패어지지만, 그러나 물은 패어지는 듯이 하면서도 홈
이 패어지지 않는다. 마당엔 자잘한 자갈을 펴놓아, 먼지 날 일
없고 깨끗했고, 꽃진 난 줄기며, 금잔화며, 해바라기며, 장미며,

비둘기며.

그런 것을 일별하고 나는, 섬돌 앞으로 갔더니, 쌍문 미닫이까지 활짝 열어놓고 그녀가, 소복으로 가야금 앞에 앉아 있는 것이 보였다. 그러나 그녀는 현을 퉁기지는 않고, "좀 올라앉으시지 않으셔요?" 하고, 왠지 얼굴을 붉히며 떠는 듯이 말하고 있었는데, 어느 녘에 난이 낙화했던가를 의문했을 일은 아니었다. 어째서 정원에 난이 없었겠는가.

나는 대답으로서, 마루 끝에 어중간히 걸터앉고, 그런 뒤, 별로 의미없이 한번씩 현을 퉁겨보는, 그녀의 섬세한 손을 건너다보았다. 그러는 중에 그런데, 그 손이, 흰 비둘기처럼 비상하며, 저 죽은 가얏고 위를 춤추기 시작하자, 가얏고가 살아나는 아픔을 비명해대기 시작했다. 그것은 하나의 괴력으로서 내게 체험되기 시작한 것이다.

하나의 죽음이, 처음에 아주 느리게 살아나고 있었는데, 그때는, 가얏고 위를 나르거나 춤추는 손은 손이 아니라 온역이었으며, 청황색 고름이었으며, 광풍이었고, 그것이 병독의 흰 비둘기들을 소금처럼 흩뿌리는 것이었다. 내가 흩뿌려지는 것이었다. 그러며, 내가 저 소리에 의해 병들고, 그 소리의 번열에 주리틀려지며, 소리의 오한에 뼈가 얼고 있는 중에 저 새하얗게 나는 천의 비둘기들은 삼월도 도화촌에 에인 바람 람드린 날 날라라 리 리루 루러 러르르흐 흩어지는 는 는 는느 느등 등드 드등 등 드 드도 도동 동 동도 도화 이파리 붉은 도화 이파리, 이파리로 흩날려 하늘을 덮고, 덮어 날을 가리고, 가려 날도 저문데, 저문 해 삼동 눈도 많은 강마을, 강마을 밤중에 물에 빠져 죽은 사내, 사내 떠 흐르는 강흐름, 흐름을 따라 중모리의 소용돌이 자진모리의 회오리 휘몰아치는 휘모리, 휘몰려 스러진 사내, 사내 허기 남긴 한 알맹이의 흰소금, 흰소금 녹아져서, 서러이 봄꽃 질 때쯤이나 돼설랑가, 돼설랑가 모르지, ……계면(界面)하고 있음의 비통함, 계면하고 있음의 고통스러움, 계면하고 있음의 덧없음이, 그리하여 덧없음으로 끝나고, 한바탕 뒤집혔던 저승이 다시 소롯이 닫겨 버렸다. 손은 그래서 다시 손으로, 오동나무 공명관은 다시 오동나무로, 겨울에 죽은 한 마리의 까마귀처럼, 흰 벌에 누워 버렸는데, 거기 어디에 그런 괴력스런 산조(散調)가 사려넣어 있었던지 그것은 알 수가 없었다. 그것은, 삶의 전단계를, 생명이 당하는 괴로움의 온갖 맛을, 말세까지의 한바탕 흐름의 전 물굽이를 한마당 휘몰아친 가락에 담은 것이어서, 그것이 소롯이 잠들었을 때, 나를 울게 했다. 나는 아마 눈물을 흘려내고 있었다. 이것은 가공할 만한 하나의, 푸닥거리, 한 장면의 신굿처럼 내게는 여겨졌다. 나는 그래서, 가냘프게만 보아왔던 저 손을 무녀로서 존경하고, 소리의 백년잠을 일시에 깨어 흩뿌리는 그 손의 주술을 두려워하여 무릎을 꿇어, 떨림으로 그 손을 모두어 쥐고, 나도 모른 새 입을 맞추며, 내 가슴에 꼭 대고 있었을 것이다.

　나는 그러다 나를 찾아내고, 황급히 일어나 사랑방으로 나오려 했더니, 그녀가, 저 가얏고 우는 것만큼이나 가냘프고 떨려서 뜨거운 소리로 조금만 더 할아버지가 돌아오실 때까지만, 앉아 있어줄 수 없겠느냐고 묻고 있어서 그러기로 했다. 나도 떠나기가 조금은 싫던 것이다.

"이것이 스님과의 마지막인 것만 같은걸요." 그녀는 그렇게 말하며, 슬픈 듯한 미소로, 내 곁에로 사뿐히 와앉는 것이었다.

"이것이 또 하직할 때라고도 생각하면서도, 좀체로 손을 흔들어 보여드릴 수가 없어요. 어떻게 모진 운명을 스님은 감수하시려는 것이에요. 그러시지 않아도 되실 터인데요." 그녀는 그렇게 말하며 내게는 흰 온역으로서만 보였던 손으로, 내 어글한 손을 잡아 꼭 쥐는 것이었다. "유리로 그래서 기어코 돌아가실 것이에요?"

그러나 나는 대답하지는 않았고, 그냥 추녀 끝 너머의 푸른 하늘과 별이나 바라보았다.

"유리에 있는 여자분은 아주 예쁜 걸로 알고 있어요. 아시겠지만요, 그 여자분이 우리 아버지의 정부인 건 세상이 다 아는 사실이죠. 어머닌 돌아가시고 안 계시거든요. 아버진 아들 얻기를 희망하시다, 아마 그 여자분께 정이 들었나봐요. 그래서 저두요, 그 여자분을 눈여겨볼 기회가 많았는데요, 그 여자분은 그러나 아버님을 전혀 사랑하고 있는 눈치가 아니었답니다."

나는 추녀 끝을 통해서, 저 유리의 동구 밖에 어쩌면 아직도 희게 앉아 있을 그 계집을 얼핏 보고 있었다.

"이건 참 우습고 어리석은 얘기가 될 거예요. 그래도 묻고 싶은 걸요. 스님께선 그 여자분을 사랑하고 계시죠. 그죠?"

나는 그저 듣기만 했다.

"그래서 돌아가시려는 거예요?"

나는 그저 듣기만 했다.

"한번 다니시러 가시는 거죠, 그죠? 돌아오실 것이지요?"

나는 그저 듣기만 했다. 그러자 여자는 한숨을 쉬더니, 내 눈을 들여다보며, "난 어째서 요 며칠 어리석어졌는지, 그걸 모르겠어요" 하곤 이번엔 연못을 내어다보며 시든 목소리로 이렇게

이었다. 마당의 꽃 속에는 벌들이 윙윙대고 있었다. "스님은 모르시겠지만요, 전 아주 오래오래 전부터 스님을 알아왔었답니다. 스님의 스승이신 그 스님께서 틈만 나시면 제게, 스님에 관해 말씀하셨거든요. 그래서 한번쯤 만나뵙고 싶었었어요. 그냥 만나뵙고 싶었을 뿐이죠. 아주 어렸을 때 헤어진 오라버니처럼 생각켰거든요. 지금이라면 모두 말해버리고 싶어요." 그러며 그녀는, 내 어깨에 얼굴을 기댄다. 정각한 도사가 지나간 자리엔 풀 한 포기 자라지 못한다고 들었는데, 헌데 내 스승이 지나간 자리에서라면, 어째서 이렇게 더욱더 풀만 무성한가. "그래요 지금이라면 다 말해버리고 싶어요. 헌데 말예요, 저 석양녘에, 저 공사장에서요, 스님이 제게 뭐라고 말씀하셨댔죠? 그 말씀은 너무 잔인했어요. 그래요, 전 무서웠었어요, 그 말씀은, 어쩌면 제가 지녀왔었을 두 가지 영상을 깨뜨려버린 결과였습니다. 하나는 뭐 그렇죠, 오라버니거니 했던 것이구요, 다른 하난 그렇죠, 훌륭한 그저 스님이거니 했던 것이었죠. 물론 저도, 유리에 계신 여자분과 정분이 두텁다는 말은 촛불 스님으로부터 들어 알고 있었지만요, 그런 이야기란 그저 한갓 남의 애기인 것으로 여겨왔었댔죠. 헌데요, 스님은 오라버니거나 스님이시기 전에, 뻔뻔스럽고도, 호호, 그리고 자꾸 도망치면서도 뒤돌아보고 싶은 그냥 한 남자분이셨에요. 호숫가에 서셨던 스님은, 참 아름다웠었어요. 그래요, 아름다운 남자였었어요." 계집은 그러며 좀 킬킬거리고 웃었다. "전에 난, 집에 있던 어떤 애의 간질을 목격한 적이 있었답니다. 그 앤 늘 그렇진 않았는데 내가 본 그 간질을 일으키기 전에, 그 애는 참 아름다웠답니다. 그 눈은 이상하게 고요했었는데, 눈물에 엷게 덮여 있었구요, 물론 일순간이었지만요."

그녀의 이야긴 날 클클거리고 웃게 만들었다.

"스님의 스승께서, 자기의 제자에 관해 뭐라고 말씀하셨는지 아시겠어요? 허지만 그 늙은 스님은 자기의 제자에 관해 한 번도 과장해보신 적이 없으신 걸 저도 알게 되었어요." 그리곤 여자는, 무슨 생각을 하고서인지 핼끔 웃더니 계속했다. "그 스님은 늘 이런 투로 말씀하셨답니다." 그리고 여자는, 음성을 갑자기 그 늙은네의 것처럼 꾸몄다. "녀슥 말이지, 지지리 못났다구. 해도 보게나, 뼈대는 어글하잖게? 눈은 말이겠네, 그렇게, 아마 한 석 자 세 치 길이는 아니 되겠냐구, 그러니 거 얼마나 보기 싫으냐구, 게다가 그 두 눈구멍 사이에 흰 털이 한 오래기 나가지고 말일세, 거 뭐가 좀 모자란 듯하잖냐구. 그래도 보면 늘 반가운 놈이지. 에라이순, 거 무엇에 쓸까 모르겠어. 서방을 맞더라두, 당최 그따위로 생긴 건 맞는 게 아니겠다."

그래서 우리는, 눈물이 솟을 때까지 웃어댔는데, 웃다 보니 허탈이 밀려, 우리는 한동안 잠잠히 있기만 했다.

"나중에 제가, 말로 유리까지 모셔다 드릴 수 있겠죠?" 그녀 쪽에서 먼저 말하고 반짝이는 눈으로 날 보았다.

"고맙습니다만, 그랬다간 유리엔 영 닿질 못하게 될지도 모릅죠, 글쎄 나로서는, 외로운 먼 길에 숙녀를 혼자 되돌려보낼 수는 없을 터이니, 저 대문까지 다시 모시고 와야 되며, 숙녀는 또 소승을 유리까지 데려다 주실 것이고, 그러다 보면 한평생 다 가게 될 듯하잖습니까?"

"호호, 재밌어요. 그랬음 더 바랄 게 없을 것 같아요. 그랬음 좋겠어요." 그러며 계집은, 내 목에 팔을 감으며 내 품으로 안기고 든다. "절 욕심 많은 계집아이라고 한차례 때려주잖으세요?"

허긴, 좋은 계집의 엉덩이 갈기는 일이 나의 전문인 듯도 하지만, 그러나 나는, 이 계집의 엉덩인 갈기지 않았다. 그런 대신, 저 떨고 있는 암컷을 보듬아 들고 뜰로 내려가, 그런 채로 연못 가운데까지 걸어갔다간, 그 수면에다 그저 떨구어뜨려 버렸다. 그러자 연들이 목을 끊기는 듯 흐느적이며, 숨이 가빠 시샜다. 그러고 보니, 정오에 온 해가, 점심 시간을 가리키고 있었고 나를 저자거리로 불러내고도 있었다. 그래서 그녀의 귀에 속삭여 들려주었다. "아가씨, 이제 할아버님이라도 오셨을지 모르는데, 이렇게 있는 걸 보시면, 단칼에 소승의 목을 베려 하실 겁니다."

"염려 마셔요. 할아버진 오시기 전에 언제나 침모를 먼저 보내, 제 의견을 물으신답니다. 아침엔, 할아버님이 걱정스레 물으시더군요. 밤새 어디서 지냈느냐는 것이죠. 그래서 한두 가지 것만 숨기곤, 사실대로 다 일러드렸답니다." 그리고 그녀는 소리내 웃으며, 아직도 서 있는 날 주저앉혔다.

"허지만 이젠 일어날 때군입쇼."

"싫여요. 아주 추워서 견딜 수 없을 때까진, 한사코 일어나지 않을 것이에요."

"그러다 보면 된내기가 안 내릴깝쇼? 이제 나는, 아가씨를 저 기둥에다 붙들어 묶어놓을 것입니다."

나는 그리고, 그녀를 보듬은 채 일어났다. 그랬더니, 물에 젖은 소복이, 그녀의 몸에 찰싹 들러붙어, 그녀의 몸의 부분들을 아른히 붉게 드러냈는데, 그것은 저 흩어져 사라졌던 가야금 산조가 어디 하늘도 깊은 데쯤, 거기 어디 산도화 흩어지는 데 닿았다. 산도가 되어, 부드러운 솜털을 달고 떨어져내린 것은 아니었을까 모른다. 내 어금니에선 신 침이 솟아오르며, 입 속에 저 과즙이 고이는 것이, 이러다간 내가 영 살아버리고 죽을 것 같지가 않았다. 또 아니면, 유리 길 중간쯤 가다가 그만, 돌 들어 내 아랫도리를 내가 찍어 죽어 쓰러지며, 아 달래나 볼걸, 달래나 보지, 달래나 보지, 심경(心經) 삼백 독이나 해두어보았을 것을, 그랬으면 흙도 바람인 것을, 아름다움 속에도 시즙(屍汁)이 괴어 있는 것을.

심경이라도 한 삼백 독이나 해두어보았을 것을 — 나는 자꾸 속으로 중얼거리며, 소리가 하늘 복숭아가 되어 떨어져내린 것을 기둥에 묶어놓기 시작했다. 그녀의 젖은 긴 소매 끝을 잡아늘여, 기둥에 둘러 그 끝을 첨매고, 긴 치마폭도 두 귀를 잡아늘여 또 그렇게 했더니, 기둥을 안고 서 있는다. 그것은 순전히 연극이었으며, 그런 연극에 의해서라도, 우리는 지금 이 당장 헤어지는 슬픔을 이겨내려고 한 것이다. 나는 그리고 그녀의 이마에 입맞춤하고 돌아서려면서, "아가씨는 지극히 아름답소. 죽더라도, 그 아름다움을 조금 얻어 간직해갈 수 있다면, 그 아름다움이 연이 되어, 그 시체에서 피어나지 않겠소?"하고, 부지런히 걸어나왔다. 그녀의 눈에, 진한 눈물이 어린 것을, 나는 보았었다. 그리고 그 말은, 연극을 위한 대사는 절대로 아니었는데 그녀로 인해 어쩐지 내 혼은 더욱더 무성해진 듯이만 여겨졌고, 그 무성함으로 인해, 이 세상 뙤약볕이 조금 가려져, 잠시의 오수를 내가, 그밑에서 즐겨도 좋을 듯했다. 덧없음은 어디로부터 오는가? 그것은 비실재적 환영으로부터가 아니라, 실재의 현상으로부터 오는 것, 그러므로 누가 만약 그 덧없음을 실제로서 포착하길 원한다면, 그 현상을 체험하지 않으면 안 되는 것이다. 오온(五蘊)을 황폐로이 했을 때, 무상도 비무상도 비비무상도 없을 것이지만, 벼락 맞고 죽은 고목이 아뇩다라삼먁상보오리를 성취해서 초연한 것은 아니다. 바람 자지 않은 나무일수록 더 우람하며 더 가지가 많은 법일 터인데, 그것은 그것의 흔들림으로 초연한 것이다. 아직 된내기 내리려면 먼 철인데, 스스로 뿌리를 죽이고 시든 잎을 땅에 흩뜨리는 나무는 자기가 선 세상에서도 존재키를 거부하였으니 자기가 살아보지도 않은 다른 어느 세상에선들 절실히 존재할 수가 있을 것인가? 생명이 고통이라면 죽음도 고통이다. 그러므로 '나지 마라, 죽는 것이 고통이다. 죽지 마라, 나는 것이 고통이다' 라는 충고를 할 수 있다면, 그러면 어쩌자는 것인가? 낳고 죽음이 끊긴, 서역 어디라는데, 극락에나 가서 번데기라도 되자는 것인가? 삶이 고통이라고 전제했을 때, 극락정토가 어떤 고장인지는 모르되, 죽을 수도 날 수도 없는 삶 또한 고통이라는 결론은 저절로 따르는 것이다. 이렇게 말하는 것은 어쩌면 역설일는지도 모르긴 하다. 그러나 만약에 이 세상이 비실재며 환상에 불과한 것이란다면, 자기 또한 존재치 않을 터, 자기가 존재치 않으면 극락도 존재치 않을 것인데, 그리하여 모든 것은 무 속으로의 무의미한 침몰을 당해버리는 결과를 부른다. 자기가 존재치 않는다면, 나거나 죽는 것이 어떻게 해서 고통이 되며, 낳거나 죽을 일은 어떻게 이뤄지는 것인가? 다만 무의미할 뿐이다. 이 세상도 저 세상도, 살 만한 곳은 한 군데도 없는 것이다. 정토란 있는 것도 아닌 것으로 여겨진다. 그럴 때 허긴, 그것은 자기의 마음속에 있는 것이라는, 짐짓 대비스런 음성이 들린다. 그러나 몸을 사대(四大)에 의지하는바, 사대에 의해 마음이 있거늘 그 사대가 공(空)이란다면, 그 마음은 무엇에 의지해 정토의 초석이 될 수 있을 것인가. 바람 자지 않는 나무는, 죽은 나무보다도 더욱더 탐욕스러이, 빨고드는 삶과 죽음의 고통 탓에, 그 불 같은 아집 탓에, 더욱더 그 혼이 무성해지는 것이다.

옷이 젖어 미친 놈 같았는데다, 내 속살도 벌겋게 보여, 좀 열적은 채 침모를 보았더니, 그 침모가 킥킥거리는 웃음을 물고, 예의 그 장옷을 내밀어주며, 장로가 조금 전에 와서, 날 기다리고 있다고 귀띔해주었다. 난 그래 마른옷을 받아들고, 얼른 사랑채로 나왔다가, 젖은 옷을 말아들고, 안채로 다시 들어갔다.

장로는, 읍청에서 가져온 무슨 서류라도 읽었던 모양으로, 돋보기를 코끝에 나직이 걸고 있다 나를 맞곤, "그 애 가야금 솜씨가 거의 뭐 변변찮지요?" 하고 묻는다. 침모가 아마 그렇게 전해준 모양이었다.

"소승은 워낙이," 나는 자리를 잡아 앉으며 말했다. "새 소리, 바람 소리, 물 소리 같은 것이나 들으며 자라온 터라놔서요, 도대체 음악에 대한 식견이 없습니다만, 그럼에도 그것이 좋은 음악이라면 누구에게라도 감동을 준다고 믿는 터인데, 저 숙녀의 가야금을 듣고 소승은, 한번 몹시 앓고 난 느낌이오니, 숙녀분께서는 가히 명인이 아닌가 여겨집니다."

"헛헛헛, 무슨 그까짓 솜씨를 가지고? 그 애의 스승이야 참 명수였댔지요. 그분 말씀대로 하면, 애가 예능에 약간의 재주를 갖고 있다고도 했는데, 사실로는, 이 주책없는 할애비도, 간혹 한 번씩 청해 들어오고 있는 터지요."

"야인(野人)으로 살던 귀에, 그 한 번 들은 것만으로도, 소승의 귀는 복에 넘친 듯하옵니다."

"과찬을, 헛헛헛, 과찬을. 허긴 이 할애비의 낙이라곤 그 애뿐이기도 하지요."

　그러고 있는 중에, 정갈히 본 점심상이 그의 손녀딸에 의해 들려오자 노인이 주책없이, "이봐, 자네의 가야금 솜씨가 가히 명인의 경지라고 대사께서 말씀하시는군" 하고 말해, 손녀딸로부터 고운 눈흘김을 울거낸다. 헌데 그녀는 자줏빛 명주옷을 입고 있어서, 소복 때의 저 난(蘭)스럽던 것이, 적이 음란스러웁게 바뀌어 보였다. 그런데 그녀는, 그저 민숭해서 다른 모양은 없고 그냥 계란 모양이라고나 해야 할, 비취 큰 한 덩이를 금사슬에 달아 목에 걸고 있어, 아주 노을도 짙을 녘, 한 조각 하늘이 노을 속으로 뚫린 것 같았다. 그녀는 단정히 앉아, 할아버지껜 반주를 권하고, 내겐 젓가락을 집어올려주며 미소지어 보인다.

　식사중에, 우린 몇 마디의 사소한 얘기나 했는데, 공사가 어떻게 진척되어간다느니, 오래 가물고 있어서 천수답민들이 걱정하고 있다느니 뭐 그런 종류들이었다.

　상을 물리고 난 뒤에사 장로는, "그래서 어떻게 결정하셨소? 설마하니 유리로 당장에 돌아가시려는 것은 아니겠습지?" 하고 나와 관계된 문제를 언급했다. 그의 손녀딸도 오늘은, 자리를 뜰 눈치가 아니었다. "어디로 가시기로 결정을 하셨든, 이제 또 집회일이 다가오고 있는데 한 번쯤만 더 설법을 맡아주실 수 없으시겠소?"

"자기도 깨달음이 없으면서, 외람되게도 저 엄숙한 집회를 한번 어지럽힌 것에 대해서도, 소승 하늘로 머리 들 수가 없었는데 두 번씩이나 저 성스런 집회를 어지럽히는 일은 천만 있어서는 안 될 것이겠나이다. 하옵고, 한번 돌아가기로 작정하고 나니 빠르면 빠를수록 더 좋을 것으로 여겨집니다. 소승을 용서하십소서."

　그러나 노인은, 얼른 말을 받으려고는 않고, 무척 상심된 듯 우두커니 앉아만 있더니 혼잣말처럼 중얼거렸다. "글쎄, 그러실지도 모르지, 모르지. 대사는 대사의 짐은, 대사가 끝까지 지기를 바란다고, 그렇지, 그렇게 말씀하셨댔지. 이 늙은이로서는 결국 슬픔을 짓누르고, 참는 수밖엔 없겠소이다. 이 늙은 속인이 자기의 욕심으로 인해서, 대사께 너무 부담을 드렸다면, 그것은 용서하여주셔야겠소이다. 그러나 어느 때든, 이 늙은 속인이 죽기 전에, 다시 한번 오셔서, 이 늙은 손을 잡아주리라 내 믿고 있겠소이다." 장로는 그리고 손바닥으로 눈을 눌러 감는다. "그래, 그러시겠지, 그러시겠지." 그는 그렇게 중얼거려쌓더니, 거의 퀭해진 눈으로 날 건너다보며 이었다. "어쨌든 내가 나가서, 우마차편을 하나 준비해놓겠으니, 정 그러시다면 그 편에 가시구려. 이 늙은이로서는, 유리의 육조 촌장에 대한 예를 달리 어떻게 해야 될지 모르고 있소이다. 그 편에, 유리로 보낼 다른 몇 가지 물건도 있고 하니, 그 편에 대해서는 고맙다거나, 짐스러워하실 것은 없겠소이다. 그러나 저녁도 좀 늦어서야 떠나게 될 터이니, 그 동안은 내 집에 머물러주시오."

　난 이 늙은네의 배려에, 그저 합장하고, 머리 조아릴 수밖엔 없었다.

"그러시겠지. 이 늙은이가 복이 없어, 대사를 미리 만나지 못했었구료. 어쩐지 이 늙은이 가슴이 전과 같질 않으니 웬일이오?" 장로는 그리고 좀 삭막하게 웃으며, 손녀의 손을 잡아 꼭 쥐었다 놓는다. "대사의 스승 되시는, 저 괴팍하던 늙은네는 대사를 자기의 혈육이라고도 생각하시는 투였지. 그래서도 대사에 대한 나의 정은 대사를 만나기 오래 전부터 있어온 것인데, 이상스럽게도 그 늙은네는, 자기의 죽음이 자기의 제자에 의해 이뤄지기를 바라는 투로 말하곤, 마지막으로 떠났단 말야. 그러며 꼭 한 번, 이 세상 너무도 많은, 그런 어떤 아버지들 중의 하나의 음성으로, 자기의 제자를 글쎄 이 늙은네게 부탁했었소. 그 늙은네 그래본 적이 없던, 대꼬챙이 같은 친구였댔소. 대사가 너무 외롭게 자라왔다고 했지. 대사의 젖은 그 외로움이었다고 했지, 대사를 한 중으로 보기 전에 다른 한 아들로 여겨주기를 바랬댔지. 대성할 때까지 보살펴주라는 것이었소. 헛헛헛, 그러나 그 친구네 노파심에다 망녕이었던 모양이지. 이 늙은네 눈에 그의 제자의 정신은, 그의 스승의 것으로는 도저히 가늠해볼 수 없는 데까지 이르러 있던 것이오. 보살핌을 당해야 할 자는, 우리 같은 정신적 고아들이고, 그 고아들이 대사의 손길을 기다리고 있는 것이오. 그 친구를 생각해서 만약 그 늙은이가, 대사의 유리행을 저어한다면, 그것은 우족지혈 정도 같은 것이고 사실은 대사가 아깝소이다." 노인은 그러더니, 좀 머리가 아픈 듯이 이마를 짚었다. 그의 손녀는 입술을 짓물고 나를 응시하고 있었는데, 그녀의 눈엔 왠지 어떤 원망 어떤 저주가 담겨 있는 듯했다. 어쩐지 오후가 삭막하고 약간의 권태가 느껴졌다. 그래서 내가 일어서 나오려고 마음을 내고 있는데 장로의 손녀가, 약간 이해할 수 없는 이야길 꺼내, 저 삭막함을 덜어냈다.

"할아버지, 저도 한번쯤 유리엘 가보려고 한답니다."
"자, 자네가 말인가? 아니 자네가 언제 스님이시던가?"
"저두 한번 가보아도 좋겠죠?"
"글쎕쇼, 숙녀분께서 소풍이라도 할 만한 곳은 아닌 데인걸입죠."

"허지만 전 소풍을 하러 가려는 게 아니에요. 어쨌든 한번 가
볼 것이에요."
"너 혼자서라면, 너의 아버지가 우선 반대일걸. 친구가 있다면
허긴, 아침에 출발해 갔다가, 저녁에 돌아와도 나쁠 건 없겠지.
자네 말 모는 솜씨가 제법은 됐다니까 말야. 하지만, 온 조게 언
제나 철이 들려는지."

3

　장로가 다시 읍청으로 나갈 때, 나도 따라나섰다. 그는, 읍청
구경이라도 하겠느냐고 물었으나, 저녁에 뵙겠다고 나는 말하고
아들을 큰형장 나으리로 두고 있다는 황토고개점포로 갔다. 그
리고 점원에게 내 전표를 내보이고, 쌀로 치면 대체 얼마 정도의
값어치냐고 물었더니, 꼭 두 말 값이라고 대답했다. 그러고 보
니, 누구의 후덕을 얹어서이든, 내 노임은 하루 쌀 한 말씩이었
던 모양이었다.
　나는 그래 우선 쌀 한 말을 자루에 넣어달라고 했더니, 자루
값은 별도로 내지 않으면 안 된다는 것이었고 대략 쌀 한 되 값
에 해당된다고 했다. 그래서 쌀 너 되 값이 남은 데서, 한 되 값
으로 소금을 샀고, 또 한 되 값으로 초와 성냥을 샀고, 다른 한
되 값으로 지물이며 연필을 한 자루 샀고, 알이 큰 눈깔사탕을
넋놓고 보다가, 마지막 한 되 값만큼 멸치 몇 대가리를 샀다. 그
멸치 몇 대가리는, 눈깔사탕 대신에, 유리의 내 계집을 위해 장
본 것이다. 낚싯대 같은 건 아예 둘러보지도 않았다. 그리고 밀

기울이나 보리를 산다면, 물론 분량은 많을 것이 분명했으나, 쌀을 넣어달라고 한 것은, 내가 그렇게까지나 사치스러워서는 아니었고 그것이 땔감 구하기 어려운 고장을 살기에 그중 좋은 것이어서 그런 것뿐이다. 배 고플 때 그냥, 한줌 털어놓고 씹으며 물 마시면 그뿐인 것이다. 멸치며 초 등속을 나는, 아직도 여분이 좀 있는 쌀자루에 넣고 어깨에 둘러멨다. 공사판에 가, 정든 친구들에게 작별 인사라도 할까 하다가, 그것은 어젯밤 마음으로 다 끝낸 것이라고 생각해, 곧장 장로네로 향해 걸었다. 새벽에, 호반에서 살폿 한잠 잤다고는 하더라도, 긴 야행을 앞두고, 어쨌든 한숨쯤 더 자두는 것도 좋을 듯했으며, 장옷에 쌀자루를 메고, 읍의 백주를 걸어다닌다는 것도, 일종의 곤혹으로 여겨져서도 그런 것이다. 무엇보다도 그러나 내가 저 싱그러운 것을 자꾸 괘념해쌓는 것이 병이었으며, 저 가야금 한 산조를, 내가 나도 모른 새 되살려내 듣고 있는 것도 문제였다.

그 장로의 손녀는, 내가 지냈던 사랑방 마루에 턱 괴고 앉아 있더니, 내가 문 들어서는 걸 보곤, 반가워하며, 거의 소리라도 지를 양으로 뛰어와 내가 어깨에 메고 있는 것을 거들어서 내려놓는다. 그리고 자루 주둥이를 천진스레 열어보더니, "이런 준비 때문이셨으면 나가시지 않았어도 좋았을 걸 그랬어요" 하고 말했다. "할아버지께서 다 아셔서 준비시킨 걸 제가 본걸요."

그 말에 난 좀 곤혹을 느꼈으나, 내색을 하진 않았다. 그런 대신 난 마루 끝에 앉고, 생후 처음 신어보는 가죽 미투리가 무척 편하다는 걸 생각했다.

"차 좀 드려요?" 그녀도 내 곁에 앉으며 물었다.

"글쎄쇼. 귀로 마실 수 있는 호의를 받을 수 있다면 영광이겠는뎁쇼." 난 농담 한마디를 했다.

"호호, 잘은 이해치 못하겠어두요, 무척 재민 있어요."

"소승은 오늘, 귀가 상당히 목말라한다는 것을 알아냈습니다."

"죄송해요. 전 아무래도 그만쯤의 해학을 이해할 재간이 없나 봐요. 설마 저의 서투른 가야금에 관해 말씀하시는 건 아니겠죠?"

"고맙습니다. 바로 그런 말씀을 드리고 싶었던 참이었지요. 허지만 소승의 욕심이 너무 좀 과하잖을까요?"

"허지만 전 아직 무척 서투른걸요. 그래도 전 기뻐요. 저의 혼신을 다해 노력해보겠어요. 그럼 저와 같이 가셔요. 스님이 경청해주신다면, 배운 보람이 있는걸요."

우리는 그래서, 저 못 가운데의 다리를 건너고 있었다. "어떤 경우에 말예요." 그녀는 거의 들리지도 않게 말하고 있었다. "이 손을 쓸 수가 없게 된다더라도, 글쎄 말예요, 가야금을 더 탈 수 없다는 것 때문엔 마음 아파하지 않게 될지도 모르죠?"

원정 노인이, 그녀의 안뜰의 화초 위에다 물을 주고 있다가 우리가 들어서자 정답게 인사를 하더니, 꽃에 대해 몇 마디 하곤, 안채로 통하는 중문으로 나가는 것이었다.

"전 저 노인네 등에도 많이 업혀 다녔답니다." 그녀는 그의 휘인 등을 보며 그렇게 말하더니, 내 손을 잡고, 좀 젖은 눈으로 날 올려다본다. "제 눈을 바라보시는 건 즐겁지 않나요?" 그녀는 그리고, 선 채 내 가슴에다 얼굴을 묻는다. "지금 제가 바라기로는, 지금 이 순간만은, 유리의 여자분을 생각해주시지 않으면 싶어요. 전 질투하고 있는 거예요."

난 그녀의 등뒤로 팔을 둘러감고, 저 떠는 짐승의 등을 쓰다듬어줄 수뿐이었다. 이상스럽게 가슴이 쓰려오며, 우리들의 그림자가 동녘으로 눕는 것이 슬프게 느껴졌다.

"그리고 그 여자분과 계실 땐, 제 생각을 좀 해주실 수 없나요?" 계집은 그리고 얼굴을 쳐들어 날 올려다보는데 울고 있었다. "뭐든 한말씀 해주실 수 없으셔요?"

나는, 그녀의 볼로 타내리고 있는 눈물 방울이나, 내 손가락으로 닦아주었을 뿐이다. 동편으로 깔린 그림자가 영을 넘어버리면, 나는 아마 달구지에 실려서, 별들이나 보고 있을 것이다.

"아, 그랬었죠 참, 스님은 귀가 목말라하신다구 했었죠?" 그녀는 웃어 보이려 애쓰며, 내 가슴으로부터 살며시 빠져나갔다. 그래서 우리는 마루로 올라갔는데, 한 식경이 다 가도록, 그녀의 손은 조율을 얻지 못하고 있었다. "한번 유리엘 가보려는 것이, 저의 전 소망이랍니다. 그래두요, 거기 계신 그 여자분이 두려운걸요. 어떻게 만나, 무슨 말을 시작할지를 모르겠어요. 허지만 저의 믿음은요, 어떤 여자이든지 말예요, 진정으로 어떤 남자를 사랑한다면 말예요, 자기와 꼭 같은 다른 여자의 괴로움을 이해는 해줄 수 있을 것이라고 하는 거예요." 그녀의 얼굴은 붉고, 음성은 몹시 떨리고 더듬거렸다. "그렇다면, 어째서 서로간 불쾌해야 할 것인지, 어쩐지는 모르겠어요. 스님이 만약에 사흘만 더 머무신대도, 그 사흘이 다 가기까지, 전 아마 이런 얘긴 하지 않았겠죠?"

그러다 그녀의 손이 조율을 얻기 시작했을 때는, 쳐들었던 해바라기의 목고개가 조금쯤 숙어졌었을 때나 아니었을까 모른다. 나는 가슴에 뭔지 한바탕을 울 것을 싸아안고 있어서, 그것이 그 소리에 의해 녹혀지기를 바랐다. 도대체, 나로서도 나를 무엇 때문에 지탱해야 되는지를 모르겠을 뿐이던 것이다.

그리고 아마 끝내, 그 가야금 산조는 끝을 내지 못하고 말았을지 모른다. 어느 녘엔지 나는 그녀의 발을 가슴에 싸아안고 있었으며, 끝낼 수 없는 오열을 토해내고 있었으며, 하고 싶었으면서도 참았던 얘기들을 토해내고 있었던 것이다. 그녀의 부드러운 손이 그리고 그때는, 내 등을 쓸어주고 있었으며, 내 눈물을 닦아주고 있었다. 그것을 깨달았을 때, 그리고 나는, 사랑방으로 뛰쳐왔었을 것이며, 그 오열을 짓씹다 나는, 어느 녘엔지 잠들어버렸을 것이었다.

제 22 일

1

짐수레는 밤중에 떠났다. 예의 벙어리 마부여서, 인간 둘이서 황막한 밤을 통과해나간다는 것 말고, 우리로선 아무것도 이야기로 통할 수 없었다. 그것이 오히려 내게는 편했다. 내 것이라며, 장로댁에서 한 꾸러미를 실어준 것까지 보태, 수레에는 그리고 유리 촌선들께 배달되어지는 식량이며, 숯이며, 소금이며, 소식 같은 것을 싣고 있었다. 하나의 흐린 등이 우리의 길잡이였는데 그것은 수레채에 묶어 쇠머리 앞쪽으로 뻗쳐낸, 긴 장대 끝에 매달려, 흔들거리고 있었다. 그 등은 내 안막에서 자꾸 멀어지는 읍 같은 것이었다. 그런 등을 나는 또, 내가 어렸을 때 이미 알고도 있었다. 나는 마부의 곁에가 아니라 수레의 뒤쪽에 마부와 등하고 짐에 기대어 앉아 있었는데, 어둠 가운데서 읍이 쏨먹쏨먹 비치고 있었다. 사실에 있어선, 그 읍 자체가 등으로 보여진 것인지 아니면 어떤 한 계집이 그렇게 여겨진 것인지, 그것은 명확하진 않았다. 그칠 줄 모르고 세찬 비가 퍼붓고 있는데 그런 밤은 더욱더 어둡고, 조금의 안식도 남김없이 바람이 무섭게 뒤흔들어간다. 아니 반드시 그런 밤이 아니라도 마찬가지인데, 가령 물이며 뭍이며 숲이며 계곡이며가 만월에 뒤덮여 은은히 밝은 밤에라도. 그런데 그런 등은 다른 데도 말고 하필이면 바위들만 무성한 데 켜져 있어, 만삭된 마누라와 눈 큰 자식들이 기다리는 가장(家長), 뱃놈의 뱃길을 가리켜주고, 긴 뱃길로부터 무사히 돌아가게 하던 것이다. 그런 등은, 아랫녘 어디 선주네로 마을간 어머니에의 그리움과도 같지가 않았다. 그것은 그냥 쏨먹이는 등대뿐만은 아니었던지도 모른다. 스승과 산막에서 살기 시작했을 때에도 나는, 그 등을 종종 보았었는데, 그때 나는 그것이, 저 고해의 피안에 켜진 불(佛)이거니도 했었지만, 그러나 그것은 어쩐지 그런 불도 아니었다. 피안에가 아니라, 그것은 고해의 모든 차안에 켜져 밤에만 빛났으며, 지금 그 빛은 아주 느리게, 흐리게 멀어져가고 있었다. 내게는 회포도 많았다. 그러나 외로운 것 같진 않았다. 허지만 내가 이 길을 떠나오던 때 가졌던, 그런 열예는 언젠지 식어버린 듯했다.

나는 한숨을 한번 불어내고, 소가 고개를 쩔레쩔레 흔들 때마다 퍼져나는 쇠풍경 소리를 들으며, 별들을 찾아, 그것들이 무슨 이름들에 불려져왔던가를 생각해보기도 했다. 북극성, 북두칠

성, 개밥주는별, 비저울, 견우 직녀, 아마도 삼태성 돋을 녘엔,
수목의, 잡초의, 흙의, 잠의, 한선(汗腺)으로부터 안개가 피어올
라올 터인데, 그것은 여름밤의 꿈이 더워서 그러는지 모른다. 별
들은, 그것들의 지혜에 의해서인 것처럼 대낮보다 훨씬 더 깊어
보이는, 검푸른 하늘 속에서 쏨먹쏨먹이고 있었다. 그러나 햇빛
이 그저 조금 엇비슷이기만 하더라도 저 지혜의 억만 반짝임들
은, 저승간 혼처럼 형체를 잃고 말아버릴 것인데, 그러고 보면
해는, 하늘을 가득 채워버림으로 비워내는 것이며, 화평을 주러
돋아오르는 것이 아니라, 검을 주러 오는 것처럼 여겨진다. 해는
그러므로 아마도, 지혜의 비유로는 적당치 않은 것인지도 모른
다.
　짐수레는 지금, 하나의 큰 숲을 서쪽 옆으로 두고 남녘으로 가
는 중이다. 큰형장이라고 부르는 것은 아마 그 속에 있는 모양이
었으나, 그것은 그냥 시꺼먼 큰 숲이었을 뿐, 어디에서고, 수풀
을 통해서라도 한가닥의 뺀한 불빛도 보이지 않았다. 자기의 죽
음을 상상한다는 것은 거의 불가능한 듯하면서도, 이 밤에는 어
쩐지 저 큰 숲이 선영들 누운 산소나 또는 노도 잠들고 휴식스러
운 밤바다처럼도 생각켰다.
　나는 내가 죽게 될 것이라고는 조금도 생각할 수 없었지만, 그
래도 죽어야 될 것이라면 어떤 죽음을 택하게 될 것인가? 허긴,
목이 일순에 죄이며, 찬란한 불이 한번 태우며 눈꺼풀을 통해 빠
져나가게 될 것 같은 나뭇가지에 목째 대룽대룽 매달리는, 그런
죽음도 나쁘진 않을지도 모른다. 허긴 아니면, 무지개를 뿌리며
한번 나는 도끼날의, 저 싸늘함이 뜨거운 목을 일시에 동강을 내
버리는, 그래서 마음과 몸을 분리해내버리는 그 참수인들 나쁠

것인가? 허지만 아마 무엇보다도 한 대쯤의 담배는 필요하다. 한 모금 빨아들인 뒤, 그 연기를 마지막으로 뿜어내며, 자기가 숨쉬고 있다는 것을, 연기로 통해 숨을 보며, 하늘을 한번 올려다보고, 땅을 한번 굽어본다. 그럴 때의 하늘은 제길헐, 육실허게도 푸르겠지. 그 땅 아래엔 배고픈 굼벵이들이 고개를 내저으며 살 냄새를 맡는다. 허긴 그래, 이내[嵐氣] 속에 초가 짓고, 안개밭에 약초 심어, 동안 백발로 천년 살았으면도 싶지, 천년 한하고 말이지, 허긴 천년도 수유일 것을, 수유라도 좋은 것을. 꽃도 피는고야, 새도 우는고야, 어욱새 속새 덥가가모 백양속애 가기곳 가면, 누른해 흰달 가난비 굴근눈 쇼쇼리 바람 블제 뉘 한 잔 먹쟈 할고. 가을도 아닌데 아직은, 큰형장 저 울창한 숲에는 별들이 주렁주렁 익어 있구나. 나무를 올라가기만 한다면, 그 별들을 대번에 한 바구니쯤 딸 수도 있어 보인다. 그러면 그렇지, 그 별들로 술 담아 아랫목에 묻어놓고, 마당 귀퉁이 쌓인 낙엽 태우며 그 싸아한 냄새를 맡고 있자면, 체장사 돌아가며 가을도 깊겠다. 어디 구면만 친구이겠는가, 체장사 불러들여 잔 잡으면 그 또한 친구인데 낙엽 태워지는 연기 휩싸인 내 저승 마당으로 별 덧들이는 소리, 그것으로나 그렇지, 산(算) 놓아가며, 그렇지, 어느 녘 퍼부운 눈 가운데 푹 가라앉아버려도 좋을 것이다.

소가 고개를 쩔렁이며, 숨을 쉬익쉬익 불어낼 때마다, 그것은 그리고 계속해서 풍경 소리는 어두운 풀섶으로, 하늘의 이슬 속으로, 희게 구불탕거리고 기어간 길 위로 흩어져간다. 때로 어디 풀섶에서 우는 벌레 소리와, 새벽잠 없는 새 울음과 섞여서 그 풍경 소리는 가을볕 엷은 것처럼, 저 잠든 살들 속으로 스며들어, 그 수육(睡肉)들을 무르익게 한다. 그런 것을 들을 수 있다는 것은 그러나 얼마나 좋은가. 그러나 마부는, 소리들을 또한, 저 흔들리는 흐린 마등처럼, 눈으로나 보고 있을 것이었다. 듣지 못하는 귀, 말할 수 없는 혀, ——그는 하나의 수수께끼로 앉아서, 그저 고삐만을 잡고 있다. 그는 꽤 늙어, 환갑은 지났음에 틀림없어 보였던 것으로 나는, 그의 휘인 등을 돌아다보며 기억했다. 그래 그는, 나에겐 하나의 수수께끼였다. 그는 모든 것을, 보는 것, 감촉하는 것으로 눈치채고 있을 것이지만, 그 이해가 어떤 것인지 그는 말할 수가 없다. 그가, 어쩌다 소를 얼르느라고 내는 소리는, 그 스스로도 들을 수 없기 때문에도 그렇겠지만, 밤의 행여에 어울리잖게 턱없이 높거나, 째지는 듯한 소리였는데, 나로서는 그 의미를 알 수가 없었다. 그래도 그의 소는, 그의 분부를 이해하고 있음에 틀림없었다. 귀가 귀가 아닌 귀, 혀가 혀가 아닌 혀, 그 심정에는 대체 무엇이 괴어 있을 것인가.

안개가 조금씩 두터워지는 것으로 짐작컨대 새벽이 가까워지는 증거였고, 또 그만큼 여행했으면 유리가 멀지 않다는 증거이기도 했다.

나는 어쩌면, '말〔言語〕'에 대해 생각하고 있었던지도 모른다. 형체가 없으니 볼 수가 없는데도 불구하고, 발음이 되어진 말은 신비한 힘을 갖고 의사와 느낌을 전달해준다는 전제에서 말을 사고했던 선인들은, 분명히 혀와 귀를 의식하고 있었을 것이었다. 혀와 귀가 없다면 결국, 말은 그것의 신통성을 잃는 것이다. 허긴 그래서 그 선인들은 결국, 말을 사고의 재료로 삼았다가, 그것의 무의미를 판독해내버리기는 한다.

[31]"저 말은 음성으로부터 나와 귀에 들어오는 것인데, 보아야 형용도 없고, 또 음성도 마음과 뜻에서 나오는 것인데 마음과 뜻

도 또한 형상이 없는 것이다. 마음은 어디에 의지하는가? 사대를 의지하고 있는 것이니, 사대도 근본 이름이 없는 것이다 …… 이렇게 생각하면 모두가 공하여 있는 바가 없는 것이다.”

그러나 다른 편에서는, 존재 자체가 말에 의해서 드러나고 말에 의해서 운영되어오는 것처럼 믿어오고 있는 것이다. 신의 인현까지도 언어의 육화로 보는 것이다. 이 말은 그리고 귀나 혀에 의해 호소되어지는 것은 아닌 듯하다.

이 두 관계는 대단히 상반적인 듯하다. 한쪽에서는 어떻게든, 저 ‘보이지 않는 마력’을 육화하려고 애쓰고, 다른 편에선 그것을 어떻게든 때려부숴, 그 근원에 있어 존재까지도 부인하려고 든다. 한쪽에선 충전을 찾고 한쪽에선 진공을 성취하려고 한다. 그것은 이해키 어려운 듯하다. 그러나 해를 보면, 그것은 충전으로 하여 하늘을 비우고, 하늘을 비움으로 하여 가득 넘치게 한다.

아직도 유리에는 안개비나 내리고 있을 것인가.

유리가 가까워진다고 생각할수록, 어쩐지 마음의 동녘은 어두워들고 마음의 서녘은 밝아드는 듯이 느껴진다. 동녘의 계집의 밝았던 얼굴로 서녘 계집의 그늘이 어리고 든다. 유암에 덮인, 저 동녘 계집의 슬픈 울음 소리를 그러나 지금은 애써 들을 때는 아니다. 마음의 동녘이 지금 어둡지 않다면 서녘도 밝은 것이 아니다. 그 어둠 또한 소중한 것이어서, 거기서 빛이 젖을 빨고 누워 있는 것이다. 갈보년의 꾸둥진 꺼먼 젖꼭지, 더러운 듯한 냄새, 쉰 듯한 음성이 지금, 내 살을 끊게 하고, 모든 뼛속으로부터 정액을 공출하여, 치골 속에다 쌓아놓는다.

200

2

뜨르르 뜨르르 돌아왔소
품배 품배 돌아왔소
이 전 저 전 다 버리고
이눔의 전으로 돌아왔소

　여태도 내리는 안개비인지, 아니면 그저 그냥 새벽 안개인지
는 알 수 없으되, 어쨌든 유리의 새벽은, 안개에 덮여 지척이 분
간되지 않았다. 유리의 문전에서 짐수레는 머물렀는데, 코를 씩
씩 불어내는 소나, 하나의 불그스레한 등이나, 마부나, 또 나나,
안개 속에서는 그저 흐릿하고 모서리가 없어 보였으며, 도대체
실재 같지가 않아, 열나흘길 지나온 혼백들이 황천 문앞에 이른
것처럼 보이게 했다. 내 계집의 흰 망부석은 보이지 않았다. 하
매 세월이 그 동안 그렇게나 흘러 풍화 다 되고 사라졌는지도 모
르고, 아니면 손 흔들다 지쳐 돌아가 쉬고 있는지도 모른다. 그
러나 짐을 다 부려놓고 나면, 소와 마부는, 등대가 켜진 저 차안
으로 돌아갈 것이다. 짐을 내려놓기 전에 마부는 우선, 담배에
침을 이겨 곰방대에 담아 문 뒤 불을 붙이곤 안개인지 담배 연기
인지를 깊이깊이 들여마셨다가, 안개인지 담배 연기인지를 뿌옇
게 뿜어 내놓는다. 그가 그러는 동안에 나는, 장로네에서 꾸려준
짐을 끌어내렸는데, 그 속에는 내가 늘 끼고 다녔던, 해골도 들
어 있을 것이었다.
　나의 꾸러미 속엔, 대체 무엇이 들어 그렇게 무겁고, 덩치가

컸는지는 모르겠으되, 회당을 허는 공사판에서 짊어졌던 그중 무거운 짐과도 맞먹게, 그것의 멜빵이 내 어깨를 파고드는 것이었다. 어쨌든 나는, 저 침묵스런 마부께 합장해 절해 보이고, 소에게는 그것의 땀 젖은 목덜미를 한번 쓸어준 뒤, 마을로 들어섰다. 물론 입은 장옷의 얼굴가리개는 가려버렸고, 그래서 나는 유리로 온 것이었다.

글쎄 나는, 유리로, 온 것이었다.

그러는 새 어느덧 나는, 수도청 곁을 지나고는 있었다. 거기서는 걸음이 떼어 놓여지지 않아, 한동안 나를 잊고 멍청히 서 있었으나, 어쩌다 들리는 얕은 기침 소리밖에, 아직도 새벽잠이 훨씬 더 고달프게 깊어질 시각인 것이다. 아침 치고는 이건 좀 너무 이른 시간인 것이다. 심사대로만 한다면, 소리쳐 내 계집을 깨워내고도 싶었으나, 우선은 내 토굴로 돌아가, 늪전이라도 한번 어슬렁거려도 보고, 한 식경쯤 잠도 자두어 여독부터 씻어내는 것이 좋을 듯했다.

집이란 그런 것이고, 이상한 것이었다. 만약에 내가 토굴을 파 놓지 않았더라면 이 유리의 어디에 나는 내 짐을 부렸을 것인가. 맨 처음 왔었을 때와도 꼭 같이, 짐을 부릴 곳은커녕, 몸도 쉬일 곳이 없어, 어슬렁어슬렁 걸어다니다가, 다시 창녀를 만나든지, 아니면 존자님들을 만나게 될지도 모른다. 허긴 그러고 보면, 죽은 송장에겐 무덤이 필요없을지도 모르지만, 피 도는 몸에는 무덤이 필요하다. 거처가 없이 헤매면, 세상이 모두 나의 거처인 듯하지만, 그 세상의 어디도 또한 나의 거처는 아닌 것이다.

내 토굴 앞에 닿아 그러나 나는, 약간의 어리둥절함을 느끼지 않으면 안 되었다. 내가 해달아본 적 없는 거적문이 달리고, 출

입구가 알뜰히 손보아져 있는데다, 저 둔덕 위에 낚시꾼들을 위해 놓여졌던 반석이, 거적문 밑으로 옮겨져 와 있어서, 섬돌이며 문지방 대신을 하고 있었다. 내가 떠난 줄을 알고, 나 같았던 어떤 승객이 암자를 꾸몄거나, 아니면 어떤 돌중 나으리가 또 낚시질을 시작했을지도 모를 일이었다. 그렇다고 한다더라도, 그 토굴이 내 것이라고 지금에 와서 우겨댈 수도 없을 터인데, 그럴 줄 알았더면 젠장, 문패라도 하나 걸어놓고 떠났을 일인데. 그러니 어떤 객승이라도 머물고 있다면, 이젠 사막 가운데로나 나가 스승이 압살당한 바위 밑 그늘이나 좀 구걸할 일뿐이었다.

　허지만, 돌아서려다 내가 들여다본 그 방안에서는 우선, 씻지 않은 계집의 몸 냄새 같은 것이 확 끼쳐나오고, 뭔지 황톳물 같은 것이 웅덩이처럼 괴어 있어 보니, 피마자 기름 접시 위에서 반쪽짜리 앵두 같은 빛이 홀홀 흔들리고 있는데, 그것이 그 방안에다 황토를 이겨넣고 있었다. 그 접시는 그리고, 안벽의 나지막한 데를 파서, 고콜처럼 만들어놓은 곳에 놓여 있었다. 그 빛인지, 아니면 내 시선인지, 뭔지가 하여튼 진정되었을 때에야 내가 본 바닥엔, 뭔지 희끄무레한 두 몸뚱이가 서로 동떨어져 뒹굴어 자고 있는데, 역시 계집들이었고, 그중의 한 계집은 앓는지, 간헐적으로 희미하게 신음을 하거나, 목 쉬고 맥 없는 목소리로 뭔가 헛소리를 하고도 있었다. 이때의 내 가슴은, 광기와 이상스런 분노로 비등하고 있었다. 앓는 것은 글쎄, 내 계집이었으며, 앓는 것 옆에서도 꾸들어져 자던 것은 다른 수도부였던 것이다. 나는 화급했고, 그래서 보듬아본 계집은 시든 국화꽃 다발이었다. 아무 탄력도 육중함도 없이, 그것은 버스럭거리게 느껴질 정도로 야위고, 지쳐서 늘어지고 수액이 없어 꺼슬거리는데다, 의식

은 대체로 잃고 있었다. 그것은 죽어가고 있는 중이었다. 코에서
는 열 냄새만 끓어오르고, 때낀 얼굴엔, 흘러내린 눈물에 눈곱이
엉겨, 추했고, 그리고 안쓰러웠다.
"그 애는 밤이나 낮이나, 스님만 찾았답니다."
 누가 그렇게 말하고 있어 보니, 잠 깬 수도부가 옷을 여미고
있었다.
"헌데 이게 어떻게 된 일입니까? 참 어떻게 된 일이죠? 대체 어
떻게 된 일이오?" 나는 묻고 있었으나, 대체 누구에게 물었는지
는 모른다. 나는 이 계집이 슬펐다. 나는 계집을 꼭 싸안아, 내
속의 오열이 한 고비 되게 넘어갈 때까지나 안고 있다가 뉘어놓
고, 밖에 벗어놓았던 짐을 끌어들여 풀기 시작했다. 뭐든, 그 속
에, 이 계집의 병에 먹일 것이 있을 것도 같아서 그런 것이지만,
그것은 그냥 발버둥질이었다. 그 꾸러미 것이 전부, 화타네 약방
에서 꾸려진 것이었다고 쳐도, 병인을 모르고 뭣을 어쩌겠다는
것일 것인가마는, 그래도 그냥 뒤집어본 것이다.
 처음에, 한지에 곱게 싸여진 해골이 나오고, 여러 켤레의 무명
양말, 장옷 밑에 받쳐 입는 세 벌의 평상복, 두 벌의 장옷, 모포
두 장, 참기름 반 되쯤, 꿀 한 병, 소금과 간장, 산채 말린 것, 서
말쯤의 쌀, 내가 장보았던 멸치, 대덕용 성냥 한 갑, 여섯 자루
한 묶음의 대덕용 초 다섯 갑, 두 꾸러미의 계란, 두 되쯤의 미숫
가루, 내가 샀던 종이와 연필, 치분과 칫솔, 비누, 수건, 삭도 한
자루, 그리고 하나의 수수께끼 그것은 해골 속에 담겨 있었는데,
저 계란 모양의 하나의 육중한 비취 목걸이, 그것은 산 푸른 그
늘을 가슴에 사리고 있는 바다 빛깔이었다. 그것을 나는 그래,
본 적이 있었다——그 외에는 그러나, 영심환 한 알도 없었다.

"나두요 내막은 모르겠어두요, 비상을 좀 먹었나봐요, 물론 많이 먹은 건 아닌 듯하긴 해요."

나는, 눈앞이 어둡고 어지러웠다. 그래, 전에 나도 비상에 관해 이야기를 들은 적이 있었다.

"여기서는요, 약을 가진 스님은요, 촛불 스님밖엔 없는데요. 그 스님께 여러 번 가보구요, 그 스님도 와서 진맥도 해보았지만요, 비상에 쓰는 약이 그 스님에겐 없다구 하면서요, 있다더라두요, 늦었다고만 허시는 거예요, 그래도 우리들이 어떡해요, 읍에라도 데리구 가려 했어두요, 읍엔요, 절대로 가지 않겠다는 것이에요. 그것이 이 애의 마지막 소원이라면서요, 이 토굴에서 죽게요 해달라는 것이었답니다."

나는, 고개만 그저 병든 듯이 끄덕이고 있었다. 나도 읍을 생각하지 않은 것은 아니고, 게다가 아직도 어쩌면 저 짐수레편이 있을지도 모르고 있었지만, 그럼에도 나는, "여러 가지로 소승 심심히 감사드립니다. 하실 수 있으시면, 뭐 좀 가져가셔서, 미음이라도 좀 끓여다 주셨으면 더 없이 고맙겠습니다" 하고 말하고 있었다. 어쩌면 읍내에 그녀의 생명에의 구원이 있을지도 모르지만 어째선지 나는, 있을지도 모르는 구원을 차단해버리고 있었다. 허긴 너무 늦었을지도 모른다. 그러나 너무 늦었다는 이유만으로 한 생명이 경각에 달해 있는 것을, 그냥 내려다보고만 있는 일은 옳을 것인가? 이것은 아마도 나로서도 종내 이해할 수 없는 아집일 터인데, 나는 이 생명이 고통당하고 있는 것이나 지켜보려 하고 있으며, 그것도 더욱이 그녀와 나만의 은폐 속에서 지켜지기를 바라고나 있는 것이다. 나로서는, 그녀가, 자다가 깨어서도 불렀다는, 그 노래처럼, 죽어가다 살아나서, 저 정적한 세계의 마른 모래를 파삭파삭 딛고 다니기를, 진정으로 바라고 있는지 어쩐지 그것도 몰랐다. 나는 그저, 그것의 바짝 마른 입술에다 짠 눈물이나 떨어뜨려주고 있는 것이다.

"임자, 내가 왔소. 자 보구려. 내가 왔잖소. 자, 보구려."

내 속에서 오열이 아주 되게 몇 고비째 넘어가고 있었다. 그런 채로 나는 그냥 속만 다 썩어가는 고목이 다 돼서, 내 계집만 내려다보고 있었더니 이승 올 채비로 그러는지, 그녀가 한번 팔을 내두르며, 입술을 옴지락이더니, 눈을 반쯤 뜨는 것이었다. 그리곤 햴꼼 웃더니, 내가 아무리 속삭여도 내 말은 알아듣지도 못하고 햴꼼 웃은 그대로 돌이 되어버렸는데, 그 눈엔 빛이 없는 것도 있는 것도 아니었고, 감정이 있는 것도 없는 것도 아니었으며, 산 것도 죽은 것도 아니었다. 어쩌면, 간질을 일으키려던 그 애의 눈에, 한 찰나 떠올랐다던 그 고요로움이 이런 것은 아니었던지 모른다. 이 계집은 심정을 열어놓은 것도 닫은 것도 아니어서 중 떠난 절간처럼, 벽에 탱화만 걸리고 다른 데는 텅 비어 있었다. 그 탱화까지도 바람에 떨어져나간다면, 절은 완전히 비어 죽은 것이나 같을 것이었다.

그 귀에다 대고 나는, 내가 돌아왔다는 소리를 속삭여 넣었으나, 그러나 나의 속삭임은 그 소리 크기만한 되울림이 되어, 오히려 내 귓속으로 공허히 돌아오곤 했는데, 멀리 간 긴 꿈으로부터 아마도 그녀는, 몸만 먼저 돌아와서, 혼 돌아오기를 기다리고라도 있는 듯했다. 그 입술에다 나는, 수분을 흘려넣어도 보았지만, 그저 입 귀퉁이로나 흘려버릴 뿐이었다.

그런데 계집의 죽음빛 같던 얼굴에 아주 엷은 것이라고 할지라도, 조금 붉은 빛이 떠오르더니, 갈증난 듯이 입술을 옴지락거리고 있어서 그녀가 자다가 깨어, 어쩌면 시집살이 노래 같은 것이라도 부를지 모른다고, 나는 생각했는데, 이 세상 시집살이 고단키도 했을 것이어서 그랬다. 그러나 그녀는, 건구역질을 하더니, 뭔지 불그스레한 묽음을 입 귀퉁이로 흘려내며, 괴롭게 몸을 뒤트는 것이었다. 나는 다만, 그 모든 것을 지켜볼 수밖에, 나를 어떻게 꾸며야 할지를 모를 뿐이었다. 그러는 중에도 시간은 흐르고 물론 있었고, 나는 점차 멍청해져, 느낌을 잃고 있었다. 그런데, "시, 시님, 시님이 돌아오싰어라우이?" 그런 소리가 아주 조용하게, 먼데서 들려오고, 내 손이 누구의 손엔지 꼭 잡혀져 그것의 가슴 위에 옮겨져가고 있었다. 나도 혼을 보내버리고 있었던 모양이었다. "돌아오싰어라우이?"

"아, 암믄이지 임자, 암믄이야." 나는 그렇게 대답했었을 것이었다. 그녀는 배시시 웃고 있었다.

"시님이 전보당 히끈 더 튼튼헝 것 봉개 참 좋와라우." 그녀의 때 앉은 얼굴에는 눈물이 번지고 있었다.

"그래, 난 잘 지냈댔거든. 임자가 이러고 있을 때 말야." 나는 약간의 자조, 약간의 자학을 느꼈다.

"난 시님이 영 안 돌아오실 중만 알았제라우. 그람선도 노상 동구밖만 그림선 살았구만이라우."

내 계집은 너무도 초롱초롱히 말하기 시작해서, 거의 믿기어지지가 않았으나, 그녀의 눈은 이상스럽게도 맑고, 미소는 아름다웠다.

"임자, 임자가 말 안해도 말이지, 내 다 알고 있으니, 어디 뭐 좀 들고 힘을 내야겠지러이?"

"아니라우. 입맛이 없어라우. 머슬 묵으먼 소태맹이 씀선, 창시를 뒤틀어놓는구만이라우. 배도 안 고프고라우, 목도 마르덜 안 헌개, 날 기양 내삐리둠선, 시님만 보게 허시겨라우이? 그러시 겨라우이? 다른 건 모도 귀찮애라우." 그리고 그녀는 한 손을 뻗쳐 내 목에 감아 끌어당기려 하며, "헌디 여부, 임자는 워째 내 곁에 안 눕는대라우? 나 임자 품에 심씨이게 한 번만이라도 앵기 봤으면 고것만 바랬는디라우" 하고 말했다. "눈을 깜으먼이 라우, 워짠지 내가 차꼬 헐개겁음선, 동동 날아갈라고 허는디, 멀 좀 꽉 윙키잡았으먼 싶은디도라우, 그랄 디가 없어논개, 무섭 었어라우."

나는 그제서야 깨닫고 그녀 곁에 누우며, 내 모든 정성으로써 그녀를 포근히 안아주었더니, 계집이 그 깡마른 손을, 내 아랫도 리로 뻗쳐내리는 것이었다.

"당신은 말이지, 내가 참으로 잘 돌아왔는가, 그것이 궁금한 것 이지?"

그러자 계집은, 대답 대신 고개를 끄덕이는 시늉을 하더니, 한 번 헬꼼 웃곤, "그랑개 나도 예핀네라우. 실한 남정네가 배깥에 를 댕기왔잖애라우?"

난 그래 좀 웃었지만, 그녀가 바라는 대답을 나는 해줄 수가 없었다. 바를 정(正)자 세 개가, 호반의 햇빛 비치는 곳으로 와 그르 무너나는 것이 보이고, 골목의 그늘 쪽에서는, 한 마리의 수캐가 강간을 당하며 캥캥 짖는 소리가 들렸다. 그것은 그리고 또, 진하고도 깊은 습기, 두터운 열 같은 것이어서, 차라리 내 혼 의 수맥(水脈)이 아팠다.

나의 계집은 그러나, 말을 더 잇지는 않고, 몸이 아니라 마음 이 불편한 듯 눈을 감더니, 그런 채로 오래오래 있었다. 그 감은 눈꼬리에로 그런데 눈물이 계속해서 번져나고, 그것은 나중에 걷잡을 수 없는 오열로 변했다. 그녀는 뭔지를 자꾸 용서해달라고, 누구에겐지 빌고 있었다. 그러며 뭔지 떠듬떠듬, 그리고 거의 이해할 수 없는 데서 토막을 지어가며 하는 얘기를 들어보다가 나는, 앞에서가 아니라 내 등뒤로부터, 비수가 박혀들어, 내 염통을 꿰인 것을 알았다.

촛불중이 읍에서 돌아온 날로 내 계집에게 왔던 모양이었다. 그때 내 계집은, 내 토굴에 와 살며, 날 기다릴 양으로, 삽이나 괭이며를 가져다, 굴의 서투른 데를 고르기도 하고, 조금 더 파기도 한 뒤, 가마니를 가져다 문 해달고, 그러곤 이제, 중도에서라도 마음 변해 돌아오는 내 발자국 소리라도 들리지 않는가 귀 기울이며, 그러면서 그냥 노래나 부르며, 눈물이나 빠뜨리고 있었던 모양이었다.

"헌디 발자죽 소리가 들리라우. 헛들은 것이라고 생각헐람선도, 자꼬 귀가 지울러져라우. 발자죽 소리였어라우. 난 자랑시럽어 죽겄소이. 헌디 시님, 시님이 아니었어라우. 촛불 시님이어라우. 읍내서 왔단대라우. 시님 소석 각고 왔단구만이라우. 소석만 히어도 반갑아 들어오라고 히었네라우. 헌디 시님이 불 속으서 꾸어졌당만이요. 나는 그라장개 전더묵덜 못허게 어지럽어 엎우러져 울었네라우. 울었어라우. 그람선 보따리 싸각고 읍내로 갈랑개, 시님이 죽던 안허고라우, 쩔뚝거림선 워디로 갔다고 허요이. 워디로 간 중은 암도 몰룬대라우. 나는 그라장개 생객이 나는디, 시님 갈 디는 여그배끼 없을 것 겉여라우. ……헌디 나는 시님 볼 멘목이 없어라우. 그래도 요 이약은 히어야, 죽드래도 찌인 건 안 각고 죽을 것맹이요이. 난 인제 월매 안 남은 것 겉은

개요. 요롷게 정신이 초롱히어보기는 또 첨이라우. ……촛불 시
님이 말이라우, 한 봉대기 미숫가루하고라우, 계란 한 개를 내놓
아라우. 나는 왜 그라는가 허고 있응개요, 저랑 자자고 그러요
이. 그래 내가, 나는 임자 있는 몸잉개, 우리 동무들헌티나 가보
라고, 그래도라우, 징그럽게 웃음시나, 날 같은 똥깔보헌티 무신
정절이 있겄냠시나, 우악을 부리각고 날 씨러눕힐러고 허요이,
사정도 안 두고 쎄리팸선 쥐리를 틀고라우, 옷을 찢고라우, 머리
끄뎅이를 끄셔라우. 누가 말기줄 사램이 있으면 좋겄는디 없고
라우, 속으로 바뿜선 무섭고라우, 똑 죽겄는디, 본개 꽹이자루가
비는디도 영 손을 못 뻬치겄어라우. 허다못해 펄뚝을 물었더니
라우, 찔금험선 장깐 손을 풀어라우, 그람선 히히 웃고 일어나더
니라우, 요번에는 지 옷을 벗니라고 히어요. 맘으로 요때다 싶어
서라우, 얼렁 꽹이를 잡아쥐고라우, 찍었는디, 워디가 찍힜는지
는 몰라도라우, 고 시님 팩 씨러져 누움선, 뼈등개질을 쳐라우.
그라고 난개 내가 어지럽었는디, 워떻기 된 것인 중은 몰루겄어
라우."

　계집은 또 용서해달라고 말하고, 허공중에서 손을 휘젓더니
이었다.

"깨나 봤일 때는, 내 곁에 암껏도 없어라우. 아랫도리만 씨리라
우. 입 속도 데럽어라우. 본개 할캥이져서 피가 흐르는디, 뒤도
마찬가지라우. 시님, 워째라우, 내가 워째라우? 할캥여지고만
만 것이 아니었던개비라우. ……그래 내 고 밤새껏 울고라우,
죽을라고 히었구만이요."

　이 단계에 이르러 평생 처음으로 나는 마음을 비우는 노력을
해보았어야 되었다. 뭔지, 바람 아주 무서운 것이, 열두 삼태기

의 티끌을 몰아다, 내 마음속에다 끼어얹었으며, 나를 궂이게, 탁
하게, 살기로 덮어씌웠다.

"이 보구려." 난 납물이라도 마신 듯한 목구멍으로 이렇게만 말
했다. "우리 이제 뭐 좀 먹고, 힘을 내야 되잖을까? 내가 왔으니,
이제 걱정 없지."

"시님, 쪼꿈만 지다려줴기라우이? 참말이제, 내가 월매 남덜 안
형 것맹여라우. 요렇게나 정신이 말짱험선, 벨랑시럽게도 맴이
펭하시러요, 글씨 나는 쪼꿈 전에도 내가 죽어서라우, 저싱 갔던
꿈을 꿨구만이라우. 내가 지끔 살았잉개, 고걸 꿈이라고 히어야
겄지만이라우, 고건 참말 겉였어요. 거그는 여그보당 더 아늑험
선이라우, 좋와라우. 첨에 아매 혼차서라우, 무신 똑 여그 겉은
벌판에 있었는디라우, 그라장개 추운 생객이 듬선 울고자파도
요, 그라고 있응개 누가 와각고 나를 품에다 품어줘라우. 시님이
라고 생객히었구만이요이. 그라고 인제 높운 산도 기양 휘딱휘
딱 넘고라우, 눈에는 안 비는 것 하나도 없어라우. 헌디 잠이 와
서 자다 깨봉개, 또 여그로 왔어라우." 그리고 그녀는, 눈을 천
장으로 향했는데, 그녀는 아마도 꿈을 재현해보고 있는 것 같았
다. 그러자 그녀의 얼굴엔 별난 홍조가 어리어들고, 눈은 그늘
덮인 듯한데, 고요한 미소가 감돌기 시작한다. 그것이 그녀를,
사는 데 쪽으로 시선 돌리는 것을 저지하고 있는 것이라는 것을
나는 비로소 알아내고 있는 중이었다. 허지만 젊은 여인을 위해
서, 이승도 또한 그윽한 품을 열어놓고 있는 것이다. 흙을 따뜻
이 데우고, 생명에게 빛을 수혈해 넣는 저 태양으로부터, 빛나는
맑은 하늘로부터, 온정 깊은 대지로부터, 굶주림의 쓰라림과 병
고의 비통함으로부터, 그리고 사내들의 음탕한 시선들로부터,

도대체 어떻게 젊은 삶을 폐쇄시켜버릴 수가 있단 말인가. 그리고 무엇보다도 어머니이지 않으면 안 되는 것인데, 여업(女業)으로부터 사내를 초극하고, 그 사내를 싸아안은, 그 총화의 의미가 그것이기 때문이다. 그 모든 것들을 위해서 생명은 개방되지 않으면 안 되고, 그것들의 뜨거운 매질 아래에서 보다 오래, 보다 격렬히 꿈틀거리지 않으면 안 되는 것이다. 그런 뒤, 그래서 그런 뒤, 자기의 계절에 의해서, 자기의 생명이 폐허로이 되어가며, 불모가 끼어들 때, 그래서는 개방이 어느덧 폐쇄로 변해졌을 때, 그때 죽음을 하나의 개방으로서 맞지 않으면 안 되는 것이다. 저승은 그때, 굳게 닫은 문을 열어, 저 시들어진 삶을 받고 그래서는 새 활력을 수혈해 넣는 것이어야 하는 것이다. 그럼에도 이 계집은, 몸이 몸이 아닌 것을 몸으로 갖고, 마음도 또한 마음이 아닌 것을 갖고 있어서, 속진 앉을자리를 남겨놓고 있지 않은 것이었다.

"헌디 여부, 나는 워디 묻혔으면 좋을지를 시방은 알고 있구만이요이. 거그라우, 조그 조 배깥에, 시님 괴기 낚울라고 낚수줄 니렸던 디, 거그 고 바닥에 묻혔으면 좋겄어라우. 내가라우, 한 마리 괴기가 되먼이라우, 그려라우, 그려라우, 그러먼이라우, 고 괴기 낚와 촛불 시님헌티 비이고라우, 요 유리 후딱 떠나, 워디든 가서 잘 사시겨라우. 인제는 촛불 시님이 밉도 안헌 것이 참 요상체라우이?" 그리고 그녀는, 까슬히 돋은 내 턱수염을 어루만져보더니, "쉬염도 또 깎을 때가 됐는디라우" 하고 눈물 어린 눈으로 웃어 보였다. "그랴요, 나 인제 물괴기나 될라요이, 그래서나 시님이 멋 땜시로 벌받고 있단 것 내가 모도 갚았으면 싶어라우. 불쌍헌 낭군, 여부 시님, 나는 안 불쌍허고라우, 히어도 안

죽고 욕섬은 많아서라우. 나 워처키든 말여라우, 쪼꿈이라도우,
시님 좀 띄어각고 가고 싶어라우." 그녀는 그러며, 나를 자기의
깡마른 몸 위에로 끌어올리기를 희망하고 있었다. 그래서 나는
슬픔뿐인 몸을 그녀 위에 옮겨갔다.
"지얼 첨에 봤일 때보당도 임자는 더 튼튼히어라."
"그래, 난 잘 지냈었댔거든."
"임자는, 못 묵고 말랐임선도 색끌이었는디, 요래각고는 월매
나 심을 퍼내 써뻐리고 싶으께라우? 내가 그랑개, 인제는, 쪼꿈
이라도라우, 시님을 저싱으로 각고 갈 수가 있겠구만이라우이?
헌디 시님, 인제 넘헌티 해꾸지허지 말겨라우이, 나는 그랑개,
인제는 죽어도 좋겠네라우이. 시님 보고라우, 홀애비 되라고는
나 참말이제 안헐 것인개요……"
그런 얼마 후에 그런데, 무서운 수축이 조용하지만 격렬히 일
더니, 뛰는 내 귀두에서, 정액의 마지막 방울까지를 훑어 짜 뽑
아 가는 것이었다.
그녀는 죽은 것이었다.
수치와, 독한 울음이, 내 목구멍에서 핏덩어리가 되어 토해져
넘어오려 했다. 그러나 나는, 울지는 않았다. 그 죽은 몸으로부
터 내가 몸을 일으키자, 그녀의 몸은 허해지고, 비인 요니만 남
는 것이었다. 탐욕스러이 쥐어짜갔던 정액까지도, 그 죽음 속에
머물려 하질 않고, 시간을 걸려 흘러나오고 있었다. 몸으로부터
는 말〔言語〕이 떠나버렸고, 죽음은 그런 것이었다. 그러나 나는
울지는 않았다. 그 죽음에다 뭔지 수혈할 것이 있다면, 그리고
내것의 무엇인지를 줄 수 있는 것이 있다면, 그것은 하직의 말
〔言語〕뿐이었고, 그래서 그 말이 그녀의 저승방에 울려가기를 바

랄 수뿐이었다. 그래서 나는, 내 혀 끝을 이빨로 물어끊어, 피와
함께 그 죽음의 깊은 목구멍에다, 깊이 깊이 밀어넣어주었다. 내
가 애착하였던 것의 죽음에 바칠 산 희생, 산 제물이란 그것밖에
없던 것이다. 말을 나누는 것, 말을 저승 가운데로 울려 보내는
것, 그래서 이승에 앉아서도 그 혼령과 통화할 수 있는 것.
그것은 말뿐이었다.

3

글쎄 나는, 울지는 않았다. 미음을 끓여 소반에 받쳐 왔던, 저
죽은 옌네의 친구가 또한 그녀의 죽음을 알고, 울며 돌아갔다가
다른 친구들과 함께 와서, 곡비(哭婢)들처럼 울어댔으나, 나는
울지는 않았다. 그녀들은, 저 죽은 것을 목욕시키며 그녀에의 추
억을 넋두리해댔으나, 난 울지는 않았다. 나는 그저, 삽과 괭이
를 찾아들어, 그녀가 자기 묘지 삼기를 바랐던 바로 그 자리에,
그 흙을 퍼내기나 시작했다. 나는 울지는 않았다.
그리고 석양이 비꼈는데, 나는 저 싸늘한 것을, 수의도 없이,
알몸인 채, 두 팔에 안았다. 그녀의 친구들은 곡비들처럼 무덤전
에 둘러서 있었다. 내 팔 안엔, 이 세상에서 그중 아름다웠던 것
중의 한 개가 안겨 있고, 그 얼굴 위에로, 배꼽으로도, 석양이 눈
물처럼 번지고 들었다. 그녀의 눈은 감겨 있어서 자는 것 같았
다. 나는 울지는 않았다. 그것은 싸늘했으며 공허했다.
나는 그리고, 저 고왔던 것을 안은 채, 무덤으로 내려갔다. 흙
으로 돌아갈 것임을, 흙을 취했었음을, 돌아갈 것임을, 흙으로여.

214

　그러나 아직 나는, 흙을 밀어 저 벗은 몸을 덮어주지는 않았다. 그런 대신 나는, 그녀의 머리를 내 무릎에 괴어놓고, 그 무덤에 앉아버렸다. 그리하여 이제, 그 죽음 속에 울려보낸, 내 혀의 말로 하여, 몸 떠난 그녀와 이야기하려는 것이다.
　흙이여, 너의 젖으로 키운 것 중에, 그중 어여쁜 것 하나가 네게 돌아갔으니, 저 보석으로 하여, 너의 부가 더해졌겠구나. 흙이여, 이제는 그대 가슴은 안온히할 때인 것이다. 그러나 나는 울지는 않았고, 울지는 않았다.

제 4 장

제 23 일

1

(32)오, 고매하게 태어났었던 여인이여, 이제 그대의 숨이 멈췄으니, 지금부터 진실로 그대의 나아갈 길을 찾을 때에 온 것이다. 그대에게 애정을 깊이하고 있는 사내 하나가, 맑은 빛 앞에 그대와 대면하고 있으니 이것은 그대가 죽음과 재생 사이로 내려간 상태에서, 거기의 현실을 직시해야 할 때인 것이다. 그대가 처한 상태를 바르도라고 하느니라(91). 비록 그대 죽었으나, 그대의 눈은 형체들을 볼 것이고, 그대의 귀는 소리들을 들을 것이며, 그리고 그대 감각의 모든 기관은 조금도 약화되어 있지 않을 것이고, 대단히 예민하며, 완전무결한 채일 것이다. 그런 이유로 바르도에 처한 몸은 모든 감각 능력의 집단이라고 말되어지는 것이다(160).

그러나 그대는, 나의 비통해함을 들으며, 또한 나의 간곡한 일러줌을 들으며, "아 내가 죽은 것이 아닌가, 내가 어떻게 해야 할 것인가?"라고 생각하고는, 물에서 낚여나온 고기가 붉고 뜨거운 숯불에 던지어진 것처럼, 참을 수 없는 고통을 깨달아낼 것이지만, 그러한 고통을 느껴낸다는 일은 그대에게 지금 아무 유익함도 없는 것이다(160).

지금 그대의 몸은, 저 조악한 사대의 집적으로서의 몸이 아니었던 몸으로부터 분리된, 무장애의 운동이라고 불리울 그런 것으로서 있는데, 그러므로 그대는 이제, 아무리 험한 바위산이나, 언덕이나, 땅이나, 집들이나, 비록 수미산 꼭대기에라도 단숨에 치달려갈 그 힘을 가진 것이다. 이러한 힘은 업과에 의해 얻어진 것인데(158), 고매하게 태어났던 여인이여, 그러므로, 나의 가르침을 기억하라, 기억하라 나의 지시함을.

2

오 고매하게 태어났었던 여인이여, 주의를 다하고, 흐트러짐 없는 마음으로 들을지어다. 그대가 처한 거기는, 여섯 상태의 바르도가 있나니, 자궁 속에 있을 때와 같은 자연 상태의 바르도가 그 하나며, 몽환 상태의 바르도가 그 둘이며, 깊은 사색에서 얻은 초월의 평정으로서의 바르도가 그 셋이며, 죽음의 순간의 바르도가 그 넷이며, 죽고 난 뒤에 실다움의 경험으로서의 바르도가 그 다섯이며, 저 속세적 삶의 역진행의 바르도가 그 여섯번째의 것인 것이다. 그대는 그리하여 세 개의 바르도를 경험하게 될 터인데, 저 죽음의 순간의 바르도, 실다운 경험으로서의 바르도,

그리고 재생을 찾으려면서 처하게 될 바르도인 것이다. 그리고
이 셋의 바르도에서, 그대는 이미 첫 바르도는 경험해버린 것이
다. 저 진실의 맑은 빛이 그대 위에 머물렀음에도, 그대 만약 그
것을 포착키에 불가능하였다면, 그대는 지금 방황하고 있는 것
이다. 그리하여 그대는 나머지 두 바르도를 경험하게 되리라
(102).

오 고매하게 태어났었던 여인이여, 그대는 이제 이 세계로부
터 떠나고 있구나. 그러나 그대 혼자만이 죽음을 당하는 것은 아
니다. 그것은 누구에게나, 모든 것 위에 오는 것이다. 집착과 연
약함으로 인하여 생명에 달라붙으려 하지 마라. 비록 그대가 악
착같이 달라붙는다 하더라도, 그대는 이미 이승에 남아 있을 힘
을 잃고 있는 것이다. 그대의 의지는, 이 풍진 세상 배회하는 그
것 말고 다른 아무것도 얻지 못하리라. 약한 마음으로 이승에 집
착치 마라.

오 고매하게 태어났었던 여인이여, 어떠한 공포, 어떠한 무서
움이 그대를 덮어씌울지라도, 이제부터 하는 말을 잊지 말고, 그
말의 뜻을 가슴에 간직하여 앞으로 나아가라. 거기에 인지(認知)
의 주된 비밀이 간직되어 있기 때문이다.

　　오호라, 생각에서 비롯되는 모든 공포와 무서움과 외경스러
운 악령들을 거느린
　　실재에의 불확실한 경험이 여기 내 위에 내렸을 때,
　　어떠한 광경도 그것이 내 자신의 (이승에서의) 의식의 반영
이라고 내가 인지할 수 있게 하옵시고,
　　나로 하여금, 그러한 허상들은, 바르도에서는 저절로 나타

나는 것이라고 알게 합소서.

한 위대한 종말로 다가가고 있는 모든 중요한 순간에 처할 때마다.

나로 하여금, 내 자신의 생각으로 이룬, 평화에 충만했거나 분노에 날뛰는 신위(神位)들 일당에 대해 놀라게 하지 맙소서.

또록또록하게, 그대는 이 게송을 늘 반복하라. 그리고 앞을 향해 나아가라. 오 고매하게 태임받은 여인이여, 그것에 의해서만 어떤 외경스런 광경이든, 어떤 종류의 무서움의 출현이든, 분명히 그 정체를 인지할 수 있을 것이다(103).

오 고매하게 태어났었던 여인이여, 그대의 몸이 마음과 분리되고 있었을 때, 그대는 분명히 저 포착키 어려운, 튀기는 듯이 빛나는 현란하고 장엄한, 그리고 무섭도록 찬란한 한 순수한 진리의 섬광을 경험했었을 것인데, 그것은 하나의 계속되는 진동의 흐름 속에서, 봄에, 하나의 신기루가 펼쳐져 한 풍경으로 가로놓여져 있는 것과 같았으리라.

그러나 그것 때문에 의기소침치 마라. 무서워도 말고, 외경스러워도 마라. 그것은 그대 자신의 실다운 자연의 발광(發光)인 것이다. 그것을 인지하라.

저 발광의 가운데로부터, 천의 뇌우가 스치며 동시적으로 천둥 치는 것과 같이, 실다운 자연 그대로의 소리가 울려퍼질 것인데, 그것은 그대 자신만의 실다운 자아의 자연 그대로의 소리인 것이다. 그것 때문에 의기소침도 말고, 무서워도 말지어다.

그리하여 지금 그대가 갖고 있는 몸은, 그대 성향(性向)의 마음의 몸 또는 생각의 몸이라고 부를 그런 것으로 된 것이다. 그

대가 살과 피의 물질적 몸을 갖지 않게 된 그때부터, 무엇이 그
대에게 오든, 가령 저 세 가지의 전부, 소리라든가 빛이라든가
번득임 같은 것들이라도, 그대를 해칠 수는 없을 것인데, 왜냐하
면 그대는 이제 두 번 죽을 수는 없기 때문이다. 저러한 환영들
은 그대 자신의 염태(念態)라고 하는 것을 알아두라(104).

3

　나는 어찌하여, 햇볕만 먹고도 토실거리는 과육이 못되고, 이
슬만 먹고도 노래만 잘 뽑는 귀뚜라미는 못되고, 풀잎만 먹고도
근력만 좋은 당나귀는 못되고, 바람만 쐬이고도 혈색이 좋은 꽃
송이는 못되고, 거품만 먹고도 영롱히 굳어만지는 진주는 못되
고, 조락(凋落)만 먹고도 생성의 젖이 되는 겨울은 못되고, 눈물
만 먹고도 살이 찌는 눈밑 사마귀는 못되고, 수풀 그늘만 먹고도
밝기만 밝은 달은 못되고, 비계 없는 신앙만 먹고도 만년 비대해
져가는 신(神)은 못되고, 똥만 먹고도 피둥대는 구더기는 못되
고, 세월만 먹고도 성성이는 백송은 못되고, 각혈만 받아서도 곱
기만 한 진달래는 못되고, 쇠를 먹고도 이만 성한 녹은 못되고,
가시만 덮고도 후끈해하는 장미꽃은 못되고, 때에 덮여서야 맑
아지는 골동품은 못되고, 나는 어찌하여 그렇게도 못되고, 나는
어찌하여 이렇게 되었는가? 유정 중에서 영장이라고 내 자부했
던 사람, 허나 어찌하여 나는, 흙 속의 습기 속으로만 파고드는
지렁이도 흘리지 않는 눈물을 흘려야 하는가. 된 밤은 마른 풀
서걱이는 둔덕으로 차게 이슬져 내리기만 하는데, 내 아낙 떠나

바르도 헤매고 있네라. 나 이제 말할 수 없으나, 네 가슴에 꽂힌 혀끝의 아픔으로 너의 길잡이 떠났으니, 누이여, 저 모진 밤, 궂은 소로, 그러나 너무 서러워 말지다. 내 신부여, 그러나 넌 한 마디의 울림도 보내지 않고, 무덤인, 무덤인 이 얄미로운 여인아, 바람길에라도 너는 한 마디의 기별도 없고, 나는 뜻뿐인, 말이 말이 아닌 말을 짖어대고 있는데, 그러는 사이, 하릴없이 밤도 지새어, 너 죽은 지 이틀째.

4

오 고매하게 태어났었던 여인이여, 그대는 참으로 오랫동안 혼도에 처해 지냈도다. 혼도에 처하면 찰나도 사흘하고도 한나절 정도로나 생각하는 것이다. 그러나 그대가 이 혼도로부터 회복되는 대로, 그대는 생각하리라. "이것이 어떻게 된 일인가?"

그렇게 하라. 그러면 바르도를 인식하게 되리라. 그 순간, 이승 살았던 모든 경험이 되살아나 그대를 혼도시키려 하리라. 그러면 그대는, 광휘와 신위들을 보게 될 것인바, 그것은 자연 현상의 나타남일레라. 저 전체의 하늘이 우선 깊은 청색으로 나타날 것이다.

그러면, 저 중앙계로부터, 씨 뿌리는 자로 불리우는 자가, 흰색으로, 사자(獅子)의 옥좌에, 여덟 살진 바퀴를 손에 쥐고, 그리고 천공의 어머니의 포옹을 받으며, 그 자신을 그대에게 요연히 나타내 보이리라(105).

모든 집합된 질료, 또는 의식이, 그것 자체의 원초적 상태로

용해되어간 그것을 이제 푸른 빛이라고 하는 것이다.

저 지혜는, 푸른색으로, 빛나며, 현란한데, 아버지—어머니의 심장으로부터, 그대가 그것을 쳐다보기에 거의 어려울, 그렇게나 휘황한 빛으로 그대에 대항하여 나오며 치게 될 것이다.

그것을 함께하여, 제바[提婆]로부터 흐린 흰빛이 또한 빛날 터인데, 그것이 또한 그대의 앞을 거슬러 그대를 치리라.

그래서, 악업(惡業)의 힘에 의해, 저 광영스러운 지혜의 푸른 빛이 그대에게 공포와 무서움을 만들어낼 터인바, 그대는 그것으로부터 도망치려 할 것이다. 그대는 그리하여 제바의 둔한 흰 빛을 호집(好執)하려 할 것이다.

이 단계에 이르르면, 빛나며, 현란하고, 광영스러움으로 나타날 저 신성스런 푸른 빛에 의하여, 그대는 반드시 외경스럽지도, 깜짝 놀라지도 않으리라. 그것은 한 위대한 불광(佛光)인바, 지혜의 빛이라고 불리울 것이다. 그대의 충심을 거기에 다하고, 흔들림 없이 믿고, 그것에 기도하고, 바르도의 험난스러운 소로에 있을 때, 그대를 영접하기 위하여 오고 있는 저 중앙계에 거하는 씨 뿌리는 자의 가슴으로부터 나온 빛이라고, 그대 마음으로 생각하라. 그 빛은 은혜의 빛이니라.

제바의 저 흐린 흰빛에 애착치 마라. 그것에 접근치도 말고, 약하지도 마라. 만약에 그대가 그 빛에 접착(接着)되어졌다면, 그대는 제바의 땅을 배회해야 될 것이며, 그리하여 육도(六道)의 소용돌이 속에 던지어질 것이다. 그것은 자유에로의 그대의 통로를 차단하는 장애인 것이다. 그것을 보지 마라. 충심을 다하여, 다만 저 푸른 빛만을 보라(107).

제 24 일

1

그런데 정말, 세월도 너무 흘러싼다. 정말 너무 흘러싼다. 그런데 흘러싼다. 이 모진 여인아, 네가 이렇게나 변했구나. 구릿빛으로 살아서 밝던 얼굴이, 가짓빛으로 죽어서 어둡구나. 바람은 분 적도 없는데 모래는 허물어져내려, 너 감은 우묵한 눈에도 고이고, 귀에도 고이고, 배꼽에도 고였구나, 콧구멍으로부터는 묽은 붉음이 흘러내리기 시작하고 거기 쉬임없이 파리가 끓어도, 글쎄 이 모진 여편네야, 넌 손 한번 휘저을 줄을 모르지 않는가. 흙 위를 걷던 너는 정도 많고 눈물도 많아 아름다웠었는데, 못다 부르고 가져간 노래는 언제 다 잠깨워 이승으로 불러 보내려 하느냐. 삶은, 슬프지만 깊은 노래이거늘. 작용력이란 보지 않아도 추악한 것이어서 그 추악함으로 존재의 아름다움을 질투하여, 수줍은 듯이 반짝이며 소망으로 음탕하던 눈엔 먼지와 거미줄을 얹고, 햇빛과 맑은 바람으로 뜨거운 피를 뿜던 염통엔 그늘을 드리워 박쥐의 낮잠을 두터이하며, 저 요니의, 향불 쉬임없이 타던 향로에는 황천 어디로부터 흘러온 독수(毒水)의 썩은 것을 고이게 하여, 삶의 냄새는 구역질 같은 것이라고 일러준다. 작용하는 힘은, 사랑이 아니며, 그것은 진노 같은 것이며, 질투 같은 것이며, 파괴 자체이구나. 땅 위에 서서 있던 실체를 땅 아래 깔고, 땅 아래 누워 있던 그림자를 일으켜세우는, 전도와 번

복의 소용돌이, 무서운 소용돌이.

2

오 고매하게 태어났었던 여인이여, 산만함 없이 들을지어다. 지금은 그대 앞에, 물만의 순수한 형체가 흰빛처럼 빛나리라 (108). 그것은 그대 의식의 본체의 집적, 지각자(知覺者), 그것은 그것의 순수한 형태를 꾸며온 것인데, 그것 또한 현란히 번쩍이며 투명한데다 휘황스러워, 그대 가히 쳐다볼 수 없을 것이다. 그것을 명경 같은 지혜의 빛이라고 할 것인데, 그것이 또한 그대를 대항하여 치리라, 그러면 한 둔한, 연기색 빛이 지옥으로부터 나타나, 저 명경 같은 지혜의 빛과 같이하여 그대를 또한 치리라.

그러면, 분노에 따르는 업력을 통하여, 그대는 저 현란한 흰빛에 대해 공포를 느끼고 깜짝 놀라며, 그것으로부터 도망치려 할 것이다. 그러면서 그대는 지옥으로부터 흘러나온, 저 둔한 연기색 빛깔에 호착(好着)하려 할 터인데, 그러나 그 빛에 탐착치 마라. 왜냐하면, 맹렬한 분노로 하여 뭉쳐진 악업의 힘으로 하여 그것은 그대를 지옥에 처넣어버릴 것이기 때문이다. 지옥의 저 끝없는 고통의 그 극한 것을 생각하여보라. 그대는 다시는 헤어나지 못하리라.

허지만 저 빛나고 찬연하며 맑은 흰빛을 좇는다면, 종내 그대는 공포를 여의게 되리라. 그것은 은혜의 빛이지만, 지옥의 빛은 그대의 자유에로의 통로를 차단하는 장애로서 놓여진 것이다.

저 지옥의 빛은 보지 마라. 분노를 회피하라. 그것에 미혹되지도
말고, 약하지도 마라. 그러면 그대는 이 경계를 벗어나리라
(109).

3

저녁에, 내 아낙의 친구들은 한번 더 곡하고 가고, 그녀들은
물론, 망인을 위해서나 생인을 위해서나, 젯밥을 지어와, 내 아
낙의 머리맡에 놓아주었었다. 별빛 아래서, 나는 그것을, 혀가
태워지는 아픔으로 먹으며 자꾸 흐려져와 버려서, 어둠 속에서
도 희게 돋아올라왔던, 그 얼굴을 잃은 얼굴을 내려다보기만 했
다. 그녀 목구멍으로 넘어갔을 내 혀의 조금으로 하여금 나는 모
든 말을 대신할 수 있게 된 이 하나의 행복 말고는, 내겐 밤뿐이
었다. 끝없는 밤의 계속, 계속되는 밤.

제 25 일

1

[33]가시나무 가운데 백합화 같던 화육(花肉)이 냄새를 풍기기
시작한 지 사흘. 아름답던 살이 진구렁같이 변하고, 비둘기 같던

너의 눈이 썩음을 흘린다. 산기슭에 누운 무리 염소 같던 네 머리털에서도 윤기는 사라지고, 홍색실같이 어여쁘던 네 입술에서는 무상이, 고운 소리만을 위해 열렸던 귀에는 때[歲月]가 처넣어져 때[垢]가 흐른다. 석류 한쪽 같던 붉은 뺨은 조락된 지 나흘. 망대 같던 너의 목에 사자의 멍에 메인 지 또 나흘. 백합화 가운데서 꿀을 먹는 쌍태 노루새끼 같던 네 두 유방의 젖꼭지는 검게 솔고, 썩은 포도주를 넣은 둥근 잔 같은 배꼽에는 바람도 없이 날려든 모래가 썩은 포도주처럼 괴어 있다. 백합화로 두른 밀단 같던 허리도 이완된 창자로 하여 펴느려지고, 둥글어서, 공교한 장색의 만든 구슬꿰미 같던 너의 넓적다리에서는, 분만도 없이 하혈만 있으니, 윤회가 그대를 갈[耕]고, 포도주에 지나던 너의 사랑은, 각양 향품보다 승하던 너의 기름의 향기는, 죽은 지 나흘에 악취로 변했도다. 사대가 그대를 취해버리는구나. 불은 소진했으며, 물은 본원으로 돌아가고, 숨은 불려가버렸으니, 널 껴안는다 하더라도 한줌의 흙, 흙뿐이겠구나. 그리하여 너는 잠근 동산이요, 덮은 우물이요, 봉해버린 샘이 되어버렸다.

2

오 고매하게 태어났었던 여인이여, 악업과 자만으로 하여 아직도 저 장애를 뛰어넘지 못하였다면, 다시 흐트러짐 없는 마음으로 들으라. 그대는 지금 대지의 원소의 원초적 형태가 노란 빛으로 아주 맑게 빛나는 것을 볼 것인바(110), 그것은 평등한 지혜의 빛이니라. 그 빛 또한 그대에 대항하여 치리라. 그때 또한,

저 인간 세상으로부터, 흐린 청황색 빛이 나타나, 그대의 마음에 대항하여 칠 것이다.

그래서 그대는, 아만(我慢)의 업력에 의하여, 저 찬연한 맑은 노란 빛에 겁내고, 그것으로부터 도망치며 인간 세상으로부터 흘러나온 저 흐린 청황색 빛을 집착하리라.

그러나 만약에 그대가, 저 맑고 찬연한 노란 빛에 대하여 공포를 느끼기보다, 성품을 다하고 충심을 다하여 그대가 그 안에 머문다면, 성신의 몸과 빛이 그대에게 임하리라. 그것은 은혜의 빛인 것이다(111).

부탁하노니, 오 고매하게 태임받은 여인이여, 이 단계에 유혹되지 말지어다. 절대로, 사람의 세상으로부터 흘러나온, 저 둔한 청황색 빛의 부나비가 되지 말지어다. 그것은 그대 자신의 맹렬한 자만의 덩이가 처한 길이다. 그대가 그것에 미혹되어진다면, 오 고매한 여인이여, 그대는 다시 한번 인간으로 태어나서, 저 생로병사에 고통당하지 않으면 안 될 것이다(112).

3

그러나 어쩐 일이 일어난 것인가? 어쩐 일이 일어난 것인가? 가령, 달이 잠겨 있던 샘에서, 그 샘 속의 달만 둥둥 떠나고 샘만 남아버렸다면 그것은 어쩐 일일 것인가? 가령, 한 폭의 산수도 속에서, 산수는 떠나버리고 빈 화폭만 남았다면, 그때 무슨 일이 일어난 것인가? 가령 또 어쭙잖은 부엌데기가 월후 때 깔고 앉았던 빗자루에서, 밤에, 그 월후만 도깨비가 되어 떠나버리고 빗

자루만 남았다면, 그건 어쩐 일인가? 또 만약에, 꿀에서 단 것만 빠져나가고 묽음만 남았다면, 어쩐 일인가, 그것은? 또, 늘 푸른 소나무에서 푸른색만 빠져 푸르게 푸르게 뭉쳐 흘러가버리고 나무만 남겼다면, 어쩐 일인가, 그것은? 타오르던 모닥불에서 붉고 노란 빛만 빠져나가고 아직도 불이 뜨겁게 타고 있다면 어쩐 일인가 또? 또 가령, 뛰던 암노루에게서, 뜀박질만 암노루 모양으로 떠나 버리고, 고기만 암노루 모양으로 남겼다면 그것은 어쩐 일인가? 꿈틀거리는 꽃뱀으로부터 시간만 냉연스리 꽃뱀 모양으로 분리되어버리고 굳어 못 움직이는 꽃뱀 모양의 운동만 남겼다면, 거기엔 무슨 일이 일어난 것인가? 바위에서는 견고함만 빠져 가벼이 가시덤불처럼 굴러다니고, 다만 육중함만을 남겼다면, 또 무슨 일인가? 소리들에서 소리가 빠져나가고, 소리의 빈 윤곽만 남겼다면, 소금은 또 형체를 잃고 짜거움만 남겼다면, 제기랄, 그것은 무슨 변괴인가?

허기는, 수사자들은, 물 속에 잠겨 그림을 잃고 화폭만 남기는 수채화모양, 허긴 뼈만 남기기는 한다. 허기는 쉬지 않고 우는 새는, 소리를 잃은 껍질만으로서 존재하기는 한다. 계속 타는 태양 또한, 색깔을 잃은 숯검정만 남기기는 한다. 강 속에 그늘을 빠뜨린 산은, 영을 잃은 시체일 뿐이기는 하다.

그래 흙을 보면, 그것은 나무로, 꽃으로, 풀잎으로 모두 떠나버려서, 흙밖에 남기는 것이 없기는 하다.

그래 물을 보면, 그것은 모든 견고함으로부터 떠나서, 모든 형태로부터 떠나서, 그리고 모든 건조함으로부터 떠나서, 또한 어떤 장애나 집착으로부터도 떠나서, 비록 웅덩이에 갇혔어도 그것이 형체가 아니며, 견고함이 아닌, 그래서 물만을 남기기는 한다.

그래 불을 보면, 그것은 형체에, 습기에, 바람에 달라붙으려는 의지로 그러나 떠나고 있으면서, 형체에, 습기에, 바람에 애착함이 없는, 그래서 불인 것이다.

그래 바람을 보면, 대기를 보면, 그것은 흙으로부터, 물로부터, 불로부터, 완전히 떠나 바람뿐인 것이다.

그렇게도 내 아낙은, 자기의 혼령을 앉혔던 그 자리로부터 종내 일어나버리던 것이다. 혼백과 몸이 함께 거해 내 아낙이었던 계집의, 이제는 몸 또한 내 아낙은 아니며, 혼령 또한 내 계집은 아니게 되어버린 것이다. 그녀는 나의 간곡한 부탁에도 불구하고, 오히려 저 생로병사의 저 인간 세상의 고해에 집착해버리고, 그러나 아직 열린 모태도 없는 허공중으로 떠올랐다. 그녀는, 저 맑은 노란 빛의 침공에 두려워하고, 그것이 자기 지혜의, 그리고 자기의 참된 빛인 것을 외면하고, 저 흐린 청황색 빛에 탐닉하여 합류해 버렸다. 그러자 그녀 내부의 탁한 청황색 빛이 그녀의 몸 속으로부터, 그녀의 몸의 형상으로 일어나더니, 뭔지 몸과 그 혼령 사이의 줄이 끊기자, 둥둥 빈 곳으로 떠올랐었다. 그러한 분리는 그러나, 조금도 이상스러이 행해지는 것은 아니었다. 그런 뒤 그것은 저 검푸른 밤하늘을 한없이 방황하더니, 결국 모태를 찾지 못하고 돌아와, 종내 나직이 내 머리 위로 내려와, 내 양미간을 바로하여 조용히 떠 있었다. 그리하여 나는, 그녀의 업과와 아집이, 순전히 한 사내에의 애착으로 하여 짜여넣어진 것을 알았다. 그녀는 그 애착을 여의었던 것이 좋았을 것을. 그러나 그대 정처 없는 속집(俗執)의 고혼이여, 그러나 그러면 마음을 다하여 산만함 없이, 다시 나의 가르침을 들으라. 이것은 그대가 들어가 닫을 자궁을 찾아야 하는, 그 시급한 때인 것이다. 자 나의 여인이여, 그러면 이것을 명심하라, 명심하라. 당황하거나 약하지 마라.

> 선업의 고리에 끼어들어 나를 지속시킬
> 하나의 확고부동한 마음을 견지하고,
> 자궁의 문으로 다가가자, 그리고 대우(對偶)를 명심하자.
> 지금은 진지한 마음가짐과 순수한 애정이 필요한 그 시각이 아닌가
> 질투를 버리고, 아버지ー어머니 위에서 명상하자.

그대는, 그대의 입술에 명료하게 이것을 반복하라(176). 그리고 그 의미를 생생하게 기억하고, 그 위에서 명상하라. 이것을 실제에 응용한다는 것은 필수적인 것이다. 이 상태에 처하면, 비록 그대가 물 속이나 거울 속을 들여다본다고 하더라도, 그대 자신의 얼굴이나 몸의 반영 또는 그림자를 볼 수는 없을 것이다. 왜냐하면 그대는, 살과 피의 저 물질적 조악한 몸을 벗어버린 것이기 때문이다.

그러나 이 순간, 일단의 산만함도 없이, 하나의 확고부동한 마음으로 한 형태를 그대의 마음 안에 갖지 않으면 안 된다. 그대 마음속에 용해된 한 형태는 지금 대단히 중요하다. 그것은 말을 몰기 위한 고삐 같은 것이다.

그대가 무엇을 원하든, 그것은 그대에게 왔다가는 사라질 것이다. 그대 마음의 행로를 바꿀 어떠한 악행을 두고는 생각지 말라. 다만 선행으로 나아갈 것만을 준비하라. 그것보다도 더 중요

한 것은 없는 것이다. 절대로 주의를 흐트리지 말지어다. 위로 오르는가, 밑으로 내려가는가, 그 분계선이 지금 여기에 있다. 만약에 그대가 일각이라도 우유부단한다면, 그대는 아주 길고도 긴 세월을 참을 수 없는 고통에 당하지 않으면 안 된다. 그대는 지금 그 찰나에 와 있다. 하나의 목적을 재빨리 붙잡으라. 선행의 고리에 그대를 참여시키기를 악착으로써 하라(177).

제 26 일

1

오 고매하게 태어났었던 여인이여, 그러면 지금은 그대가 태어날 대륙을 결정할 때이다. 그러므로 잘 듣고, 이것을 마음에 간직하며, 그대 초력적인 시선으로 굽어살펴 잘 관찰하고 결정하라.

만약에 그대가 서쪽 대륙을 그대 태어날 곳으로 하여 본다면, 암수의 말들이 그 둔덕에서 풀을 뜯으며, 그 수면을 아름답게 보이게 하는 하나의 호수를 보리라. 허지만 거기로는 가지 마라. 여기로 돌아오라. 비록 부유와 풍요가 거기 있다고 하더라도, 도(道)가 거기서는 우세하고 있지 못한 땅인 것이다.

만약에 그대가 북쪽 대륙을 또한 그대 태어날 곳으로 하여 본다면, 암수의 소들이 풀을 뜯거나, 우거진 나무들이 그 둔덕을

아름답게 해 보이는 하나의 호수를 또한 보리라. 거기 비록 장수
(長壽)와 후덕함이 있음에도 불구하고 아직 그 대륙에도 또한 도
가 우세하고 있지 못한 것이다. 그러므로 거기로도 들지 마라.

만약에 남녘 대륙을 태어날 곳으로 택한다면, 기쁨에 넘친 아
주 훌륭한 큰 저택을 보게 되리라. 비어 있는 곳이 있으면, 그대
거기로 들라.

그리하여 그대가 만약에 동쪽 대륙을 태어날 곳으로 하여 본
다면 암수의 백조들이 호수에 떠 있어, 그 수면을 아름답게 보이
게 하는 한 호수를 또한 볼 것이다. 비록 거기 은총과 안식이 있
다고 할지라도, 또한 도가 우세하지 못한 땅이라, 거기도 들 곳
이 못되느니라(184).

2

그러나 저 혼의 계집은, 거기 복락과 안식의 징조로 보이는,
백조의 암수들이 떠 희게 흐르는, 저 대륙으로 머리를 둘러, 종
내 거기로부터 시선을 거두려 하질 않았다. 어찌하여 그대는, 제
바의 세계는 저어하며 어찌하여 그대는, 그대의 애착의 아픔으
로 인하여 지옥의 불길을 택하지는 않는가? 그렇게도 이 풍진
세상에 대한 그대의 집념은 두터운 것인가? 무엇이 그대를. 이
바람 많은 세상에로 불어오는가?

3

오 고매하게 태어났었던 여인이여, 그러면 이제, 그대를 수용하기 위하여 나타날, 자궁들의 문을 닫는 방법에 관하여 일러주는 것이 필수인 듯하다. 그러면 이제는 이것을 가슴으로 명심하라(177).

오 고매하게 태어났었던 여인이여, 이 시간에 그러면 그대는, 모든 암컷들과 수컷들이 각쌍으로 어울려 교미하고 있는 광경을 보게 되리라. 그러한 교미의 가운데로 들려는 성급함으로부터 그대를 억제하라(177). 어머니와 아버지가 맞붙어 있을 때, 그들에 대해 깊이깊이 생각해보고, 허리 굽혀 절하라. 그대의 성실로 겸비히 하라. 그대가 간청하여 얻은 은혜에 그대 자신을 충심으로 투입하라. 이것에 의해서라야만 자궁의 문은 반드시 닫기게 될 것이다. 그것에 의해서도 아직도 자궁의 문은 닫기지를 않았으며, 그리고 그대는 자궁에 들 준비를 다 끝내고 있다는 것을 발견한다면, 이제는 그러한 자궁에의 반격적 접착법과 격퇴법을 그대에게 일러주리라.

태어남에는 네 가지 종류가 있는바, 알로 태어나는 것과, 태로 태어나는 것과 초연적인 출생과, 열과 습에 의해 태어나는 것들이 그것들이다. 그것들 중에서도 난생(卵生)과 태생(胎生)은 성질상 같은 것이다.

앞서 이른 바와 같이 암수의 교미의 광경이 그대 앞에 펼쳐질 것인데, 만약 이 순간에 그대가 접착과 격퇴의 느낌을 통해 자궁에 든다면 그대는 아마도 한 마리의 망아지로서나 한 마리의 새로나 한 마리의 개, 또는 하나의 인간으로 태어날 것이다(178).

그리고 만약에 하나의 수컷으로 태어날 것이라면, 저 수컷으로서의 감정이 저 지각자(知覺者) 속에 하나의 수컷으로 자리해온 것인데, 아버지에 향한 격렬한 증오와 질투, 그리고 어머니에의 호애(好愛)에 의해서 수컷으로 출생받는 것이다. 그리고 만약에 그것이 암컷이 될 것이라면 저 암컷으로서의 감정이 지각자 속에 암컷으로 점유해오는데, 어머니에 대한 격렬한 증오와, 아버지에의 애정이 그것이다. 이러한 과정을 통하여 정충과 난자가 만나 어울려지는 그 순간에, 저 영기(靈氣)가 자궁으로 드는 것이다. 그때 저 지각자는, 저 동시 출생 상태의 열예를 경험할 것인바, 그러는 동안 그러한 상태는 점점 희미해져 무의식 속으로 침몰해버리는 것이다. 그런 뒤 영기는, 태 속에 계란 모양의 한 형태로 갇히어져 있음을 발견한다. 오래잖아 그것은, 그 자궁으로부터 나와 그것이 눈을 떠보았을 때, 그것은 자기가, 강아지로나, 돼지새끼로나, 쥐새끼로나, 무엇으로나 변형되어진 걸 알아내게 될 것이다(179).

4

그러나 내 위에 조용히 머문 저 영은 아무 곳으로도 나아가지 않고만 있었다. 그것은 저 백조의 호수만을 향해 머리 두르고, 한 순간 무섭게 그것의 꼬리 부분을 흔들어댔다. 그것은 내겐, 자기의 어미가 될 어떤 태주(胎主)에 대한 격렬한 증오, 맹렬한 질투처럼 느껴졌다. 저 영은 아마도 여인이었던 것의 미덕을, 여인이었던 것의 자부를 알고 있었던 것이었다. 그러면서도 옛날의 자기의 혼처(魂處)를 떠나지 않고만 있는데, 저 고독한 영을 위해 어떤 자궁이 다가와지기를 얼마나 반복해서 빌어야 될지는 몰랐다. 그러는 동안에, 저 퍼석거리는 사막의 설익은 듯한 해는 지고, 그리고 저 영기의 옛 친구 하나가, 망인이나 생인을 위해 젯밥을 차려 나올 때가 되고 있었다. 그러나 저 영의 친구는, 저 조용히 머문, 자기 친구의 염태(念態)는 보지를 못하는 얼굴이곤 했다.

이러는 동안에 세상이 밖에선 어떻게 변해가고 있는지, 나는 모른다. 내가 그녀의 송장과 대면해 앉아 있는 무덤의 하늘은 좁고, 그 무덤의 햇빛도 많지 않았고, 별빛도 적었을 뿐이다. 제 계집의 모든 구멍들마다에선 황천이 흐르고, 내가 부지런을 다하여 파리를 쫓았어도, 구멍들엔 쉬가 실려, 작은 구더기들이 바글거리기 시작했다. 그리고 까마귀들이 우짖으며, 더러운 낯짝으로 무덤전에 와앉아 죽음을 내려다보곤 했다. 없으나 있어서 형체를 이룬 현묘한 기(氣)여, 염태여, 이제도 내가 너의 몸을 애착할 수 있을 것인가? 자궁을 찾아 그대 길 떠나면, 그러면 나 너의 무덤으로부터 일어나, 너를 흙으로 편히 덮어준 뒤, 어디 강마을에라도 가 독소주라도 마셔야겠지. 그렇다고 현재의 추악함으로 하여, 전에 아름다웠던 것의 싱그러웠던 살 위에다 구더기를 슬어 덮지는 않을 것인데, 구태여 시상(時相)을 도착하지 않는다면, 전에 아름다웠던 것은 여전히 엄존한다. 그대가 아름답지 않았다면, 그대가 추하지도 않을 것이었다. 이 단계에서 내가, 내 위에 견고히 딛고 서서, 하나의 영상을 붙들어야 할 것이 있다면, 그것은 그대의 아름다움뿐인 듯하다. 유정(有情)에의 구

토와, 가학성 광증과, 파괴의 의지의 무서운 업력(業力)이 휘몰
아치는 푹풍에 의해, 덧없는 아름다움이란 아름다움이 아니다.
아름다움이 아니면 그리하여 추함도 아닌 것이므로, 미추란 아
예 없는 것이다라는 식의, 이상스런 논리를 끌어내고, 숨이 머문
곳에 함께 머물러 피를 붉게 하였던 알맹이를, 쭉정이들과 함께
모닥불에 던져넣는 일은, 아마도 반드시 옳지는 않다. 마음 가운
데 붙들어맨 하나의 확고부동한 아름다움이란 길들지 않는 들말
다운 마음의 행방이 어거되는 고삐 같은 것이며, 저 궂고 물살
모질게 센 고해를 헤치는 실한 참나무 노 같은 것이며, 피안에
켜진 등불 같은 것으로 거울에 앉은 먼지 같은 것은 절대로 아니
고, 사내 경험해봄이 없는, 열여섯 먹은 계집, 왼발로 사내의 가
슴을 딛고, 오른다리는 구부려 발바닥을 쳐들어올린 자세로 춤
추는 계집, 오른손에 날이 시퍼런 낫을 들고 휘둘러 사내들의 목
을 잘라, 그 목을 왼손에 들고, 골과 피를 빤 뒤, 그 해골을 실에
꿰어 구슬처럼 목에 걸고 있는 계집. 벗고 춤추는 색녀(色女).

5

　　오 고매하게 태어났었던 여인이여, 나는 그러면 그대에게 이
제부터, 그대 스스로 좋은 자궁을 선택할 수 있도록 충고하리라.
잘 들을지어다(183).
　　그대 지금 어쨌든, 그대 초연적인 눈으로 굽어살펴서, 많은 암
수들이 지금 이 시각에도 교미하고 있는 것을 보리라. 그러나 그
것들은 있는 그대로 둬두고, 거기에 주의를 기울이지도, 흘리지

도 말아야 할 터인데, 그러지 않는다면, 그대가 선택할 수 있는 좋은 자궁을 물리쳐버리는 결과가 될 것이다. 이 상태에서는 이렇게 바라라. "아 나는 반드시 우주적 주재신다운 출생을 가능시키는 태문으로 들리라" 또는, "거대한 사라쌍수 같은 정신을 수용할 자궁으로 들리라" 또 아니면, "일점의 명예의 훼손도 당할 일 한 적이 없어 만방에 이름 높은, 훌륭한 대작마님의 태에로 들리라" 또 아니면, "저 높은 정신의 충일로 하여, 모든 감각적 존대들로부터의 가장 훌륭한 대접이 바쳐지는 그런 출생의 어머니의 자궁 속으로, 나는 반드시 들리라"라고, 자꾸 바라라.

이와 같이 생각하고 곧장 갈망하여, 이제 태 속으로 들라. 그러면 동시에, 그대의 우아한, 그대 선덕의 선물로 하여 그대의 잠입을 당한 저 자궁 속에 파문이 일어나리니, 저 자궁은 그리하여 천상적 저택으로 변해지는 것이다.

그러나 그러한 태문(胎門)에의 선택에도 잘못이 물론 있을 수 있는데 업의 작용을 통하여 좋은 자궁들이 나쁘게 나타나 보일 수도 있으며, 좋지 않은 자궁들이 선하게 나타나 보일 수도 있기 때문이다. 글쎄 그러한 과오란 있을 수 있는 것이다. 그럼에도 올바르게 입문할 수 있는 길은 오직 비록 어떤 자궁이 선하게 보인다 하더라도 그것에 유혹되지 않는 것뿐이며, 그것이 나쁘게 나타났다고 하여 그것으로부터 도망치려 하지 않는 것뿐이다. 집착이나 저항감으로부터, 또는 그것을 획득하고 싶은 욕망이나 비욕망으로부터, 해방되는 일뿐이다. 그러므로 태문에 듦에 있어, 온전히 공평무사한 마음가짐밖에, 다른 기술은 바랄 것이 없는 것이다. 그리하여 그대는 반복하여, 이 시구를 외우며, 그것 위에서 깊이깊이 명상하라(190).

선업의 고리에 끼어들어 나를 지속시킬
하나의 확고부동한 마음을 견지하고,
자궁의 문으로 다가가자, 그리고 대우를 명심하자.
지금은 진지한 마음가짐과 순수한 애정이 필요한 그 시각이
아닌가
질투를 버리고, 아버지─어머니 위에서 명상하자.

6

헌데 다시 어쩐 일이 일어났을꺼나? 내 주위는 소조해져버리
고, 하나의 청정한 커다란 촛불처럼 내 위에 떠 있던 그 기백(氣
魄)이 흐르며 춤추듯이 동녘으로 흘러가버리고 난 뒤, 아마도 밤
은 자정이나 되고 있었을 터인데, 몸들뿐인 우리들 위에로 별빛
만 뿌려들었다. 결국은 이렇게 하여, 그녀와의 이별은 끝난 것이
었다. 그리하여 나는 이제 독존(獨存)의 헤설픔 가운데 남아버린
것인가? 그러고 나니 내게는, 인연도 없고, 고통도 없고, 삶도 없
고, 죽음도 없고 세상엔 아무것도 없는 듯이만 여겨졌다. 아 그러
나, 이제는 내가, 이 바르도에서 일어설 때이기는 한 것이다.

1

　밤새도록 나는, 내 아낙이었던 것이 누운 구덩이에다, 모래를
조금씩 조금씩 밀어넣어 혼백을 잃고 폐허인 것을 묻어버렸다.
그 구덩이로 엿보고 들었던 몇 별과, 그 구덩이 넓이와 깊이만큼
의 두터운 밤과 하늘과, 그리고 짧게 끊긴 내 혀를 전부의 재산
으로 그리하여 그녀는 묻혀버렸다. 봉분은 만들지 않았으며, 그
무덤을 표지지어놓기 위해서, 무슨 망주석 따위도 세워주지 않
았다. 나는 울지는 않았다. 고독했으나, 내 계집이 불렀던 것 같
은, 그런 노래도 부르거나 하지도 않았다. 그렇다고 내가 어디로
떠나볼 곳도 없었다. 이제는 다만, 그녀의 죽음을 하나의 비밀로
내 가슴에 간직해두는 일이 남아 있을 뿐이다. 그리고 나서야 가
슴이 아픈 것처럼 혀가 아파지고, 그 아픔처럼 전신으로 권태가
밀리고 들었다.
　나는 잘 수도, 먹을 수도, 앉아 있을 수도, 서 있을 수도, 누워
있을 수도, 서성일 수도 없게 그렇게 되어, 돌아와버린 것이다.
수도부들은 하나만 남기고 모두 함께 떠나며 내게 흰 손을 저었
었는데, 내 계집의 죽음을 가장 애통해 해쌓던, 하나 남았던 그
계집도, 급기야 떠나는 날이라고 말하고 있었다. 그리고 급기야
떠나버렸다. 사막은 그래, 저 흐린 연기색 볕에 푸석푸석 더욱더
메말라가고 있다. 제길헐, 그 흔한 이름 봉준이 중의 어떤 봉준

이 하나가 흰 수건 이마에 동이고 찢긴 입으로 피를 토하는 절규라도 어디서 들리지 않는가? 또 아니면, 아 파소여 저 죽은 모래들을 꽃으로 살려내며 걸어와줄지도 모르는 파소여, 그대 벗은 흰 발은 보이지 않는가. 아무것도 없는가. 난리도 화평도 휴식도 없는 전장(戰場), 초연 냄새도 핏방울도 없는데, 그렇다고 방패를 던지고 돌아갈 곳도 없구나. 이것은 태문(胎門)이 열려지지도 닫혀지지도 않는 바르도, 그런데도 어머니—아버지들은 교미에 한창인데, 자궁들엔 박쥐와 거미들이 거꾸로 매달려 있다. 전쟁이 없는 전장, 화평이 없는 화평, 휴식이 없는 휴식, 초조가 초조가 아닌 초조, 그래서 제길헐, 한 대쯤의 아편이라도 맞았으면 싶고, 독한 술에 혈관을 터뜨려버렸으면도 싶고, 죽어버린 지루한 계집에게 꽂아던 근을 뽑아들어 수캐의 똥구녁에라도 쏘고 들었으면 싶고, 짐승이 되었으면도 싶다. 인간인 것이 징그러워서, 지렁이라도 되었으면 싶다. 굼벵이라도 되었으면 싶다. 그저 사람만 아니었으면 싶다. 졸음이 따르지 않는 하품, 전쟁도 화평도 휴식도 없는 전장 —사막은 그렇게 내 앞에 펼쳐져 있는데 내 그림자가 무겁구나, 내 몸이 무겁구나, 이 세상이 무겁구나, 내 마음이 무겁구나, 숨이 무겁구나.

2

　어쨌든 나는, 내 전신에 칙칙히 달라붙은 죽음이며, 그 냄새며, 추억 같은 것들을 씻어내고나 볼 일이었다. 그런 뒤, 다른 일은, 더 두고 천천히 생각해볼 일이었다. 그래서 나는, 저 존자며 그의 문하생이 살해되었던 데를 향해 걸어가선, 시간을 걸려가며 목욕을 했다. 그들의 죽음을 내가 잊고 있는 건 아니었다. 그들 또한, 어이없이 살해만 당하고, 낯 모르는 데서 썩어가고만 있는 것도 아마도 아니었다. "그랴요. 나 인제 물괴기나 될라요이. 그래서나 시님이 멋 땜시로 벌받고 있단 것 내가 모도 갚았이면 싶어라우." 계집은 그렇게 말했었다. 그 의미는 어쩐지, 내 계집의 죽음은, 그런 어떤 부채에 있어서의 이잣돈 물고기로서나 치러진 듯이 생각키기도 하지만, 그것으로 그러나 본전까지 다 갚아졌는지 어쨌는지는 모른다. 그리고 보니 샘은, 인과와 응보의 불구덩이었다. 한번 빠뜨려지면 헤어나오지 못하는 것이다. 바다래도 좋지, 그냥 물이래도 좋다. 그래, 그 불에 인육(人肉)을 삶아 데쳐내놓고 나면, 자기가 이미 자기의 주인인 것을 잃는다. 그것은 업화(業火)에 오르륵 타는 검불 같은 것이다. 그러나 무의미하고, 무의미하고, 모든 것이 무의미하다. 나를 확고히 붙들어맬 아무것도 내 심정에는 없고, 내가 그냥 먼지 냄새를 풍기고 있다. 나는 어쩌면 너무 허탈되어 있는 것이다.

해가 정오에 떠올라왔을 때까지도, 나는 샘 속에 앉아 있었으나 그 목욕이 시원해서 그런 건 아니었다. 무기력과 무의미, 아무 곳으로도 갈 곳이 없어, 그저 나직이 내 양미간에 떠 있는 내 혼의 타라, 그런 것 때문에, 떨치고 일어난다는 것에의 아무 소망도 없었을 뿐이다. 바위는 그 자리에 던져져 있으니 던져져 있는 것이고, 의미 때문에 그 자리를 지키고 있는 것은 아마도 아니다. 아 그러나 그렇지, 무슨 수를 써서라도, 사흘이고 나흘이고 한 번은 실컷 자둘 일이 내게는 남아 있는 것이다. 글쎄, 그리고 보니 그 일이 있는 것이다. 그래 그리고 허기는 또, 말에 대해서, 혀에 대해서, 그 말이, 그 혀가 아프고 있으니, 그것에 대해서도 조금 살펴볼 것을 갖고도 있는 것이다. 체머리라도 흔들어볼까? 그렇지, 이라도 드륵드륵 갈아붙여볼까? 그렇지, 다시 한번 돌을 들어, 저 살아 있는 것이 모질게 꿈틀거리는 것을, 살려달라고 비는 것을, 피를 뿜기는 것을 보았으면도 싶지. 계집 같은 눈, 계집 같은 입술, 가늘고 길어서 지렁이 같은 성기, 허지만 발기되지 않는 성욕처럼, 그러나 분노나 증오가 도발되지 않는 살욕은 대체 어떤 것인가? 어쨌든 뭐라도 작위치 않으면 안 되는 것이다. 허탈의 작위, 허망의 작위, 무상의 작위, 무료의 작위, 작위, 작위가 작위가 못되는 작위, 씨부랄, 수음이라도 해볼 것을, 아 수음이라도 해볼까.

나는 드디어 피들피들 웃기를 시작했다. 그러나 미쳐서 그런 건 아니다. 미칠 수 있다는 것은 아마도 좋은 일일 것이다. 나는 미칠 수 있는 것도 아니다. 나는 그냥 피들거리고 웃었을 뿐이다. 증오나 분노가 없는 살욕. 성욕 없는 수음.

나는 피들피들 웃으며, 돌을 하나 거머쥐고, 촛불중네 가마니 문을 떠들고 그 안으로 들어가고 있었다.

그러나 그는 없었다. 촛불만 그저도 타고 있는데, 제길헐, 그 중놈이 있었으면, 대체 어떻게 그 계집을 간했는지, 그 이야기나 들으며, 조금 더 피들거릴 수도 있었을 것인데. 결국 우리는, 서로 방향은 다른 데에서라도 같은 방법에 의해서 그 계집을 죽이려는 데 공모했을지도 모른다. 우리는 똑같이 그 계집의 피에 굶주려왔던 것이다. 다른 것이 있다면, 하나에게는 그 계집이 목줄기의 대정맥을 맡기고, 하나에게는 맡기지 않으려고 했을 뿐인데, 그것은 순전히 그 계집의 편애 탓이었었다. 들고 있는 돌이

무거워 나는, 그것을 저 촛불 그늘 아래 또아리치고 있는 백팔염
주 가운데다 놓아두고, 밖의 볕 가운데로 나왔다.

　결국, 돌아갈 곳이 내게 영 없던 것은 아니었던 모양이었다.
나는 다시 내 토굴로 돌아와버렸고, 그리고 잠을 청해보려고 오
그라져 누우며 개새끼모양 대가리를 사타구니에 찔러넣어, 나로
부터 자꾸 빠져나가는 열을, 의미를, 목숨을 조금이라도 더 보존
하려다 그만 울고 말았다. 그러며 드디어 나는, 소리로써 씨분대
기 시작하였으나, 말은 조립되지 않으며, 이상스럽게도 'ㄷ'자
발음만 토막토막되어 쏟아져나왔다. 혀만 아프고, 언어만 아팠
다. ㄷ자 발음으로 아팠다.

　그러나 울려고 시작할 일은 아니었던 듯했다. 아예 시작할 일
이 아니었던 것이다. 나는 내 울음의 마무리를, 해가 지고 있었
을 때까지도 지을 수가 없던 것이다. 그것은 종내 딸꾹질로 변했
다. 목이 타고 부었으며, 심지어 창자까지도 뒤꼬이고 들었다.
넘어가는 해는 다시 붉었다. 그것도 그러나 잘려진 혀처럼, 저
흑갈색 사구 속으로 꽂혀들어가 버렸다. 그러자, 말이 없는 침묵
의 어두운 세계가 시작되었다.

　아직도 울음은 내게서 끝나지 않았는데, 고맙게도 그리하여
잠이 내 사지를 눌러대기 시작한다. 그러고 보면, 피들피들 웃을
수 있다거나, 흐득흐득 울 수 있다는 것은 다 좋은 듯하다. 그것
은 머리나 손으로 하는 작위와는 달리, 염통으로부터 괴어올라
온 것인데, 그래서 잠들 수 있으니, 깨일 수도 있는 것이다. 내게
평안이 함께하라.

　샨티 샨티 샨티(Śantih-Peace)

　나는 어떻게 시간을 넘겼는지 알 수가 없다. 나는, 시간 속의 가장 작은 시간 속으로 들어갔다가, 느닷없이, 시간 밖의 저 정적한 시간 속으로 벗어나 버렸던지도 모른다. 만약 한 발자국만 잘못 내딛는다면, 누구도 저 시간 밖의 무서운 진공으로부터 영원히 되돌아오지 못할지도 모른다. 그리하여 한없이 몸의 부피가 불어나서 나중엔 폭죽처럼 무산되어버리거나, 명주실보다도 더 가늘게 펴느려져, 우주를 일곱 바퀴 반쯤 감아놓게 될지도 모른다. 저 시간 속의 아주 깊은 내실로 들어버린다면 또한 저 무서운 빽빽함으로부터 언제까지고 되돌아나오지도 못하고, 영원히 몸의 부피가 줄어들었다가, 나중엔 천년이나 만년짜리의 겨자씨 반 알 크기의 늙은이나 거기 남겨둘지도 모른다. 죽지도 못하며 늙기만 삼천갑자 한하고 늙는 늙은이. 인연으로부터서, 그리고 태어나고 죽고 모이고 흩어지는 저 줄기찬 윤회로부터서, 세월로부터서, 내쫓김을 받는다는 것은 어쩌면 그중 참혹한 형벌일지도 모른다. 드디어는 외롭지도 못할 것이다. 외롭다 못해 노래라도 해보면서 살 만큼 외롭지도 못할 것이다.

　그렇게 외롭지도 못하고 있는 내게로, 저녁때쯤에 체면을 온통 드러낸 웬 사내 하나가, 히죽히죽 웃으며 다가오고 있었다. 보나마나 그는 촛불중이었는데, 여러 겹의 붕대를 써서, 왼팔을 어깨에 붙들어매달아 곰배팔이를 해놓고 있었다. 분노도 증오도 없는, 졸음이 따르지 않는 하품 같은, 그런 살욕으로 나는 어제,

하나의 돌멩이를 쥐고, 그래 저 사내를 찾아갔었다. 그러나 어쩌면 어제는, 저 사내의 정수리에 돌멩이를 내리칠 수도 있었을지, 혹간 몰랐지만, 그러나 그런 이후 세월도 참 많이 흐른 것이다. 나는 언젠지 벌써, 타인의 물질적 조악한 몸을, 살욕으로써라도, 부러워하지 않게 되어버린 것이다. 그러나 그는, 읍내 '서방님들'이 갖고 다니던 것과 비슷한 굵은 지팡이를, 오른손에 힘있게 쥐고 있었는데, 어깨인지 등을 다치고, 지팡이에 의지해 걷는다는 것은, 어디엔지 음모가 있는지도 몰랐다.

"소승 말입지, 아, 안부를 드리는 바입지. 어젠 소승의 누처를 왕림해주셔 감사하고 있습지. 소승이 멀리서 대사의 왕림을 보았으마, 영접치 못했음을 용서하십지. 하하 그리고입습지, 대사께서는 생각하시기를 어찌 젊은 중놈이 웬 지팡이를 짚고 다니느냐고 하실지도 모르겠지만 말입지, 읍내 대장깐 들르고, 목수 집 들러서입지, 하나 맞췄습지. 유리로 통한 야행을 하려니 말입지, 으쓱거리기도 하고입지, 다리도 아프고 해서 말입지, 이번 읍내 길에는 이런 걸 하나 만들었습지. 서투른 대장장이 솜씨라 말입지, 날은 무뎌 풀 한 이파리 버히지 못할지는 몰라도입습지, 세 척 길이 무쇠가 이 지팽이 속엔 잠들어 있습지 헤헤헷. 그러니깐 그렇군입지, 소승은 그저껜가, 그끄저껜가 읍에서 왔습지. 아 그렇습지, 대사가 유리로 돌아온 새벽엡지, 그 짐수레편으로 소승 읍엘 갔었습지, 보고 싶은 계집도 좀 볼 겸, 상처의 치료도 좀 받고 말입지, 대사가 요청하게 될지도 모르는 왓대가 충분치 않아서 말입지, 그것도 좀 마련할 겸해서였습지, 이거 받아두십지, 왓대입습지. 읍내 양반들이 수도부와 하룻밤 희롱하고 말입지, 모주께 치르는 꼭 그 값입지. 지전입습지. 소승이 받는 반 달

분의 녹입지. 아, 이렇게 되어서 말입지, 우리 사이의 셈은 끝난
것으로 해둬야겠군입지. 사실을 말하면 말입지, 이 부채가 정리
되지 않았던 탓으로입지, 소승은 읍에서 돌아온 날로부터 어젯
밤까지 존자 거했던 곳에서 밤낮을 샜습지. 해도 소승 거처에 촛
불은 꺼뜨리지 않았더라 말입지. 허나 부채가 정리되어버렸으니
말입지, 이제 소승도 옛 거처에 돌아가 발 좀 쭉 뻗고 지내야겠
읍지. 헌데 말입지, 대사들이 지나간 자리에는입지, 죽었던 풀도
살아나 싱그러워진다고 하는데 말입습지, 허나 대사 지나간 자
리에서는입지, 두엄 위에서 억세게 자라던 풀까지도 시들어버리
니 어쩐 이치속이냐 말입지. 아 그렇더군입지, 이번 읍내엘 가선
말입지, 대사가 읊었다는 새 게송을 엿들을 수가 있었는데 말입
지, 머잖아 삼척동자까지도 홍얼거릴 정도로 유행할 듯싶더군입
지. 소승 비록 무학승이지만 말입지, 존자가 퍼뜨린 게송과 함께
하여 뜻을 음미해보고 말입지, 존자의 살해가 어떻게 이뤄졌던
지 알 법했습지. 그러나 소승은 한 번도 법 설하기를 패설하기처
럼 즐거워해본 적은 없었습지. 소승의 관심은 그래서입지, 자연
저 읍내 계집에 쏠리게 마련인데입습지, 한번 그 계집이 꾀어내
기에 말입지, 그네와 함께 소승 북호(北湖)엘 한번 갔댔습지, 읍
의 북쪽에 있는 호수라고 해서 북호라는 것이 있습지, 소승은 지
금, 읍장을 할아버지로, 판관을 아버지로 말입지, 모시고 있는
저 장자네 외동딸에 관해서 말하고 있는 중입지. 강간도 생각 안
해본 건 아니었습지. 헤헤헤. 허나 그냥 말입지, 저 눈물 흘리는
것의 손등이나 좀 핥았습지. 소승께는 뭐 그렇게 촉박히 서둘러
야 할 이유란 없드란 말입지, 그녀의 눈물은 짜더군입지. 대사에
의 속절없는 연모로 짜겁더군입지. 헌데입지, 이런 말입지, 문상

이 늦었군입지, 어쨌든 덧없군입지. 저 곱던 수도부도 죽었군입지. 안됐습지, 소승 충심으로 조의를 표하는 바입지. 안됐습지. 우리들의 살을 담고 그 수분으로 물 올랐던 너무도 젊던 것이 죽었다 말입습지. 애통할 일입지. 그래서입지, 그렇잖아도 문상차 두 번인가 와보았더니 말입지, 글쎄 상주께서 조객을 알아보는 눈치가 아니어서 말입지, 위로 한말쏨 드릴 수가 없었더라 이 말입습지. 안됐습지. 애통할 일입지. 허나 말입지, 대사의 결가부좌 위에 머리를 얹은 옌네를 두고 말입지, 소승까지도 말입지, 미추가 어떤 것인지입지, 그것을 말입지, 대강 엿볼 수가 있더란 말입습지. 글쎄, 그래서입지, 소승 또한 대사의 게송의 경계에라도 닿은 듯입지, 눈을 즐겁히던 세상의 색에 대해서 말입지, 대략 한 식경쯤입지, 피곤을 느끼게도 되더란 이런 말입지. 그럼에도입습지, 모든 계집들 다 돌아가고 나니 말입지, 갑자기 이 유리가 쓸쓸해 뵈는입지 파장 거진거진 된 듯도 싶습지. 좀 수연해할 일입지. 그러나 아 그렇습지, 뭐, 지금은 어쨌든 말입지, 그동안에 말입지, 서로간에 말입지, 털어놓고 이야기할 기회가 없었으나 말입지, 이제는 말입지, 탁 터놓고 말입지, 이야기해야 될 것은 해야 되는데 말입지, 뭐 빙 돌려 말할 필요도 없겠다 이 말입지. 글쎄, 우리 서로입지 터놓고 말은 안했었지만입지, 잘 이해하고 있었던 그 일입지, 한 번 상의할 때라 이런 말입지. 그러면입지, 이걸 좀 보아주십지. 소승은 이런 사람이었습지. 법의 이름으로 발부된 증명이 소승이 누군가를 증명하는 증명서입지. 헤헤헤, 이 세상 살면서도 이 세상 떠난 사람들께는 우습게 보일지도 모르지만 말입지, 허나 이런 증명을 발부한 사람도 말입지, 이승을 상대로 발부한 것입지, 저승 상대는 아니었더란 말입지.

대사께서도 들어 익히 알고 있었을 것이지만 말입지, 그래도입지, 소문 때문에 복종해야 된다는 일은 억울합지. 억울한 일입습지. 그러니 말입지, 잘 보시라 이 말입지. 그러면입지, 대사께서 극렬하게 치러버린 세 살인에 대해서입지, 지금은 얘기해볼 때라 이 말입지, 그 형벌에 관해서 말입지. 좀 늦은 감이 없잖아 있긴 합지. 헌데입지, 장로와 그의 손녀는 말입지, 그 계집의 시선은 뼈를 녹힙지, 그 계집의 가야금 솜씨는 일류라고 알려져 있지만 말입지, 소승은 그저 울 너머로나 들어볼 기회밖에 못 얻었지만입지, 장차는 소승을 위해 그 재능이 주어진 것을 알게 되겠습지, 이번에 가서입지, 울 너머로, 그냥 동냥으로 들어봤지만입지, 마음이 비어 있는가 했더니입지, 그 소리에 의해 마음에 구름이 끼고입지, 소나기가 내리더라 말입지. 그 계집 냄새부터가 다르단 말입지, 저 고매한 듯한 시선 속에 감추어진 음탕함이며 말입지, 기지 넘친 언사며 말입지, 수려한 목이며 말입지, 둥근 엉덩이며, 헤헤헤, 법을 탐하기를 색 탐하듯 하였더라면, 헌데 가만 있습지, 소승이 무슨 얘기를 했었던가입지? 아 그렇군입지, 늙은네와 젊은 계집은 일당이 되어 있더란 말씀을 하려는 참이었습지? 그랬습지. 그래가지고 말입지, 손녀는 눈물로 소승께 호소하고입지, 늙은네는 재력과 권력으로 소승을 억누르려는데 말입지, 그네들은입지, 대사가 전순히 결백하여 눈빛과 같다고 생각하는 투입지. 대사는 이미 복역을 끝냈다는 것입지. 그래서는 죄인이 아니라 한 충직한 관원을 유리에서 추방하려는 태세였습지. 정신이 한 바퀴씩 뻉 돈 거란 말입지. 그 늙은이로 말하면입지, 젊어서부터도 노망해온 늙은이였습지. 그런 예로는 말입지, 글쎄 죽은 목사의 장례를 치르려고 하기는커녕 말입지, 그

쓸 만한 건물을 못질해 한 목사의 관으로 삼아버린다거나 말입지, 자기 읍민 배고픈 건 눈감고 말입지, 떠돌이 걸승들께만 온갖 후의를 다 베푼다거나 말입지, 대체로 그런 투였는데입지, 그러자니 아들과도 의가 맞지 않아 따로 살고 있는 형편입지. 그래 소승 믿음엔, 그 늙은네 객귀물림을 당하든가 말입지, 일찍 죽어야 될 일이 될 것으로 알고 있습지. 헌데입지, 그 늙은네와 손녀는입지, 대사께서 얼른 유리를 떠나기 바라고 있다는 건 일러드립지. 대사께서 이 유리를 안 떠나더라도, 그리고 대사가 가정하여 중죄인이라고 하더라도, 소승 따위 말단 관원으로서는 말입지 유리의 어떤 스님도 정죄치 못한다고 우겨대고 있습지. 흐흐흣. 노망입지, 선례며, 질서쯤 아랑곳하지 않는 노망입지. 물론 말입지, 대사께서 펄펄 뛰는 생선을 말입지, 소승의 눈앞에서 지금이라도 낚아 보여준다면 말입지, 소승으로서도 엎드려 경배하고 말입지, 만방에 대사 소식을 전파하러 다니겠습지. 헤헤. 헌데 말입습지. 판관은 해석을 달리하고 있습지, 중이건 아니건, 일단입지, 범죄를 했으면 말입지, 법의 공정함으로부터입지, 벗어날 수 없는 것이라고 하며 말입지, 오히려입지, 중들 쪽에 더 공로할 것이 있다고 말입지, 믿고 있는 중입지. 그 양반은 지혜가 원만하고 말입지, 사정(私情)에 치우침이 없어서입지, 읍의 질서가 그만한 정도로 지켜지고 있습지, 헌데입지, 그분의 해석에 따르면입지, 소승이 말단 관원이건 아니건 그것은 문제가 아니며 말입지, 법이 권한을 부여하고, 또 선례가 증언하는 대로, 소승에게 범죄승에의 정죄의 권한이 있다고 하는 것입지. 이 경우에 말입지, 법조문과 판례집에 나타난, 범죄승께 주어지는, 하나의 혜택으로서의 선택권이라는 것이 있는데 말입지, 그러니 잘 듣고 잘 이해하여서입지, 그 혜택을 헛되이하지 마시라 말입지. 이 일종의 혜택으로서의 선택권은 말입지, 그리고입지, 중죄승들께만 주어지는 것이어서 말입지, 배가 고파 이웃 중 나으리의 보리쌀 몇 되쯤 훔쳐먹은 말입지, 그런 대사들껜입지 주어져본 적이 없는 것으로 말입지, 판례집은 가르쳐주고 있습지. 그런데 대사에게 저 선택권이 주어져 있다는 이 의미는입지, 보다 직접적인 말로 바꾸면 말입지, 대사는 중죄승이며 말입지, 사형이 언도되었다는 그 말과도 꼭 같은 것입지. 어쨌든 행정적으로 읍을 다스리는 건 읍장의 일이지만 말입지, 재판하고 치안은 판관의 관할이니 말입지, 소승으로서는 판관의 해석을 좇지 않을 수 없다는 것을입지, 특히 명심해주시고 말입습지, 사원(私怨) 따위는 품지 않는 것이 법을 존중하는 일이겠습지. 대사는 현재, 법과 정면하여서 말입지, 재판을 받고 있다는 것을 현실로서 직시해야 하는 건 잊지 마십지. 그래서 대사가 갖는 선택권은 이런 것입지. 즉슨 자기의 죽음의 날짜와 방법을 대사가 택할 것인가, 아니면입지, 집행자 쪽에 일임할 것인가 그것입지. 헌데 죽음의 방법은입지, 그것이 어떤 것이라도 말입지, 가능적인 것이면입지, 집행자 쪽에선 최선을 다해 그대로 행할 것이지만 말입지, 우스운 예로입지, 육보시를 위해 꼭이 용이나 사자나, 뭐 그런 이 읍내에는 없는 것들에게 찢겨 죽고 싶다든가 한다면 말입지, 그건 거의 불가능한 것이라 들어줄 수가 없는 것입지. 그런 경우 집행자 쪽에서 최대의 성의를 표할 것이 있다면 말입지, 독사나 개 같은 것으로 대신할 수 있을 뿐이겠습지. 그리고 말입지, 죽음의 날짜를 놓고는 거기에 단서가 붙어 있다는 것은 일러드려야겠습지. 그것은입지, 일단 정죄된 스님에게는 말입지, 정죄된 그 날로부터 꼭 서른 날이 주어지는데입지, 그러니깐 그 서른 날을 다 살아도 좋고 말입지, 반나절만 살아도 좋습지. 그런 단서가 없다고 한다면 말입지, 팔순 노승이라도입지, 삼백 년내에는 죽고 싶어하지 않을 것이거든입지. 헌데 말입습지, 그 모두를 자기가 정하는 경우엔입지, 그러한 혜택이 주어지는 반면에 말입지 또한 예형(豫刑)이라는 것이 집행되어지는데 말입지, 집행자 쪽에서 보면, 그래야 공평무사하다는 결론입지. 그래서 그 예형이라는 걸 받지 않으면 안 되고 말입지, 또 어차피 기왕에 당할 형벌이라고 해서입지, 그런 예형이라는 걸 치를 것이 없다고 한다면입지, 이제 집행자 쪽에서 말입지, 그러니깐 소승이 말입지, 대사께입지, 형일과 함께입지, 교수형인가입지, 단두형인가입지, 쑥대머리형인가입지, 그런 형을 과하게 된다는 이 말입지. 그리고입습지, 예형에 관해서는입지, 미리 설명해두는 것이 필요한데 말입지, 범죄의 형태에 따라 물론입지, 그 과형도 다르게 나타날 것인데 말입지, 색으로 인해서라면입지, 불알이나 코를 도려낸다거나 하고 말입지, 헤헤, 대사는 현재 소승의 코나 불알을 도려내고 싶으시겠습지? 또는입지 재물에 의해서라면입지, 그것에 손댄 두 손목을 자르거나 하고 말입지, 뭐 그런 식인뎁지, 그런 예형 이후에입지, 집행자 쪽에서는 말입지, 의원을 댄다거나 말입진, 약품을 주는 일 같은 건 하지 않습지, 그러한 예형은 그러나 말입지, 범죄자가 선택해서 얻은 결과이므로 말입지, 본형에 처해진다고 하여도 과형이 중복된 것이라고 생각하는 것은 옳지 않습지. 그래서 이제 대사께서는 말입지, 읍에서는 성문율로 되어 있으나 이 유리에 적용될 때 불문율로 되어 있는, 저 재미있는 법의 재미있는 공명정대함을 아시게 되었겠습지.

아, 그래서입지, 소승은 드디어 대사를 정죄하고 말입지, 선택을
강요하고 있는 중입지. 허지만입지, 이 선택은입지, 만 하루가
다 가기 전에만 하면 되니까입지, 서두를 필요는 없겠으나 말입
지, 이 하루가 지나면입지 이십구일만 남겨진다는 것은 계산해
두십지. 허고 일단 정죄된 경우엔 말입지, 목에나 발에 쇠사슬을
매어서입지, 도피를 막게 되어 있으나 말입지, 소승은입지 대사
껜 그렇게 하진 않으려 합지. 참으로 오래 전에 정죄했었어야 옳
았음에도입지 그래오지 않은 것처럼 말입지, 왠지 대사께 쇠사
슬을 씌우고 싶지 않습지. 어쩌면 도박입지. 도박이란 말입지.
소승은 이 도박을 즐기기로 한 것입지. 장로와 그분의 손녀분께
서입지, 넘치는 부와 흔치 않은 아름다움으로 하여서 말입지, 대
사가 돌아와주길 학수고대하고 있다는 것을 재차 재삼 일러드립
지. 그만한 부는, 아무라도 쉽게 말입지, 비록 삼십대를 획한다
해도 이루기 어렵고입지, 그런 재색을 겸비한 숙녀 또한 진주 같
은 것이어서 말입지, 깊은 바다 밑 몇십 리를 한하고 빗질해 보
아도 말입지, 운에 닿아야 얻게 되는 것입지, 한번 발걸음 떼임
으로 해서 그 모두 대사께 획득되어질 것입지. 그런 경우에입지,
판관이라고 하더라도 대사의 범죄쯤 함구해버릴 터인데 말입지,
그때 이 어쭙잖은 소승께 올 대접은 두 가지 중의 하나겠습지.
하나는 말입지, 대사와 수도부들과 공모하여 말입지, 한 수도부
를 간하여 간접적으로 죽게 한 죄명에 의하여, 현재 대사가 당하
고 있는 것과 같이 정죄되어, 종내 사형을 당하거나이고 말입지,
다른 하나는, 약간의 은전을 보태서입지, 읍으로부터 소승을 아
주 멀리 추방해버리는 일이겠습지. 헌데입지, 읍장 쪽에선 후자
를 고집하시겠으나 말입지, 판관 쪽에선 전자를 택하겠습지. 약

간의 정에 치우쳐 후환을 키우는 것을 판관은 좋아하지 않으며, 그 싹을 근절해버리는 것이 그의 방법이니 말입지. 아 그러고 보니 다변이었군입지. 아 어쨌든입지, 내일 이맘때입지, 소승이 다시 오겠으니 말입지, 그때까진 아무래도 좋습지. 그래도 만약 말입지, 형벌을 기피할 생각이 아니라면입지, 이 늪으로부터는 한 발자국 밖으로 나가지 않기를 일러두는 바입지. 허지만입지, 매 순간 매찰나 기억해둘 것은입지, 족쇄는 채워지지 않았고 말입지, 소승 또한 파수 보거나 그런 짓을 하지 않을 것이라는 이것입지. 또한 가정해서입지, 대사가 여기를 벗어나서입지, 읍으로 간다고 해도 말입지, 소승으로서는 대사를 추적하지도 않으려니와 그럴 권리도 없습지. 소승의 임무는 다만, 정죄했으면 그 범인이 도피치 못하게 하는 것이며 말입지, 예형을 과하고 말입지, 범죄인이 원할 때 형장으로 인도해주는 일뿐입지. 대사가 도망쳤을 경우, 서류상 아무 증거도 없으니, 이 정죄는 무의미한 것입지. 그러나 소승은 이제 돌아가서 말입지, 본격적으로 이 도박을 즐기려 합지. 그러며 말입지, 모아두었던 촛농 부스러기라도 녹혀서입지, 하나의 초를 특제하려 하는데입지, 약간의 비상을 함유하려고 계획중입지, 아 그럼 평강하십지, 평강하십지."

　그는 그리고, 병든 몸짓으로 돌아가버렸다. 그러자 내게는, 왠지 참을 수 없는 공복감이 밀려, 생쌀을 씹어대며, 병째 거꾸로 들어 꿀을 마시고, 또 쌀을 씹으며, 늪바닥을 걷기 시작했다. 그러며 그가 던져주었던 왓대를 헤아려보았으나, 뱃 속의 허기는 이해할 수 없는 것이었다. 그리고 어쩌다, 나도 모른 새 한번씩 후후거렸으나, 늪의 둔덕으로 올라가볼 생각은 내지도 않았다. 그 둔덕 너머의 아무것도 현실로서는 떠오르지 않는 것이었다.

하루 햇빛 더 볼 수 있다는 것을, 아무리 감격과 흥분으로 생각하려 했어도, 어쩐지 거기 건조함밖에, 다른 느낌은 따르지 않는 것이었다. 나는 아마 피로에 흐늘어진 것인지도 모른다. 상주가 당하는 피로, 망인을 묻고 돌아와 망인의 영실에 켜진 촛불을 바라보는 피로, 그러나 모를 일이다, 내일 새벽쯤이라도, 나는 장옷 새로 입고, 희게 떠나며, 이 유리를 힐끗힐끗 돌아다보게 될지도 모르긴 하다. 유리는 죽어버린 것이다. 내게서 떠나버린 것이다. 나는 그것을 묻어주어버렸으며, 그런 뒤 우리 사이에는 단절이 와버린 것이다. 나는 그 무덤 위에 돋은 한 포기 할미꽃 같은 것 이상은 아닌 것이다. 그러나 어쨌든, 이 순간에 이르러 내가 명상해야 할 것이 있다면 그것은, 내가 나를 어떤 방향으로라도 포기해서는 안 된다는 그것뿐인 듯하기는 하다. 죽는다더라도, 살기가 싫기 때문에 죽어서는 안 된다는 것을, 나로서는 자꾸, 자신에게 일러주지 않으면 안 되고, 죽는다면 죽기 위해서라도 이 세상은 죽기에 너무도 아까운 고장이라는 것을, 계속계속 재인식해내지 않으면 안 된다는 것을, 나로서는 자꾸, 자신에게 일러주지 않으면 안 되는 듯하기는 하다. 현재로서 그러나 나는, 내가 살고 싶은지 어떤지를 모르듯이, 죽고 싶은지 어떤지도 모르고만 있을 뿐이다. 아마도 나는 피곤한 것이다.

제 29 일

　　잠에서 깨어보니, 해가 중천이었다. 그 하늘에다 대고 나는, 이를 드러내 누렇게 웃었다. 말시(末時)가 가까웠으니 깨어 있으라고, 이천 광년(光年)도 저쪽 하늘의 어느 별에서 들려온다. 허지만 말시 전이란 언제나 고달픈 법이다. 그래서 고래 같은 뱃놈들도, 그 고달픔 밑에서는 꼼짝못하고 눌려져, 코를 곯아대는 법이다. 이상스런 공복, 먹고 마셔도 먹고 마셔도, 여전히 배가 고픈 이상스런 허기증, 만복이 오히려 공복인 주림. 이것은 참으로 거북하며, 외롭지도 권태롭지도 않으나, 외롭고도 권태로운 것 같은 것이다. 그러나 어쨌든 나는, 섬돌을 삼았던 그 돌팍을 어깨에 메고, 늪 안을 한바퀴 삥 둘러도 보았고, 그러다, 그 돌팍을, 저 계집 묻힌 흙 위에 덮어 누르고, 그 위에 연좌를 꾸며 앉아 있어도 보았다. 그리고 나는, 내가 벌써 그 계집은 잊어버리고 얼마를 살았다는 것을 알아내기는 했다. 내가 여우였다면, 어쩌면 돌팍 밑 모래를 헤치고 그 밑에 누운 살 속에 이빨이나 찔러넣었을지도 몰랐는데, 그리곤 먹어도 마셔도 고픈 창자를 한 번쯤 불려보았을지도 몰랐는데.

　　어제 나타났던 그 시간쯤에 다시 촛불중은, 내게로 와, 어제의 그런 그림자를 내 무릎 위에 밀어뜨려놓았다. 그는 변절자 같은 웃음을 물고 시체를 파헤치고 내려다보는 여우의 눈 같은 것으로, 나를 내려다보며, 말하기 시작했다. 그는 전날보다 어쩐지 야위어 보이고, 눈이 붉어 있었다.

제4장　255

"평안하신지입지? 대사입지, 떠날 수 있었는데도 말입지, 결국 그러시지 않았군입지. 그러고 보니, 이 도박 또한 소승이 졌다고 해야겠군입지, 무참히 진 것이군입지, 그 그러면입지, 절차가 그러해서 그런데입지, 좀 길지만 말입지, 이 서류를 대개 읽어보고 입습지, 빈 곳에 써넣을 것을 써넣으시고 말입지, 서명하고 날인을 해주었으면 싶지. 자 읽어보십지, 읽어보면 아시겠지만 말입지, 그건 뭐, 서투른 친구들이 고누라도 두면서 하는 얘기를 문서화해놓은 것 같긴 합지만 말입지, 그것이 빈틈없이 수정보충되어왔기에는, 그 동안 이 유리가 너무 조용해왔고입지, 또 세월로 쳐도 거 뭐 한 탄지간(彈指間)이라고나 할 것이었으니 그 동안 별 발전을 못 보여온 것이겠습지. 그러나저러나입지 그게 율법이고 말입지, 그 이름 아래에서 덮어씌워내리면, 거기 도피처는 없는 것인데입지, 그래도 대사의 경우, 소승이 오늘 증인을 대동하는 것 회피하고 단독으로 왔으니 말입지, 거기 도피처가 전혀 없는 건 아닙지. 증인이 있더라도 결과는 마찬가지일 터인데 말입습지, 대사가 저 세 스님을 살해했다는 것을 부인할 경우, 사실이든 가정이든, 비록 소승이 그 현장을 목격했다손 치더라도, 소승으로서는 대사를 정죄할 수가 없는데 말입지, 그것은 왜인가 하면입지, 살해가 있었던 그날, 대사가 이 유리에 와 있었다는 것을 증언해줄, 저 유일한 수도부도 죽었고 말입지, 세월도 또 이만큼 흘렀고 말입지, 안개비도 그만큼 내렸었으니 말입지, 대사가 쥐고 살해했던 돌엔들 대사의 지문이 아직도 남아 있을까 싶지도 않습지. 그럼에도 정죄키 위해서 가령 대사가 입었다 태워져버린 오조 촌장의 장옷이라든가, 해골 그리고 다른 스님들이 살해된 것과 때를 같이하여 대사가 물고기 낚시를 시작했다, 하는 이유들을 들먹여보아도 말입지, 반드시 충분치는 않은데 말입지, 대사가 부인하기로 맘먹는다면, 수천 가지로 대사는 있을 수 있는 다른 일들을 소설(小說)해낼 수 있을 것이니 말입지. 이런 경우는, 범인의 색출이 아니라 말입지, 어떤 범인을 정죄할 단서들을 찾아 조립해내는 일이 급선무이지만 말입지, 그것이 비록 오늘 해지기 전까지 가능된다 하더라도입지, 소승은 그런 일은 하지 않을 작정입지. 그것은 왜인가 하면입지, 비록 관리 행세를 하여 목구멍에 풀칠을 하기는 해도입지, 소승도 또한 끝까지 중이기를 고집하는 그 탓인데 말입지, 적어도 중은, 자기의 이를 도와, 혀를 놀려 거짓을 말해서는 안 되는 어떤 것이라고, 소승은 믿고 있습지. 자기를 속이는 일은 아마도 그중 비참한 환속이겠습지. 그 환속을 대사가 도모할 것이라면, 대사는 이미 중이 아니므로, 소승이 관할할 영지 너머에 계시는 것입지. 소승은 그러므로 이 많은 세월이 흘러온 지금까지도 하지 않았지만 앞으로도, 어떤 단서에 의해서 대사께 형벌을 강요하려는 노력은 하지 않을 것입지. 아 그 서류를 들고만 계시지 말고, 읽어보십지. 좀 장황하더라도, 그것은 어쨌든 대사의 전생명과 직결된 것이니 말입지, 읽어보십지. 빈 곳은 물론, 참작할 범행 동기며, 어떻게 범행했는가 따위 같은 것들을 써넣는 난입지. 초대 읍장과, 유리의 삼조 촌장간에서 꾸며진 서류라고 명시되어 있습지. 허나 유리의 촌장은 풍문 같은 것입지. 그러니 그것은 순전히, 아직까지도 악명이 전해오는, 창녀와 아편의 모리배, 저 초대 읍장의 별로 많지 않은 식견으로 이뤄진 것일 뿐일 터인데 말입지. 법의 이름에 두루 말려서입지, 공정을 획득하면, 그것은 불가침의 것입지. 아 그러니까, 아 물론 그렇겠습지, 대사는 혜

택받은 선택권을 행사하시겠다는 의미시겠습지. 그리고 종내,
부인해버릴 수도 있는 범행을 자백하시겠다는 의미십지? 아, 인
장이 없으면 지장을 찍어도 좋습지, 인주는 여기 있습지. 소승이
대개 읽어보도록 허락하십지. 헌데입지, 살해 동기는 쓰지를 않
았군입지. 본적란엔 '羌里'라고만 쓰셨는데입지, 본적이 없으신
가입지? 또한 본명과 법명란에도 '羌里'라고만 쓰셨는데, 대사
는 이름이 없으신가입지? 연세는 서른셋이나 생일을 기억치 못
하십나? 헤헤헤, 죽음의 방법은 사뭇 재미있는 것인데입지. 형
일은 아직 정하질 못하고 계시는군입지. 대사가 원하는 이 죽음
에 대해서입지, 소승도 조금 생각해보게 하십지. 그리고 허긴,
대사께 스무여드레가 더 남아 있으니, 그 안에 언제든 형일은 결
정하십지. 수도부들로부터 들어서도 알고 말입지, 또 겪어서도
알게 되시는데 말입지, 대사는 혀를 잃은 듯하니입지, 대사께서
형장으로 보내주기를 바라는 날은 말입지, 이렇게 하십지, 땅에
다 고기 모양을 그리든 말입지, 또 아니면, 소승의 장옷 자락을
세 번쯤 잡아당기든 어느 쪽이든 말입습지, 그러나 역시, 대사는
어부였댔으니 말입지, 고기 모양을 그려 내게 알려주십지. 그게
좋겠습지. 잠 못 들고, 밤새도록 생각해낸 것은 이런 것들입지.
그것도 또 그렇군입지. 형장으로 보내달라는 것과, 형을 치르겠
다는 것과는 다르니, 거기에도 구분이 있어야겠군입지. 그건 이
렇게 하십지. 고기 모양을 그리되 하나만 그리면 형장에 보내달
라는 신호를 삼고 말입지, 둘을 그리면 형을 감수하겠다는 뜻으
로 해둡지. 그럼 우리 서로간 이해를 통했다고 소승 믿는 바입
지. 그러면 소승은 이제입지 두 가지 일만 수행하면 소승의 임무
를 끝내는데입지, 그 첫번째 것은 예형을 집행하는 일이고 말입

258

지, 둘쨋번 것은입지, 대사가 정하는 날, 대사를 형장에 모셔다 드리는 일입지. 해가 제법 기울고 있군입지. 이 밤은 대사께 그중 긴 밤이 될지도 모릅지. 소승은 이제 대사께 예형을 과하려 하고 있습지. 그러자니 말입지, 옛 애기 하나가 기억에 나는구먼입지. 그랬습지. 전에 한번 대사께서, 소승께 말입지, 비역〔鷄姦〕을 한번 하셨습지, 그 비역 이후 소승은 줄곧 말입지, 치질을 앓고 있는데입지, 그러나입지, 이 따위 치질로 해서 대사를 원망하거나 하진 않았었습지. 그 이후 말입지, 때로때로입지, 항문을 통한 창자 속에 말입지, 이물감이 있기는 해도입지, 웬일로입지, 그 촛불이 안 꺼지고 말입지, 저 창자 속 구불탕진 어둠 속에 말입습지, 아직도 켜져 있는 듯한데입지, 안 뜨거운 건입지, 그것이 그냥 그 촛불 크기만한 무슨 빛돌로나 말입지, 그렇습지, 무슨 수정돌로나입지, 화석되어 남아버린 탓이겠습지. 이것은입지, 대사에 향한 일종의 연모 같기도 한데입지, 그렇습지, 그 비역 이후입지, 소승은 어째서인집지, 대사를 둘러싼 모든 것에 대해서 말입지, 타는 증오와 저주를 어찌할 수 없어온 것인데 말입지, 질투는 아니었던지도 모릅지, 모른다 말입지. 아, 그러나 옛 애깁지, 옛 애기라 말입지. 소승은 지금부터 소승의 임무를 성실로써 수행하려 하고 있을 뿐입지. 헌데 소승의 생각엔 말입지, 그것이야말로 가장 합당한 예형이라 믿는데 말입지, 그러니깐입지, 대사께서는 말입지, 소승의 암흑한 곳에다, 밑으로부터 빛돌을 밀어넣어주었지만입지, 소승은 말입습지, 대사의 저 광명스러운 곳에다, 흑마노라고 해도 좋겠습지, 아니 그믐밤 같은 어둠돌이래도 좋을 것입지, 그런 걸 하나 위로부터 채워넣어주었으면 하고 있습지. 그 아니 훌륭한 생각이냐 말입지. 그럴 때 우리

는 마지막으로 한번 더 부채 정리를 하게 되는 셈입지. 우리 사
이엔 더 이상의 빚이 남지 않게 될 것입지. 상보 상쇄입습지. 이
생각을입지, 그 비역 이후부터 줄곧 해왔댔습지. 허, 허, 헌데,
그 왓대는 내게 왜 돌리시는 겁지? 그 왓대를 돌리면, 다시 빚이
남는 셈이 아닐까입지? 허지만 받아는 둡지. 그리고 천천히 생
각해봅지. 하하, 그렇군입지, 소승은 좀 늦단 말입지. 그 비역을
한 다음날이었군입지, 소승이 대사께 해웃값을 치렀었습지? 헤
헤헤, 그래서 이제 대사는, 놀음차를 선불하시겠다 그 말씀이시
겠습지? 허긴 여수란 분명해야 되는 법, 이건 소승이 대사께 지
불한 것보다 월등 많으나, 해웃값에 한계가 있는 건 아닌 법. 소
승 받아둡지. 그것이 피차간 빚을 남기지 않을 것이니 말입지.
아 그리고입지, 지금 보고 계십지? 말씀드렸다시피, 이 초는 소
승의 특제품입지. 향 대신에 비상이 함유됐습지. 소승은 오랫동
안 생각해보고입지, 빛은 빛으로 용해시킬 수밖에 없다는 묘리
를 터득했었습지. 빛에 의해 어둠은 깨뜨려지나 말입지, 빛이 계
속 있는다면 어둠에 의해 빛은 분쇄당하지 않는 것, 그러나 빛이
빛을 칠 때, 빛은 빛을 더하나, 종내 빛에 의해 그 핵심에 공흑
(空黑)을 남기는 것, 헤헤헤, 그래서 소승은 이제, 대사의 눈꺼풀
을 까뒤집고, 저 찬연한 햇빛 아래에서 눈물을 말릴 터인데입지,
눈물이 마를 때마다 말입지, 이 촛농을 그 눈물 대신, 대사의 저
영기 서린 안구에 떨어뜨려주려 합지. 한 눈에 오십 번씩의 촛농
을 떨어뜨리려 합지. 소승의 모든 밤과 낮은 이 장면을 떠올려보
는 것으로 바쳐졌었습지. 흐흐흐. 그것은 육교보다도 척추를 시
리게 하곤 해왔습지. 그리고도 대사께서 여전히 볼 수 있다면 소
승 엎드려 대사의 발등에 입 맞춥지, 대사의 문하에 들기 바랍

지. 소승의 짐작으로는입지, 대사께서는 초력적인 기로 하여 말입지, 생생히 뜬 눈으로입지, 백 번 부어지는 촛농을 견디려 하겠으나 말입지, 인고에도 또한 한계가 있는 법, 그래서 어쨌든 소승이 청하기로는 말입지, 할 수만 있다면입지, 소승이 손쓰기 전에입지, 대사께서 대사의 기를 좀 풀어주었으면 합지. 아 물론, 안 되겠으면 소승이 도와드릴 터인데 말입지, 반 망나니 되다 보니 말입지, 맥 정도는 짚을 줄도 알게 되더라 말입지, 그리고 물론입지, 지금이라도 말입지, 대사의 체력이면 말입지, 소승 따위 단주먹에 쳐눕히고 말입지, 이따위 서류쯤 찢어버리고 말입지, 훌훌이 떠나지 못할 것도 없습지. 글쎄입지, 여기엔 대사와 소승밖에 아무도 없잖느냐 말입지. 지금이 그 기횝지. 대사가 그러시는 경우, 반복되지만 말입지, 소승으로서는 대사를 추적할 아무 권리도 의무도 없으니 말입지, 소승의 목숨까지야 거둬가실 필요 없겠습지. 지금부터 소승은, 눈을 감고 오백을 목적으로 헤아리려 하고 있으니 말입지, 예형을 감수하시겠으면 그러는 동안에 기를 좀 풀어주시고 말입지, 거부하시겠으면, 소승의 맥을 짚어, 대략 한 식경 후쯤에나 살아나게 해주십지. 죽기 전에 소승도 한번쯤, 대사의 등에 대고 통쾌한 웃음을 웃어도 보고 싶으니 말입지. 서류는 그렇군입지, 아예 이 바닥에 꺼내놓아버리기로 합지."

나는 해를 올려다보았다. 그리고 그 빛을 함뿍 내 전신에다 호흡해 넣으려고도 했고 그것의 모습을 확실하게 기억하려고도 했다. 그러나 그 해는 종내 하나의 까만 숯덩이가 되어버리곤, 푸른 하늘에다 그만큼 한 꺼먼 구멍만을 남긴 뒤, 내 시선 밖의 어디로 사라져버렸다. 한 번도 정시해본 적도 없이 그저 몸으로 인식해왔던, 그 일상적이던 해는 하나도 없었다. 나는 슬펐고, 그래서 눈을 감았더니, 그런데 저 일상적이던 해가 내 양미간에서 떠올라오고 있었다. 그러나 그것도 정작에 있어선, 일상적인 해는 아니었는지도 모른다. 그것은 눈을 쏘고 들며 눈물을 말리는 빛이 없었고, 그 가운데 흑점을 갖고 있는 것이 아니었다. 그것은 그저 너그러이 둥근 빛돌 같은 것이었고, 그렇다고 달과도 같지 않았다. 어쨌든 나는 그것 위에다 마음을 모으며, 숨을 고르게 쉬어가려고 했다. 그러나, 내가 마음을 모으려 하지 않았을 때, 청정히 돋아올라 있던 그것이 내가 마음을 모으려 하자, 왠지 흔들리고 형태를 바꾸며, 탁한 연깃빛을 내 내부에다 흩뿌리기 시작했다. 나는 도대체 숨을 조절할 수가 없고, 다만 머리만 아팠다. 하나의 빛돌처럼 흔들림 없는, 하나의 빛을 형상화하여 포착해내기가, 오늘은 왠지 어려웠다. 그럴수록 나는 초조함을 억누르고, 빛의 한 영상에 명상하여, 그것에다 의식을 집중하며 그것이 어둠 가운데 확고부동히 정좌해 주기를 바라지 않으면 안 되었다. 그러면 그럴수록 그러나, 더욱더 시선이 흔들리며, 두터운 연기 같은 것들이, 빛만 있고 형체가 없는 빛을 휩싸고 들며, 어지럽히고, 혼돈 속에 싸여 묻히는 것이었다. 이것은 위기였고, 이 위기는 와해를 수반할 것이었는데, 이 위기에 처해 나는, 장로의 손녀딸인지, 죽은 수도부인지의 얼굴을 매달고, 그러나 한 번도 남자 품어본 적 없는 고운 계집이, 벗은 몸으로 내 가슴을 딛고 춤추는 네 잎짜리 연(蓮) 붉은 요니가 타는 것에 색념을 일으켜낼 수뿐이었다. 그러는 동안에 그런데 무산되었던 빛이 어디로부터인지 모여들며, 저 흐린 운무 가운데로부터 붉게 뿌려내렸는데, 그것은 인당수의 소용돌이에 흩어진 붉은 연

이파리들 같은 것이었고, 하혈 같은 것이었고, 그것은 형상이 없어 노을 비긴 서녘 하늘 같은 것이었다. 그러나 그 뒤쪽으로 깊은 하늘을 열며 그 붉은 빛은 저절로 스러져버리는 것이었다. 형언할 수 없는 절망이, 그 하늘색을 같이하여, 내 심정에도 그만큼이나 깊게 깔려버렸지만, 그럴수록 나는, 저 계집의 아름다움에 내 온갖 집착을 다했다. 그랬더니, 그 하늘의 깊은 속으로부터, 아직 형상은 확실하지 않으나, 저 죽은 수도부의 영기와 같은, 그런 한 노란 빛이 스적스적 흘러오더니, 하나의 흐르는 별이 대기권에 휩싸일 때 색깔을 바꾸듯이, 그것은 이상스럽게도 노란 빛을 잃으면서 봄에 갓돋아난 나뭇잎처럼. 조금씩 조금씩 푸르러지고 있었다. 그리하여 그것은 종내 여름잎처럼 변해져서는 드디어 내 양미간을 사뿐히 차지하고 들었다. 음모 없는 계집에의 나의 집념은 계속되었다. 그런데 그러는 동안에, 그것의 내부가 어느덧 비어버리고, 가장자리를 테 두른 선만 희미하게 남겼는데, 그것은 원만한 두 개의 곡선이 맞닿아 양극을 갖는 타원의 꼴이었으며, 그 선은 언젠지 색깔을 잃어버려서 희어 보였다. 흰색은 색깔이 아니라는 논리에 좇으면, 허긴 그것은 형상이 아닐 것인데도, 그러나 드디어 나는 형상을 포착했으며, 그것은 전이하고 궤적하여, 드디어 빛이 정(靜)을 획득한, 그 화석이었다. 석화(石化)한 동(動), 석화한 빛, 그러나 나는 그것을 이제는 파괴하려는 것이다. 그것을 산산이 흩뜨려버리려는 것이다. 그것이 흩어지는 소나기 아래 나는, 내 하나의 무덤을 가지려는 것이다.

그러기 위해서 나는 하나의 손가락을 꼿꼿이 펴, 그것으로 금강석을 쪼으는 한 정으로 삼아, 과녁의 중심을 꽂고 드는 화살을 연상하며 저 흰 빛돌을 향해 무자비하게 찔러넣었다.

그러자 그 순간, 저 눈빛으로 투명히 희던 한 빛돌이, 수천 조
각으로 박살나며 저 포착키 어려운, 튕기는 듯이 번쩍이며 현란
하고 장엄한, 저 무섭도록 찬란한 빛을, 천의 뇌성을 거느린 천
의 번개가 일순에 치듯 그렇게 흩어지며 여섯 색깔 잠들었던 불
꽃을, 모든 어둠 가운데에다 소금처럼 흩뿌렸다. 느리게 느리게,
그 소금은 그리고, 어둠 가운데로 침몰해 버렸다.

제 30 일

1

"흐흐으, 아 즐겼습지, 즐겼습지, 그렇습지, 재미가 있었습지.
그러느라 말입지, 그 일을 천천히, 아주 천천히 말입지, 마음을
가다듬어가며 했었습지, 어쨌든 이것 좀 들어보십지. 꿀물입지.
대사의 정신은 떠나고 없었습지. 숨도 쉬는 듯하지 않았으며, 맥
도 뛰는 듯하지 않았습지. 그건 거의 완사(完死) 상태라고 해도
좋았습지. 헤헤헤, 그래도 그 눈으로 눈물이 어리고 들었었으니,
생명이 떠나버린 것 아니었었습지, 그러면입지, 입술로 바람 불
어, 그 눈물 말렸습지. 하고입습지, 흐흐으, 눈물 말라 그 눈이
죽은 물고기 빛깔을 띠면 말입습지, 소승이 그렇습지, 한 방울의
촛농을 말입지, 대사의 눈썹을 끄슬릴 그만쯤의 거리에서 눈물
삼아 똑 떨구어주며입지, 이렇게 위로해 주었습지, 눈입지, 고통

264

받는 눈입지, 이승 너무도 센 바람에 눈물조차 못 흘리는 슬픈
눈입지, 천상적 빛이 떨구는 이 수분을입지, 흐흐으으, 허지만
그 수분은 말입지 이내 굳어서입지, 저 안막을 엷게 덮으면입지,
어느덧 눈물이 번져서 말입지, 해동에 얼음장 밑으로 흐르는 호
수 같았습지, 그럴 때마다 소승은입지, 금 도금을 전문으로 하는
장공을 소승은 본 적은 없지만입지 상상했기로는 말입지, 매번
금을 붓고입지, 매번 금을 떼어내는 저 긴장, 저 쾌감, 저 전율,
저 흥분, 저 살육, 흐흐, 으으, 그것이 그런 것이나 아닐 것인가
했습지. 저 촛농의 도금을 떼어내고 보면입지, 희었어야 될 흰창
에입지, 강낭콩꽃이 어느 녘 그렇게나 피었을깝지. 흑갈색 동공
엔 어느 녘 그렇게 구름 휘몰아 덮었을깝지. 소승은 여러 번이나
말입지, 존자가 몸을 씻던 걸 떠올렸습지. 헤헤헤, 흰 껍질 아래
되사린 더러운 붉은 살 말입지. 그의 고행은 수음이었습지. 거울
에 끼인, 촛농처럼 아주 두텁게 덮인, 먼지며 티끌을 벗겨내면
말입지, 그 거울은 붉었습지. 헤헤헤, 그래도 업의 센바람, 어디
선지 다시 불고 말입지, 구름 같은 티끌을 몰아다부치면 말입지,
다른 데 하늘은 몰라도입지 남녘 이 유리의 하늘 어디에 무슨 틀
〔臺〕이 있어서 구름이 머무는가 말입지. 그래도 눈은 말입지, 잡
목을 두른 북호(北湖) 같은 것이어서 말입지, 제 뜻이 아닌데도
하늘의 구름 그늘이 머물고 가더군입지. 불주(佛酒)는 독하군입
지, 독하다 말입지. 소승의 마음 짜안한 것은, 불심 탓이 아니겠
느냐 말입지. 자정 지낸 지도 오랩지. 새로 날이 터올 것이지만
말입지, 헤헤흐, 동은 눈으로 터오는 것인가 마음으로 터오는 것
인가, 그건 알 수 없습지. 이 늪은 말입지, 이상하게도 밤 들자
흥건해 보이고 말입지, 어쩌면 저승달이 안 그렇겠는가 말입지,

우리들의 수도부의 무덤 위 돌팍이 번연히 떠올라 저승처럼 밝고 있습지. 안개는 조금도 두텁지 않군입지. 이런 시각마다 소승은 소리를 찾습지, 찾다가 말입지, 대개의 밤으론입지, 물론 수도부와 방금 전에 헤어지고도 말입지, 한번의 긴 수음을 하곤 말입지, 조금 울다 잠듭지, 그렇습지, 소리를 찾다 말입지, 울음으로 소리를 좀 만들어보다 잠듭지. 약간의 진정제, 약간의 외로움, 약간의 비애, 조금 전 대사가 마신 그 수분 속에도 그것이 섞였습지. 약간의 아편, 약간의 꿀물, 잠은 그런 겁지. 깨어나보아도, 세상은 조금도 변해 있지 않습지. 해만 탁하게 돋아 있고 말입지, 바람도 없는데, 어디선지 말똥이라도 타는 듯한 냄새만 흐르고 있습지. 뭣을 할까를 모를 뿐입지. 견딜 수 없는 권태가 시작됩지. 그런 날의 계속, 도는 멀고입지, 이 사막의 살인적인 무료 속에서 굼벵이가 거진거진 되어가며입지, 썩은 몸뚱이가 아니라 정신 속에서 꾸물거리며 말입지, 죽고 있습지. 살인이라도 하고 싶습지. 장옷을 벗어부치고 천리라도 달리고 싶습지. 고함이라도 버럭버럭 질러대고 싶습지. 그러나 잊어버렸습지. 그림자가 아직도 있는지 없는지 그것까지도 잊고 말입지, 그냥 사는 겁지. 글쎄, 그것도 사는 겁지. 그런 어떤 날 대사가 왔었습지. 유리로 왔었습지. 가진 것 아무것도 없이, 벗은 몸으로 왔었습지. 보니 대사는 그림자를 늘이고 있더군입지. 그런데 그로부터 말입지, 어째선지 모르나 말입지, 이 유리에 두텁게 껴 썩고 있던 대기가 흔들린 듯하고 말입지, 뒤바뀌기를 시작한 듯했습지. 사실을 말하면입지, 대사가 저 염주 스님을 살해하는 장면을 소승이 목격한 것이었습지. 별로 멀지도 않은 가시 덤불 밑에 숨어서 보았습지. 그것은 살아 있는 광경이었습지. 즐겁지는 않았으나 말입지, 오랜만에 염통에서 피가 끓어올라오는 광경이었습지. 대개 그 시각이면 말입지, 할 일 없는 소승도 샘터로 가는 참입지. 존자의 연족에 입 맞추고, 그리고 외경스러움으로 그의 수음을 내려다보러 가는 길입지. 그러나 소승도 어쩌면 그 살해의 공범이었을지도 모릅지. 때로 살인이라도 해보았으면 하고, 글쎄 소승 생각도 했었는데다 말입지, 대사가 찍어대는 돌 모서리가 더 날카롭기를 바랐었으니 말입지. 흐흐흐, 언제부터 소승은 절시증을 익혔는지 모릅지. 그 장면은입지, 타인의 성교를 훔쳐보는 것 같아서 말입지, 소승이 좋을 건 없었으니 소승의 가슴을 태우고 들었습지. 저 흐린 햇빛 아래 꿈틀거리는 사내들의 모습은입지, 소승께 연모 같은 걸 불러일으키도록 아름다웠습지. 그리고 대사가 떠나버렸을 때, 소승은 염주를 찾아내들고, 샘으로 갔었습지. 샘의 화평은 이미 깨뜨려져 무참했습지. 대사는 불화였습지. 대사의 시선이 닿는 것은, 그것이 무엇이든 무참히 깨어져버렸습지. 계집답게도 소승은, 그런 사내를 연모했었다고도 지금은 고백해둡지. 허지만 무엇보다도, 그 사내에 대한 질투를 또 어쩔 수 없었다고도 고백해둡지. 그 사내 앞에서 난 늘 패한 느낌이었습지. 한 번쯤 이기길 바랐습지. 그러나 소승은 드디어, 저 관곽 속, 유리로부터 깊은 잠을 깨고 떨치고 일어선 것은 사실입지. 그건 사실이다 말입지. 아 헌데, 헤헤헤, 바로 요 며칠 전이군입지. 한 수도부가 강간을 당했습지. 그것도 말입지, 혼도에 처했을 때입지, 손톱에 찢겨서 흐른 피로 기름을 삼아, 강간을 당했습지. 입 속에도 그득히 묻은 피를 살려넣어주었습지. 죽었습지, 그 계집 지금은 말입지. 그때 한번 그 사내는, 그 사내가 질투하는 사내를 한번 이겼다고도 생각했었습지. 처음에 곬에,

다음에 항문에 마지막으로 목구멍에, 그리고 일어났을 때 그 사
내는입지, 쇄락함을 느끼고입지, 그 계집의 모든 열린 곳마다에
오줌을 갈겨주었습지. 그랬습지, 그러며 저 염주승이 살해당하
던 장면에 흙이고, 소승과 대사가 어쩐지 같은 얼굴을 달고 있는
것이라고도 생각했습지. 그랬습지, 그러나 굴 문을 나서 돌아가
는 길에, 그 사내는 울고 있었습지. 이를 갈며 울고 있었습지. 패
배감은 몇 배로 더해진 것이었습지. 저 질투와, 저 적대감은 어
째서 시작되었는진 그래도 명확하겐 모를 뿐입지. 그건 말입지
어쩌면, 같은 둥치에서 갈라진, 사라수(沙羅樹)한 가지가, 다른
가지에 대해 갖는, 그런 어떤 것일지도 모릅지, 모른다 말입지.
한 가지는 무성해, 새가 와서 둥지 짓고 알 까고 있는데 말입지,
다른 가지는 뱀이 트림을 하고 있어 그래서 말입지, 잎을 피워내
다 말고 죽어가는, 그런 사라나무 한 가지가 갖는, 그런 어떤 것
일지도 모른다 말입지. 어쨌든입지, 일상적이던 저 고요한 유리
의 화평은 깨어졌습지. 소승은 그리고 끝으로 한번 더 지고 말았
습지. 이젠 질투나 적대감의 아무 끈도 소승을 죄이지 못하고 있
는 것입지. 완전한 참패입지. 소승은 이제 돌아가, 그렇습지, 만
약 가능하다면 말입지, 긴 수음을 한번 하고 말입지, 조금 울다
잠들어보려 합지. 이 수분을 조금 더 마셔보십지. 대사께 도움이
되겠습지, 남기지 말고 다 드십지. 그리고 대사도 쉬십지. 드신
수분은, 좀 과량이다 싶지만 말입지, 진정제였습지. 그러길 바랍
지. 결국 대사는 시력을 잃은 것이군입지. 시력을 잃었군입지."

허기는 빛이라는 것도 그런 것이다. 허기는 형체도 그런 것이다. 허기는 색깔도 그런 것이다. 저 작은 구슬, 이윽고는 썩어져 버릴, 저 한 개나 두 개의 안구(眼球)가 조화를 잃지 않았을 때 나타나 보일 것인데, 그러나 저 안구의 조화란 너무도 엷고, 너무도 섬약하며, 너무도 가늘어서 완전과 불완전의, 암수 소가 나뉘어서 갇힌, 두 우리 가운데 있는 한 겹 창호지 칸막이 같을 것인바, 저 숫소는 너무나 거칠어 아직 누구도 코뚜레를 씌워보지 못했으며, 저 암소는 새끼에의 소망으로 발정돼 있는 것이다. 조화란 그리고, 새끼에의 소망의 암소 같은 것이다. 그리하여 과장적 수사법에 의해서, 이 세상은 장한몽(長恨夢)으로 화하며, 존재란 덧없고, 실제가 아니며 허상이어서, 색이 공과 다르지 않다고 하는 것일 터이지만, 이 단계에 이르러, 어째선지 나도, 그러한 대단히 주관론적 논리에 자꾸 항복되어가고 있는 것은 이해할 수가 없다. 죽음까지는 그만두더라도, 몇 방울의 촛농에 의해서도, 어이없이 사라져버리는 외계의 확실함이란, 어떻게나 허무한 것인가? 그러나 실제에 있어 외계는 냉엄히 여전한데도, 내가 깨뜨려져버린 것인지도 모르긴 하다. 어느 쪽이 자취를 감추었든, 허지만 이 단계에 이르러서 그것이 내게 어떻게 다른가. 그러므로 이제는 도살장으로 보내지며 고기를 불려내느라고 몹시 두들겨맞은 소가 물을 갈급해하는 식으로, 저 세상빛에 너무 갈급해할 일도 아니다. 내가 아무리 그 빛에 집착한다 하더라도, 나는 이미 그 빛을 붙들어맬 힘을 잃고 있는 것이며, 더욱더 나를 방황케나 할 뿐인 것이다. 이제는 내 자신의 내밀한 것을 찾아내어 그것에 단단히 의지하며, 그것에 의해서, 어둠 속에 나타나는 모든 악업의 허깨비들을 이겨내는 힘을 기르지 않으면 안 되는 것이다. 비록 내가 밖을 내어다볼 수 있었을 때에도, 안을 들여다보는 눈을 갖지 못했었으나, 그때는 밖의 밝음이 너무 세었던 탓이고, 너무 아름다웠던 탓이었다고, 그래서 그것이 안을 보는 눈을 가렸던 장애였었다는 것을 이제는 알아내고, 차라리 외계의 실명을 기뻐해야 된다는 것을 자꾸 다짐하지 않으면 안 되는 것이다. 그러면서 이제, 어떠한 공격에도 깨뜨려지지 않으며, 어떠한 장애를 통해서도 시야가 막히지 않을 어떤 세번째의 눈에, 여태껏 잠자고 있었을지도 모르는 눈을, 그러는 동안에 기능이 퇴화되었을지도 모르는 눈을, 찾아내고, 깨우고, 회복시켜야 되는 것이다. 그 눈은, 양미간으로 자리해왔던 해 같은 것일지도 모르며, 해골의 골짜기 나무에 매달렸던 실과 같은 것일지도 모르며, 연꽃 속에 담긴 보석 같은 것일지도 모른다. 그 눈을 뜨고 그래서 이제는, 무엇이 영구히 깨뜨려지지 않을 것인지, 무엇이 불멸인지, 무엇이 참다운 열예인지, 무엇이 독수리여서 장애를 뛰어넘어서 있는지, 무엇이 힘이어서 어둠 가운데 도사린 뱀인지, 그것을 찾아내는 순례를 떠나야 할 때인 것이다. 사대에 집착할 일은 아니다. 그것은 상생일 때 조화이지만, 상극일 때 파괴를 수반하는 것, 그리하여 못 참을 격통을 불러일으킨다. 그러므로 반복해서, 무엇이 불멸이며, 무엇이 필멸인지를 들여다보는 일뿐이다. 낼름거리며 언어를 엎질러내던 혀가 짧아졌어도, 혀를 두레박으로 하여 퍼올려냈을 때보다도 더 많은 말이 어디엔지 괴어올라와 있는 것처럼, 그러므로, 빛이며 색깔이며 형상이며를 분별하던 저 안구가 파괴되어버렸다고 하더라도, 나는 그리하여 내 자신만의 더 많은 내광(內光)을 찾게 될지도 모른 다. 그러므로 저러한 파괴 위에서 명상하고 정진하며, 정액처럼 진하고 순수히 괴어드는 말이며 빛을, 하나의 내인(內人)으로 존 경하고, 소멸 속으로 나아가서도 오히려 더 살이 굳어지는, 금 (金)을 성취해내야 하는 것이다. 빛에의, 말에의 갈망으로 미쳐 서, 울을 뛰어넘고 걷잡을 수 없이 뛰어 돌아다니려는 정신에 그 러므로, 재갈을 물리고 고삐를 매우지 않으면 안 되는 것이다.

그러나 나는 계집만 같구나, 서방 잃은 계집만 같구나, 그의 말로 채워졌던 입은 비고, 그의 모습의 아름다움으로 열렸던 눈 은 닫겼으며, 공허와 암흑이 나의 것인데, 그리하여 나는 창녀가 되어, 사내에의 갈망으로 길 모퉁이 서 있음이여, 나는 창녀로구 나, 그가 누구이든, 나를 억세게 가슴에 안고, 나의 빈 입을 채워 줄 혀를, 나의 암흑 가운데 우람히 빛나줄 억센 근육의 사내를 기 다리는 나는 창녀로구나, 색념이 드센 요니만 같구나, 나는 ⁽³⁴그 냥 하나의 요니 전체로구나, 비인 연(蓮)이로구나, 연이로구나.

3

촛불의 응시자가, 자기가 지은 밥을 가지고 한번 왔었다. 그때 나는 뒤를 좀 볼 일로 내 토굴을 떠나 늪 바닥의 어느 지점에 있 었는데, 도저히 되찾아갈 수가 없어 포기하고 주저앉아 있었을 때였다. 그는 나를 보자마자, 사정이 어떻게 되어왔던지를 금방 눈치챈 모양으로, 나중에 언제쯤 자기가, 쌀가마니나 숯가마니

따위를 묶었던 새끼줄을 좀 갖다 토굴에 이어 줄을 매어줄 터이니 뒤볼 일이라든가, 또는 조금 걷고 싶을 때는, 그 줄의 다른 끝을 쥐고 토굴을 떠나면 될 것이라고 의견을 내주었다. 사실에 있어 난 무모했으나, 뒤가 너무 급했던 탓에, 없는 눈으로도 짐작해보고 제자리로 돌아올 수 있는 그런 훈련을 쌓아둘 수가 없었던 것이다. 촛불중은 그리고, 어쩐지 불원간에 어디서 손님이 올 것 같다고 말하며, 항아리에 물도 채워다 놓아야 될 듯하다고도 했다. 그런 뒤 발소리를 흩뜨리더니, 이내 돌아왔다. 그런 뒤 그는, 소금물이라고 하며, 부드러운 무슨 천조각에 묻혀 내 눈을 씻기면서 "글쎄입지 손님이 올 듯합지, 손님이 누구일지는 소승도 모릅지, 그 노인네의 말씀대로는, 내일까지 만약에 누가 유리에를 가지 않으면, 이 유리에로 안 오는 것으로 쳐도 좋다고 했습지, 그러므로 내일 이전까지는입지, 대사가 아무리 원하더라도 말입지, 형장에다 모셔다드리는 일은 보류하도록 하라는 말씀이셨댔습지." 오늘의 그의 음성은 낮고, 쉬었으며, 어쩐지 침울했다. 그리고 마음씀은 노파답게 자상스러운 듯했으며, 손놀림은 사미답게 겸손하고 따뜻한 듯했다. 전엔 난 눈으로 보고 시간을 측정했었지만, 이젠 그 시간 관념까지도 흐려져, 대체 그것이 언제였는지 확실히는 모르겠으나, 그러나 어젠가 그가, 사번스러이 씨분대고 있었을 때에도, 나는 그가 어쩐지 바뀌어지고 있다고 느꼈었는데, 오늘 이 사내는 완전히 낯선 사내가 되어 있는 듯이 느껴졌다. 다른 건 다 잊어버린다 해도, 한 천애 고아였던 계집을 모질게 강간하고, 또 어쨌든 이웃사촌 중이었던, 한 돌중의 눈에 비상 섞인 촛농을 떨어뜨릴 수 있었던 그 사내가 어쩐지 그런 모두 쑥같이 쓴 것을 한바탕 토해내버렸기에 일순 빈

혈에 걸린 듯한, 힘없는 어조, 떨리는 손짓, 아마도 핏기 없는 낯
짝으로 내 곁에 다가앉아 있는 것이다. 그것은 분명히 병든 개다
운 얼굴이었을 것이었는데, 나는 전에 여러 번 그의 목숨에 강도
기를 느껴내곤 했었다. 그리고 그런 기회는 많았었다. 그랬음에
도 어째선지 나는 그의 숨통을 틀어막지를 못하고, 오늘까지 살
아온 것이었다. 그리고 지금은 나는, 이 사내를 증오할 것을, 저
주할 것을, 분노로 하여 찢어죽이고도 모자랄 것을, 더 많이 가
지고 있음에도, 어째선지 감정이 북받쳐오르지 않는 것이다. 감
정은 어쩌면, 성기나처럼, 어떤 질서로운 논리나 인과 관계 따위
와도 무관한 것이었다. 암수캐의 교미를 보고 있을 때, 이상스럽
게도 성기가 가려운 것은, 인간적인 질서를 깨뜨리고 동물에의
전락을 치른 것이라고 수치를 느끼지만, 그렇다고 하초가 그 논
리에 복종해주는 것은 아니다. 나로서는 지금쯤, 저 사내에게 무
섭게 대들었으면 싶은데도, 수치스럽게도 감정이 돋아나지 않고
만 있는 것이다. 그렇다고 용서니, 그 사내에 대한 자비니, 또는
이런 결과는 내 인과응보니 하고 생각하는 것과도 같지 않은 것
이다. 용서니 자비니, 나는 그 어휘의 뜻은 알 듯도 싶지만, 그것
이 마음속에서 어떻게 일어나는 것인지는 모를 뿐이다. 어쩌면
나는, 무슨 이유로 해선가 갑자기 표백을 당해버린 것이다. 그래
푹 식어져버린 것이다. 그리고 반쯤은 죽어버린 것이다. 그래서
나의 조금은 후토로 가고 조금만 이승엔 남은 것인 게다. 그저
눈알만 쓰리고, 그것은 무서운 두통만을 일으키고 있는데 그러
나 그런 아픔쯤은, 빛을 잃은 것에 비하면, 그래서 이제, 황우의
한 오라기 털만큼의 분깃도 내가 저 아름다운, 엄존한, 실제의
세계로부터 치부해낼 수 없는 것에 비하면, 황모 한 오라기 같은

것이었다.

"아 대사는 말입습지." 내가 곤혹의 빛을 띠어내었든지, 촛불중이 말하며 나로부터 떠나갔다. "혼자 계시고 싶어하는군입지. 어쨌든입지 대사의 앞에 밥상이 있고입지, 눈 씻을 소금물은 대사의 왼쪽에 있고입지, 오른쪽엔 식수가 있습지. 저녁에 또 한번 와뵙겠습지."

그의 발자국 소리가 아주 사라져 버렸기에 나는 한숨을 한번 쉬고, 없는 눈으로 보며 밥을 좀 들었다. 그러나 몇 숟갈의 밥을 채 넘기지도 못하고 목이 메어, 숟갈을 던지고 나는 엎으러져버렸다. 입 속에 감도는 그 밥의 맛이, 목구멍의 탐욕이, 창자의 비굴함이, 내게 견딜 수 없는 혐오감을 자아냈다. 얼른 수락할 수 없는 죽음을 앞두고, 내가 얼마나 비천하게도 목숨에 달라붙고 있는가 — 어떻게도 절망해버릴 수 없는 문제를 놓고, 나는 내장으로서 울기 시작한 것이다. 결국 나는, 나를 형장으로 보내달라고 표현했어야 했을 것을 회피해버린 것이다. 그가 내 곁에 있다는 것이 그 탓으로도 괴롭던 것이다. 나는 나의 날을 자꾸 늦추고 있는 것이다. 하루라도 더 살고 싶던 것이다. 죽고 싶지 않던 것이다. 내 언어와 광명이 저승에서는 날 기다려 부르고 있는데도, 거길 가고 싶지가 않던 것이다. 그럼에도 결국은 암흑으로 돌아갈녀러 것, 결국 썩어질녀러 것, 결국은 흩어질녀러 것, 그런 것을 나는 움켜쥐고 앉아서, 그 창자에다 밥을 밀어넣고 있던 것이다. 질서는 무질서, 조화는 혼돈, 밥은 똥, 나는 그 목구멍에다 똥을 넘기고 있던 것이다. 어떻게나 허잘데없이도 나는 목숨에 집착하며, 어떻게나 비겁하며, 나약한가. 젖니를 채 다 갈기도 전에, 아직도 이마의 쇠똥이 덜 벗겨지고, 아직도 어미의 자궁에서 묻혀온 피가 채 마르기도 전부터, 어머니 같던 사내, 언제나 이웃 부자스런 신(神)들의 문전으로 걸식해가며, 그중 기름도는 음식만으로 내게 먹이려던 아버지가, 타오르지는 않으나 타오르는 것보다도 더 맹렬하던 솥 속에 나를 잡아넣고, 나를 신육(神肉)으로 구워내려 하기 대체 그 얼마나 흘러갔으며, 밥이며, 제육의 비계로나 채웠어야 할 창자에는, 타인이 먹다 버린 지혜라는 것의 찌꺼기로 채우고, 골로 채웠어야 할 뼛속은 차라리 빈 것〔空〕으로 채우며, 물욕(物慾)을 북돋아 '남부럽지 않게' 사는 데 혈안이 되게 하였어야 할 심정엔, 욕생(欲生)의, 반쯤 썩은 씨앗을 뿌려놓고, 퍼 써버리고 싶은 정액으로 울근불근거렸어야 할 살 속에는 뜻도 모를 경력(經力)을 사려넣으려 하고, 이승의 염통에다 저승의 누른 흙으로 도배를 한 뒤, 얼마나 오랜 세월을 그것들로 하여 나 세상 모서리를 잃게 해온 것인지도 모르는데, 이 중요한 순간에 이르러서, 그 모든 것들 쭉정이가 되어 껄끄러이 내 벗은 몸 위로 내리는 것인가. 그 겨를 덮어쓰고, 껍질 벗기운 몸으로 세상 빛 아파하는 나는, 차라리 벌렐레라, 벌렐레라. 생명에의 집착은 독사 같은 것일레라. 잘라도 잘라도 그 목이 돋아나는 독사 같은 것일레라. 자르면 자를수록 그 목이 더 불어나는 독사 같은 것일레라. 꼬리를 땅에 박고, 천의 죽순처럼 돋아 있는 독사의 죽림(竹林)일레라. 그래서 그 독아에 한번 물리면, 끝없는 갈증과 허기로 이 세상을 황급히, 주리를 틀며 뛰어다니게 하지만, 그리하여 종내 쓰러져 죽게 하지만, 죽기가 싫어져버리는 것이다. [35] '나의 난 날이 멸망하였었더라면, 남아를 배었다 하던 그 밤도 그러하였었더라면, 그날이 캄캄하였었더라면, 〔……〕 빛도 그날을 비추지 말았었더라면, 유암과 사

망의 그늘이 그날을 자기 것이라 주장하였었더라면, 구름이 그
위에 덮였었더라면, 낮을 캄캄하게 하는 것이 그날을 두렵게 하
였었더라면, 그 밤이 심한 어두움에 잡혔었더라면, 해의 날 수
가운데 기쁨이 되지 말았었더라면, 달의 수에 들지 말았었더라
면, 그 밤이 적막하였었더라면, 〔……〕 그 밤에 새벽별들이 어두
웠었더라면, 그 밤이 광명을 바랄지라도 얻지 못하며 동틈을 보
지 못하였었더라면, 〔……〕 어찌하여 내가 태에서 죽어나오지
아니하였었던가, 어찌하여 내 어미가 낳을 때에 내가 숨지지 아
니하였던가, 어찌하여 무릎이 나를 받았던가, 어찌하여 유방이
나로 하여금 빨게 하였던가.'
　나중엔, 내 울음에 내가 먹히어들었다가, 내 울음에 내가 놀라
내 울음을 들어보니, 그것은, 구름낀 날 온골 안으로 울려퍼지는
능구렁이의 울음이 되어, 나를 공포에 질리게 했다. 나는 얼마를
더 울어야 좋을지를 몰랐다. 하나의 눈먼 혹성으로, 저 빛나는
세계로부터 제척받아가며, 내광을 찾으나 그것은 없는 듯하고,
아무 희망도 없는데, 그래도 수락은커녕 포기도 되지 않는, 저
죽음, 저 목숨을 놓고 나는, 글쎄 얼마를 더 울어야 될지를 몰랐
다. 울어도 울어도, 울음은 울어도, 울어도 울음은, 울어도 끝이
나지 않고, 그 검은 꼬리를 바르르바르르 떨며, 자꾸 더 깊은 곳
으로 자꾸 더 파고들고만 있었다. 그러며 거기서 그것은 또아리
를 틀고 앉아 잠잠히 머리를 숙이는가 했더니, 어느덧, 떠나 꼬
리를 제 입에 물고, 흰 배를 쳐들어올리며, 괴롭게 뒤집혀지고
있었다. 나의 아비가 나를 신육으로 구워내려고 하기 전에, 그는
먼저, 내 목구멍에다 손을 집어넣어, 저 칙살맞은 한 마리의 번
뇌를 뽑아냈어야 옳았었다. 유방으로 하여 내게 빨게 하였던, 어

머니가 키운 것은 무엇이었는가? 자식이 아니라 한 마리의 독한 벌레가 자기의 젖꼭지를 물고 있는 것을 알았다면, 그 옌네 분명히, 장대 끝으로라도 떠다 불구덩이에라도 던졌을 것을. 그래서 자식이란 것은 젖꼭지를 물고도 울고, 자다가도 울고, 웃다가도 울기를 시작했을 때, 강보에 싸아서, 분노에 날뛰는 불의 아가리에 던져넣어 태워버려야 할 어떤 것이다. 그러지를 않는다면 처음에 형체가 없는 듯하다가, 특히 눈물맛을 보고 나면, 습기 아래에서 지렁이가 자라듯이, 뭔지 가늘고 길숙한 것이 그 애의 눈물 아래에서 돋아났다가, 세상 달이슬에도 젖고, 계집들 암내에도 쐬이다 보면 어느덧 자라고 굳어져, 그 대가리를 목젖 있는 데까지 뽑아올려놓고, 눈을 번들거리고 있는다. 앙금된 눈물, 살을 입은 슬픔, 그 배꼽에서 줄기를 빼올려 피우는, 저 번뇌의 흙탕 아래 도사린 몸, 업, 업이다, 업이다, 어비다, 어비다, 어버이다, 그래서 나 세상의 아들, 우니노라, 이 바람 찬 세상, 눈에 먼지를 끼었으며 우니노라, 우니노라.

그런데 어디로부터인지 발 소리들이 가까워지고, 그 발 소리의 임자들이 뭐라고 뭐라고 말하고 있었는데, 그것은, 이승간에서 저희들끼리 하는 소리가, 어디론가 뚫어진 비밀스런 구멍을 통해, 저승으로 스며드는 것처럼으로, 내게는 아스라이 들렸다.

"꼭 병들어서 송진 발라논 개 같아요."

"아가씬 참 못된 계집아이군입지. 넌 그렇게 말하게 돼 있지 않다 말입지."

저승 어디 엎드려서, 한 고혼이 듣고 있는 줄도 모르고서, 저희들끼리는 또 그렇게 말하기도 한다.

"그러나 보이긴 그렇잖아요? 아침에 먹은 것까지 토해 오르려고 해요."

　그런 소리도 들리고, 허기는 이승간 어디서 까치라도 짖고 있는지도 모를 일이었을 것이다.

"이봅지, 재차 말하지만 말입지, 넌 그렇게 말입지, 말하게 되어 있지 않습지. 더욱이 안됐다 말입지."

"여보셔요 스님, 날 몰라보시겠나요? 영 날 보려고 하질 않는군요. 아마 스님도 염치가 없나부죠? 뭐 푼도 못 되는 전표 때문에, 스님이 내게 모질게 때렸었댔죠? 참 기가 막힐 일이에요. 헌데 난 장로 댁에서 살고 있답니다. 그 댁 손녀딸 되는 계집이 와서, 눈물을 짜고 빌어서 못 이기고 들어간 것이죠 뭐. 말도 한 마리 선물로 주더군요. 그걸 타고, 말예요, 읍내 거리를 달리면 말이죠, 전에 내게 침뱉고 때렸던 서방님들이 눈을 찡긋찡긋하는 걸 생각해보셔요. 어쨌든 나도 그 댁 살림의 반을 떼어내 받아야 될 테니깐요. 호호호, 요즘은 저 어중간한 서방님들 등짝을 채찍으로 갈겨주는 걸 재미로 안답니다. 헌데 보세요, 장로댁 손주딸이 스님을 기다려 샘가에 서 있는데요, 이 길로 아예 돌아가는 게 낫겠어요. 온통 때구요, 눈곱이구요, 냄샌데 누가 견디겠어요. 정말 불쌍해졌군요. 헌데 촛불 스님은 참 얌전하게 사시는가 봤어요. 발에 먼지를 털고, 푹 좀 쉬었으면 싶을 정도였거든요. 찾느라고 허둥지둥했댔죠. 처음에 들여다본 곳엔 벽을 바로보고 앉은 스님이, 돌아다보려고도 안했지요. 어느 굴 속이나 더러운 홀애비 냄새가 찌들려 있었댔죠. 내게 스님 댁을 가르쳐준 스님은 다짜고짜 바지를 벗어부치는 거예요. 나중에 스님 사는 데 가서 좀 쉬어도 괜찮겠죠? 어쩜 오늘 돌아가게 되거나, 사흘쯤 머무르게 되거나 할 텐데요, 오늘 돌아가게 되겠죠. 글쎄, 저렇게 더러워서야 정나미가 안 떨어질 수 없거든요."

"이봅지, 난 참으려 해도 말입지, 너의 이야길 참기가 어렵구만 입지."

"이봅지 스님, 스님은 내게 너라는 둥, 계집애라는 둥 하고 말 하지 않는 게 좋겠습지. 이젠 내가 누군지 알았겠죠?"

"아에헤헤, 숙녀 나으립지, 소승 잘못되었군입지, 용서하십지, 숙녀 나으리께섭지, 소승의 누처에 왕림해주신다니 고맙습지. 영광입지. 그러나 소승은 나으리의 내방을 받기에 너무 비천하 여서 말인뎁지, 소승이 나으리 지내실 만한 곳을 한군데 안내해 드립지. 수도부들 살던 곳이 비어 있습지."

"싫어요. 누가 혼자서 그런 데서 쉬겠에요?"

"소승도 그러면 어찌할 바를 모르겠군입지. 용서하십지."

"호호호, 내가 스님 지내시는 데 갈께요. 그렇게 아셔요."

"정 그러시다면입지, 소승이 양치질할 물이며 칫솔을 준비해 둡지."

"아침에 떠나올 때 양치질은 하고 온걸요."

"그러하다 해도 숙녀 나으리 말입지, 그 입 속에다가는 말입지, 소승의 아랫도리를 물리고 싶지가 않습지. 죄송합지? 용서하십 지. 아 그리고 대사 말입지, 들어서 눈치채셨겠지만 말입지, 장 로의 손녀분께서 와서 말입지, 대사를 기다려 샘가에 계십지. 대 사께서 괜찮으시다면입지, 그 숙녀로 하여금 여기로 오시라 해 도 되겠느냐입지."

그리고 사내 목소리가 떠나는 듯하자, "그럼 안녕히 계셔요. 또 보게 되면 보죠" 하고, 계집 목소리도 따라가고 있었다. 그 래, 어쩌면 난 그들을 잘 알고 있었는지도 모른다. 하나의 무장

애로 살던 계집아이가 아마 환속을 해버린 모양인데, 그래 나는
그 계집아이를 알고 있는 것이다.
　다시 발 소리가 들리는데, 그것은 서투른 뜀박질인 듯한데, 그
러고 보니 꼭 하나의 몫으로 들리고 있구나. 그것은 넘어지게 뛰
어오고 있는 것이구나. 가까워지더니 순식간에 내 얼굴은 향기
로 덮이는구나. 꼭 한 사람 몫의 따뜻한 몸이구나, 얼굴이구나,
눈물이구나, 그런데 어쩐 일로 너는, 비아냥거리는 말은 하지 않
고 어깨만 들먹이고 있는가. 눈물 대신에 비아냥거려주었더면,
내가 얼마나 훨씬 더, 너를 견뎌내기가 쉬웠을 것인가. 너의 눈
물이 내 입술을 적시는구나. 그것은 이승에서 저승으로 방울져
내리는 것은 아닌가. 드디어 네가 그러나 온 것이다. 내가 늘 한
몫으로 하나의 동경으로, 거기 멀리 두고 되돌아보았던 것이, 그
것이, 여자, 네가 내게 온 것이다. 흰 옷고름에, 네 눈물 짜안한
것 다 적셔서, 저 저승 어두운 데 펄럭여 보내, 타는 저승 입술에
이슬이 지게 한다. 저승 입술에 이슬이 진다.

4

“개밥주는별이 벌써, 저 탁한 하늘에 떠올라 있어요.”
　그녀의 첫 이야기는 그것이었다.
“돌아가면 이제 난 한번 실컷 울려고 한답니다.”
　그녀의 둘쨋번 이야기는 그것이었다.
“촛불 스님으로부터 스님의 형편에 관해 대강은 들은 셈이죠.
제 걸음이 늦은 것이나 원망했답니다.”

그녀의 세번째 이야기는 그것이었다. 그리고 변방 관리로 간 낭군께 인편으로 보내는 아낙의 소식이, 그만큼 세월이나 걸려서 닿을라는가. "이 저녁엔 아무도 오지 않을 것이에요" 하고, 내 머리를 자기의 품에 싸아안는 것이었다. 그리고, "난 스님의 수분을 받으러 왔답니다." 그렇게도 말했고, "그래요, 스님의 수분을 받으러 왔답니다." 그렇게도 말했는데, 그런 뒤 그녀의 이야기는, 바람도 없이 이슥해진 밤의 가을에 지는 낙엽 소리가, 그럴라는가, 사스락 소스락 속으로 가라앉아 내렸다.

"전 연 사흘 저녁, 아주 꼭 같은 꿈을 열두 번도 더 꾸었답니다. 꿈에서 깨었다 잠들면, 또 같은 꿈의 되풀이곤 했거든요. 그런 일이란 정말 처음이에요 스님, 지금 듣고 계셔요?"

아니 그것은, 바람도 없는 산그늘 삼월에 깊은, 어느 으슥한 저녁때 나귀 타고 술벗 떠나버린, 처사네 빈 마당으로 흩어지는 두견이 울음이라고 해야 되었을지도 모르지.

"처음 광경은 언제나 이랬어요. 유리 쪽인가, 아무튼 남쪽이었어요, 푸르고 노란색의 흐린 한 빛이, 느리게 헤엄치는 물고기처럼 날아온답니다. 그것은 꼬리 부분이 조금 뾰죽하다는 것말고는, 그저 길숨하니 둥근, 아마도 보릿단 하나는 되게 큰 빛덩이인데요, 그 형상이 무엇인지는 알 수가 없을 뿐이에요. 큰 계란 같기도 하구요, 초에서 떠난 큰 촛불 같기도 하지만요, 어쨌든 무척 아름다워요, 헌데 말예요, 그 아름다움에 정신을 빼앗기고 있노라면요, 왠지 가슴이 뛰고, 왠지 창자가 뒤꼬이는 듯한 건 이상하답니다. 우습죠, 그죠? 헌데 그 빛은 언제나 제 머리 위를 한번 맴돌다간, 그것의 꼬리 부분을 무섭게 떨고는 말예요, 제 치마폭으로 스며들어버린답니다. 그리고 나면 왠지 질투심 같은

것이 일구요, 갈증이 난답니다. 그래서 물을 마셔보아두요, 갈증
은 여전한 건 이해할 수가 없었어요, 그래서는 전신을 뒤틀어놓
는 것이에요. 뭔가가 모자란 거예요, 그래요, 뭔가 모자랐답니
다. 질량감 같은 것이, 수분 같은 것이, 어쩌면 뜨거움이 모자랐
는지도 몰라요. 그러한 결핍증은, 사실론 말예요, 그런 꿈 이전
부터 계속되어왔었던지도 모르긴 하죠. 아 모두 말해버리겠어
요. 네? 제가 나쁘지 않죠? 글쎄 스님은, 절 쓰러눕혔었죠? 저
호반에서 말예요. 그리고 스님이 떨치고 일어나셨을 때, 전 그
결핍증을 느꼈던 것이에요. 제 검은 치마폭에 어렸던 저 수분에
의해서 저는, 다 자란 계집의 결핍이 어떤 것인지를 눈떴던 것이
에요. 목이 말랐었어요. 저는 대낮에두요, 깨어 있으면서도 말예
요, 저 호숫가에 서 계셔서 물방울을 말리시던 사내를 꿈꾸기 시
작하던 중이었거든요. 글쎄, 저 목욕 끝낸, 짐승 같은 사내의, 야
만스러움에 움켜잡혀져 상처를 입고 싶어서, 난 늘 가슴이 미어
지고 있었거든요. 저 흐린 청황색의 한 덩어리의 빛은 그리고 말
예요, 저 검은 치마폭에 어렸던, 누르스름히 흐린 수분이, 검은
바탕 위에서 거의 푸르게 보이며, 조금 흘러내렸던, 그것이었을
지도 몰라요, 몰라요, 전 글쎄 몰라요."
　나는, 그 끝이 독사의 꼬리 같은 손가락들로서, 그리고 잘린
죽순 같은 혀로서, 수줍음이나 약간의 저항까지를 포함한 그녀
가 입고 있는 모든 꺼풀들을 벗기고 있었다. 그러는 중에도 그녀
는 이야기하고 있었고, 그리고 저 수도부의 죽음을 기뻐하는 정
도라고도 말하고 있었다. 그러고 보니, 저 어미의 질투로 하여서
도, 그 어미가 낳을 자식은 딸일지도 모를 일이었는데, "글쎄 전
질투했답니다. 그 꿈이 비롯된 때부터 더욱더 심해졌는지는 몰

라두요, 그 여자의 망혼까지도 저승에서 버림받아지기를 바란답
니다. 저는 이렇게까지도 악하게 된 것이에요. 허지만 정면으로
한번 보고 싶었었죠. 독약을 먹었다는 소문을 들었을 때는요, 물
론 촛불 스님이 퍼뜨린 말이지만요, 왠지 기쁜 듯하면서두요, 어
쩐지 또 울음이 나왔어요"라고 하고 있었다.

그러나 계집은, 이를 갈며 머리를 내젓기 시작하고, 거부의 경
련으로 전신을 푸르르푸르르 떨었다. 그녀의 일그러뜨린, 비참
한 얼굴이, 내게 잘 보여지는 듯이도 느껴졌다.

그러나 나는, 나를 기다리는 두 여인을 동시에 사랑하고 있는
것이다. 전에 내 아낙이었던 여인은, 이제는 날 아버지라고 부르
게 되리라. 갓태어난 늙은 딸이, 만약에 전생을 기억해내기만 한
다면, 날 낭군이라고 다시 부르리라. 허지만 어떤 눈을 가지고
이 자궁을 본다더라도, 이 자궁은 그중 좋은 것 중의 하나임에
틀림없을 것이었다. 비록 이 어미의 조부의 조부가, 아편과 독주
와 창녀의 포주였다고 했을지라도, 그 독한 그늘 아래서 한 목사
의 생명이 산 채 바쳐졌으며, 증조부와 조부의 이대에 걸친 고뇌
가 치러진 것이다. 그래서 나는 형체만 있고 질량을 갖지 못한,
꿈같은 저 하나의 허상 속에다, 습기로 하여 살을 채워서, 꿈인
것을 실체로 전이시키는 데, 나의 온갖 정성을 다했다. 기도하는
경건함으로 나는, 나의 처녀를 위해주었으며, 아비다이 딸을 얼
러주었으며, 그러는 동안, 그녀에게서 모든 격통, 모든 불안, 어
떤 거부가 사그라져버린 것을 알았다. 가장 깊숙이, 그리고 가장
치열하게 나는, 하나의 환생을 위해서 나의 전영육으로 방출하
는 수분을 저 자궁에 바쳤고 그리하여 나도 또한, 우주적 작용의
중핵에 가담한 것이다. 그리고도 나는, 보다 더 많은 의미와 수

분을 모으려 하고 있는 것이고, 그래서 저 성취가 완전해지기를
바라고 있는 것이다.

"밤이 제법 깊어졌나 봐요."

나의 여인은 울지는 않고, 죽은 듯이 누워 있다가 그런 얘길
했다.

"난 또 생각했었는데요, 당신이 설혹 죽음을 택하셨다·하더라
도, 제가 위로를 드릴 수 있다고 한 것이에요. 난 이 뱃속에서 당
신의 씨가 자라기 바래요. 아들이었으면 싶어요. 아비 없는 애라
고, 모두 어미와 자식을 손가락질하겠죠? 허지만 이겨나갈 수
있을 것이에요. 내가 내 몫의 삶을 갖고 싶어한다면, 타인이 뭐
라든 그게 무슨 문제겠어요. 아버지가 그중 놀라시며 쫓아내려
하시겠죠. 허지만 할아버님은 슬픈 눈으로 잠자코 날 내려다보
시며, 저 씨앗의 아비 얼굴을 떠올려보시겠죠? 아버진 당신을
거의 저주하고 계시죠. 아버진 내가 여기 오는 걸 극력 반대하셨
으나, 저도 제가 판단하고 결정할, 그만큼의 나이를 지낸 것이
죠. 허지만 할아버님은 그저 묵묵히 계시기만 했답니다. 슬픈 얼
굴이셨어요. 그분 얼굴의 슬픔은, 귀애하는 손녀라고 할지라도,
죽으려는 한 사내를 위해 바쳐져도 어쩔 수 없다는 의미처럼, 자
꾸 내게 느껴졌죠. 그것은 순전히 제가 조작해낸 느낌인지도 모
르긴 하죠. 어쨌든 할아버님의 범위는, 아버지 것관 전혀 같지
않은 건 사실이에요. 이 여행은 그러고 보면, 할아버지와 손녀의
공모로 이뤄진 듯하잖아요? 우스운 얘기죠. 전 제 스스로, 사흘
간 말미를 만들어 받아왔답니다. 그 사흘이 지나서도, 돌아가는
가 마는가는, 제가 결정할 일이겠지만요, 어쩌면 할아버님이 오
실지도 모르긴 하죠. 그러나 사흘 전에는 누구도 저를 방해하진

않을 것이에요. 그러니 그러셔요, 이 사흘 동안, 저로 하여금 그저, 당신 곁에 비천하게 비천하게 앉아 있게 하셔요. 당신의 수분은, 저의 갈증만을 충족시켜준 건 아니었을지도 모르는데요, 저의 운명이 결정지어진 듯하면서요, 전보다 더 정에 겨워지게 하는 건 이상해요. 이제는 같은 몸이라는 생각이 깊어지는 것이에요. 당신은 말씀하실 수도 없으시죠? 보실 수도 없으시죠? 허지만 제가 열성을 다해서 치료해드리겠어요. 그래요, 한 종자를 시켜, 당신께서 시력을 빼앗아간 사내의 딸이, 이제 그 딸의 눈으로, 아버지가 빼앗아간 눈을 대신해 보여주려고 한답니다. 당신의 눈 때문에, 어딘지 저주할 곳이라도 있으면 좋았을 것이에요. 촛불 스님을 저주할 수 있겠어요? 허지만 그런 저주는, 직업이 그런 그러나 죄는 없는 모든 망나니를 저주하는 것이나 같은 것일 거예요. 허지만 아무리 해도 아버진 저주할 수가 없는걸요. 참 우스워요, 우스워요. 스님, 제가 얼마나 곱게 당신께 보일지, 당신은 어째서 당신의 손으로 좀 보아주시지 않으셔요? 밤이 무척 깊어졌나 봐요."

그래, 나는 그녀의 깊은 아름다움을, 빙근(氷根)다운 비애를 볼 것이다. 나는 그래서, 그녀를 품에 감싸며, 무엇이든 잡히는 것으로 저 온기스런 서러운 알몸을 포근히 덮어주었다. 그랬더니 오래잖아 쌔근쌔근 잠자기 시작하는 것이었다.

5

빛이며 말에의 보챔으로, 도대체 잠잠치 못하는 혼을, 저 내

품안엣 것의 깊고도 고요한 잠 위에 붙들어매놓고, 가만히 있어 보다가 나는, 새로운 체험으로 하여 경악하지 않으면 안 되었다. 그것은, 잃어왔거나 아니면 잠들었던 채 아직 주술의 입맞춤을 못 당했거나, 또 아니면, 죽음에 앞서 그것 자신을 한번 오르륵 태우고 나선 것이었거나, 무엇이었거나, 하여튼 귀가 전에 없이 밝고 예민하며, 또 그 범위를 넓고 깊게 하여 전에 같았으면 도 대체 들으려고를 하지 않았거나, 설사 들었다고 하더라도 놓쳐 버렸거나, 들었어도 그 당장엔 몰랐다가 먼 훗날 잠을 깨어 새롭 게 듣게 되는, 소리의 그런 작은 것에까지도 관심을 갖는다는 것 이었다. 그래서 듣고 보니, 세상은 많은 부분, 형체는 없으나 신 비스런 힘으로, 그 의미와 동향을 전달해주는 저 소리들로도 이 루어져왔음을 알게 한다. 전에 나는, 이 황막한 데 와서, 소리가 없다는 것 때문에 무던히도 짜증낸 일이 있었다. 그러나 어디에 든 소리는 넘치고 있으며, 그것은 이 세상이 어떻게 탈바꿈해가 고, 어떻게 돌아오는가를 알게 한다. 밤이 흐르는 소리, 별이 반 짝이는 소리, 모래알들이 속삭이며 서로의 품으로 파고드는 소 리, 바람이 어쩌다 지나는 소리, 햇빛이 두터웠다 엷어지는 소 리, 마른 풀뿌리 밑에선가 어디선가 두더지가 꿈꾸는 소리 ── 전에 그런 것들은 내게 소리가 아니었었는데, 소리가 소리가 아 니던 그 소리들이 드디어 소리가 되어, 내게 들려지고 있는 것이 다. 그리고 나는 어쩌면, 나무 아래서라면 나뭇잎의 푸른 이야기 를, 꽃 옆에서라면 그것들의 붉은 속삭임을, 노란, 푸른, 분홍, 보라, 흰, 속삭임을, 달빛 아래에서는 부드러운 소리를, 또 저녁 엔 그늘진 낮은 소리를, 모두 소리로 듣게 될지도 모를 일이었 다. 그러고 보니 세상은, 대단히 많은 부분이 소리로 이루어져 있었으며, 그것은 또 그것대로의 천만의 생태와 천만의 율동을 가지고 있어, 눈에 보여졌던 팔만 색상만큼이나 다양하고, 또 흡족히 아름다웠다. 빛의 줄기가 억만 가닥으로 줄기져 뻗쳐내려도, 한 군데서도 그 빛이 난마스러이 얽힌 곳이 없는 것모양, 내 귀에 들리는 소리의 여러 가락들 또한 얽힌 대목이 없는 듯했다. 전에 나는, 저잣거리 같은 데에서는, 소리들이 그저 얽히고 얽혀 혼돈스러운 것이라고만 알아왔던 것이다. 대장간에서 모루 치는 소리, 소 거간꾼이 흥정 붙이는 소리, 닭전에서 닭이 우는 소리와, 여인숙 아낙네 채전 보는 소리, 그러는 중에도 넓은 마당에 한창인 난장판에서는, 꽹과리며 징이며 장구 소리에다 윷가락 던지는 소리까지 어우러져 있어서, 그 소리들은, 천만의 뱀새끼들모양 빈터로 모여, 서로 헝클어지고 매듭지어져 땅 위로 내부쳐졌다가 서로 물고 물리는 독에 죽어가는 것이라고 했었다. 물론 그러한 소리의 헝클어짐이 종내 하나의 화음을 만들어내는 것이라고까지는 알고 있었다. 그러나 하나의 화음을 위해서, 소리의 개아들이 상처당하는 것은 절대로 아니었던 듯하다. 어떤 소리든 그것은 그것대로의 개아를 갖고, 그것대로 하나의 삶을 살다 소롯이 잠들었다가, 또 깨어나 저 소리들의 흐름 속으로, 필시, 명주 짜이듯 짜여져 들어가는 것인지도 모른다. 그래, 어느 날 어쩌면 나는, 저 소리들로 짜여진 한 필의 올 가는 피륙을 한 귀에 보아버리고, 세상을 또한 하나의 가얏고 정도로나 생각해버릴지도 모른다. 내 귀는 아마도, 살아오는 동안에, 그 기능의 대단히 중요한 몫을 잃어온 것이었다. 내 고막은 거의 몹쓸 것으로까지 퇴화되어, 하나의 죽은 의식으로, 치매 상태에 머물러 와버린 것이었다. 고막의 재생, 죽은 의식들의 되살아남, 청각의 원시성으로의 복귀 — 이런 은혜는 전에 내가 바라지도 않았던 것이었고, 또 바랐더라도, 가령, 날것인 채로의 소리에만 익혀졌던 귀가, 요리 잘된 소리에 접했을 때와 같은 경우의, 거의 우발적인 기회에 의해서나 잠깐 한번씩 얻어걸리는 것인지도 몰랐다. 소리도 분명히 다섯의 머리를 가진 괴물일 것이었다. 소리의 과거, 소리의 현재, 소리의 미래, 그리고 소리 밖의 소리, 소리 안의 소리 — 그것들이 저 소리의 현재 속으로 운집하고, 밀집하고, 소용돌이쳐드는 것일 것이다. 이 새 체험에 대해서 나는, 감사해야 될 것이었다.

　피부가 느끼는 것도 소리라고 쳐버리면 물론 소리라고 할 수 있을 것이지만, 그러나 나는 고막만을 되돌려받은 것은 아니었다. 나는 또, 감각의, 감촉의 두려움을 일깨워낸 것이다. 이것은 계집과의 수분의 여수중에 갑자기 깨달은 것이었지만, 피부를 통해 오는 모든 느낌 또한 깊고 넓으며, 두려운 것이었다. 느낄 수 있는 피부란 하나의 바다라고 불리울 것처럼 생각된다. 이것은 매순간 처녀다우며, 어머니답게 또한 포용적이다. 이것은 거울모양, 어떤 부딪침을 반사해내는 것에 그치는 것이 아니라, 그것을 혼의 깊은 속으로 울려보내며, 그것을 그 안에 괴어 있게 하는 것이다. 피부를 갖고 산다는 일은 그래서 얼마나 아픈 노릇인가. 계집의 손가락이 그저 의미 없이 내 무릎을 스쳐도, 그것은 나의 혼까지를 뒤흔드는 간지러움으로 변한다. 어느 날 나는, 미풍에 대해서도 그렇게 느끼게 될지도 모른다. 그러한 스침이 도발해내는 아픔이란 견딜 수 없는 것이다. 아마도 이 피부의 위에는, 뭔지 대단히 아른한 것이 아주 엷게 덮여 있어, 매번의 감촉에마다 그 처녀막이 파열을 당하는 것 같았다. 그것은 그렇게

나 아리고 뜨거운 것이어서, 비명을 질러내게 하며, 몸을 뒤꼬아 대게 한다. 이것은 열예스런 격통이다. 그리고 피부란 암컷이다. 그런데 이러한 느낌 또한 헝클어졌거나 산란한 것이 아니어서, 빛살처럼, 소리처럼, 정연하고 질서로우며, 그것 또한 오두(五頭)의 독사인 듯하다. 감촉의 간지러움, 따가움, 쏨, 뜨거움, 차가움, 미지근함, 부드러움, 껄끄러움, 미끄러움, 감촉의 달콤함, 짬, 떫음, 씀, 시그러움, 매움, 아림 ─ 그런저런 수천의 성별 다름의 아무것 하나도 피부는 놓치지 않고, 신랑으로서 받아들이는 것이었다. 피부의 원시성, 감각의 재생, 그것은 촉각의 유아성이라고 할 것이리라. 그러나 그것은 어찌하여 그렇게나 죽어와, 저 아른한 막 위에다 창병을 덮고, 불감증을 키워온 것인가.

볼 수 없고 말할 수도 없는 몸, 그것은 타아에 의해서 하나의 나무둥치 같은 것으로나 보일지도 모른다. 허지만 그것은 이제 보다 더 '생각의 몸' 또는 '마음의 몸' '의식의 몸'으로 변해진 것인지도 모른다. 이제 내가 거울 앞에 서거나, 물 위에 내 얼굴을 드리워도, 내게는 내 몸의 반영이 보이지를 않을 터이니, 나는 어쩌면 존재치 않을지도 모르지만 그래도 존재하며, 귀에 의해서, 감각에 의해서 생각을, 마음을 불러일으켜낸다. 이것은 전지스러운 듯하지는 않으나, 거의 전능한 것 같기는 하다. 바르도의 몸처럼 한눈에 모든 대륙을 다 살필 수 있으며, 모든 어머니 아버지들을 만날 수 있으며, 시간이 흐르는 것이 도대체 보이지 않음으로 해서, 홀로 시간을 여일 수 있는 몸, 그리고 하나의 생념(生念)에 의해서 자기를 온통 그것 속에 몰입시켜버릴 수 있는, 그래서는 그것 자체로 둔갑되어버릴 수 있는 몸인 듯이만 여겨진다. 일 예로는, 계집과의 정사를 통해서라면 나는, 내 몸 전

체가 처음에 색념이었다가, 다음엔 색근으로 변해져, 색근이 아
닌 다른 몸으로서 내 몸은 내게 느껴지지가 않았었다. 생각은 곧
장 전신(轉身)을 치르고, 새 형태로서의 '언어'를 이뤄낸다. 내
가 나무를 생각하면 내가 나무로 되어버리며, 이 나무는 내 관념
속에 심겨진 영상의 나무가 아니라, 내가 그냥 땅에 뿌리를 내려
버리는 것이다. 볼 수 없고 말할 수 없는 몸, 그것은 변질을 위한
원초적 질료 같은 것이라고 할 것인지도 모른다. 혀가 있으나 말
을 만들지 못하며, 눈이 있으나 사물을 구별하지 못하는 갓난애
같은 것이다. 허긴 갓난애란, 충일 그 자체인 듯하지만 텅 빈 것
이어서 이해할 수 있는 재료는 아닌지도 모르긴 하다.
　　그러나 드디어 나는 복귀된 귀, 재생된 감각을 가진, 하나의
염태(念態)로서의 나의 변모를 알아낸다.
　　그럼에도 눈알이 썩는 자리는, 그리고 잘려진 혀끝은, 염태로
서 아픈 건 아니구나, 물 위에서 휘둘러진 회초리 그늘이, 수면
에 스치는 것 같은 것은 절대로 아니구나.

제 31 일

1

　　그러는 새 우리는, 다시 하나의 색념이었다가, 색근으로 변하
고 있었다. 우리의 성교는 이미 수분의 여수를 목적으로 하고 있

는 것이 아니었다. 이것은 교통할 수 없는 혀, 교통할 수 없는 눈으로 말하고 보며, 교화하고 교화당할 수 있는 타아에의 한 관통으로서 치러지고 있는 것이다. 이것은 기도이며, 제사이고, 이러한 관통을 통해 양자가 하나로 변하는, 그래서 이러한 성교란 일원화의 장소이기도 한 것이다. 그리고 양자 사이에, 슬픔이 깊으면 깊을수록, 그 슬픔으로 인하여, 서로 속으로 더욱더 맹렬히 용해되어버려서, 자기를 남기고 싶지 않게 하는 것이다. 그래서는 언제나, 자기 쪽은 하나의 소멸로서 그 순간 존재하고 타방은 다시 살아날 생명의 장소로 생각하게 되는데, 아마도 이것은 쌍방이 동시에 느끼는 것일 터이므로, 이 충돌은 무섭게 이기적이며, 또한 무섭게 희생적인 것이다. 그래, 내게 있어 이 계집은, 이미 어떤 특수한 계집은 아니고 있는 것이다. 그 얼굴이며, 몸매며, 색깔을 볼 수 없는 계집, 이것은 이를테면, 그 계집만의 특수한 모서리들을 잃어버린, 그래서 그냥 일반적인 하나의 여자로 바뀌어져버린 것이다. 음부와 자궁으로써만 내게 확인되는 계집 — 그러나 음부와 자궁으로써만 내게 확인되는 계집은, 하필이면 인간이어야만 되는 까닭은 없을 것이다. 그저 암컷, 쥐의 암컷, 비둘기의 암놈, 소의 암컷, 개의 암놈, 상어의 암컷, 멸치의 암놈, 모기의 암컷, 용의 암놈, 나무의 암컷, 인천지수선(人天地水仙)의 암놈들, 우주에 편재한 암컷, 일반적인 암놈 — 이것은 나로 하여금 또, 그런 어떤 특수한 수놈인 것으로부터도 떠나게 한다. 그냥 수놈 — 일반적인 수컷. 그래, 태초에 어쩌면 '말씀'의 수놈과 암컷이 있었고, 그것들이 서로 교화하고 당해오는, 그 통화중에, 붕어의 남 여, 두더지의 암 수, 꿩의 자 웅, 해와 달, 뭍과 물이 나뉘어졌던지도 허긴 모르는 것이다.

나는 이런 암컷을 향해 그런 수놈으로 다가갔고, 이 암놈은, 허긴 그래, 추억에 의하면, 전에 가야금을 뜯던 저 흰 손의 광풍, 죽은 채로의 가야금 검은 것을 살려내서 붉게 산화시키던 괴력, 그것으로 수컷 하나를 한 휘몰이 쳐 흩뜨리곤, 그 수컷 흩어져 내는 살, 그 낙엽 아래 누워, 자궁에 몸을 키우고 있는 것이다.
"나는 당신의 죽음을 초롱히 지켜볼 것이에요."

신농씨 시절쯤에 계집은 말하고 있었다. 그 소리는 옛날도 아주 옛적으로부터 전해져 내게 들리는 것 같았고 그리고 나서도 삼백 년이나 더 흘렀겠다 싶은데, "여보, 지금 해가 떠오르고 있나 봐요" 하고도 말했다. "그런 뒤 나는, 한번 실컷 울 것이에요 서방님, 내가 당신을 죽여버리게 될 것이에요." 계집은 그러며, 물수건에 비누 묻혀 내 몸을 골고루 닦아주며, 양치질도 시킨 뒤, 내게 장옷을 입히고 자기에게도 그러는 것 같았다. "허지만 좀 기다리셔요. 저 가여운 눈을 씻어드리겠어요. 가여운 양반, 영기에 넘쳤던 저 눈으로, 제가 지금 얼마나 이쁜지, 한 번만 보아주시지 않아도, 괜찮아요, 전 괜찮아요"라고도 말하며, 소금물이라고 믿어지는 것으로, 내 눈을 아주 부드럽게 닦아내고도 있었다. 수시로 그녀는, 내 눈알을 닦아주어왔던 것이다. "조금 있음, 촛불 스님이며, 그 애가 오겠죠. 그 스님은 이상스럽게 변해져 있답니다. 촛불 스님은, 남자의 눈으로 울며 말이죠, 자기가 어떻게 당신의 눈을 상하게 했었던가를 말이죠, 절 보자마자 말하기 시작했었죠. 그저 슬프기만 했구요, 미워할 수 없던 것은 이상했어요. 그리곤 이젠 조금도 다변스럽지 않구요, 그냥 하늘이나 올려다보며 고개나 썰레썰레 젓곤 한답니다. 허지만 어쩌면, 내일이나 모레쯤, 그 미움이 깨어날지도 모르긴 하답니다.

그냥 슬퍼요. 그렇군요, 그래요, 그 둘은 말에게 풀이나 먹이러 보내야겠어요, 당신으로부터 전, 더 많은 것을 더 악착스럽게 훔쳐내지 않으면 안 될 것이거든요."

2

　말에 풀을 뜯기고 돌아온 길이라며, 촛불중과 목사의 환속한 딸내미가 돌아온 때는, 해가 뉘엿하고 있었을 때나 되었을 것이다. 그런데 입이 잽싼 그 계집아이가 씨부려 섬기는 소리를 들어보니 그들은 큰형장이 있는 숲에까지 나갔던 모양이었는데, 그래서 아마도 내 계집이 경악하는 눈을 떴던지, 촛불중이 나서서 한둬 마디 변명을 하고 있는 것 같았다. 큰형장 있는 숲말고는, 다른 데는 좋은 풀이 없었다는 내용이었다. 그러나 다만 큰형장이라는 한 마디의 단어로 해서, 내 계집은 분노하거나 슬퍼하고 있는 것이었다. 그 단어가 그리고 내게는, 한번 더 나의 현실을 확인시켰다.
　그러는 중에, 목사의 딸내미가, 저녁을 짓겠다고 이것저것을 챙겨서 아침에와 마찬가지로, 수도부들 살았던 빈 집으로 갈 때는, 자기가 숯불 피우는 것이라도 도와주겠다며, 촛불중도 따라나섰다. 글쎄 그 촛불중은 많이도 달라진 듯이 내게도 느껴졌다. 그러나 외형적인 몇 인사 따위로, 나로서는 그가 어떻게 달라진 것인지는 물론 모른다. 그 음모의 내용은 어떤 것인지 나는 모르는데, 나는 그가 아니라서 모른다.
　"아유, 그러시담 정말 큰 도움이겠어요. 저녁도 같이 하셔요.

그러기로 약속하셨잖아요?"

 계집아이는 그렇게 떠들었고, 촛불중은 대답이 없었다. 계집아이 했었던 말로는, 그러나 실감은 나지 않았지만, 자기는 어젯밤 거기서 잤는데, 아직 숯도 반 가마니 정도나 남아 있는데다, 이것저것 세간이 그저 고스란히 있어서, 자기 생각에 수도부들이 영 안 돌아오려는 것은 아닌 듯했다고 했었다. 그러나 그 애는, 촛불중네 토굴이라면, 발에 먼지를 털고, 푹 좀 쉬었어도 좋을 것이라고 말했던 것이다.

 나는 낮이 다 기울도록, 내 계집을 내 무릎 위에 뉘어놓고, 손으로 그 전신을 어루만지고 더듬어서, 그것의 아름다움과, 섬세함과, 오묘한 깊이를, 그 냄새로부터, 소리며, 상상되는 빛깔에 이르기까지 공부하기에 바쳤는데, 그것이 어떤 특수한 계집인 것의 특수성을 잃어버리기 시작했을 때, 그것은 이미 내게 하나의 수수께끼로 나타났었던 것이다. 닭도 소도 선(仙)도 아닌 암컷이란, 아마도 분명히 존재하지만 그것의 육화(肉化)를 얻어내기란 힘드는 것처럼 여겨지던 것이, 내 무릎 위에 놓인 것이다. 그것은 그리하여, 하나의 가얏고모양 내 손끝 아래서 떨며 또 출렁이며, 또 흡입해 들이며, 한숨 지으며 타올라 수분에 집착하고 그러다 늘어지면, 이완된 살, 아무것도 존재를 드러내지 않는 암흑함으로 미동도 없이, 내 손끝 아래 펼쳐져 누워 있었다. 그럴 때 사실은 풍요로울 터인데도, 내 손끝에 보여지기로는, 그럴 때 그 암컷이 한없이 황폐되어 있는 듯한 것은 이해할 수 없었다. 어부왕(漁夫王) 성 불구에 걸려, 그 둔덕에 앉아 빈 낚시질이나 하는 그것은 그 마른 늪이었었다. 내가 품에 안았을 때 그것은, 하나의 작은, 그리고 숨결이 향기로운 부드러운 짐승이었으나,

그렇게 내 손끝이 보아가며 체험해가는 동안에 그런데 그것은 하나의 사망과 같이 펼쳐져, 내가 잘못 실족한다면, 영 헤어나오지 못할 것처럼 열려지던 것이다. 어쩌면 그것은 그런 것이었다. 그래, 어떤 특수성을 잃어버린 그냥 암컷이란, 저승이라고 불리울 것인지도 허긴 모른다. 그것은 임신이라는 수단을 통해, 아 그래서 바르도의 방황하는 혼들을 이승으로 보내는 것이다. 항변(恒變)하는 것을 항변인 채 두어두지 않고, 그것을 포착하여, 살과 뼈와 수분을 채워넣어 형상을 조립해 내는 토기장, 그것은 저승이라고 불리워질 어떤 것이었다. 그러고 보니 나는, 그 저승 둔덕에 앉아 능장코를 빠추며 우닐고 있더구나, 우닐고 있더라. 좀체 하직할 수 없는 이승 햇살을 받아서 그림자를 저승에 드리우고, 나 우닐고 있더라만, 그러나 세상, 참 모난 돌도 많더라, 가시덤불 육실허게도 뒤엉겼더라. 그래서 부르튼 발 이제는 머물리고, 대체 무엇 때문에 그렇게나 멀리, 밤으로 밤으로 이어진 소로를 걸었던지, 그것을 의문해야 될 그만 때쯤에도 오긴 온 것이다. 그래서 나는, 촛불중이 와주는 대로 언제든, 오늘 저녁이라도 또는 내일이라도, 나를 큰형장에다 보내달라고 표시를 할 작정을 했었다. 이봐 자네, 질 때도 어지간히 되었거든, 자네 꽃질 때도 허긴 되었거든, 어지간히 되었거든.

3

　저녁밥상을 둘러서는 물론, 촛불중도 끼어 있었다. 상이며, 그릇이며 숟갈 따위들은 물론, 모두 수도부들의 빈 집에서 가져온 것들이었을 것이다. 내가 먹을 때 물론, 나의 자상한 계집이 시중들어주었고, 목사의 딸내미는 물론, 한시도 쉬지 않고 종알거려댔는데, 그 애는 물론, 이 유리의 하루 이틀을 진심으로 즐기고 있는 듯했다. 그 애 외에, 그러나 우리는 할 이야기가 없었다. 나의 계집과 촛불중은, 아마도 곤혹을 느끼고 있는 듯했다. 그래서 아마도 손님을 보내는 인사로서 내 계집이 촛불중과 그 계집아이를 향해서, 저녁이 더 어두워지기 전에, 한번쯤 더 물을 길어다 주었으면 좋겠다고 말하고 있었고, 말은 안장을 풀어주었느냐고 묻고 있었다. 말은 아마, 샘가에나 매어 있었을 것이었다. 그러자 촛불중이 일어서려는지 부스럭거리는 소리가 일었다. 그래, 나는 언제든 나를 형장으로 보내달라고 표시하려고 해왔었다. 헌데 이것이 그런 때인 듯했고, 그래서 내가 손을 휘저어 주의를 내게 기울이게 했더니, "대사께서는입습지, 하시고 싶은 말씀이 있으신가입지?" 하고 그가 물어왔다. 나는 고개를 끄덕이고, 손가락을 써서 방바닥에다 한 마리의 고기 모양을 그려 보여주었다.

"버, 벌써이십지? 오늘 마, 말입습지?"

나는 고개를 끄덕여 보여주지는 않았다.

"두 분께서는 지금" 의아스러워서 내 계집이 나섰다. "무슨 의논을 하시고 계시는 중이죠?"

"숙녀께서는입지요, 이 저녁에 말입죠, 읍으로 돌아가시겠나 말입습죠?"

"아니, 그게 무슨 말씀이시죠? 난 사흘 말미를 얻어온걸요. 좀 풀어서 들려주실 수 없나요?"

"허, 허지만 말입습죠, 마 만약에 말입습죠, 대사께서입습죠,

이 유리를 떠나시겠다면입죠."

"아니, 그게 무슨 말씀이시죠? 난 아직도 이해할 수 없어요."

"헌데입습죠, 대사께서는 말씀입습죠, 오늘 저녁으로입죠, 소승과 함께입죠, 유리를 떠나시기 원하는군입쇼."

"난 아직도 이해할 수가 없어요." 여자의 음성은 떨리고 있었다. "허지만 오늘 저녁은 안 되어요, 절대로 안 되어요."

"그, 그러믄입습죠, 숙녀께서 말미 받아오신 그, 그 동안만입습죠, 대사가 여기 머무르시도록 말입습죠, 우리 권해보면 말씀입죠, 어떻겠나입지요?"

나는, 쓰린 눈을 멀리로 보내, 하마 석양일는지 저녁도 깊었을는지, 그런 풍경을 짐작으로 보려 했다. 그러는 중에 침묵이 끼어들었던 모양이었으나, 촛불중이 아마 자기의 처소로 돌아가려고 하는 모양이었다. "숙녀께서는입습죠," 그는 낮고 느리게 뭔가 한마디 꺼내고 있었다. "높은 가지 위에 말입습죠, 둥지를 짓고 세상을 내려다보는, 한 마리의 독수리를 말입습죠, 보신 적이 있으신가입지요?"

"………"

"소승도 물론입습죠. 본 적은 없습죠. 허지만입습죠, 지금이라면 상상해볼 수는 있습죠. 아, 평안한 밤이 되길 빕죠."

그는 그리고 걸어가는 모양이었다. 아비 중 따라가는 새끼 중 모양, 그 계집아이도 물론 따라가고 있을 것이었다. 누구에게나 엉뚱하게 들릴 그의 이야기는, 내게 한숨을 자아냈다. 내 손을 잡고 있는 계집의 손은 너무도 추운 듯이 떨고 있었는데 그 손의 떨림이 그녀의 목구멍으로 올라가 처음에 말이 되어 나왔다. "촛불 스님이 하신 말씀이, 만약 의미를 지니고 있다면 말씀이지요,

당신이 택한 죽음은 나무와 관계가 있는 것이죠?” 그리고 다음
엔 오열이 되어 짓떨리며 그녀를 괴롭혔다. “이를 악물고, 참을
수 있는 데까지 참아두려 했지만 안 되겠어요. 당신은 내가 곁에
있는 것에 싫증을 내셨죠?” 그녀는 느닷없는 투정을 섞더니, 내
무릎 위로 엎으러져버리는 것이었다. 그녀는 글쎄 허긴, 한 번은
울어버렸어야 될 것을 참아오고 있던 것이다. 이 울음이 끝나고
나면, 체념으로서 이제는, 마음속에 이별을 갖게 되리라. 보이지
않는 눈을 들어 나는 하늘을 보며 거기서 별을 찾으려 했다. 천
장이니, 드리워졌을 가마니 문이니, 그런 것들이 내 시야를 차단
할 수 있는 것은 이미 아니었다. 눈 덮인 수미산 영봉을 보려고
도 했다. 억겁을 두고 바람이며 무세월이며, 비며 정적이며, 햇
빛이며 정지스러움이며, 이슬이며 고적함이며, 서리며 고독함이
며, 눈이며 소슬함이며, 한 마리 산새인들 울어줄 것인가, 그런
것들이 아주 조금씩 조금씩 살을 깎아가는 그 아픔은 어떤 것일
것인가. 그리고 보면, 소멸될 수 있다는 것은 좋은 일인 듯하며,
그것도 일탄지경에 이뤄진다는 것은 더욱 좋은 일인 듯하다. 수
유간에 소멸되어질 것의, 심정이 아파서 우는 울음은, 그리고 또
듣기에 좋은 것이라고 믿어야 되는데, 왜냐하면 별이나 수미산
은 울지도 못하는 것이다.

　울고 난 뒤에, 한 돌중을 연민하는 계집은, 몇 마디의 푸념을
하다가, 그냥 잠들어버렸다. 그녀의 몸은, 만 하룻 동안의 유리
의 생활에 피로해진 것이고, 그녀의 심정은 소금처럼 무거워진
것이었다. 그녀가 오지 않았다면, 설움이 그냥 설움이었다가, 글
쎄 내가 죽고 난 뒤, 서리라도 되어 내렸을랑가 몰랐을 것이, 그
녀로 하여 기름이 되어, 지글거리며 나를 튀김을 해댄 탓에, 나

도 그리고 피곤했다. 우리는 피곤했다. 모든 것이 우리를 피곤하게 한다.

신들은 우리를 피곤하게 한다. 그들의 인간에의 짝사랑이 그것에서 그치지 않고 우리들에게서 궁합 맞춰지기를 강요했을 때부터, 신들은 우리를 피곤하게 한다. 신들의 품속에서 허긴 우린, 한 번도 화백 제도였던 적이 없다.

성자들은 우리를 피곤하게 한다. 마야(Maya-Illusion-Universe)! 저쪽 건너 동네 니르바나에 앉아서 이쪽 동네 상사라의 붉은 향수물을 바라보는 저 고요한 눈은, 우리를 피곤하게 한다. 성자들의 눈길 아래에서 우리는 한 번도 죄인이 아니어본 적이 없어서, 저 죄태(罪態)는 우리를 피곤하게 한다.

영웅들은 우리를 피곤하게 한다. 한 번도 명확히 정의되어본 적이 없는 비겁이 그들에 의해 정의되고 그리하여 우리는 인간인 것의 자부심을 잃어버린다.

그래서 인간인 것이 무엇보다도 우리를 피곤하게 한다. 인간인 것은 우리를 진실로 피곤하게 한다. 그리고 우리는 피곤해 있다.

1

"여보 스님, 밤에 난 꿈을 꾸었더랍니다. 그것은 너무도 아름다운 광경이어서, 눈으로 볼 것이지 말로 해버려서는 안 될 것이에요. 글쎄 말로 해버리면 말예요, 당신이 [36]아주 작고 예쁜 배에 타고 말예요, 하늘을 헤쳐나가고 있었는데, 그런데 그 배를 말예요, 한 마리의 갈매기 같은 독수리가, 일곱 색깔쯤으로나 보이는 끈을 목에 매고 날아가며, 끌고 가더라는, 그냥 이런 이야기나 될 거예요. 허지만 좀 상상해 보셔요, 저 하늘이 바다처럼 보이고, 그 하늘 같은 바다를, 아주 억세게 큰 독수리 같은 갈매기가, 일곱 색깔 끈을 목에 둘러, 당신이 탄 저 예쁜 배를, 끌고 가는 걸 좀 상상해보셔요. 아 그랬댔군요, 그 배는 새의 둥지 같기도 했어요. 그리고 거기에 탄 당신은 붉은 볼을 하고 있었어요. 눈은 꿈꾸듯 뜨고 있었는데, 얼마나 반짝였는지 몰라요. 아주 어린 얼굴이었지만, 당신이었어요. 글쎄 여보, 난 그렇게나 맑고 빛나는 얼굴은 어디에서고 본 적이 없어요. 글쎄, 동화 같기도 하죠? 그러고 보니, 어려서 그와 비슷한 얘기를 들은 것 같기도 해요. 어려선 하늘을 나는 꿈을 간혹 꾸었었거든요."

이 여자의 감수성은, 그리고 이 여자에게 수수께끼처럼 던져진 것은, 아마도 곧장 꿈에서 그 해결을 찾는 모양이었다. 촛불 중이 그녀에게, 독수리의 이야기를 하나의 수수께끼로 던져준 것을 들은 기억을 나도 갖고 있는 것이다. 그러나 무엇보다도 하는 말로, [37]신과 인간이 대좌하여 말을 주고받는 장소가 꿈속이라고 하는 것이, 만약에 사실이란다면, 그녀의 꿈의 내용은 어쩐지, 그녀가 하나의 작은 무녀로 화해 간 과정의 이야기처럼도 내게는 들린다. 어째서 그런지는 나도 잘은 모른다. 모르지만, 이 궂은 세상 구속과 장애의 마마에 몸부림치던 그녀는, 자기의 혼만을 분리해내, 그것은 그것을 어떤 자유에로의 통로라고 말해져도 좋으리라, 그런 어떤 통로로 보내버리고, 이승과 저승간의 한 중간에 머물러, 이승으로도 저승으로도 손을 흔들어 보여주는 것만 같다. 무녀가 만약에 그런 것이기도 하다면, 그래서 나는 그녀도 무녀가 되어버린 것일지도 모른다고 추측하는 것이고, 그래서 그녀의 자기 초극이, 일종의 해탈이, 조금, 성취되었을지도 모른다고 또한 추측하는 것이다.

"이젠 당신 때문에 울진 않겠어요. 당신은 그렇게도 초연한 곳에 계시며, 그늘 없이 맑은 눈으로 절 보시고 계시잖으세요? 소갈머리 없는 계집의 눈물로 여보, 어젯밤 당신 맘 좀 상하셨죠? 허지만 용서하셔요 네?"

난 미소만 지어 보이고, 그녀의 눈을 찾아 눈자위를 더듬어보았다. 그랬더니, "당신은 아름다워요." 계집은 속삭였다. "당신은 이상스럽게 향기로워요. 정말 난 당신의 애를 가졌으면 하고 자꾸만 바란답니다. 쌍둥이였으면 더욱 좋겠어요. 당신과 십년만 같이 살 수 있다면 말이죠, 하나씩 하나씩, 다섯을 낳겠지만 말예요." 계집은 어쩌면, 진정으로 이렇게 바라고 있었을지도 모른다. 계집은 그러며 혀끝으로, 내 몸을 산조(散調)로 흐트러뜨리기 시작했다. "이래뵈어도 여보, 나도 신부 공부는 해두었더랍니다. 아주 열심히 해두기는 당신 만난 후부터이기는 하지만요."
계집은 병적으로 씨분대기 시작했다. "글쎄, 어머니가 외동딸에
게 유산한 것 중에는, 그래요, 제가 당신께 드린 그 비취 목걸이
도 있었지만요, 허지만 그것에 뭐 별다른 의미는 없답니다. 어머
니가 그러셨어요, 이제 네게 신랑이 생기면, 그 목걸이를 그에게
주면서요, 이 목걸이를 준 장모가, 살아서나 죽어서도, 그 딸을
얼마나 사랑했던가, 그것을 기억해주기 바란다는 이야기를 하라
는 것뿐이었어요. 호호호, 그것이었어요. 헌데 그 중엔, 글쎄, 신
부공부책도 있었던 것이랍니다. 그렇지 않아보셔요, 물론 저 할
머니다운 침모가 도와주었지만 말예요, 저 무섭고도 수치스러우
며, 절망적인 저 첫 경도의 비참함 때문에 난 죽었을 것이에요.
허지만 당신은 모르실 일이에요. 어쨌든, 지금 제가 이러고 있는
걸 당신이 마음으로 보고 계신 것 때문에 전 맘이 편해요. 그렇
지 않다고 해보셔요. 그조?"
　허긴 그러고 보니, 보다 더 젊었을 적에 나도, 신랑 공부는 해
뒀었다는 기억이 났다. 허지만 그것은 사실에 있어서, 내게는 신
랑 공부로 읽혀진 것은 아니었었다. 그럼에도 그 탓에 나는, 대
부분의 시간을 수음에 바치느라고 나중엔 노랗게 야위어가며 깨
어 있어도 내 정신이 아니었으며, 꿈도 늘 젖었었다. 그때 나는
어쩐지 나만 수치스럽게 이 세상에 던져진 듯한 이상스런 죄악
감에도 당하고 있었지만, 분명히 스승은 눈치를 챘을 터인데도,
늘 모르는 듯한 얼굴이곤 했다. 그렇게 아마 꽤나 세월이 흐르고
나서야 나는, 별로 다른 감정의 범람에 당하지 않고 그 공부를
해나갈 수가 있었다. 글쎄 어떤 도사들은, 도를 닦다 음통(淫通)
을 해버리곤, 그것을 기술(記述)로 남겨온 바, 그것이 비록 환락

만을 추구한다고 해도 연구해볼 가치가 있다는 것인데, 왜냐하면, [38]'덕'과 '부'와 '사랑'은, 사바에서 달성되는 그중 큰 세 가지 것으로, 그중에서도 '사랑'은, 마음과 영에 의하여 보조되어지는, 듣기, 느끼기, 보기, 맛보기, 냄새 맡기의 저 오관에 의해 즐겨질 수 있는 그중 좋은 대상이기 때문이라는 것이다. 그런데 저러한 오관의 총화 안에서, 특수한 감각 기관과 그것의 대상과의 접촉에서 오는 즐거움을 자각하는 것, 그것이 '사랑'이라고 말할 것이라고 하는 것이다. [39]여자란 그리고 다만 성교를 위해서 남자를 사랑하는 것이라고까지 정의하는데, 그럼에도 그것이 환락만의 추구 이상의 의미를 갖는다고 할 때, 그것은 몸과 마음을 다해서 연구해볼 가치를 갖는다는 것이다. 그러니까 성교란 하나의, 명상법으로도 던져진 것이며, 우주를 이해해 보기 위한 수단으로 놓여진 것이다. 그래서 이 음통(淫通)은 음통이 아니며, 그것은 죽음의 연구로 변해진다. 한 명료한 예로 '해골의 골짜기'에 세워진 '세상의 나무'를 타고, 한 위대한 무당이 하늘로 올라간 광경은, 다수가 일원화하는 집단 성교로서, 그 성교에 가담한 사람들은 모두 하늘에 올라가는 것이다. 태초로부터, 존재나 비존재가 모두 상대적으로 존재해오기 시작했을 때, 이 황음(荒淫)은 자행되어온 것이다. 그리고 보면, 성기의 형태론은 음과 양, 체와 용의 여러 모습에 관한 연구인 듯하며 성교 자세의 연구는, 음과 양, 체와 용이 어울리는 그 구조의 파악으로, 그리고 기교론은, 가장 훌륭한 죽음을 성취해내는 방법론으로 여겨진다. 그러한 자세는 저 수백 수천의 변형에도 불구하고 그러나, 마흔다섯, 또는 스물다섯, 더 줄여서는 열두 자세로 집약하여, 그 성쇠들의 저변을 이루는 공통분모로 삼는다. 성기의 형태론

은 대개 소, 코끼리, 또는 말, 쥐 같은 동물들로부터 그 원형을
취해와 우주의 법도를 밝히는데, 어쨌든 숫쥐의 왜소함으로써는
암코끼리의 광대심오함을 침공할 수는 없는 것이다. 아무튼, 사
람이 지닌 원초적 영상 속에는 언제나 짐승의 얼굴이 근저를 이
루고 있어온 사실은 참으로 이상하다.

그러나 그러한 공부에는 반드시 실제에의 응용이 따라야 한다
는 것이다. 그리하여, 그러한 응용을 통해, 자기를 승화시키고
고양시키고 확산시켜, 우주의 숫주재신 암주재신 자체로까지 발
전하지 않으면 안 된다는 것이다. 그러한 경지에서는 그리고, 오
래오래 머물 수 있으면 있을수록 더욱더 좋은 것이며, 나중엔 대
상이 없이, 혼자서, 자기 속에서 암컷을, 또는 수컷을 분리해내,
수음이나 뭐 그런 행위를 통하지 않고도, 매번마다 절정에 닿을
수 있는 데까지, 정진하지 않으면 안 된다는 것이다. 헌데 이 도
전이 내게 다가온 것이다. 이 도전을 내가 현실적으로 깨달은 것
은, 지금 내게 애정으로 칙살스러이 달라붙고 있는 계집의 이야
기에 자극받아 그런 것이고, 그러고 보니, 죽은 창녀와 만났던,
그리고 이 살아 있는 처녀와 가졌던, 모든 관계들이, 약간의 수
분을 제외하곤, 일단 거품으로 돌아가버린 듯한 느낌이 드는 것
이다. 그러한 관계들은, 흡혈귀적인 무기교의 돌진, 자살해 버리
고 싶은 그런 이상스런 충동에 의한 광적 투신, 야수적인 학살
본능, 광증에 의한 난무 같은 것으로, 사실에 있어 그 깊이에서
는 허탈만을 남겨왔던 것처럼, 이제사 여겨지는 것이다. 나는 그
리하여 지금부터, 하나의 예술가이기를 바라지 않으면 안 되는
것이다. 세련된 기교와, 섬세한 감각과, 명석한 분석력과, 훌륭
한 종합을 필요로 한다. 계집이라는 재료를 깎고, 다듬고, 고르

는 거장이기를 바라지 않으면 안 된다. 한 번의 다짐도 뜨거운 마음으로 존경하며 행하고, 한 부분, 가령 젖꼭지 하나를 두고라도, 대번에 덮어씌워 포획하기보다는, 그것을 하나의 운봉의 크기는 되게 생각하여, 그 끝까지 기어올라가는 어려운 과정을 인고치 않으면 안 되는 것이다. 한 번의 잠입을 위해, 전심전력으로 명상하여야 하며, 한 번의 사정을 하나의 죽음으로 치르지 않으면 안 되는 것이다. 하나의 자세에서 다음 자세로 바꿔나가는 것을, 한 번의 가사(假死), 한 선(禪)에서 차선으로 넘어가는 것으로 어렵게 쳐, 어렵게 치러야 하며, 그러기 위해 단 한 순간 단 한 올의 스치는 아픔도 놓쳐서는 안 되는 것이다. 그 감촉의 색깔과, 소리와, 맛과, 냄새와, 그 느낌의 대소, 원근을 살피고 종합하여, 하나의 금을 얻어내지 않으면 안 되는 것이다.

　나는 그러기 위해서, 저 '黑·白·赤'의 세 단계, 그 각 단계가 세 번씩 전이하여 다른 한 단계를 이루고, 그 다른 단계는 또 세 번씩 전이하여, 결과로서 스물일곱 번의 전이를 치르는, 그 회수를 택해, 이 금 제조를 시작했지만, 그러나 그것은 대단히 쉽지 않은 일이었다. 대개는 초선(初禪) 단계에서 분출이 와버리며, 계집 또한 그 단계에서 몸을 풀어버리는 것이었다. 와해이곤 했다. 그래서 다시 시작하지 않으면 안 되곤 했다. 어떤, 외계로부터 오는 방해가 우리 사이에 끼어들지 않는 이상, 이 수업을 나는, 내가 형장으로 가기 전까지는 성공시켜놓고 보아야겠다고 별렀다. 천의 변화와 천의 파문이, 다섯 개의 대가리로 모두어졌다가, '白'에서 죽는, 이 죽음을 나는 글쎄 이루려는 것이다. 그러면서도 내가 색한이 아닌 데에 머물고, 계집 또한 음파가 아닌 데에 머물러두지 않으면 안 되는 것이다. 동정과 처녀로서, 매번

마다 합쳐지지 않으면 안 되고, 또한 행위 불능이나 불감증, 권
태나 허탈이 끼어들어도 안 되고, 쇠진해져도 안 되는 것이다.
그것은 성공되지 않으면 안 되는 것이다.

2

　나의 암놈이 데리고 왔던 계집아이가, 도시락 만들어 촛불중
과 말에 풀 먹이러 간 뒤부터, 우리의 시간은 다시, 아무것으로
부터도 방해받지 않게 되었다. 그러나 내 암컷은, 소금에 절어든
듯이 자꾸 자고, 소모되어가는 기를 모으기에 나는, 이를 부득부
득 갈아야 되었다. 뼛속에 한기가 돌며 시리고 아프며, 우두둑
소리를 내는가 하면, 허리가 시지근이 무너지고 현기증이 일기
시작한 것이다. 게다가 우리들의 국부는 열에 뜨고, 치골은 부
어, 거웃들이 바늘처럼 제 살을 제가 찔렀다. 이 수업에 우리는
실패해왔는지도 모른다. 일단 내가 이 암컷을 하나의 수업의 대
상으로 놓고 대들었을 때, 저 교접들은 이전구투로 변해져버렸
던 것이다. 나는 어쨌든 탐욕스러이 일어나지 않으면 안 되기는
한 것이다. 그러기 위해 조금 숨을 돌리며, 계란과 꿀과 냉수로
조갈을 면한 뒤, 정신을 집중하여, 저 어이없이 시들어지는 내
전신을 살펴나가기로 작정했다. 그래서 어딘가 음한으로 맺히고
괴로운 곳엔 의식을 모아, 기를 투입해 열을 일으키고, 신열로
광기스러운 곳에선 그 열을 해체시키며, 이만 일천육백 번을 한
하고 호흡을 계속해댔다. 하다 보니, 배꼽 밑의 ‘화로〔丹田〕’에
서, 뭔지 푸르스름한 기가 일고 드는데, 그것은 내 전신에다 그

기를 채우며, 나를 오히려 강장케 했다. 다음으론 그래서 저 시들어진 계집을 대상으로 삼고, 그리고 장님으로서, 꼿꼿이도 하고, 부드러이도 하고 능청거리게도 하여, 계집의 맥의 곳곳으로 관절의 마디마디로, 근육의 줄기줄기로, 퉁소 불어나가며 밤거리를, 두들기기도, 문지르기도, 입김을 쏘이기도 하다 보니, 시간은 오래 갔으나, 계집 또한 살아나는 것이었다. 그것은 다시 처녀였을라. 그래서 계속하여, 그것 위에 명상하며, 정진하기로 했다.

제 33 일

1

"당신은 이 세상에서 가장 잔인한 사내일 거예요."

그녀가 그렇게 속삭이고 있었을 때 우리는, 이 수업의 마지막으로서, 저 최초에 행했던 정상위로 다시 돌아와 있었는데, 시각으로는 다른 동이 트고 있을 때라고 했다. 그러니까 다시 정상위로 돌아온 이것까지 합치면, 우리는 이십 팔 회를 거쳤고, 한 회에 셋씩의 바꿈만을 계산한다고 하더라도, 여든 네 가지의 체위를 시험한 것이 된다. 물론 중복된 것이 없을 수 없으나, 우리들은 분명히 훌륭한 예술가였었다. 그런데 계집으로서는, 매회 작은 절정을 한두 차례씩 더 겪었으므로, 그녀가 달한 절정의 횟수

는 아무리 줄잡아도 오륙십 번은 될 것이었다. 헌데 이 정상위
는, 그 시작이며, 또 모든 체위의 저변에 놓이는 것이며, 그 끝이
어서, 우리는 우리의 최후의 작열을 아꼈다. 그러나 나는 계집의
목을 졸라매지는 않을 것이다. 죽어가는 계집이, 그 죽어가는 온
갖 정성으로 하여, 무섭게 수축하면서, 무섭게 흡입해간다는 것
은, 그리하여 사내에게 광희를 준다는 것은 죽은 계집으로부터
경험하여 나는 알고는 있는 것이다. 그러나 저 최후의 희생을 요
구치는 않을 것이다. 그럼에도 나는, 그녀의 피를 탐하고는 있었
다. 그 피에의 갈증은 혼으로부터 비롯된 것이어서, 어떤 수분으
로도 해갈시켜줄 수 있는 것은 아니었다. 나는 그녀의 목줄기를
탐하고는 있었다. 그 어느 한 부분, 힘을 쓰느라 부풀어오른, 대
정맥이 내 끊긴 혀끝에 쉬임없이 격동을 보내는, 그 피의 뛰놀음
에 미치고는 있었다. 저 신선하고 더운 피에의 갈구 — 내가 정
진하고 명상해서, 한 계집인 것의 불순을 씻어버린, 그 더운 피
는, 내가 마셔버려야 될 어떤 정화수처럼 여겨지는 것이었다. 잃
어버린 눈과, 끊긴 언어의 육신적 불모스러움 위에 뿌리는 제주
로서, 저 피를 나는 저 황폐 위에 뿌리려는 것이다. 어쨌든 빛과
언어는, 피를 고향으로 거기서 발원한 두 의지인 것이다. 어쨌든
모든 황폐 위에는, 피를 흩뿌리지 않으면 안 되는 것으로, 고기
(古記)는 알려주고 있다. 만약에 그렇다면, 대량 학살이 자행되
는 전쟁 같은 것도, 그러한 피 뿌리기의 제사인 듯하며 이 제사
가 끝날 때마다, 거기 속죄가 행해진다. 그래서 세상은 그러한
제단을, 서쪽이든 동쪽이든, 북쪽이든 남쪽이든, 어디에든 한 군
데 가져두는 것이 이익일지도 모르며, 그 향로에서 피 냄새가 언
제나 흩어지도록 두어두는 것은, 그 세상의 복을 부를지도 모른

308

다.

 우리는 이러는 새 끊임없이, 그러나 조급하지는 않게, 수미산 등반하듯, 줄기차게 고조되어가고 있었고, 그리하여 그 정상에다 오를 즈음에 나는, 저 계집의 대정맥이 건너뻗은 목줄기의 한 곳에 이빨을 박았다. 그러자 그 순간, 한 마리의 구렁이가 타는 숯불에 던져진 것 같은 무서운 격동이 내 전신으로까지 밀려닥쳐왔으나, 덥고, 신선히 밀큰하며 달콤한 짠 비린내로, 내 창자까지 그녀의 피가 뜨겁고 있었을 땐, 저러한 격동은 벌써 조용해 있었다. 한없이 빨고드는 입술에, 그저 조용히 목을 맡긴 채 계집은, 가엾이 떨리는 숨길을 내 귓전으로 보내며 축수하는 무당처럼 속삭이고 있었다. "천년 묵은 구렁이, 계집의 간을 쪼으는 독수리, 처녀의 제사만을 받고 사는 인당수의 소용돌이, 허지만 어쩐지 나는, 그래요, 전에 없이 청순해진 듯한 것은 이상하죠? 공양미 삼백 석에 팔린 계집아이, 바위 위에 묶여 천년 묵은 구렁이를 기다리는 처녀아이, 허지만 그 처녀 아이를 구해주려고는, 글쎄 아무도 오지 말아야 되는 것이에요. 구해주러 나타나는 장한은, 하나의 저주일 것이에요. 잔인함이지요. 아 그리구요 그래요, 아이를 불로 지나게 하는 일은 보기에 잔인한 일이죠, 그죠? 그러나 그 불을 꺼뜨리는 일은, 더욱더 처참한 일이에요. 내님, 나의 주, 나를 불로 태우는 힘, 나를 저주스러운 힘으로 휘감아 틀어삼키는 이 ─ 여보, 이제는 나도, 당신을 죽이려 돌 던지는 데 끼어 함께 던지게 하시고, 당신을 못 박는 데 나도 함께 망치질하게 하시고, 당신을 태우려는 데 나도 끼어들어 송진을 끼얹게 하셔요, 그렇게 하셔요, 그러기 전에 그러나 여보, 나로부터 최후의 방울까지 피를 뽑아가셔요, 생명을 뽑아가셔요, 혼을

뽑아가셔요. 그렇게밖에 나로서는, 달리 어떻게 당신을 예배할
지를 알지 못한답니다."

2

　오후에, 저 내방객들은 떠나버렸다. 표표히 떠나버렸다. 여인
은 예의 저 비취 목걸이를 내 목에 걸어주고, 나의 두 손을 자기
의 두 손으로 꼭 잡고 한없이 있을 듯하더니, 아무 말도 없이 그
냥 떠나버렸다. 손으로 전해오던, 저 말없는 떨림이, 천 마디의
말로보다도, 그녀의 이별의 슬픔을, 두려움을, 아타까움을, 내게
더 잘 전해주었다. 허지만 가여운 여인이여, 우리가 평생을 같이
살아 같이 늙는다고 하더라도 언제든 이런 이별은 오는 것이다.
그리고 이별은 오는 것이다. 그리하여 이런 이별은 오는 것이다.
이제 그 슬픔일랑은, 시원히 달리는 말 잔등에서 시원히 털어내
버리고, 너의 천래적 동정심과 바치고 싶음으로 해서 사랑했던,
한 사내의 영상은, 그저 영상이지, 이제는 벌써 실재가 아니라는
것을, 드디어는 인식해야 할 때인 것이다. 안으로는 들여다보지
마라. 자꾸 밖으로만 보며, 살아 있는 동안, 그 삶을 꿈으로는 돌
리지 말 일인 것이다. 결국 꿈일 것을, 한바탕 모진 꿈일 것을.
그 꿈이 깨기도 전에, 하필이면 꿈으로 돌려야 할 이유란 없는
것이다. 허지만 허기는, 이 세계에 있어서의 다만 하나의 실재의
장소는, 여성인 것뿐이기는 하다. 모태에 짐을 실은, 어머니인
것뿐이기는 하다.
　아, 유리여, 그러면 우리, 서로로부터 떠나자. 이제는 떠나자.

310

그리고 떠나자.

허기는 여기서는, 사십 일을 사는 것이 용이하지는 않구나.

"지금부터 말입지, 저 큰숲이 보이기 시작하고 있습지. 그리고 입지, 지금은 별이 빛나고 있습지."

그래, 그리하여 나는 유리를 떠난 것이다. 그 유리가 내게 준 해골을 끼고, 나는 떠난 것이다. 그리하여 나는, 제길헐, 해골을 둘씩이나 갖고, 죽음으로 향해 가고 있는 것이다. 해골의 하나는 그러나, 아직도 내 목줄기에 매달려 살고 있다.

"이 길은 싫고도 먼 길이군입지."

촛불중이 그렇게 말하고도 있었다. 그의 제안에 의해 나는, 이른 저녁 식사를 끝내고, 그리고 그가 한 끝을 잡혀준 지팡이 끝에 인도되어, 걷고 있었던 것이다. 그 지방이는 허지만, 그가 대장간 들르고 목수집 들러 특별히 맞춘 그것은 아니었다. 그것이 마지막 식사일 것이어서, 배불리 먹고 배불리 마셔두었더니, 마음이 얼마를 시달리든 그것과도 상관없이, 육신만은, 노근하고 느긋한 맛을 거의 즐기고나 있는 듯했다. 이 밤은, 평안하고, 깊은 잠에 들 수 있게 되기를, 그리고 그 육신은 바랐다.

"하늘은 가〔邊〕가 없는 것입지, 그것은 어떤 틀〔臺〕이 있는 것도 아닙지. 그런데 말입지. 해가 지고 밤이 오니 말입지, 그 가도 틀도 없는 곳에 말입지, 저렇게도 많은 별이 어디서 오는지를 알 수가 없습지. 별이 지혜의 비유로 쓰인 건 소승도 압지. 그러나 소승은 그것이, 수심의 비유로 쓰이는 것을 더 좋아합지. 청천 하늘엔 잔별도 많고 요내야 가슴엔 수심도 많다 ─ 이런 노래 한 가락쯤, 우리 합창해봐도 좋겠습지. 때로 소승은, 염불 대신에 그 노래를 부릅지. 밝은 거울 또한 틀이 아니고 말입지, 본래 한 물건도 없는 터에, 어디에 먼지며 티끌 앉을까, 라고 대사는 노래하시지만 말입지, 소승은 아무리 해도 그 경지를 넘겨다볼 수가 없습지. 바람이 센 날로는 저 하늘에도 검은 구름은 끼더란 말입지, 저녁으론 별들이 채워들더란 말입지, 요내야 심정엔 수심도 많더란 말입지, 그 검은 구름이며, 별이며, 수심이며 말입지, 어디로부터 오느냐 말입지, 가도 틀도 없는 곳에, 그것들은 어떻게 머무르느냐 말입지.”

그는 그리고 허탈된 듯이 한없이 웃어대고 있었다. 그러나 내가 묵묵해버릴 수밖에 없었으므로, 종내 그도 입을 다물어버렸다. 결국 할 얘기란 남아 있지도 않던 것이다. 그는 그의 의문에 대한 해답을 찾기에 고심하며 걷고 있는 듯했다. 그는 어쩌면 업(業)에 관해서 말하고 싶었던지도 허긴 모른다. 하늘은 본래 틀이 아니며, 본래부터 한 물건도 없었으나, 허긴 업의 센 바람이 검은 구름을 몰아오면, 그 하늘에도 먼지며 티끌은 앉는 것이다. 그런 의문의 해답을 얻기 위해서, 허긴 그래서 존자는, 물 속에 앉아 하초로부터 곱을 뜯어냈던 것이다. 그러나 만약에 내게, 한 번 실에 꿰어져서 전대해오는, 그런 백팔염주라도 하나 있었으면, 그랬으면 그것으로 나는 이 젊은 사미놈의 대가리를 한번 후려패주었을지도 모른다. 공(空)이 만약에, ‘생멸거래에 변함이 없는 자리며, 선악업보가 끊어진 자리’라면, 어디에 검은 구름 휘몰아와 덮일 것인가? 허지만 사미여, 어찌하여 마음이 체(體)이겠는가? 마음이 체라면 존자여, 그 마음에 끼이는 먼지며 티끌을 털고 닦아내는, 그 함〔爲〕의 용(用)은 어디서 빌어오는 것인가? 만약에 마음이 체가 아니라면, 번뇌나 수심이 어찌하여 먼지나 검은 구름이 될 것인가? 번뇌나 수심은 그러므로, 체에

312

끼이는 먼지나 검은 구름으로 비유될 것이기 전에, 사미여, 그것은 어쩌면, 유황이나 수은을 금(金)으로까지 데려다주는, '독(毒)'이라고 보아야 할 것인지도 모르는데, 마음은 오히려 용(用)이기 때문이다. 이 독에 의해서만, 저 용은, 금이라 불리워질 공(空)을 획득하는 것일 것이다. 그러므로 사미여, 그대는 다시 유리로 돌아가는 것이 좋으리라. 가거든 그렇지, 그 광야의 모든 것을 먼저 수락하는 일뿐이겠지, 거무틱틱한 모래펄이며, 정적이며, 고통이며, 슬픔이며, 굶주림이며, 계집이며, 낮이며, 밤이며, 탁한 대기며, 아 그렇지, 그러나 유리 자체는 그런 어떤 것에도 집착하지 않더군, 안해.

　결국 할 얘기란 남아 있지도 않던 것이다. 눈 없이 걷는 일이란, 그것에 익숙해져본 일이 없었으므로, 적이 불편했으나, 그런 것에 맘 쓸 겨를도 없이, 어쩐지 나는 자꾸 더 고독해져가고 있었다. 이슬의 감촉이, 가까워지는 숲의 음습한 냄새가, 어쩌다 우는 풀벌레 울음이, 무엇보다도 말없이 걷는 우리들의 낯선 발자국 소리가, 나를, 아마도 우리를, 외롭게 했다. 마음속에 거부의 몸부림이 있는 것은 아니었으나, 형장을 향해 간다는 일이, 뭐 그렇게 기꺼운 일로는 도저히 느껴지지 않았다. 육우(肉牛)가 아닌 것이나 복 받은 것으로 알지 않으면 안 될 것이었다. 이제쯤은, 살을 불리기 위해서, 못 참을 혹독한 매질을 당할 때쯤인 것이고, 갈증 탓에 물이 들씰 때쯤인 것이고, 맞아 부푼 자리로 그 수분이 채워들 때인 것이지만, 그래 허긴 내가, 육우는 아닌 사람으로 태어났던 것은, 어쨌든 내가, 선업의 고리에 새끼발가락 하나쯤은 끼워넣고 태어났었다는 의미일지도 모르고, 아니면 전생에 육우였던지도 모른다. 육우의 육보시는 완전무결해서,

아무 것 하나도 버릴 것이 없다면, 그보다 큰 보살행이 어디에 있을 것인가. 힘은 돌밭을 갈고, 그 똥은 박토를 옥토로 바꾸며, 그 가죽은 사람들의 언 발을 감싸주며 그 살은 푸주업자의 금궤를 살찌우고, 그 뼈는 삼년을 읽혀진 뒤, 개에게 적선되며, 그 피는 새벽녘 술꾼들의 목을 따뜻이 한다. 그러고 보면, 어쩌면 나는 육우였던 것이 나았을지도 모르긴 하구나. 얼마나 쓰잘데없는 오물만을 나는 꾸려쥐고, 형장을 두려움으로써 내어다보는가. 그러나 어쨌든, 내가 갈 곳에 대해 이제는 꿈을 키우지 않으면 안 되는 것이긴 하다.

그러는 새 우리는, 숲의 가운데로 난 오솔길을 걷고 있었던지, 나무들이 쑤군대며, 자기네들의 잠의 언저리를 스쳐지나가는 것들이 무엇이냐고 묻고 있어서, 허긴 송구스러웠다. 나무들은 아마도, 가지의 중간쯤에, 까치 둥우리처럼 조금의 안개를 잠으로 둘러쳐놓고, 서서 자고들 있을 것이었다. 허리도 아플라. 허긴 발목도 시릴라. 가을도 엔간히 깊었다 싶으거들랑은, 이파리 좀 더욱더 흩뜨려내려, 발등 찬서리에 젖지 않게나 할 일이지, 그럴 일이다. 연전의 낙엽이 썩고 있는 냄새, 송진 냄새, 천년 묵은 고적의 냄새, 야음의 냄새. 그 가운데로 내 죽음으로의 귀향길이 놓여져 있던 것을, 내가 태어났을 때, 나는 몰랐었다. 그래, 죽음은, 저 쌓인 정적, 저 울침한 대기, 저 음습한 어두움, 그런 오싹함, 그러며 무엇이 지나며 자기네 잠을 헤설피느냐고 투덜대는 망령들의 소리로 하여 더 숨막히게 소조한 세계로의 잠입 — 그런 것일지도 몰랐다. 그리하여 몸은 시들어 누워버리면 다시는 못 깨는 것, 낙엽인 것, 것, 그런 것. 마음은 몸으로부터 떠나지만, 어디론가 스며들 때까지 굴러다녀야 되는 것, 또한 낙엽인 것, 것, 그런 것.

"이 저녁에는 말입습지, 골패판이라도 한판 말입습지, 벌이고 말입지, 개고기에 후끈한 소주라도 좀 마셨으면 싶습지."

촛불중이, 겨울 저녁 나그네처럼 말했는데, 어쩌면 그의 눈에, 형장이 보여지기 시작하고 있다는 의미도 같았다.

"글쎄입지, 저 큰형장 간수들이 한바탕 모여 떠드는 소리가 들리는 듯싶게, 저기 저 등이 보이고 있습지, 안개는 없어도입지, 밤의 이내가 두터운 탓이겠습지. 그 불빛은 둔한 청황색으로 푸르르 떨고 있는 듯해 보입지. 개고기와 마늘과 고추장."

그래 우리는, 큰형장에 가까워지고 있는 것이었다. 그래서 가만히 느껴보니, 사람 냄새 같은 것이 스적여 가는 것도 같고 도란거리는 소리 같은 것도, 내 귓바퀴 언저리로 겨울 저녁처럼 깊어갔다.

"아 그리고 말입습지, 독한 소주. 아 그리고입지, 그랬었습지, 소승은 촛불을 꺼뜨려버렸댔지. 그날, 그러니까 말입지, 대사의 실명이 이뤄져버린 그 저녁엡지. 별로 꺼뜨려본 적 없던 그 불을 꺼뜨려버렸습지. 무엇 때문에 그 불을 그렇게 아꼈던지는 소승 자신도 모릅지. 그러나 그것을 말입지, 생각해보려 하고 있습지. 글쎄, 꺼뜨려놓고 나서야 한번 골똘히 생각해보려 한다는 말입습지. 뭔지 의미가 없어도 좋겠습지. 반드시 의미가 있어야 할 까닭도 없겠습지. 그러나 말입지, 그것이 소승으로 하여금, 저 사막을 얼마 동안 살게 하였었던 것이라는 것만은 알고 있습지. 아 그러구 보니입지, 다 왔군입지, 다 왔군입지, 왔군입지."

그러고도 아주 한참이나 더 걸어가다 멈춰서기에, 나도 멈춰섰는데, 내 느낌에, 우리 앞엔, 높은 담벽이라도 가로막아 있는 듯해 답답함이 치밀었고, 취한 목소리로 떠드는 몇 음성이 확실하게 들려졌다. 그리고도 한참이나 있다가 무슨 요령이 흔들리는 소리 같은 것이, 안쪽에서 나서 바깥 우리 서 있는 데로 들려왔는데, 내 짐작에, 촛불중이 머뭇거리다 마음을 작정하고, 줄을 잡아당겨, 안에다 기별을 보낸 것 같았다. 드디어 우리는 형장에 도착한 것이다. 얼마나 밤은 더 깊어졌는지도 모르겠으나 이 여행은 외롭고 길고 팍팍했었다. 이제는 신발끈을 풀고, 아주 잠시라곤 할지라도, 푹 쉬일 수 있을지도 모른다. 심신이 너무 고달프다 보면, 죽기도 살기도 다 싫어져버리는 것이다.

조금 있으니 안에서, "지언장마즐, 고것 누구란다? 아닌밤쭝에 홍두깨란다더니 말여, 고것이 씨바자는 문자뿐이는 아녔던개벼" 하고, 게걸거리는 소리가 넘어오고, 촛불중이 대답해 넘기자, 빗장이 뽑히기 시작하고 있었다. 그런 뒤 문이 열리느라, 육중히 썩는 소리가 났는데, 그것은 분명히 철문 열리는 소리는 아니었다.

"헤헤헤, 요 아닌밤쭝으 홍두깨가, 베문시런 홍두깨가 아니구만이? 그렇잖에도 말여, 나으리께서 조 중 나리 납시길 지다려 쌓는 중이라고."

"그래서 그 양반은 자리에 드셨나입지? 허긴 아직도 이르지만 말입지."

"해가 누렇게 똥꾸녁에서 빠져나와야 나으리 자리에 드는 건 자네도 알잖애?"

다른 사내의 목소리인 것으로 짐작컨대, 그들은 둘이서 일조로, 순찰도 하며, 파수도 보고, 문지기를 하는지도 몰랐다.

"헌디, 저그 저 어중간허니 해각고, 지 해골박을 들고 있는 사나가 고 중님이란댜?"

"비는 대로 솔직히 말허면 말이제, 고 베랑 심을 쓸 구석도 없어 비는디 말이라, 고녀러 똥깔보들 다 쫑치났담선?"

"고 지엔장, 고렇게 눈만 새초롬허니 해각고 말여, 반야봉 토깽이 여수 홀기 보뎃기 보지만 말고 말여, 지엔장, 문이 열렸으면 후딱 들어오기나 허란 말여. 전에 안허던 짓을 하고 있당개 시방, 시식잖하게."

"자네들입지, 대사를 몰라보고입지, 함부로 입술을 놀리면 말입지, 들어갈 수가 없을 뿐입지."

"으? 흐흐흐, 그라면 워짤란 것인디?"

"말씨가 공순해질 때까지 이러고 서 있을 작정입지."

"윗따나, 고 씨버랄, 그라면 고라고 서 있으라고. 나는 문을 닫아 뻐릴팅게. 그라다 들어오고 싶으면 나헌티 빌라고. 뻑이나 한 번 주면 보둠아디리제."

"자네들이 빌어야겠습지."

"으흐흐흣, 그라고 본개, 꺼생이라고 함부로 볼 일이 아니란 말이 맞는 말이겄구만. 글씨, 좀 물렀단 게 요것이제 머 다른 것이겄냐고."

"자네들은 혀에 영 버릇이 없구만입지. 여기 계신 대사에 향해선, 유리의 육조 촌장의 예를 다해야 되는 것입고, 또 나에 대해서는, 자네들의 웃어른의 대접을 하지 않으면 안 될 것인데 말입지, 자네들 일개 망나니 놈들이 영 버릇이 없습지. 그러나 이것이, 나 혼자서 온 길이었으면 말입지, 늘 그랬듯이, 자네들을 귀엽게 보아주어서 말입지, 그저 접어두었을 일이지만 말입지, 오늘은 그럴 수 없습지."

"원 치도곤이를 칠녀러! 조 작것이 오늘은 워디서 한잔 거나히 걸친 모양이여, 환장을 한 모양이여?"

"자네는 입을 닥치지 못할까입지? 내 직함이 알고 싶거든, 판관 어른께 여쭈어 볼 일이겠다 말입지."

"헤헷따, 뭐 그래쌀 것 없이," 잠잠히 있던 다른 사내가 능치고 나섰다. "스님들 납시지. 밤도 짚은 지경에, 입만 놀리서 무신 수가 있겄냐고이?"

"자네들입지, 이 대사께 망언한 것에 대해, 허리를 굽혀 빕지."

"헥 거 참, 똥톡에 발모가지를 빠놔도 요보당은 낫겄는디. 조 중뇜이 원지부텀 고렇게나 베실이 높아졌댜?"

"헷따 사람, 허리 좀 한번 뿐질른다고 붕알이 떨어져나갈 것도 아니고, 땅빠닥에 눈깔 딩굴 일도 없는 걸 각고 그래쌀 것 없잖애?"

그래서야 나도 인도되었고, 다시 빗장이 끼어드느라 소리가 썩고 있었다. 그리고 우리는 아마도, 넓은 마당을 가로질러가고 있는 듯했는데, 마당 냄새가 코에 좋았다. 그리고 그 마당 어디에선가는, 서넛으로 여겨지는 사내들의 떠드는 상소리와, 두셋으로 여겨지는 계집들의 낄낄거리는 소리가 섞여나고 있었고, 모닥불 타는 연기 냄새와, 구워지는 고기 냄새가 또한 섞여서 풍겨오고도 있었다. 저 형장 나으리들은, 이 여름밤에 마당 가운데 화톳불을 피워놓고 둘러앉아 잔치하고 있는 모양이었다.

"저 사람들입지," 촛불중이 거의 아무 감정도 없는 어투로 일러주었다. "사냥이라도 해온 모양입지. 이 숲에는입지, 노루니 토끼니, 뭐 그런저런 잡을 게 더러 있는데입지, 새끼 밴 여우거나, 뱀이거나 가리는 것 없습지. 수확이 없는 날이 사흘만 지나도 말입지, 기른 개까지도 잡아먹는데입지, 전엔 여기 한 대여섯 마리 있었던 개들이 이젠 종자도 없습지. 병들어 죽었다고 보고하는 모양이지만 말입지, 읍내서도 더 보내주지도 않는 듯합지. 그리고 저 여자들은 그렇군입지, 읍내 큰 술집 퇴물들인뎁지, 형장내 상점 주모(主母), 나으리네 식모, 여이발사 등이군입지, 대개는 여죄수들과 어울리는뎁지, 오늘은 젊은 여죄수가 없는 모양입지?"

그의 이야기를 들으며 걷는 새, 떠드는 소리와, 고기 타는 냄새와 독소주와 생마늘 냄새가 아주 생채로 들리고 맡아지는 데 닿았는데, 내 얼굴로도, 화톳불 끝이 핥고 달라붙는다.

"아, 나으리입지." 촛불중이 나로부터 떠나며, 주의를 환기시키는 소리였다. "그 동안 안녕하신가입지?"

"아니, 조것이 시방, 할멈 아니란댜?"

누가 그를 깜짝 반기는데, 짐작에 황토고갯집 외동아들 '큰형장 나으리'로 불리는 자인 듯했다. 낮고 폭이 넓은데다 쉰 듯한 음성으로 가히 좌중을 제압할 힘이 느껴져왔다.

"헷헷헷, 야심헌디 웬일로? 그렇잖애도 말여, 자네 생각에 잠을 못 들겄어서 지집들허고 시방 희롱 좀 허는 판이제. 걱다가 말이제, 우리 놈들 중에 하나가, 마누라 사태기 좀 뽀채고 오는 중에, 읍냇 개를 한바리 꾀각고 왔그덩, 헌디 오라고, 자 여그로 왜겨, 와서 아무 년이라도 하나 허리에 차고 말여."

"고맙습지. 허나 일언이폐지하고 말입지, 소승이 유리의 육조촌장을 뫼시고 왔다는 것을 일러두는 바입지."

"오우 거, 반갑운 소리구만엥? 그랴? 그렇잖애도 내 한번 볼라고 지다려쌓던 중이었제. 글씨 읍내서, 틱별 지시가 왔기로 말이

라, 육조에 대한 극진한 예의로 갖다가시나 그 중 나으리께 대하
라는 것이었는디 말여, 헌디 고 중님이 지끔 워디 있이까? 고 냥
반이 워디 서 있난 요 말여, 내 말은?"
　"나으리께서는, 소문에 듣자니 말입지, 그 동안 젊은 연세로 눈
이 침침해간다고 말입지, 돋보기점으로 다니신다 하더니입지,
소승 밤눈이 어두운지 말입지, 나으리가 쓴 돋보기가 보이질 않
는군입지. 안됐군입지."
　"어웃헛헛헛, 할멈 말은 그랑개, 고 냥반이 내 눈앞에 있는디
도, 내가 눈이 어둡은 탓에 못 본단 고 말 아녀? 허웃훗훗훗. 암
만 히어도 내가 요것, 개괴기로서 보신을 더 허고 바야쓰겄는디.
내 눈에 글매 헛것이 아까부텀 비기를 시작허는 겨. 그도 그랄
것이 말이제, 내 눈에는 말여, 저 그저 어중간하게 서 있는, 조
말라삐들캐진 명태 꼬락새니 사내 하나배끼, 다른 건 비덜 안헌
다고. 젊은 사람이 걱다가 추접기끄장 들어각고 말여, 벵든 노새
맹이 눈꼽은 찌절찌절 흘림선, 지대로 서 있도 못 히어서 조 흔
들흔들허는 꼴 좀 보라고. 야, 내가 은으로 서른 냥을 준다먼 너
조런 사나하고 하룻밤 자겄냐?"
　"금으로 오십 냥을 줘도 나는 싫겄소."
　웃는 소리가 난다. 계집 사내 합쳐서, 예닐곱 흔쾌히 웃는 소
리가 난다.
　"그 대사가, 유리의 육조 촌장입습지, 그 점을 명심해두십지."
　촛불중이, 웃음 소리를 가르고 말했는데, 음성은 단호했으나
다른 감정은 조금도 섞여 있는 듯하지 않았다.
　"그렇다면 말여, 허헉, 고것 참이, 내 참말이제 실망히었는디.
조런 체신으로 갖다가시나 사람을 셋썩이나 쥑이고, 고 많은 똥

깔보넌들 씩까랭이를 다 찢어놨다니 말여, 고것 믿을래도 안 믿기는디. 걱다가 또 옵내서는, 옵장 늙은네 이름으로 사서끄장 오기를, 극구 공대하는 것이 나의 의무며 본분이라는 것이더라고. 거 내 처조부될 늙은네가 노망이여, 글씨 노망이라고. 헌디 고 해골박은 뉘껏이란댜?"

"그렇게 하는 것이 나으리의 의무며 본분이겠습지."

"헤헥 머시라고? 조것 지집도 못 되었던 사내 중넘이 오늘은 제 복갖다가시나 입으로 심을 쓸라고 나분대는디."

웃는 소리가 난다. 계집 사내 합쳐서 예닐곱 흔쾌히 웃는 소리가 난다.

"헷헷헷, 워쨌던 나 참 실망허겄다고. 나 생각에는 말여, 키는 팔대나 되고 말여, 뼈도 굵고 말이제, 얼굴이 훤허니 해갖고서나, 빛이라도 나고 말여, 일 인분(一人分) 햇님끄장은 구만두드래도 말여, 허다못해 쬐끄만 별이라도 하나쯤 말이제, 이망빡이든지 되세기 너머든, 워디쯤 하나 붙어 따라댕길 중 알았었더라고. 안 그려 모도이?"

웃는 소리가 난다. 계집 사내 합쳐, 예닐곱 흔쾌히 웃는 소리가 난다.

"내 쫍은 쇠견으로도, 고 정도끄장은 짐작히었었소이." 어떤 사내가 한마디 거들고 나선다.

"거 개괴기에 쇠주나 한잔 앵기주고, 그라고 고 비어둔 방에다 끌어다 넣어뻐리게. 에익, 술맛끄장 못 씨개 맹글만."

"아 그라면 나으리는" 잠깐 전에 한마디 거들었던 사내의 음성이다. "전례를 깨치겄단 고 말 아니요이?"

"대사는입지, 주육은 삼가시고 계시니입지, 그건 권하지 마시

고입지, 행로가 고달펐으니 말입지, 푹 쉬시게나 해주십지. 대사
가 들 방은 어디인가입지?"

"전례라? 전례가 글씨 머시든가?"

"나으리는 백찌 쑝푹을 떠서." 이번엔 여자의 목소리였다. "자
요 잔 한번 더 받고라우, 요 살 한점 더 묵고라우, 인제 심을 좀
써보셔라우. 그라고 봉개요이, 시님이 시님 겉지도 않게라우, 무
신 목걸이를 허고 있는디요, 뵈기가 참 좋소. 여부 나으리, 이겨
각고, 나헌티 고것 좀 선물 좀 히어보씨요. 그라면 내 잘 히어디
릴 팅개 잉?"

"헷헷헷, 그라고 기억해봉개이, 참말이제 내가, 전례를 깨뜨릴
뻔히었고만이. 그렇잖애도 내가, 고 계혹을 턱 세워놓고 눈이 빠
지게 지다려쌓었는디 말여, 헷헷헷."

"나으리입지, 이 대사는 말입습지, 지금 지쳐 계시는데입지."

"워따나, 할멈이 고단새 샛서방을 봤단댜? 그라지 말고 할멈은
말여, 쇠주 부서서 똥꾸녁이나 씻거놓고 말여, 내 방에 가서 지
다릴 일이겄고만. 글씨 전례를 깨뜨릴 수는 없는 것 아니냐고.
요것이 걱다가 베문시럽덜 안헌디, 저그 조 사내가 참말로 유리
의 촌장이란다면 말여, 우리 큰형장허구시나, 저그 유리의 중놈
덜허구시나, 대항전 겉은 것도 한번 헐 때가 되었더라고. 조 중
놈들은 저그들 법(法)으로서나 죄를 씻거준다고 허고 말여, 우리
는 또 우리들 법으로서나 죄를 씻거준다고 허는디 말여, 그라고
보면 우리는 사둔이라고. 요것 참 좋운 시합 겉여, 워떤 법이 더
심이 센가를 알기 똑 좋제. 그라고, 옛날 이약책이란 걸 읽어바
도 말이제, 졸개놈들이랑 건 둘러서서 보고 있고 말이제, 대장들
끼리만 한바탕 싸와설랑은 말이제, 홍군이 이겼느니 백군이 이

겼느니 하던 것이라고."

"나으리입지, 그런 시합을 하더라도 말입지, 서로 조건이 비슷해야 공정할 터인데입지, 대사로 말하면 먼길을 걸어오셨고 말입지, 또,"

"할멈은 지랄 말고 좀 죽치고 있으라고 시방. 할멈도 나를 이겼더라면 내가 어련히 알아서 영감님 대접을 해줬을 것이냐고. 헷헷헷, 아 그라고 또 그렇제, 요 날더러 시방, 조 촌장 나으리를 극진히 모시라고 허는디 말여, 모실 방법이란 말이제, 고렇게 여흥을 일쿠는 수배끼는 없겄드라고. 요만침 생각하니라고, 내 머리깨나 시었을 것잉개. 그러면 이렇겄제, 인제 우리 대꾀들끼리, 삼시세판은 해야 쓰겄제? 그랴, 삼시세판 씨름을 헐 것인디 말여, 조 유리의 대꾀가 요 형장 대꾀를 이기면, 그렇제, 내가 무릎을 꿇고 엎디려 조 대사의 발에 입맞추고, 워떠, 너그 제집덜은 뭐 걸 거 없단다?"

"있제 왜 없겄는그라우? 나으리가 지면, 나는 조 시님 잠자리 수청을 들 것이고라우. 아까는 내가 금 오십 냥에도 안 잔다고 히었소만, 워쨌든 나으리가 이기면, 조 목걸이를 얻었으면 싶응만이요."

"헷, 헷, 헷, 고것 서로갖다가시나 값이 엇비슷허까 몰라. 고것도 좋다 싶으다. 너는 그라면 머시나?"

"나는 요랬으면 싶응만이라우. 시님 봉개 테럽운디라우, 나으리가 지면, 내가 조 시님 몸을 잘 씻거디리고라우, 이기면, 글씨라우이, 내가 시방 겡도중이라 아랫도리가 깨끗덜 못헌디라우, 조 시님 쎄빠닥으로시나 거그만 좀 닦아봤으면 싶응만요. 모도 보면 또 워떻겄소이?"

"헤엑, 자네가 데럽은 년인 중은 모도 알고 있지만 말여, 고렇게끄장이나 데럽운 년인 중은 미처 몰랐다야. 그래도 고 꼴 좀 보고 싶응개, 내가 거짓으로라도 져둬서는 안 되겄제? 허먼 너는 머슬 걸랑고?"
"나라우이? 글매요, 모도 알뎃기, 나는 머리 깎아주는 제집 아닌개뵤?"
"후딱 뱉아던져."
"그렁개로, 나으리가 지면, 나는 조 시님 머리며, 쉬염이며 다 깎아디리고라우, 나으리가 이기면 조 시님헌티 한그럭 고봉 담은 쌀밥이나 해디렸으면 싶으요."
"고건 좀 알아묵기가 에렵은 소린디. 조 중님이 날 이기거나 지거나, 존일배끼 더 당허겄어?"
"그래도 나는, 조 시님이 안씨러움선 싫던 안헝개 그래요. 고쑿악헌 곳서 얼매나 배를 곯았이끄라우?"
"아니, 조 중님 얼굴이 워떤디? 니 눈에는 별이라도 빈디야?" 어떤 다른 사내가 묻고 있었다.
"내가 고걸 워처키 알아라우? 해여튼 머신지는 몰라도라우, 내 눈엔 틀리게 빈단 말이제라우."
"조런 쳐쥑일녀러 제집년, 고것 좀 얼굴이 핼꼼허다고 위해줬더니, 샛서방 보고 싶어 환장을 히었구만. 워쨌든, 고것도 좋다 싶으다. 그라먼 인제 내가 갖다가시나 내 몫을 걸 때가 아니겄다고? 나는 이려, 내가 이기면 말여, 조 유리의 대퇴가 말이제, 모두 보는 앞에서 나를 모시야 헌다 요것이제."
박수 치는 소리가 난다. 웃는 소리가 난다. 계집 사내 합쳐, 예닐곱 흔쾌히 웃으며 박수 치는 소리가 난다.

"나으리입지, 들어보십지, 이건 특히 소승이 말입지, 불미롭고 법도에 어긋나는 소행이라고 사료하여 경고하는 바인뎁지, 보류해두십지, 그러지 않는다면입지, 소승으로서는 읍에 보고할 수밖엔 없겠습지. 더욱이 나으리는 말입지, 읍장 어른으로부터 특별 사서까지 받고 있는 중이라고 하고 말입지."

"헷헷헷, 허지만 말여, 이 밤엔, 이 밤엔, 보라고, 읍이 가까운가 내가 가까운가? 헷헷헷, 자네는 거 중놈이, 우리 겉은 속물보다도 더 더럽게 입만 깐단 말야. 도라는 것도 그렇제, 일방적으로 갖다가시나 속만 닦아지고, 겉에는 안 닦아졌다면, 고것을랑은 일러 반펜이 도사라고 안허겄냐고. 자네 겉은 도꾼은 반펜이도 못 되지만 말여. 그래도 적어도 갖다가시나 유리든 워디든, 촌장찜 될라면 조 제집년 입 깐 소리모냥으로시나, 워디든 자네 겉은 것허고 달븐 디(다른 데)가 있어야 되는 것이라고, 나는 고렇게 믿고 있다고. 이약이란 걸 들어바도 말여, 진짜배기 도사는 말이제, 호랭이끄장 항복을 받아설랑 개맹이 덱꼬 댕긴다고도 허고 말여, 구름맹이 공중에 떠 있을 수도 있다고도 허는겨. 고렇게끄장은 고만두드래도, 사나가 갖다가시나 사나와 한판 홍을 돋구잔디, 거그 머시 잘못된 것이 있냐고? 워디서 듣잔개, 조 중님이 쥑이뻐렸다는 존자라는 중놈이 그런다고, 중의 발모가지는 연꽃이람선 입을 맞촤야 된당개, 내가 지면 그럴랑 것이고, 또 펭생을 갖다가시나 세상 죄며, 악한 것 쳐부수고 항복 받는다고 공부했단 것이, 죄나 악은 구만두드래도, 나 겉은 속물 하나 항복을 못 받는다면, 그녀러 똥구녁에 좁배끼 머슬 더 쑤셔넣어주겄냐 요 말이라고. 그랑개, 자네 겉은 어중간한 중놈은 말여, 가만히 있음선, 입에다 바우라도 안 눌러논다면 말여, 조년들 음에

지랄한 것들 시켜서 말이제, 꾀를 베끼고 족끝을 물어 띠뻐리게
헐 팅개로, 지랄 말고 있으라고 시방. 요것은 졸개가 나서서 입
방애찔 것이 아닝개로. 그라고 야 사람덜아, 멋들 허고 있냐고.
조 잠통이새깽이덜 모도 깨와, 요 귀경을 허라고 허란 말여. 좀
귀경꾼이 있어야 심도 나제. 그라고 유리의 대쾬 나으리, 먼 질
을 오니라고 심도 빠졌일 팅개, 내가 두 다리 두 팔을 다 씬다면
좀 덜 공평헝개로, 내 오른팔 하나는 안 쓰기로 내 약속허리다.”
“아유 나으리, 장개질에 붕알을 띠놓고 가면 워짤 것이요이?”
“걱정 말거라, 자네헌티는 내 엄지발꾸락으로 쑤시줄 팅개. 워
쨌던 조 목걸이가 니것인 양만 허고 있거라잉?”
 이것은 참으로, 기대치 않았던 시련이 다가온 것이었다. 이것
은 회피할 수 없는 시련이 다가온 것이다. 그의 말이 반드시 옳
은 건지 어떤지는 모르지만, 도라는 것이 속에만 닦이고 겉에는
닦이지 않았다면, 허긴 어쩌면 반편이 도사일는지도 모르긴 하
다. 허지만 난 어느 쪽에도 닦여져 있지가 못해, 그 반편이까지
도 못 되는 형편이 아닌가. 어쨌든 이 시련이 내개 와 있고, 나는
이 상대를 정도에 서서 이겨내지 않으면 안 되는 것이다. 스스로
전에 나는, 나를 불러 포마(怖魔)니, 파악(破惡)이니라고 해온 것
이 아니었던가. 헌데 이 사내를 두고 본다면, 굳세고 굳세어서
상수리나무 늙은 것 같다고 할지라도 한 작은 마귀나, 악의 갈대
같은 것 한 줄기에도 비길 바는 아닐 것일 터인데, 상수리나무는
찍어내면 쓰러지지만, 마귀나 악은, 찍어내면 낼수록 그 목이 더
불어나는 것이기 때문이다. 그런데도 나는 스스로, 포마니 파악
이라고 불러왔던 것이다. 마는, 나는 또한, 교회당을 허는 노역
에 처해, 체력의 한계를 알지 않으면 안 되었었고, 또한 저 늙은

326

애꾸눈 중과의 대합에서는, 머리로 조금 아는 역술(力術)은 잠든 것이어서, 팔과 다리로 깨어내려오지 않는다는 것을 알아버리기도 한 것이었다. 게다가 어쩐 일로, 이런 때에 와서 사지가 후들거리며, 비그르 무너져 누워버리고만 싶은가.

"대사, 이 회피할 수 없는 모욕을 어찌하려 하십지?" 촛불중이 내 곁에 서서 걱정하고 있었다. "이제 이르러서는, 대사의 안구가 성치 않다는 것을 밝히고 말입지, 소승이 대신 나서는 일이겠는데입지, 소승은 이런 수모엔 이미 개처럼 되었으니 말입지. 허락해 주십지."

나는 완강히 고개를 저어 보이고, 손을 들어 더듬어, 그의 손을 찾아 한번 힘있게 쥐었주었다. 그러자 그 손을 통해, 어째서 오늘까지, 내가 이 사내를 죽여오지 않았던가 하는, 그런 어떤 대답이 전해오는 것처럼 느껴졌다. 그래, 우리는 어쩐지 사라수두 가지였다.

나는 그에게 그리고, 저 상대에 대적할 준비로, 내가 끼고 있었던 해골을 주어 맡겨두었다. 그것으로서 나의 준비는 끝난 것이었다.

그러고 있는 중에, 필시 죄수들일, 한 이십여 명 정도로 추측되는 사람들의, 잠 덜 깨어 투덜대는 웅성거림이 일고, 소줏잔 던져부쳐 깨뜨리는 소리가 들리는데, 형장 나으리도 준비를 끝냈다는 신호인 듯했다.

"대사, 저 사내가 비록 장한이라고 하지만 말입지, 꾀는 없습지, 그 점을 알아두십지. 저 사내의 허점은 교만한 데에 있을 것인데입지."

"자 모도 들어보라고. 내가 약속했뎃기, 나는 오른펄은 접어주

기로 했응개, 자 요렇게 뒤로 돌리 허리끈 속에다 끼워놓는 것이
여. 아 참 그라고, 인제 온 여러분네는 몰루겄제. 요것은 머시냐
면, 유리의 대푀허고 요 헹장 대푀허구 갖다가시나 붙인 대항전
인디, 저 중님이 유리의 육조 촌장이라는 겨. 그라고 멩색이 씨
름은 씨름잉개, 누구던 먼첨 땅에 넘어지면 지는 걸로 치는 겨.
알아묵겄냐고. 물론이사, 땅바닥에 손꾸락만 다도 지고, 물팍을
끓어도 지는 것인디, 모도 눈 똑뙥이 뜨고 볼 것은 우리 둘이 똑
겉이 넘어진 것겉이 빌 때, 누가 먼첨 땅에 닿는가, 고것이라고.
그라면 유리의 대푀 나오씨요."
　나는 촛불중이 서 있는 쪽을 향해 고개를 끄덕였다. 그랬더니
촛불중이 나를 이끌고, 한 대여섯 발자국 나아간다.
　"아 그라면, 유리의 부대푀가 우리덜 씨름손을 좀 잽히 줬이면
싶으구만. 나는 오른손잽인디, 유리의 대푀는 무신 손잽인지 몰
르겄고만."
　나도 오른손잽이라고 고개를 끄덕여주었다.
　"헌디 요 시님이 말허는 소리를 못 들어봤는디, 설매 버버리는
아니겄제? 워쨌든 잘 되았어. 헌디 가만 있어보자고, 워째서 유
리의 대푀 나리께서도 오른펄을 뒤로 돌리놓고설랑 씨묵을라고
를 안헌다제?"
　"아니 대사입지, 오른펄을 쓰시지 않으실 작정이신갑지?"
　나는 고개를 끄덕여주었다.
　"아니, 조런 모구(모기) 다리 겉은 체신으로설랑, 나허고 똑겉
이 뎀빈단 말이제. 헷헷헷. 그라고 봉개로, 고 중님이 사나는 사
난개볐는디? 지드래도 사나답게 지겄단 고 뜻 아녀? 헷헷헷. 그
라고 봉개 말이제, 나헌티 이기던 지던, 고만 했으면 돌중님덜

대장 하나쯤 해묵어도 안 될 것 없었어. 내가 대접을 잘허잖 것이 되뢰 실례를 헌 것 겉은디. 아 그렇게 졸개놈덜도 아니고, 우리 사나덜끼리 머슬 접어주고 워짜고, 거 머 좋 일도 없었어. 그라면 우리 왼몸땡이로 갖다가시나, 젖 묵던 심끄장 써보는 것 좋겄제.”

동시에 내 허리가 앞으로 착 휘어지며, 내 오른쪽 어깨에 그의 오른쪽 어깨가 맞닿아지고, 내 허리가 철근 같은 그의 오른쪽 팔에 휘감겨진다. 그는 나보다 아마 세 치는 더 큰 키였고, 무게는 서른 근 정도가 더 나갈 것으로 추측되었다. 한 손 잡힌 이것만으로도, 내 기(氣)는 벌써 쇠침해지고 있었다. 나는 정신을 차려야겠는데도 그리고 이를 악물어 기를 모아야겠는데도, 그렇게는 되지 않고, 전에 굳건히 섰던 다리도 지푸라기처럼 휘청거렸다. 그러나 무엇보다도 그가 어떻게 내게 공격할지, 그것을 눈으로 보아서 눈치챌 수 없는 것이, 그중 안타까웠다. 나는 어떻게도 그에게 대항할 수가 없기만 했다.

그럼에도 씨름은 이미 시작되어 있었다. 그러나 그는, 나를 대번에 내동댕이치지는 않고, 쳐들어 올리는가 하면 슬며시 내려놓고, 뺑뺑이를 돌리는가 하면 나를 눕힐 듯했다가 일으켜 세우곤 했다. 그러며 그는 계속해서 껄껄댔다. 이것은, 한 마리의 다람쥐가 한 톨의 도토리를 다루는 식이며, 한 마리의 고양이가 한 마리의 생쥐를 어르는 투며, 큰 노도가 한 이파리 목선을 어지럽히는 꼴이었다. 그러는 중에도 내가 바란 것은, 그가 좀더 시간을 걸려 나를 놀리며, 자기의 묘기로 하여, 보다 더 많은 박수 갈채와 폭소를, 구경꾼들로부터 얻어냈으면 하는 일이었다. 그를 익히는 것이 내게는 급선무였는데, 익힌 길은 밤에 걸어도 돌자

갈에 덜 채이는 법이기 때문에 그런 것이다. 그는 그리고 사실, 나를 이미 하나의 적수로 생각하는 걸 잊어버리고 있었고, 다만 관객의 웃음과, 박수와, 찬양만을 위해서, 나를 하나의 광대나, 탈바가지나, 땅꾼이 놀리는 뱀 같은 것으로 써먹고 있었다. 그는 그래서, 나를 놀리다 말고, 내 허리를 움켜쥔 뒤, 어떤 계집이 부어넣어주는 소주를 마시고, 다른 계집이 밀어넣어주는 개고기 토막을 씹어댔다. 그러는 중에 그가 내게 익혀지며, 내게 정다워졌다. 결국 그는 순박한 촌사람이었다. 닳고 닳아진 듯한 그의 의식 안에, 저 흙냄새가 있던 것이다. 그는 쓸데없는 곳에 너무 많은 힘을 소모하는 경향이 있었으며, 참나무처럼, 오직 자기 힘으로만 버티고 서 있을 뿐이고, 갈대나 풀잎모양, 물여울이나 바람 같은 것의 흐름을, 자기 속으로 사려들어, 그것을 오히려 자기를 버티는 힘으로 둔갑시킬 줄은 모르던 사내였다. 힘의 단순성, 응용의 초보성, 확고부동한 마음의 보조를 받지 못한 만용 — 그러나 그의 힘에는 단절이 끼어들지 않는 것에, 나는 경탄할 뿐이었다, 그는 장한임에 틀림없었다. 그는 나를, 한 식경도 더 놀리고도 더 놀리고 싶은 모양이었으나, 비취 목걸이를 탐냈던 그 계집의 목소리가, "여보 장사 나으리, 너무 고렇게 놀리기만 헌개, 고 시님이 너무 불쌍도 허요이. 나으리도 요 잔 한 잔 더 받고라우, 요 살 한 점 묵고라우, 고 시님도 좀 쉬게 허시야 다른 판을 안 벌리겠다고라우이?" 하고 일러서 이 첫 합은 끝이 났다. 그는, 내가 어지러워 도저히 일어설 수 없을 만큼 빙빙 잡아돌리더니 종내 나를 잡았던 손을 탁 풀어버리는 것이었다. 그러자 내게 비행감이 들더니, 오래잖아 어디엔가 팩 부득 쓰러져 무릎으로부터 시작해 앞가슴이 깨뜨려지는 듯이 아팠다. 그가 나를 잡아 돌릴 때 나는, 일념으로, 머리만은 땅에 부딪치지 말아야겠다고 별렀었더니, 어쨌든 머리는 쳐들고 있었기에 기절은 하지 않았다. 그 일회전은 결국, 힘 한번 써보지도 못하고, 어이없이 끝난 것이다. 나는 내가 처량했다.

촛불중이 나를 부축해 일으켜 앉혔다.

"대사, 더 다치시기 전에 말입지, 이 싸움은 포기하시는 게 어떠신가입지?"

나는 아무 대답도 해보내지 않았다. 그러나 드디어, 내가 공부한 그의 힘과 묘기와 허점 위에서, 내가 명상할 때라고 믿어서, 나는 결가부좌를 꾸며 앉았다. 그런 뒤 심호흡을 계속하며, 도대체 뼈도 없으며 부착력도 없어서, 그것의 가는 끝들은 한없이 유연하기만 해, 심지어 꽃수술 하나 흔들어주지도 못할 듯한 바람이며, 물이, 그 중심을 잡아 휘몰아칠 때, 한 대의 참나무가 아니라, 하나의 산까지도 허물어버리기도 하던 그 힘이 발현하는 과정을 살펴나가기 시작했다. 왜냐하면, 나의 적수는 참나무 백 년짜리나 같은 사내였던 것이기 때문이다.

엑센 바람이나 노도라도, 그 끝은 유연한 것이다. 그것은 성내지 않으며 당황하지 않으며, 다만 고요한 듯하며, 그래서 차라리 텅 빈 듯하지만 충전되어 있다. 그것은 그리고 흐르는 듯하여 동(動)을 소모해버리는 듯하나, 그 흐름으로 하여, 그 심층부에 무서운 정(靜)을 응결시킨다. 그러한 힘은 그러나 그것의 뼈나 살에 의해서가 아니라, 그것의 맑은 고요함 속에서 단절 없이 나타나는 것이다.

"자, 고만침 쉬었으면, 인제는 다른 판을 붙일 때도 안 됐겠는 그라우?"

"너는 이년아, 가랑탱이가 개렵어 죽겄는 모냥인가? 쇠주나 뒤
서 곱이나 씻어둬라잉. 모든 일이 다 그렇다고, 머시던 횟딱 끝
내뻐리고 나먼, 고 뒤끝은 허설푸다고. 워디 세월이 좀묵는다
디? 이긴 사램일수록 너그럽어야 군자여."
"히어도 나으리, 나는 조 목걸이 좀 얼렁 걸어봤이먼 싶어 똑
죽겄소."
"헷헷헷, 고 속도 허긴 내 알상허제. 히어도 니것인 양 허고 말
이제, 멀리 두고 볼 때가 좋운 땐 기여, 자, 듬뿍 좀 부서 잔을 채
우기나 허라고."
　이번에는, 내가 먼저 일어나 서서 그를 기다렸다. 그것은 나의
계산으로써 그런 것인데, 첫째는, 그는 한판 이겼으므로, 여하튼
나를 쉽게 던져버리지는 않을 것이라는 믿음이 있었고, 둘째는,
그가 도전을 당했다고 생각했을 때, 우선적으로 느끼게 될, 자기
의 승리에 대한 얼마쯤의 불신, 다음으로 느끼게 될 약간의 적대
감, 그리고 약간의 초조감을 일으켜, 시작된 짧은 시간 안에 힘
의 많은 것을 소모시키자는 것이었다. 그리하여 그런 힘의 소모
를 통해서, 그가 다시 확신을 갖게 되었을 때, 그는 이제 내게도
자신에게도 여유를 줄 것이었다. 그의 생각에, 이것은 그의 마지
막 경기여서, 절대로 쉽게는 나를 내동댕이치지 않을 것이었다.
그러나 내가, 그가 도전해올 때까지 기다리고 있는다면, 나로서
는 조금 더 시간을 벌어, 피로 회복을 약간 더 도울 수는 있지만,
그는 아직도 계속되는 자기 확신으로 인하여, 결코 힘을 일시에
소모하는 일은 하지 않을 것이었다. 그런 경우, 힘의 소모의 한
계기를 만들어주기 위하여, 내가 서투른 안쪽이라도 감는 일을
시도한다면, 그 결과는, 그나 나나, 바랐건 말았건, 어처구니없

게도 쉽게 끝날 우려가 있는 것이었다. 나의 원칙은, 그러나 어느 선까지는 결코 공격 따위는 하지 않는다는 것이었다. 태풍은 한 번 불기 위해서, 한 번 무섭게 바람을 접어들이는 것이다.

아닌게아니라, 그는 비록 껄껄거리고 웃으며, 다시 오른팔 오른다리를 접어주겠다고 떠들어 보였으나, 내 느끼기에, 그의 으시댐 속에는, 약간의 당혹, 약간의 자기 회의가 깔려 있었다. 내 허리를 감아쥐는 그의 손이, 전번에 비해 더 억세어져 있는 것은, 그가 적어도 이 순간은 나를 적수로 상대하는 증거인 것이기도 했다. 그래, 눈으로 볼 수 없으면, 눈으로 보이지 않는 더 많은 것을 볼 수 있는 것이 사실이긴 하다. 그러나 이 시작은, 이 대결에 있어 가장 힘든 대목이 될 것이었다. 아닌게아니라, 그는, 나를 움켜쥐기가 무섭게 쳐들어 올리더니, 빙글빙글 잡아 돌리기를 시작한다. 그러나 가다듬어진 내 마음과 기는, 그것에 의해 흐트러지지는 않았다. 그가 나를 휘두를 때마다 나는, 나뭇가지 위에 앉는 부드러운 바람, 뿌리로 채워드는 유연한 물을 깊이 깊이 생각했다. 그러며 나의 흐름 속에다, 그 운동 속에다, 정(靜)스러운 것을, 흐트러질 수 없는 것을 채우는 일에 정진했다. 안 보인다는 것은 글쎄, 이 실랑이에 대처케 거의 불가능하게 했지만, 안 보인다는 것은 글쎄, 자기를 염태로 만들기에 어렵지 않게 하며, 그 염태를 또한 초력적으로 부각시키기를 가능시킨다. 물론 그가, 나보다 더 능청거리는 몸의 사내였다면, 이 실랑이는 다른 각도에서 고려되었어야 할 것이었다. 그러나 나로서는, 이 굳건한 몸을 대들보로 삼아, 차분히 부착해 있기만 하면 되는 것이었다.

그는 처음엔 그의 힘의 대략 팔할 가량을 동원하여, 땅꾼이 뱀

놀리듯 나를 휘감아, 징그러운 것을 떨쳐내듯 내떨쳐버리려 하였으나, 그래보고 난 뒤 그는 아마도, 내가 자기의 적수가 못 된다는 것을 다시 확인한 듯싶었다. 그렇게 발견하는 동안에 어쨌든 그도, 한바탕의 센 힘은 소모를 해버린 것이었다. 술이 위장에서 마늘과 썩는 냄새를 쐑쐑 불어냈다. 내가 우려한 단계는 지난 것이었다. 그는 이제부턴 아까와 같이 약간 희극적 몸짓으로 나를 놀릴 것이었고, 그러나 목구멍이 갈해졌을 때 나를 내던질 것이었다. 나의 할 일이란, 그 마지막 순간까지, 나를 한 노리개로서 그에게 맡겨두며, 그가 행하면서도 피로를 회복하는 틈을 알아내, 조금씩 공격의 암시를 주어, 그로 하여금 쉬지 못하게 하는 일이고, 그의 숨소리와 힘의 유동을 따라, 그의 변심을 읽기만 하면 되는 것이었다. 갑자기 변심하고 그가 나를 한 순간에 깔아뭉갤지도 모르는 위협이, 이 실랑이의 매찰나에 도사리고 있는 것이었으니 말이다.

　박수 치는 소리와, 웃는 소리와, 응원하는 소리가 계속되고 있었다. 그러는 동안에, 일회전 때만큼의 시각이 또 흘러갔다. 숨소리로 미뤄보건대 그의 목구멍은, 독한 수분에 젖어야 될 때에 온 듯했다. 이것은 그리하여 응수의 시각이었다. 아닌게아니라 그 단계에 이르러 저 상스런 계집의 종용하는 소리가 들리고, 그의 강장한 전신이 뿌드득뿌드득 굳어지기 시작하며, 내 어깨로 천근의 무게를 밀어붙이기 시작했다. 이것은 내게 닥친 두번째의 어렵고도 중요한 단계인 것이었다. 승부가 나뉘어지는 그 분계점에 온 것이었다. 조금 소모시켰다고는 하더라도 그래도 계속적으로 솟는 그의 괴력과 그의 교만과, 그의 확신을 이 순간 분쇄치 못한다면 이제 나는 저들이 건 내기 따위는 어쨌든, 나

자신에의 실망과 수치를 씻어낼 길은 없을 것이었다. 그러는 중
요한 찰나에, 헌데 내게 일순 허탈이 밀리며, 이길 수 있으리라
는 확신이 깨뜨려졌으나, 나는 본격적으로 이선(二禪)으로 정진
해갔다. 가볍고 부드러이 나무를 휩싸고 오르던 물과 바람이, 저
깊은 속의 정(靜)을 깨워내기 위한 약간의 동(動)으로써 가지를
흔들며, 조금 분방스러이 나분대, 저 나무의 잘 집중된 정신에
약간의 혼돈을 일으키는 단계인 것이다. 이 단계에서부터는, 그
는 조금 더 거세게 숨을 씩씩거리기 시작했는데, 다리를 써서 내
다리의 안쪽을 감으려는 데에나, 불룩한 배에 실어 내던지려는
데에나 성급함이 나타나고, 서투름이 나타나고, 상대방에 의해
서가 아니라 자기 자신의 몸무게와 집중 벗어난 힘에 의해서, 발
을 헛딛는 일이 일어나고 있었다. 그때까지 나는, 잡힌 그의 씨
름손으로부터 와해를 돕고 있었다. 그리하여 씨름손이 풀렸고,
그래서는 우리는 얼핏 아무렇게나 붙들고 있는 듯했지만, 나는
그의 가슴팍 옷자락을 단단히 움켜쥐고 다른 하반신은 자유롭게
되어져 있는 자세를 성취해내고 있었던 것이다. 그리하여서사
이제, 바람이어서 가벼이 그리고 물이어서 육중히, 천의 변용을
도모하며, 그의 전신을 침공해들 수가 있게 된 것이다. 이 자세
는 내가 그중 바랄 만한 것이었는데, 그가 내 허리를 감아틀려고
내 허리에 손을 대기만 하더라도, 슬쩍 엉덩이를 빼거나 허리를
틀면 그뿐이었고, 안쪽을 감으려 들거나 배 위에 실으려들면, 조
금 물러서버리면 그뿐이었다. 내 어깨를 움켜쥐기는 했으나, 이
사내는 이제 힘의 과녁을 잃어버리고, 그저 빙빙 잡아돌리다 손
을 탁 물어버리려는 짓이나 한없이 시도했으나, 그의 그 힘의 유
동의 방향을 쫓아서, 내가 한번 슬쩍 발을 걸어본 것만으로도,

그가 한번 된통 요동한 뒤부터는 그는 그 짓도 삼가고 있었다. 그의 묘기가 밑천이 다 된 것이다. 그는 그래서 풀어볼 곳 없는 한 같은 힘과 뼈만을 갖고서, 어찌할 바를 모르고, 고함이나 고래고래 지르고 있었다. 그는, 양쪽에서 번갈아 짖는 두 마리의 사냥개의 중간에 선 범으로 변해 버렸다.

나는 그리하여 삼선(三禪)으로 정진해갔다. 이 단계는, 이제 비로소 내가 본격적으로 공격을 시도하는 단계인데, 저 괴었던 물이 뿌리를 파고 맴돌며, 바람이 가지를 휘늘어뜨려가는 과정이다. 그리하여 나는, 묘기를 잃은 뒤 어찌해야 좋을지 몰라, 거의 치매 상태에라도 처한 듯한 사내를 향해, 분방스럽고도 작으나, 힘을 가한 꾀들을 꾀했다. 그러나 그런 작은 꾀들에 의해, 그가 어이없이 넘어져버릴 것이라고 내가 믿고 있는 것은 아니었다. 그저 콩콩 짖어댄다는 의미밖에는 없었을지도 모른다. 번갈아가며 캥캥 짖는 것이다.

그리하여 마지막 선(禪)을 나는 준비하고 있었다. 그땐 저 사내는 고함까지도 질러대지 못하고 있었다.

그리하여 마지막으로 나는, 저 우람한 나무가, 바람과 물의 휘몰이에 견디지 못하고, 뿌리를 드러내며 무참히 쓰러져 눕는 것을 종내 보고 있었다.

이 승부는 끝난 것이다. 나는 그를 내 등에 받친 뒤, 궁둥이를 수미산 높이나 치받쳐올려, 저 사내를, 내 어깨 너머로 던져버렸는데, 그가 내 앞쪽의 어디에서 떨어지는 둔한 소리는 반 년 후에나 들리고, 이번엔 웃음 소리도 박수 소리도, 아무 소리도 들리지 않았다. 그저 사위가 적막했다.

나는 그리고도 기다려 서 있었지만, 한번 더 받았어야 될 도전은 받아지지도 못하고 말았다. 촛불중이 들려준 대로 하자면, 저 형장 나으리는, 머리부터 땅에 곤두박혀, 한동안 정신을 잃고 있었는데, 어쩌면 목뼈에 상처를 입었을지도 모른다고 했다. 그리고 들것에 들려 자기 처소에 옮겨져 갔다고 했다. 그의 말대로 하자면 그리고 간수들과 두 계집을 제외한 모든 사람들이 기뻐하고, 경애하여 허리를 굽혔다고 했으나, 정작 내게는 기쁨이 없었다. 나는 조금도 기쁘지 않았다. 무계획하고 저돌적이며 방자한 힘 하나를 같이 젊은 사내가 이겨냈다고 해서, 그것이 무엇이 그렇게 장한 일일는지는 모른다. 그리고 이 승부는 아직 판가름이 나 있는 것도 아닌 것이다. 그러나 졌을 때, 그것은 수치임에는 사실일 것이었다. 방자한 하나의 저돌적인 힘의 도전이란 어떤 잡념 같은 것이어서, 그것은 뽑아내버려야 할 것이기는 할 터이지만, 그것을 당분간 근절했다고 해서, 그것이 공문에 가까워지는 것은 결코 아닌 것이다.

 촛불중의 인도를 받아, 난 한 방에 들어졌다. 목걸이를 탐냈던 계집이 금 오십 냥 저쪽의 태도를 이쪽의 태로도 바꾸어 어리광을 피우며, 내 팔에 기대어왔었지만, 촛불중이 보내어버린 듯했다. 보내기 전에 물론 촛불중은 내게 어떻게 할 것이냐고 물었었고, 나는 그저 한번 고개만 저어 보여주었을 뿐이었다. 물론 나로서는, 내게 있어보아도 필요없는, 저 목걸이쯤 들려 보냈어도 좋았었을 것이었지만, 나의 인색함 탓이 아니라, 그것을 주었던 계집에의 슬픔 때문에 줄 수가 없었다. 하나는 내게 사랑으로써 주었고, 하나는 물욕으로써 그것을 탈취하려 했었다. 그러나 이 탐욕스러운 계집이, 그것을 목에 걸고 있어보아도, 그것은 필요없는 것이다. 목에 걸고 있다는 것으로서, 대체 그것이 무슨 의미를 지니는 것인가. 그럼에도 그 목걸이를 쥐어들려주지 못한 일은 좌우간 쾌롭지 못하다. 쥐어들려주었더라도 물론, 전혀 쾌롭지는 못했을 것이다.

"대사, 그러하오면입지, 평안한 밤을 지내십지. 대사가 계시는 동안은 소승도 여기 머물려 합지."

촛불중은 그리고, 내게 해골을 쥐어주며 자기의 숙소 찾아 떠나려 했다. 나는 그래서 그에게 손을 흔들어 주의를 내게 쏠리게 한 뒤, 바닥에다 물고기 모양을 둘 그려 보여주었다.

"대사께서는입지. 물론 이 밤으로 말씀은 아니시겠습지?"

그러나 나는 동틀 녘쯤이면 좋겠다고 생각하고 있었다.

"허나 대사입습지, 지금부터 준비를 시킨다 해도입지, 동틀녘에나 될까 말까 합습지. 하니 말입지, 소승이 나가 지금 말입습지, 최선을 다해서입지, 모두 동원하여 준비는 해보겠으니입지, 그러는 동안은 잠시라도 말입지, 평안한 밤을 지내십습지."

그는 그리고, 내 대답도 듣지 않고 걸어나가버렸다. 그 뒤에다 대고 나는 고개를 끄덕여 보여주었다.

내가 들어온 방은, 흙 냄새가 아주 그득히 서려 있는데다가, 전에 거기서 묵어갔을, 그런 여러 수인들의 몸 냄새로 찌들려 있어, 그것이 차라리 내게 좋았는데, 그들은 본 적은 없지만 그래도 이 방의 고통이 무엇인가, 이 방의 의미는 무엇인가, 그런 것들이라도 우리 서로 말이 통해지지 않는 말로 도란거려, 서로를 이해할 수 있을 듯도 싶기 때문이다. 난 좀 눕고도 싶어서 손으로 바닥을 더듬었더니, 결이 튼 목침이 한 개 만져지고, 개켜진 호청이 하나 있어서, 그것을 베고 펴 덮고, 편안한 자세를 취해 오른편으로 누웠다.

그리고 이제 한 번, 아마도 마지막으로, 흙에 밀착되어서 즐길 수 있는 잠의 한 끝을 평화스러히 붙들어매려고 하고 있는데, 뭔가 따끔히 쏘고, 물며, 살 속으로 깊이깊이 파고드는 가려움이 여기저기서 비롯되어, 도저히 참아낼 수가 없게 되었다. 그것은 시작이었다. 그런데도 그것은 차라리, 고름이 흐르며 썩고 있는 듯한 눈의 아픔보다도 거북했으며, 소금기에 닿았을 때의 혀끝의 쓰라림보다도 더한 것이었다. 아마도 빈대와 벼룩의 무리들이었을 것이다. 그런 악귀들이 잠복해 있다가, 이제 죽어갈 몸에서 산피의 시주를 받아내려고 하고 있었다. 사실에 있어, 이제 죽어갈 몸으로, 죽기에 앞서, 뭔지 살아 있는 것 위에 산피를 보시한다는 일에, 도대체 인색해야 할 이유란 없는데도, 그러나 그러한 침공은 이상스럽게도 참을 수가 없는 것이었다. 어느 쪽인가 하면, 차라리 팔이 한쪽 잘리거나, 손톱 밑으로 송곳이 찔리고 드는 것보다도 더 괴로운 것이었다. 이것을 다른 말로 환치하면 허긴, 바깥 세계의 자유로부터 격리되어, 죄과만 남기고 자기는 남길 수 없게 된, 수인들의 혼의 앓음앓이라고 해야 될 것인지도 모르긴 하다. 그러고 보니 우리들의 통화는 이렇게 이뤄진 것이다. 결국, 아직도 나는 살아 있는 것이다. 송장에게도, 빈대나 벼룩이나 모기나 이가, 쏘고 달라붙는다는 얘기를 나는, 아직 견문이 좁아 들어본 적이 없었던 것이다.

어쨌든 형장의 이 첫밤에, 나도 또한, 빈대나 벼룩을 공양하는 데 내 피가 쓰이도록 된 모양이었다. 아 그래 제길헐, 만약에 내 핏속에도 정등(正等)한 찌꺼기가 조금이라도 있을 것이라면, 만약에 정각(正覺)한 것이 피로서라도 있다면, 아 그래 제길헐, 그것을 빨고, 저 번뇌와 빈혈의 악업을 여의기 바라노라. 빈대나 벼룩이란, 번뇌의 생물(生物) 이름이 아닐 것인가. 그것은 살아 있는 것의 심정 속에서는 번뇌가 한이라고 불리울 것일레라. 그것은 모든 평온한 마음을 쏘고, 물며 갉는 장본인일 것이러라. 그러고 보니, 나는 여태도 번뇌하고 있구나. 번뇌(煩惱)의 벌레에 파먹히고 있구나. 벌뇌의 벌레에 시달리는 혼일레여, 허긴 번뇌하라, 벌뇌하라, 끝까지 인간이기를 고집하는 것, 그것은 번뇌로써뿐일 것, 번뇌여, 벌뇌여, 벌레여.

제 5 장

제 34 일

그가 허긴, 사내는 사내였던 모양이었다. 듣기로는 목뼈를 부러뜨렸을지도 모른다고 했었는데, 분위기로 내가 느끼기에 글쎄, 저 형장 나으리는 벌써 멀쩡해진 모양으로, 그래서 해장 소주 거나히 마늘 함께해서 마셔, 오물 냄새를 창자로부터 풀풀 풍기며, "장부들 약속은 약속이란 말여. 그러니 저 중님을 뽈깡 들어다가시나, 조 목욕탕에다 떤지 넣으란 말이제. 그라고 잘 삶아야 되는디, 가만 있자, 그라기 전에, 이발하는 계집으로 하여서나, 면첨 털을 밀어내 뻐리라고 해야 쓰거나? 아 워쨌던동, 꾀를 활랑 베끼고 면첨 잡아처넣을 일이었다. 넣고시나, 대강 튀겨졌다 싶으면, 털을 밀어붙이라고. 돼지나 겉으면 붕알 한 점이 소금하고 좋고, 닭 겉으면 똥집 한 점이 입에 미어지겠지만, 조건 영 묵도 못할 괴기라눈개, 씨버갈녀러, 아 그라고 워디를 갔단댜, 조 욕섬 많던 잡년 말여? 조 중님 잠자리 수청 들겄다던 고 잡년 말이다, 불러내오란 말여 씨버갈 제집년" 하고 그는, 떠나가라 하고 떠들고 있었다. 그러는 중에 나는, 털을 깎이우고, 그러는 중에 목욕이 함께 시켜지고 있었는데, 내 짐작에, 마당 가운데 걸린 큰 솥에 물 붓고, 그 밑에 불 때서 적당한 온도로 물을 익힌 뒤, 나를 들어다 앉혀놓는 것이라고 했다. 그 솥은 필시, 수인들의 밥솥이었거나, 국솥이었거나, 아니면 아예 목욕솥임에 분명했다. "그녀러 제집헌티는 금 오십 냥짜리 젯밥을 짓게 헐틴디 내가 인제 엎드려 조 중님의 발등에 입 맞추는 걸 모도 보고, 그랄 때 모도 손뼉을 치는 건 알겄제? 조 유리의 대푀는, 무신 갈대 겉은 듯싶은디도 강철 겉고, 강철 겉다 싶음선도 무신 소캐(솜) 뭉테기 겉으다고. 고 심(힘)은 알아낼 재간이 없는 것이여. 갈대만 겉으면, 고까짓것 끊어뻐리면 고뿐이고, 또 그렇제, 팔뚝 굵기 철근도 내 엿가락 휘듯 휘었던 사내가 아니던가? 헌디 조 대푀 나으리의 심은 분멩히 염불 속으서 나온 것이더라고. 나를 이긴 지얼 처음 장사인디, 걱다가 눈끄장 멀어뻐린 중님이라잖냐고. 내가 성님(형님)으로 받들어 뫼시는 일이 옳니라. 헌디 여보라고, 틱벨히 발등을 캐칼이 잘 씻기야 헌다잉? 헷헷헷. 고것이 연꽃발이란 겨. 고 머 쉬염만 밀어놓고 바도, 물론이사 아직도 무신 쬐꾸만 벨 겉은 건 딸아댕기는 것 겉든 안히어도 말이라, 얼굴이 제복(제법) 채려진 것이, 썩 준수헌 디가 있구만 그랴. 아 그라고, 다 깎고, 다 씻깄으면, 인제는 요 펭상에 눕히고, 물 딲은 뒤, 대강 좀 주물러 꾸덩진 걸 풀라고. 그라고 내가 인제 입 맞추면, 모도 박수 치는 거 안 잊어뻐맀겄제? 아 그라고, 워떤 뇜이 있어각고, 모가지며 등뻬를 뻣뻣이 하여서나, 서 있는 뇜이 있으면, 내 한번 그녀러자슥 모가지며 등뻬를 족신나게 휘어놓아 뿌릴랑개 고렇게 알고 행하라고. 내 말은 그랑개

342

로, 엎디려 절험선 손뼉을 치란 요 말이다. 지혜가 돼지만도 못
헌 놈들. 내 말은 그랑개, 첫째는 우리 성님에 대한 예를 다하고,
둘째는 유리의 육조 촌장에 대하는 예를 다허라는 요 말이다. 성
님, 요만허면 쇠이 좀 찬 듯싶으께라우이?”
  그가 허긴 사내는 사내였던 모양이었다. 그는 이겼을 때도 쾌
쾌했지만, 지고도 쾌쾌했는데, 그 의미는 아마도, 저 한 번의 씨
름에서, 그의 목뼈가 부러졌다고까지 과장한다 하더라도, 그러
한 상처가 그의 자존심이나 자기 확신에까지 미친 것은 아니었
다는 것 같았다. 그는 결코 분쇄당한 사내가 아니었었다.
  목욕이며 삭발이 그러는 새 끝났는지, 죽평상인지 뭐 그런 것
위에, 내가 우선 반듯이 뉘어졌다가는, 빨래 잘되어 까슬한 느낌
이 드는 수건에 닦여지고, 그리고, 여자 손 치고라면 풀 먹인 석
새 삼베 같기는 하나, 남자손에 비한다면 허긴 솜 누빈 무명 저
고리 등판만큼은 후끈한 손이 내 목줄기로부터 엉덩이 아래판까
지, 주무르기도 하고, 두들기기도 해나간다. 그래서 생각해보니,
이런 정도라도 허긴 초부의 팔자는 아니고 그래도 한 벼슬자리
나 하고 볼 일인 듯도 하니, 허긴 뉘 있어 하던 벼슬자리 뒤에 두
고, 세상 모퉁이 고단스레 돌아가고 싶은 것이겠는가. 이렇게만
지낸다면, 허긴 뉘 있어 이 세상 표표히 떠나, 저승 모렝이 고달
피 돌아가고 싶을 것이겠는가. 그래서 이제, 벼슬자리 천년 안
떠나려고 벼르며, 만년 한하고 살자고 우기는 통에, 초부로 환고
향하기도 싫으며, 저승도 싫은 법일 것이었다. 그러나 여자의 배
에 실렸다가, 그 사타구니로 나올 때 눈떠 세상 보았던 것들은,
어쨌건, 그 사타구니로 태어난 그만큼은 분수를 알아차리고, 그
만큼은 수치를 아는 것이 또 옳을 터이고, 그리곤, 삿갓에 도롱

이로 고향 동구 들어설 때도 하매 어지간히 되었다 싶으면, 겸
비히 옷을 여미고 돌아가는 것이고, 죽장망혜로 황천길 떠날 때
거진거진 되었다고 믿기어지면, 세상 집착 훌훌히 털고, 또 표
표히 떠나는 것이 도리일 것인데, 도리일 것인바, 도리일 것이
어서.

　그런 뒤, 내게 내 장옷이 입혀지는가 했더니, 내가 유리서부터
가져왔던 해골이 내 무릎에 놓이고, 수염 우북이 자란 턱이 내
발 등에 닿았는데, 때에, 박수 소리 조화 덜 된 것 몇 가닥이 들
렸던 것으로 내 귀는 알았다. 그가 허긴 사내는 사내였던 모양이
었다.

　그리고 아마, 마지막 상(床) 이 내게 주어진 듯, 누군가가 숟
갈질해, 내 입에다 무엇을 밀어넣으려 했지만, 내가 고개를 저어
버렸더니, 상이 치워지는 모양이었고, 그런 대신, 무척 더듬거리
는 소리로, 필시 촛불중이 뭐라고 뭐라고 나으리께 속삭이자, 내
가 앉아 있는 그 평상째, 떠들려 올려져서는, 분명히 마당을 가
로질러 나가는 모양이었다. 내 몸이 가벼이 바람 가운데 흐르는
듯해 호수다웠다.

"자 인제는 모도, 목청을 돋과서 곡을 허란 말이세. 곡을 허란
말여."

　나으리는, 약간의 해학까지도 터득해놓고 있었던지도 몰랐다,
망할눔의 잡종 같으니. 어이 어이 어이 어이 ──

　그리고 어젯밤 여기로 들어왔었을 때 들었던, 저 소리가 썩으
며 뽑혀지던 빗장 소리가 들리고, 그리고 이제 숲을 헤쳐나가는
지, 숲 냄새 흩어지는 소리가, 그리고 또 시끄러이 들리고, 그리
고 오래잖아 발걸음들이 멈춰지고, 그리고 내가 또한 평상째 내

려졌다. 그러고 나자, 이제껏 내 곁에 있었던지도 없었던지도 몰랐던, 촛불중의 목소리가 나며, 그가 날 부축하는 것이었다.

"대사입습지, 준비되었으면입지, 소승의 손을 잡고 좀 나아가 보십지."

나는 그렇게 했다. 그러며 나는, 이 사내에게 이제 고별의 말을 나누어주어도 좋을 때라고 생각하고, 멈춰서서 내 팔을 부축한 그의 손을 힘있게 쥐어주었다. 그리고 나는, 속으로 말해 들려주었다.

"지금 이 순간 내 믿음으론 말이지, 우린 어쩌면 상보해왔었던 것이지, 상쇄해왔었던 것이지. 친구여, 내내 평강할지어다. 우리는 유리에서 처음 만났었으나, 친구여, 지금의 나는, 그대를 타인이라고만 생각할 수는 없고 있다. 기억에도 들지 않는 아주 먼 옛날의 어느 때부터, 그렇지, 그보다도 더 먼 옛날로부터, 어쩌면 우리는 알아왔었던지도 모른다. 그것은 모르는 것이다. [40]같은 이름으로 알려진 두 마리의 새가 언제나 함께하여, 같은 나무에 앉아 있었다. 그 한 마리는 늘 달콤한 과일을 먹고, 다른 새는 먹지 않고 보고만 있었다."

그가 내 말을 알아들었는지 어쨌는지는 나는 모른다. 어쨌든 나로서는 이 세상에서의 그와의 이별을 그렇게 행했다. 그는 나를 말없이 인도해가기 다시 시작했고 내가 꼭 쥔 그의 손 안엔, 약간의 떨림이 괴어 내게 느껴져왔다. 그러는 때에도, 한 사형수를 위한 준비는 완전하고도 무결히 진행되어왔고, 가고 있는 모양이었다. 하늘의, 아마도 별로 높지도 않은 곳에서 까마귀들은 떼로 뭉쳐 우짖고 있었다. 이마가 다사로운 것으로 보건대, 하늘은 청명한 것이 분명한데, 그런데도 나는, 하늘 빛깔이 전처럼 지금도 푸른가 하고, 누구에겐가 묻고도 싶었다.

"대사입지, 이 나무는입지, 이 숲에서도 그중 우람하며 말입지, 그중 높은 것입지." 촛불중이, 그의 하직의 인사로서 들려주고 있는 것이었다.

"거기서도 그중 높은 동편 가지를 택했으니 말입지, 트는 동의 맨 처음 것을 대사는 언제나 보겠습지. 아 그리고입지, 이것이 말입지, 유리의 마지막 촌장의 장례인 듯한데입습지, 유리는 이제 끝났다고 말해도 좋겠습지. 수도자들은입지, 떠났거나, 또 떠날 채비들을 하고 있는데 말입습지, 그러고 나면 소승이 마지막으로 남겠습지. 소승은 떠나려 않습지. 떠날 곳이 없는지도 모릅지. 그냥 거기 남으려 합습지. 무엇이 실다운 것인지, 무엇이 실다운 것이 아닌지, 할 수 있으면입지, 지금부터라도 그것을 찾았으면 싶습지. 그것은 소승께는, 두들겨도 문이 열릴 줄 모르는 바위 같은 것으로 가려놓여져 있는 듯하지만 말입지, 허고 허나, 그랬더군입지, 유리 가운데 바위는 떨어져내려 있더군입지. 아마도 오조 촌장의 뼈였을 것인데입지, 까마귀들이 갉고 있더군입지. 소승도 그 노승을 잘 알고 있었습지. 아버지 같은 늙은네였습지. 그 바위를 다시 올려놓으려 합지. 그 그늘에 소승도 앉아, 대사의 죽음의 의미도 때로는 생각해보고입지. 그런 채로 그 그늘이 무거워 등이 휘어지기를 바랍지. 어쨌든 소승은 유리로 돌아가려 합습지. 그리고 이제는입지, 그 유리를 다시 살아보려 합지."

나는 좀 눈물기를 느꼈다. 이것은 어쩐지, 이해할 수 없는 일이 일어나고 있는 것처럼만 느껴졌다. 나로서는 그래서 체머리를 좀 씰룩씰룩 흔들다 꿇어엎아 더듬어, 그의 발등을 찾아 그 위에 입맞추고, 그리고 일어나 다음으로, 그의 입술에 입맞춰 조금의 침을 건네주고, 그리고 오조 촌장이라는 늙은이가 내게 물림한, 그 해골을 그의 앞에 내밀었다. 이것은 그래, 이해할 수 없는 일이 일어난 것이다.

그러나 그는 그것을 받으려고는 하질 않고, 한동안 아무 말도 움직임도 해보이지 않았는데, 그는 어쩌면, 그 해골의 유산의 의미를 생각했었을는지도 모른다. 그러나 끝내 그는 그것을 받고, 세 번 내 발등에 이마를 댄 것으로 미뤄보아, 내게 세 번 절한 것 같았다. 그러자 내게서는 열예가 일어나며, 이 세상을 산다거나, 하직한다는 일이 결코 싫은 것 같지가 않았다.

"그러나 우리는입지, 지금 한 촌장의 죽음을 필요로 하고, 그래서 그 죽음이 저 흩어진 촌민들께 나뉘어지기를 바랍지. 그래서 이제는입지, 유리가 황폐를 극복하고 말입지, 흩어진 촌민들이 다시 돌아와 오손도손이 살게 되기를 바랍지."

촛불중은 그러며, 나를 두세 걸음 옮겨 딛게 하더니 "이제는 앉으셔도 좋겠습지" 하고 속삭였다. 그러나 나는 앉기 전에 나를 둘러싸고 보고 있을 모든 사람들을 향해, 합장하고 재배하고, 합장하고 재배했다. 그럴 때도 까마귀들은 우짖어대고 있었다. "유리의 육조 촌장 성님, 잘 가씨요이, 잘 가씨요." 나으리는 그렇게 말하며, 우악스럽게 내 손목을 흔들고 있었다.

나는 그리하여, 내가 택해서, 타인에 의해 준비된 무덤에 연좌를 꾸미고 앉았다. 그것은 꼭 하나 몫의 연좌를 수용하게, 관 짜는 목수가 짰을, 정사각형의 깊은 송판곽인 것을, 나는 만져 살펴보고 확실히 알았다. 그것은 뚜껑이 없는 뒤주 꼴이었다. 그 바닥엔 게다가, 푹신한 방석까지도 하나 깔려 있어서, 이런 호사는 내가 기대치 않은 것이었으나, 어쩌면 촛불중의 고려에 의해 그렇게 된 것이었거나, 나으리의 갑자기 두터워진 나에의 우정 때문이었을 것이다.

그리하여 내가 고개를 끄덕였더니, 내가 차차로 둥둥 떠들려져 자꾸 높이 올라가지며, 드세지는 절대로 않은 바람 소리가 그러나 내 귓바퀴에서 윙윙거리고, 까마귀의 우짖는 소리 또한 바로 내 귀 언저리에서 들렸다. 나는 자꾸 떠올려가고 있었다. 아래쪽에선 물론, 나으리의 지휘하느라 휘잡는 소리가 잇달아 나고도 있었는데, 그럴 때마다 나는, 자꾸 더 높이 떠들려지는 것을 느낄 수 있었다.

이것이 글쎄, 내가 택한 죽음이었다. 나는, 어떤 광주리에나 망태기에 담겨져, 높은 나무의 그중 높은 가지에, 대룽대룽 매달려지기를 바랐던 것이었다. 거기 편안히 담겨서 나는, 서서히 오는 죽음과의 밀회 갖기를 바란 것이었다. 나의 이런 바람을 성의 있게 들어준, 촛불중과 나으리와 밤잠을 설쳤을 다른 수인들께 나는 감사해야 할 것이었다. 그들은, 나 하나의 장례를 위해서, 밤잠을 설쳐 동아줄을 꼬았어야 했을 것이며, 그 동아줄을 이 높은 가지까지 끌어올리기 위해, 그들 중의 하나쯤은, 위험을 무릅쓰고 이 높은 곳까지 올라왔었어야 했을 것이었다. 그리고 관곽도 짜야 되었을 것이었다. 그러나 내가 아직도 살아 있기 때문에, 그러한 장례 절차에 감사하고 있는 것이다. 내가 떠올려지는 느낌으로 추측컨대, 그들은 아마도 두레박을 끌어올리는 방법 같은 것으로, 한쪽에 나를 앉힌 관곽을 매달고, 그 줄은 나무의 가지에 걸어서는, 그 다른 쪽 끝을 여러 사람의 힘으로 잡아당기는 것 같았다. 그러는 동안에 나는 둥둥 떠들려져갔을 것이었고,

그 마지막에 이르러, 그들이 잡아당기던 줄의 끝은, 내가 매달린 같은 나무의 둥치에나 첨매두었을 것이었다. 잎이 다 바람에 불려 떨어지고 난 고목의 가는 가지 끝들의 늦은 가을엔, 허긴 그런 벌레집들이 매달려 있는데, 그 속엔 죽지도 않았으나 그렇다고 살아 있는 것도 아닌, 봄날 나비의 전신(前身)들이 오그리고 있으며, 오는 겨울을 한 모태로 삼는 것이다. 최후의 심판을 아직 못 받아, 관 속에 누워 있는 어떤 교리의 혼령들도, 허긴 그런 것이다. 나비에의 꿈의 번데기인 것들인 것이다.

나는 이제는 완전히 동떨어져, 한 덩이의 식은밥도, 한 방울의 수분도 얻을 수 없게 된 것이다. 그래, 이슬을, 어쩌다 내리게 될지도 모르는 부드러운 비를 핥으면 되리라. 이제는 그리고, 까마귀 우짖음이며, 어쩌다 부는 바람이 내 둥지를 흔드는 것이며, 갈증 돋구는 햇빛, 밤의 모든 외로움과 추위를 감내해야 되는 것이다. 나는 이것을 자청했고, 그러면서 내가 순화되어, 어느 때 탈바꿈되어지기를 바란 것뿐이다. 그리하여 드디어 나는, 땅으로부터 떠난 것이다, 라고 나는 믿어야 하는 것이다.

그러나 어쨌든 드디어 나는, 나를 구속하고, 마음으로 시달리게 했던 모든 것으로부터, 은둔을 성취했다는 것을 알게 된다. 어쨌든 죽음은 일종의 은둔이다. 내가 숨쉬는 대기는 향기로우며, 햇볕은 쏘기는커녕 달빛처럼 부드러이, 내 어깨 언저리에다 구릿빛 이슬을 바르고 있고 까마귀들은 면계(面界)의 아픔은 잊어도 좋을 때라는 것을 충고하고 있는 것이다. 없는 시력으로, 그렇기 때문에 시야에 장애를 갖지 않고 더 넓이, 저 세계를 내려다보기 시작한 것이다. 소리 중에서도 아름다운 것, 냄새 중에서도 향기로운 것, 감촉 중에서도 그중 부드러울 것만을 위해 내 혼은 열려지기 시작하는 것이다. 내 아래로는 숲이 흐르는 소리가 쉬임없이 들리고, 나는 그 바닥에 먹감는 어떤 잎그늘 — 그 속에 깊이 그늘을 드리웠으나 수면으로 살포시 뜨는 그늘, 그리하여 드디어 나는, 죽음 위에 정박한 작은 배로구나. 죽음이여, 그러면 내게 오라. 내가 그대 위에 드리운 그늘을 온통 밤으로 덮어, 그 그늘의 작은 한 조각을 지워버리도록, 육중한 어둠이여, 이제는 오라, 까마귀들로 더불어, 그러면 오라. 죽음이 거느릴 저 아리따운 아씨들, 빛이 빛이 아닌 빛으로 깃털을 장식한, 저 까마귀들로 더불어, 흑단 같은 발을 내딛어 내게 이제는 오라. 나만의 것이었던 조그만 내 그림자는 내게 무겁던 것이다. 그 그림자를 이제는 내게서 지워없애주기만을, 나는 그리하여 사망(死亡)으로써 사망(思望)하기 시작한다.

제 35 일

불은 濕生이라 마른 것에 執하고
물은 乾生이라 濕에 着한다
흙은 乾胎生이라 坤心房에 居하고
바람은 坤胎生이라 乾心房에 處한다
자연의 단계를 깊이 살피면
그것은 對偶에 의해 和해지느니
저 四大의 好作질에 태어났던 한 和氣

저 썩어 죽을 잡놈 하나
이 솥 속에 잡혀들었으니
濕生이며 乾生이라
乾胎生이며 坤胎生의
용두질에서 化한 이 게글거리는 작은 靈들
자 니얌 맡고 모여들어
제 분깃들을 나눌지라
濕生은 불을
乾生은 물을
乾胎生은 흙을
坤胎生은 바람을
자연의 단계를 깊이 살피면
그것은 對偶에 의해 逆해지느니
옳게 가다 거꾸로 가고
거꾸로 가다 옳게 가는 것이여
보자꾸나 이놈들
자 멋들어지게 한번 휘저어가는 거다
목숨은 빈 솥에 모이나
죽음은 찬〔滿〕 솥이 엎질러짐이라
아 그러나 한 방울인들 이삭시켜서야 안 되는 법
그랬다간 네놈들로부터 음기며 양기를 뽑아내겠다
그 방울방울들이 業을 알밴 것이거늘
業은 체에 걸러 앙금시키고
자네들은 저 業의 찌꺼기
살이며 피며 뼈만을 취해갈작시라

앙금된 業이란 金 같은 것이러라 나의 富를 쌓는도다
그것은 元素 아닌 元素
으흐으흐 으흐흐
물의 元素는 물로 가고 불에 의해서
불의 元素는 불로 가고 물에 의해서
氣의 元素는 氣로 가고 흙에 의해서
흙의 元素는 흙으로 가되 氣에 의해서
으흐으흐 흐흐으
業은 남기라 業은 남기라
물로부터는
    천길 水深 만년 앙금
水業의 굴껍질 덮인
    뱀 가닥 머리칼해서 흡반을 돋워 줄기로 뻗은 잡년
불로부터는
    억만 가닥의 실뱀 타래
붉은 혀로
    제 그늘까지 태워 허기를 메꿔도 여전히 배만 고픈 잡놈
氣로부터는
    아 이 놈은
    달이 이슬로 풍더분히하는 월후에 아무리 잠갔다 꺼내어도
    형체가 드러나지 않는 허깨비
흙으로부터는
    그렇지
    살았던 것 죽어 썩는 데마다 혀를 처넣어
    텡텡 불은 젖퉁이가 屍汁에 아파 해골의 사태기로 앓아

누운 년
삼백 날 한하고 헛 용두질에 야위어
우라지게도 눈만 붉어진 것들
오랐구나 그래 그 배고픔으로 오랐구나
이 솥 속에 한 알맹이 곱다시 옭였으니
염통이며 골
사지며 똥창자
피며 뼈를
찢고 마시며
썰고 빨고 갉을지라
순수히 불뿐인 것
전순히 물뿐인 것
완전히 흙뿐인 것
무결히 氣뿐인 것
그것은 영구히 對偶에 和接치 못할
저주의 무서운 根力
쓸쓸한 魔靈
스스로도 스스로가 두려워
미친 듯할 증오며 타는 저주로
산 것과 죽은 것들의 깊은 데로 숨어들어
얼굴을 감추어버리려 안달이 난 것들
그래서는 造化의 뿌리를 갉는 것
그러나 業은 元素 아닌 元素
자네들의 혀 댈 것이 아니여
아니고 말고지

그러면 이제 우리의 서방님
그분의 분긋
그렇지 元素 아닌 元素를 취하러
[41]새벽별 나으리 아으 새벽별 나으리 오실 터인데
호호호 내가 무엇으로 그이께 잘 보여드릴꼬
그이는 내게 흑암의 키를 주시고 어미라고 부르는 이
모든 죽음을 까불어 알곡식만 남기게 하시는 주
모든 靈들의 서방님
    靈이란 모두 그분 앞에서는 암컷인 것이거든
내 나으리 그이가 오실 때 나는
호호호 그렇지 아무렴
일천 마리의 흑단빛 까마귀 날개로 하여
아으 새벽별 내 나으리의 딛는 곳을 윤내야겠지러
아 무엇들 하고 있어 이 육실헐 놈의 종내기를
욕망의 음기며 탐욕의 양기마저 쏙 뽑아낼 잡것들
자 멋들어지게 한번 휘저어가는 거다
죽음은 찬〔滿〕 솥이 엎질러짐이다.

  내 귀에는, 저 '어미'라고 자칭하는 흑암이 엄포하며 휘젓는 소맷바람 소리가 들리고 있었다. 그녀는 어쩐지, 저 장로의 손녀의 얼굴을 드러내 보이고 있었는데, 그리고 한 쌍의 까마귀와, 그리고 전에 언젠가 나와 한번 촛불 속에서 승강이를 하다 내게 목이 졸려 죽은 듯한 그 검정 고양이를 거느리고 있었는데, 그녀는 잽싸게, 내가 놓인 아마도 솥전을, 그러나 그것은 사각진 관곽으로 나는 알았는데, 그런 솥전 바깥을 움직이며, 업의 앙금만

을 남기려 아마도, 내 전신을 찢고 썰고 갉고 핥고 빨고 씹고 짓
뭉개고 주리틀고 으깨고 있는 것 같았는데, 그러나 이 단계에서
나는 너무 겁만 낼 일도 아닌데, 세상 빛에 집착할 일도 아닌데,
어떠한 고통도 두 번의 죽음을 부르지는 않을 것이기 때문이다.
이 모두, 나의 업력(業力)이 만든, 업영(業影)이라고 알지 않으면
안 되는 것이다.

그러나 사실에 있어 이것은, 내게서 몸과 영의 분리가 이뤄지
기에는 너무도 빠른 시각인 것이다. 그래서 나는 아직도 그녀의
서방님, 새벽별 나으리를 못 보고 있는 것이다. 어쩌면 몸으로
는, 당분간 더 살아나가게 될지도 모르는데, 나는 어쩌면, 내 스
스로, 어느 때 내 의식을 끊어버리는 일을 행하지 않으면 안 될
지도 모른다.

내 이마를 뜨겁게 했던 햇빛도 어느덧 사그러져, 그 띵해진 이
마에도 산들바람이 거의 서늘하게 스치는 것으로 보면, 아마도
황혼이고 있었다. 이 황혼도 붉은가 모르지, 모르지 몰라. 까마
귀들은 그래서, 하루의 마지막 울음일 것을 육실허게 토해내며,
내 주위를 돌고 있었다. 그리고 내게는, 배고픔이 창자 밑바닥에
서 쓰리게 시작되어 있었고, 목이 탔다. 그러면서도 배설은 해야
했다. 연좌로 갈긴 오줌 방울들은, 내 무덤을 새어나가, 지릿기
한 냄새를 풍기며 바람 가운데로 흩어져 갔을 것이었다. 그 어느
한 이슬이, 그 어느 한 꽃송이에라도 떨어졌다면, 후후, 그 엔네
필시, 대천지 갖다가시나 요론 존 상대가 워디서 펑기 왔단다 하
고 생각했을 것이었다. 아 그러나 생념은 근절치 않으면 안 되는
데, 창자나 목구멍이 일으키는 것일수록 더욱더 뽑아내지 않으
면 안 되는데, 마음을 일으킨다 해도 아무것도 이뤄질 것은 아니

기 때문인데, 그럼에도 내 오관은, 살기에 조금도 피곤해 있지가
않은 듯하다.

제 36 일

옴 와기소리 뭉.*

제 37 일

  새벽별 나으리라고 불리우는 낭군은 아직 내게 나타나 보이지
않았다. 그이가 언제 와줄지는 모르지만, 이 등의 기름이 다하기
전에 와준다면 나 또한 그와의 혼례에 참석할 수 있을 터인데.
  밤엔 부엉이가 와, 내 머리 위 가지에서 세상을 굽어살펴 울다
날아갔고, 내 아랫녘 숲의, 밤의 출렁이는 어느 단애 위에서는
아마도 물의 정령 쓸쓸한 것이, 두견이 목소리로 울었었다. 까마
귀는 우짖지 않았었다. 밤에는 그리고 으시시 추웠었다. 바람이
계속적으로 뒤엉기며, 차게 나를 휩싸아, 얼음을 입히려 했다.

---

* 'HAIL TO THE LORD OF SPEECH,' Mūm.'

그것은 밤이었고, 밤은 무서웠다. 두 번 죽을 일 없는데도, 밤은 나를, 추위와 외로움과, 공포와 슬픔으로써 매질했다. 연좌를 더 유지할 수도 없이 나는 가슴이 허전하고, 몸의 전체에 안정감이 없어, 방석을 가슴에 안고, 그리고도 모자라서, 저 비취 목걸이를 입 속에 물고서야 조금 안정할 수가 있었다. 잘린 혓바닥 위에 놓여진, 저 조그만 푸른 돌을 하나의 심지삼아서, 그것 위에다 나는 내 모든 기를 모아 태워, 심정을 아주 조금 따뜻이 할 수 있었다. 그 계집의 추억은, 그만쯤은 따뜻했다. 그리고 부자유와 구속과 형벌과 죽음의 십자가에 매달려, 척 늘어진 한 마리의 구리뱀이, 그 동록(銅綠) 속에서 살아나, 한 마리의 비취 빛깔의 새가 되어 날아가는 것을 보았다. 밤은 무섭고 길었다. 목줄기인지 이마인지가 아주 다사롭게 느껴지는 것으로 미뤄보면, 그리하여 밤은 지나가 버렸고, 한 없이 흔들리던 내 관곽도 좀 잠잠해졌다. 아랫녘엔 아마도 바람은 한 점도 없었을 것이었는데도, 내 둥지는 밤새 가엾이도 흔들렸었다. 한번 흔들려지면, 그 반동에 의해 더욱더 흔들려지고, 때로 그것이 호숩기도 했으나, 그러나 흡사 중력이 없는 상태에서 어이없이 떠흐르는 것 같아, 숨쉬기가 거북했으며, 오장육부가 목구멍으로 치올라와, 구토와 멀미를 일으켰다. 나는 흡사, 첫눈 내리느라 바람 쌍금한 가지에 매달린 저녁녘 고수레 감이나 같은 기분이었었다.

  허기는 내게 이미, 초죽음이 와버린 것 같기는 하다. 다만 혼령이 아직도 내 몸뚱이 쌍금한 바람에 휘어지는 가지에, 고수레 감모양 매달려 있다는 것만 빼놓으면, 눈에는 그러나 암흑이, 마음에는 공허가, 살에는 고통이 쳐들어와 나를 썩히고 있다면, 그것은 벌써 생명의 장소는 아니다. 무어(無語)의 무어(絳禦), 불모

(佛毛)의 불모(不毛), 불탄 절간, 달 없는 사막, 불 꺼진 항구, 봄
산홍(山紅) 꽃상여 나간 무주공산, 궂은비 삼동에 내린다. 그러
나 나는, 어떤 것으로 다시 되어 다시 태어날 것인가. 정토에 나
기는 바랄 수도 없고, 또 바라지도 않지만, 허기는 만약에 할 수
있으면, 내가 어쩔 수 없이 떠나오지 않으면 안 되었던 사람들
세상에로 다시 사람이 되어 돌아왔으면 싶고, 그래서 내가 못다
산 삶을 마저 채워, 노년의 복은, 고뇌는, 삶은, 어떤 것인가를
체험해봤으면도 싶다. 그래 다시 그 세상에 태어났으면 싶다. 왕
후며, 장상 마님들의 태 속도 말고, 나를 낳았던 그저 그런 어미,
그런 어떤 옌네 태 속에서 다시 태어났으면 싶고, 그래서 저 바
닷가 모래가 번쩍이는 곳에서 모래집이나 쌓으며, 조수가 밀리
고 밀려가는 것을 그저 망연히 지켜보고 앉았으면이나 싶다. 저
무넘무애의, 그러나 비천한 머슴아이, 학대와 멸시 속으로도 스
스럼없이 걸을 수 있었던 사내아이, 바다의 음기로만 굳어진 조
개알을 씹어 비린내를 풍기며, 갈매기의 울음에 얼을 빼앗기던,
별로 오래도 흐르지 않은 옛적에 있었던 아이, 그 아이가 다시
되었으면 싶다. 그래 거기, 조개 비린내 풍기며 떠돌고 살다, 뼈
가 굵어지면, 아 그래, 뱃놈이나 되어볼 일이지. 그래 뱃놈이라
도 되어볼 일이지. 구릿빛 울불근거리는 근육에다, 저 풍더분한
년 바다를 한아름에 욱죄이고도 힘이 남을녀러 사내녀슥, 구운
뱀장어를 볼이 미어지게 씹어대느라고 입 귀퉁이로 기름을 흘려
대는, 그런 뱃놈이라도 되어볼 일이지. 속곳 안 입은 사태기로,
천의 숫파리가 죽기를 한하고 노좆에 침 바르고 물길 저어 가는,
제놈의 집 토방 위에 퍼들어진, 제 계집의 낮잠 같은 것 개의치
도 않고, 항구야 항구야 항구야아마다, 돌아가며 계집 두고, 노

좆에 침 발라가는 녀러녀슥 —— 어허, 도대체 계집에는 집착이 없는 연고일러라. 부처가 삼백 번 되어보고 보아도, 오줌 마려우면 누었을 것 아닌가. 똥 마려우면 누었을 것 아닌가. 구역질나면 토했을 것 아닌가. 그러니 정액도 마려우면 누어버리고 나야 심신이 쇄락해지는 것, 똥 마려우면 칙간 찾듯, 정액 누고 싶으면 계집 찾아, 그저 한번 쏴내버리고, 타는 목구멍에 술 부어 넣으며, 고픈 창자에 고기 토막 밀어넣는 일이 글쎄 어째서 나쁠 일이겠는가. 개고기나 빈대만이 아니라, 도라지나 쑥잎도 사대(四大)로 이뤄졌음인 것, 어찌 빈대의 살은 육식이며, 더덕구이는 육식이 아닐 터인가. 사대 또한 근본 이름이 없고 공이란다면, 똥과 오줌도 또한 근본 이름이 없는 공이라서, 서른 놈 중놈 순번 짜서 칙간 드나드는 통에 부러진, 선방(禪房) 돌쩌귀야 부러진 것이라고 해서는 안 될 것이지. 아 그러나, 근본 이름이야 있든 없든, 어찌 되었든, 제길헐, 마려운 똥은 누어야 시원한 것이며, 먹고 싶으면, 서 말 물 채운 가마솥에 한 마리의 벼룩으로 하여금 기름을 동동 띄우게 해도 좋은 것이다. 누어버린 똥을 만약에 헤쳐보려 하지만 않는다면, 오래잖아 냄새란 가서버리는 것이다. 그러고 보면 천하에 불순한 건 개놈뿐일 것이었다. 그것들은, 제놈이 누운 똥까지도 삼키려 들며, 제놈의 오줌 냄새를 물 좋은 곳 인삼주쯤으로나 아는 것이다. 그런 뒤, 그 코를 지혜라고 말하는 것이다. 그래서 지혜란 개 같은 것이다. 그런 지혜란, 뱃속으로 파고 다니는 두더지 같은 것이어서, 모든 열매 맺는 것의 뿌리를 파헤쳐, 그 뿌리를 죽이려 들며, 습기가 있어야 할 곳을 푸르스러지게 한다. 그런 지혜란 두더지 같은 것이다. 그것은 메마름에의 광병적 희원이라고 부를 것인 것이다. 개는 두더지

러라. 두더지는 개러라. 아, 그리고 또, 하필이면 뱃놈이 아니어
도 좋지. 게을러터져 삼백 년 한하고 그늘 밑 잠이나 자는 나무
꾼이라도 좋고, 입만 육실허게 까고 돌은 육실허게도 못 까는,
공동묘지 언저리 석공이래도 좋고, 또 한뒤 달 가다 일거리가 한
감씩이나 생기는 두메산골 화장터지기라도 좋은 것이다. 글쎄,
잘못 회계된 한푼 동전 때문에, 절친한 친구의 가슴에 구멍을 뚫
어놓는다 하더라도, 어쨌든 일곱 집 들러 공짜로 배 불리거나,
십시일반을 울거내는 일보다는 나을 게 아닌가. 보시를 설함은
인색해함의 소치이며, 불살생을 말함은 살욕의 소치이며, 불투
도를 계함은 탐심의 발로이며, 색을 전념으로 탐하는 자라야만
색을 근절해버릴 잡근으로 알아서 음심을 품는 것까지도 간음으
로 아는 것이다. 너는 멧새만도 못헌 눔이여, 어디 멧새가 밥 빌
러 다니던가. 너는 석류만도 못헌 눔이여, 석류가 어디 제것이라
고 오그려쌓는 것 보았던가. 너는 귀뚜라미만도 못헌 눔이여, 귀
뚜라미가 어디 쇠고기 먹고 노래를 뽑던가. 너는 달팽이만도 못
헌 눔이여, 달팽이가, 어디, 아무리 가난해 비렁질을 다니더라
도, 이웃 장자네 안채 타는 꼴을 보고, “이 녀석아, 너는 애비가
거렁뱅이다 보니, 저런 흉한 꼴은 당하지 않으니 그 아니 복인
가?”라고 했다는 소리 들리던가. 너는 그리고, 지렁이만도 못헌
눔이여, 못하지. 허어 허긴 들리는 희한한 재판 얘기 한 가지로
는, 한 호색꾼 지렁이가 한 물색 좋은 계집 지렁이에게 반해 미
치고 환장을 했다던가 하자, 호색꾼네 마누라 지렁이의 투정이
이만저만이 아니게 되어, 씨부랄녀러 것, 그러면 이혼이나 하고
볼 일이라고 해서 재판소엘 찾아갔더라든가. 그래서 받은 재판
일랑, 단칼로 몸을 중두막을 내라는 것이었다는데, 헌데 그 지렁

이가 오래오래 잘 살았다던가 어쨌다던가는 몰라, 글쎄 데, 그데, 그 뒷얘기를 들으려는 참에 그만 설사가 마려워버린 것이었지.

아, 그래, 지렁이만도 못해도 좋지, 좋으니, 어쩌면 나는 또, 혹간 말이지, 다시 한번, 중도 아닌 돌중으로, 멧새만도 못해서, 일곱 종단 기웃거려 빌은 찌꺼기 지혜로 요기를 하고, 그 찌꺼기 썩느라 풍기는 매운 냄새 때문에 눈물 흘리며, 그 독에 반은 취해, 반은 눈을 까뒤집어, 살기만을 살기만을 바래싸면서도 죽어가게 되기를 바랄지도 모르지. 혹간 그럴지도 모르지. 그래, 다시 나는, 지금 이대로의 달팽이만도 못헌 눔의 나이기를 다시 한번 더 이기를 바랄지도 모르지. 글쎄 석류만도 못하기를 말이지.

제 38 일

(42)갸　갸　갸
갸　갸　갸
까마귀들은 우짖고 있다.
(43)사　마　야
갸　갸　갸

광대하고 광대하고 광대하고
광대 광대 광대하다

까마귀들은 우짖고 있다.

　성스러운 지혜여
　광대 광대 광대하다

까마귀들은 우짖고 있다. 날 둘러 우짖고 있다. 까마귀들은 우
짖고 있다.

　갸　　갸　　갸
　(44)갸　　키 —— 갸　　키 ——
　(45)갸　　호
　사마야
　키 —— 키 —— 호!

제 39 일

　이제는 모든 기를 완전히 풀어버리자. 완전한 이완을 성취해
버리자. 할 수 있으면 다시 오기 위해서, 이 세상과의 하직을 선
언하자, 안녕히 가셔요, 입 속에 머금었던 나를, 쓰레기더미 위
에 내뱉으며, 그렇게 말하는 소리가 들린다. 전에 때로 나는, 몸
속의 막힘을 트기 위해, 마음으로 더불어 육신적으로 정진한 적

이 있곤 했다. 그러나 이제는, 그러한 통로를 막아버리기 위해서 마지막으로 정진할 때인 듯하다. 육신에 억류돼 부달리는 혼을 육신으로부터 해방시키는 일, 생명의 줄을 끊어버리는 일, 하나의 큰 꿈을 갖고 광야로 나아가는 일, 누덕진 살을 벗고 다시 말〔言語〕로서 환신하는 일, 그래서 동시에, 혼과 육이 무장애를 성취하는 일을 해야 할 때인 듯하다. 혼과 육의 이 결합은, 서로 조화를 잃기 시작할 때, 서로를 구속하고 억류하는 족쇄로밖에는 여겨지지 않는 것이다. 그것은 서로에게 함정이며 덫이 되는 것이다. 그리고 대개의 경우, 아주 갓난 시절을 제외하고, 이제 혼과 육이 발육하기 시작하면 그것은 일종의 부조화의 조화라고까지 이해해야 할 것인지도 모른다. 육이 혼에 승할 때, 그것은 소나 개 같은 존재로 변하고, 혼이 육 속에서 범람할 때, 머리칼 한 가닥 한 가닥이 모두 독사인, 그런 무녀 같은 것으로 변해질지도 모른다. 상쇄도는 상합이 대개 이뤄졌다고 한달지라도 그 의미는 어쩌면, 아흔아홉 개의 눈은 자고, 한 개의 눈만 떠서 밤을 지키는 삶일지도 모른다. 나는 모른다. 그러나 만약에, 한 개의 눈으로만 자고, 아흔아홉의 눈을 떠서 사는 괴물이 있을 수 있는다고 한다면, 그것은 초인이라고 불러야 마땅할 것인지도 모른다. 나는 모른다. 어쨌든 영과 육의 조화란 어려운 듯하다. 그러므로, 저 어중간한, 썩어져버렸으나 도대체 끊어지려고 하기는커녕, 양쪽에로 더 썩히려드는, 영과 육 사이의 저 인대를, 끊어버려야 될 때에 오면, 미련없이 끊어버려야 되는 것이다. 그러나 그것은 자살은 아니다. 수락이며, 또한 통과에 불과한 것이다. 삶에의 긴장을 완전무결하게 풀어버리는 것, 어떤 종류의 작은 집착이나 희망도 그 숨통을 욱죄어버리는 것, 그래서 자기를 완전히 고립시키고 다른 개방을 위해 폐쇄시켜버리는 것. 어쨌든, 기를 써서 의식을 모으고, 맥을 모두 열어놓는다고 한다더라도, 한 방울의 수분마저 섭취하지 않고는, 사람이 이레를 산다는 일은 어렵기는 하다. 게다가 나는 또, 지방분의 저장으로부터 가난뱅이가 되어온 지 꽤 오래였기도 했다. 장로네 댁에서 지낸 며칠간, 아주 조금 내 뱃가죽 밑에 기름이 쌓이는 듯했으나, 그건 모두 오르륵 태워버렸던 것. 내 작열로 화상입었던, 아으, 내 여인이여, 나, 너 잘살았으면 싶다. 그저 투박하게 말해서, 너 잘살았으면 싶다. 나는 어째 이런지, 그러나 너의 얼굴까지도 잊고 말았구나. 눈을 잃었을 때 허기는, 눈만 잃은 것이 아니라, 허기는 모든 얼굴까지도 다 잊고 만 것이었다. 촛불중이며, 죽은 수도부며, 소나무며, 샘이며, 존자며, 그의 문하생이며, 늙은 촌장이며, 사막이며, 해며, 달이며, 아 저 안개비며, 그런 모든 얼굴들을 잃고 만 것이었다. 할 수 있으면 그러나 한 번쯤만 더, 저 비처럼 내리던 가얏고 산조 밑에 누워, 비처럼 흠씬 좀 젖었으면 싶다. 그랬으면 그 죽음은, 하늘 어디 복사꽃 핀 곳에 바람이었다가, 그 꽃잎들 함께 흩어져내릴 것은 아니겠는가.

지금은 마지막으로, 무엇엔가 한번 기도 같은 것이라도 하고 싶고, 또 나를 수호하는 어떤 신위를 두고 명상이라도 하고 싶으나, 그러나 이 순간에 이르러 나는 내가 고아였었다는 생각밖에는 더 들지 않는다. 기도를 바칠 곳도, 불러내 다정스레 앉을 친구도 없는 것이다. 아 그러나 까짓것 그만두자. 허지만, 아 그렇지, 내가 이 세상을 살고 갔다는 그 마지막 울음이라도 한번 울어볼 일이지, 어쨌든 맨 처음 살러 나왔을 때의 최초의 말이 그것 아니던가. 그 최초에, 모든 우리는 그리고, 천덕스러이도, 으

앙으앙 하고 울었을 터여서, 그래서 내가 이 마지막으로 또한 그
렇게 울어보려니, 어쩐지 그렇게는 발음이 되어 나오지를 않는
것이었다. 그래, 울음도 늙고 복합화해진 것이다. 터져나오는 울
음의 서두란, 그저 의미도 없는 듯한 감탄사에, 보다 한이 맺히
고 길어진 것, 그런 것이었다. 오오, 우우, 우오 — 그래, 울음도
늙은 것이다. 서른세 해 늙은 것이다. 그럼에도 이 늙은 울음이
아랫배로부터 울려나왔고, 그것은 숲으로 퍼져나가, 한없이 여
울져가는 것처럼 내게는 느껴졌다. 그 울음은 그리하여 소리를
잃어버리고, 다시 쏟겼다간 다시 꼬리를 잃는 것이었다. 까마귀
들도 더욱더 울고 있구나. 숲에는 운무라도 끼었을라. 울다가 내
가, 까무라쳐 죽을 것인가.

　　오오 우오 우오
　　갸　갸　갸

　그러나 한번 소리내기 시작해서, 그 숨이 자지라지고, 다시 심
호흡해서 시작하여, 그 소리가 목구멍으로 기어드는 그 수없는
울음에서마다 나는, 그것이 이상스럽게도 같은 결론에 도달한다
는 것이나 발견하고 말았다 — 옴.
　아, 울음의, 소리의, 언어의, 숨의, 존재의, 비존재의, 저 깊은
속에 담긴 것은 저 울음, 저 하나의 소리였다. 처음에 소리였다
가, 소리 자체가 소리를 삼켜버려, 소리가 소리가 아니게 하는
소리, 처음에 숨이었다가, 숨 자체가 숨을 삼켜버려, 숨이 숨이
아니게 하는 숨, 말을 말이 아니게 하는 말, 존재를 존재가 아니
게 하는 존재, 비존재를 비존재가 아니게 하는 비존재. 옴. 말.

광막한 황원.

풀은 더러 있으나, 언젠지 말라 버스럭인다.

흙은 모래도 아닌, 언젠가 바닷물에라도 젖었다 말라붙어버린 그런 것인 듯, 그 표피가 까슬까슬히 이끼에 덮여 있는 듯해 보인다.

해는 없어도 어둡지는 않고, 그렇다고 조금도 밝지도 않아, 연수정 속을 들여다보는 것 같은 밝음.

그런 어두움

그 가운데로는, 전엔 줄기차게 흘렀을 것도 같은 냇물이 한줄기 놓여 있는데, 그 물은 한 방울도 줄지도 늘지도 않은 채 그냥 정지해 버려, 지금은 흐르지 않는다.

파문도 일지 않고, 그렇다고 평평히 잠든 것 같지도 않아 그것은 흐르다 그냥 그대로 멈춰진 것이 분명했다. 그 물빛 또한 연수정 빛이다.

모든 것 위에, 저 메마른 연깃빛이 덮여 있다.

그런데 저 정지해 버린 흐름의 한 둔덕에 계집 하나이 앉아 있는데, 하반신은 아직 명확히 보이지 않고, 겨드랑 밑에 독수리의 날개를 달고 있다.

그녀는 그리고, 뭔지 품속엣 것을 내려다보며 노래하고 있다.

　　오씨요, 임자요 오씨요, 집우로 오씨요,

임자네 집우로 오씨요, 임자는 날 참말이제 못 떠날 것이요.
하늘이며 밤이며, 말짱 임자헌티 고개 숙이고
임자 때미 울고 있는디요……
내가 임자 불름선 통곡허고 있는디요.

라고, 한없이 반복하고 계속한다.

그 노래는 흩어져 사라지지도 않았으나, 그렇다고 남아 있지도 않았다.

헌데 그 여자의 얼굴은, 구면이었고, 그녀가 품에 싸아안고 있는 것은, 글쎄 어떤 사내였는데, 또한 구면이었고, 혹시는 내 얼굴은 아니었던지도 모른다.

그 사내는, 저 노래를 달콤히 듣고 있어 보였으나, 살아 있는 것 같지는 않았고 그렇다고 완전히 죽은 것도 아니어 보였다.

오씨요, 집우로 오씨요, 임자요 오씨요,
나 임자 불름선 울고 있잖는개비요.

그러다 조금 있으니, 황원의 북쪽에서 발원한, 한 회오리바람이 누런 모래기둥을 일으키며, 암컷에게 가는 검은 숫말로서 달려오는 것이 보이고 그것은 떨리도록 장엄했다.

그 모래기둥이 사그러지자, 남녘으로부터, 하나의 나는 불이, 빛을 쐬어내지는 않으나 붉은 열을 함께하여, 암컷에게 가는 숫용으로서 하늘을 덮고 선회해오고, 그것 또한 떨리게 했다.

나는 그리고서야, 그들이 나타나기 전에 벌써, 이미 거기 있었으나 알아볼 수 없었던 두 괴이한 그림자를 볼 수 있었는데, 하나는 저 흐름 없는 물에 고기 비늘 덮인 물고기의 하반신을 잠그고 있는 것이었고, 알고 보니 그것은, 저 구면이던 계집의 하반신이었다.

그녀는 희었다.

다른 하나는, 유순한 어머니 얼굴에, 젖이 뚝뚝 흐르는 유방을 달고, 쉬임없이 하혈을 하고 있는 음부의 아래쪽은 뱀의 하반신이었는데, 그녀는 검었으나, 역시 구면이었고, ‘어미’라고 자칭하던 그년이었다.

북녘과 남녘으로부터, 저 진노 같은 수컷들이 으르렁거리며 나타나기 시작하자, 이제껏 잠잠히 얼굴을 드러내지 않았던, 암컷들이, 드디어 얼굴을 드러내며, 교태와 질투가 뒤섞여 얄궂은 얼굴들을 꾸미며, 수컷들을 향해 요니를 연다.

그때에 이르르자, 혹시는 나일지도 모르는, 그 구면의 사내가 색념에 미친 듯, 벌떡 뛰쳐일어나더니, 광란하듯 몸을 흔들어대며, 춤춘다.

귀의하나니다 귀의하나니다
귀의하나니다 귀의하나니다

라고, 네번씩 소리치며, 사방을 향해 각각 세번씩 절하고, 또 춤추어대는데 보니, 사방으로 각각 일곱 걸음씩 걷고 중앙에 돌아와 절하곤 하는 것이었다.

南無火
南無水

南無風
南無土

　그의 광무가 계속되고, 계속되는 사이, 그 사내로부터, 숨이
작은 바람기둥이 되며 그를 휩싸돌고, 불이 그의 전신에서, 가시
나무떨기에서처럼 타기 시작하자, 그의 전신의 구멍들로부터,
물이 송송 흘러나오기를 시작해, 그 물방울은, 저 멈춰 있는 흐
름 속으로, 수은 방울들처럼 굴러들어가서야 해체한다.

　나무불
　나무물
　나무바람
　나무흙

　그러는 새 어쩌다 보니, 남녘으로 불이 날아가는데, [46]엄지손
가락 크기의 새끼불을 하나 거느리고 있고, 북녘으로 바람이 가
는데, 또한 엄지손가락 크기의 새끼 바람을 거느리고 간다.

　나무 나무
　나무 나무

　그리고 남은 것은, 벗겨진 털이 태워지고 남기라도 한 듯한,
한줌의 흙만 오소록이 쌓였을 뿐인데, 그것을 자기의 분깃이라
고, 저 검은 어미년이, 슬픈 눈으로 내려다보고만 있다.
　노래하던 그 구면인 계집은, 언젠지 사라져 보이지는 않고, 노

래의 여운만 아직도 떠돌고 있었다.

　그 노래의 여운은 그리고, 동으로 동으로 날아가던, 청황색 불
한다발처럼 보였다.

　　　　나는 임자를 볼 수는 없어도요
　　　　나 속으로 임자 원험선
　　　　눈으로 나 임자 보기 바라요.

　　　소조한 주위.
　　　한줌의 흙.
　　　어미년.
　　　한줌의 흙.
　　　소조한 주위.

(47이삭줍기 얘기

어 미 년 —— 나으리, 아으 새벽별 나으리, 아 이제는 오소서,
　　　　　　　그러면 오소서.
까마귀들 —— 갸 광대하고
　　　　　　갸 광대하고
　　　　　　갸 광대하다 사마야
　　　　　　우리 주의 지혜 갸
어 미 년 —— 사마야 사마야 사마야
까마귀들 —— 갸 갸 갸

어 미 년 — 주의 지혜
　　　　　 주의 은혜
　　　　　 주의 사랑
까마귀들 — 갸 갸 갸
어 미 년 — (아직도 설움에 찌든 얼굴로, 잿더미를 망연히 내
　　　　　 려다보고 있더니, 불은 검은 유방에서, 흰 젖 한
　　　　　 방울을 아주 탐스럽게 짜, 저 한숨의 흙 위에 떨
　　　　　 어뜨리며) 나으리, 아으 새벽별 나으리, 당신이
　　　　　 디딜 곳을 비추일, 이 등의 기름이 다하기 전에
　　　　　 오소서, 제발 오소서.
까마귀들 — 갸 갸 갸
어 미 년 — 사마야 에마호.

　　그러자 잿속에,
　　마늘 냄새 같은 것이,
　　쑥 냄새 같은 것이,
　　하나의 갈증으로 있던 것이,
　　젖을 받고,
　　재를 헤치고,
　　꾸무럭꾸무럭 움직이기 시작하는데,
　　그것은 홍옥빛도 같고,
　　마늘도 같고,
　　굼벵이도 같은 살.
　허지만 그것은 하나의 움직임이지 정작에 있어 살은 아니었을
지도 모르는데,

이 세상 빛 열예로써 가렵고,
이 세상 빛 열예로써 슬퍼서 그것은,
괴롭게 쑤물대며,
주리를 틀고 뒤집혀지며,
꼬리도 머리도 없으나 어쨌든,
끝과 끝을 자기의 안쪽으로 억세게 붙들어들이려는 것 때문에,
그 스스로 하나의 동그라미 모양이 되어서는,
안쪽은 자꾸 바깥쪽이 되고,
바깥쪽은 자꾸 안쪽이 되며,
시작이 끝이 되고,
끝은 시작이 되며,
운동이라고나 해야 할 그 연한 붉은 살이 기름기있게 번쩍이는데,
보니 그것은,
고통의 바다로구나,
눈보라 밑 흙 아래 또아리치고 누운 봄이로구나,
머리엔 나무처럼 욕망을 돋구고,
그러나 배엔 빈 태(胎)를 해골로 안은 계집이로구나,
요니,
요니로구나,
기다림이로구나,
요니로구나.
때에,
저 포착키 어려운,
튀기는 듯이 빛나는,

현란하고 장엄한,

그리고 무섭도록 찬란한 한 섬광이,

까마귀들 날개 덮여 어두운 가운데를 뚫고 뻗쳐내리며,

동시에 천의 번개가 스칠 때 함께하여 울리는 천둥 소리 같은 것이 무섭게 울려퍼졌는데,

그런데 보니,

그 가운데로,

눈보다도 더 흰 후광을 거느린 사내 하나가,

아무의 보좌도 받지 않고,

또 몸에 걸친 것 하나도 없이,

순수한,

자연 그대로의 모습으로 걸어내려오는 것이 보였는데,

그런데 그의 전신은 새벽별 같았고, 박달나무 같았고,

구리뱀 같았는데,

그런데 그의 얼굴은 어쩐지 바위로 그의 아비를 압살했던 사내의 또는 압살당했던 늙은이의 동안(童顔)을 달고도 있는 듯이 보였다.

어 미 년 —— 사마야

　　　　　　사마야

　　　　　　사마야

까마귀들 —— 갸 갸 갸

어 미 년 —— 에마호

새벽별 나으리 —— (팔을 벌려, 저 잿더미 속의 쑤물거리는 '벌

　　　　　　레'를 포옹하러 오며) 키 키 호

까마귀들 — 갸 갸 갸
어 미 년 — 옴마니팟메훔.*

---

* "HAIL TO THE JEWEL IN THE LOTUS! Hūm."

줄작 중에 발췌 인용된, 타인의 생각의 어떤 것들은, 重譯을 회피할 수 없었음이 유감이지만, 그리고 重譯이란 때로 대단히 위험스러운 것이 사실일 터이지만, 그러나 필자는, 도대체 번역을 위주로 한 것이 아니었으므로, 심지어 誤譯에 이르러서까지도 양해를 구할 수 있으리라고 믿는다.

1) R. M. Grant, *Gnosticism and Early Christianity* (Columbia University Press, 1966), p. 9.

2) A. F. Price, Wong Mou-Lam 공역, *The Diamond Sutra and the Sutra of Hui Neng* (The Clear Light Series Shambara, Berkeley, 1969), p. 26.

3) W. Y. Evans-Wentz(영역), *The Tibetan Book of the Dead* (Oxford University Press, 1972), p. 179.

4) *The Diamond Sutra and the Sutra of Hui Neng*, p. 15. 神秀(?~706)의 게송.

5) 같은 책, p.18. 慧能(638~713)의 답송.

6) '아버지를 刺殺' 하거나, '壓殺' 하는 관계의 연금술적 상징적 도식은, Bonus of Ferrara, *The New Pearl of Great Price* (Vincent Stuart Publishers Ltd., 1963), p. 39. 필자가 되풀이하여 차용하는 것인데, 그러한 '척살' 또는 '압살' 이, 우주적 형태로 이뤄진다고 할 때, 거기 '말씀의 肉化' 가 실현되고 세상적으로 이뤄진다고 할 때, 그것은 반대로, 肉에 억류되었던 '말씀' 의 귀환이 이뤄진다고 이해한 것이다.

7) C. G. Jung, *Collected Works of C. G. Jung*, Vol. 12 (Princeton University Press, 1970), p. 305, 그림 157.

8) 이 장면의, '四肢의 切斷'은, *The Tibetan Book of The Dead* (p.166)에서는 亡者에게 행하는 심판으로 나타나지만, *Tibetan Yoga and Secret Doctrines* (W. Y. Evans-Wentz 편집, Oxford University Press, 1972), pp. 172~75에서는, 은둔자들이, 눈만 잇달아 퍼붓는, 혹독한 추위를 불 없이 이겨내고, 몸을 따뜻이하기 위해서도, 또 질병·허약·불결 등을 제거하여, 다음 단계로 해탈을 성취하기 위해 初禪法으로도 행하는데, 이것은 또한, *Shamanism* (M. Eliade, Princeton University Press, 1972), p. 36에 있어서는, 한 平人이 巫覡化해가는 과정에도 이어진다.

9) *Tibetan Yoga and Secret Doctrines*, pp. 125~27. 1분에 15번. 한 시간에 900번, 하루 21,600번. 그러나 티베트인의 요가는 호흡법에 있어서, 탄트릭 요가를 완전히 이해하고 있다고는 믿어지지 않는다(같은 책, p. 126, 註 1).

10) *C. G. Jung*, Vol.16, p. 237. 이 관계는, 연금술적 혼례가 이뤄지고 있는 장면이다.

11) 같은 책, p. 237.

12) 같은 책, p. 243.

13) 같은 책, p. 249.

14) 같은 책, p. 247.

15) 같은 책, p. 221. 이 도식은, 연금술적 혼례에서, 왕과 왕비가, 오른손은 왼손에, 왼손은 오른손에, 가로건너질러 잡은 손으로부터 도출된 것이다.

16) 『열명길』(문학과지성사, 1986), p. 409.

17) '죽음과 재생 사이에 가로놓인 중간 상태. 49일로 치는바, 상징

적인 숫자. 천체가 일곱 혹성으로 구성된 것처럼 이 세계에도 七界 또는 일곱 단계의 마야 Maya가 있는데, 그 각계에는 또 일곱 회의 진화가 있어, 7의 제곱은 49를 만드는 것이다. *The Tibetan Book of the Dead*, p. 6.

18) M. Eliade, *Shamanism*, p. 230.

19) 이것은, 소설적 요구에 의해 어쩔 수 없이, 오시리스의 죽음 앞에서 이시스가 하는 넋두리를 빌린 것인데, 왜냐하면 우리에게는 그런 넋두리가 없는 셈이기 때문이다(J. G. Frazer, *The Golden Bough*, Part IV, 'Adonis. Attis. Osiris.' Vol. II, p.12. St. Martin's Press, 1966). 그리고 이러한 차용은, 제8일의 혼례 장면에서도 암시되어 있는 바와 같이, 주인공과 수도부의 관계가, 오라비와 누이의 관계인 것을, 보다 더 확실히할 수 있는 이점을 수반한다.

20) *C. G. Jung*, Vol. 12, p. 304, 그림. Anima Mercurii.

21) P. Rawson, *The Art of Tantra* (New York Graphic Society Ltd., 1973), 그림 67, '보이지 않는 男根을 휘감고 있는, 우주적 作用力.'

22) G. R. S. Mead, *Fragments of a Faith Forgotten* (University Books, 1960), p.186.

23) *C. G. Jung*, Vol. 12, 그림 131, 135.

24) *The Tibetan Book of the Dead* (p. 149, 註 1)에 의하면, 이 6자 大明呪는, 再生의 門을 달고자 할 때 암송하는 것이라고 한다.

　　옴 ― 白色. 神世.
　　마 ― 綠色. 아수라界.
　　니 ― 黃色. 人間世.
　　팟 ― 靑色. 殺世. 금수계.
　　메 ― 赤色. 鬼世.
　　훔 ― 煙 또는 黑色. 지옥계.

25) *The Art of Tantra*, p. 75.

26) *Fragments of a Faith Forgotten*, p. 351.

27) A. Avalon, *Tantra of The Great Liberation* (Dover Publications Inc., New York, 1972), p. xxxviii.

28) 같은 책, p. xxiv(Shakti가 없이는, Rudra나, Vishnu나, Brahma라고 할지라도, 아무것도 성취해내지 못한다. 그러므로 말하자면 죽은 몸들과 같다).

29) Bonus of Ferrara, *The New Pearl of Great Price*, pp. 273~76.

30) *Tibetan Yoga and Secret Doctrines*, p. 71; 『우리말 八萬大藏經』 passim(法通社 간행, 1963).

31) 『우리말 八萬大藏經』, p. 577.

32) '제23일'에서 '제26일'에 걸치는, 본문의 괄호 속의 숫자는, *The Tibetan Book of The Dead*에서 발췌 인용한 구절들이 있는, 그 책의 면수다.

33) 「雅歌」에는, 神의 땅에의 사랑이 대단히 肉的으로 보인다. 그러나 졸작의 주인공은, 그것을 대단히 회의적으로 본 듯하다.

34) '모든 魂이 다 神에게는 여성이다' (*The Art of Tantra*, p.109). 이것은, '열처녀의 비유' (「마태복음」 25 : 1~14)와, '남성 속의 여성적 경향'으로서의 '아니마 Anima'가, 魂의 대명사로 사용되는 것과 함께 주목할 가치가 있다. 이 관계가, 단군신화에서는 보다 탁월하게 우화화되어 있다. 단군신화는, 생명과 영혼의 연금술적 과정이, 보다 더 종교적 발상에 의존되어 있다. '쑥과 마늘'은 '毒'의 의미이며, 그것에 의해 '웅녀'가 털을 벗는 과정은, 모든 장애나 구애로부터서 위대한 자유를 획득해내려는, 구도적 노력이다. 신 앞에서, 모든 혼은 다 암컷이다.

35) 「욥기」 3 : 3~12.

36) 샤머니즘에 있어서, 독수리는 샤먼의 靈을 하늘에 올려다 주는 새로 나타나고, 백조라든가 갈매기는, 샤먼의 혼을 下界에다 데려다 주는 새로 상징된다. '갈매기다운 독수리' '바다 같은 하늘' 또는 '하늘 같은 바다'는, 저 둘의 현상을 일원화하려는 의도로 접붙인 것이다. 그 가능의 단서는 저 '둥지 같은 배'에 있고, '일곱 색깔의 끈'은 하늘로 이어지는 다리, '무지개'에 이어진다. '세상나무'도 또한, 하늘로 이어 주는 '다리'인 것을 고려하면, '나무'와 '무지개'가 동일시된다는 것을 주인공의 죽음과 관련하여 첨부해둘 필요가 있을 듯하다.

37) "하나님은 한번 말씀하시고 다시 말씀하시되, 사람이 침상에서 졸며 깊이 잠들 때에나 꿈에나 밤의 異像中에 사람의 귀를 여시고 印치듯 교훈하시나니"(「욥기」 33: 14~16).

38) Sir R. Burton, *Kama Sutra*(G.P. Putnam's Berkley Medallion Book, 1966), p. 65.

39) Sir R. Burton, *The Perfumed Garden* (Castle Books, 1964), p. 11.

40) Nikhilanda, *The Upanishad* (Harper Torch Books, 1963), p. 116.

41) 루시페르. 그는 나중에 基督으로까지 승격한다(*C. G. Jung*, Vol. 9 II, p. 72).

42) W.Y. Evans-Wentz, *The Tibetan Books of Great Liberation*(Oxford University Press, 1968), pp. 202~04.

    (Samayā, gya gya,

    E—ma—ho!

    Key! Key! Ho!)

    gya—vast

43) Samayà—Divine Wisdom.

44) Kye—: 부르는 소리로서 '오—'라고 번역될 수 있다고 한다.

45) Ho — : 감탄사.

46) *The Upanishads*, p. 82(언제나 사람의 심장 속에서 살고 있는 purusha, 즉 자아는, 엄지손가락보다 크지 않다. 사람으로 하여금, 그의 몸으로부터 저 자아를 분리케 하라, 마치 칼날 같은 쐬기풀로부터 부드러운 줄기를 분리해내듯이. 그리하여 알게 하라, 자아란 빛이며, 불멸인 것을 — 그래, 빛이며 불멸인 것을).

47) *The Zend Avesta*(Greenwood Press, 1972), "The Vendidad, Fargard xviii," pp. 30~47 참조. "聖 스라오샤 Sraosha께서, 몽둥이를 처들어올려 내려칠 듯이 하며, 요사한 마녀 드룩 Drug에게 물었다. "오, 너 철면피의 사악한 계집년이여, 물질로 이뤄진 이 세상에서, 다만 너 홀로, 사내와의 동침함이 없이 새끼를 배는다?" 그러자, 저 요귀년 드룩, 이렇게 대답한다. "오, 휜출하신 聖 스라오샤 나으리님, 어찌 이년이라고, 물질로 이뤄진 이 세상에서, 남정과의 접촉이 없이, 혼자서 애를 밸 수 있겠나니까? 요래봬두 요년께두요, 서방님은 넷씩이나 있는뎁지요, ……사내가 밤의 몽정중에 유실한 그 정액을 받아서도 애를 배는뎁지유, 이이는 소첩의 셋째 서방님이다누요." — 이 「이삭줍기」章은, 이 드룩년이 羑里의 육조의 몽정을 통해, 그의 불알을 훑어 까먹는 애기인 것이다. 미리 밝혀둘 것이 하나 있다면 저 인용된 구절은, 또한 「六祖傳」의 속편 「七祖傳」의 중요한 한 배경이 되어 있다는 그것쯤일 것이다.

인신(人神)의 고뇌와 방황
── 이루어짐의 도식(圖式)

김   현

　1974년 가을, 나는 평소에 사숙하고 있던 한 스승 밑에서 내가
뒤적거리고 있던 한 프랑스 비평가의 저작물들에 대한 나의 생
각을 정리할 수 있는 기회를 갖기 위해서, 프랑스의 북쪽 독일과
의 변경 지대에 위치한 스트라스부르라는 아름다운 도시로 길을
떠났다. 북프랑스의 습기 많은 우중충한 날씨 때문에 신경통이
서서히 도지기 시작할 무렵, 2, 3년 거의 서신 연락이 끊어진 옛
친구에게서 나는 난데없는 책 한 권을 받았다. 그 책의 제목은
'박상륭 소설집 Ⅱ'라는 부제가 붙어 있는 『죽음의 한 연구』였
다. 그 소설의 작가인 박상륭과 나는, 그가 캐나다로 이민 가기
전에 썩 친하게 지냈었다. 이민 가기 전에도 그렇게 가깝게 지냈
을 뿐 아니라, 그가 이민을 간 후에도 나는 그와 꽤 오랫동안 서
신 교환을 하였다. 그런 상태가 2, 3년 계속된 이후에, 왜 그렇게
되었는지는 알 수 없지만 그와의 서신 연락이 뜸해지기 시작했

고, 그것과 엇비슷하게, 한국어로 쓴 그의 소설을 한국 잡지에서 발견하기가 힘들게 되었다. 그렇구나, 이제 그도 서서히 캐나다 인이 되어가는 모양이구나라고 나는 생각하였고, 재능 있는 작가 하나를 또 잃게 되었구나 하는 아쉬움·분노가 내 가슴 밑에 서서히 자리잡기 시작하였다. 최인훈이 미국에서 돌아오지 않고, 손창섭은 일본으로 건너갔다. 그리고 이제 박상륭이 침묵하고 있는 것이다. 어떤 작가가 어디에 있는가 하는 것은 별로 중요한 것이 아닐지 모른다. 어떤 작가가 미국에 있건 일본에 있건 캐나다에 있건 무슨 관계가 있단 말인가. 그가 한국어로 작업을 하고 있으면 그만 아닌가. 문화의 주변 국가에서 작업하고 있는 자의 심리적 콤플렉스가 슬며시 생기려고 하고 있을 때 받게 된 『죽음의 한 연구』는 한국 문학이 박상륭을 잃지 않았구나, 하는 안도감과 즐거움을 맨 먼저 전해주었다. 2평 남짓한 작은 방에서 나는 근 500면에 달하는 그 소설을 나로서는 이상한 독법으로 읽었다. 다시 읽기 시작한 바슐라르의 4원소론에 관한 책들을 한 100~200면 읽다가 지치면 그의 소설을 100~200면씩 읽는 그런 독법으로 나는 그의 소설을 거의 일주일에 걸쳐서 정독을 했다. 그리고 완전히 감동했다. 그것이야말로, 내 좁은 안목으로는 70년대 초반에 씌어진 가장 뛰어난 소설이었을 뿐 아니라, 『무정』 이후에 씌어진 가장 좋은 소설 중의 하나였던 것이다. 이 글은 나의 감동의 소산이다. 작품 앞에서 감동하고, 그래서 거기에 대해서 무엇인가를 써보고 싶다는 생각을 하는 것보다 비평가를 더욱 즐겁게 하는 것이 또 어디 있을 것인가.

그의 소설을 다른 소설 읽듯이 단숨에 읽어내려가려고 할 때

에는 그의 소설만이 갖고 있는 재미를 느끼기 힘이 든다. 그의
소설은 천천히 그리고 되풀이해서 읽어야 한다. 약간 어색한 듯
한 구문이나 어투, 사전 속에서나 찾아볼 수 있을 사투리로 엮어
진 그의 문장은 마치 이문구의 그것이 그렇듯 처음 그것을 읽는
자에게 상당한 저항을 불러일으킨다. 그 저항을 이겨내지 못하
면 그의 소설을 끝까지 읽어낼 도리가 없다. 500면에 달하는 『죽
음의 한 연구』의 서두는 이렇다. "공문(空門)의 안뜰에 있는 것
도 아니고 그렇다고 바깥뜰에 있는 것도 아니어서, 수도도 정도
에 들어선 것도 아니고 그렇다고 세상살이의 정도에 들어선 것
도 아니어서, 중도 아니고 그렇다고 속중(俗衆)도 아니어서, 그
냥 걸사(乞士)라거나 돌팔이중이라고 해야 할 것들 중의 어떤 것
들은, 그 영봉을 구름에 머리 감기는 동녘 운산으로나, 사철 눈
에 덮여 천년 동정스런 북녘 눈뫼로나, 미친 년 오줌 누듯 여덟
달간이나 비가 내리지만 겨울 또한 혹독한 법 없는 서녘 비골로
도 찾아가지만, 별로 찌는 듯한 더위는 아니라도 갈증이 계속되
며 그늘도 또한 없고 해가 떠 있어도 그렇게 눈부신 법 없는데
다, 우계에는 안개비나 조금 오다 그친다는 남녘 유리(羑里)로도
모인다." 400자에 이르르는 이 긴 문장은 주의하지 않고 그냥 슬
슬 내려 읽어가는 독자에게는 무슨 암호투성이의 글처럼 보일
것이다. 그러나 자세히 들여다보면 문법적으로 완벽하게 올바른
문장이다. 돌팔이중에 속하는 사람들은 유리라는 곳으로도 모인
다, 라는 문장인 것이다. 그러나 이 문장의 맛은 그러한 분석에
있는 것이 아니다. 이 문장의 맛은 오히려 처음에 세 번 되풀이
된 '아니어서'와, 그뒤에 오는 주어, 그리고 그뒤에 두 번 되풀이
되는 '로나'와 서술부의 시적 가락에 있다고 할 수 있다. 그 가락

을 맞추기 위해서, "수도하는 중도 아니고 그렇다고 완전한 속인
도 아닌"이라는 내용을 "공문의 안뜰에 있는 것도 아니고 그렇
다고 바깥뜰에 있는 것도 아니어서"식으로 운율을 중요시하는
글을 쓰는 것이다. 박상륭의 대부분의 소설이 다 그렇지만 특히
이『죽음의 한 연구』는 가락에 대한 한 실험이라고 할 수 있을
정도로 문장의 흐름에 신경을 쓴 소설이다. 그런 의미에서 그것
은 눈으로 읽는 것보다는 입으로 읽어야 할 소설에 더욱 가깝다.
그의 빈번한 쉼표 사용은 호흡 분절에 아주 적합한 수법이다. 그
가 가락에 얼마나 신경을 쓰고 있는가 하는 것은 그 소설의 주인
공이 가야금 소리를 듣고 그 소리에 자신을 합일시켜나가는 다
음의 문장 하나로 넉넉히 짐작할 수 있으리라 생각한다. "그러
며, 내가 저 소리에 의해 병들고, 그 소리의 번열에 주리틀려지
며, 소리의 오한에 뼈가 얼고 있는 중에 저 새하얗게 나는 천의
비둘기들은 삼월도 도화촌에 에인 바람 람드린 날 날라라리 리
루 루러 러르르호 흩어지는 는 는 는느 느등 등드 드등 등드 드
도 도동 동 동도 도화 이파리 붉은 도화 이파리, 이파리로 흩날
려 하늘을 덮고, 덮어 날을 가리고, 가려 날도 저문데, 저문 해
삼동 눈도 많은 강마을, 강마을 밤중에 물에 빠져 죽은 사내, 사
내 떠 흐르는 강흐름, 흐름을 따라 중모리의 소용돌이, 자진모리
의 회오리 휘몰아치는 휘모리, 휘몰려 스러진 사내, 사내 허기
남긴 한 알맹이의 흰소금, 흰소금 녹아져서, 서러이 봄꽃 질 때
쯤이나 돼설랑가, 돼설랑가 모르지, ……계면(界面)하고 있음의
비통함, 계면하고 있음의 고통스러움, 계면하고 있음의 덧없음
이, 그리하여 덧없음으로 끝나고, 한바탕 뒤집혔던 저승이 다시
소롯이 닫겨버렸다." 이 문장에서도 분명히 드러나고 있는 것이

384

지만, 그의 가락이 주어를 생략하거나 목적어를 빠뜨려 글의 흐름을 조종하는 한국어의 재래적 전통에 의지하고 있는 것이 아니라, 주어와 동사와 목적어를 분명하게 제시하면서 글의 호흡을 맞추는 서구어의 문법 구조에 의거하고 있다는 것을 주목하지 않으면 안 된다. '주리틀려지고'의 피동형, "저문 해 삼동 눈도 많은 강마을, 강마을 밤중에 물에 빠져 죽은 사내, 사내 떠 흐르는 강흐름, 흐름……"의 관계 대명사를 사용한 듯한 연결, "계면하고 있음의 고통스러움" 따위의 동명사형 등은 다 서구 문법 구조의 영향을 받은 것들이다. 그의 글이 주의를 요하는 것도 그것 때문이겠지만, 동시에 그것은 한국어가 비논리적이고 정확하지 못하다는 생각 자체가 하나의 환상적 모멸임을 깨닫게 해준다. 의성어를 사용하여 이미지를 발전적으로 확대시켜나가면서도 한 군데 흐트러진 곳 없이 완벽하게 짜여 있는 이런 유의 문장을 볼 때 나는 한국어의 표현의 한계를 다시 생각하지 않을수 없다.

때로는 매우 사변적이며, 때로는 매우 격정적이고, 그런가 하면 놀랄 만큼 냉정한 『죽음의 한 연구』의 주인공을 이해하기 위해서는 그의 이력을 자세히 들여다볼 필요가 있다. 다음은 그의 이력을 간추린 것이다.
 1) 그는 뱃사공과 창녀의 웅석이 떠들썩한 갯가에서 태어났다.
 2) 그의 어머니는 창녀였다.
 3) 그는 어머니와 단둘이 언덕 위의 집에서 살다가, 어떤 중의 불머슴이 되었다.

4) 그 중은 그가 죽은 후에 그의 수도를 완성할 유리의 오조촌장(五祖村長)이다.

5) 그의 나이 서른세 살에 그는 스승의 밑을 떠나 유리로 수도하러 온다.

6) 그의 이름이나 거처는 알려져 있지 않고, 그는 그저 유리라고 그의 이름이나 거처를 묻는 이에게 대답한다.

7) 유리에 오면서 그는 그의 스승을, 그뒤에는 존자라는 사내와 외눈중을 죽인다.

8) 그는 유리에 가서, 마른 늪에서 고기를 잡으려고 애를 쓴다. 그러면 유리의 촌장이 될 수 있기 때문이다.

9) 그러나 그는 유리의 판관인 촛불승에 의해 유리의 법률에 따라 살인죄 때문에 처형된다.

10) 그가 스승의 밑을 떠나 그의 죽음을 완성하기까지는 40일이 걸린다.

위와 같이 간략하게 요약될 수 있는『죽음의 한 연구』의 주인공의 이력은 그를 만들어낸 작가 자신에 의해 완벽한 이론적 설명을 얻고 있다. 그 하나하나를 조심해서 이해하지 않으면 그의 의도의 상당 부분을 놓쳐버리기 쉽다.

1) 그가 갯가 출신이라는 것은 그의 삶이 바다와 밀접하게 연결되어 있음을 드러낸다. 정신분석학적으로 생각하면 바다는 어머니를 상징할 뿐 아니라, 그것은 그뒤의 낚시질에 대한 그의 집념을 무난히 수긍시키는 장치 역할을 맡고 있다. 그 바다는 때때로 죽음과 결부되어 가령 '수사(水死)스런' 따위의 이미지를 낳는다.

2) 그의 어머니가 창녀였다는 것은 그의 어머니가 모든 남성

의 근(根)을 받아들이는 보편적인 요니(=여성 성기)임을 강조하기 위한 것이다. 요니는 바다와 마찬가지로 죽음과 매장, 그리고 탄생을 가능케 하는 지역이다. 바다, 우물, 마른 늪, 땅굴, 촛불승의 항문은 다 죽음과 매장, 그리고 재생을 보여주는 장소이다.

3) 그 주인공은 공식적으로는 불교의 중처럼 묘사되어 있으나, 그의 행적은 예수를 방불케 한다. 유리에서 멀지 않은 읍내의 장로는 그의 스승을 세례 요한에 비교하고 있으며, 40일의 고행, 서른세 살, 막달라 마리아를 상기시키는 수도부, 예수의 발을 기름으로 씻어준 여자를 상기시키는 읍내 장로의 손녀딸 등은 그가 예수와 비슷한, 혹은 그 변형의 인물이라는 것을 암시한다.

4) 그가 오조촌장을 죽이고 육조촌장이 되는 것은 중국선(中國禪)의 오조 홍인(弘忍)과 육조 혜능(慧能)의 관계에서 차용되고 있다. 신수(神秀)와 혜능(慧能)의 게송이 작품 속에 그대로 인용되어 있을 뿐 아니라, "안팎으로 만나는 자를 모두 죽여라, 부처를 만나면 부처를 죽이고, 스승을 만나면 스승을 죽이고, 나한을 만나면 나한을 죽이고, 부모를 만나면 부모를 죽이고, 친척을 만나면 친척을 죽여야만 비로소 해탈할 수 있다"는 『임제록(臨濟錄)』의 권유가 그대로 행해져, 주인공은 닥치는 대로, 사람을, 그가 극복해야 될 사람을 죽인다. 그것을 그의 스승은 '구도적 살인'이라고 부른다. 그리고 그가 오조촌장을 죽인 것처럼, 칠조촌장이 될 촛불승에 의해 그 또한 죽는다.

5) 그가 그곳의 촌장이 된 유리란 문왕이 귀양살이를 하며 역(易)을 완성한 곳의 이름이다. 그것은 『죽음의 한 연구』에서뿐만이 아니라 그 이전의 「유리장」에서도 무대로 사용된다. 주역의 음양 오행 사상에 그가 상당한 영향을 받았음을 그것은 나타낸

다. 「유리장」에서는 하나이며 동시에 다섯인, 세계의 기본적인 도식으로 박상륭이 인정한, 두 개의 양극을 가진 타원형이 그것의 주인공인 사복에 의해 강술되는데, 『죽음의 한 연구』에서 그것은 고기로 압축된다. 마른 늪에서의 고기잡이란 세계의 본질을 낚으려는 노력이라 할 수 있다.

6) 마른 늪에서 고기를 낚는다는 이미지의 발상은 어부왕 전설에서 야기된 것이다. 작가 자신의 설명을 따르면, 어부왕의 성불구로 그의 땅이 황폐해졌다는 것은 고기가 남근의 상징이라는 것을 입증한다고 한다(『박상륭 소설집 I』). 그렇게 되면 마른 늪은 생산이 불가능한 요니의 상징이며, 거기에서 고기를 낚는다는 것은 황폐한 요니에 생명력을 불어넣는다는 의미를 담게 된다. 세계의 본질은 재생에 있는 것이다.

위의 설명에서 알 수 있는 것은 그 주인공의 성격이 통종교적이라는 것이다. 그의 물리적인 삶은 신비주의에, 그가 사는 고장은 주술적인 것에, 그의 신체적 삶은 예수의 그것에, 그의 득도는 선적인 것에 각각 매달려 있다. 그래서 해탈＝재생＝득도＝완성＝정련의 기이한 도식이 그 소설을 덮는 순간 형성된다. 선불교의 견성·돈오, 기독교의 자기희생·자기구원, 연금술의 제금술, 신비주의의 집단 무의식, 주역의 세계 인식이 동일한 차원에서 같은 비중을 갖고 그 소설에서 합류하고 있는 것이다. 완전한 성교야말로 완전한 해탈이라는 작자의 신념은 바로 거기에서 연유하는 것이다. "세련된 기교와, 섬세한 감각과, 명석한 분석력과, 훌륭한 종합을 필요로 한다. 계집이라는 재료를 깎고, 다듬고, 고르는 거장이기를 바라지 않으면 안 된다. 한 번의 다짐도 뜨거운 마음으로 존경하며 행하고, 한 부분, 가령 젖꼭지 하나를 두고라도, 대번에 덮어씌워 포획하기보다는, 그것을 하나의 운봉의 크기는 되게 생각하여, 그 끝까지 기어올라가는 어려운 과정을 인고치 않으면 안 되는 것이다. 한 번의 잠입을 위해, 전심 전력으로 명상하여야 하며, 한 번의 사정을 하나의 죽음으로 치르지 않으면 안 되는 것이다. 하나의 자세에서 다음 자세로 바꿔 나가는 것을, 한 번의 가사(假死), 한 선(禪)에서 차선으로 넘어가는 것으로 어렵게 쳐, 어렵게 치러야 하며, 그러기 위해 단 한 순간 단 한 올의 스치는 아픔도 놓쳐서는 안 되는 것이다. 그 감촉의 색깔과, 소리와, 맛과, 냄새와, 그 느낌의 대소, 원근을 살피고 종합하여, 하나의 금을 얻어내지 않으면 안 되는 것이다."

이 소설의 핵심적인 행위는 마른 늪에서의 고기 낚기이다. 그것은 물론 연금술이며, 선이며, 감신이며, 해탈이다. 그 고기는 두 개의 양극을 가진 타원형이다. 두 개의 양극을 가진 타원형은 고기이면서 동시에 이 소설의 구조 자체이다. 그 양극은 서로 음과 양을 이루고 있으며, 그것은 다시 타원형 속에 포함되어 하나가 된다. 그 예를 들겠다.

1) 유리와 그곳에서 멀지 않은 읍내는 지리상의 음양을 이룬다. 그 두 곳은 서로 제각기의 율법을 가지고 있으며, 그것은 상호 존중된다. 유리가 관념이나 영혼을 표상한다면 읍내는 실체나 육체를 표상한다.

2) 유리의 육조촌장과 그곳의 판관인 촛불승이 사제 관계에 있다면, 읍내의 장로(＝읍장)와 그곳의 판관은 부자 관계이다.

3) 유리의 관념성은 촛불로, 그리고 읍내의 육체성은 읍내 교

회당의 고양이로 표상된다. 두 개의 예문만을 들겠다. "그러나 나는 〔……〕 망연히 촛불이나 건너다보았다. 그것은 흔들림이 없이 고요히 타고 있었지만, 내가 마음으로 흔들리고 있는지, 그 불꽃에 내 마음이 묶여들지를 못하고 훌훌 뛰고 있었다. 〔……〕 그것은 입이 붉은 한 마리의 고양이였고, 그것이 저 높다란 심지 위에 견고히 버티고 앉아, 나를 노리고 여섯 색깔의 살(煞)을 쏘 아내고 있었다." "그 고양이 역시, 그러나 내게 조금도 생소하지 않다는 것을 나는 알아내고 있었다. 글쎄 전에 나, 촛불중네 촛 불 속에서 그런 고양이를 보았었고, 그때 그것은 참혹하게도 내 눈을 파고 뛰어들었었다." 촛불승의 촛불 속의 고양이는 양 속의 음이며, 교회당의 고양이 속의 촛불은 음 속의 양이다. 그리고 그것은 하나이다. 유리와 읍내의 대립은 사제 관계와 부자 관계 에 의해 상사로 변하고 촛불과 고양이에 의해 하나로 합일된다.

4) 유리의 수도부들과 읍내의 일꾼들은 여성과 남성이라는 성 으로 대립되어 있지만, 육체 노동이라는 점에서는 합일한다. 주 인공이 수도부와의 정사 때와 마찬가지로 성심성의껏 육체 노동 을 하는 것도 그런 관점에서 이해해야 한다.

5) 유리의 수도녀와 읍내의 장로 손녀는 이 소설의 가장 뚜렷 한 양극을 이룬다. 유리의 수도녀는 창녀로서 주인공을 사랑하 고 있고, 읍내의 장로 손녀는 처녀로서 주인공을 사랑하고 있다. 그 두 여자는 한 남자를 중심에 두고 그를 옹위하는 양극을 이루 고 있지만, 수도녀가 그 손녀딸의 아버지의 정부라는 것을 생각 하면 결국 같은 가족 집단에 속한다. 주인공의 혼음이야말로 대 립을 없애려는 그의 노력의 결과이다. 수도녀와의 마지막 성교 는 그녀의 죽음으로 끝이 나지만, 손녀딸과의 마지막 성교는 그

의 죽음을 전제로 하고 행해진다. 타원의 양극이 결국 하나라는 것을 그는 음양일체의 상태라는 어휘로 표시하고 있다. 그 음양일체의 상태는 해탈·득도·제금의 순간을 이름함에 다름아니다. 음양은 어느 때 일치하는가? 그것은 성교 때이다. 이때의 성교는 물론 상징적인 의미를 띤다. 모든 것에 대해서 우리는 양이나 음이 될 수 있기 때문이다. 자기를 양이라고 생각할 때, 세상은 전부가 음이다. "그래 허기는 나는 언제나, 하천이며 강이나 바닷가로 통한 길을 걸을 때면, 왠지 이상스러운 고달픔, 이상스러운 정념으로 하여, 그것들 속에 안겨지기를 바라는데, 그래서 어떤 밤의 물가에서는, 그 둔덕에 서서 때로 수음도 해보았었다." 자기가 양일 때, 하천이나 강이나 바다는 음이며, 그에게 그것은 이상스러운 정념을 일으킨다. 그 양이 반드시 남근일 필요는 없다. 칠대촌장이 될 촛불승과의 성교를 주인공은 그의 남근으로 하는 것이 아니라 초를 가지고 한다. "그의 똥구멍엔 아직도, 저 허여멀쑥한 건달이, 한 대의 잘 타던 초가, 깊숙이 깊숙이 꽂혀 있을 것이었고, 그것의 정액이, 그만한 크기의 수정이나 호박돌 모양으로, 그 사내의 창자 속에 뜨겁게 사정되어 있을 것이었다." 촛불승의 항문은 그때 음이며, 주인공의 촛대는 양이다. 그 음양 일체야말로 박상륭 소설의 결미를 이루는 옴마니팟메훔, '옴 연 속에 담긴 보석이여 훔' 그것인 것이다.

주인공이 기독교·불교·연금술·주역 등등에 정통해 있으면서 그 중의 어느 하나에 집착하지 않는 이유는 무엇일까? 그것에 대해서 주인공은 다음과 같이 대답하고 있다. "그럼에도 소승은, 어째서 여러분 교의의 신도는 아닌가 — 이러한 물음에 대한 소승의 소박한 한 해답은, 저 해골 속에 뿌리내린 나무를 사라쌍수에 비유할 수 있다면, 그 한 가지는 불멸성이며, 다른 가지는 필멸성인데, 하필이면 무엇 때문에, 기독의 이름 아래에서 나 자신을 믿어야 하는지 그것을 모르겠다는 것뿐입니다. 그것은 더욱더 힘든 일임엔 틀림없지만, 그래서 소승은, 소승의 짐을 소승 자신이 끝까지 지게 되기를 바랄 뿐인 것입니다. 이것이, 저 마지막 인신(人神) ── 소승의 짐을 위해 하늘의 어디에 있는 구레네에서 와줄지도 모르는 시몬, 예수와 소승과의 사이에 끼인 하직입니다.”해골 속에 뿌리내린 나무란 죽음 속에서의 생을 표상하는 비유이며, 불멸성이란 죽음 속에서 되풀이된 삶을, 자기의 불멸성이란 그래서 자기 자신이 죽음이면서 삶이 되는 상태를 지칭하는 것이다. 그 자기의 불멸성은 인신(人神)의 상태에 이른 인간을 지칭함에 다름아니다. 그것을 염두에 두고 주인공의 그 말을 읽으면, 그가 다른 사람을 경외함으로써 불멸성을 획득할 수는 없다는 것을 은연중에 비치고 있음을 알게 된다. 그 자신이 예수나 부처처럼 인신이 되지 않는 한 자기의 불멸성은 이루어지지 않는다. 그 자기의 불멸성이 죽음 위에 세워져 있다는 것을 기억하지 않으면 안 된다. 죽음은 새로운 삶을 가능케 하는 자리인 것이다. 차라투스트라에 의해 전율로써 설파되었으며, 도스토예프스키의 주인공들에 의해 열광적으로 신앙되었던 그 죽음의 제단 위에 선 인신을 『죽음의 한 연구』는 실재하는 주인공으로 제시하고 있다. 그 주인공은 자신의 각본에 의해 냉정하게 자신을 죽임으로써 자신이 인신임을 입증한다. 그 완성의 과정은 필연적이다. 그러나 바로 거기에서 이 소설은 작가가 의도했던 것과 같이 모든 사람들에게 인신이 될 수 있다는 가능성을 보여주기보다는 그들에게 오히려 주인공의 삶은 그럴 수밖에 없었겠다는 확신을 불어넣어주어 그를 숭배하게 만든다. 숭배되는 것은 그것 자체가 하나의 우상이다. 그 우상을 파괴하지 않으면 인신이 될 수가 없다. 그러나 그것을 어떻게 파괴한단 말인가? 그는 뚜렷한 이유 없이 그의 스승에 의해 자기보다 나은 사람으로 인정되며, 그를 본 여자들은 다 그를 사랑하기에 이르른다. 4복음서의 저자들처럼, 작자도 그를 복음서의 주인공처럼 묘사하고 있는 것이 아닌가? 그는 그렇게 되게 되어 있는 것이다. 그 필연성이 범상한 독자들을 압박한다.

『죽음의 한 연구』의 주인공이 우리에게 보여주는 충격적인 교훈은, 득도는 불화를 전제로 한다는 것이다. 그 주인공이 가는 곳마다 이상스러운 혼돈이, 불화가 야기된다는 것은 그 소설 곳곳에서 되풀이 지적되고 있다.

1) 나 비록 하찮은 중이지만 말입지, 대사는 가히 탁월하다는 것쯤은 알고 있는데 말입지, 대사가 처한 곳은 거기가 어디든 말입지, 이상스런 혼돈이 야기된다는 그 한 가지 사실만으로도 그렇습지.

2) 스승이 나를, 저 높은 산막에서 밀어뜨려, 그 아래 세상으로 떨구어버렸을 그때로부터 시작해, 내가 간 곳에선 왠지 불화가 끊이질 않고 있어온 것이다. 심지어 나는, 그 스승까지도 짓찍어놓아버린 것이다. 뭔지 내게는 독업(毒業)이 있고, 그것에 닿아지면, 뭔가가 상처를 입는 듯하다. 그러고 보니 나는, 하나의 불길함으로서, 저주의 덩이로서, 이 세상에 던져진 것 같기도 하다.

3) 대사는 불화였습지. 대사의 시선이 닿는 것은, 그것이 무엇이든 무참히 깨어져버렸습지.

그 불화는 그가 관습이나 풍속에 따라 움직이지 않고 마음 내키는 대로 행동한 데서 생겨난 것이다. "충동이 언제나 (그의) 길잡이였던 것이다." 관습이나 풍속은 인간을 사회에 묶는 기반이다. 거기에 순응할 때 쓸 만한 인간이 생겨난다. 그러나 그 관습이나 풍속, 그리고 그것을 가능케 한 금기 자체를 부정해버릴 때, 그것을 부정한 자는 사회의 입장에서 본다면, 불화 그 자체이다. 그러나 그 사회를 부정한 자의 입장에서 본다면, 그 사회란 거짓투성이의 가짜 화해를 살고 있다. 가짜 화해! 그렇다면 금기가 없고, 모두가 자유스러운 인신이 될 수 있는 그런 사회가 올 수 있을 것인가? 유리의 육조촌장에게 우리가 묻고 싶은 것은 그것이다. 금기 없는 사회가 과연 가능할까? 육조촌장이 우리에게 되묻는다. 그렇다면 너희들은 황폐한 마른 늪에서 고기잡을 생각도 않고 지낼 작정인가?

『죽음의 한 연구』에서 내가 즐겨 되풀이해 읽는 장면은 주인공이 어머니를 회상하는 장면이다. 그 장면 중에서도 나는 다음의 두 대목을 더욱 좋아한다. 그것을 읽고 있노라면 주인공의 어머니가 바로 내 어머니인 듯 가슴이 아파온다. "자다 깨어 노래를 부르고 있던 저 어렸을 때, 밖에서 돌아온 내 어머니가 그랬었다. 그 어머니는 그래서는, 나를 품에 안기를 적이 겁내고 아파하는 얼굴로 외면하곤 하였다. 그 어머니를 내가 그렇게도 기다렸었는데, 그러나 갑자기 밉고 원망스러워 휙 돌아누워버리면, 그 어머니는 소리없이 우는 것이었다. 그러다 보면 내가 어느덧 어머니의 젖꼭지를 물고 있었고, 그것은 내 것이 아닌 독한 침 냄새에 덮어씌워져 있었다. 그러나 나는 휙 돌아눕지는 않았다.” “그러면 나는, 어머니를 빼앗아가는 모든 아버지들에 대한 형언할 수 없는 질투와 증오 같은 것으로, 비질비질 울며 바다로 달려내려가서는, 그 고요한 물 속에 나를 파묻어놓는 것이었다. 상점이 잇대어진 거리를 다니고도 싶었었지만, 그러다 보면 나만한 또래 애들의 돌팔매에 맞기가 일쑤였고, 개가 물려 달려들어도 아무도 말려주려고 하지 않는 것이었다. 결국 바다로밖에 내가 갈 곳은 없던 것이다. 그래서는 눈물을 떨어뜨리며 어머니를 저주하고 있노라면, 나도 모른 새, 저 어린 잠지가 불어나서, 물 속에 잠겨 앉은 아이는 아이가 아니라, 그것은 하나의 돌출한 남근, 하나의 더러운 아버지로 느껴지는 것이었다. 저 정중스럽지 못한 손들로 쳐들어 보이던, 저 음모 푸석한 사타구니며, 물크레해 보이는 둔부 같은 것을, 그러며 나는 훔쳐보고 있는 것이다. 나도 그러며 내 손바닥을 펴보는데, 그러면 내 손도 또한 저 때 낀 아버지들의 마디 굵은 손으로 변해져, 저 까스르한 바다를 물크레 더듬고 있었다. 손바닥에 가득 채워졌다 빠져나가는 바다의 감촉은 그리고 그런 것이었다.”   〔1976. 4〕

대지의 은총과 생명의 축제

김 진 수

박상륭의 다른 소설들이 대개 그렇듯이, 『죽음의 한 연구』를 '읽어내는 일' 역시 고통스럽지만 그만큼의 감동을 동반하는 작업이다. 유장하게 늘어진 입말의 가시덤불을 헤쳐 천신만고 끝에 한 모퉁이를 돌아섰는가 하면, 이번엔 높이를 가늠할 수도 없는 빽빽한 형이상학의 봉우리들이 시야를 압도한다. 설화와 민담과 전설과 신화의 몸을 빌려 불교와 기독교와 주역과 연금술과 힌두이즘의 형이상학적 혼들이 동거하고 있는 문체는 기묘한 긴장과 조화를 이루어 신비로운 빛을 발하고 있다. 그 문체가 불러일으키는 이물스러움이 우선은 박상륭 소설 읽기의 첫번째 관문으로 놓인다. 또 다른 고통과 감동은, 작가에 의해 그 의미의 뿌리까지 드러내진, 저 육신이라는 누더기를 걸치고 살아가는 일의 고달픔과 슬픔으로부터 유래한다. 『죽음의 한 연구』는 일체의 생명들이 지닌 아픔과 번뇌의 의미를 곱씹지 않을 수 없게 한다. 그것은 아물지 않은 상처를 거듭 확인하는 일처럼 분명 견디기 어려운 고통이다. 그래서 살아가는 일의 지난함에 가슴이 맵고 쓰리게 될 즈음, 저 몸 입은 것들의 고통과 슬픔을 질료로 하여 대지와 생명의 참된 의미를 연금해내려는, 고뇌에 찬 한 우주적 정신의 등장을 독자들은 목격하게 된다. 저 정신이 투영하고 있는 존재들의 삶은, 그러니까 고통에서 은총으로, 죽음에서 재생의 축제로 전화된다. 이 전화를 위해 스스로를 희생과 대속의 제물로 삼는 저 인신(人神)의 눈물겨운 사랑의 도정이 또한 우리를 고통스럽게 한다. 그 사랑은 몸 입은 존재들의 삶을, 날것인 채로의 생명을 자비로써 보듬는 깊은 슬픔으로부터 나와 자기 부정의 인고를 감내하고서야 완성되는 그런 사랑이다. 이제 저 인신의 자기 부정을 통한 희생제에 의해 육신이라는 누더기를 걸친 애처로운 존재들은 고통 속에서, 고통을 싸안고, 결국엔 그 고통을 넘어서 대지와 생명의 축제를 벌인다. 그리하여 『죽음의 한 연구』는 대지의 삶과 생명의 지복함을 찬양하는 '삶의 찬가'가 되는 셈이다. 박상륭 소설 읽기에 따르는 고통과 감동은 그대로 살아가는 일의 지난함과 지복함으로 되돌려진다. 비할 데 없이 아름답고 신비로운 문체와 숭고하고도 장려한 테마, 다양한 신화적 이미지와 모티프들을 함축하고 있는 상징적인 구조 등은 『죽음의 한 연구』를 현대 한국 문학이 낳은 가장 위대한 작품 중의 하나로 꼽는 데 주저함이 없게 만든다. 그것은 극미의 존재론으로부터 시작하여 극대의 우주론을 포괄하는 하나의 장대한 형이상학적 세계를 구축하면서 인류의 도정 전체를 조망하는 사상과 종교의 백과 사전을 이루고 있다.

『죽음의 한 연구』는 황폐한 대지와 불모한 인간 삶에 활력을 불어넣어 우주적 풍요와 재생을 성취케 하려는 한 인신의 사십 일 간의 고독과 방황을 추적하고 있다. 유리에서의 사십 일을 통해 주인공 육조는 서른셋의 나이로 재생을 위한 죽음을 완성한다는 것이 소설의 뼈대를 이룬다. 여기에서 유리라는 신화적 공간과 사십이라는 수는 상징적이다. 이 숫자가 상징하는 것은 "하나의 망혼이, 죽음과 재생 사이에 끼여서, 새로운 자궁의 문으로 다가가는 한 중간적 상태"인 '바르도'의 기간으로서 "영혼의 순화의 과정"을 의미한다. 문왕이 역(易)을 완성한 곳이라는 소설의 배경이 되는 장소 유리는 이 바르도로서의 사십 일의 공간적 은유인 셈이다. 그리고, 이 사십 일의 유리는 소설 속에서 곧장 황폐한 대지와 불모의 여성성을 상징하는 '마른 늪'으로 환유된다. 보다 구체적으로 말하자면, 마른 늪으로서의 유리는 풍요했던 바다의 물이 빠져나간 자리에 남게 된 불모한 여성성의 상징이다. 그것은 '어부왕의 신화'에서 차용된, 어부왕의 성 불구로 황폐해진 대지 그 자체를 의미한다. "유리 자체가 하나의 해골이다. 해골, 두 개의 해골. 임신할 수 없는 자궁. 거추장스러운 유산"이라는 언급이나 아래의 인용문은 바로 그러한 점을 말해주고 있다.

아마도 저기만쯤이 유리이지 싶은 들이, 둘째 서방까지도 사이별 해버린 옌네처럼 쭈그리고 앉아 안쓰리 안쓰리 울고 있는 듯해 보인다. 그래서 보니, 어느 녘에 밤이 그녀 위에 포르르한 상복을 입히고, 흐린 달빛이 그녀의 웅숭그린 어깨 위에서 떨고 있다. 방출의 뜨거움에 기갈든 계집이여, 하긴 계집이여, 내 한번 품어주마, 하긴 그래주마.

인류의 원형적 심상*image*에서 대지와 바다는 풍요와 재생의 상징인 동시에 또한 죽음의 상징이기도 하다. 그것들은 언제나 자궁과 무덤의 이미지를 환기시킨다. "땅과 바다는 동시에 자궁과 상사를 갖는 것이 분명하다." 이처럼 대지와 바다가 죽음의 상징인 동시에 풍요와 재생의 상징이 되는 것은 원시 민족들이 지닌 독특한 식물적 생명관과 시간관에서 유래한다. 이를테면, 아도니스의 신화에 있어서 곡물의 여신 테메테르는 '금년에 익은 곡식'의 의인화이며 그녀의 딸인 죽음의 여신 페르세포네는 '내년에 익을 금년의 곡식'을 의미한다. 따라서 페르세포네가 저승으로 내려갔다는 것은 이듬해 봄에 대지에다 풍요를 가져다줄 씨앗의 파종을 의미하는 신화적 표현인 것이다. "풍요가 끝나고, 더 이상 생산할 수도 아름다울 수도 없을 때 어머니는 죽는 것이 아마도 좋다"에서의 어머니는 노쇠한 시간으로, "그리하여 다가온 어머니는, 영원히 아름답고, 영원히 풍요로우며……"에서의 어머니는 재생한 시간으로 등장하는 것이다.

융의 '양도 *Übertragung*' 개념으로 정식화될 수 있을 이러한 어미와 딸의 관계를 우리는 주인공 육조가 사랑하는 두 여성의 관계에서 발견할 수 있다. '양도'란, 말하자면 아주 반대되는 성격을 넘어서, 일상적인 관계의 세목이나 사회적인 정황을 넘어서 우주적 정황을 연결시키는 개념이다. 소설에서 황폐에 처한 여성성의 상징으로서 유리는 수도부와 장로 손녀의 불모성으로 의인화되는데, 이 두 여성은 읍내 판관을 매개로 하여 어미와 딸의 관계에 있다. '머리 없는 여자'인 유리의 수도부와 '몸이 없는 여자'인 읍내의 장로 손녀는 신화 속의 테메테르와 페르세포네의 변형인 것이다. 이런 사실을 더욱 확증케 하는 것은 수도부의 죽음과 동시에 이루어지는 장로 손녀의 암시적인 수태이다. 어미의 죽음을 담보로 이루어진 딸의 수태라는 동시적인 사건은 의심할 바 없이 신화적 시간관과 생명관의 표현이다. 이 식물적 순환의 세계관은 죽음과 재생이라는 자연의 순환적 질서에 대한 관념에 다름아니다. 서로의 꼬리를 물고 도는 저 죽음과 재생의 순환은 '상극의 조화' 속에서 파괴와 창조가 끊임없이 갈아드는 자연력 그 자체를 의미한다. 고대 자연 민족의 신화적 세계관에서 유래한 이러한 시간의 순환이라는 관념 속에서 죽음과 재생은 분리되지 않는다. 아도니스제, 아티스제, 오시리스제에서 공통적으로 나타나는, 죽음으로써 재생 또는 영원한 생명을 얻게 한다는 관념은『죽음의 한 연구』의 시간 개념, 또는 죽음의 개념에 그대로 적용될 수 있다. 죽음의 여신 페르세포네는 본래 식물의 '신적 정령의 표현'으로서 넘치는 청춘의 매력을 가지고 다시 소생할 부활의 여신이기도 한 것이다. 다음 인용은 저 죽음과 재생의 순환 관계를 보다 분명히 보여주고 있다.

  그러나 나는, 나를 기다리는 두 여인을 동시에 사랑하고 있는 것이다. 전에 내 아낙이었던 여인은, 이제는 날 아버지라고 부르게 되리라. 갓 태어난 늙은 딸이, 만약에 전생을 기억해내기만 한다면, 날 낭군이라고 다시 부르리라.

마른 늪으로서의 유리가 불모의 여성성과 황폐한 대지의 상징이라면, '고기 낚기'라는 행위가 상징하는 바는 이 불모한 여성성을 수태시켜 대지에 풍요와 재생을 가져올 건강한 남성성과 생명의 획득이라는 의미를 지닌다. 소설에서 이러한 생명의 상징으로서의 '물고기'는 '양극을 갖는 타원형'의 형태를 지닌 것으로 상정된다. 그러나 그것은 단순히 고기의 한 형태만을 상징하는 것이 아니라, "여러 고기의 여러 형태의 저변에 놓인 한 공통 분모, 어쩌면 한 구조라고 불러야 될지도 모를" 것으로서 우주와 세계의 근본 구조를 상징하는 것으로 확대된다. 이 구조는 "양성(兩性)을 그냥 생채로, 일체 속에 갖고 있는" 음양 일체적 구조이다. 이렇게 남성성과 여성성, 혹은 대립된 것들의 혼재와 상호적인 변화는 절대적인 남성성과 여성성이란 존재하지 않기 때문이다. 그 점에 관해서는 융의 아니무스/아니마의 개념을 떠올리는 것으로 족할 것이다. 그것들은 다른 것과의 관계 속에서 상대적으로 남성적이거나 여성적일 뿐이며 그것들 내부에는 그 반대의 경향들이 동시에 존재하고 있다. 이와 마찬가지로, 여성성의 상징으로서의 대지 역시도 그 자체내에 두 개의 대립된 경향을 동시에 구비하고 있는 것이다. 이 여성성의 "양(陽)에의 인식의 저변에는 언제나, 혼은 치마를 입고 앉아, 두 개의 혀를 날름거리며, 그 불빛을 핥고 드는 것인데, 혀의 하나는 부나비 같은 것이어서 자기를 송두리째 태워 없애려는 것이고, 혀의 다른 하나는 번데기 같은 것이어서, 장차 날개를 입고 날아갈 것을 꿈꾸고 있는 것이다. 그 둘의 의지가 일원화하는 장소는 매장(埋葬)"이라는 언급에서 그러한 사실을 확인할 수 있다. 결국 육조가 낚아올리려는 저 "죽음의 바다에서 헤엄치는, 한 마리의 물고기"란 우주와 세계의 본질을 이루는 생명의 비유에 지나지 않는다. '마른 늪에서의 고기 낚기'라는 행위는 불모의 여성성으로서의, 혼이 떠나버린 몸으로서의 해골에 신생을 가능케 할 생명을 부여하는 행위가 되는 것이다.

　신화나 원형 비평적인 관점에서 보자면, 소설 속에서 빈번하게 행해지는 죽음은 주인공 육조의 개인적인 해탈이나 득도와 관련되는 '구도적 살인' 이상의 상징적 의미를 함축하고 있다. 프레이저의 저술에 의하면, 신화적 세계관에서 '숲의 왕(사제왕)'의 생식력은 식물의 생장과 다산 풍요에 직접적인 연관을 갖고 있다는 것이다. 따라서 대지의 황폐는 이 사제왕의 젊음과 생식력이 쇠퇴하였기 때문이다. 이때 메마른 대지에 다시 풍요와 재생의 활력을 불어넣기 위해서 원시 민족들은 숲의 왕을 살해하여 보다 젊은 왕을 옹립한다고 신화는 전하고 있다. 사회의 안녕이나 농작물의 풍요에 영향을 미치는 것이 실제의 왕이나 사제의 건강에서 연유한다는 이 같은 믿음은 원시 자연 민족들에겐 공통된 관념이었다. 농작물의 풍요를 위해 노쇠하거나 병약한 사제왕을 살해하고 활기 넘치는 새로운 왕이나 사제를 옹립하여 세대를 교체하는 일은 신화적 세계관에서는 자연스런 일이다. 이러한 전임자의 살해는 형태는 다르다고 할지라도 거의 모든 자연 민족들에게서 행해지는 의례였던 것이다. 『죽음의 한 연구』에서 육조에 의한 길승(오조)의 살해는, 또한 이어지는 칠조에 의한 육조의 죽음은 이 늙고 황폐한 숲의 왕의 죽임이라는 신화적 상징으로 해석할 수 있다. 유리의 황폐화가 촌장으로부터 연유한다는 아래의 인용들은 유리의 촌장이라는 지위가 자연력 그 자체의 상징으로서 신화적 사제왕임을 말해주는 것이다.

　처음에 유리에서는 수사자(水死者)를 빠뜨린 혼령들 몇 개가 모여

서 살았더라는 얘기지, 처음엔 글쎄 바다가 넘실댔더라니, 〔……〕
헌데 말야, 한번 물이 떠나더니, 영 돌아오지를 않더라지. 거 변괴
아니게? 그러자니 소금에 찌들린 뻘만, 삼백예순 날 삼백예순 해 퍼
붓는 햇볕 아래 쪼들려온 것인데, 〔……〕 그래서 그 어부네 자기네
들끼리 소문 만들어 속닥여 퍼뜨렸다는 말로는, 촌장이 늙은 데다
근에 창병까지 든 탓이라고, 그 까닭을 촌장께 돌렸더라는 것이지.

　신화적 사제왕으로서 육조의 생식력은 따라서 유리의 황폐와
불모를 극복할 수 있는 관건이 된다. 과도하게 보일 수도 있는
육조의 성(性)에 대한 탐닉은 바로 이러한 사정과 무관하지 않은
것이다. 그러나 이 생식력은 또한 스스로의 죽음이라는 희생의
과정을 동반하고 있는 것이기도 하다. 이미 소설에서 성교가 죽
음과 관련되어 있음은 여러 번 암시된 바 있다. 가령, 육조와 수
도부의 성교가 수도부의 죽음을 가져오고 또 육조와 장로 손녀
의 성교는 육조의 죽음과 관련되어 있는 것이다. 그러나 이러한
죽음은 남성성과 여성성의 합일을 가능케 하는 조건이기 때문에
동시에 재생의 담보가 된다. 왜냐하면 여성성과 남성성의 합일
은 출산과 탄생을 가져오기 때문이다. "성교란 일원화의 장소"
라는 것은 바로 이러한 죽음과 재생이 교차하는 자연의 순환 고
리를 해명해주고 있다. 그러므로 "성교란 하나의, 명상법으로 던
져진 것이며, 우주를 이해해보기 위한 수단으로 놓여진 것이다.
이 음통(淫通)은 음통이 아니며, 그것은 죽음의 연구로 변해진
다"는 언급은 아주 적절한 것이다.
　결국, 사제왕으로서 육조의 죽음은 우주의 풍요와 재생을 위
한 희생양으로서의 대속의 죽음이라는 의미로 확대된다. 그것은

저 인신의 죽음의 방식에서 극명하게 드러나고 있다. 육조의 죽음은 십자가에 매달린 예수를 상기시키는 것이다. 성경에 대한 육조의 해설에서 "원죄란 죽음의 의미의 종교적 발상"이라는 것이 강조된 바 있는데, 이는 인간의 죽음만이 아니라 신의 죽음을 예비한 것으로 해석된다. 그러므로 십자가에 매달린 예수란 인간이 에덴의 과실나무에서 따내렸던 그 과실을 돌려줌으로써 인간과 신의 재생, 즉 세계의 재생이 가능해진다는 의미를 지니고 있다. 에덴의 과실나무는 예수의 십자가로 이어지고 또 『죽음의 한 연구』의 우주 한가운데 있는 '세상나무'로 이어져 생명의 나무가 되는 것이다. 따라서 속죄양으로서 인간이 따내렸던 과실을 되돌린다는 의미에서 육조의 죽음은 신의 소생과 부활을 담보하게 된다. 그러한 점은 아티스제(祭)에서도 확인할 수 있는데, 수목의 정령인 아티스를 제사하는 행사에서는 신을 죽음으로부터 소생시키기 위해 사제는 반드시 성스러운 수목 위에 매달려 죽었던 것이다. 나무에 매달려 죽는 방식을 택한 『죽음의 한 연구』의 육조의 죽음은 바로 이런 신화적 모티프에서 온 것이며, 이 죽음의 의미는 대지를 풍요롭게 할 속죄양으로서의 대속임이 분명해진다. 죽기 전에 육조의 음식의 거부(단식)라든가 목욕 재계는 신화에서 질병과 죄악 따위를 제거하기 위한 의례의 한 절차였던 것이다. 이 속죄양의 의미는 본질적으로 원초적이며 순수한 시간의 재생과 생명의 출산에 있다. 그리하여 저 희생양의 죽음으로 인해 유리의 마른 늪은 다시 물을 얻어 풍요와 재생의 터전이 될 것이다. 이러한 과정 자체가 곧 자연의 순환적 질서임에는 이론의 여지가 없다. 그리고 이 죽음과 재생의 자연적 순환에 대한 원형적 관념이 고스란히 『죽음의 한 연구』의 배경이 되어 그것을 '재생의 한 연구'가 되게도 하는 것이다.

『열명길』과 『칠조어론』을 포함한 박상륭의 소설 세계에서 우주와 자연 자체는 "살욕(殺慾)과 생식욕(生殖慾)을 두 자장(磁場)으로, 완벽한 상극적 질서에 의해 운영되는"(『칠조어론』 1, p. 18) 조화의 체계이다. 그러나 우리는 이 조화라는 말로 인해서 어떤 완전무결한 정지의 상태를 떠올려서는 안 된다. 그렇기는커녕 『죽음의 한 연구』에서 조화란 끊임없는 변화 속에서 여성성과 남성성이, 체와 용이 갈아드는 생성중에 있는 작용력 자체를 의미한다. 박상륭의 소설들에서 시간에 대한 사유와 오시(五時)니 시중(時中)이니 등의 단어들이 자주 등장하는 이유도 이 조화 속의 변화에 대한 사상과 무관하지 않다. 왜냐하면 변화란 시간을 전제하지 않으면 불가능한 것이기 때문이다. 이러한 변화로 인해서, 즉 파괴와 생성의 갈아듦(易)으로 인해서 우주는 멈추지 않으며 완전한 것이다. "진정으로 완전하다는 것은 [……] 이처럼 생멸이 영원히 갈아들 수 있는, 그 완전이라야 완성된 완전이라는 것"(『열명길』, p. 400)이다. 이 완전한 우주의 구조적 형태로서 상정된 것이 앞서 언급한 '양극을 갖는 타원형'이다. 이 타원형은 대지라는 여성성과 세월(시간)이라는 남성성의 양극 외에도 그것들 사이에서 작용하는 '친화력'이라는 세 개의 요소로 이루어져 있다. 이러한 세 요소들이 이루는 하나의 통일체가 바로 '물고기'로서의 생명이다. 그러므로 이 타원형의 구조를 지닌 생명 일반은 우주와 자연력의 총화이자 그 전부라고도 말할 수 있는 것이다.

이 원에는, 시작과 종말의 양극이 있고, 종말은 동시에 시작으로,

시작은 동시에 종말로 이어지는, 그 출산과 묘혈이 있다. 영겁을 두
고 진행하고, 영겁을 두고 정지하고, 따라서 영겁을 두고 회귀한다.
(『열명길』, p. 400).

박상륭의 소설 세계를 이끄는 일관된 사상은 몸을 입은 존재
들의 삶은 고통인 동시에 은총이라는 것이다. 삶에 대한 이러한
관점은 일찍이 『열명길』의 「유리장」에서 '개미 지옥'으로 비유
된 바 있다. 거기에서 주목할 것은 저 지옥을 빠져나오지 못하게
하는 '육신의 무게'이다. 육신을 갖는다는 것, 곧 생명으로 태어
난다는 것은 고통과 번뇌의 지옥에 빠져들 수밖에 없는 원죄를
지니고 있다는 뜻이다. 그러나 이 육신과 더불어 부여받은 생명
을 통해서라야만 우주는 완전한 것이고 대지는 영원한 것이다.
그러니, 이제 영겁을 두고 회귀하는 생명들은 저 누더기의 몸을
질료로 하여 더욱 큰 진화를 성취해야 할 임무를 부여받게 된다.
그 점에 대해서 우리는 『칠조어론』의 세계로 넘어가야 하지만,
여기에서는 다만 죽음을 매장하고 있는, 고뇌의 뿌리인 육신이
야말로 바로 신생의 또 다른 장소라는 점만을 강조하기로 하자.
생명이 그 속에 지니고 있는 치명적인 죽음은 삶과의 모순 관계
에 있는 것이 아니라 그 자체 속에 새로운 삶과 생명을 잉태하고
있다. 역으로 삶 역시도 죽음의 가능성 위에서, 죽음을 매장한
채 운행되고 있는 것이다. 그러므로 『죽음의 한 연구』는 육신을
지닌 원죄의 고통으로부터 해방과 해탈을 성취하기 위해 저 너
머의 유토피아를 상정하지 않는다. 모든 생명들은 이 고통으로
부터 벗어날 수 있는 방법을 전혀 가지고 있지 않는 것이다. 그
러므로 몸을 입은 것들이 취할 수 있는 유일한 해탈의 방법은 이

고통스런 생명을 축제화하는 일이다. 여기에 박상륭 사유의 두드러진 특징이 있다. 그 점은 다음과 같은 『칠조어론』의 한 문장에서 극명하게 드러난다. "여기에 있는 것은, 저기에도 있다, 여기에 없는 것은, 아무데도 없다"(『칠조어론』1, p. 186).

『죽음의 한 연구』는 생명을 죽음으로 몰아넣고 거기에서 다시 재생을 성취케 하는 저 어머니인 대지가 은총임을, 그리고 그의 자식인 생명이 축복임을 알려준다. 육조는 저 생명이 지닌 불멸의 의미를 연금하기 위한 지난한 고통의 과정을 보여주었다. 그리고 그 노력의 과정을 지탱시키는 것은 바로 몸을 입은 육신 자체의 이중 부정을 통해 성취된 사랑의 힘이었음을 우리는 알고 있다. 세계의 황폐와 불모라는 부정적 가치를 부정할 때만이 그 황폐가 극복되어 풍요와 다산의 세계가 된다. 죽음의 세계라는 부정적 가치를 또다시 부정할 때만이 재생의 세계가 가능해지는 것이다. 이 크나큰 부정으로서의 "'사랑'이야말로, 신(神)들이며, 보살들이, 중력(衆生)을 돕기 위해, 중력(重力)을 입어, 내리는 층계이기도 하며, 동시에, 우리들 아래쪽 세계의, 고통받는 유정(有情)들 앞에 놓여진 천로(天路)이기도 한"(『칠조어론』1, p. 368) 것이다. 저 사랑은 자기 부정과 파괴를 동반한 창조의 동력인 셈이다. 이러한 부정의 정신은 육조가 행하는 세 번의 살해 행위에서 극단적으로 드러난다. "파괴한다는 건 아름다우며, 잔인할수록 더욱 아름답다. 그건 아름다운 것이고, 진정으로 아름다운 것이다"라는 육조의 모토야말로 이 소설의 위대한 부정 정신을 단적으로 보여주고 있다. "일상적이던 유리의 화평"을 깨뜨리는 육조의 불화 의식과 파괴력은 대지에 생명의 활력을 불어넣는 창조력에 다름아니다. 그러니, 우리는 또 얼마나 세계와

의 불화를 견뎌내야 하는지, 얼마나 큰 부정을 통해 크나큰 긍정
에 이르러야 하는 것인지! 저 사랑은 결국 이 육신을 통하지 않
고는 어떻게든 성취될 수 없음을 보여주고 있다. "육신은 저주이
되, 그래서 육신은 은총"(『칠조어론』1, p. 382)인 까닭이 거기에
있는 것이다.